JOHN MATTHEWS

Der einzige Zeuge

Buch

Eigentlich führt die fünfundvierzigjährige Elena Waldren in einem kleinen englischen Ort in Dorset ein ganz normales Leben. Sie ist glücklich verheiratet, hat zwei Kinder und arbeitet mit großem Engagement als Sozialarbeiterin. Doch der Schein trügt. Elena hat ein wohl gehütetes Geheimnis: Vor neunundzwanzig Jahren hatte sie auf Drängen ihres Vaters ihren Sohn zur Adoption freigegeben. Und nun scheinen die Schatten der Vergangenheit Elena einzuholen. Der Tod ihres Vaters und Elenas Verdacht, dass ein junges rumänisches Mädchen von ihren Adoptiveltern misshandelt wird, lösen in ihr die Suche nach ihrem eigenen Kind aus. Sie muss herausfinden, was aus ihrem Sohn Georges geworden ist. Ihre Suche führt sie in die gefährliche Unterwelt von Montreal. Ihr Sohn, Georges Donatien, ist Teil dieser kriminellen Welt und bangt als einziger Zeuge eines blutigen Verbrechens um sein Leben. Zusammen mit dem rumänischen Mädchen Lorena, das Elena kurzerhand mitgenommen hat, kommt sie Georges schließlich auf die Spur. Doch um ihn zu retten, bleibt ihr kaum Zeit ...

Autor

John Matthews war 29, als sich sein Debütroman (»Basinkasingo«) 1982 zum Bestseller entwickelte. Er arbeitete weiterhin als Journalist und schrieb unter anderem für den *Independent* und die *Sunday Times*. Mittlerweile ist er als Berater und Juniorchef für zwei politische Magazine tätig und teilt seine Zeit zwischen dieser Aufgabe und seiner Arbeit als Schriftsteller. John Matthews lebt mit seiner Frau und seinem Sohn in Surrey/England.

Außerdem von John Matthews bei Goldmann:

Das vergessene Kind. Roman (44413)

John Matthews

Der einzige Zeuge

Roman

Aus dem Englischen
von Peter Beyer

GOLDMANN

Die englische Originalausgabe erschien 2001
unter dem Titel » The Last Witness«
bei Michael Joseph,
a division of the Penguin Group, London

Für meine Mutter.
Und für meine Frau und meinen Sohn
und für die Familienmitglieder und Freunde,
die mir in all den guten und schlechten Jahren,
immer zur Seite standen.

Umwelthinweis:
Alle bedruckten Materialien dieses Taschenbuches
sind chlorfrei und umweltschonend.

Deutsche Erstausgabe Februar 2002

Umschlaggestaltung: Design Team München
Umschlagfoto: All Over/Helmstetten
Satz: IBV Satz- und Datentechnik GmbH, Berlin
Druck: Elsnerdruck, Berlin
Verlagsnummer: 44414
Redaktion: Viola Eigenberz
AL · Herstellung: Sebastian Strohmaier
Made in Germany
ISBN 3-442-44414- 4
www.goldmann-verlag.de

1 3 5 7 9 10 8 6 4 2

PROLOG

4. April, Montreal, Kanada.

Es gibt Zeiten, in denen man kaum mehr Hoffnung hat. In denen jedes Fundament, auf das man bis dahin gebaut hat, zusammenbricht oder zur Belanglosigkeit verblasst. Und selbst wenn diese Gefühle nicht von Dauer sind, vielleicht gar nur Augenblicke währen, so können sie einen Menschen dennoch völlig vereinnahmen und eine hohe, unüberwindliche Mauer bilden, über die er nicht hinausblicken kann.

Solche düsteren Betrachtungen durchzogen Elena Waldrens Gedanken, während sie ihren Wagen in der Rue St. Urbain in Montreal zum Stehen brachte, tausende Meilen von ihrer Heimat Dorset entfernt. Sie befand sich auf der wahrscheinlich wichtigsten Suche ihres fünfundvierzigjährigen Lebens. Ihre Beifahrerin war ein zehn Jahre altes rumänisches Mädchen, das ihr einmal so nah gewesen war wie ihre eigene Tochter, sich im Verlauf der vergangenen zwei Jahre jedoch fast in eine Fremde verwandelt hatte. Das gehörte mit zu ihrem Problem, stellte Elena kopfschüttelnd fest. Aber sie konnte ja nicht alle auf ewig unter ihren Fittichen behalten.

Sie war hastig an den Straßenrand gefahren, und nun strömte die nachmittägliche Blechlawine an ihr vorbei, die sich mit dem zunehmenden Feierabendverkehr noch verstärkte. Ein vom St.-Lorenz-Strom kommender Windstoß peitschte den Regen schräg gegen ihre Windschutzscheibe. Elena verlor sich wieder in ihren Gedanken, den Kopf in der Beuge ihres rechten Arms vergraben, mit dem sie sich auf das Lenkrad stützte.

Wie hatte sie sich in allem nur so täuschen können? Sie hatte immer geglaubt, schon alles erlebt, schon so viele Talsohlen und Höhepunkte auf der Achterbahn ihres Lebens durchfahren zu haben, dass nur noch wenige Überraschungen übrig bleiben konnten – der einzige Vorteil, wenn man die Vierzig überschritten hatte. Und nun, in nur zwei Tagen, war ein Großteil ihrer Vergangenheit völlig umgeschrieben worden.

»Alles okay?«, fragte Lorena.

»Ja ... Nur einen Moment noch. Dann ist alles wieder in Ordnung.« In Ordnung? Die Suchmeldung der Polizei war nun schon einige Zeit heraus, wahrscheinlich seit der Fahrt durch Frankreich, und zweifellos würde ihr Gesicht bald in den Fernsehnachrichten auftauchen. Und warum? Ihre eigene Suche war in eine Sackgasse geraten, und die Gefahr, die sie bewogen hatte, eine so drastische Maßnahme zu ergreifen und die kleine Lorena auf ihre Odyssee mitzuzerren, bestand wahrscheinlich nur in ihrer Einbildung. Zum ersten Mal wurde Elena klar, wie sehr sie den Boden unter den Füßen verloren hatte. Sie war doch lediglich die Mitarbeiterin einer Hilfsorganisation aus einem Provinznest in Dorset, wo sie sich ein Haus mit ihrem Pfeife rauchenden anspruchslosen Mann und zwei Kindern teilte. Es über zwei Kontinente mit der Polizei aufzunehmen, überstieg alles, was sie bislang erlebt hatte.

Immerhin kannte sie jetzt seinen Namen: Georges Donatien. Er war neunundzwanzig Jahre alt, und sie hatte ihn um etwas mehr als eine Woche verpasst. Und würde ihn nie mehr zu sehen bekommen. Ein grausames Schicksal. Alles, was sie besaß und was ihr bleiben würde, waren sein Name auf einem Zettel und die dürftigen Erinnerungen, die ihr die Donatiens überlassen hatten.

»*Georges*. Georges Donatien.« Sie flüsterte den Namen fast wie eine Beschwörung, als könne ihr das ein klareres Bild vermitteln als die wenigen Fotos, die sie bei den Donatiens durchgeblättert hatte. Als könne es ihr helfen, diese neunundzwanzigjährige Lücke zu füllen. Stattdessen spürte sie nur Kälte und Leere und drückte den Kopf noch fester in ihren Arm, um das Zittern zu ersticken, das ihren ganzen Körper befiel. Tränen stiegen in ihr auf, aber sie schluckte heftig und biss sich auf die Lippen. Lorena hatte schon zu viel durchgemacht – ob nun eingebildete Gefahren oder reale –, als dass sie nun vor ihr dermaßen aus der Fassung geraten durfte.

Sie atmete tief durch. Wahrscheinlich wäre es genauso schlimm gewesen, wenn sie ihm begegnet wäre, wenn ihre Liebe aufgeblüht wäre und sie ihn dann am Ende verloren hätte. Der Schmerz wäre der gleiche gewesen.

Sie versuchte, die dunklen Gedanken von sich abzuschütteln, und hob den Kopf, als Lorena: »Ele …« murmelte und sie plötzlich eine Gestalt neben dem Auto bemerkte. Bei genauerem Hinsehen erkannte sie eine braune Uniform, sah eine Hand am Revolverhalfter, die andere vorgestreckt.

Ein Beamter der Royal Canadian Mounted Police klopfte gegen das Wagenfenster und bedeutete ihr, es herunterzukurbeln.

1

11. Februar, Montreal, Kanada.

»Schon zwei Minuten über die Zeit. Er verspätet sich.«

»Mach dir keine Sorgen, er taucht schon noch auf.« Michel Chenouda klang zuversichtlich, doch in seinem Inneren gesellte sich eine weitere Sorge zu denen, die sich in der vergangenen Stunde, während der sie ihre Positionen eingenommen hatten, bedrückend aufgetürmt hatten.

Vier Mann aus seinem Team hockten zusammen mit ihm im zweiten Stock des Lagerhauses, das einen guten Blick auf die Hafenanlagen am St.-Lorenz-Strom bot. Drei andere saßen in einem Zivilfahrzeug der RCMP um die Ecke, und genau in der Bildmitte ihrer Nachtsichtfeldstecher stand ihr Informant, Tony Savard, und wartete auf Roman Lacaille und seine Männer. Draußen waren es sieben Grad unter Null, und Savards Atem kräuselte sich deutlich in der Luft. Drei Jahre Verfolgung im Schatten der Lacailles, Montreals führender Mafiafamilie, und jetzt endlich würde Michel sie schnappen – hoffentlich.

Zwar hatten die Lacailles sich im Laufe der vergangenen Jahre eine überzeugende legale Geschäftsfassade aufgebaut, doch Chenouda war überzeugt davon, dass sie insgeheim hinter dem größten Drogenhändlerring Ostkanadas steckten. Vor elf Monaten hatte ihm der Mord an Eric Leduc, einer Schlüsselfigur in diesem Ring, die Bestätigung geliefert, die er sich gewünscht hatte: Roman Lacaille war für den Mord verantwortlich und hatte in einem Anfall von Wut sogar eigenhändig den Abzug betätigt. Die ersten Informationen darüber erhielten sie vom Fahrer des Wagens, als dieser bei einer Razzia unter Druck geriet. Doch er weigerte sich, die Tat offiziell zu bezeugen und Roman Lacaille ans Messer zu liefern. Fünf Monate später war der Fahrer tot – ein »Bootsunfall«. Damit blieben nur noch zwei andere Zeugen: Tony Savard und Georges Donatien. Aber Georges gehörte viel zu sehr zur »Familie«, als dass sie bei ihm auf eine Aussage hätten hoffen können. Also setzten sie Savard unter Druck: Wenn er nicht auspacken würde, wäre er als Nächster an der Reihe. Schließlich ließ Savard sich auf einen Handel ein.

Das einzige Problem bestand darin, dass Savard außerhalb des Autos Wache geschoben hatte, als Leduc erschossen wurde – im Gegensatz zu Donatien, der zur Tatzeit hinten im Wagen saß. Savard hatte nicht gesehen, wie Roman Lacaille den Abzug betätigte. Außerdem war da noch die Tatsache, dass Roman Lacaille wahrscheinlich Notwehr geltend machen würde.

Daher sah Michels Plan nun ein Treffen zwischen Savard und Roman Lacaille vor, bei dem zunächst allgemein über Geschäfte geredet werden würde. Dann sollte Savard, fast im Scherz und beiläufig, auf die Schweinerei samt Innenreinigung des Wagens nach dem Tod von Leduc zu sprechen kommen. »Hättest du ihn nicht vor dem Wagen abknallen können? Wir haben noch zwei Tage danach Teile von ihm gefunden.«

Legte Roman Lacaille dann erst einmal in Sachen Schießerei los, würde Savard nachhaken und darauf zu sprechen kommen, der Revolver auf dem Boden sei doch nicht die Waffe gewesen, die Leduc normalerweise benutzte. So wollten sie versuchen, seine Notwehrgeschichte zu zerpflücken, und das alles hätten sie dann auf Tonband. Hoffentlich genug, um …

»*Attend!* Es geht los. Da kommt ein Wagen … und zwar ziemlich schnell! Aber das ist nicht Lacailles Beamer, das ist ein schwarzer Lieferwagen. Die hinteren Türen gehen auf … zwei Männer steigen aus. Da stimmt was nicht! Die tragen Skimasken!« Chac, sein engster Mitarbeiter bei der RCMP, befehligte das Observierungsteam. Er trat rasch beiseite und ließ Michel Chenouda durch den Feldstecher schauen.

Michel sah, wie der verdutzte Tony Savard hinten in den Lieferwagen verfrachtet wurde. Dabei schaute Savard sich ängstlich über die Schulter um – ein stummer Hilferuf. Michel nahm das Funkmikro in die Hand.

»Bewegt euch, los, los! Zwei Männer haben sich Savard gerade geschnappt. Schwarzer Chevy Venture. Keine Spur von Lacaille, und wir können noch nicht mal sicher sein, dass es seine Männer sind. Seht zu, dass ihr nah genug rankommt, um ihnen den Weg abzuschneiden, wenn ich es sage.« Michel war für den Befehl ins Englische übergegangen. Der Fahrer, Mark, stammte aus Ottawa und war erst vor drei Jahren nach Montreal gekommen, und Michel sprach lieber Englisch mit denen, die wie er selbst Französisch als zweite Sprache gelernt hatten. Vor allem jetzt – denn er konnte sich nicht erlauben, wertvolle Sekunden durch ein Verständigungsproblem des Fahrers zu verlieren.

Als das Begleitfahrzeug in Sicht kam, in dessen Scheinwerfern leichter nächtlicher Sprühregen herumwirbelte, fuhr der Lieferwagen schon wieder los. Achtzig Meter mochten zwischen ihnen liegen, schätzte Michel, die jedoch rasch schrumpften, als ihr eigener Wagen Fahrt aufnahm. Sechzig Meter, fünfzig …

Doch als sie am Ende des Lagerhauses angekommen waren und die erste Straßenkreuzung erreichten, sah Michel entsetzt, wie ein großer Sattelschlepper sich ihnen in den Weg stellte, kaum dass der Lieferwagen ihn passiert hatte. Ihr Einsatzfahrzeug musste scharf abbremsen, drehte sich um die eigene Achse und kam nur wenige Zentimeter vor dem Hindernis zum Stehen.

Sie hupten, gaben Lichtzeichen und fingen wütend an zu brüllen, doch der Lastwagenfahrer hob erst schlichtweg die Hände, um dann seinerseits lautstarken Protest einzulegen. Erst als sie mit Nachdruck ihre Dienstmarken schwenkten und ihre kirschrote Sirene auf das Dach stellten und einschalteten, setzte sich der Laster langsam wieder in Bewegung. Der Lieferwagen war längst verschwunden.

In diesem Augenblick kam Savards Stimme klar und deutlich über den Funk. »*Mein Gott*! Was soll das … was wollt ihr von mir?«

Er erntete nur Schweigen. Keine Antwort.

Michel sah, wie der Sucherpunkt auf dem Monitor sich rasch aus den Hafenanlagen entfernte, sich eine Weile geradeaus bewegte, um dann piepend und blinkend an einer Kreuzung zu verharren. »Sie sind entweder in die Lafontaine oder die Ontario abgebogen, ostwärts auf jeden Fall«, zischte er in das Mikro des Funkgeräts. »Sieht aus, als wollten sie in die Stadt. Wir werden eine Abkürzung nehmen und euch zu Hilfe kommen.«

Michel nahm den Monitor und wies zwei seiner Männer an, ihn zu begleiten; die anderen sollten bei Chac bleiben. Sie rannten die Treppe hinab, nahmen zwei, drei Stufen auf einmal. Michels Herz hämmerte heftig, fast im Gleichklang mit dem Bildschirmpunkt. Sein Atem rasselte; er wog mehr, als gut für ihn war, und in einer solchen Situation machte sich das bemerkbar.

Michel setzte sich auf den Beifahrersitz, und der Jüngste von allen, ein schlaksiger, neunundzwanzigjähriger englischsprachiger Montrealer namens Phil Reeves, glitt hinters Steuer. Maury Legault, sein gewichtigerer, zwölf Jahre älterer Partner aus Quebec mit dem Gesichtsausdruck einer Bulldogge, saß hinten. Was Alter, Figur und Haltung anging, war Michel mehr oder minder eine Kreuzung zwischen beiden. Allerdings verrieten – bei entsprechendem Licht und aus bestimmtem Winkel betrachtet – seine hohen Wangenknochen und die leicht mandelförmigen, dunkelbraunen Augen, dass er von den Mohawk-Indianern abstammte. Aber als sie nun losrasten und er im Außenspiegel flüchtig sein Spiegelbild zu sehen bekam, hatte er die gleiche Miene aufgesetzt wie Maury – betreten, besiegt. Drei Jahre Arbeit kulminierten jetzt in hektischen Minuten, und alles schien ihm blitzschnell aus den Händen zu gleiten.

Michel bemerkte, dass der Punkt wieder stärker blinkte. Als sie sich der Lafontaine näherten, erkannte er, dass der Lieferwagen auf der Ontario sein musste, der nächsten Querstraße. Über Funk rief er Chac.

»Irgendwas zu hören?«

»Nichts von Bedeutung. Rauschen und Bewegungen, Verkehrslärm. Aber keine Stimmen. Gar nichts, seit Savard …«

Sogar über das Funkmikro konnte Michel hören, was Chac

mitten im Satz hatte stocken lassen: ein leises Knirschen im Hintergrund und ein ersticktes, heiseres »*Merde!*«, dem ein unverständliches Gemurmel von Savard folgte. Im gleichen Augenblick verschwand der Sucherpunkt vom Bildschirm.

»O *nein* ... bitte nicht.« Während Michel mit angehaltenem Atem sein Stoßgebet sprach, schloss er einen Augenblick die Augen. Dann schluckte er heftig und stellte das Schlimmste befürchtend die nächste Frage: »Hast du noch Ton, Chac?«

»Ja ... ist noch da. Das Rauschen wird jetzt lauter, und Savards Atem geht schwerer. Er hustet ... Jedenfalls klingt es nach ihm. Die anderen würden nicht so deutlich rüberkommen.«

Langsam atmete Michel wieder aus und öffnete die Augen. Gott sei Dank war ihnen wenigstens das geblieben. Der Peilsender steckte in Savards Uhr, und die Drahtantenne war – da sie wussten, dass Lacaille Savard wahrscheinlich gründlich filzen würde – dezent in seinen Mantelaufschlag eingenäht worden.

»Offenbar haben sie seine Uhr zertrümmert. Wir können nur beten, dass sie die Wanze nicht finden.« Er wusste aber, dass diese praktisch wertlos war, solange Savards Entführer nicht sprachen und dabei einen Hinweis darauf gaben, wohin sie fuhren. »Verbinde mich direkt mit der Antenne, Chac. Wir fahren hier blind durch die Gegend. Vielleicht kann ich durch die Geräusche des Verkehrs und der Stadt etwas aufschnappen.«

Als die Verbindung mit der Wanze über Funk zu hören war, stellte Michel sofort lauter. Statische Störungen und leises Rauschen erfüllten den Wagen. Michel tauchte darin ein und blendete die ihn umgebenden Verkehrsgeräusche vollkommen aus, während Phil über die Rue Ontario raste. Nach einer Weile konnte er die sich hebenden und senkenden Atemzüge von Tony Savard ausmachen. Ein leises Husten, ein Schlucken. Kurz danach war Tony Savards Stimme laut und verzerrt zu hören.

»Wohin fahren wir? Ich kann mit dieser Kapuze überhaupt nichts sehen!«

Michel ballte die Faust. Savard versuchte, ihnen Hinweise zu geben, so gut er konnte. Keine Antwort. Michel konzentrierte sich auf die Hintergrundgeräusche, die sich von Savards Atem abhoben: das Summen des Verkehrs, eine Autohupe, das entfernte Jaulen einer Sirene. Michel stellte den Funk leiser. Er selbst konnte die Sirene draußen nicht hören, und das beunruhigte ihn, weil es bedeutete, dass sie sich nicht in Savards Nähe befanden.

Michel schaltete zum anderen Wagen durch. »Mark, hörst du bei euch eine Sirene?«

Einen Augenblick herrschte Stille. »Nein, hier ist nichts.«

»Wir haben den Peilsender verloren, aber der Drahtfunk bleibt uns noch. Irgendeine Idee, wohin sie von euch aus gefahren sind?«

»Wir sind nach deinen Angaben hinter ihnen her, Richtung Osten auf der Ontario. Aber hier ist keine Spur von ihnen. Sie haben einen guten Kilometer gewonnen, als der Lastwagen uns blockiert hat. Sie können überall sein.«

»Okay. Ich sag dir Bescheid, wenn wir was Brauchbares aufschnappen.«

Er horchte wieder auf Savards Atem. Die Sirene im Hintergrund war inzwischen verklungen. Nach einer Weile hörte man barsches Québecois, die erste Äußerung derjenigen, die Savard gefangen genommen hatten.

»Wo ist unser Drogengeld, Tony?«

»*Quoi*? … Was für Drogengeld? Davon weiß ich nichts. Ich wollte mich gerade mit Roman Lacaille treffen.«

»Den Mann kenne ich nicht persönlich. Noch einmal … Wo ist unser Geld, Tony?«

»*Ich weiß nicht* … weiß nicht, wovon Sie sprechen …«

Da platzte Chacs Stimme herein. »Hier geht wieder was vor. Der Beamer von Roman Lacaille kommt gerade angekurvt. Jetzt steigen er und ein weiterer Mann aus, dreist wie nur was … Sie schauen sich um.«

Michels Magen sackte zusammen. Was immer mit Savard im Lieferwagen geschehen würde – Lacaille verschaffte sich gerade ein Alibi. »*Ich bin aufgekreuzt wie verabredet, aber er war schon weg. Und ein halbes Dutzend Bullen weiß, dass ich es nicht gewesen sein kann, weil sie mich durch ihre Feldstecher beobachtet haben.«*

»Jetzt hebt er fragend die Arme, als ob er sagen wollte: ›Wo ist der Kerl?‹«

Michel stellte sich vor, wie Lacaille bei dieser gespielten Geste hämisch grinste. Er schloss die Augen und nickte. »Okay. Wir können ihm nichts anhaben. Und das weiß er auch. Stell mich wieder zum Drahtfunk durch.« Bei Lacaille zu verweilen brachte nichts.

»... letzten Mal. Wo ist es, Tony?«

»Ich hab es euch doch gesagt ... Ich weiß nicht mal, wovon ihr sprecht.«

Bedrückende Stille, im Hintergrund wieder Straßenlärm, Savards Atem schwer vor Anspannung. Dann endlich: »Tja, wenn er nicht reden will ...«

Michel bemühte sich, den nun folgenden Geräuschen zu entnehmen, was geschah: lauteres Rascheln, eine Bewegung dicht bei Savard, dann der erstickte Ausruf: »*Especè d'encoulé!* Was zum Teu ... aaargh«, der sich rasch zu erneuten Stöhnlauten reduzierte. Savard atmete schwerer, noch keuchender, mehr durch die Nase. Michel vermutete, dass man ihn geknebelt hatte. Das Rascheln und die Bewegung verklangen, dann war eine neue Stimme von vorn zu vernehmen.

»*Bon*. Also, wo machen wir es?«

»Ich dachte an Saint Norbert.«

»Nein, nicht gut. Das Parkhaus da hat bloß fünf Stockwerke. Er könnte den Sturz überleben. Überleben und auspacken, wenn er unten auf dem Parkdeck aufgekommen ist.«

Michels Hoffnung stieg sprunghaft: Endlich ein Hinweis darauf, wohin sie unterwegs waren! Zugleich aber wurde ihm nun klar, warum sie ihn geknebelt hatten, und Savard tat ihm Leid. Sie wussten, dass er bei ihrer Unterhaltung laut zu schreien angefangen hätte. Michel hörte, wie Savard vor Angst hyperventilierte, ein ersticktes Stöhnen von sich gab, vermischt mit einem nasalen Pfeifen.

»Und was würdest du vorschlagen?«

»Das Parkhaus am Place Philips. Acht Etagen, bis ganz nach unten. Das überlebt er nicht.«

Savards Stöhnen und Keuchen geriet nun fast ganz außer Kontrolle, dazu kam heftiges Rascheln und Stampfen. Offenkundig wand er sich heftig hin und her.

Michel wünschte, er hätte Savard an der Schulter packen und beruhigen können: *Keine Sorge, wir wissen jetzt, wohin sie wollen. Wir kriegen sie, bevor sie dich runterstürzen können.*

Um Zeit gutzumachen, bog Phil ab und kürzte zwei Blocks Richtung Rue René Lévesque ab, während Michel über Funk Mark alarmierte. »Wir haben gerade über Draht erfahren, dass sie zum Parkhaus am Place Philips fahren.«

»Einfahrt Ste. Catherine oder Philips?«

»Wissen wir nicht. Ihr nehmt Ste. Catherine, wir Philips.«

Wieder Stille. Über Draht war der gedämpfte, schwere Atem Savards zu hören, während Phil mit über hundert durch die nächtlichen Straßen raste.

Eingehüllt in die völlige Dunkelheit seiner Kapuze, brach Savard nun vollends in Panik aus. Schon dadurch, dass ihn die Kapuze als solche einengte und sein heißer Atem gegen ihn zurückprallte, fiel ihm das Atmen schwer. Nun aber, da man ihm auch noch den Stoff der Kapuze in den Mund geschoben und diese von außen zugebunden hatte, war es ihm fast unmöglich geworden. Bei jedem Atemzug hatte er das Gefühl, er sauge den Stoff in sich auf, was einen Würgereiz auslöste. Als er hörte, dass man ihn vom Dach stürzen wollte, hatte er sich gewunden und hin und her geworfen, zum Teil aus Angst, zum Teil in der vergeblichen Hoffnung, die Aufmerksamkeit vorbeikommender Autofahrer oder Passanten zu erregen. Doch als das durch seinen Kopf hämmernde Blut schließlich dazu führte, dass er Brechreiz bekam und fast das Bewusstsein verlor, fiel ihm plötzlich die Drahtantenne wieder ein. Als die Männer ihn in den Lieferwagen verfrachtet und an Händen und Füßen gefesselt hatten, waren sie zwar brutal mit ihm umgegangen, doch er war sich ziemlich sicher, dass sie den Draht noch nicht entdeckt hatten. Michel musste mitbekommen haben, wohin sie fuhren.

Doch wie standen die Chancen für Michel und seine Männer, ihn rechtzeitig zu erreichen, wo es doch zwei Einfahrten und fünf Abschnitte in dem Parkhaus gab? Sie konnten bereits zwei Minuten hinter ihnen sein und dann leicht noch einmal ein paar Minuten verlieren, um die richtige Sektion im Parkhaus zu finden. Falls Michel seine Entführer erst erwischte, nachdem er in die Tiefe gestürzt worden war, hatte er herzlich wenig davon.

Die nächtlichen Straßen schossen an Michels Fenster vorbei. Die meisten Autos fuhren rasch zur Seite, wenn der Sirenenklang sich ihnen näherte. Michel machte immer wieder die Augen zu, um sich ganz den Geräuschen hinzugeben, die über den Draht hereinkamen: Savards abgehackter, erstickter Atem, der fast im Gleichklang mit Michels Puls zu sein schien. In Gedanken versetzte er sich an Savards Seite, gewillt, ihm die Botschaft zu übermitteln: *Wir werden da sein, keine Sorge. Wir werden da sein und sie aufhalten.*

Sie benötigten nur etwas mehr als drei Minuten, um die Zufahrt am Place Philips zu erreichen und hinaufzufahren. Mark hatte zwanzig Sekunden zuvor gefunkt, dass er die Einfahrt an der Rue Ste. Catherine genommen hatte und nun im Eiltempo zum dritten Parkdeck hochkurvte. Auf Michels Geheiß hatten sie beide auf den letzten zweihundert Metern ihre Sirenen abgestellt. Michel wollte damit verhindern, dass Savards Entführer es mit der Angst zu tun bekamen und sich seiner woanders entledigten.

Als Phil das fünfte Stockwerk erreichte, hörte Michel über den Funk, wie der Lieferwagen anhielt, eine Tür aufging und sich dann wieder schloss. Dann wurden die Hecktüren des Lieferwagens geöffnet.

»Okay. Hier sieht's gut aus.«

»Ja.«

Wieder wurde Savards Atem schneller, hektischer. Ein kurzes Aufbäumen und Stampfen, dann Rascheln und knappes, ersticktes Stöhnen. Michel ging davon aus, dass der Mann nun hinausgezogen wurde.

Er hielt das Funkmikro fest umklammert. Mark musste jetzt

fast auf dem obersten Parkdeck angekommen sein. »Wir haben den Lieferwagen gerade anhalten hören – sie holen Savard raus. Könnt ihr von eurem Standort aus irgendwas sehen?«

»Wir kommen gerade oben an.« Im Hintergrund hörte man kurz das Quietschen von Reifen. »Nein … hier im ersten Abschnitt ist nichts.«

Michel trommelte mit seiner flachen linken Hand auf das Armaturenbrett, während sie das sechste Parkdeck entlangrasten und dann die Auffahrt zum siebten nahmen. »*Komm schon!*«

Savard bemerkte, dass man ihn vom Lieferwagen weggeschleppte, und er hörte die schlurfenden Schritte der Männer. Es war ein leichtes Knirschen zu vernehmen, als trügen sie Kreppsohlen. Nach ein paar Metern hielten sie an. Sein Rücken wurde auf den Oberschenkeln des Mannes hinter ihm abgelegt.

»Deine letzte Chance, Tony …«

Savard spürte, wie ihm jemand den Knebel abnahm. Sein heftiger Atem beruhigte sich ein wenig.

»Wo ist unser Geld?«

»Ich hab es euch doch gesagt … *ich weiß es nicht*«, keuchte er. »*Bitte,* ihr müsst mir glauben.«

Phil fuhr mit quietschenden Reifen die Rampe zum achten Stock hoch. Michels Blicke schossen blitzschnell hin und her, während sie wieder beschleunigten. Auf den ersten Blick konnte er nichts sehen, keine Spur vom Lieferwagen oder von Savard. Er wies mit dem Finger nach vorn. »Vielleicht im nächsten Abschnitt.« Ins Mikrofon: »Bei euch irgendwas?«

»Nein, gar nichts. Zwei Abschnitte haben wir bereits überprüft. Einer bleibt noch.«

Michel trommelte nun noch heftiger auf das Armaturenbrett ein, während Phil in den nächsten Abschnitt einbog. Die Stimmen über Funk signalisierten ihm, dass wahrscheinlich nur noch wenige Sekunden blieben.

»Wir glauben gar nichts, Tony. Letzte Chance …«

»Verdammt noch mal, Jungs … Ich weiß es doch *wirklich* nicht!«, stieß Savard hervor. »Meint ihr etwa, ich würde es euch sonst nicht sagen?«

Einen Augenblick herrschte Stille. Dann war die Stimme des anderen Mannes zu vernehmen. »Bringen wir in näher an den Rand. Er wird nicht reden.«

Schwaches Rascheln, Bewegung, wiederholt unterdrückter Protest von Savard. Dann hieß es: »Wir kriegen ihn nur übers Geländer, wenn wir ihn rüberschwingen.«

»Okay ...«

Nun drehte Savard durch. Verzweifelt wehrte er sich und schrie: »*Nein*!« Michel hatte regelrecht vor Augen, wie die Männer ihn hin und her schwangen.

Da kam Marks Stimme über Funk. »Hier ist nichts. Wir haben jeden Winkel abgesucht.«

»Okay.« Phil war gerade in den letzten Abschnitt eingebogen, und Michel ließ blitzschnell seinen Blick umherschweifen. Savards Schreie drangen in sein Ohr. Er musste doch irgendwo hier sein, irgendwo ... Plötzlich unterbrach er seinen Trommelwirbel auf dem Armaturenbrett und schlug stattdessen fest darauf. »Halt! Halt den Wagen an! *Sofort*!«

Phil brachte das Auto mit quietschenden Reifen zum Stehen. Michel stieß seine Tür auf und lauschte.

»... zwei. Bei drei lassen wir los.« Die Worte wurden fast gänzlich von Savards heiseren Schreien übertönt.

Michel konnte alles deutlich über Funk hören, doch in dem sie umgebenden Parkhaus war überhaupt nichts zu vernehmen. Dabei schrie Savard so laut, dass man ihn noch in zwei Blocks Entfernung hätte hören müssen. Michel machte sich nicht einmal die Mühe, dies mit Mark abzuchecken, denn auch von seinem Standort aus hätte er es gehört, wenn etwas aus Marks Abschnitt gekommen wäre. Sein Magen sackte zusammen, und es lief ihm kalt über den Rücken. Savard war überhaupt nicht in ihrer Nähe; sie hatten ihn woanders hingebracht. Sie konnten nichts mehr tun, um ihn zu retten.

»*Drei*!«

Savard hatte sich den Sturz vom achten Stockwerk schon ausgemalt. Als man ihn zum letzten Mal hochschwang, raute ihm sein Schrei die Kehle auf. Dann flog er im freien Fall ... Im

Dunkel der Kapuze spulte sein Verstand im Schnelllauf Bilder ab, die dem Gefühl des Fallens entsprachen. Sein Schrei hallte durch die Nacht … Inständig betete er darum, auf halbem Weg nach unten das Bewusstsein zu verlieren … und sein Tempo nahm zu, schneller, noch schneller, bis … Aber dann kam er eher auf dem Boden auf, als er es erwartet hatte. Es waren höchstens ein paar Meter gewesen. Und er landete weich; sein Sturz wurde von einer Schneedecke gedämpft. Seine Schreie gerieten ins Stocken und verwandelten sich in nervöses, stakkatoartiges Atmen. Er wagte kaum zu glauben, dass er noch am Leben war.

»Das war bloß die Generalprobe, Tony. Wenn du uns nicht verrätst, wo das Geld ist, machen wir Ernst.«

Savard schluckte heftig. Erneut ergriff ihn die Panik. Jetzt wünschte er, sie hätten ihn wirklich umgebracht. Ein zweites Mal würde er diese auf die Spitze gebrachte Angst und Anspannung nicht verkraften.

Er zitterte am ganzen Körper, und seine Stimme bebte. »Mein Gott, Jungs … *mein Gott*, ich hab's euch doch gesagt, ich weiß es nicht.«

»Keine Chance mehr, Tony. Das war's.«

Savard fühlte, wie sie ihn erneut hochzogen. »Nein! Nein! … *Nein*!«

Michel konnte kaum mehr zuhören. Ihm war völlig klar, dass sie nichts mehr für ihn tun konnten. Und doch fesselten ihn die Stimmen mit einer geradezu düsteren Faszination, auch wenn er sich jetzt mehr auf Hintergrundgeräusche konzentrierte. Stille, Schweigen. Kein Verkehr im Hintergrund, keine summenden Geräusche der Stadt. Das hätte ihm schon eher auffallen müssen, nämlich, als Savard aus dem Lieferwagen geholt wurde! Dann hätten sie wenigstens gewusst, dass sie hier am Place Philip nur ihre Zeit vergeudeten, und sie hätten vielleicht …

»Wir haben keine Zeit, ihn sonst wohin zu schaffen. Ich denke, wir sollten es hier zu Ende bringen.«

»Ich weiß nicht …« Ein kurzes Zögern von Seiten des anderen Mannes, dann schließlich ein leises Seufzen. »*D'accord.*

Wahrscheinlich hast du Recht. Es bringt nichts, es in die Länge zu ziehen. Reden tut er ja doch nicht.«

Savard merkte, wie man ihn wieder auf dem Boden ablegte. Er war verwirrt. Waren sie denn nicht irgendwo hoch auf einem Gebäude? Andererseits konnte doch beim Parkhaus am Place Philips kein Schnee liegen, und das erklärte auch, warum Michel und seine Männer sie nicht erwischt hatten. Zum ersten Mal fügte sich nun auch Savard in die Stille, die ihn umgab. Wo war er?

Als seine Schreie in hektisches, abgehacktes Atmen übergingen, konnte Michel Savards Überraschung beinah spüren. Nach den Hintergrundgeräuschen zu urteilen, schätzte Michel, dass sie mindestens ein paar Kilometer außerhalb der Stadt sein mussten, vielleicht auf einem verlassenen Feld oder einem Müllabladeplatz. Lacaille hatte sie nach Strich und Faden zum Narren gehalten, hatte wahrscheinlich von der Antenne gewusst und im Lieferwagen eine Kassette eingelegt, die das Geräusch des städtischen Verkehrs abspielte, um sie in die Irre zu führen. Aber wie hatten sie die Auffahrten nachgemacht, sodass Savard nicht bemerkte, dass sie gar nicht die Decks eines Parkhauses hochfuhren?

Michel konnte sich ausmalen, wie nun Revolver herausgeholt und Schalldämpfer aufgesetzt wurden. Er schloss die Augen. In diesem Augenblick hätte Savard erst recht protestieren und vor Angst schreien können, doch stattdessen atmete er weiter schwer, wie ein verwirrtes, in die Enge getriebenes Tier. Es schien ironisch und unfair, dass es so mit ihm zu Ende ging.

Als dann die Revolverschüsse endlich fielen, zwei kurz hintereinander und ein weiterer ein paar Sekunden später, schrie Michel an Savards Stelle. »Nein ... *Neiiin*!« Er kniff die Augen fest zusammen, und sein flehentlicher Ruf hallte in dem höhlenartigen Parkhaus nach. Als das Echo erstarb, hörte man nur noch das Knirschen der Schritte im Schnee, die sich rasch von Savards Leiche entfernten.

2

Elena blätterte den Bericht auf ihrem Schoß durch, während Nadine Moore durch die Alleen von Dorset heimwärts fuhr. Die matte Sonne warf ein geschecktes Licht durch die Bäume. Gelegentlich schaute Nadine herüber, wies auf die Akte und gab ihr ein Stichwort.

»Das da ist das letzte Gespräch mit den Ryalls. Vor elf Monaten. Zwei Monate später wurde der offizielle Adoptionsbeschluss erlassen, und wir waren nicht mehr mit von der Partie.«

»Seitdem keine Alarmsignale?«, fragte Elena. »Nichts, was Anlass zur Besorgnis geben könnte?«

»So etwas liefe dann normalerweise über Lorenas Schule oder ihren Hausarzt. Aber nein, nichts.« Nach einer Weile zwang Nadine sich ein Lächeln ab. »Jedenfalls sind Sie wohl die Erste, an die sie sich um Hilfe wendet.«

»Es scheint so«, nickte Elena und erwiderte Nadines Lächeln. Dann warf sie erneut einen Blick in die Akte, blätterte eine Seite zurück.

Der Anruf war kurz vor ein Uhr früh gekommen. Lorenas Stimme hatte gedämpft geklungen, und Elena stellte sich vor, wie Lorena den Anruf heimlich tätigte, während die anderen im Haus schliefen. »Tut mir Leid, wenn ich dich störe, Elena. Aber ich wusste nicht, wen ich sonst hätte anrufen sollen.«

Lorenas Englisch hatte sich in den fünfzehn Monaten, die seit ihrem letzten Treffen vergangen waren, um ein Vielfaches verbessert. »Das macht doch nichts. Aber jetzt sag schon: Wo brennt's denn?«

»Es ist Mr Ryall. Er kommt nachts in mein Schlafzimmer, und ich … Mir ist unwohl dabei.«

»Wie meinst du das?«

»Ich weiß nicht.« Lorena schluckte heftig, und ihr Atem war kurz. »Vielleicht hätte ich lieber nicht anrufen sollen. Tut mir Leid.«

Elena versicherte ihr, sie habe sich richtig verhalten, und hakte dann nach, ob Ryall sie berührt oder sich an ihr vergriffen hätte. Ein langes Schweigen – zu lang, bis Lorena unsicher »Nein« antwortete. Dann: »Ich weiß es nicht«, worauf etwas Unverständliches auf Rumänisch folgte. Das Zittern in Lorenas Stimme ging in ersticktes Schluchzen über. Kurz darauf hängte das Mädchen ein.

Danach konnte Elena nicht mehr einschlafen; stattdessen grübelte sie darüber, ob sie zurückrufen oder gleich ins Auto springen und zu den Ryalls fahren sollte. Doch Lorenas offensichtliche Angst, das Haus aufzuwecken, sowie ihre eigene Sorge, sie könne durch vorschnelles Handeln den weiteren Ablauf negativ beeinflussen – falls *tatsächlich* etwas geschehen war –, hielten sie davon ab.

Gleich am Morgen rief Elena das Sozial- und Jugendamt an. Vierzig Minuten später rief Nadine Moore zurück und teilte ihr mit, Lorena habe darum gebeten, sie solle ebenfalls an dem Gespräch teilnehmen. »Sie meint, es werde ihr leichter fallen, darüber zu sprechen, wenn Sie dabei sind.«

Elena war Nadine Moore erst einmal zuvor begegnet, als diese während des letzten Beurteilungsjahrs Elenas Adoptionsfall übernommen hatte. Nadine war eine achtundzwanzigjährige Frau mit strahlenden Augen, deren krauses braunes Haar eine runde Brille mit Drahtgestell einrahmte. Sie stand in völligem Kontrast zu ihrer älteren, eher matronenhaften Vorgängerin, die oft in einem ermüdenden, herablassenden Tonfall sprach, den man bei fehlgeleiteten Eltern anwandte, und die diesen Ton nur schwer wieder abstellen konnte. Vielleicht würden zehn Jahre in diesem Beruf auch Nadine jeden Schwung und jeden Optimismus austreiben.

Und auch Elena hätte man vor einiger Zeit noch matronenhaft nennen können, doch der hektische Terminkalender der letzten fünf Jahre, in denen sie für ihre soziale Hilfsorganisation oft in letzter Minute in Flugzeuge oder Lastwagen mit Hilfsgütern nach Bukarest oder Bosnien springen musste, hatte sie rasch Gewicht verlieren lassen. Mittlerweile wirkte sie eher wie eine Mittvierziger-Ausgabe von Jackie Onassis, in deren dunklem Haar sich die ersten grauen Strähnen zeigten. Äußerlich – wenn auch gewiss nicht in puncto Temperament oder Lebenseinstellung – war sie mehr nach ihrem Vater als nach ihrer englischen Mutter geraten.

Erneut vergrub Elena sich in den Bericht. Die Erkenntnisse der abschließenden Beurteilung verrieten ihr wenig über die Ryalls, was sie nicht schon gewusst hätte, seit sie den ganzen Vorgang in Bukarest ins Rollen gebracht hatten. Cameron Thomas Ryall, 52, Gründer und Kopf von *CTR Micro-Tech*. Verheiratet seit vierzehn Jahren mit Nicola Anne Ryall, 44, von Beruf Hausfrau – seine zweite Ehe. Keine eigenen Kinder, aber Mr Ryall hatte einen Sohn aus erster Ehe, Michael, mittlerweile 28. Eine bereits früher adoptierte Tochter, Mikaya, ursprünglich aus Kambodscha. Mikaya war jetzt 19 und ging auf die Universität.

Alteingesessener Geschäftsmann. Komfortable, geborgene häusliche Umgebung. Einverdienerhaushalt (angehende Pflegemutter immer zu Hause). Erfolgreich verlaufene Adoptionsvorgeschichte. Ryall hatte an allen Ecken und Enden Punkte gesammelt und vielleicht, überlegte Elena, war er sich dessen auch von Anfang an bewusst gewesen und hatte Lorenas Adoption mit der gleichen professionellen Präzision geplant wie sein letztes Übernahmeangebot. Das Einzige, was gegen Ryall hätte sprechen können, war die hochfliegende Natur seines Unternehmens. Doch sein Firmensitz befand sich nur acht Meilen entfernt und war mit Abstand die bedeutendste Industrieansiedlung in diesem ländlichen Gebiet, er selbst der größte Arbeitgeber des nahe gelegenen Chelborne. Ryall hatte nicht nur das Etikett des abwesenden Vaters umschifft, das so vielen dynamischen Managern anhing, sondern sich als Lokalgröße und Förderer der Region auch noch das krönende Sahnehäubchen erworben.

»Sie fühlen sich ihr immer noch verbunden, nicht wahr?« Nadine schaute mit einem leicht gequälten, merkwürdigen Ausdruck zu ihr herüber. Mit Absicht hatte sie vermieden zu sagen »für sie verantwortlich«, denn das hätte sich wie eine erzwungene Verpflichtung angehört. »Wie lange kannten Sie sie denn in Bukarest schon?«

»Mit Unterbrechungen insgesamt zwanzig Monate.« Elena nickte. »Und ja, ich glaube schon.« Irgendwie waren alle etwas Besonderes für sie. Alle achtzehn Kinder aus den drei Waisenhäusern in Rumänien, die nun irgendwo in Großbritannien ein neues Zuhause gefunden hatten. Doch wie wollte sie erklären, dass Lorena sich von den anderen abgehoben, eine noch empfänglichere Saite getroffen hatte? Eine natürliche Nähe und Wesensverwandtschaft, die man zu einem bestimmten Kind empfindet, aber gar nicht genau bestimmen kann? Vielleicht lag es zum Teil ja auch daran, was Lorena durchgemacht hatte, nachdem das erste Waisenhaus geschlossen wurde – ihre elf Monate als eines von Bukarests »Kanalkindern« auf der Straße, bis sie endlich wieder auftauchte. Noch immer lastete Elena sich dies zum Teil selbst an.

Eines jedoch gestand Elena sich selbst nicht ein – dass Lorenas Hilferuf ihre Alarmglocken so stark zum Läuten brachte, war letztendlich ihren Erlebnissen mit ihrem eigenen Vater zu verdanken. Sie hatte die Ereignisse schon so lange und so tief vergraben, dass sie wahrscheinlich nie mehr den Mut aufbringen würde, sich jemandem anzuvertrauen.

Als Nadine in die Einfahrt der Ryalls abbog, schaute Elena hoch. Eine undurchdringliche, drei Meter hohe Rhododendronhecke breitete sich zu beiden Seiten eines schwarzen, schmiedeeisernen Doppeltors aus, das beinahe genauso hoch war. Lokalgröße und Förderer der Region. Falls hier tatsächlich etwas faul war, würde nichts, was man gegen Ryall unternahm, Unterstützung finden, egal was es war. Vor allem jedoch zum Wohle Lorenas betete Elena, dass es sich um einen Fehlalarm handelte. So schnell der Gedanke aufgetaucht war, dass sie hier auch aus eigenem Interesse handelte, so schnell verdrängte sie ihn wieder. Sie würde sich nicht erlauben, bei einem oder einer der achtzehn zu versagen.

Nadine stieg aus dem Wagen und drückte auf die Gegensprechanlage am Tor.

Als sie das Haus der Ryalls betraten, hatte Elena das Gefühl, als würden Wände und Mauern ein Stück wachsen. Das Hausmädchen der Ryalls, das Nadines Bericht zufolge auch als Köchin fungierte und viermal die Woche tagsüber im Haus war, geleitete sie durch eine große, offene Eingangshalle in einen schmalen, nussbaumvertäfelten Gang. Cameron Ryall behauptete, es sei nicht nur wichtig, privat als Familie Zeit miteinander zu verbringen, sondern man dürfe sich auch von einer Haushälterin nicht so weit abhängig machen, dass diese von Lorena als Ersatzmutter angesehen werden könne. »Sie wird schon genug Schwierigkeiten haben, sich an eine neue Mutter zu gewöhnen und muss nicht noch zusätzlich verwirrt werden.«

Ryall wusste ganz genau, wie er Punkte sammeln konnte. Elena biss sich auf die Lippe. Es wäre besser, nicht wieder in alte Vorurteile zu verfallen – das würde ihr nicht dabei helfen, einen klaren Blick zu bewahren. Ryall konnte es durchaus ehrlich gemeint haben.

Auf ihrem Weg konnte Elena durch halb geöffnete Türen einen flüchtigen Blick auf eine große Eichenholzküche sowie einen weiteren Raum mit einem Flügel und Stapeln von Büchern, Spielen und Spielzeug auf der anderen Seite werfen. Der Mittelpunkt des Hauses jedoch war der Raum, in den sie nun geführt wurden: ein etwa zehn mal zehn Meter großes Wohnzimmer mit hohen Decken. Es wurde überblickt von einer mit Bücherregalen gesäumten Galerie, und auch hier hatte man die Nussbaumvertäfelung wieder aufgegriffen, wobei auf jedem Paneel ein Tafelbild hing. Elena erkannte zwei Originale von Thornhill, dem Landschaftsmaler aus Dorset, doch zu ihrer Linken, am Ende der Wand, gab es auch modernere, nicht ganz dem Stil des edwardianischen Hauses entsprechende Werke – zwei abstrakte Maler, die Elena nicht erkannte, sowie einen Chagall und einen Seurat. Sie war nicht nah genug, als dass sie hätte sagen können, ob es sich dabei um Originale handelte.

Das Hausmädchen fragte, ob sie Tee oder Kaffee wünschten und sie nahmen beide Kaffee.

Die wenigen Minuten, in denen das Hausmädchen sie allein

ließ – man hörte ein entferntes Klirren und Klappern von Porzellan –, saßen sie in angespanntem Schweigen da. Es gab nur ein Thema, über das sie jetzt hätten reden können, und sie wollten nicht riskieren, dabei belauscht zu werden.

Instinktiv wurden ihre Blicke vom überdimensionierten Panoramafenster an der gegenüberliegenden Seite des Raums angezogen. Es war mindestens vier Meter hoch, apsisförmig und gewährte einen faszinierenden Ausblick auf den dahinter liegenden Pool und die Gartenanlagen. Blumenbeete und Kieswege säumten die eine Seite, und da der Rasen sich terrassenförmig absenkte, konnte man über die begrenzende Rhododendronhecke hinaus auf die Weite der Swanage Bay schauen. Eine leichte Brise wehte, und im Dunst des Meeres ließen sich gerade noch die Schaumkronen weit entfernter Wellen ausmachen. Als sie vom Auto aus auf das Haus zugegangen waren, hatten sie deutlich die Brandung hören können. Nun aber war es totenstill, gedämpft durch fünfzig Zentimeter dicke Steinmauern und eine Doppelverglasung.

Unmittelbar bevor der Kaffee serviert wurde, kamen wie auf ein Stichwort die Ryalls herein. Erwartungsvolles Lächeln und allgemeines Händeschütteln. Cameron Ryall schaute Elena durchdringend an und hielt ihre Hand einen Moment länger.

»Schön, Sie wiederzusehen. Das letzte Mal sind wir uns begegnet …«

»Im Cerneit-Waisenhaus in Bukarest«, sprang Elena ein.

»Ach ja, natürlich. Das müssen jetzt zwei Jahre her sein.«

Sie setzten sich. Einen Moment lang kehrte betretenes Schweigen ein, und als Nadine das Wort ergriff, um den Grund ihres Besuchs zu erläutern – Lorena habe einer Schulfreundin anvertraut, sie habe daheim Probleme und Sorgen –, wurde der Gesichtsausdruck der Ryalls rasch ernst.

Das war die mit Lorena vereinbarte letztgültige Strategie: Lorena wollte nicht preisgeben, dass sie Elena direkt angerufen hatte. Elena musterte Cameron Ryalls Ausdruck genau – keine Wimper zuckte, nur die Augen nahmen einen dunkleren Ton an. Größere Besorgnis.

»Wie ich schon sagte, müssen wir diesen Dingen nachgehen.« Nadine trank rasch einen Schluck Kaffee. »Also würde ich nach dem Gespräch mit Ihnen gern zehn oder fünfzehn Minuten mit Lorena sprechen. Ist Ihnen das recht?«

»Ja, natürlich«, antwortete Cameron Ryall. Er beugte sich vor und ließ die Unterarme auf den Oberschenkeln ruhen – ein Bild bereitwilligen Einverständnisses.

Nicola Ryall nickte zustimmend, um dann rasch den Blick zu senken. War dies die normale Rollenverteilung zwischen beiden, oder hatte er sie vorab instruiert? »Das könnte heikel werden, überlass die Sache lieber mir.«

Als Nadine anrief und mit Nicola Ryall einen Termin ausmachte, hatte diese nicht deutlich werden lassen, ob Mr Ryall ebenfalls anwesend sein würde. Sie hatten das Treffen für vier Uhr nachmittags angesetzt, wenn Lorena gerade aus der Schule kam. Cameron Ryall hielt die Angelegenheit offensichtlich für wichtig genug, zeitig nach Hause zu kommen und seinen weltweiten Mischkonzern ein paar Stunden allein zu lassen. Oder hatte er triftigere Gründe zur Besorgnis?

Cameron Ryall war ein stämmig gebauter Mann, dessen dunkelbraunes Haar an den Schläfen deutlich ergraute, und abgesehen von ein paar Pfunden zu viel sah er noch genauso aus wie bei ihrer letzten Begegnung. Am überraschendsten an ihm waren seine dunkelblauen Augen, die bei einem bestimmten Licht, abhängig von der Pupillenerweiterung, fast schwarz wirkten.

Er war salopp gekleidet, trug ein dunkelgrünes Rugbyhemd und Jeans. Der sanfte, liebevolle Pflegevater. Als sie ihm zum ersten Mal im Waisenhaus begegnet war, hatte er einen übergroßen Parka getragen, als sei er Kriegsberichterstatter. Später, in der Bukarester Adoptionsbehörde dann einen dunkelgrauen Anzug und Krawatte. Ein Mann für alle Jahreszeiten.

Nicola war eine schlanke, attraktive Blondine, deren Haar jedoch kurz geschnitten war; sie trug einen Rock mit kleinen Karos und eine schlichte, cremefarbene Bluse, als wolle sie damit noch züchtiger, reservierter und ländlicher wirken. Oder vielleicht gehörte das ja auch zur Bühneninszenierung ihres Mannes: »Weniger Glamour erweckt den Eindruck geringerer Eigenständigkeit. Das wirkt mütterlicher.«

Mit gezücktem Kugelschreiber öffnete Nadine den Hefter auf ihren Knien. Sie schaute kurz auf eine Reihe maschinengeschriebener Notizen herab, schlug eine leere Seite auf und wandte sich dann wieder den Ryalls zu.

»Also, hat Lorena Ihnen gegenüber in letzter Zeit etwas angesprochen, das ihr Sorgen macht?«

Die Ryalls sahen einander kurz an. Cameron Ryall zuckte leicht mit den Schultern.

»Nein, nicht dass wir wüssten.«

»Überhaupt nichts?«, hakte Nadine nach. »Auch wenn es Ihnen vielleicht banal und unwichtig vorkam?«

Nicola Ryalls Gesichtsausdruck straffte sich, als sei ihr plötzlich ein Gedanke gekommen. »Na ja, sie hat neulich über Probleme bei den Schulaufgaben geklagt. Geschichte, glaube ich …«

»Ja, richtig«, griff Cameron Ryall ihre Bemerkung auf. »Sie spricht mittlerweile recht gut Englisch, aber mit dem Schreiben tut sie sich immer noch schwer. Und für Geschichte muss sie ordentlich viele Aufsätze schreiben.« Er zwang sich ein mattes Lächeln ab. »Das macht ihr ziemlich zu schaffen.«

Nadine ging den Rest ihrer Checkliste durch: Fortschritt in anderen Fächern? Freunde in der Schule? Wie lebte sich Lorena ganz allgemein ein? Freunde und Interessen neben der Schule? Lorena lebe sich recht gut ein, keine Probleme in anderen Fächern, von denen die Ryalls wüssten. In der Schule habe sie ein paar Freundinnen gefunden, nur eine von außerhalb, soweit sie wussten. Nach einer Weile blendete sich Elena zum Teil aus. Nadine hatte sie vorgewarnt, die ganze Routinebefragung werde großenteils überflüssig sein, bis sie dann mit Lorena selbst sprachen. Sie war hergekommen, um Lorena zu beruhigen und ihr ein Gefühl der Sicherheit zu geben, nichts weiter.

Cameron Ryall antwortete höflich und methodisch, während seine Frau nur sporadisch etwas zum Gespräch beitrug. Aus allem sprach der Wunsch, jeder Sorge nachzugehen; Elena konnte keine Spur von Abwehrhaltung oder Erregung ausmachen.

Sie stand auf und trat auf das Panoramafenster zu. Es war nicht so sehr das Gefühl überflüssig zu sein, sondern Frustration, die ihr plötzlich zusetzte. Wäre es ihr überlassen gewesen, wäre sie mit einer ganzen Reihe direkter, unbequemer Fragen herausgeplatzt und hätte die Ryalls mittlerweile in die Ecke gedrängt. Aber so arbeitete das Jugendamt nicht, wie sie aus früherer, oft ermüdender Erfahrung wusste.

Das Prozedere. Die Fragen sollten offen gehalten sein, ohne Hintergedanken. »Das Gegenüber muss Gelegenheit haben, Informationen freiwillig, ohne ungebührlichen Anschub oder Beeinflussung preiszugeben.«

Elena schaute hinaus auf die Gartenanlage und den Pool. In Anbetracht des rasch verblassenden winterlichen Lichts und eines schneidenden Winds wirkte der Blick ungastlich. Ihr fielen zwei Fotos ein, die Lorena ihr vor fünf Monaten mit einer kurzen Notiz geschickt hatte: Eines davon zeigte sie im Pool, in hellem Sonnenlicht und mit einem übergroßen Wasserball, das andere, wie sie im April auf ihrer Geburtstagsfeier mit einigen Freundinnen die Kerzen auspustete – wahrscheinlich im Frühstücks- oder Wohnzimmer aufgenommen. Glückliche Tage im Schoß ihrer neuen Familie. Nun deutete wenig auf die vergnügten Aktivitäten eines Kindes hin, dachte Elena; die Atmosphäre im Haus war stumpf und steril. Genau wie Nadines Gesprächstechnik.

Bei manchen mochte diese kuschelweiche Vorgehensweise ja funktionieren, doch Elena bezweifelte, dass dies bei Cameron Ryall auch der Fall sein würde. Vom ersten Adoptionsbericht wusste sie noch, dass er drei Jahre lang als Anwalt gearbeitet hatte, bevor er Unternehmer wurde. Da er inzwischen dreißig Jahre harter Verhandlungen auf dem Buckel hatte, konnte er die Nadines dieser Welt locker in die Tasche stecken.

Allerdings hatte Nadine ihr auch erzählt, dass wohl wenig ans Licht kommen werde, bevor sie direkt mit Lorena sprachen, und falls sich dann etwas Verdächtiges ergäbe, würde sie beim zweiten Gespräch schwereres Geschütz auffahren. Vielleicht ließ ihre Zuneigung zu Lorena sie ja zu stark auf eine schnelle

Lösung drängen – denn zweifellos hatte Nadine sie deshalb darum gebeten, sich bei den Ryalls im Hintergrund zu halten, »so wütend und entrüstet Sie auch sein mögen. Und wenn wir mit Lorena erst einmal ins Gespräch gekommen sind und sie beruhigt haben, überlassen Sie alles mir.«

Auch Gordon, ihr Mann, hatte ihre kämpferische Seele besänftigen wollen, als sie ihm von dem Treffen mit den Ryalls berichtete. »Vielleicht ist ja alles nur Schall und Rauch, das weißt du doch noch gar nicht. Und selbst wenn da etwas im Busch ist, ist das nicht mehr dein Problem, sondern das des Jugendamts. Du hast deinen Beitrag geleistet, indem du dich um die Kinder gekümmert hast, bis sie ein Zuhause gefunden hatten. Man kann nicht von dir erwarten, ewig für alle verantwortlich zu sein.«

Aber genau das war das Problem. Sie fühlte sich tatsächlich immer noch für alle verantwortlich. In diesem Augenblick überkam sie ein starkes Schuldgefühl, weil sie in ihren zwölf Ehejahren Gordon nie die ganze Wahrheit über ihren Vater erzählt hatte. Vielleicht hatte er ja Recht und es war am Ende wirklich nur Schall und Rauch; dann würde sie es ihm nie erzählen müssen. Es würde ihr Geheimnis bleiben, wie bereits ihr halbes Leben lang.

»Nein, nein. Es gibt keine Probleme.«

»Bist du sicher?« Nadine atmete kaum hörbar aus. »Es ist wichtig. Deswegen sind wir hier.«

Lorena zögerte einen Augenblick, fegte den Zweifel dann jedoch rasch beiseite. »Nein, wirklich. Alles in Ordnung. Ich habe mir Sorgen um nichts gemacht.«

Sie befanden sich im Musik- und Spielzimmer, an dem sie zu Beginn vorbeigekommen waren. Das Hausmädchen hatte Lorena hineinbegleitet, sie dann allein gelassen und die Tür geschlossen.

Gegen Ende des Gesprächs mit den Ryalls hatte es einen Moment der Anspannung gegeben, als Nadine eine ähnliche Frage gestellt hatte: »Wenn wir uns eher dem Zuhause zuwenden, fällt Ihnen hier etwas ein, das Lorena Anlass zur Besorgnis geben könnte?« Elena hatte sich vom Fenster abgewandt und war einige Schritte auf die Ryalls zugegangen, den Blick auf sie gerichtet, fast durch sie hindurchstarrend – unsicher, ob sie immer noch nach verräterischen Zeichen Ausschau hielt oder sie zu entnerven hoffte. Cameron Ryall hatte die gleiche Antwort gegeben wie Lorena, allerdings ohne jedes Zögern.

Lorena musste fünf Zentimeter zugelegt haben, seit Elena sie das letzte Mal gesehen hatte, und war nun über einen Meter fünfzig groß. Sie hatte langes, glattes Haar, das irgendwo zwischen hellbraun und blond lag und, je nach Lichteinfall, auch noch eine Spur Rot aufwies. Ihre blaugrauen, bisweilen grünlich schimmernden Augen waren groß und ausdrucksvoll. Sicher würde sie in ein paar Jahren als atemberaubendes Mannequin durchgehen, und vielleicht spielte das ja auch eine Rolle: Weil sie so hübsch war, konnte man leicht das Schlimmste über Cameron Ryall vermuten. Elena versuchte sich von dem Gedanken zu befreien, doch es fiel ihr schwer.

Lorenas Englisch war fast perfekt, wies aber nach wie vor einen typisch osteuropäischen Akzent auf. Dessen Kanten wurden von einem leichten Dorset-Tonfall geglättet, eine Kombination, die amüsant und liebenswert wirkte.

Sie hatten sich bei der Begrüßung herzlich umarmt. Elena wollte sich gar nicht mehr von ihr lösen und hielt, während Lorena sie fragte, ob sie ihre Fotos bekommen habe, Lorenas Hände noch einen Moment fest. Schnell und schmerzlich wurde dann jedoch offenkundig, dass es kaum Gesprächsthemen gab, mit denen man die vorliegende Angelegenheit umgehen konnte. Daher übernahm Elena die Vorstellung und sprach dem Mädchen Mut zu: »Nadine ist hier, um dir zu helfen. Erzähl ihr einfach alles in deinen eigenen Worten und nimm dir Zeit.« Dann überließ sie Nadine alles Weitere.

Wie zuvor bei den Ryalls begann Nadine auf sicherem Terrain – Freunde in der Schule oder von außerhalb, wie sie sich ganz allgemein einlebte, Probleme mit ihren Geschichtsaufsätzen. Dann näherte sie sich den Fragen über häusliche Probleme. Doch das Vorgeplänkel schien wenig geholfen zu haben, Lorena wirkte nach wie vor nervös und befangen.

Nadine war unsicher, ob sie ein wenig lockerlassen und sich dann behutsam wieder vorwagen oder direkter werden sollte. Sie schaute Elena an, deren Frustration und Ungeduld offensichtlich waren. Bei einem Frontalangriff bestand das Risiko, dass Lorena sich dann völlig verschloss. Doch sie hatte wenig zu verlieren, denn mit der sanften Vorgehensweise kam sie mit Sicherheit nicht weit.

»Als du angerufen hast, Lorena, da hast du davon gesprochen, dass Mr Ryall nachts in dein Zimmer gekommen ist und dass dich das beunruhigt hat. Warum hat dich das beunruhigt?«

»Es war eben so, das ist alles.« Lorena senkte einen Moment den Blick. »Er kam immer, um mir Gutenachtgeschichten vorzulesen, aber ich habe ihm gesagt, dass ich jetzt zu alt dafür bin.«

»Aber er ist trotzdem noch gekommen?«

»Ja, aber jetzt nicht mehr so oft. Jetzt ist es mehr, wenn ich meine Träume habe, als um mir Geschichten vorzulesen.«

»Träume?«

»Ja, ich ...« Lorena warf Elena einen Blick zu. »Ich hatte immer so böse Träume, in denen ich unter der Erde war, gefangen ... nicht atmen konnte.« Theatralisch legte sie sich eine Hand an die Kehle. »Erst hatten sie aufgehört, aber dann, noch nicht so lange her, vor vielleicht sechs oder sieben Monaten, sind sie wiedergekommen.«

Elena merkte, dass Nadine noch immer nicht ganz im Bilde war, und schaltete sich ein. »Lorena hat fast ein Jahr lang in Bukarest auf der Straße gelebt, nachdem das erste Waisenhaus schließen musste. Sich im Winter warm zu halten bedeutete oft, sich in unterirdischen Abwasserkanälen eine Schlafstelle zu suchen. Deswegen hatte sie Albträume, in dem zweiten Waisenhaus, bevor sie nach England kam.«

»Ich verstehe«, nickte Nadine. »Und wenn Mr Ryall wegen dieser Träume an dein Bett kommt, passiert dann sonst noch etwas? Etwas, das dich vielleicht beunruhigt?«

Lorenas Stirn legte sich in Falten. »Wie meinen Sie das?«

Nadine schluckte unmerklich und hielt den Blick fest auf Lorena gerichtet. »Hat es körperlichen Kontakt gegeben?«

Lorena blinzelte langsam und nahm das Gewicht der Frage in sich auf. »Nein, also ... nur dass er mich tröstet, mir über den Kopf streicht, um mich zu beruhigen.«

»Sonst nichts?«

Lorena schüttelte den Kopf. »Nein, nichts.«

Elena erinnerte sich, wie sie im Cerneit-Waisenhaus nachts oft beruhigend über Lorenas Stirn gestrichen hatte. Nun hatte Cameron Ryall ihren Platz eingenommen. Ihr fiel auf, dass die dunklen, angsterfüllten Schatten wieder in Lorenas Augen standen, seitdem sie über die Träume sprachen. Ob hinter diesen Schatten noch etwas anderes lag? Natürliches Unbehagen einer rasch erwachsen werdenden jungen Frau über einen Mann, der nachts in ihr Schlafzimmer kam? Oder ging hier etwas noch Beunruhigenderes vor? War dies das sichere, geborgene und liebevolle Zuhause, das sich Lorena immer erträumt hatte, oder lebte sie in einem goldenen Käfig?

Lorena musste schneller erwachsen geworden sein als andere, hielt Elena sich vor Augen. Um auf den Straßen von Bukarest zu überleben, hatte sie wie eine Erwachsene denken und handeln müssen. Sie hatte so wenig wirkliche Kindheit gehabt. Und vielleicht konnte sie als Folge davon einfach keine Beziehung zu den Bildern von Aschenputtel und rosaroten Schleifchen herstellen, die Cameron Ryall ihr in seinen Gutenachtgeschichten schmackhaft zu machen versuchte. Sie wollte unbedingt schneller ins Erwachsenenalter kommen, damit sie ihre Kindheit vollends auslöschen und sich vormachen konnte, es hätte sie nie gegeben. Vielleicht war dies ihrem Empfinden nach die einzige Möglichkeit, wirklich glücklich zu werden. Das würde jedenfalls eine Menge erklären.

»Wie oft hast du denn diese Albträume jetzt?«, wollte Nadine wissen.

»Manchmal habe ich zwei Wochen oder so überhaupt keine. Dann kommen sie alle zwei oder drei Tage wieder.«

»Und kommt immer Mr Ryall zu dir, oder kommt manchmal auch Mrs Ryall?«

Lorena schüttelte den Kopf. »Normalerweise ist er es. Sie kommt gewöhnlich nur dann, wenn er irgendwo auf Reisen ist.«

»Und kommt Mr Ryall auch aus anderen Gründen als den Träumen zu dir ins Zimmer? Liest er dir manchmal noch Geschichten vor?«

»Nein, Geschichten nicht mehr. Aber manchmal kommt er in mein Zimmer, einfach um zu reden, fragt mich wegen meiner Hausaufgaben, wie es mir geht. So etwas.«

»Kommt das häufig vor?«

Lorena zuckte die Schultern. »Vor allem, wenn er weg war und mich ein paar Tage nicht gesehen hat. Davon abgesehen nicht oft.«

Nadine stellte noch eine Reihe weiterer Fragen, um herauszubekommen, wie oft genau Mr Ryall spätabends in ihr Zimmer kam. So oder so bewerkstelligte es Ryall, sie mindestens einmal die Woche zu besuchen, manchmal zweimal die Woche.

»Wie ist es denn, wenn Mr Ryall sonst in deiner Nähe ist? Fühlst du dich dann wohl?«

»Ja, es ist ... Es ist okay.« Eine Sekunde flackerte Unsicherheit auf, dann zuckte Lorena unbekümmert die Achseln. »Keine Probleme.«

»Und Mrs Ryall? Kommst du mir ihr gut aus?«

»Ja.«

»Du fühlst dich nie unwohl in ihrer Gegenwart?«

»Nein.« Lorena lächelte matt, als sei die Frage ziemlich lächerlich.

Elena betrachtete Lorena während des Gesprächs aufmerksam. Mit jeder Frage verschärfte sich die Anspannung, die im Raum lag, und Elenas Regungen waren ernstlich gespalten. Schon beim Funken Unsicherheit in Lorenas Augen hätte sie schreien wollen: »Hör auf, uns etwas vorzumachen! Wenn du nichts sagst, nicht mit der Sprache herausrückst, können wir dir nicht helfen. Dann bleibst du hier, auf Gedeih und Verderb den Ryalls ausgeliefert.« Doch wenn Lorena sicher und überzeugt wirkte, sprach das den anderen Teil in ihr an, der verzweifelt daran glauben wollte, dass gar nichts im Gange war. Vielleicht verdrängte ja sie selbst auch selektiv, nicht bereit, nach dem, was Lorena in Rumänien durchgemacht hatte, mögliche Horrorgeschichten zu akzeptieren.

Nadine holte Luft. »Also rühren mehr oder weniger alle deine Probleme daher, dass Mr Ryall spätabends an dein Bett kommt, obwohl du ja jetzt schon älter bist. Ist das so?« Nadine pochte mit dem Kugelschreiber gegen den Aktendeckel, während sie auf Lorenas Antwort wartete.

Lorena nickte nur und kaute auf ihrer Unterlippe herum.

»Falls und wenn du schlechte Träume hast, würde es also dein Problem lösen, wenn wir Mrs Ryall bitten, dass sie statt Mr Ryall zu dir kommt.«

»Ich glaube schon.« Lorena schlug unterwürfig die Augen nieder, bevor sie wieder aufschaute. War es Verlegenheit, ihre Zeit verschwendet zu haben, oder immer noch Zurückhaltung? Es ließ sich kaum sagen.

»Wir werden sehen, was wir tun können.« Dabei hatte Nadine keine Ahnung, wo sie damit anfangen sollte. Sie konnte es Ryall schließlich kaum vorwerfen, echte Fürsorge für Lorena aufzubringen. Und Ryall zu sagen, er dürfe seine Stieftochter nach ein paar Tagen Abwesenheit nicht ins Bett bringen, wäre noch absurder. Sie hakte ein letztes Mal nach, und sei es auch nur, um sich spätere Kritik von Elena zu ersparen, sie sei nicht gründlich genug gewesen. »Und du bist absolut sicher, dass dir nichts sonst an Mr Ryall Sorgen macht – sei es in Verbindung damit, dass er spätabends zu dir ins Zimmer kommt, sei es anderweitig?«

Lorenas Augen flackerten, als suche sie nach etwas, das letztlich außer Reichweite lag. »Nein, nein ... da ist nichts. Das ist alles.«

Doch da Lorena sich flüchtig, wie zu den Ryalls im dahinter gelegenen Wohnzimmer, zur geschlossenen Tür umschaute, wusste Elena im gleichen Augenblick, dass hier tatsächlich etwas nicht stimmte. Cameron Ryall hatte Lorena instruiert, oder sie deckte ihn aus irgendeinem Grund.

Savards Leiche wurde um 5.43 Uhr morgens gefunden, nur wenige Schritte von der Rollbahn eines alten, verlassenen Flugplatzes drei Kilometer südlich von Longueuil entfernt. Der Mann, der die Leiche fand, benutzte dieses Areal dazu, früh morgens seinen Windhund zu trainieren.

Die ersten Polizisten trafen um 6.18 Uhr ein und wurden binnen zwanzig Minuten von zwei weiteren Einsatzwagen verstärkt, der Spurensicherung und einem Krankenwagen. Michel bekam den Anruf kurz nach sechs; er riss ihn aus einem kaum zweistündigen Schlaf. Bis ein Uhr früh war er damit beschäftigt gewesen, mit seinem Team Orte abzusuchen, die für Savards Tod in Frage kamen. Danach hatte er nur schwer Schlaf gefunden – Savards Stimme auf Band und die Bilder, die sie begleiteten, ließen ihn sich ständig hin und her wälzen.

Michel traf wenige Minuten nach dem Krankenwagen ein. Weil die Morgendämmerung gerade erst hereinbrach, nahm er eine Taschenlampe mit aus dem Auto. Die von Savards Leiche aufgenommenen Fotos hoben sich krass gegen die noch fast völlige Dunkelheit ab und maßen sich mit dem blinkenden Signallicht auf einem Einsatzwagen in der Nähe. Das einzige andere Licht stammte von den tanzenden Lichtkegeln der Taschenlampen und den eingeschalteten Scheinwerfern zweier Fahrzeuge, von denen eins dicht bei Savards Leiche geparkt worden war.

Michel kannte drei der Polizisten und alle Männer der Spurensicherung. Einer der Sergeanten der Mordkommission, Lucien Feutres, schaute zu ihm hoch, als er näher kam.

»Michel.« Kurzes Lächeln, das sich in ein Schulterzucken und eine finstere Miene verwandelte. »Schwer Pech gehabt. Tut mir Leid.«

»Ja, ich weiß.« Michel nickte trübselig und schaute sich um. »Danke.«

Savards Leiche wurde von den Scheinwerfern grell beleuchtet; die Körperumrisse waren im Schnee bereits mit blauem Spray markiert worden, sodass Michel seine Taschenlampe vor allem seitlich hin und her bewegte.

»Wer hat ihn gefunden?«

Feutres schaute sich um und zeigte mit dem Daumen. »Der Kerl da vorn. Hat seinen Hund ausgeführt. Willst du mit ihm reden?«

Michel schaute auf die Gestalt im Hintergrund des hektischen Treibens. Wahrscheinlich hatte der Mann seine Befragung schon eine Weile hinter sich und wünschte jetzt, er hätte die Leiche nie gefunden und sich fünfzig Minuten Herumstehen in der Kälte erspart. Sogar sein Windhund wirkte gelangweilt und schaute mit heraushängender Zunge zur Seite.

»Nein, nein, schon gut.« Normalerweise hätte er einen ganzen Katalog von Fragen an den Mann gehabt, und an die Spurensicherung noch viel mehr: Wie viele Schüsse? Zeitpunkt? Wie ist er hierher gekommen? Aber durch die Funkaufnahmen wusste er ja bereits praktisch alles.

Er ließ den Lichtkegel seiner Taschenlampe umherwandern, während Feutres auf den Mann zuging, um ihm zu sagen, dass er nach Hause gehen könne. Rasch machte er die sich wiederholenden kreisförmigen Reifenspuren ausfindig, benötigte jedoch einen Moment länger, um das zu finden, was er vor allem suchte: eine aus festgedrücktem Schnee gebaute Rampe, etwa dreißig Meter entfernt, mit einer steilen Auffahrt zur einen Seite und einer allmählichen, fast unmerklichen Abfahrt zur anderen. Bei jeder Schleife waren sie über die steile Rampe gefahren, sodass Savard das Gefühl gehabt haben musste, als wänden sie sich ein Parkhaus hoch.

Sein Blick schwenkte zurück auf den Mittelpunkt des Lichts und auf Savards Leiche. Sie war fast in Fötusstellung zusammengekrümmt, und der frische Schneefall über Nacht hatte sie mit einer leichten Schneeschicht überzogen. Die Kapuze, wegen der Foto-Identifizierung bis zum Scheitel zurückgezogen, war dunkelblau, und die Hände waren dem Opfer vorn mit einem Seil gefesselt worden. Es gab da noch eine Reihe von Kleinigkeiten, die Michel an diesem Punkt hätte klären können, doch wusste er jetzt auch, warum er sich davor gescheut hatte, seine Fragen zu stellen: Jede Antwort hätte ihm Savards Schreie allzu deutlich wieder lebendig werden lassen, die ihm doch auch so schon in den Ohren klangen. Er würde die Berichte später lesen und ein paar Anrufe tätigen. Wenigstens ein bisschen Abstand.

Ein arktischer Wind peitschte über die flache Grasfläche und die schneebedeckte Rollbahn. Michel war, als durchschnitte er ihn wie ein eisiges Beil und raubte ihm den Atem.

Er ließ einen letzten Blick auf Savards Leiche verweilen und schloss dann langsam die Augen. Offenbar waren sie direkt in Richtung Süden über die Jaques Cartier Bridge gefahren und nicht ins Zentrum. Roman und Jean-Paul Lacaille hatten sie auf Schritt und Tritt für dumm verkauft: das Peilgerät zertrümmert, den Draht an seiner Stelle belassen und Verkehrsgeräusche abgespielt, dazu die Rampe aus Schnee. Savard war praktisch schon tot gewesen, als sie ihn durch das Fernrohr auf Roman Lacaille hatten warten sehen – nur hatten sie es eben noch nicht gewusst.

Du bist in Sicherheit. Wir beobachten dich jeden Augenblick, passen auf deinen Arsch auf. Über Wochen immer neue Treffen, bis Savard endlich so viel Vertrauen gewonnen hatte, um mitzumachen. »Mach dir keine Sorgen, dir passiert nichts«, hatten sie ihm versichert. Und doch war Savard gestern wie ein dressiertes Hühnchen gestorben, waren seine letzten Momente voller Entsetzen gewesen.

Michel war nun doppelt entschlossen, die Lacailles zu schnappen. Doch jetzt blieb ihm nur noch ein einziger Zeuge: Georges Donatien. Und Donatien gehörte praktisch zur Familie, war mit Jean-Paul Lacailles einziger Tochter verlobt, mit Simone, seinem Liebling.

Michel machte die Augen wieder auf. Er nahm den Schrecken dessen, was Savard zugestoßen war, in sich auf, bemüht, sich zum Weitermachen zu zwingen. Doch er wusste schon jetzt, dass es ein nahezu hoffnungsloses Unterfangen war. Sie würden Berge versetzen müssen, um Georges Donatien zu einer Aussage zu bewegen.

3

Dies war Georges Donatiens liebste Tageszeit – dieser ruhige, fast entrückte Augenblick, in dem die ersten morgendlichen Sonnenstrahlen durchbrachen. Vor allem in Anbetracht dessen, wer neben ihm lag und was sie miteinander getrieben hatten.

Simone. Einen Augenblick lang betrachtete er sie bewundernd im weichen ersten Licht, die lange, ausgedehnte Fläche ihres olivfarbenen Rückens, ihr gewelltes schwarzes Haar, das sich nun in leicht zersausten Strähnen über ihre Schulter ergoss. Sanft fuhr er mit zwei Fingern ihr Rückgrat entlang. Der Trick bestand wie immer darin, sie so leicht zu berühren, dass sie davon nicht aufwachte. Er zog das Laken nach unten, um seiner Hand mehr Raum zu verschaffen, und fuhr dann immer weiter hinunter, bis er die Spalte zwischen ihren Pobacken erreichte. Er spürte, wie ein leises Zittern ihren Körper durchfuhr, als sie unbewusst wahrnahm, dass ihr gefiel, was er da tat. Doch er hoffte, dass es nicht stark genug sein würde, um sie aufzuwecken. Noch nicht.

In der Stille wurde er sich plötzlich seines Herzschlags bewusst; er ließ seine Hand verharren und hielt sogar den Atem an, bis ihr Zittern wieder verebbte. Sanft nachspürend, leichtfüßig wie eine Spinne, hinauf und hinab, mit jedem Mal kühner, wieder hinunter, tiefer hinein in die Spalte ihrer Pobacken. Er spürte ihre Wärme, die leichte Feuchtigkeit von gestern Abend. Oder stammte sie von jetzt? Er empfand größtes Vergnügen an ihrem leisen Zittern, konnte beinahe zusehen, wie sie eine Gänsehaut bekam, als das erste Licht auf ihren Körper fiel, verharrte immer wieder atemlos wie ein erschreckter Schuljunge, wenn es schien, als werde sie jetzt gleich …

Sie stöhnte heiser und bewegte ein Bein. Er wartete einen Moment ab, bis das Stöhnen verklang, aber da sie das Bein zur Seite geschoben hatte, glitten seine Finger weiter nach unten statt wieder ihren Körper hinauf. Ihre Wärme und ihre Feuchtigkeit zogen ihn magisch an, und er konnte der Versuchung nicht widerstehen, sein Glück zu versuchen und mit einem Finger ein Stück weiter vorzudringen. Erneut stöhnte sie leise auf, er hielt inne ... und wollte die Hand schon fortnehmen, als sie ihr Bein wieder zurückzog, ihn einklemmte und ihr Stöhnen in ein leises Schnurren überging.

»Mmmh ... *c'est bon.*« Sie drehte sich in seine Richtung und zog ihr linkes Bein an, sodass es auf seinem Oberschenkel ruhte. Dann lächelte sie ihn an und blinzelte. »Guten Morgen.«

»Guten Morgen.« Georges erwiderte ihr Lächeln.

Eine Hand glitt geschickt seinen Bauch herab, und sie sah ihm ins Gesicht, während sie ihn ergriff und sanft zu streicheln begann.

Lustvoll zog er die Luft durch die Zähne ein und hielt die Augen einen Moment geschlossen, bevor er das Gefühl rasch abschüttelte und auf den Wecker schaute. 7.22 Uhr. Im Geiste rechnete Georges die Zeit für Kaffee, Duschen, Anziehen und die zehn Kilometer Fahrt nach Cartier-Ville zusammen.

»Hör zu, Simone, dafür habe ich jetzt keine Zeit. Ich bin um halb neun mit deinem Vater zum Frühstück verabredet. Das schaffe ich nicht, wenn wir jetzt noch rummachen.«

»Wer ins Feuer bläst, dem fliegen die Funken in die Augen.« Herausfordernd zog sie einen Schmollmund und fuhr fort, ihn zu streicheln.

»Wer hat das gesagt?«

»Keine Ahnung.« Sie zuckte mit den Schultern. »Voltaire, vielleicht Rabelais.«

»Hört sich für mich eher nach Cousteau an.«

Ein erneutes Schulterzucken. Dann beugte sie sich rasch vor und glitt mit den Lippen seinen Bauch hinab.

Er verkrampfte sich. »Nein, Simone, *nicht*. Es ist schön, ganz bestimmt ... Aber ich habe jetzt wirklich keine Zeit.«

Sie achtete nicht auf ihn, sondern bedeckte ihn weiter mit Küssen, und als er spürte, wie sie ihn in den Mund nahm, lief ein leichter Schauder durch seinen Körper.

Er gab sich ihr eine Weile hin, um dann erneut zu protestieren. »Simone, nicht jetzt, bitteee ... Ich habe einfach keine ...«

Das Klingeln des Telefons ließ sie beide aufschrecken. Sie hielt inne und schaute vorwurfsvoll den Apparat an. George warf einen raschen Blick auf die Nummern auf dem Display.

»Dein Vater.« Er zog sich von ihr zurück und langte nach dem Hörer. »Ja?«

»Georges … Jean-Paul. Tut mir Leid, wenn ich dich störe. Aber ich habe bei unserem letzten Gespräch vergessen zu fragen: Ist alles klar gegangen mit den überarbeiteten Bauplänen?«

»Ja. Ich habe sie hier bei mir.« Das war der Hauptgrund für ihr für heute angesetztes dringendes Treffen. Georges war für fünf Tage nach Puerto Vallarta geflogen, um Jean-Pauls neue Investitionen vor Ort zu begutachten: ein Siebenundzwanzig-Loch-Golfplatz, zu dem zwei Hotels, ein Spielkasino sowie 214 Bungalows und Villen »direkt am Grün« gehörten – der krönende Abschluss von Jean-Pauls Portefeuille, zu dem bereits drei Hotels, ein Jachthafen, ein weiteres Kasino sowie vier Klubs zwischen Cancun und Puerto Vallarta gehörten. Doch das neueste Projekt drohte sich zu verzögern, weil bei einem der Hotels ein Vermessungsproblem aufgetreten war.

»Also keine Probleme mehr?«, hakte Jean-Paul nach.

»Nein. Jetzt ist alles in Ordnung. Ich … mmmh.« Georges biss sich auf die Lippe. Simone hatte ihre Hand ausgestreckt und erneut damit begonnen, ihn zu streicheln. Er schüttelte den Kopf und machte ein finsteres Gesicht. Herausfordernd grinste sie ihn an und streichelte immer weiter, wobei sie sich ihm mit dem Mund so weit näherte, dass er ihren heißen Atem spüren konnte. Sie ließ ihre Zunge hervorschnellen, worauf er nur noch heftiger den Kopf schüttelte und ihr stumm bedeutete: »*Nein!*« Hastig räusperte er sich. »Mmmh … Ich bin auf Nummer Sicher gegangen und war dieses Mal bei der Vermessung selbst dabei. Jetzt gibt es nichts mehr, was die Genehmigung gefährden könnte.«

»Das ist gut.« Es folgte ein Augenblick Schweigen, in dem Jean-Paul das Gesagte auf sich einwirken ließ. Vielleicht lenkte ihn am anderen Ende der Leitung auch etwas ab. Schließlich fragte er: »Alles in Ordnung bei dir?«

»Ja, alles *wunderbar.*« Schweißperlen traten ihm auf die Stirn. Entsetzt sah er, wie Simones Mund sich mit geschürzten Lippen näherte. »Ein bisschen Halsschmerzen, das ist alles.« Ein kurzes, gequältes Grinsen. Er sprach abgehackt, immer noch besorgt darüber, was sich hier anbahnte. »Wahrscheinlich die plötzliche Temperaturveränderung.«

Sie hielt ihn noch einen weiteren Moment im Ungewissen, ließ ihren Mund über seinem Bauch schweben – um ihm dann aber aus nächster Nähe einen Kuss zuzuwerfen und mit anzüglichem Grinsen von ihm abzulassen.

Simone machte sich ihren Spaß und das entsprach ganz ihrer sonstigen Beziehung: Sie kämpfte mit ihrem Vater um Georges Aufmerksamkeit. Zuweilen war sie unmöglich, aber vielleicht hatte sie ja mit 23, sechs Jahre jünger als er, auch noch das Recht dazu. In eine der wohlhabendsten Familien Montreals hineingeboren zu sein, war ihrer Entwicklung auch nicht gerade förderlich gewesen. Ihr Vater hatte alles getan, um sie zu verhätscheln – nicht nur um den Verlust ihrer Mutter Clair zu kompensieren, den sie als Achtjährige miterleben musste, sondern zweifellos auch, um die vielen Schrecken zu verdrängen, die sich im Lauf ihrer Kindheit und Jugend hinter den Kulissen abgespielt hatten. Jean-Paul Lacaille hatte dafür gesorgt, dass seine einzige Tochter wie in Zuckerwatte gehüllt aufwuchs.

»Ich mache jetzt lieber Schluss«, sagte Georges, als Simone sich rittlings auf ihn setzte und er voller Panik daran dachte, was sie wohl als Nächstes anstellen mochte, während ihr Vater noch am Telefon war. »Alles vorbereiten für unser Treffen.«

»Ja, okay«, murmelte Jean-Paul abwesend. Dann meldete sich seine schneidende Stimme noch einmal: »Ach ja, eines noch: Hast du heute Morgen schon die Nachrichten gesehen?«

»Nein, noch nicht.« *Ich war zu sehr mit deiner Tochter im Bett beschäftigt.* Er spürte, wie Simone sich lustvoll gegen ihn drückte. Sie griff nach ihm, streichelte ihn erneut. Ihr verschlagenes Lächeln verriet ihm, was sie vorhatte. Er betete darum, dass Jean-Paul rasch auflegen würde.

»Sie haben etwas über Tony Savard gebracht.« Jean-Paul atmete schwer. »Er wurde letzte Nacht ermordet. Heute früh haben sie seine Leiche gefunden.«

»Oh, ich verstehe.« Das machte mit einem Schlag alles kaputt. Jetzt würde Simone nicht mehr viel mit ihm anfangen können – egal, wie sehr sie sich auch bemühte.

»Ich weiß, das fällt jetzt nicht in den Bereich, in den ich dich hatte einbeziehen wollen. Aber in Anbetracht der Umstände sollten wir besser auch darüber sprechen.«

»Einverstanden.« Georges war wie betäubt; er fror plötzlich und hatte Schwierigkeiten, einen klaren Gedanken zu fassen oder zu sprechen.

Simone glitt von ihm herunter, rollte sich zusammen und runzelte die Stirn; in ihrem Blick lag jedoch nichts Bockiges oder Verwöhntes, sondern eher Besorgnis. Warmherzigkeit, Mitgefühl, Lebensfreude, scharfer Witz, das waren die Eigenschaften, die ihn im Verlauf ihrer sechzehnmonatigen Beziehung immer stärker zu ihr hingezogen hatten – bis sie schließlich seine vorgefasste Meinung über ihre angebliche Verzogenheit untergraben hatte, die mehr durch seine strikte Arbeitsmoral und seine Ansichten über ihr verhätscheltes Leben als durch die Wirklichkeit selbst geprägt gewesen war.

Doch jetzt wünschte er sich für einen Augenblick, er hätte es mit einer verwöhnten Simone zu tun. Dann hätte er sich vormachen können, das Leben sei immer noch ein verspieltes Tauziehen zwischen ihr und ihrem Vater. Dann hätte er vergessen können, was Jean-Paul gerade über Savard gesagt hatte, hätte Simones besorgten Blick ignorieren können, welcher den Schrecken widerspiegelte, der ihm im Gesicht stand, während er über die albtraumartigen Probleme nachdachte, die Savards Tod auslösen konnte. Er hoffte nur, dass seine erste Vermutung sich als falsch erweisen würde.

Das erste Foto machte der Dicke, als das Paar aus der Wohnung kam.

Ein paar Schritte vor dem Haus lehnten sie sich aneinander, ein schneller Abschiedskuss, und dann lief das Mädchen allein weiter. Mit einer raschen Salve seiner Kamera folgte er ihr. Es war ein attraktives Paar – das Mädchen mit langen, gewellten schwarzen Haaren, der Mann etwa einsachtzig groß und athletisch, die dunkelbraunen Haare zum Bürstenhaarschnitt gestutzt, in einem hellgrauen Anzug und schwarzen Kaschmirmantel. Der Dicke wusste von alten Fotos, die er in der Wohnung des Mannes gesehen hatte, dass dessen Haare sich ein wenig lockten, wenn sie länger waren, und nachdem er die Anzüge in seiner Garderobe überflogen hatte, wusste er auch, dass dieser Anzug zweifellos von Armani oder Yves St.-Laurent stammte. Es heißt, dass Menschen mit ähnlichen Zügen einander anziehen, und zwischen diesen beiden gab es mit Sicherheit eine Reihe von Ähnlichkeiten: Beide hatten große braune Augen – seine vielleicht mit ein wenig kräftigeren Lidern –, und beide besaßen einen olivfarbenen Teint, was auf eine Herkunft aus dem Mittelmeerraum oder Lateinamerika hindeutete.

Sie stieg in ein leuchtend türkisfarbenes Fiat-Sportcoupé, das gleich vor dem Haus geparkt stand, während er durch eine Seitentür auf die Garage zuging. Der Dicke machte eine Reihe weiterer Schnappschüsse – erst von ihr, als sie wendete und losfuhr, eine Minute später dann von ihm, als die automatische Garagentür sich öffnete und sein grauer Lexus herausglitt.

Simone Lacaille und Georges Donatien: Montreals heißestes Paar, das sich bei all den richtigen – und ein paar falschen – Partys und Eröffnungen blicken ließ und das regelmäßig fotografiert wurde, von seinen Schnappschüssen ganz abgesehen.

Das Apartmenthaus lag im schicken Westmount-Viertel, und seine Penthousewohnungen – darunter die von Donatien – wiesen luxuriöse Atriumwohnzimmer mit versetzten Ebenen auf, die einen atemberaubenden Blick auf die Stadt und den St.-Lorenz-Strom gewährten. Nachdem er acht Monate zuvor die Wohnung gründlich durchsucht hatte, hatte der Dicke einen Moment innegehalten, um die Aussicht zu bewundern. Während die Fensterscheibe des Atriums unter seinem Atem beschlug, sann er wehmütig darüber nach, wie unerschwinglich solch eine Wohnung mit einem Polizistengehalt war.

Mittlerweile wusste der Dicke alles über sie, war über jeden ihrer Schritte informiert. Zwei- bis dreimal pro Woche übernachtete sie bei ihm sowie in jeder Nacht, in der er von einer Geschäftsreise zurückkehrte. In diesem Augenblick fuhr sie auf der Rue St. Jaques zu Lachaine & Roy, einer der führenden Werbeagenturen Montreals, wo sie als Leiterin der Rechnungsstelle arbeitete. Ihr Vater hielt zwar keine Anteile an der Firma – er war darauf bedacht, seinen Einfluss auf ihre Karriere nicht allzu offenkundig werden zu lassen, denn dagegen würde sie sich auflehnen –, aber er besaß Anteile an zwei ihrer größten Kunden. Donatien hingegen würde am ersten Tag nach seiner Rückkehr in die Innenstadt fahren, zum Firmensitz von Lacaille an der Côte du Beaver Hall, oder aber zum Wohnsitz der Lacailles in Cartier-Ville.

Die erste und einzige Wohnungsdurchsuchung vor Monaten war auf Ersuchen von Michel Chenouda erfolgt, seinem direkten Vorgesetzten und engsten Vertrauten bei der RCMP. Sie arbeiteten schon zusammen, seit Michel aus Toronto gekommen war, doch noch im gleichen Jahr hatte der Dicke den Polizeidienst verlassen, nachdem eine verpatzte Festnahme der Sitte zum Mordversuch an einem seiner wichtigsten Drogeninformanten geführt hatte. Ein paar Jahre lang verdingte er sich als Privatdetektiv. Streng genommen hatte er auch noch als Privatmann gehandelt, als er in Donatiens Wohnung eingedrungen war: Zwar hatte Michel ihm bereits den Weg zurück in die RCMP geebnet und alle Papiere dafür waren eingeholt, doch der Einbruch fand zehn Tage bevor ihm Dienstmarke und Revolver ausgehändigt wurden statt. Zweifellos hätte Michel die Wohnung jetzt nur zu gern erneut durchsuchen lassen, doch das Risiko war einfach zu groß: Michel würde keinen Beamten mit Dienstmarke darin verwickeln, und es gab keinen anderen Privatschnüffler, dem er eine solche Angelegenheit anvertrauen konnte.

Gegen Ende seiner Teenagerzeit war der Dicke ein begeisterter Hobbyfotograf gewesen, und die Arbeit als Privatdetektiv hatte ihm die Möglichkeit geboten, an seinen Kenntnissen zu feilen. Den Berg von Fotos, die er im Lauf der letzten achtzehn Monate aufgenommen hatte, durchkämmte Michel peinlich genau nach verräterischen Zeichen: das erste Auftauchen von Simone Lacailles Verlobungsring, neue Kontaktleute von Roman oder Jean-Paul Lacaille, die er noch nicht aus den Akten kannte – und die er mittlerweile auch künstlerisch ambitioniert porträtierte, mit einem Auge für Licht, Perspektive, Bildkomposition.

Jetzt, nach Michels Weckanruf um 6.30 Uhr, standen weitere Fotos an. »Man hat gerade Savards Leiche gefunden. Ich bin mit der Spurensicherung vor Ort. Uns bleibt nur noch Donatien – wir müssen ihn enger beschatten als je zuvor.« Michel war an seinem Mobiltelefon und hörte sich ein wenig atemlos an.

Der Dicke machte sich Sorgen; die Sache würde noch zu einer Besessenheit werden. Er begriff zwar den Grund dafür, aber es beunruhigte ihn dennoch. Es existierten bereits hunderte von Aufnahmen, und mittlerweile wahrscheinlich genug Aktenordner, um damit einen Lastwagen zu füllen.

Er atmete heftig aus, während er den Motor startete, in den Rückspiegel schaute und losfuhr. Vielleicht lag es an seiner vertrauten Routine, vielleicht an seiner Sorge, es noch rechtzeitig zur Wache zurück zu schaffen, und vor seinem Treffen mit Michel die Bilder entwickeln zu lassen – jedenfalls bemerkte er den Mann nicht, der fünfzig Meter hinter ihm gehalten hatte, während er gerade seine zweite Serie von Fotos schoss.

»Gute Arbeit, Chac!«, freute sich Michel, während er zusah, wie der Dicke fünf frische Fotos von seinem morgendlichen Besuch an die Pinnwand heftete.

Das C wurde so weich ausgesprochen, dass Nichteingeweihte oft fälschlicherweise glaubten, der Spitzname sei englischen Ursprungs und rühre von der Tatsache, dass der Mann gebaut war wie ein *shack*, ein Schuppen. Tatsächlich aber stammte er von seiner Angewohnheit zu sagen: »*Chacun à son goût*«, jeder nach seinem Geschmack. Ursprünglich war daraus »*Chacun*« geworden, später nur noch »*Chac*«.

Achtzehn Fotos bedeckten nun die Korktafel und lieferten auf einen Blick ein Fotoprofil der Lacailles und aller wichtigen Personen, die mit ihnen in Verbindung standen.

Michel schaute sich die jüngsten Bilder aus knapp zwei Metern Entfernung an und warf hin und wieder rasche Blicke auf die anderen Aufnahmen, als wolle er abschätzen, wie die neuen in das Gesamtbild passten.

»Also noch ganz die Turteltäubchen«, meinte er.

»Scheint so.«

Michel beugte sich vor, um die Einzelheiten auf den Fotos zu studieren. Worauf hatte er gehofft? Auf kleine Anzeichen für Risse in ihrer Beziehung, die es einfacher machen würden, Donatien zu einer Aussage gegen die Lacailles zu bewegen. Immerhin war sie erst Anfang zwanzig, impulsiv, eigenwillig und wahrscheinlich emotional noch nicht gefestigt. Vor Donatien hatte sie eine ganze Reihe von Freunden gehabt, die sie alle paar Monate zu wechseln schien.

Michel schüttelte den Kopf, während er den Ausdruck auf Simones Gesicht untersuchte, die Donatien zum Abschied küsste. Wunschdenken. Ihre Beziehung war sechzehn Monate stabil gewesen und wirkte nun gefestigter als je zuvor.

Das Bild, das ihn schließlich jedoch am meisten anzog, zeigte Donatien in dem Moment, als Simone gerade wegfuhr. Vielleicht war das Geschäft in Mexiko nicht glatt gelaufen, doch Michel bezweifelte, dass es daran lag: Der plötzlich besorgte Ausdruck auf Donatiens Gesicht wirkte zu streng, zu ernst. Donatien wusste von Savard.

»Für wann ist die Hochzeit geplant?«, erkundigte sich Michel.

»Für Anfang Juli – den achten.«

Michel nickte nachdenklich, während er weiterhin die Fotos untersuchte. Er kannte den Termin bereits auswendig, doch eine Verschiebung hätte ein Anzeichen für eine Abkühlung sein können. Allmählich verzweifelte er.

Alle würden sie da sein, überlegte Michel: der schlanke, gewandte Jean-Paul, dessen mittelbraunes Haar beidseitig stark ergraute, der aber immer noch jünger aussah als seine einundfünfzig Jahre. Seine Mutter Lillian, 74, die mittlerweile mehr Zeit auf dem Feriensitz der Familie auf Martinique verbrachte als in Montreal. Tief religiös, wirkte sie mit ihrem tiefbraunen Teint, ihrer Designerkleidung und ihrem hennagetönten grauen Haar zuweilen eitel, doch ihre oberflächliche Affektiertheit stand im Gegensatz zu ihrer tief verwurzelten Natur, bei der sich alles um Kirche und Familie drehte. Und sie sah immer noch gut aus – ihr Alter zeigte sich nur an ihrer leicht matronenhaften Körperfülle und dem daraus resultierenden langsameren Gang. Simones jüngerer Bruder Raphaël, der mit seinen 15 Jahren die sechste Klasse der führenden katholischen Schule Montreals, St. Francis, besuchte, wo er in Kunst und Literatur glänzte, zur Besorgnis seines Vaters jedoch in Mathematik schwächelte, in puncto Geschäft nur wenig Anlass zu Hoffnungen gab und jede freie Minute mit Rollerblading und Snowboarding verbrachte. Sie wirkten wie eine x-beliebige neureiche Montrealer Familie, eher gehobene Mittelschicht als allerbeste Kreise – bis man sich die Fotos von Roman Lacaille und Frank Massenat anschaute, der oft im Schatten von Roman stehenden rechten Hand der Familie Lacaille. Erst dann wurde die unterschwellige Bedrohung deutlich, die von der Familie Lacaille ausging.

Roman war vier Jahre jünger als Jean-Paul und wirkte, obwohl mit einem Meter siebenundsiebzig nur fünf Zentimeter kleiner, auf Grund seines Umfangs und seiner Körperfülle wesentlich untersetzter als sein Bruder. Während Jean-Paul seine Zeit auf dem Tennisplatz oder beim Joggen verbrachte, hatte Roman in der Boxhalle bis zum Umfallen Gewichte gestemmt oder auf einen Sandsack eingeprügelt. Er trug den Spitznamen »Der Stier«, was nicht nur auf seine Statur, sondern auch auf seine Angewohnheit zurückzuführen war, mit gesenktem Kopf zu seinem Gegenüber aufzuschauen und den Schädel leicht hin und her zu schwenken, während er die Worte des anderen abwog – eine Bewegung, die immer stärker wurde, je mehr er an dem, was sein Gegenüber sagte, zweifelte oder Missfallen fand.

Er erinnerte wirklich an einen Stier, der einen Torero abschätzte, bevor er auf ihn losging – und es gab jede Menge Horrorgeschichten darüber, wie Roman rasch und unvorhersehbar mit dem Kopf voran einen potenziellen Streit oder Kampf beendet hatte, indem er seinem Gegner das Gesicht einrammte.

Frank Massenat hingegen war ein Riese, der Roman um Kopf und Schultern überragte. Sieben Jahre zuvor, als er sich den Lacailles angeschlossen hatte, war er auf dem Zenit seiner körperlichen Verfassung gewesen. Eine »Diät« aus Salami- und Pastramibrötchen, Bier und Gerichten mit fetten Sahnesaucen hatte ihn jedoch stetig Pfunde zulegen lassen, sodass er jetzt aussah wie ein großer, schwerfälliger Bär mit einem Bierbauch. Mit seinen schweren Tränensäcken unter den Augen und seinen Hängebacken wirkte er fast zehn Jahre älter als seine vierunddreißig.

Demgegenüber hätte Jon Larsen, seit fast zwanzig Jahren Consigliere der Familie, auf jedem Hochzeitsfoto eine glänzende Figur gemacht. Auf die Sechzig zugehend, schlank, mittlerweile – von einem Ring grauer Haare abgesehen – fast kahlköpfig, konnte er leicht als ein Onkel der Familie oder sogar als Jean-Pauls älterer Bruder durchgehen.

Michels Blick glitt zurück zu den Fotos von Jean-Paul. Letztendlich fesselte Jean-Paul ihn immer am meisten – nicht nur, weil ihm als Kopf der Organisation das Hauptaugenmerk gebührte, sondern weil Michel nie ganz schlau aus ihm wurde. Bei Roman und Frank war das, was man sah, zumindest auch das, was man bekam.

Als großer Modern-Jazz-Fan erinnerte sich Michel daran, wie überrascht er einmal gewesen war, Jean-Paul Lacaille im berühmtesten Jazzklub der Stadt zu sehen, dem »Biddle's« an der Rue Aylmer. Später erfuhr er, dass Jean-Paul tatsächlich ein großer Jazzliebhaber war und vor allem modernen Latin-Jazz liebte. Michel tat sich schwer damit, diese weltmännische, charmante Figur, die nun also scheinbar auch noch mit musikalischem Geschmack ausgestattet war, von der kaltherzigen, brutalen Wirklichkeit zu trennen. Sein Verstand wollte kaum fassen, dass er hier einen Mann vor sich hatte, der seine Freunde im Jazzklub anlächelte und ihnen zunickte und der mit dem gleichen knappen Nicken einem anderen Mann bedeuten konnte, jemanden zu foltern oder umzubringen. Diese beiden Seiten passten einfach nicht zueinander – obwohl das Bild von Jean-Paul als charmantem, lächelndem Vertreter der feinen Gesellschaft in den letzten fünf Jahren mit immer mehr Nachdruck aufgebaut worden war und er sich größte Mühe gab, alle Welt davon zu überzeugen, dass er dem Verbrechen den Rücken gekehrt hatte und »gesetzestreu« geworden war. Michel glaubte keinen Augenblick daran.

Drei Fotos hatte Michel bewusst auf eine Seite der Tafel gehängt. Es handelte sich um die drei größten Verluste der Lacaille-Familie: Pascal, der jüngere Bruder von Jean-Paul und Roman, vor fünf Jahren im Alter von achtunddreißig Jahren erschossen – das tragische Ende eines Kampfs mit der rivalisierenden Cacchione-Familie. Ihr Vater Jean-Pierre, vierzehn Monate später verstorben, nach Ansicht vieler eher an gebrochenem Herzen denn an Herzversagen – Pascal war sein Lieblingssohn gewesen. Und dann, vor knapp drei Jahren, Jean-Pauls zweite Frau Stephanie, die nach langem Kampf an Brustkrebs starb. Im Laufe dieser letzten Jahre hatten die Lacailles nicht wenige tragische Ereignisse erlebt, überlegte Michel, doch sogar das hatte Jean-Paul noch zu nutzen versucht: Er hatte Pascals Tod wie ein Banner hochgehalten, als Hauptgrund für die Entscheidung, die Familie vom Verbrechen abzukehren. Jean-Paul spielte vollendet mit der öffentlichen Meinung – er hätte einen glänzenden Politiker abgegeben.

Michel rieb sich die Augen. »Wann wirst du etwas von Arnaiz hören?«

»Innerhalb der nächsten Stunden. Mit Sicherheit vor dem Mittagessen.« Chac zwang sich ein knappes Lächeln ab. »Hoffen wir, dass er dieses Mal etwas Interessantes hat.«

Michel nickte, bezweifelte es aber. Chac versuchte lediglich, ihn nach der Katastrophe mit Savard etwas aufzumuntern. Bei den letzten fünf Reisen Donatiens nach Mexiko – die Kubareisen hatten sie nicht überwacht – hatte Enrique Arnaiz ihnen überhaupt nichts Neues liefern können. Arnaiz war ein Privatdetektiv, den Chac aus seiner alten Kartei ausgegraben hatte. Die mexikanische Polizei würde nichts unternehmen, solange Donatien sich nicht mit bekannten Drogenhändlern oder sonstigen Kriminellen zeigte. Daher ließ Arnaiz Donatien auf jeder Reise beschatten und glich die Fotos der Leute, mit denen er sich traf, mit denen aus den Akten der *Federales* ab. Aber auch diesmal machte Michel sich keine Hoffnung, dass etwas dabei herauskommen würde.

Das war für ihn das andere große Rätsel: War Donatien wirklich der saubere Geschäftsmann oder handelte es sich bei ihm um den gewieftesten und effizientesten Geldwäscher, mit dem sie es je zu tun gehabt hatten?

»Was meinst du, Chac? Ist Donatien der, als den Jean-Paul ihn verkauft, der Goldjunge, der es in seinem glänzenden neuen Leben als rechtschaffener Geschäftsmann zu etwas bringt, oder hat er genau so schmutzige Hände wie die anderen auch?«

Obwohl er sich die Frage schon vorher gestellt hatte, wusste Chac, dass ihr jetzt, nach Savards Tod, weit größere Bedeutung zukam. Er wog seine Antwort sorgfältig ab. »Zumindest nach außen hin wirkt er sauber, wie sehr das auch der früheren Natur der Lacailles widersprechen mag. Aber aus unserer Sicht wäre es wohl das Beste, wenn er wirklich sauber ist. Sollte er mit den anderen tatsächlich unter einer Decke stecken, kriegen wir ihn nie dazu, eine Aussage zu machen.«

»Das ist wahr.« Michels Stimme war ausdruckslos. Er holte Luft. »Dann brauchen wir ihn also bloß noch dazu zu bewegen, der Liebe seines Lebens den Rücken zuzukehren und ihre gesamte Familie zu verraten.«

»Genau, mehr nicht«, pflichtete Chac ihm scherzhaft bei. Nach kurzem, unbehaglichem Schweigen fügte er hinzu: »Wir haben nie rausgekriegt, warum Donatien in der Nacht, in der Leduc erschossen wurde, in dem Auto gesessen hat. Das war das einzige Mal, dass es den Anschein hatte, als mache er sich die Hände schmutzig.«

»Stimmt – das haben wir nie.« Michel starrte weiter nachdenklich die vor ihm hängenden Fotos an, als könnten sie wie durch ein Wunder die Antwort liefern. Nach einer Weile ließ Chac ihn mit der Lacaille-Familie und seinen Gedanken allein.

Er arbeitete sich schnell und effizient durch die Penthousewohnung.

Im Badezimmer stieß er auf ein Belüftungsgitter, an dem er die erste Wanze anbrachte; die nächste platzierte er in dem hohlen Sockel einer Tischlampe im Esszimmer. Dann hielt er inne, denn ihm gingen die geeigneten Stellen für weitere Wanzen aus: zu viele flache, glatte Oberflächen, zu wenige Möbel und Innenausstattung.

Schließlich schnitt er ein winziges Loch in den Stoff auf der Unterseite der Couch, schob mit dem Finger eine Wanze seitlich hinein und klemmte sie dort fest. Das Gleiche machte er mit den Betten in allen drei Schlafzimmern; anschließend entfernte er den Sockel eines Küchenschranks, um die letzte Zimmerwanze dahinter zu verbergen, und befestigte ihn danach wieder. Die Telefonwanzen, eine im Salon und eine im Schlafzimmer, brachte er zuletzt an.

Carlo Funicelli blieb einen Moment in der Mitte der Wohnung stehen, schaute sich in alle Richtungen um und überlegte, ob er irgendwelche Bereiche vergessen hatte. Das Gästebad, vielleicht noch der erste Meter der Eingangsdiele. Hoffentlich würden hier nicht allzu viele entscheidende Gespräche stattfinden.

Funicelli verließ die Wohnung und fuhr im Aufzug die fünf Stockwerke hinunter. Der Portier grüßte ihn mit dem gleichen knappen, teilnahmslosen Nicken, das er zu Stande gebracht hatte, als Funicelli hereingekommen war, und mit dem er jeden begrüßte, der einen Schlüssel hatte und zu wissen schien, wohin er wollte.

Die Schlüssel waren ihm mit freundlicher Unterstützung von Simone Lacaille zur Verfügung gestellt worden. Donatien selbst ging zu achtsam mit seinem Satz um. Doch sie besaß Reserveschlüssel, damit sie hereinkam, wenn er an einem der Abende, an denen sie bei ihm übernachtete, noch bis spät arbeitete. Dann konnte sie das Abendessen für beide vorbereiten oder, wenn er ein paar Tage auf Reisen gewesen war, den Kühlschrank auffüllen. Liebe. Aber sie ging mit ihrem Schlüsselsatz sorglos um und ließ ihn oft liegen. Sie verbrachte ihre Wochenenden häufig auf dem Familiensitz der Lacailles, vor allem, wenn ihr Vater dort Familientreffen arrangiert hatte, und so war es ein Leichtes für Roman gewesen, sich für ein paar Stunden ihre Schlüssel zu besorgen und Kopien anfertigen zu lassen.

Anderthalb Stunden vor dem Zeitpunkt, an dem er anrufen sollte, fuhr Funicelli in die Innenstadt und vertrieb sich die Zeit mit Kaffeetrinken und einem Schaufensterbummel im unterirdischen Einkaufskomplex am Place Ville-Marie. Es war zu kalt in der Stadt, als dass man seine Zeit über der Erde hätte verbringen wollen. Wie verabredet rief er aus einer Telefonzelle an, nicht von seinem Mobiltelefon.

»Ja. Lokalredaktion.« In Roman Lacailles Stimme hallte ein leichtes Echo nach. Er lehnte an der Bar ihres Klubs an der Rue Sherbrooke; vor ihm erstreckte sich ein höhlenartiges, dreißig mal dreißig Meter großes Kellergeschoss. Das Personal war lange vor der ersten Morgendämmerung gegangen, und der Geschäftsführer der Bar, Azy, hatte ihm erst geholfen, die Kassenbelege der Nacht durchzugehen, und dann, vor knapp zwanzig Minuten, mit den Putzfrauen die Tür hinter sich zugemacht. Roman war allein.

»Fertig. Die Leitungen stehen«, sagte Funicelli.

»Wann? Ab wann können wir mithören?« Romans Stimme klang aggressiv und ungeduldig.

»Sofort. Es läuft schon. Das Empfangsteil steht nur ein paar Blocks entfernt. Jedes Geräusch lauter als zehn Dezibel startet das Band und wird aufgezeichnet.«

»Gute Arbeit. Gib dem Indianer noch ’ne eine Zigarre.« Roman grinste. Das waren seine Spitznamen für Chenouda: Sitting Bull oder Der Letzte Mohikaner. Er wusste, dass Chenouda mit ziemlicher Sicherheit eine Zigarre verpasst bekommen hatte. In Anbetracht des Fiaskos mit Savard sollte er ihn vielleicht in Sleeping Bull umtaufen. »Ich will mir den Apparat irgendwann mal anschauen und mithören. Am besten abends – dann dürfte mehr los sein.« Roman grinste.

»Kein Problem. Wann?«

Sie verabredeten sich für zwei Abende, an denen Simone dort übernachten würde, und beendeten ihr Gespräch.

Nachdem er aufgelegt hatte, betrachtete Roman nachdenklich den Klub vor ihm. Nachts sah man hier ein Meer aus geschmeidigen, nackten Körpern unter wild rotierenden karmesinroten und blauen Spots, und plumpe Männerhände tasteten sich begierig vor, um Zehn- und Zwanzigdollarnoten in Tangas oder Strumpfhalter gleiten zu lassen.

Ein Stripklub der besseren Sorte, letzte Bastion des ehemals kriminellen Imperiums der Lacaille-Familie. Vor fünf Jahren hatten sie Verbindungen zu einer Kette von Nepplokalen und Massagestudios in der Innenstadt gehabt und damit das große Geld gescheffelt. Nun war dies hier das Äußerste in Sachen Sex, auf das sie sich nach Anweisung von Jean-Paul einlassen würden. Dabei war dieser Schritt noch milde im Vergleich zu dem Rückzug aus allen anderen Bereichen – Drogen, organisierte Erpressung, Kreditwucher, Hehlerei. Dort hatte er sich nicht einmal ein Hintertürchen offen gelassen.

Nachdem er fünfzehn Jahre lang dafür gesorgt hatte, dass alles lief – und zwar gut lief –, war ihm also nur noch das hier geblieben: die Einnahmen in einem Stripschuppen zu zählen. Oh ja, in einem halben Jahr würden sie noch einen aufmachen, und dann gab es da ja auch noch die beiden Klubs und das Restaurant. Aber das machte es kaum wett.

Diese Saubermann-Kampagne mochte vielleicht Jean-Paul schmecken, doch auf andere nahm er dabei wenig Rücksicht – am allerwenigsten auf ihn, Roman. Aber Jean-Paul war ja bekannt dafür, wenig Rücksicht auf andere zu nehmen, eine Angewohnheit, die er ohne Frage von ihrem Vater geerbt hatte. Pascal und Jean-Paul waren immer seine Lieblinge gewesen. Bei

Jean-Paul waren es jetzt immer Raphaël, Simone, Jon Larsen, mehr oder weniger in dieser Reihenfolge, und in letzter Zeit Donatien. Der neue Goldjunge.

Ihn selbst hingegen betrachteten die anderen bestimmt als tumben Ochsen, als stiernackigen, schnurrbärtigen Gangster der alten Schule, der durch Jean-Pauls neue Geschäftsführung immer mehr zu einem Dinosaurier wurde. Überflüssig.

Den größten Teil seines Lebens hatte er im Schatten von Jean-Paul verbracht. Doch damit war jetzt Schluss. Er besaß mehr Bauernschläue als alle anderen zusammen, und nun war die Zeit reif – jetzt war er am Zug. Bei Savard hatte zwar alles geklappt, doch hatte ihm die RCMP die Sache geradezu auf einem silbernen Tablett serviert. Die nächste Phase, Donatien, würde nicht so einfach werden …

Den ganzen Tag über wuchs der Druck beständig an.

Kurz vor Mittag steckte Maury Legault den Kopf zu Michels Tür herein und verkündete, man habe den Lieferwagen gefunden, in dem Savard entführt worden sei, zurückgelassen in einer Seitenstraße in Saint Hubert.

Maury wirkte zaghaft, zögernd, als er die Information weitergab – obwohl Michel dem gesamten Revier von Anfang an klar gemacht hatte, dass dies Hauptaugenmerk ihrer Bemühungen sein müsse. »Kein Nachlassen, bis wir den Durchbruch schaffen.«

Doch dann hatte es während des Vormittags kaum Unterbrechungen seiner Arbeit gegeben, als hätte jeder Bedenken, das Allerheiligste – sein Büro mit der fotomontierten Referenz an die Lacailles – zu betreten. Und wenn er sich selbst hinauswagte, verebbte das normale, hektische Stimmengewirr im Dienstraum hörbar. Blicke wandten sich ab, senkten sich, wurden plötzlich von Schreibtischarbeiten in Anspruch genommen. Es war, als wäre ein enger Verwandter von ihm gestorben und nicht einer seiner Informanten.

»Originalzulassung?«, fragte er Maury.

Nein, die Nummernschilder waren ausgetauscht worden.

»Das mit der Fahrgestellnummer übereinstimmende Original wurde gestern Morgen als gestohlen gemeldet. Wir haben es vor ein paar Minuten ans schwarze Brett gehängt.«

Alles war genau, wie Michel es erwartet hatte. Maury teilte ihm mit, dass die Spurensicherung und zwei Mechaniker den Lieferwagen Millimeter für Millimeter absuchten, aber Michel rechnete nicht mit wirklichen Ergebnissen. Zu den ehemaligen Unternehmen der Lacailles zählte auch eine Autoverwertung: Sie wussten, wie man ein Fahrzeug sauber hinterließ.

Drei Stunden später kehrte Maury mit der Nachricht zurück, es sähe so aus, als sei der Wagen zuerst mit Dampf und danach chemisch gereinigt worden.

Michel nickte nur und senkte den Blick, weniger überrascht als durchdrungen von der lähmenden Erkenntnis, dass ihnen so etwas nun auf Schritt und Tritt begegnen würde. Doch zum Teil war auch Schlafmangel daran schuld: In der Nacht vor der Operation mit Savard hatte er kaum geschlafen, sondern alle Möglichkeiten vor seinem inneren Auge durchgespielt, und letzte Nacht waren es auch nur zwei Stunden gewesen. Er fühlte sich wie zerschlagen.

Der verzweifelte Versuch, seinem Abteilungsleiter, Chefinspektor Pelletier, aus dem Weg zu gehen, hatte ihm auch nicht geholfen. Er wusste schon, was ihn erwartete. Pelletier hatte ihn zwar die ersten Stunden des Tages in Ruhe gelassen – aus Respekt vor Savard oder dem aufs tote Gleis geratenen Fall? Dann jedoch fand Pelletier offensichtlich, es sei genug Trauerzeit verstrichen, und Michel könne ihm erklären, kurz und bündig, wie es zu einer solchen Katastrophe hatte kommen können.

Die Anrufe – einer kurz vor Mittag, der andere am frühen Nachmittag – kamen von Maggie Laberge, Pelletiers persönlicher Assistentin, überbracht von Christine Hébert, einer der beiden Polizistinnen am Empfang der Wache. Protokoll und Distanz gingen Pelletier über alles.

Den ersten Anruf parierte Michel, indem er durch Hébert antworten ließ, er kenne den Grund für den Anruf, sei aber noch damit beschäftigt, wichtige Informationen zu sammeln, damit er Pelletier vollständig ins Bild setzen könne. Beim zweiten Anruf sprach er direkt mit Laberge und erzählte ihr in etwa das Gleiche: »Wir stehen bei einigen Schlüsselfragen kurz vor dem Durchbruch. Jede zusätzliche Sekunde, die ich derzeit investiere, kann entscheidend sein. Hoffentlich entspannt sich in ein paar Stunden alles wieder.«

Kurz darauf informierte ihn Chac darüber, dass Arnaiz in Mexiko erneut nichts Verdächtiges bei Donatien hatte beobachten können. Und dann kam auch noch Maury mit der Nachricht, dass der Lieferwagen dampfgereinigt worden war. Jede Stunde, um die er die Sache verzögerte, machte das Ganze nur noch schlimmer. Es war die Pleite des Jahres, und jede Hoffnung auf Wiedergutmachung schwand rasch dahin, je mehr Köpfe an seiner Tür erschienen oder neue Akten auf seinem Tisch landeten.

Die Befunde der Spurensicherung waren der schwerste Rückschlag gewesen. Als unter den Fingernägeln von Savards rechter Hand Blut gefunden wurde, hatte man die Hoffnung gehabt, Savard könnte in einem verzweifelten Versuch, sich festzuklammern, Hals oder Gesicht eines seiner Entführer in die Finger bekommen oder ihn sogar durch die Kleidung hindurch gekratzt haben. Doch der Bericht kam zu dem Ergebnis, dass es sich um Savards eigenes Blut handelte. Der erste Schuss hatte ihn in die Brust getroffen, worauf er offenbar abwehrend die Hand auf die Wunde legte, bevor die letzten beiden Schüsse folgten: einer ins Genick, der andere in den Kopf. Michel fröstelte beim Lesen des Berichts, der Savards Schreie in ihm wieder lebendig werden ließ.

Gerade als er sich abmelden wollte, informierte ihn Laberge fast beiläufig, dass die Besprechung bald stattfinden müsste, weil Pelletier wollte, dass auch Staatsanwalt Tom Maitland an dem Treffen teilnahm. Was das bedeutete, wusste Michel: Pelletier konnte mit Recht zu dem Schluss kommen, dass eine potenzielle strafrechtliche Verfolgung nun völlig ausgeschlossen war, und mit dem Rechtsverdreher Maitland an seiner Seite würde seine Meinung noch mehr Nachdruck erhalten.

Nun wusste Michel, warum er auf Zeit spielte. Es ging gar nicht so sehr um eine heiße Spur, die ein wenig von der Katastrophe der vergangenen Nacht hätte ablenken können – die zurückliegenden Erfahrungen mit den Lacailles hatten ihn schon lange zum Zyniker werden lassen –, sondern darum, dass er verzweifelt nach einer Möglichkeit suchte, die anderen und sich selbst davon zu überzeugen, dass aus dem Fall noch etwas herauszuholen war. Falls er Donatien, der ja bald zur Lacaille-Familie gehören würde, als seine einzig verbleibende Hoffnung hinstellte, würden sie den Fall auf der Stelle niederschlagen.

Er nahm einen raschen Schluck von seiner sechsten Tasse Kaffee an diesem Tag und versuchte, einen klaren Kopf zu bekommen und sich zu konzentrieren. Aber er fand keine einfachen Antworten.

Der einzige kleine Lichtblick des Tages war Chacs Kommentar: »Tja, die können mir den Schwanz lutschen«, als er ihm von der drohenden Begegnung mit Pelletier und Maitland und seiner Befürchtung erzählte, dass sie die Akte Lacaille nun rasch schließen würden.

»Liegt das daran, dass du alle anderen schon darum gebeten hast und sie abgelehnt haben?«

Trotz der bissigen Bemerkung strahlte Chac über das ganze Gesicht. Da wurde Michel bewusst, wie unglaublich angespannt er den ganzen Morgen über gewesen sein musste. Chac war schlichtweg froh, einen schmalen Lichtstrahl von Michels altem Ich durchschimmern zu sehen.

Allerdings sank seine Stimmung sofort wieder, als Chac ihn daran erinnerte, dass ihm bestenfalls ein paar Monate Gnadenfrist blieben – selbst wenn er Pelletier davon überzeugen konnte, die Sache weiter zu verfolgen. »Wenn Donatien erst einmal verheiratet ist, ist das Spiel aus. Und das weiß Roman Lacaille auch.«

Sein bürointerner Apparat klingelte. Er blickte durch die Glaswand in den Dienstraum. Christine Hébert schaute zu ihm herüber und wies auf den Hörer.

Ohne Zweifel wieder Maggie Laberge, die im Auftrag Pelletiers hinter ihm herjagte. Auf seiner Stirn bildete sich ein Schweißfilm. Länger konnte er es nicht mehr hinauszögern. Was sollte er sagen? Vielleicht erst einmal bluffen und behaupten, sie hätten verlässliche Insiderinformationen, dass Donatien bald eine Kehrtwendung machen und aussagen würde. Das gäbe ihm wenigstens ein, zwei Wochen Schonfrist, in der er entweder sein Versprechen einlösen oder sich etwas Neues ausdenken konnte.

Der Gedanke war immer noch erst im Entstehen begriffen, als er nach dem dritten Läuten den Hörer abnahm. »Ja?«

»Es ist Ihre Frau Sandra«, sagte Hébert.

Für einen Sekundenbruchteil verlor er die Fassung. »Oh ... ja. Stellen Sie sie durch.« Sie rief ihn nur selten an. Hébert nannte sie nie seine Ex-Frau, obwohl ihre Trennung nun schon vier Jahre zurücklag.

Als sie gleich loswetterte: »Michel, du hast vier Uhr gesagt, und jetzt ist es schon zwanzig nach vier ...«, rutschte er jäh auf dem Stuhl zurück, weil es ihm plötzlich wieder einfiel.

»O Gott, ja ... Ich bin sofort da.« Sein Sohn Benjamin, mittlerweile neun Jahre alt, spielte heute gegen eine rivalisierende Schule um die Basketball-Meisterschaft.

»Wenn du nicht kannst oder es dir nicht passt, hättest du vorher was sagen sollen. Er freut sich so sehr auf ...«

»Ich weiß, ich weiß. Ich sagte doch, ich bin sofort da. Keine zehn Minuten.«

»So oft hat er so etwas ja nicht. Was ist passiert?«

»Wir haben da etwas auf den Tisch bekommen, das ist alles.« Er wollte nicht ins Detail gehen oder sich hinter den dramatischen Ereignissen der letzten achtzehn Stunden verstecken: *Der größte Fall meiner Laufbahn ist gerade in Flammen aufgegangen.* Außerdem hatte sie das alles schon viel zu oft gehört. Überwachungen, die Überstunden mit sich brachten, Verdächtige in letzter Minute, Notfälle am späten Abend. Ein steter Fluss später Abende, an denen er nur noch ins Bett kroch, zu wenig mit ihr und den Kindern verbrachte Zeit – all das hatte schließlich zum Bruch ihrer Ehe geführt. Sie war nach Montreal gezogen, damit sie wieder arbeiten gehen und ihre Mutter sie als Babysitterin unterstützen konnte. Zehn Monate später war er ihr gefolgt, damit er näher bei seinen Kindern sein konnte, aber die Geschichte wiederholte sich. Chac hatte immer behauptet, seine besessene Jagd auf die Lacailles sei zum Teil dazu da, die Lücke zu füllen, die durch den Verlust seiner Familie entstanden war. Vielleicht hatte er ja Recht damit. Nachdenklich betrachtete er sein Schreibtischfoto von Benjamin und der kleinen, erst sechsjährigen Angelle, das sich gegen die alles überragende Fotomontage der Lacailles im Hintergrund abhob. In den letzten vierundzwanzig Stunden hatte seine Familie zweifellos keine Chance gehabt. »Es ist absolut meine Schuld, tut mir Leid. Aber ich mache mich jetzt sofort auf den Weg.«

Er legte rasch auf, bevor Sandra Luft holen und ihn weiter in die Mangel nehmen konnte. Er griff nach seinem Mantel und war auf halbem Weg durch den Dienstraum, als Hébert ihm hektisch zuwinkte.

»Es ist wieder Maggie Laberge. Sie will wissen, ob …«

Er hielt eine Hand hoch. »Ich rufe sie aus dem Auto zurück. Zehn Minuten, höchstens.«

Wieder ein bisschen Zeit gewonnen, um an seinen Antworten zu feilen. Er dachte an kaum etwas anderes, während er sich zügig durch den Verkehr bewegte. Woher sollte er denn wissen, ob es wahrscheinlich war, dass Donatien umfiel und aussagte? Ihre einzige Quelle im Lager der Lacailles war Azy Ménard, Geschäftsführer in deren Nachtklub an der Rue Sherbrooke. War es denkbar, dass Donatien sich ihm anvertraute? Nein. Er würde einen glaubwürdigeren Vermittler finden müssen, um ihm ein Angebot machen zu können.

Als er an der ersten Ampel auf der Ste. Catherine in einen kleinen Rückstau geriet, trommelte er mit den Fingern auf dem Lenkrad herum. Der Berufsverkehr setzte ein; er würde doch mehr Zeit brauchen. Mit dunkelgrauem Matsch bespritzter Schnee häufte sich an den Bordsteinen zu beiden Seiten der Straße, und die Auspuffgase der Autos vor ihm hingen schwer in der eiskalten Luft.

Chacs Worte kehrten wieder zurück: ... *ein paar Monate Gnadenfrist?* Das Gleiche galt für Roman Lacaille. Was würde er unternehmen? Einfach den rechten Moment abwarten, wissend, dass er ohnehin bald in Sicherheit war? Oder war er entschlossen, sich auch noch des letzten Zeugen jener Nacht mit Leduc zu entledigen?

4

»Können wir denn gar nichts tun?«, drängte Elena.

»Im Moment nicht, fürchte ich.« Nadine Moore stieß am anderen Ende der Leitung einen resignierten Seufzer aus. »Ich stehe in Verbindung mit Lorenas Schule und ihrem Hausarzt und habe beide gebeten, mir Bescheid zu geben, falls ihnen an Lorena etwas auffällt. Für eventuelle körperliche Symptome ist natürlich ihr Arzt zuständig – in der Schule können sie ja nur auf Stimmungsschwankungen oder Problemen bei den Hausaufgaben achten.«

»Und bis jetzt haben sie Ihnen gegenüber noch nichts angegeben, was ihnen aufgefallen wäre?«

»Nein. Ich hätte Sie sofort angerufen, wenn es etwas Neues gäbe. Ich weiß, wie besorgt Sie sind.« Da es am anderen Ende stumm blieb, fügte Nadine hinzu: »Wie Sie selbst schon sagten – es war doch nur ein flüchtiger Blick. Sie könnten sich täuschen; vielleicht ist es gar nichts.«

»Nein.« Elena schüttelte den Kopf. »Dafür kenne ich Lorena zu gut. Da stimmt etwas nicht.«

»Vielleicht war es ja einfach die Sorge über den Wirbel, den wir mit unserem Besuch ausgelöst haben. Sie hat daran gedacht, was die Ryalls sagen würden, sobald wir wieder weg wären.«

»Ich weiß nicht.« Elena merkte, wie sie ins Schwanken geriet, jedoch nur vorübergehend. Sie konnte sich nur an zwei Situationen erinnern, in denen sie diesen Ausdruck in Lorenas Augen gesehen hatte: einmal, als sie sich an die Nächte in der Kanalisation erinnerte, wenn sie aufgewacht war und Ratten über sie hinwegkrochen; und das zweite Mal, als das zweite Waisenhaus zu schließen drohte und sie befürchten musste, wieder auf der Straße zu landen. Elena kannte den Unterschied zwischen Angst und Besorgnis bei Lorena. Sie spürte jemanden hinter sich und schaute sich um. Gordon stand in der Tür zu seinem Arbeitszimmer. Er deutete ein kurzes Lächeln an, drehte sich um und ging wieder, worauf sie ihre Aufmerksamkeit erneut Nadine zuwandte. »Nein«, sagte sie mit größerem Nachdruck. »Da muss mehr dahinterstecken, das weiß ich.«

Nadine seufzte erneut. Es war fast eine Wiederholung ihrer Unterhaltung nach ihrem Besuch bei den Ryalls am Vortag, und nun wurde ihr schmerzlich bewusst, dass sie Elenas Sorgen, ob eingebildet oder nicht, nicht einfach zerstreuen konnte. Doch ihr blieb kaum eine andere Wahl. So wie die Dinge lagen, war sie so weit gegangen, wie sie es wagen konnte. Ryall zu sagen, er solle seine nächtlichen Besuche in Lorenas Zimmer einstellen, war einem Gang auf Zehenspitzen über Glasscherben gleichgekommen. Und der Versuch, den Vorwurf zu übertünchen – »Das ist eben so eine Sache bei Mädchen in ihrem Alter, sie werden oft heimlichtuerisch und gehemmt, das konnten Sie nicht wissen« –, hatte den gequälten, ungläubigen Ausdruck in Ryalls Augen kaum mildern können.

»Wenn Ryall nicht mehr zu ihr ins Zimmer kommt, hat sich das Problem hoffentlich erübrigt. *Falls* es eines gab.«

»Ja, hoffentlich.« Elena klang nicht überzeugt. Noch immer nagte heftiger Zweifel an ihr. Doch sie spürte, dass sich Nadines Standpunkt allmählich verfestigte, und durch Drängen wenig zu erreichen war. Sie nahm Nadine das Versprechen ab, sie sofort anzurufen, wenn es etwas Neues gab, und legte auf.

Doch nicht nur Nadine hegte Zweifel. Als Elena am Vorabend Gordon alles erzählte, hatte der gefragt, ob sie nicht zu viel in die Sache hineininterpretierte. Und jetzt dieses angestrengte Lächeln, als er miterlebte, wie sie Nadine bedrängte.

Ob sie das Thema anschneiden sollte? Sie hatte zumindest auf Gordons Unterstützung gehofft, und sei es nur, damit sie sich mit ihren Sorgen nicht so allein fühlte. Doch seine aus dem Arbeitszimmer kommende Stimme verriet ihr, dass er am Telefon war.

Sie kehrte in ihr Atelier im oberen Stock zurück, um weiter zu malen. Sie brauchte Zeit, um zur Ruhe zu kommen, ihre Gedanken zu sammeln. Dabei half ihr die Malerei. Pinselstrichtherapie.

Den Großteil des vergangenen Monats hatte sie damit zugebracht, die dritte Version der Schlucht zu malen – die steile, bewaldete, zum Meer hinabführende Schlucht, die sie von ihrem Haus aus überblickte. Version eins war ein klassisches Landschaftsbild gewesen, mit dem sie nicht glücklich war. Gordon hatte sie gefragt: Was gefällt dir daran am meisten, was zieht dich magisch an? Sie hatte eingeräumt, dass es das Gefühl der Geborgenheit war, des Geschütztseins, wenn man sich am Fuß der Schlucht aufhielt, während das offene Meer an ihrem Ende Freiheit bedeutete. Doch wenn sie sich der See näherte und die Brandung rauschen hörte, stellte dies auch die Unbeständigkeit und den Wahnsinn der Welt dar, vor der sie sich wahrscheinlich versteckte. »In der Schlucht fühle ich mich sicher, so als wäre sie ein Hafen.« – »Dann male das«, hatte Gordon sie ermuntert.

Der gute, solide, zuverlässige Gordon, manchmal aufreizend gelassen, mit einer langsamen, pedantischen Bedachtsamkeit, doch immer intuitiv. Die Stimme der Vernunft in einem Sturm. Vielleicht war ihr seine Unterstützung ja deshalb jetzt so wichtig.

Ihr zweiter Versuch hatte den Kontrast zwischen der dunklen Schlucht und dem grellen Licht des dahinter gelegenen Meereshorizonts zu sehr betont. Daher versuchte sie dieses Mal, ein wenig Wärme und Struktur einzufangen, ein wenig Detail und Tiefe an Bäumen und Laubwerk, wobei die matten, schmalen Lichtstreifen in dem zum Meer hin fließenden Bach reflektierten. Im Sommer hatte sie als Anhaltspunkt drei Fotos aufgenommen – aber sie kannte die Schlucht so gut, dass sie sie praktisch mit verbundenen Augen malen konnte.

Ihr Malstil erinnerte an konventionelle Landschaftsmalerei

mit einer Spur Impressionismus, der aber durch den Einsatz von Lasuren eine besondere Note erhielt. Diese von den Alten Meistern verwendete Technik der schichtweise aufgetragenen Ölfarbe war ursprünglich entstanden, um teure Leinwand zu sparen – daher die Notwendigkeit, alte Bilder oder missglückte Arbeiten zu übermalen. Elena genoss den Luxus, ihre Fehler so lange übermalen zu können, bis sie Perfektion erreicht hatte. Sie betrachtete sich nicht als wirkliche Künstlerin – trotz mittlerweile zweier lokaler Ausstellungen und der Tatsache, dass einige ihrer Arbeiten während ihrer Londoner Zeit in einer kleinen Galerie in Notting Hill gezeigt worden waren –, und so war das Lasieren für sie teilweise auch ein Kunstgriff, hinter dem sie ihren Mangel an Talent verbergen konnte. Niemand würde es je erfahren.

Was sie mit den Alten Meistern gemeinsam hatte, war die durch die vielen Schichten gewonnene reiche Struktur und Tiefe. Doch während sie nun sorgsam Farbe auftrug und verstrich, stellte sie fest, dass sie immer aufgewühlter wurde, statt sich zu entspannen. Der Pinsel zitterte in ihrer Hand. Diesmal funktionierte die Therapie nicht.

Jenseits der Schlucht konnte Elena nur einen flüchtigen Eindruck vom Meer erhaschen, ein trübes Graublau, das sich mit dem Dunst und den Wolken geradezu vermischte – ganz anders als das breite Meerespanorama der Ryalls zwölf Kilometer die Küste hinunter. Und doch konnte Elena nicht aufhören, darüber nachzudenken, ob Lorena wohl gerade aus ihrem Schlafzimmerfenster auf die gleiche träge, wolkenverhangene See schaute und sich fragte, ob etwas geschehen würde oder ob sie allein und vergessen war.

»Du findest, ich sollte der Sache nicht weiter nachgehen, oder?« Elena schaute Gordon an, während sie den Rest ihres Nachtischs auf dem Teller herumschob.

Zweimal hatte sie bereits versucht, das Thema anzuschneiden. Beim ersten Mal unterbrach sie ein Anruf von Shelley McGurran, ihrer Chefin, beim zweiten Mal war ihre Tochter

Katine in die Küche gekommen, als sie und Gordon sich beim Kochen unterhielten.

Sie hatten den Kindern erlaubt, ihren Nachtisch mit vor den Fernseher zu nehmen; nun hockten sie außer Hörweite im angrenzenden Wohnzimmer.

»Es ist nicht so, als würde ich dir nicht glauben. Es kann gut sein, dass dein Verdacht berechtigt ist und dort wirklich etwas vorgeht.« Gordon zuckte leicht mit den Schultern. »Immerhin kennst du Lorena besser als die meisten anderen. Es ist nur so, dass du in deiner Position wenig unternehmen kannst – du bist jetzt raus aus der Sache. Und wenn das Sozialamt nichts unternehmen kann, wie du sagst, wird es dich nur frustrieren, wenn du die Angelegenheit weiter verfolgst.«

Elena hielt Gordons Blick einen Moment stand. Ihre beiden vergeblichen Anläufe von vorhin hatten ihm offenkundig Zeit gegeben, sich vorzubereiten; er hatte den Weg des geringsten Widerstands gewählt und wollte keine hitzige Debatte mit ihr führen, egal ob ihr Verdacht berechtigt war oder nicht.

»Aber wenn das Sozialamt ihr nicht helfen kann oder will – wer dann? Wen kennt sie denn noch hier im Ort?«

»Ich weiß, ich weiß.« Seufzend hielt Gordon eine Hand hoch, als sei er aufgebracht, trotz seiner Bemühungen gegen eine Wand der Konfrontation gestoßen zu sein. »Du hast ja Recht, es zu versuchen. Aber wenn es dir nicht gelingt, das Sozialamt auf deine Seite zu bringen, wie weit wirst du dann kommen? Selbst wenn du sie davon überzeugst, dass hier etwas vorgeht – auch wenn es sich nur auf ein Gefühl und einen beunruhigten Blick von Lorena stützt –, brauchen sie doch trotzdem etwas Konkretes, um der Sache nachgehen zu können.«

Die Stimme der Vernunft, wie immer. Obwohl sie ärgerlicherweise wusste, dass Gordon wahrscheinlich Recht hatte, hörte sie in erster Linie – wie schon so oft – seinen selbstgefälligen, allwissenden Unterton, der für gewöhnlich instinktive Auflehnung in ihr hervorrief. Im Verlauf von zwölf Ehejahren hatte sie allerdings gelernt, ihre schlimmsten Eigenschaften im Zaum zu halten, und sah wieder starr auf ihren Nachtisch.

Ein plötzliches, verlegenes Schweigen war die Folge. Als sie den Kopf hob, schaute sie durch den offenen Bogengang ins Wohnzimmer. Der zwölfjährige Christos, ihr Ältester, deutete auf etwas im Fernsehen und machte zu Katine, die selbst außer Sichtweite war, eine Bemerkung.

Elena schüttelte den Kopf. »Mein Gott, sie ist doch nur achtzehn Monate älter als unsere Katine. Falls da etwas ist, muss sie sich so ... so hilflos fühlen. So verletzlich.«

Gordon beugte sich über den Tisch und ergriff ihre Hand. »Vielleicht finden sie ja mithilfe der Schule oder des Hausarzts etwas heraus.«

Elena lächelte knapp. Gordons Versuch, sie zu beruhigen, war fehlgeschlagen und hatte ihr stattdessen nur noch einmal schmerzhaft vor Augen geführt, dass dies ihre einzige Hoffnung war. Kam nichts ans Licht, würde Lorena schnell vergessen und in irgendeinem Schrank des Sozialamtes mit »toten« Akten abgelegt werden – einem Schrank, der zweifellos größer war als alle anderen.

Nach einer Weile fragte Gordon: »Was wollte Shelley denn?«

Der Themenwechsel ließ Elena ein wenig zögern, bevor sie sich wieder konzentrierte. »Oh ... es ging um den nächsten Hilfskonvoi. Er ist fast fertig – nur noch fünf, sechs Tage. Ich fahre mit nach Bukarest, pendele vielleicht eine Woche zwischen den beiden Waisenhäusern und fliege dann weiter nach Sarajevo.«

Gordon nickte. Europas Krisenherde mit ihren verwahrlosten Kindern hatten in den letzten vier Jahren Elenas Terminplan bestimmt: Rumänien, Bosnien, Tschetschenien – wo sie Katine adoptiert hatten, achtzehn Monate bevor sich Elena der Hilfsorganisation anschloss. Tatsächlich war dies die treibende Kraft hinter ihrem Entschluss gewesen, der Organisation beizutreten: »*Katine konnten wir helfen. Aber sie ist bloß ein Kind unter Tausenden in der gleichen Lage. Wenn ich kann, möchte ich gern mehr Kindern wie Katine helfen.*« Auf ihren Reisen war sie zwischen zwei und vier Wochen unterwegs, bevor sie wieder für zwei, drei Wochen nach Großbritannien kam, in denen sie Shelley McGurran dabei half, die nächste Hilfsaktion zu organisieren.

»Wie ist die Lage im Cerneit?«, erkundigte sich Gordon. Von seinen Gesprächen mit Elena wusste er, dass das Cerneit eines der problematischsten Waisenhäuser war.

»Wir konnten die Bettenbelegung mit zwei oder drei Kindern reduzieren, aber jetzt liegen überall in den Gängen Matratzen herum. Man kann sich kaum bewegen. Und gerade als wir die Hepatitis unter Kontrolle bekommen hatten, brach Skorbut aus.«

»Wieso das denn?«

»Letztes Mal hatten wir ihnen eine große Lieferung Haferbrei geschickt. Aber dann sind sie verrückt geworden auf das Zeug, haben ihn den Kindern zum Frühstück, zu Mittag und zum Abendessen gegeben und nicht die Vernunft aufgebracht, ihn mit frischen Früchten und Gemüse zu ergänzen.« Sie schüttelte den Kopf und lächelte beinahe ungläubig. »Sie meinten, das wäre ihnen nicht klar gewesen, und außerdem behaupteten sie, in den letzten Monaten kaum Geld für Essen gehabt zu haben. Weil es Ärger mit dem Heizkessel gab, waren sie gezwungen, mehr Geld für Reparaturen auszugeben und es vom Lebensmitteletat abzuzweigen.«

Gordon senkte den Blick. Das Thema, auf das er sich zubewegt hatte, war nun zum Greifen nahe. Er schaute bedeutungsvoll wieder auf. »Da ist noch etwas. Falls Lorena wirklich ein Problem hat – was machst du denn dann? Willst du den hunderten anderer Kinder, die deine Hilfe benötigen, einfach den Rücken zuwenden?«

»Das ist ungerecht, und das weißt du auch!«, protestierte Elena. »Das ist doch etwas Einmaliges. So etwas passiert doch nicht alle Tage.«

»Worauf ich hinauswill, Elena: Wo ziehst du die Grenze? Für viele dieser Kinder bist du eine Art Ersatzmutter geworden, und es ist großartig, dass du vielen von ihnen so ans Herz gewachsen bist. Aber du kannst nicht für alle Welt die Mutter spielen. An irgendeinem Punkt musst du loslassen, jemand anderem die

Verantwortung übergeben. Weiter kannst du dich nicht ins Zeug legen.«

»Das ist etwas ganz anderes. Und passiert, wie schon gesagt, wohl kaum noch ein weiteres Mal.« Elenas Blick glitt zur Seite, zu den Kindern im Nachbarzimmer. Gordon hatte Recht, aber sie wollte sich nicht anmerken lassen, dass er einen wunden Punkt getroffen hatte. Als sie spürte, dass sein Blick noch immer auf ihr ruhte, fügte sie hinzu: »Es geht hier nicht nur um die Nähe, die ich zu Lorena aufgebaut habe, oder darum, dass ich vielleicht zu viel in ihren besorgten Blick hineininterpretiere. Es ist auch so, dass mir die Atmosphäre im Haus der Ryalls sagt, dass da etwas nicht stimmt.«

»In welcher Hinsicht?«

»Tja ...« Sie suchte nach den richtigen Worten. »Angespannt, um es gelinde auszudrücken – was man ja in Anbetracht der Natur unseres Besuchs vielleicht auch erwarten könnte. Aber ich konnte mich einfach des Eindrucks nicht erwehren, dass hier etwas vertuscht wurde. Und Cameron Ryall erschien mir wie jemand, der alles unter Kontrolle haben muss.«

»Sollte man das von jemandem in seiner Position denn nicht auch erwarten?« Cameron Ryalls Stellung brachte ihm in der landesweiten Finanzpresse zwar nur beiläufige Erwähnungen ein, aber im Ort hatte er einen großen Namen – der Bill Gates von Chelborne.

Elena schüttelte den Kopf. »Nein, es war mehr als das. Nicola Ryall hatte offensichtlich Instruktionen bekommen. Ich konnte deutlich spüren, dass sie Angst vor ihm hatte. So wie sie dort saß und kaum wagte, eine Antwort zu geben oder eine Zwischenbemerkung zu machen, erschien sie mir wie das Abbild meiner Mutter.«

»Oh, ich verstehe.« Gordon seufzte leicht deprimiert. Nun kamen sie endlich zum Kern ihres Problems – ihrem Vater.

Verlegen blickte er zu Boden und strich über den Rand seines Weinglases. Immer wenn er glaubte, der Schatten ihres Vaters wäre endlich aus ihrem Leben gewichen, tauchte er unweigerlich wieder auf, wie ein Phantom. Die alles beherrschende

Galionsfigur, die einen Großteil ihres Lebens bestimmt hatte – oder war »zerstört« das bessere Wort? Dessen Handschrift sich in praktisch jedem größeren Schritt, jeder größeren Entscheidung zeigte, die sie getroffen hatte. Der sie zu einer Abtreibung zwang, als sie mit sechzehn schwanger geworden war. Dann hatte die wachsende Kluft zwischen den beiden zu jahrelanger Rebellion geführt – früh von zu Hause weg, Einzimmerwohnungen und Hippiekommunen, Protestmärsche und »Selbstfindungs«-Reisen nach Indien und Marrakesch, wo sie schließlich zwei Jahre verbracht hatte; eine Zeit, in der im euphorischen Dunstkreis von Dope und im dilettantischen Umgang mit LSD alle Grenzen zunehmend verschwammen, bis ihr klar wurde, dass sie nicht nur gegen alles rebellierte, wofür ihr Vater stand, sondern sich auch selbst bestrafte.

Elf Jahre lang hatte sie ein »alternatives« Leben geführt. Drei Jahre nach ihrer Rückkehr aus Marrakesch, als sie im Importgeschäft ihres Onkels Christos arbeitete, hatten sie und Gordon sich kennen gelernt und schließlich zehn Monate später geheiratet. Ihr Adoptivsohn war nach Elenas Onkel benannt, der – auch wenn sie das nur widerwillig zugab – in den Augen anderer ihr Bedürfnis nach einer Vaterfigur erfüllte, aber eben jemand war, der sie verstand, sie liebte. Wäre es ein Junge geworden, hätte sie auch ihr abgetriebenes Kind Christos nennen wollen. Dann kam später ihr Wunsch nach einem weiteren Adoptivkind, einem Mädchen, und der daraus resultierende Drang, mehr für andere Waisenkinder zu tun.

So wie sie es sah, war ihr Leben jedoch nicht das einzige, in dem die übergroße Dominanz ihres Vaters Narben hinterlassen hatte. Denn sie machte ihn auch für den Selbstmord ihres jüngeren Bruders Andreos verantwortlich, der sich dem Einfluss ihres Vaters unterwarf, letztlich aber das Gefühl hatte, nicht nur das, was er wirklich tun wollte, verraten zu haben, sondern trotz allem nie den hohen Erwartungen seines Vaters entsprechen zu können. Andreos hatte sich für den drastischsten aller Auswege entschieden.

Vor fünf Jahren war ihr Vater gestorben, doch die Narben waren noch so tief gewesen, dass sie sich geweigert hatte, der Beerdigung beizuwohnen. Trotzdem hielt sie nach Gordons Ansicht mit allem, was sie im Lauf der Jahre tat, mehr als alle anderen Familienmitglieder die Erinnerung an ihren Vater wach. Und jetzt stand sein Geist erneut zwischen ihnen – in Form von Cameron Ryalls Dominanz über Nicola Ryall und Lorena.

Sicherlich, zumindest oberflächlich betrachtet gab es Parallelen zu Ryall: Ihr Vater hatte eine um 1950 gegründete griechisch-zypriotische Handelsgesellschaft zur neuntgrößten Handelsbank Großbritanniens aufgebaut. Doch jede Verbindung zwischen den beiden – ob tatsächlich oder eingebildet – schloss bei Gordon wieder den Kreis seiner anfänglichen Bedenken.

»Fällt dir nicht auf, dass die Erinnerung an deinen Vater dazu führen könnte, dass du Dämonen siehst, wo es gar keine gibt? Du machst eine oberflächliche Ähnlichkeit mit Ryall aus und füllst dann die Lücken so auf, dass es passt.«

Elena schüttelte energisch den Kopf. »Nein, nein. Bei Ryall ist es etwas anderes.«

»Was zum Beispiel?«

Ruhig erwiderte Elena seinen Blick. Sosehr sie sich bemüht hatte, das Thema sorgsam zu umschiffen – nun lag es doch wieder direkt vor ihnen auf dem Tisch. Doch was damals wirklich geschehen war, würde sie Gordon nie erzählen können. Zu viele Jahre hatte sie schon damit verbracht, die Lüge nicht nur zu verbreiten, sondern sie auch zu leben. Sie beugte sich vor und berührte Gordons Hand.

»Es gab eine Menge Dinge, über die ich mit meinem Vater nie gesprochen habe. Nichts Bedeutendes, bloß Kleinigkeiten, weswegen sie kaum der Rede wert schienen. Weißt du, es ist, als ob man schon weiß, dass jemand aus dem Gleichgewicht geraten wird, bevor er dann tatsächlich Amok zu laufen beginnt.« Sie blickte kurz auf den Tisch hinab, als wolle sie sich inspirieren lassen. »Zuerst erkennt man es an der angespannten Art, in der jemand seine Kaffeetasse hält, oder an seiner Reaktion, wenn ein anderer etwas Unangebrachtes sagt oder etwas trägt, was ihm nicht gefällt. Kleinigkeiten. Und so etwas sehe ich jetzt zwischen Ryall und seiner Frau. Es ist ... Es ist schwer, es genau zu benennen. Vielleicht ist es auch nicht mehr als eine Ahnung. Und vielleicht hast du ja Recht – ich kann mich auch täuschen.«

Gordon hielt ihrem Blick stand, bis sie wegschaute. Er spürte, wie aufgewühlt sie war. Mochte ihr Vergleich auch durchaus zutreffen, so stimmte es ihn doch misstrauisch, dass sie ihre zuvor geäußerten Sorgen letztendlich so beiläufig fallen ließ. Er trank einen Schluck Wein. Plötzlich durchzuckte ihn ein grauenhafter Gedanke wie ein Blitzschlag.

»Mein Gott ... Erzähl mir bloß nicht, dein Vater hat dich sexuell belästigt?«

Elena warf den Kopf zurück und lachte laut über die Vorstellung. Rasch unterdrückte sie ihre Gefühle. »Nein, nein. Mein Vater mag ja ansonsten ein Monster gewesen sein ... aber sexuell belästigt hat er mich nicht.«

Gordon hob sein Glas und lächelte. »Jetzt hast du *mich* dabei erwischt, Dämonen zu sehen, wo es gar keine gibt.«

Elena war froh, dass sie ihr Gespräch auf unverfängliche Weise beenden konnten. Das oberflächliche Lächeln, mit dem sie ihr Glas erhob, um mit Gordon anzustoßen, schirmte sie jedoch auch vor der bitteren Ironie des Schicksals ab: Was zwischen ihr und ihrem Vater geschehen war, war in vielerlei Hinsicht noch sehr viel schlimmer gewesen.

Während die Tage vor ihrer Abreise verstrichen, wurde Elena zunehmend unruhiger.

Sie klammerte sich an die Hoffnung, dass Nadine Neuigkeiten aus Lorenas Schule oder von ihrem Hausarzt hätte oder dass Lorena erneut anrufen würde. Doch wie Gordon betonte, als er ihre Unruhe spürte: »Wenn sie nicht anruft, ist das mit Sicherheit das Beste. Das ist dann wenigstens ein Zeichen dafür, dass Ryall tut, was ihm gesagt wurde, und sich von ihrem Zimmer fern hält. Oder dass ihr erster Anruf falscher Alarm war.«

Doch diese Bemerkung lenkte ihre Gedanken nur noch stärker auf den Ursprung ihrer Sorgen – die Angst, die sie in jenem flüchtigen Moment in Lorenas Gesicht gelesen hatte. Sie war besorgt, dass Lorena, selbst wenn das Problem mit Ryall wieder auftauchte, zu viel Angst haben könnte, um noch einmal Alarm zu schlagen. Außerdem machte sie – Lorenas einzige potenzielle Verbündete – sich nun davon, ließ sie im Stich.

Am letzten Tag dachte sie daran, Nadine noch einmal anzurufen, geriet dann ins Wanken, tat es schließlich aber doch, nur um festzustellen, dass Nadine unterwegs und nicht erreichbar war. Dann nahmen die Arbeit und letzte Vorbereitungen sie in Beschlag – Dienst- und Zeitpläne überprüfen, eilige Telefonate, um die Reisen aufeinander abzustimmen. Endlich war sie auf einer mitternächtlichen Fähre in einem bis an die Decke beladenen Kleintransporter unterwegs, der dem eigentlichen Zweitonner mit Hilfsgütern vorausfuhr.

Auf der langen Fahrt blieb ihr viel Zeit, über Lorena nachzudenken – wahrscheinlich zu viel, denn irgendwann fragte sie ihr Fahrer Nick, achtundzwanzig, mit breitem Kinn und trotz jahrelanger Ausschweifungen als Roadie von einem Aussehen, als wäre er gerade einer Anzeige für Jeans entstiegen: »Ist mit dir alles in Ordnung?«

»Es geht um eines der Mädchen, das ich vor ein paar Jahren in einer englischen Familie untergebracht habe. Ich mache mir Sorgen um sie.«

»Ist sie krank, oder ist bloß die Familie schlecht?«

Das Wort »bloß« ließ Elena verkrampft lächeln – als sei so etwas weniger beunruhigend als eine Krankheit. Doch sie wollte Nick gegenüber nicht ins Detail gehen. »Das wissen wir noch nicht. Wir hoffen, dass sie sich täuscht.«

Nick deutete ein Schulterzucken an. Er spürte Elenas Widerwillen davor, Genaueres zu erzählen. »Ich hoffe, es geht gut aus.«

»Danke. Das tue ich auch.« Sie schaute aus dem Seitenfenster und verlor sich vorübergehend in der dunklen, endlosen Reihe von Tannen am Rande der Autobahn.

Auf dem CD-Player lief eines von Nicks Lieblingsstücken von Ry Cooder, und er stellte es ein wenig lauter. Die Monotonie der Landschaft ließ Elena immer wieder in leichten Schlaf verfallen, sodass ihr belangloses Geplauder eine Weile ruhte, in der Nick einige von Elenas Favoriten spielte: Santana und Fleetwood Mac aus der Peter-Green-Ära.

In Bukarest angekommen, verdrängte die Hektik des Geschehens jeden Gedanken an Lorena. Bei einem siebenjährigen Jungen im Cerneit-Waisenhaus, der unter anhaltenden Kopfschmerzen und einer Ermüdung der Augen litt, war Meningitis diagnostiziert worden. Im Laufe der nächsten Stunden tauchten zwei weitere Verdachtsfälle auf, und Elena wurde von einem Sog an Aktivitäten vereinnahmt: Behandlung der drei Fälle, Impfstoff für die anderen Kinder organisieren, hektische Anrufe nach London, in denen sie um telegrafische Geldüberweisung bat, um die entsprechenden Kosten zu decken.

In der dritten Nacht verschlechterte sich der Zustand des Jungen, sodass sie fünf Stunden lang an seinem Bett wachte, seine Hand hielt und hoffte, dass sie ihn nicht verlieren würden. Nun begriff sie, dass Gordon Recht hatte. Diese Kinder brauchten sie; das durfte sie nie aus den Augen verlieren. Sie hatte weder die Zeit noch die mentale oder emotionale Kraft, um sich an zwei Fronten aufzureiben.

Am nächsten Morgen ging es dem Jungen besser, und Elena fuhr mit Nick, einen Tag später als geplant, zum Waisenhaus in Brasov. Als sie sich den Karpaten näherten, brach die Dämmerung herein. Die Berge wirkten dunkel und Unheil verkündend. Ihre häufig nebelverhangenen Spitzen bildeten eine ideale Inspiration für die düsteren Mythen und Legenden, die diese Landschaft umgaben.

Doch während sie auf die vor ihr aufragende dunkle Wand starrte, blass umsäumt vom letzten Licht der Dämmerung, überkam Elena auf einmal wieder die Erinnerung an die Schlucht – an das erste und einzige Mal, als sie Lorena während eines Tagesausflugs dorthin mitgenommen hatte, um ihr die Gegend zu zeigen, bevor sie sich bei den Ryalls einlebte.

Sie hatte Elena eingeladen, ihr Zuhause kennen zu lernen; danach waren die beiden den steilen, bewaldeten Abhang in die Schlucht hinabgestiegen. Als sie den Grund der Schlucht erreichten und das Dunkel der bewaldeten Hänge und des dichten Laubwerks über ihnen sie einhüllte, hatte sie Lorena am Arm genommen und sie gebeten zu lauschen. »Hörst du?«

Es war gespenstisch ruhig und kalt, und nachdem sie einen Augenblick mucksmäuschenstill verharrten, konnten sie das Geräusch des Bachs vernehmen, der sanft durch die Senke der Schlucht auf das Meer zufloss.

»Hörst du das?«, fragte sie. »Hier unten ist es märchenhaft, nicht wahr? Wie an einem vor der Welt verborgenen Ort.«

Lorena hatte nicht geantwortet, und als Elena ihren Arm ergriff, glaubte sie zuerst, ihr Zittern liege an der Kälte in der Schlucht. Doch es verschlimmerte sich rasch, und Lorena murmelte ängstlich: »Hier unten mag ich es nicht … Bitte lass uns gehen. Das dunkle Wasser, es …«

Lorena taumelte nach vorn, zerrte Elena praktisch mit sich, und nach ein paar Schritten stießen sie auf einen kleinen Wasserlauf. Sie folgten der Sohle der Schlucht bis kurz vor den Bach, brachen durch Äste und Blätter und liefen schließlich hektisch und außer Atem auf das Licht des Meereshorizonts zu. Lorenas Atem wurde zunehmend schwerer und ging in ein ersticktes Schluchzen über. Sie liefen angestrengt weiter, ihr Atem rasselte und schmerzte in der Lunge – und doch schienen die Lichter überhaupt nicht näher zu kommen. Das dunkle, dichte Blattwerk umschloss und erstickte alles; das Licht am Ende der Schlucht blieb noch immer fern, unerreichbar, mit Ausnahme eines einzelnen Strahls, der sich hindurchzubrennen schien, als versuche er …

»*Was …?«,* schreckte Elena hoch und setzte sich aufrecht.

»Alles in Ordnung?«, wiederholte Nick.

Elena kniff im gleißenden Scheinwerferlicht des entgegenkommenden Lastwagens die Augen zusammen. Sie musste eingeschlafen sein; mittlerweile fuhren sie durch tiefe Dunkelheit. Nach der Krankenwache der vergangenen Nacht hatte sie Schlaf nachgeholt.

Sie brauchte einen Moment, um sich wieder an ihre Umgebung zu gewöhnen. Letztlich hatten sie recht schnell das Licht des offenen Strands erreicht. In der frischen Meeresbrise waren sie beide wieder zu Atem gekommen, und Elena hatte Lorena fest in die Arme genommen, ihr die Tränen von den Wangen geküsst und gemurmelt: »Tut mir Leid, tut mir Leid.« Sie hatte nicht bedacht, dass die Schlucht Lorena an ihre Tage in der Kanalisation erinnern könnte.

Plötzlich sah sie Lorena wieder vor sich, die allein und verlassen vor ihrem Schlafzimmerfenster stand. Trotz Gordons kluger Worte und ihrer eigenen Versuche, in den vergangenen achtundvierzig Stunden die Dinge zu rationalisieren, ließ die Frage sie nicht los, ob es das war, was Lorena jetzt von ihr wollte: sie noch einmal aus dem Dunkel ins Licht zu führen.

Als Gordon elf Tage später anrief und ihr mitteilte, dass Lorena sich erneut übers Telefon gemeldet habe, brachte sie das völlig aus dem Gleichgewicht. Es mochte daran liegen, dass sie so vom Elend der Waisenkinder in Anspruch genommen war, oder daran, dass sie sich an die von Vernunft geprägte Überlegung geklammert hatte, es sei gar nichts geschehen und wenn doch, sei es nicht länger ihr Problem. Jedenfalls war ein Teil von ihr über den Anruf nicht überrascht, und nun fragte sie sich, warum sie ihren Instinkten nicht vertraut und sich erlaubt hatte, einfach mit dem Strom zu schwimmen.

»Sie sagte, Ryall hätte sich eine Weile von ihrem Zimmer fern gehalten, käme jetzt aber wieder. Und sie bräuchte Hilfe. Deine Hilfe, natürlich.«

Wie betäubt sagte Elena nur: »Ich glaube, ich rufe wohl besser wieder Nadine Moore an.«

Einige Sekunden herrschte Stille, in der lediglich leise atmosphärische Störungen zu vernehmen waren. Dann fragte Gordon: »Wann kommst du wieder?«

»Das kann ich noch nicht sagen. Ich rufe dich heute noch an, sobald ich es weiß.« Nach dem Gespräch mit Nadine Moore würde sie entscheiden, ob sie sofort zurückfliegen oder die noch verbleibenden fünf Tage ihrer Reise abwarten würde. »Und Gordon, ich …«

»Ja?«

»Schon gut.« Sie biss sich auf die Lippe. Egal. Auf jeden Fall sehe ich dich bald.« Es schien ihr unangebracht, in dieser vor Funkstörungen knackenden Leitung ihr Herz auszuschütten, obwohl die Entfernung es vielleicht einfacher gemacht hätte. Und vielleicht würde es sich auch zu Hause nicht richtig anfühlen, weil sie ihr Geheimnis einfach schon so lange für sich behalten hatte.

Als sie aufgelegt hatte, merkte Elena, dass sie zitterte. Jetzt war ihr klar, warum sie so bereitwillig ihrer Vernunft nachgegeben hatte. Es lag weniger an ihrer Weigerung, nach allem, was Lorena in ihrer kummervollen Vergangenheit durchgemacht hatte, den Teufel an die Wand zu malen, als an ihrer eigenen Vergangenheit – dem Lügengebäude, das sie im Laufe ihres Lebens so sorgsam errichtet hatte, Gordon und den anderen gegenüber, vor allem aber gegenüber sich selbst. Und das letztendlich den Hauptgrund ihrer Entscheidung bildete, Christos und Katine zu adoptieren und mit vom Krieg entwurzelten, zu Waisen gewordenen Kindern zu arbeiten. Von Anfang an hatte sie befürchtet, der Vorfall mit Lorena könne die Wunde in ihrer Psyche erneut aufreißen, und ein Teil von ihr hatte ihn daher verdrängen wollen. Jetzt den Tatsachen ins Auge schauen zu müssen bedeutete zuzugeben, dass die Fundamente ihres Lebens Lüge gewesen waren. Nun gab es nichts mehr, was den Einsturz dieser Mauern aufhalten konnte.

5

Ein einziger Zwischenfall nur – aber er bedrohte praktisch alles, was er geplant und auf was er in diesen letzten fünf Jahren hingearbeitet hatte. Es war kaum zu glauben. Jean-Paul Lacaille schüttelte den Kopf, während er durch die hohe Glastür auf den Hof hinaustrat. Die Türflügel, fast doppelt so hoch wie er selbst, standen im perfekten Einklang mit dem weitläufigen Raum und seinen hohen Decken und gehörten zu einer Reihe von insgesamt vier Doppeltüren, die über die elf Meter der Längswand verteilt waren.

In der Mitte des Raums befand sich ein lang gezogener Refektoriumstisch, um den Louis-XIV-Stühle standen. Dies war das »Zentrum der Macht«, wo im Verlauf der letzten drei Jahrzehnte fast alle wichtigen Entscheidungen der Lacaille-Familie gefällt worden waren.

Als sein Vater das Haus 1965 gekauft hatte, war der Hof nur an drei Seiten umzäunt gewesen, während die vierte Seite Aussicht auf einen formalen Garten im italienischen Stil bot. Doch mit dem Anwachsen der Familie – drei Generationen der Lacailles lebten hier gleichzeitig unter einem Dach –, einer Zunahme des Arbeitspensums zu Hause und schließlich dem Anbau eines Stalltrakts sowie eines Fitnessraums, den Spielwiesen für Jean-Paul beziehungsweise Roman, war vor zehn Jahren ein vierter Flügel im gleichen Stil erbaut und der Hof damit abgeschlossen worden. Wie Roman begeistert feststellte, trug der Anbau auch deutlich zu einer Verbesserung der Sicherheit bei. Denn nun bestand nicht länger freier Zugang zum »Zentrum der Macht«, und in den Zeiten ihrer heftigen Auseinandersetzungen mit den Cacchiones vor sechs Jahren hatte Jean-Paul sein Schlafzimmer in den hinteren Bereich des Hauses verlegt. Doch keine der Vorsorgemaßnahmen hatte Pascal retten können; dabei war er der Letzte gewesen, den sich die Familie als Ziel der Cacchiones hätte vorstellen können.

Ursprünglich war das Haus, eine Miniaturversion des Palasts von Versailles, in den zwanziger Jahren von einem Holz- und Erzmagnaten erbaut worden, der seinen neuen Reichtum und Status gebührend zur Schau stellen wollte. Der Weg, der seinen Vaters durch diese stattlichen Eingangstüren führte, hatte mit dem Schmuggel von Zigaretten und anderer Konterbande während des Zweiten Weltkriegs vor der Tyrrhenischen Küste von Korsika begonnen. Ein rivalisierendes Mitglied der Union Corse verschaffte sich Gebietsvorteile, indem er seinem Bürgermeister in Bastia größere Bestechungssummen zahlte, worauf sein Vater die Zeit gekommen sah weiterzuziehen. Im März

1953 traf er in Montreal ein. Zu dieser Zeit war die Stadt ein Paradies für dunkle Geschäfte unter der Führung der Hafen- und Bauarbeitergewerkschaft. Es folgten Glücksspiel, Klubs, Kreditwucher und Prostitution. Allein mit illegalen Investmentgeschäften bei Bauausschreibungen im Vorfeld der Olympischen Spiele 1964 verdiente sein Vater Millionen. Wenig später kamen die Drogen.

Wie viele andere ältere Mafiosi und Mitglieder der Union Corse betrachtete sein Vater die Drogen anfangs als dreckiges, unehrenhaftes Geschäft und versuchte ihnen aus dem Weg zu gehen. Letztendlich waren die Gewinne jedoch zu groß, als dass man sie hätte ignorieren können. Anfang der siebziger Jahre zählten die Lacailles zu den größten Drogenhändlern Kanadas, übertroffen nur noch von der in Toronto ansässigen Cacchione-Familie.

Die Beziehungen zu dem alten Arnaldo Cacchione waren recht gut, zumindest nicht übermäßig gespannt. Gewalttätigkeiten kamen selten vor und beschränkten sich normalerweise auf diejenigen, die gegen die Spielregeln ihres jeweiligen Lagers verstießen, sowie auf die steigende Zahl kleiner Gangs von außerhalb, die versuchten, den beiden Familien ins Handwerk zu pfuschen. Doch als der junge Gianni Cacchione die Zügel übernahm, änderte sich die Lage. Gianni war ehrgeizig und aggressiv, was die Gebietsverteilung anging, und so kam es irgendwann zwangsläufig zu einer Machtprobe mit den Cacchiones. Zunächst verloren beide Seiten eine Reihe Männer, die zum Fußvolk gezählt wurden, dann starb ein Neffe der Familie Cacchione, und schließlich traf die Vergeltungsaktion Pascal.

Der stille, bescheidene Pascal. Immerzu spielte er Backgammon oder Jazzgitarre oder steckte die Nase in Bücher – und zwar nicht nur in die Bücher der Familie, sondern in alles Mögliche, von Klassikern wie Victor Hugo bis zum neuesten amerikanischen Bestseller –, denn er besaß einen vielseitigen und wählerischen Geschmack. Wäre da nicht das Familienunternehmen gewesen, hätte er vielleicht die Zeit gehabt, sich eine Karriere als Musiker aufzubauen, seine erste und größte Leidenschaft. Von allen Mitgliedern der Familie hatte er am wenigsten mit dem Geschäft zu tun; er kam nie in Berührung mit der Ausübung und Durchsetzung von Macht, sondern nur mit der Aufstellung der Bilanzen. Wahrscheinlich hatten die Cacchiones sich ihn genau deshalb als Opfer ausgesucht, denn Roman und sein Vater – die nahe liegendsten Ziele – wurden rund um die Uhr bewacht. Also erschossen sie Pascal – als »Botschaft«.

Die Botschaft kam an. Von diesem Tag an war nichts mehr so wie vorher. Sein Vater hatte nicht den Mumm, weiter zu kämpfen, denn Pascal war sein Lieblingssohn gewesen, der Benjamin der Familie. Schlimmer noch – er machte Roman für den Mord an dem Neffen der Cacchiones verantwortlich, der zu dem Racheakt an Pascal geführt hatte. Das führte innerhalb der Familie zu heftigen Streitigkeiten.

Als er mit ansehen musste, wie sein Vater sich in den folgenden Monaten im Kummer vergrub und zunehmend gebrechlich wurde, fasste Jean-Paul schließlich den historischen Entschluss, die Familie vom Verbrechen abzubringen. In der Zwischenzeit hatten die Lacailles ohnehin den Großteil ihrer Gebiete an die Cacchiones verloren; von daher konnten sie also genauso gut in anderen, legalen Geschäftsbereichen tätig werden – an der Börse, im Baugewerbe, in weiteren Spielkasinos und Klubs. Zwar war Roman gegen die Idee, aber da wegen Pascals Tod noch immer ein Schatten von Schuld auf ihm lastete, trug er seine Einwände nicht sonderlich energisch vor.

Die wichtigste Unterstützung für Jean-Paul kam vom Consigliere der Familie, Jon Larsen. Der wies zudem darauf hin, dass sie zur Erreichung ihres Ziels jemanden benötigten, der ein strenges Auge auf die Finanzen hielt. Nach zwei Monaten intensiver Suche brachte Larsen den Namen Georges Donatien auf den Tisch, einen der jüngsten und aufstrebendsten Portefeuillemanager der Banque du Quebec. Mit beeindruckenden 34 Prozent Gewinn bei den Pensionsfonds hatte Donatien soeben die beste Performance des vergangenen Jahres abgeliefert. Doch es bedurfte eines zehnmonatigen Katz-und-Maus-Spiels, bis

Donatien dem Werben der Familie endlich nachgab. Zu diesem Zeitpunkt war es für Jean-Pierre Lacaille bereits zu spät.

Mittlerweile war aus Jean-Pauls Entschluss ein brennendes Verlangen geworden, unwiderruflich besiegelt als Versprechen am Totenbett seines Vaters: »Du wirst sehen, ich mache unser Geschäft von Kopf bis Fuß sauber. Was mit Pascal geschehen ist, darf nie wieder geschehen.«

Die Worte kamen ihm von Herzen, denn in diesem Augenblick hatte er sich selbst vor Augen, wie er zwanzig Jahre später den Tod seines zu diesem Zeitpunkt elfjährigen Sohns Raphaël betrauerte. Sie besaßen alles Geld der Welt und verbrachten doch den Großteil ihres Lebens damit, sich ständig umzuschauen und sich über die Sicherheit und das Wohlergehen ihrer Familie Sorgen zu machen. Das war kein Leben.

Sein Vater hatte nachsichtig gelächelt. »Das ist ein hohes Ziel, und meines Wissens hat es bislang noch keiner erreicht. Aber dir scheint es damit ernst zu sein – und wenn jemand dazu in der Lage ist, dann du.« Das stand in scharfem Gegensatz zu den Zweifeln und Einwänden, die er bis dahin vorgebracht hatte. Jean-Pierre Lacaille war immer der Meinung gewesen: »So sehr man auch versucht, seine Vergangenheit hinter sich zu lassen – sie holt einen doch immer wieder ein.«

In seinen letzten Monaten war sein Vater immer verdrießlicher und sentimentaler geworden und hatte darüber nachgesonnen, ob es nicht die Sünden seiner dunklen Vergangenheit waren, die sich nun an Pascal gerächt hatten. Jean-Paul musste wieder an die schmutzigen Geschehnisse rund um Leduc denken, die mit dem Mord an Tony Savard nun wieder voll auf sie zurückfielen.

Er atmete tief ein und schaute hoch. Zwei Tauben versuchten gerade, sich im Dachgiebel einzunisten. Es war noch früh am Morgen, und der winterliche Nebel hing tief und verdeckte das grüne Kupferdach halb, während Körperwärme und Atem aus den Ställen als Dunst zu ihm aufstieg. Wie sehr gründete dieses großartige Gebäude im Laufe der Jahre auf vergossenem Blut und zerstörtem Leben? Das Zimmer, in dem Raphaël zur

Welt gekommen war, wo sie Simones heilige Kommunion gefeiert hatten, wo sie bei unzähligen Geburtstagen, Hochzeiten und Jahrestagen miteinander angestoßen hatten? Die Räume, in denen sein Vater und Stephanie ihre letzte Ruhe gefunden hatten, oder Raphaëls Schlafzimmer, mit Pop- und Inlinerpostern bedeckt wie das jedes normalen Fünfzehnjährigen? Oder dieser Raum hier, wo darüber beraten worden war, welches Leben verschont und welches genommen werden sollte?

Vielleicht hatte sein Vater Recht gehabt: Sie mochten sich noch so sehr bemühen – ihre Vergangenheit würde sie immer wieder einholen. Und vielleicht hatten sie es ja auch gar nicht anders verdient.

»Also, wie siehst du die Sache, Georges?«, fragte Jean-Paul.

Sie saßen an einem Ende des lang gezogenen Esstischs, Georges und Jon Larsen einander gegenüber, Jean-Paul am Kopf des Tischs. Die Stimmung war angespannt.

»Ich teile mehr oder weniger die Ansicht von Jon«, meinte Georges.

»Mehr oder weniger?« Jean-Paul hob eine Hand, als wolle er die Luft wegwischen. »Ist uns da etwas entgangen? Inwiefern könntest du anderer Meinung sein?«

Die ersten zwanzig Minuten ihres Treffens hatten sie damit zugebracht, geschäftliche Themen zu besprechen – Georges' Reise nach Mexiko und Kuba, Zeitpläne für die Bauarbeiten, Aktien, die Performance des Portefeuilles, die Zahlen der Klubs und Kasinos im letzten Quartal. Dann kamen sie auf den Mord an Tony Savard zu sprechen.

Georges wählte seine Worte sorgsam. Die in der Vergangenheit liegenden Kämpfe der Familie Lacaille mit den Cacchiones gestalteten das Thema heikel. »Ich stimme mit Jon überein, dass höchstwahrscheinlich die Cacchiones dahinter stecken. Wir sollten aber auch die Möglichkeit nicht außer Acht lassen, dass hier eine aufstrebende Gruppe Selbstständiger oder Rocker versucht, die Cacchiones und uns gegeneinander auszuspielen. Damit würden sie nicht nur die Aufmerksamkeit von sich ablenken, sondern auch von dem entstehenden Vakuum profitieren.«

Jean-Paul nickte einen Augenblick langsam. Dann zuckte er die Schultern. »Aber wir haben ja nichts mehr mit Verbrechen zu tun. Wir stellen keine Bedrohung dar.«

»Nein. Aber seit dem Vorfall mit Leduc glaubt die Polizei trotzdem, dass wir noch mittendrin stecken. Und wenn das für die Cacchiones einen eindeutigen Vorteil darstellt, dann auch für andere.«

»Wenn da eines nicht wäre«, wandte Jon Larsen ein. »Gianni Cacchione müsste wegen der Sache mit Medeiros auf jeden Fall die Schuld von sich weisen. Und der ganze Stress mit der RCMP ist wahrscheinlich eine Begleiterscheinung davon. Ein glücklicher Zufall für Gianni.«

Sie drehten sich im Kreis. Wahrscheinlich hatten sie an diesem Tisch im Verlauf der letzten Jahre länger und häufiger über dieses Thema gesprochen als über jedes andere. Immer wenn sie im Begriff waren, auf ihrem neuen, legalen Weg Fortschritte zu erzielen, tauchte es wieder auf und warf sie zurück.

Das in ihren Augen wahrscheinlichste Szenario sah vor, dass Gianni Cacchione eine falsche Beschuldigung gegenüber Leduc erhoben hatte, um den Verdacht von seinen eigenen Drogengeschäften abzulenken. Als die Lacailles sich aus dem Drogenhandel und der Kriminalität im Allgemeinen zurückgezogen hatten, hatte Cacchione nur zu bereitwillig ihren Platz eingenommen. Doch vierzehn Monate später bekam er Streit mit seinem Lieferanten Carlos Medeiros, dem Kopf des führenden kolumbianischen Drogenkartells. Medeiros beschuldigte Cacchione, ihn im Verlauf der letzten sieben Lieferungen um elf Millionen Dollar betrogen zu haben, und stellte prompt den Nachschub ein. Cacchione versuchte es mit anderen Lieferanten in Kolumbien, doch mit denen hatte Medeiros entweder gebiets- oder vertriebsmäßige Absprachen. Außerdem hatte es sich bereits herumgesprochen: Cacchione wurde weitgehend boykottiert. Ein paar Monate lang fand er einen Lieferanten in Mexiko, bis Medeiros dem eine Nachricht zukommen ließ, indem er zwei seiner engsten Mitarbeiter ermordete. Danach trat niemand mehr an Cacchione heran.

Dann schossen eine Reihe von Einzelkämpfern aus dem Boden, von denen einige zweifellos sauber waren, doch Medeiros hegte den Verdacht, dass Cacchione nach wie vor hinter dem größten dieser neuen Abnehmer stand, und so drohte die erneute Einstellung der Lieferungen. An diesem Punkt fand man wundersamerweise heraus, dass Eric Leduc – ein Leutnant der Lacaille-Familie, der Roman mit Sicherheitspersonal für die Klubs und Kasinos versorgte – mit der Führungsspitze dieses aufstrebenden Drogenrings in Verbindung stand. Schlimmer noch, der Familie kam zu Ohren, Leduc sei Gegenstand einer Untersuchung der RCMP. Die Polizei glaube, die neue Ausrichtung der Lacailles auf ausschließlich legale Geschäfte sei nur eine Tarnung, und die Familie sei insgeheim nach wie vor stark in Verbrechen und Drogenhandel verwickelt. Leduc diente als Bindeglied, um diese These zu untermauern.

Jean-Paul war entsetzt. Er war überzeugt davon, dass Cacchione Leduc belastet hatte – vor allem, um Medeiros von der richtigen Fährte abzulenken. Aber das Ganze führte auch dazu, dass sich die Aufmerksamkeit der RCMP erneut auf die Lacailles richtete. Cacchione musste sich ins Fäustchen lachen.

Sie beschlossen, sich noch vor der RCMP Zugriff auf Leducs Konten zu verschaffen. Die Kontenbewegungen waren komplex, und daher wurde Georges aus purer Notwendigkeit damit beauftragt, Leduc zu befragen – obwohl er ursprünglich nie in etwas verwickelt werden sollte, was mit ihren früheren kriminellen Aktivitäten zu tun hatte. Roman sollte zur Sicherheit mit dabei sein, einzig und allein, um durch die stumme Drohung psychologischen Druck auszuüben, falls Leduc sich entschließen sollte, nicht mit ihnen zu kooperieren. Sie erlaubten Leduc, selbst ebenfalls einen Begleiter mitzubringen – er entschied sich für Tony Savard. Der einzige weitere Anwesende in jener verhängnisvollen Nacht war der Fahrer, Steve Tremblay, Türsteher eines ihrer Klubs in der Innenstadt. Er stand vor dem Auto, rauchte und unterhielt sich mit Tony Savard, als Leduc erschossen wurde. Die Polizei betrachtete Leducs Tod als Bestätigung dafür, dass die Lacailles nach wie vor in Drogengeschäfte verwickelt waren, und hielt ihn für das Ergebnis ihrer verzweifelten Bemühungen, die Spuren zu verwischen. Savards Tod diente nun als erneute Bestätigung – er würde das Augenmerk der Cops nur noch stärker auf sie richten.

»Wir haben sehr lange keine andere Möglichkeit gesehen, als dass Gianni Cacchione hinter allem steckt«, äußerte sich Georges. »Aber selbst wenn das die wahrscheinlichste Antwort ist, sollten wir andere Möglichkeiten nicht außer Acht lassen. Wenn plötzlich etwas anderes ans Licht kommt, stehen wir alle wie mit Scheuklappen da.«

»Ich weiß, ich weiß.« Jean-Paul rieb sich die Stirn. »Um die Wahrheit zu sagen, hätte ich dich gar nicht erst mit Leduc zusammenbringen sollen.« Bei dem zehnmonatigen Katz-und-Maus-Spiel, um Georges endlich an Bord zu holen, war es vor allem um die deutliche und wiederholte Zusicherung gegangen, dass er es nur mit »sauberen« Geschäften zu tun bekommen würde. Georges hatte es sogar zur Auflage gemacht, nie in Geldwäsche verwickelt zu werden. »*Das Geld muss gewaschen sein, bevor ich es in die Hände bekomme. Wenn ich ein sauberer Geschäftsmann sein soll, dann müssen wir so anfangen, wie wir weitermachen wollen.*« Doch trotz aller Entschlossenheit, Georges nicht in die kriminelle Vergangenheit ihres Geschäfts zu verwickeln, war genau das nun Thema jedes zweiten Treffens.

»Du konntest ja nicht ahnen, dass es so übel ausgehen würde«, meinte Georges. »Und außerdem: Wem sonst hättest du die Überprüfung von Leducs Konten anvertrauen können?«

»Das stimmt.« Jean-Paul lächelte verkniffen. Doch die gegenseitige Beteuerung bot wenig Trost. Allein Georges darüber reden zu hören hielt ihm bitter vor Augen, wie weit sie vom Kurs abgekommen, wieder in der Vergangenheit gelandet waren. Jean-Paul wandte sich Jon Larsen zu. »Was sagt die Polizei?«

»Drei Schüsse, der letzte in den Kopf. Ein Profimord, wahrscheinlich in Verbindung mit Savards kriminellen Aktivitäten.

Und dass gegen ihn ermittelt wurde – zweifellos Teil ihrer Säuberungsaktion gegen uns, obwohl ich das nur annehme.« Larsen schaute auf das vor ihm liegende Notizbuch. »Ach ja, und sie suchen nach einem schwarzen Lieferwagen, einem Chevy Venture, der ihrer Ansicht nach etwas damit zu tun haben könnte. Davon abgesehen, nichts. Ich werde noch ein bisschen nachhaken, aber viel mehr werden wir wohl nicht rauskriegen.«

Jean-Paul nickte. Im letzten halben Jahr hatten sie sich große Mühe gegeben, eine gute Quelle in den Reihen der RCMP zu finden. Ihr einziger Kontaktmann arbeitete aber bei der Sitte, und Chenoudas Team, das die Untersuchung gegen sie führte, hielt eng zusammen und war verschwiegen. Nur wenig von Bedeutung drang nach außen.

»Und wie denkt Roman über die Sache?«, fragte Larsen.

»Ich habe nur kurz mit ihm telefoniert. Er ist sich aber ziemlich sicher, dass Cacchione dahinter steckt.« Jean-Paul legte den Kopf auf die Seite und zuckte mit den Achseln. »Nach der Schweinerei mit Leduc hat Savard ihm offenbar anvertraut, dass Cacchione glauben würde, er als Freund von Leduc sei in Geheimnisse über Cacchiones Drogenring eingeweiht. Das stimmte zwar nicht, aber Savard hatte Angst, Cacchione könnte trotzdem den Verdacht hegen.«

»Glaubst du, Cacchione ist auch für den Tod von Steve Tremblay verantwortlich?«, fragte Larsen.

»Schon möglich«, räumte Jean-Paul ein. Bis jetzt hatten sie keinen Grund zu der Annahme, der Tod des damaligen Fahrers könne etwas anderes sein, als es den Anschein hatte, nämlich ein Bootsunfall. Jetzt aber fing er an, sich diesbezüglich Fragen zu stellen.

Georges schaute einen Augenblick zu Boden. War es lediglich Loyalität und Respekt gegenüber Jean-Paul, was alle davon abhielt, die andere Möglichkeit auf den Tisch zu bringen – dass nämlich Roman in Anbetracht verstärkter Ermittlungen der RCMP großes Interesse daran hatte, alle Spuren jener verhängnisvollen Nacht zu verwischen? Oder lag es schlichtweg daran, dass niemand außer ihm selbst an diesem Tisch wusste, was in dieser Nacht vorgefallen war? Andererseits konnte er wegen dieser Loyalität niemandem einen Vorwurf machen, denn auch er ließ sich durch sie davon abhalten, Jean-Paul reinen Wein einzuschenken. Doch diese eine Lüge – oder zumindest das Verschweigen der *ganzen* Wahrheit – bekam nun gefährliche Auswüchse.

Jean-Paul interpretierte seinen besorgten Blick falsch. »Wenn es Cacchiones Absicht ist, sich die anderen aus jener Nacht vorzunehmen, dann müssen du und Roman besonders wachsam sein. Ich werde Roman sagen, er soll die Sicherheitsmaßnahmen verstärken.«

Na prima, dachte Georges. Nun lag also sein zukünftiges Wohl in den Händen von Roman, und er hatte sich selbst die Möglichkeit genommen, den anderen zu erklären, warum ihm dabei nicht ganz wohl war. »Okay«, erwiderte er ergeben.

»Die ganze Angelegenheit mit Leduc ist schmutzig und kann unglücklicherweise noch schmutziger werden«, sagte Jean-Paul resigniert. »Aber ich werde nicht zulassen, dass sie uns zurückwirft oder unseren neuen Weg auf irgendeine Weise beeinflusst. Ich glaube, ihr beide seid euch mehr als die meisten anderen darüber bewusst, wie sehr mir das am Herzen liegt.«

Während Jean-Paul nun dazu überging, mit Jon Larsen über aktuelle Probleme mit den Ausschankzeiten in zwei der Klubs zu sprechen – nach ihrer Befürchtung ebenfalls Teil der Polizeiaktion gegen die Familie Lacaille –, kam sich Georges plötzlich seltsam weit entfernt vor, abgeschnitten von ihrer Unterhaltung, wie ein Fremder, der er möglicherweise schon immer gewesen war. Die Größe und Erhabenheit des Saals bedrückten ihn, wie es schon beim ersten Treffen mit Jean-Paul und Jon Larsen der Fall gewesen war: die im Rokoko-Stil gehaltenen Decken und Säulen, die schweren, roten, mit Goldbrokat gerafften Vorhänge, die Louis-XIV.-Stühle mit ihren hohen Rückenlehnen, die Sammlung von Familienfotos zwischen Messinguhren von unschätzbarem Wert auf dem langen Sideboard – ein Altar der Kontinuität von Zeit und Familie –, und am anderen Ende des Raums die kunstvolle Puttenstatue von Houdon, der offenbar auch Statuen von Voltaire und George Washington angefertigt hatte. Wie beim ersten Mal, als er den Raum betrat, überkam ihn das Gefühl, dass Jean-Paul sich als moderner Napoleon betrachtete.

Doch nach den ersten Treffen lernte Georges allmählich auch Jean-Pauls andere Seite kennen: ein warmherziger, fürsorglicher Familienmensch mit löblichen – wenn auch abenteuerlichen und närrischen – Hoffnungen und Zielen. Ein Bild, das Jon Larsen in ihren offenen Gesprächen unmittelbar nach diesen Treffen regelmäßig bestätigte: »*Zweifellos hast du diese ganzen dunklen Geschichten gelesen und gehört – gerüchteweise oder sonst wie. Aber mach dir keine Sorgen – ich bin der Erste, der dafür sorgt, dass Jean-Paul sich an sein Versprechen hält und dieser Teil der Familie Lacaille jetzt Geschichte ist. Jean-Paul ist einer der fairsten Menschen, für die ich je gearbeitet habe, und ich habe für eine ganze Menge Leute gearbeitet. Sonst wäre ich auch gar nicht so lange geblieben.*«

Bevor er sich Jean-Paul angeschlossen hatte, war Jon Larsen dreizehn Jahre lang ein abgebrühter Firmenanwalt gewesen; in Georges, der wie er selbst aus der Geschäftswelt ins Exil gegangen war, sah er nun vielleicht einen Gleichgesinnten. Mochte es sein wie es wollte – Georges spürte, dass er zu Larsen mehr Vertrauen hatte als zu jedem anderen im erweiterten Kreis der Lacaille-Familie. Larsen war mittlerweile Ende Fünfzig, erinnerte stark an Mr Magoo – außer dass der kleine Haarkranz, der ihm geblieben war, regelmäßig einen Bürstenschnitt bekam –, und Georges stellte nur zu oft fest, dass sie Gedanken und Ansichten teilten. Im Lauf der letzten drei Jahre hatten sie viele Wahrheiten und Vertraulichkeiten ausgetauscht. Außer einer.

Es waren jedoch weder Larsens aufmunternden Worte gewesen, die ihn letztendlich dazu gebracht hatten, sich in den Schoß der Familie zu begeben, noch Jean-Pauls feste Zusicherung, alles Geld zu waschen, bevor er damit anfing zu arbeiten, und auch nicht das Angebot, sein Jahresgehalt bei der Banque du Quebec von 280 000 Dollar fast zu verdoppeln, zusätzlich zu den Aktienboni aus den zahlreichen Unternehmen der Lacailles.

Was ihn vielmehr letztendlich dazu veranlasste, war die Tatsache, dass ihn Jean-Pauls Ersuchen anrührte. Nach ihrem fünften oder sechsten Treffen, Georges erinnerte sich jetzt nicht mehr, ließ Jean-Paul ihn bei einem großen Brandy Platz nehmen und erzählte ihm die Geschichte der Familie, die ihn schließlich mit Leib und Seele diesen neuen Weg hatte einschlagen lassen: Wie Pascals Tod ihren Vater zerstört hatte, wie er und Pascal als Kinder miteinander gespielt hatten und Pascal als Teenager davon gesprochen hatte, Musiker oder Schriftsteller werden zu wollen. Wie Jean-Paul selbst heimlich davon geträumt hatte, Architekt oder Designer zu werden, bevor das Familienunternehmen ihn vereinnahmte. Dann hatte Jean-Paul auf das Bild seines Sohns Raphaël auf dem Beistelltisch gedeutet. »Er ist jetzt erst zwölf, und vielleicht haben seine Träume ja noch nicht ganz Gestalt angenommen, denn er spricht immer noch davon, Lokomotivführer oder Astronaut zu werden – aber ich will nicht, dass er so endet wie Pascal.«

In diesem Moment hatte Georges keinen Berufsverbrecher vor sich gesehen, sondern einen verängstigten Teenager, der erst seine Träume und dann seinen jüngeren Bruder begraben hatte, beides im Namen familiärer Pflicht, und der jetzt verzweifelt darum rang, eine Wende herbeizuführen, bevor diese Pflicht eine weitere Generation einforderte.

Binnen zwei Wochen rief Georges zurück, um Jean-Paul zu sagen, dass er sich ihm anschließen würde. Von diesem Augenblick an wurde aus Jean-Pauls Ansinnen rasch ein Kreuzzug; nicht nur für ihn selbst, der er sich beweisen wollte, dass es zu schaffen war, und auch nicht nur als Herausforderung für Georges als Geschäftsmann, sich an den Erträgen messen zu lassen, die zuvor durch Straftaten erzielt worden waren, sondern auch, weil ihre Ziele reges Interesse in der Außenwelt geweckt hatten. Vier andere führende Mafiafamilien – vor allem Jean-Pauls enge Freunde und frühere Kollegen, die Familie Giacomelli aus Chicago – waren erpicht darauf, Jean-Pauls Rückzug zu verfolgen. Denn gelang er ihm, konnte ihnen das eine nützliche Vorlage liefern, es ihm nachzutun. Andere zeigten sich skeptischer und meinten, es habe deshalb noch nie jemand gemacht, weil es gar nicht zu machen *war*, und Lacaille versuche sich am Unmöglichen.

Plötzlich wurde aus ihrem Ansinnen eine Cause célèbre. Man schloss regelrecht Wetten darüber ab, ob sie es schaffen würden oder nicht. Da ging Georges auf, wie ungeheuer viel auf dem Spiel stand. Erfolg – und er würde nicht nur für die Rettung sorgen, die Jean-Paul so sehnlichst erhoffte, sondern möglicherweise auch zahllosen anderen Mafiafamilien einen Weg aufzeigen, dem sie folgen konnten. Misserfolg – und es brachen wieder die düsteren Zeiten an.

Und jetzt konnte Romans unbesonnene Tat in jener Nacht, verschlimmert noch durch seine eigene Lüge, das ganze Kartenhaus zum Einsturz bringen. Das niederschmetternde Gewicht war fast zu groß, um es schultern zu können.

Georges legte die rechte Hand flach und fest auf den Schamottetisch, um gegen ihr Zittern anzugehen. Als die Rede auf Roman kam, wurde seine Aufmerksamkeit jäh wieder in Anspruch genommen.

»Wir bewegen uns nur im Kreis, wenn wir darüber spekulieren, ob sich die ganze Schweinerei hätte vermeiden lassen, wenn Roman einfach Leduc den Revolver entrissen oder ihm den Schussarm beiseite gestoßen hätte. Genauso gut hätte das auch ins Auge gehen können.« Jean-Paul hielt Georges die offene Hand entgegen, und sein Blick wurde nachgiebiger. »Du oder Roman hättet erschossen werden können. Unabhängig von den unglücklichen Auswirkungen, die sich jetzt ergeben, es war Notwehr. Wir müssen also in dieser Sache zusammenhalten.«

»Ja, das müssen wir«, pflichtete ihm Jon Larsen bei. In seiner Stimme lag resignierte Ergebenheit.

Doch Georges fiel auf, dass Jon Larsen den Blick dabei hauptsächlich auf ihn gerichtet hielt. Vielleicht hatte er seine Bestürzung ausgemacht, sein leichtes Wimpernzucken, als das Wort »Notwehr« fiel. Georges fragte sich, wie lange er wohl noch allein die Last seines Wissens würde aushalten können. Oder war nun schon zu viel Wasser den Bach hinuntergeflossen, als dass er es jetzt noch hätte jemandem erzählen können?

Kaum war sie ausgesprochen, wusste Michel Chenouda auch schon, dass er diese Lüge nicht hätte riskieren sollen.

»Wie lange dauert es noch, bis sie eine gesicherte Identifizierung vorliegen haben?«, hatte Chefinspektor Pelletier gefragt.

»Neun oder zehn Stunden im günstigsten Fall. Es kann aber auch bis zu vierundzwanzig Stunden dauern.« Michel bemühte sich, jedes Zögern in seiner Stimme zu vermeiden. »Die Qualität der CCTV-Fotos ist schlecht, deswegen müssen sie eine Mengc Lücken füllen. Ich setze mich mit ihnen in Verbindung, sobald wir hier fertig sind.«

»Und sie sind zuversichtlich, dass etwas dabei herauskommt?«, hakte Maitland nach.

»Ja, durchaus.« Michel kritzelte abwesend auf einem Block herum. »Das haben sie mir gesagt.« Die Wahrheit sah ganz anders aus: Die Abteilung, die sich mit der Vergrößerung von Fotos befasste, die neben der Spurensicherung ansässige T104, hatte ihm berichtet, die Schatten seien zu hart für eine anständige Identifizierung. Sie würden ihr Bestes geben, er solle aber kein Wunder erwarten. Doch da sich alle anderen Spuren verlaufen hatten und Pelletier und Maitland sich von seinen hochgespielten Hoffnungen, Georges Donatien zu einer Aussage zu bewegen, nicht mitreißen ließen, kam es ihm nun vor, als bräche alles über ihm zusammen. Als hätten Pelletier und Maitland praktisch im Voraus beschlossen, den Vorsitz über die Beerdigung des Falls zu führen und Michels Erläuterungen und Rechtfertigungen lediglich als Schönfärberei zu betrachten. Arbeitseinsatz und Kosten, die der Fall bis dato gefordert hatte, ließen Pelletier heftig den Kopf schütteln, während Maitland die Schwierigkeit ansprach, rechtliche Strukturen vorzugeben, mit denen sich arbeiten ließ. »Selbst wenn Donatien eine derartige Hoffnung darstellt, wie Sie es behaupten, vergessen Sie darüber nicht, dass er der *letzte* mögliche Zeuge ist. Es besteht keine Möglichkeit, seine Aussage zu untermauern. Bei Savard gab es wenigstens noch die Hoffnung, dass Donatien – in Anbetracht einer harten Strafe wegen Beihilfe zum Mord – sich zum Kronzeugen hätte machen lassen und Savards Story untermauert hätte.«

Michel spürte, dass sie drauf und dran waren, die Akte zu schließen, wenn er nicht mit etwas Dramatischem ankam. Vergangene Nacht war ihm die Idee gekommen, die Überwachungskameras auf den in Frage kommenden Strecken zu überprüfen, doch erst eine Stunde vor diesem Meeting hatten sie einen möglichen Treffer gelandet. Michel malte ihn nun in den rosigsten Farben aus und warf ihn den ungeduldigen Klauen von Pelletier und Maitland vor, in der Hoffnung, sie von ihrem Vorhaben abzuhalten. Es schien zu funktionieren. Zunächst einmal.

»Auf welcher Kamera habt ihr sie denn erwischt?«, wollte Pelletier wissen.

»Richtung Süden auf der Jaques-Cartier-Brücke. Sie hatten uns weisgemacht, sie wollten in die City. Dann hätten wir sie möglicherweise mit einer der größeren Gebäudekameras erwischt. Wir vermuteten aber dann, dass sie gleich über die Jaques-Cartier-Brücke gefahren sind. Die Kamera hat sie aus etwa fünfzig Meter Entfernung aufgenommen.«

»Kommt für Sie schon jemand in Frage, nach dem, was man bis jetzt auf dem Bild sehen kann?«, fragte Pelletier.

»Nein, noch niemand. Die Schatten sind zu stark. Aber wenn sie erst einmal rausgenommen sind, werden die Gesichtszüge hoffentlich klarer.«

Wieder legte sich Stille über den Raum. Michel spürte, dass Pelletier noch immer dicht davor stand, den Fall abzuschließen. Nach wie vor hing alles an einem seidenen Faden.

Der Tisch, an dem sie saßen, bot Platz für acht Personen und war Pelletier zufolge aus einem einzigen Stück Teakholz gefertigt worden. Das »Hackbrett«, wie er im Dienstraum genannt wurde. In Pelletiers angrenzendem Büro fanden die ungezwungenen Meetings über alltägliche Fortschritte statt. Wurde man jedoch in den Konferenzraum gebeten, ging es unvermeidlicherweise um etwas Ernstes – ein Verweis, eine interne Untersuchung, eine Suspendierung, eine Dienstmarke, die ausgehändigt werden musste, eine Akte zu einem Fall, der geschlossen wurde. Der Konferenztisch wurde notwendig, weil Pelletier bei derlei Meetings niemals allein war; immer hatte er noch einen Zeugen oder einen Helfer bei seinen Exekutionen dabei, je nach deren Natur auch zwei. Als Staatsanwalt war Maitland für gewöhnlich dabei, wenn die juristische Guillotine noch ein letztes Mal abgenickt werden musste. Die beiden boten einen merkwürdigen Kontrast: Pelletier war ein grobschlächtiger Typ mit einer derart rötlichen Gesichtsfarbe, dass man befürchten musste, er könne jederzeit explodieren. Maitland hingegen war schlank, groß und kantig und hatte mit seiner langen Nase und seinem ausdünnenden Haar etwas von einem Falken an sich, wobei seine bleiche Gesichtsfarbe sich kaum von dem fahlen Haar abhob. Im Verbund mit seinem Ruf, Fälle mit oft aufreizend kleinlicher Rechtsauslegung zu begraben, hatte ihm dies den Spitznamen »Leichenbestatter« eingebracht.

Pelletier saß am Kopf des Tisches, Maitland auf dem nächststehenden Stuhl, der Platz zwischen ihm und Michel blieb frei. Angemessene Distanz. Das gedämpfte Summen des Verkehrs zwölf Stockwerke unter ihnen auf dem Boulevard Dorchester drang durch die dicken Fensterscheiben herauf und übertönte die einzigen anderen Geräusche, das leise Rauschen der Ventilatoren und das Rascheln von Papier.

Pelletier war einen Moment abgelenkt, weil Maitland seine Akte noch einmal durchging. »Also wissen wir entweder heute Abend oder spätestens morgen Mittag, ob wir eine positive Identifizierung in der Hand haben?«, bekräftigte Pelletier mit Blick auf Maitland, als sei dessen Zustimmung für eine eventuelle Verzögerung ebenfalls notwendig. Doch Maitland war nach wie vor in seine Akte vertieft.

»Ja«, erwiderte Michel, wobei er erst den einen, dann den anderen erwartungsvoll anschaute. Während Maitland weiter blätterte, klopfte Michel leise mit dem Finger auf den Tisch, um seine Anspannung zu verringern. Als ihm bewusst wurde, dass das Klopfen fast im Rhythmus mit seinem Puls stattfand, hörte er auf damit.

Maitland ließ einen Finger als Markierung in der Akte und schaute endlich auf. Auf seinem Handrücken zeigten sich ausgeprägte Sommersprossen, vielleicht auch erste Anzeichen von Leberflecken. »Ich entnehme Ihren Notizen, dass die Hochzeit von Donatien und Simone Lacaille für Anfang Juli geplant ist.«

»Ja. Das Wochenende nach dem Nationalfeiertag.«

»Dreieinhalb Monate.« Maitland spitzte nachdenklich die Lippen. »Also. Wenn wir jetzt eine Identifizierung bekommen, was ist dann mit den Plänen, die Sie hinsichtlich Donatien haben?«

Das brachte Michel aus dem Konzept. »Ich hatte nicht gedacht, dass Sie Donatien als Möglichkeit in Betracht ziehen.«

»Bisher nicht. Aber wenn wir eine positive Identifizierung der Insassen des Lieferwagens bekommen und uns die, wie Sie vermuten, wieder zu Roman Lacaille bringt – dann sind wir in der gleichen Situation wie vorher mit Savard. Untermauerte Zeugenaussage.«

»Meinen Sie nicht, Donatiens Aussage allein würde schon ausreichen?« Michel merkte, dass er damit seine Zweifel in Bezug auf einen Treffer bei der Identifzierung durchschimmern ließ, und fügte deshalb hinzu: »... oder die der Insassen des Lieferwagens?«

»Das sind zwei Paar Schuhe.« Maitland zwang sich ein müdes Lächeln ab, als erklärte er einem auf Abwege geratenen Kind etwas. »Mit Donatien kriegen wir Lacaille wegen Mordes an Leduc dran. Mit den Insassen des Lieferwagens kriegen wir Lacaille dafür dran, den Mord an Savard veranlasst zu haben. Es ist einfach so, dass mir das, was Sie gerade sagten, wenig Hoffnung macht, Donatien zu einer Aussage zu bewegen. Er gehört ja schon jetzt praktisch zur Familie, erst recht, wenn man an die bevorstehende Hochzeit denkt. Es sei denn, wir könnten zusätzlichen Druck auf ihn ausüben. Wenn wir etwas anderes gegen Roman Lacaille in der Hand hätten, was die Sache mit Leduc ans Licht brächte, könnte das den Ausschlag dafür geben, dass Donatien den Mund aufmacht.«

»Ich verstehe.« Michel nickte nachdenklich. Vielleicht waren die Aussichten auf eine Identifizierung ja etwas rosiger, als er angenommen hatte; andernfalls würde die ganze Geschichte über ihm zusammenbrechen, und obendrein ginge ihm auch noch Donatien als Chance flöten. Im besten Fall würde er einen Tag Gnadenfrist gewinnen, bevor sie die Akte schlossen.

Da Pelletier spürte, dass Michel missmutiger war, als er es hätte sein sollen, brachte er vor: »Hört sich doch zumindest nach so etwas wie einem Plan an. *Wenn* wir denn eine Identifizierung bekommen.«

Michel riss sich zusammen. »Ja«, pflichtete er ihm hastig bei. »So ist es.« Sei dankbar, sagte er sich. Als er gekommen war, hatte er um Minuten gekämpft, jetzt hatte er einen ganzen Tag. Er würde den Exekutionsraum lebend verlassen, praktisch als Erster. Irgendetwas von dem, was Maitland gesagt hatte, schwirrte ihm im Kopf herum, doch er konnte sich nicht konzentrieren, weil all seine Gedanken darum kreisten, wie er aus dem einen Tag Aufschub zwei oder sogar drei Tage machen konnte.

Binnen weniger Minuten nach Verlassen des Konferenzraums packte Michel die Panik. Während Pelletier ihr weiteres Vorgehen zusammengefasst hatte, erkannte Michel bei einem flüchtigen Blick auf Maitland, dass der sein Unbehagen mitbekommen haben dürfte. Vielleicht hätte er unverfrorener und begeisterungsfähiger auftreten sollen, als er Pelletier zugesichert hatte, er werde ihnen beiden sofort Bescheid geben, wenn es Neues in Sachen Fotovergrößerung gab. Die Erinnerung an die T104 beschleunigte seinen Schritt nun, während er über den Flur ging. Brüsk drückte er den Aufzugsknopf, erst einmal und dann nach ein paar Sekunden noch zweimal.

Es war überaus wichtig, dass er zur T104 kam, bevor sich Maitland entschloss, sich per Anruf über die Fortschritte zu erkundigen. Sonst war das Spielchen nämlich sofort vorbei. Endlich klingelte der Aufzug zu seiner Rechten. Ungeduldig trommelte er mit den Fingern gegen die Seitenwand, während er die vier Stockwerke hinabfuhr, und als er im ersten Stock ankam, fing er beinahe an zu rennen, wobei seine schnellen Schritte auf dem gefliesten Boden widerhallten.

Mit knappem Kopfnicken und Hallos ging er einer Reihe von Begrüßungen aus dem Weg, bevor er zwei Türen vor Ende des Flurs in der T104 ankam. Er bemerkte Yves Denault, den Leiter der Abteilung, der sich ein paar Schreibtische weiter gerade mit einem seiner Assistenten über einen Computer beugte.

Auf einer Plantafel hinter Denaults Schreibtisch hingen die computerausgedruckten Insignien aller bekannten Ortsgruppen der Hell's Angels und Rock Machines in der Provinz. Der Drogenhandel in Quebec folgte unweigerlich dem gleichen Muster. Die Kolumbianer trafen bei den großen Lieferungen Abmachungen mit der Mafia vor Ort, und Letztere sorgte dann gemeinsam mit den Rockern für die Verteilung. Von da an ging es in die Bars, Klubs und Cafés von Quebec. Die Lacailles waren die einzige in der Union Corse angesiedelte Familie, die in Kanada operierte; ihre Pendants hatten ihre Wurzeln ausnahmslos in der sizilianischen oder neapolitanischen Mafia.

Michel erläuterte Denault sein Dilemma, gegenüber Pelletier und Maitland die Dinge ein wenig hochgespielt zu haben. »Wenn also einer von ihnen anruft, halte dich entweder zurück oder, wenn du kannst, bausche es ebenfalls entsprechend auf. Wir können es den beiden später immer noch beibringen.« Als Denault die Stirn runzelte, schüttelte Michel nur den Kopf und setzte den geschundensten Ausdruck auf, zu dem er fähig war. »Tut mir Leid, Yves. Ich brauche im Moment einfach mehr Zeit.«

»Schon gut, kein Problem.« Kurzes zustimmendes Augenzwinkern. »Ich verstehe schon. Vielleicht kommt es ja doch besser heraus, als ich dachte. Ist aber noch zu früh, um etwas sagen zu können.«

Michel klopfte Yves auf die Schulter, um sich bei ihm zu bedanken, und ging dann wieder hoch in sein Büro.

Als er sich an seinen Schreibtisch setzte und seufzend ausatmete, schauten die Fotos der Lacailles herausfordernd auf ihn herab. Er gab sich einen Ruck und konzentrierte sich auf die Bilder seiner eigenen Familie. Gleich nach seiner Ankunft hatte der kleine Benjamin vom Basketballfeld zu ihm herübergeschaut und ihm ein strahlendes Lächeln zugeworfen. Ob der Junge wohl gemerkt hatte, dass sein Vater sich total verspätet hatte? Oder sorgte Sandra dafür, dass Benjamin so etwas mitbekam? Erzählte sie dem Jungen, dass sein Vater ohne ihren Anruf wohl gar nicht gekommen wäre? Es schien für sie immer noch wichtig zu sein, ihm bei den Kindern Punkte abzuziehen. Vielleicht, weil sie es gewesen war, die auf die Trennung gedrängt hatte, und nun jede Möglichkeit beim Schopf ergriff, um ihre Entscheidung zu untermauern: Seht ihr, euer Vater kommt entweder zu spät oder gar nicht. Nach der Arbeit hat er keine Zeit für uns. Genau wie immer.

Ein einziges Mal hatte Benjamin danach gefragt, wie er mittlerweile über seine Mutter dachte, vor einigen Monaten, zu Weihnachten, und hatte ihn damit überrumpelt. Erwidert hatte er: »Ich habe sie geliebt, natürlich.«

»Und jetzt?«

Ihm war bloß ein Augenblick zum Nachdenken geblieben. »Immer noch.« Der spontane Gefühlsausbruch hatte ihm einen Kloß in der Kehle beschert. Hätte er mehr Zeit zum Nachdenken gehabt, hätte er vielleicht diplomatischer geantwortet: »Ich mag sie immer noch sehr gern, natürlich.« Als er dann plötzlich in den Augen des kleinen Benjamin gesehen hatte, wie dieser darum rang zu begreifen, hatte er hastig hinzugefügt: »Aber ich habe ein paar dumme Fehler gemacht. Vielleicht vergibt sie mir ja eines Tages.«

Als Benjamin sich verlegen abgewendet und ausdruckslos zu Boden geschaut hatte, verriet er ihm damit, dass sie genau das wahrscheinlich nie tun würde. Sie beschäftigte sich noch immer zu sehr damit, seinen Rücken als Dartscheibe zu benutzen, während er bloß einen Hornochsen aus sich machte, indem er sagte, dass er sie noch immer liebte.

Michels bürointernes Telefon blinkte. Er nahm den Hörer ab, und binnen kürzester Zeit tauchte er in den hektischen Strudel der anderen Fälle dieses Tages ab, die seine Aufmerksamkeit erforderten. Ein führender Drogenhändler hatte am kommenden Tag seine erste Anhörung wegen versuchten Mordes, ein Lastwagen mit geschmuggelten Winstons war auf der Fahrt durch das Indianerreservat der Kahnawake angehalten worden – aber nichts davon weckte wirklich sein Interesse. Im Moment wollte er nur eines wissen. Er überprüfte Computerdateien und hielt sich dabei alle Anrufer vom Leib, bis sich vierzig Minuten später Yves meldete. Beim Klang von Yves' Stimme spürte er vorübergehend Auftrieb. Vielleicht war ja etwas ans Licht gekommen. »Wie sieht es aus?«

»Noch nichts. Wir haben zwei starke Schattenbereiche aufgefüllt, aber wenn man in diesen Größenordnungen arbeitet, dauert es eben ein bisschen. Es ist noch zu früh, als dass man etwas sagen könnte.«

Von zahlreichen früheren Fotobearbeitungen kannte Michel den Vorgang gut. Sie arbeiten an einer fünfzehn- bis zwanzigfachen Vergrößerung, füllten Punkte und Flecken, um das Bild dann wieder herunterzuverkleinern und zu sehen, inwieweit sich die Schärfe verbessert hatte.

Yves holte Luft. »Aber ich dachte, ich sag dir lieber Bescheid, dass du Recht hattest und Maitland wirklich nachgefragt hat. Genauer gesagt hat dieses Arschloch Campion angerufen und wollte wissen, wie dicht wir dran sind. Ich habe ihm gesagt, wir hätten Hoffnung, würden aber erst morgen am späten Vormittag, frühen Nachmittag Bescheid wissen.«

»Danke, Yves.« Also war ihm seine vierundzwanzigstündige Gnadenfrist sicher. Im Moment. Der Eifer, mit dem der stellvertretende Staatsanwalt Campion in Maitlands Fußstapfen trat, und das lieber heute als morgen, hatte ihn innerhalb der Abteilung zu einer Art Witzfigur gemacht. Er war erbärmlich duckmäuserisch gegenüber Maitland, während er sich bei allen anderen um den Eindruck bemühte, er sei schonungslos leistungsorientiert und habe die Weisheit für sich gepachtet. Allerdings scheiterte er damit grandios und wurde stattdessen wahlweise »Arschkriecher« oder »Kleiner Napoleon« genannt. Bei kaum mehr als einem Meter fünfzig Körpergröße überragte ihn Maitland um mindestens einen Kopf, und so spöttelte man gern, Campion brauche sich gar nicht so sehr zu bücken, um sein Ziel zu erreichen.

»Hat er viele Fragen gestellt?«, wollte Michel wissen.

»Ein paar schon, aber nichts von Bedeutung. Mach dir keine Sorgen, ich habe es gut hingebogen. Er war zufrieden.«

»Zufrieden« passte nicht zu Campion. Michel konnte sich kaum erinnern, ihn einmal lächeln gesehen zu haben; bloß ein nervöses Zucken, das als Anflug einer Grimasse durchging und rasch wieder verklang.

Mit der Zusage wieder anzurufen, sobald er mehr wusste, legte Yves auf. Dieser Anruf kam jedoch erst am Abend, fast drei Stunden nachdem Michel nach Hause gefahren war. Er war vor dem Fernseher eingenickt und das Schellen des Telefons weckte ihn jäh auf.

Yves' Stimme am anderen Ende war nervös und leicht außer Atem. »Wir haben einen etwas anderen Weg eingeschlagen und sind dabei auf etwas gestoßen. Das erste Bild hat uns auf die Schnelle nicht viel gebracht; obwohl wir es viermal vergrößert und wieder verkleinert haben, haben die Schatten immer noch zu viel verdeckt. Deswegen haben wir uns andere Bilder vorgenommen.« Yves legte eine kleine Pause ein, als wolle er Michel erlauben, zu sich zu kommen.

Abwesend blinzelte Michel auf die Fernsehbilder vor ihm, war aber wach und nach Yves' einleitendem Satz sofort ganz bei der Sache. »Ja, und?«

»Zuerst glaubten wir, die von weiter weg aufgenommenen Bilder wären zu entfernt, um irgendetwas klar zu erkennen, und auf den näheren wäre der Blickwinkel zu spitz. Aber wir beschlossen, sie trotzdem durchzugehen, und bei einem Teil der weiter entfernten Sequenz stießen wir dann auf Gold. Der Beifahrer beugt sich nach vorn, nur einen kurzen Moment, aber es reicht, dass alle Schatten aus seinem Gesicht verschwinden. Die Aufnahme hat ein bisschen mehr Korn – aber wir haben gute Chancen, aus ihr eine Identifizierung herauszuholen.«

»Wann weißt du es definitiv?«

»Eine Stunde. Zwei, höchstens.«

Im Fernsehen lief ein ganztägiges Nachrichtenprogramm aus Quebec, und auf einem Band am unteren Bildrand wurde mit Symbolen für Sonne, Wolken und Schnee das Wetter für die nächsten drei Tage angezeigt. Mit allen englischen und französischen Sendern konnte Michel insgesamt 47 Programme empfangen. 47, und nichts Gescheites dabei! Michel hatte sich durch praktisch alle durchgezappt, bis er den Nachrichtenkanal eingestellt ließ. Yves' Worte stimmten ihn zwar begeistert, aber aus irgendeinem Grund betäubten ihn die Bilder nach wie vor, auf die gleiche Art und Weise, wie sie ihn kurz nach dem Abendessen in den Schlaf getrieben hatten.

Vielleicht war dies jedoch auch eine erzwungene Konditionierung: Jedes Mal wenn ihn ein möglicher Durchbruch in den Bann geschlagen hatte, war er enttäuscht worden. Da war eine neutrale Position sicherer; wenn nichts daraus wurde, war der freie Fall auch nicht so tief.

Yves versprach zurückzurufen, sobald es weitere Neuigkeiten gab. Michel drängte ihn auch dann anzurufen, wenn es länger dauerte als erwartet. »Die Uhrzeit spielt keine Rolle.«

Die Stille nach dem Auflegen ließ die angespannte Erwartung umso deutlicher zurückkehren. Noch ein, zwei Stunden, bis er wusste, ob der Fall leben blieb oder gestorben war. Das sich verändernde Licht vom Fernseher flackerte durch die gedämpft beleuchtete Wohnung und brachte ihm die Bilder wieder vor Augen: Donatien, Jean-Paul, Roman ... Schließlich sah er Tony Savards angstverzerrtes Gesicht, als er um sein Leben flehte. Ein Bild, das zu den Schreien auf dem Tonband passte.

Um seine Anspannung zu verringern, erhob sich Michel abrupt und lief auf und ab. Wenigstens war er hier, zu Hause, nur von Bildern seiner Familie umgeben. Angelle, die an ihrem vierten Geburtstag die Kerzen auf dem Kuchen auspustete. Benjamin mit seinem ersten Fahrrad. Die ganze Familie gemeinsam auf St. Lucia, fotografiert von einem zuvorkommenden Hotelpagen, vor nun fünf Jahren, ein Jahr vor der Trennung. Angespannt verzog Michel das Gesicht. Das waren glücklichere Zeiten gewesen; es schien bemerkenswert, wie plötzlich sein Leben einen anderen Lauf genommen hatte.

Er nahm den Blick von den Fotos und schaute durch das Fenster auf die Straße. Er besaß eine Dachwohnung mit zwei Schlafzimmern an der St. Sepulce Street in der Altstadt. Der zusätzliche Raum hatte ihn mit der Hypothek und den Steuern in Bedrängnis gebracht. Unmittelbar nach dem vorläufigen Scheidungsurteil hatte er beabsichtigt, sich in der Stadt eine Junggesellenbude und das damit verbundene Leben zu gönnen. Dann wurde ihm jedoch bewusst, dass Benjamin und Angelle an den Wochenenden, wenn sie bei ihm blieben, auf Klappbetten im Wohnzimmer würden übernachten müssen. Das hätte Sandra als selbstsüchtigen Schritt betrachtet und ihm einen zusätzlichen Dartpfeil in den Rücken eingebracht. Also rang er sich den Kindern zuliebe zu dem zusätzlichen Schlafzimmer durch.

Draußen lag eine dünne Schneeschicht auf der Straße, die nun ruhig, fast verlassen war; man sah nur die Bremslichter eines einzelnen Autos, das sich langsam auf das Flussufer zubewegte. Im Sommer herrschte in der Gegend für gewöhnlich ein hektisches Treiben. Touristen, die zu jeder Tages- und Nachtzeit die engen, kopfsteingepflasterten Straßen entlangschlenderten, Inlineskater und Radfahrer entlang der Uferpromenaden, die Cafés am Place Jaques Cartier, wo er die Kinder zu Abendessen und Eis einlud und sie sich dabei die bunte Szenerie von Musikern, Pantomimen und das rege Kommen und Gehen auf der Straße anschauten. Sommer in Old Montreal mit ihrem Vater. Immerhin ein paar schöne Erinnerungen.

Michel gefiel dieser alte Stadtteil. Was die Architektur betraf, hätten die umliegenden Straßen im Paris der Jahrhundertwende liegen können, bildeten jedenfalls eine überdauernde Enklave gegenüber den Wolkenkratzerschluchten der Downtown. Ein kleiner Fleck Europa inmitten einer quadratischen Wohnblockarchitektur, die für Tausende von Kilometern praktisch jede Stadt bis zum Pazifik prägte. Und hier hatte alles angefangen, dachte Michel, während er über die Straße auf die von

Scheinwerfern erleuchtete Steinmauerwand der Basilica de Nôtre Dame schaute, Montreals erster Kirche.

Er schüttelte den Kopf. In ein paar Monaten, wenn es auf den umliegenden Straßen nur so wimmelte von sommerlichem Leben, würden hier Georges Donatien und Simone Lacaille vermählt werden. Nein, nicht in der dahinter gelegenen Hochzeitskapelle, in der sich die meisten gut situierten Montrealer das Jawort gaben und die vor zwei Jahren auch für Pelletiers Tochter gut genug gewesen war. Als Traumpaar würden Simone und Georges natürlich entweder dort heiraten, wo Celine Dion geheiratet hatte, oder gar nicht. Und wie bei jeder Hochzeit in einer Mafiafamilie würde sich die RCMP unter die Menge auf dem Bürgersteig und am Place des Armes mischen und Aufnahmen machen. Neue Fotos für seine Wand.

Bloß würde es dann gar keinen Grund mehr geben, sich neue Fotos an die Wand zu hängen, denn dann wäre längst jede Chance, Donatien zu einer Aussage zu bewegen, vertan. Um genau zu sein, konnte er in ein, zwei Stunden erfahren, dass alles vorbei war, falls …

Michel bremste sich und schaute durchdringend auf Nôtre Dame. Plötzlich klangen ihm Maitlands Worte wieder im Ohr: *Ich sehe wenig Hoffnung, Donatien zu einer Aussage zu bewegen. Er gehört ja schon jetzt praktisch zur Familie, erst recht, wenn man an die bevorstehende Hochzeit denkt. Es sei denn, wir könnten zusätzlichen Druck auf ihn ausüben …«*

Michel wurde sich bewusst, dass er beide Hände zu Fäusten geballt hatte. Er zwang sich dazu zu entspannen, atmete langsam aus und löste die Hände wieder. Durch die erneute Hoffnung auf eine Foto-Identifizierung ging ihm plötzlich auf, dass er nun eine wohl einmalige Möglichkeit in der Hand hatte, Donatien unter Druck zu setzen. Selbst wenn Yves am Ende mit leeren Händen ankam, konnte er aus der Sache für vierundzwanzig oder sogar achtundvierzig Stunden das Beste für seinen Zweck herausholen.

Michel wandte sich zum Telefon. Er musste seine Idee jemandem mitteilen, und wenn er sich recht erinnerte, hatte Chac noch bis Mitternacht Dienst. Während er es läuten ließ, musste er grinsen. Chac würde ihm erklären, er müsse verrückt sein, Donatien zum Verhör einzukassieren. Aber dann würde er ihm die Sache in aller Ruhe erklären.

6

Cameron Ryall sah durch das Wohnzimmerfenster, wie ihr Wagen die Auffahrt hochkam. Er stand an fast derselben Stelle wie bei ihrem ersten Besuch – nur dass er dieses Mal wütend war.

Wütend auf sich selbst, wütend auf die kleine Lorena, auf die neue Sozialarbeiterin und auf diese Mitarbeiterin der Hilfsorganisation, die sich auf ihr Banner geschrieben hatte, alle Kinder dieser Welt zu retten, und als Lorenas »Freundin« zweifellos überhaupt alles initiiert hatte. Ryalls Ärger schwirrte ihm wild im Kopf herum; er war weit davon entfernt, die nötige Ruhe aufzubringen, um seinen Zorn auf ein bestimmtes Ziel zu lenken.

Im Hintergrund lief leise klassische Musik – Vivaldis »Vier Jahreszeiten« –, doch auch sie vermochte es nicht, Gelassenheit einkehren zu lassen. Das Blut pulsierte ihm heftig durch die Schläfen, und seine Hände zitterten, sodass er die Ruhe mit Gewalt erzwingen musste, indem er die Augen schloss, tief durchatmete. Dabei sagte er sich: Du darfst sie nicht spüren lassen, dass du beunruhigt bist. Beherrsche dich. *Kontrolle.*

Seine Frau Nicola war sogar noch mehr aus der Fassung geraten, jedoch eher aus Angst denn aus Wut. Nachdem sie die Tortur ihres ersten Besuchs kaum überstanden hatte, wollte sie kein zweites Mal mit den Frauen konfrontiert werden und hatte ihn gebeten, sie mit der Ausrede einer heftigen Migräne oder Grippe zu entschuldigen. Das würde zumindest dazu passen, dass er wieder in Lorenas Zimmer gewesen war: »Tut mir Leid, aber meine Frau schläft sich erst noch gesund.« Allerdings mochte das dann wiederum der Wahrheit zu nahe kommen und Fragen aufwerfen: Ist sie häufig krank? Bekommt sie regelmäßig etwas vom Arzt verschrieben? Leidet sie an Depressionen? Ihre Geheimschubladen voll Valium, Prozac, Amphetaminen und Schlaftabletten, die versteckten Ginflaschen, all das, was sie oft so machte, sodass er sie früh ins Bett bringen musste. Außerdem war es jetzt noch wichtiger, dass sie zusammenhielten. Und so hatte er Nicola gesagt, sie solle sich zusammenreißen. Sie musste einfach an seiner Seite sein.

Ryall atmete tief ein. Seine Rettung jedoch lag in Lorenas Hand. Er war zwar wütend auf sie, weil sie nun schon zweimal dort angerufen hatte, aber letztendlich würde sie ihn und ihr gemeinsames Geheimnis nie verraten. Weil es ja gar kein Geheimnis gab, an das sie sich hätte erinnern können. Keine Erinnerung an schlimme Geschehnisse, nur wüste Einbildungen. Und wurden diese Einbildungen erst einmal einer Prüfung unterzogen und verworfen, blieb nur noch das unvergängliche Bild von ihm als guter Vater, als vertrauensvoller, verantwortungsbewusster, fürsorglicher Vater. Der zwei Kinder aufgezogen hatte, die nicht die seinen waren, und der das gut hinbekommen hatte. Ein prominenter, angesehener ortsansässiger Bürger, der den örtlichen Wohlfahrtsorganisationen großzügige Spenden machte, vor allem denen, die sich mit Kinderfürsorge beschäftigten. Fast konnte er sich das Kopfschütteln in den Dorfläden vorstellen, falls, Gott behüte, die Nachricht des Unerhörten je ans Tageslicht käme. »Das kann doch wohl nicht wahr sein? Mr Ryall ist doch so ein netter, fürsorglicher, großzügiger Mensch.« Mein Gott, die hatten vielleicht Nerven, ihn so durch die Mangel zu drehen.

Der Wagen war jetzt außerhalb seines Sichtfelds, aber Ryall hörte, wie er anhielt und seine Türen aufgingen. Eine steife Brise ließ Bäume und Rhododendronhecke wogen, und in der Bucht tänzelten weiße Schaumkappen.

Er hatte sich nur eines zu Schulden kommen lassen, nämlich Lorena mehr zu lieben, als er es sollte. Aber war das falsch? Und vor dem Rest hatte er sie beschützt, in ihrem Kopf herrschte diesbezüglich Leere. Nein. Lorena würde ihn niemals verraten. Aber er musste dafür sorgen, dass alles hier und jetzt ein

Ende fand, denn wenn sich die Besuche wiederholten, würde Nicola mit Sicherheit zusammenbrechen. Er presste die Augen einen Moment fest zusammen. *Lorena würde ihn niemals verraten. Nie …* Die Türsprechanlage läutete, als sich Ruhe in ihm auszubreiten begann. Er stellte den Vivaldi ab und ging, um den Summer zu betätigen.

»Also. Die Nächte, in denen Mr Ryall wieder zu dir ins Zimmer gekommen ist, waren letzter Donnerstag und …« Nadine Moores Kugelschreiber verharrte über ihrem Notizblock. »Wann war die andere?«

»Drei oder vier Tage vorher …« Lorenas Augen flackerten ein wenig – versuchte sie sich genau zu erinnern, oder wühlte die Erinnerung sie auf? Es war schwer zu sagen. »Ich weiß es nicht mehr genau.«

Sie befanden sich im gleichen Musik- und Spielzimmer wie zuvor; die Pausen zwischen Nadines Fragen waren lang, das Schweigen schwer. Man konnte Nadines Kugelschreiber deutlich über den Notizblock kratzen hören. Es hatte den Anschein, als machte sie sich nun mehr Notizen als beim letzten Mal.

Elena setzte sich ein wenig hinter Nadine auf die Seite. Seit der anfänglichen Begrüßung hatte sie keinen Ton mehr gesagt. Wieder versetzte Nadine Lorena mit allgemeinen Fragen darüber, wie sich Schule und häusliches Leben seit ihrem letzten Besuch entwickelt hatten, erst in die richtige Stimmung, bevor sie sich dem wesentlichen Punkt näherte, den wiederholten Besuchen ihres Stiefvaters in ihrem Zimmer.

»Und warum ist er bei diesen Gelegenheiten in dein Zimmer gekommen?« Immer wenn sie fertig mit ihrem Gekritzel war, schaute Nadine scharf zu Lorena auf. »War das, weil du wieder schlecht geträumt hattest?«

»Nein, beim ersten Mal nicht.« Lorena schüttelte den Kopf. »Er hat gemerkt, dass ich wegen etwas in der Schule bekümmert war. Er fürchtete, ich würde vielleicht schikaniert – aber es war gar nichts, bloß ein kleiner Streit mit ein paar anderen Mädchen. Wir hatten beim Abendessen nur kurz darüber gesprochen, und deswegen kam er später noch mal zu mir ins Zimmer, damit wir weiter darüber reden konnten.«

»Und beim zweiten Mal?«

Lorena schaute zu Boden. »Ja. Da war es ein schlechter Traum. Es war auch schon sehr spät, ich ...« Es schien, als wolle sie fortfahren, aber dann verflog der Gedanke, oder sie entschied sich dagegen.

Nadine nutzte die Gelegenheit, um sich eine weitere Notiz zu machen. Dann fragte sie: »Hat Mr Ryall beim einen oder anderen Mal eine Erklärung dafür abgegeben, warum er und nicht Mrs Ryall zu dir ins Zimmer gekommen ist?«

»Beim ersten Mal nicht. Wir hatte ja vorher über das Problem in der Schule gesprochen, deswegen fand er es vielleicht normal, dass wir später damit weitermachten.« Sie zuckte mit den Schultern. »Er brauchte es nicht zu erklären.« Lorena legte eine Pause ein, als wolle sie Nadine gestatten, sich wieder eine Notiz zu machen. Doch Nadine schaute sie erwartungsvoll an. Daraufhin fuhr sie fort. »Beim zweiten Mal sprach er davon, dass Nicola sich nicht wohl fühlte. Sie war früh ins Bett gegangen, verstehen Sie ... Und es war ja auch schon sehr spät.«

»Wie viel Uhr?«

»Ein oder zwei Uhr ... Ich weiß es nicht. Ich war durch den Schlaf und dann den Albtraum ganz durcheinander.«

Elena fiel auf, dass Lorenas Hände sich an den Saum ihres T-Shirts klammerten. Kikambala Beach Club, Mombasa, von einem Strandurlaub vergangene Ostern. Nach einem Leben voller Ungewissheit besaß das Mädchen jetzt vermeintlich alles. Doch Elena konnte die unterschwelligen Zeichen lesen, hatte diese Schatten in Lorenas Augen schon einmal gesehen. Lorena war jetzt genauso unsicher und angsterfüllt wie in den düsteren Zeiten des Waisenhauses.

»Und bei diesem ersten Besuch bei dir im Zimmer«, hakte Nadine nach. »Auch wenn dein Stiefvater nichts Entsprechendes dazu sagte – wie ging es Mrs Ryall an diesem Abend?«

Lorena musste einen Augenblick nachdenken. »Da ging es ihr auch nicht so gut, glaube ich. Sie hatte vier oder fünf Tage eine schlimme Erkältung, vielleicht sogar eine Woche ... Und eines Abends ist sie sogar schon vor mir zu Bett gegangen.«

»Und wann gehst du ins Bett?«

»In der Woche zwischen neun und halb zehn. Am Wochenende um zehn.«

Elena presste die Hände fest auf dem Schoß zusammen. So weit passte alles zu dem, was Cameron Ryall in ihrer zwanzigminütigen Vorbesprechung erzählt hatte: »*Wenn meine Frau nicht beide Male indisponiert gewesen wäre, wäre ich gar nicht erst zu Lorena ins Zimmer gegangen. Sie hatte es mit der Grippe zu tun und ging fast die ganze Woche früh zu Bett.*« Aber vielleicht würde ja jetzt etwas herauskommen, dachte Elena, wenn Nadine darauf zu sprechen kam, was bei diesen Besuchen von Ryall eigentlich geschehen war.

Lorena wirkte besorgt. Ihre Lider zuckten heftig, als versuchte sie, sich auf einen undefinierbaren Gegenstand auf dem Fußboden zu konzentrieren.

»Schon gut, lass dir Zeit ... Und fang mit dem ersten Mal an«, half ihr Nadine auf die Sprünge. »Was ist da passiert?«

Endlich: »Das erste Mal eigentlich nicht viel, wirklich.« Sie holte tief Luft. »Wir sprachen über das Problem in der Schule, und ich habe ihm immer wieder gesagt, dass es nichts ist. Ich wollte unbedingt, dass er wieder geht, verstehen Sie. Aber es dauerte eine Zeit, bis er endlich überzeugt war ... Und dann hat er mir über die Stirn gestrichen und gesagt: ›Du würdest es mir doch erzählen, wenn etwas nicht in Ordnung ist oder so etwas noch einmal passiert, nicht wahr?‹«. Lorena schaute Nadine direkt an, um dann den Blick rasch wieder zu senken. »Ich sagte: ›Ja, natürlich.‹ Aber ich glaube, er hat gemerkt, dass ich nervös war, weil er mich berührt hatte, und da hat er seine Hand schnell wieder zurückgezogen.«

»So, und jetzt denke gut darüber nach, Lorena: Hat Mr Ryall dich auch noch anderswo angefasst an diesem Abend?«

»Nein«, erwiderte Lorena rasch, wenn auch zögernd.

Obwohl Lorena den Blickkontakt nur kurz erwiderte, ließ Nadine ihren Blick noch einen Moment auf ihr verweilen, bevor sie die nächste Frage stellte. »Und ist Mr Ryall dann noch lange bei dir im Zimmer geblieben?«

»Nein. Er ist danach fast sofort wieder gegangen.«

»Ich verstehe.« Nadine schaute nun wieder herab und machte sich Notizen.

Elena teilte die Enttäuschung, die Nadine in diesem Augenblick befallen haben musste. Sie spürte jedoch auch, dass Nadine sich der Sache geschickt und entschlossen annäherte, und lehnte sich unwillkürlich erwartungsvoll ein Stück vor, als Nadine auf Ryalls zweiten Besuch im Zimmer zu sprechen kam. Dabei war offenbar mehr geschehen.

»Hat er dir dabei auch wieder über die Stirn gestrichen?«

»Nein. Er hat mich sanft an der Schulter aus meinem Traum gerüttelt.« Lorena fuhr sich mit der rechten Hand über die Brust an die linke Schulter. »Dann hat er meine Hand gehalten oder vielleicht das Handgelenk – ich weiß es nicht mehr genau –, und mir gesagt: ›Es ist okay … Es ist okay.‹«

Totenstille legte sich über das Zimmer. Beide waren sie völlig von der Erzählung in Anspruch genommen und erwarteten gespannt, was Ryall als Nächstes getan hatte. Doch hier verstummte Lorena, und Nadine musste ihr erst auf die Sprünge helfen. »Und dann?«

»Es war alles nicht so ganz klar …« Hilflos schüttelte Lorena den Kopf. »Außer im Traum.«

»Im Traum?«, fragte Nadine ungläubig. »Was denn, noch ein Traum?«

»Ja, ja … Aber dieses Mal war er anders.« Lorena, die bei Nadine wachsenden Zweifel spürte, rang nach einer Erklärung. »Dieses Mal war es nicht wie vorher, als ich in der Kanalisation gefangen war, im Dunkeln … Dieses Mal fasste Mr Ryall mich an, ging mir mit der Hand am Körper herunter und sagte immerzu: ›Es ist okay … *Es ist okay*.‹ Als wollte er mich trösten.«

Elena bemerkte, dass Nadine betroffen war von der Dringlichkeit, die in Lorenas Stimme lag und zum Ausdruck brachte, der Traum müsse irgendetwas zu bedeuten haben, obwohl Nadine doch offenkundig vom Gegenteil überzeugt war. Nadine hielt eine Hand hoch. »Lass mich das klarer ausdrücken. Hat Mr Ryall dich je außerhalb des Traums angefasst? Warst du je wach, und sei es auch nur eine Minute, als so etwas passiert ist?«

»Ich weiß nicht … Ich …« Nadines mittlerweile bestimmterer Ton brachte Lorena durcheinander.

Elena empfand Mitleid für Lorena. Sie war ja nur ein Kind, und die schlechten Träume hatten immer mit ihren Versuchen zu tun gehabt, ihre wechselhafte Vergangenheit zu bewältigen. Wahrscheinlich tat sie sich schwer damit, dass jemand anders ihnen nicht die gleiche Bedeutung beimaß wie sie. Wieder umklammerte sie den Saum ihres T-Shirts, allerdings bemerkte Elena jetzt, dass ihre Hände zitterten. Schließlich: »Nein, ich … Ich kann mich nicht erinnern, dass ich wach war, wenn das passierte.«

Nadine schaute sich kurz zu Elena um. Auf ihrem Gesicht stand zu lesen: »Das bringt uns kein Stück weiter.« Erneut hakte sie bei Lorena nach. »Das ist jetzt wichtig … Denk gut nach.«

Lorenas Augen flackerten, erneut bemüht um eine illusorische Klarheit. Doch wieder fügte sich nichts zusammen. »Tut mir Leid … Tut mir Leid, ich glaube nicht, dass ich da wach war.«

»Glaubst nicht?«

Lorena schloss einen Augenblick die Augen und gab dann auf. »Ich bin mir ziemlich sicher, dass …« Sie schluckte heftig. »Tut mir Leid.«

Weitere Einschränkungen würde Lorena wohl nicht mehr machen, aber es genügte: Es blieb ihnen schlichtweg keine Möglichkeit mehr nachzuhaken. Elena merkte, dass sich alles in Luft auflöste. Nadine ließ die Schultern hängen und hielt ihren Kugelschreiber, mit dem sie zuvor fortgesetzt Notizen gemacht hatte, jetzt wie versteinert fest. Schließlich gab es jetzt ja auch nur noch eines zu schreiben: FALL ABGESCHLOSSEN. Plötzlich packte Elena die Verzweiflung darüber, dass dies das Ende sein sollte. Sie beschloss sich einzuschalten.

»Lorena, du hast uns jetzt zweimal angerufen. Aber wenn das

alles nur in deinen Träumen geschieht, können wir dir gar nicht helfen.«

»Aber manchmal wirkt es eben so ... *so echt*«, protestierte sie. »Als wenn es wirklich passieren würde. Und das erschreckt mich. Ich habe es doch schon gesagt, ich will nicht, dass er wieder zu mir ins Zimmer kommt.« Verärgert schüttelte sie den Kopf, als wollte sie den beiden die Schuld zuschieben.

»Wir haben Mr Ryall gebeten, sich von deinem Zimmer fern zu halten«, sprang Nadine ein. »Aber bei diesen beiden Malen war deine Stiefmutter krank. Bestimmt bleibt er ansonsten weg, also sollte das kein großes Problem mehr darstellen.« Nadine biss sich auf die Lippe, und Elena las ihren Gedanken, dem man noch hätte hinzufügen können: Und was, wenn Mrs Ryall wieder krank ist?

Elena überkam leise Panik. Es erschien ihr nicht richtig, dass alles nun so enden sollte, als hätten sie es gar nicht ordentlich versucht. Sie rief sich Nicola Ryall vor Augen, die mit gefalteten Händen dagesessen und noch weniger gesagt hatte als beim letzten Mal. Sie war nervös und aufgewühlt gewesen. Alles hatte so perfekt zueinander gepasst. Hier die Krankheit seiner Frau und dort Ryall, der behauptete, er sei davon überzeugt, alles sei nur Lorenas Einbildung und habe womöglich mit ihren anhaltenden Albträumen zu tun. »*Es ist wahrscheinlich alles bloß ein Ruf nach Aufmerksamkeit. Ich versichere Ihnen, dass hier nichts Ungehöriges vor sich geht.*« Beide Aussagen waren nun untermauert worden.

Seufzend pflichtete Nadine ihr bei. »Elena hat Recht, wir können nicht viel anfangen mit dem, was wir haben.« Nadine zwang sich ein beruhigendes Lächeln ab, das jedoch schwächer ausfiel, als sie es beabsichtigt haben dürfte. »Aber wenn sich das alles nur in deiner Vorstellung abspielt, bleibt uns wenigstens der Trost, dass in Wirklichkeit gar nichts passiert. Du bist nicht in Gefahr.«

Elena biss sich auf die Lippe. Jetzt saß ihre Mutter da und sagte nichts, hatte Angst, etwas gegen ihren Vater zu unternehmen. Der gleiche unnachgiebige, dogmatische Griff, mit dem er fast die ganze Familie gepackt hielt und das Leben so vieler Menschen gesteuert hatte. *So echt.* Elena fragte sich, ob Lorena ihnen etwas Bestimmtes sagen wollte, ohne es wirklich auszusprechen. Die Träume bedeuteten sicheren Boden. »Falls etwas passiert, musst du es uns erzählen«, beschwor Elena sie. »Hat Mr Ryall mit dir geredet und dich gebeten, nichts zu sagen?«

Lorena runzelte die Stirn, und sie machte den Mund auf, als wolle sie sprechen. Da wirbelte Nadine zu Elena herum und brachte mit einem bohrenden Blick zum Ausdruck: Das ist streng verboten! »Darauf musst du keine Antwort geben«, brachte sie zu Lorena gewandt scharf hervor. Doch das Mädchen hatte den Faden bereits wieder verloren, blinzelte einen Moment unbehaglich und schlug dann die Augen nieder.

»Tut mir Leid«, sagte Elena. »Sie wirkt einfach so durcheinander, und ich suche wohl mit aller Macht nach Gründen dafür.«

Nadine holte Luft und fuhr damit fort, die Atmosphäre zu entspannen, indem sie Lorena ruhig fragte, ob es, wo sie doch nun schon einmal hier waren, noch etwas anderes gäbe, das sie ansprechen wollte. Nach einem kurzen Augenblick des Überlegens schüttelte das Mädchen den Kopf. Doch Elena bemerkte, dass noch immer unbestimmte Schatten in ihren Augen lagen, und sann darüber nach, wie tief beunruhigt Lorena wohl gewesen sein musste, um sie nun schon zum zweiten Mal anzurufen. Darüber, welch tiefe Besorgnis sie von Bosnien zurück zu diesem Treffen hier hatte hetzen lassen. Darüber, wie sie mit Lorena atemlos durch die Schlucht gerannt war, verzweifelt bemüht, sie aus der Dunkelheit ans Licht zu bringen. Sie klammerte sich an den einzigen Strohhalm, den es aus ihrer Sicht jetzt noch gab.

»Wenn sich alles nur in Lorenas Vorstellung abspielt und, wie Mr Ryall vermutet, sogar mit ihren anhaltenden Albträumen zu tun hat, sollten wir doch zumindest ein psychiatrisches Gutachten beantragen.«

»Das ist richtig.« Nadine schaute Elena ruhig an. »Aber im

Moment haben wir für einen solchen Antrag nicht genug in der Hand. Wir könnten nur einen Vorschlag machen – die Entscheidung bliebe dann den Ryalls überlassen.« Das sagte Nadine in einem Ton, als hege sie starke Zweifel daran, dass die Ryalls einwilligen würden.

»Ich verstehe.« Elena nickte nachsichtig. »Aber wenn wir den Ryalls ein psychologisches Gutachten mit der Begründung schmackhaft machen, dass es wegen Lorenas anhaltender Albträume notwendig wäre, hätte er wenig Grund, Einwände dagegen zu erheben. Immerhin klagt er ja selbst ständig darüber, dass ihn die Träume spätabends in ihr Zimmer treiben.« Elena grinste verschmitzt. »Falls er Einwände äußert, sähe das ausgesprochen verdächtig aus.«

Nadine hielt ihren Blick noch einen Moment fest. Sie widerstand der Versuchung, ihr Lächeln zu erwidern, doch Elena entdeckte ein leises, verräterisches Schimmern in ihren Augen.

Nadine wandte sich nun wieder Lorena zu, die angesichts ihres Wortwechsels verblüfft wirkte. Nadines Blick wurde weicher, und ihre Stimme senkte sich ein wenig. »Würde dir das gefallen, Lorena? Einen Fachmann zu besuchen, der dir helfen könnte – falls deine Stiefeltern damit einverstanden sind?«

Lorenas Blick schnellte von Nadine zu Elena, als suche sie Zustimmung. Elena nickte kaum merklich. »Ja ... Ja, ich denke schon«, sagte Lorena schließlich. »Wenn Sie meinen, es hilft.«

»Ja, das meine ich.« Nadine machte sich eine letzte Notiz auf ihrem Block und zog hastig einen Schrägstrich darunter. »Hoffen wir, dass deine Stiefeltern der gleichen Ansicht sind.«

Lorena blinzelte langsam und sagte kaum hörbar: »Danke schön.« Dabei schaute sie jedoch eher Elena als Nadine an. Elena reagierte mit einem kleinen Lächeln; es war ein schwacher Trost, dass sie Ryall einen Kampf geliefert hatten und die Sache nicht völlig nach seiner Vorstellung verlief. Wenn Ryall das psychologische Gutachten jedoch ablehnte, waren sie wieder da, wo sie angefangen hatten. Schlimmer noch: Dann wüssten sie fast sicher, dass Ryall etwas verheimlichen wollte, wären aber machtlos, etwas zu ändern.

7

In dem Traum geschah das Gleiche wie in Georges' richtigem Leben, nur dass sich alles in Zeitlupe abspielte.

Er löcherte Eric Leduc mit einer Frage nach der anderen, hauptsächlich in Zusammenhang mit einer Reihe von Bankeinlagen und unter falschem Namen getätigten Abhebungen von einem Konto, das sie zu Leduc zurückverfolgt hatten; Gelder, die nach Jean-Pauls Verdacht aus dem Kokainhandel stammten.

Leduc saß rechts neben ihm auf dem Rücksitz, Roman auf seiner anderen Seite. Fünfzehn Meter vom Auto entfernt, außer Hörweite, gingen Tony Savard und der Fahrer des Wagens, Steve Tremblay, hin und her, tauschten Belanglosigkeiten aus und warfen dabei gelegentlich einen Blick zurück auf den Wagen, um sich über den Fortschritt auf dem Laufenden zu halten.

Leduc war nervös. Sein Blick schnellte bei jeder Frage von Georges zu Roman. Aus Angst davor, dass Roman eingriff, falls er etwas Falsches sagte? Doch lag in ihm fast eine Art Ergebenheit, als bitte er stumm um Genehmigung für jede Antwort. Dabei stockte er ständig und wich aus; Antworten mit wirklichem Gehalt waren dünn gesät. Und jedes Ausweichen und Manövrieren seitens Leducs brachte Roman weiter auf.

Obwohl Georges meist von Roman abgewandt war, spürte er doch, wie sich dessen stumme Wut steigerte. Romans rechtes Bein zitterte zunehmend; erfolglos hielt er mit einer Hand sein Knie fest umklammert, um es zu bändigen. In den flüchtigen Momenten, in denen sich Georges doch einmal umschaute, sprach Romans Gesichtsausdruck Bände. Er hatte die Kiefer zusammenpresst und knirschte jedes Mal mit den Zähnen, wenn Leduc wieder »Ich weiß es nicht« oder »Damit habe ich nichts zu tun« sagte. Die Anspannung im Heck des Wagens stieg. Romans Erregung, Leduc, dem die Panik in den Augen geschrieben stand, er selbst, der bei jeder neuerlichen Frage heftig schlucken musste – Georges hätte wissen müssen, dass es jede Sekunde zur Explosion kommen würde.

Schließlich beugte sich Roman vor und packte Leduc brüsk am Revers. »Komm schon, du Scheißkerl, raus mit der Sprache. Du weißt viel mehr, als du erzählst.«

»Schon gut, schon gut.« Leduc hob abwehrend die Hände. Sein Blick schnellte nun fast unkontrolliert hin und her. Unsicher grinste er. »Ich habe da noch etwas, das hoffentlich Klarheit schaffen wird.«

Roman hielt den Blick weiter auf Leduc gerichtet. Dann löste er langsam und widerwillig seinen Griff.

An Leducs linker Schläfe war ein winziges, wiederholtes Pulsieren zu erkennen. Hinter dem Ohr rann ihm der Schweiß in den Nacken hinunter.

Die Anspannung ließ einen Moment nach. Doch dann passierte es. Alles löste sich auf, die Bilder stellten sich schräg und wirkten mit einem Mal entfernter, verschwommen. Schwebende, im Moment erstarrte Einzelbilder, die sich ihnen für immer einprägen würden.

Leduc bückte sich nach etwas, und sie erhaschten einen flüchtigen Blick darauf – es war ein schwarzer, in seiner Socke steckender Gegenstand –, konnten aber nicht deutlich erkennen, um was es sich handelte. Doch Roman griff bereits nach seinem Revolver und brachte ihn fast mit der gleichen Bewegung in Anschlag. Zwei Schüsse fielen, beide trafen Leduc ins Herz, bevor er den Gegenstand auch nur richtig in die Finger bekommen hatte.

Als Leduc gegen das Seitenfenster flog und ihm das Blut aus der Brust strömte, fiel ihm der Gegenstand aus der Hand, und sie erkannten, um was es sich handelte: ein schwarzes Notizbuch.

In Romans Blick stand die nackte Panik. »Ich dachte, es wäre ein Revolver. Ich dachte, es wäre ein Revolver.«

Überall war Leducs Blut, über die Heckscheibe verteilt, Spritzer auch am Himmel, auf der Windschutzscheibe, ein großer Fleck zog sich über Georges' Brustkasten und seine Hose, und auf dem Sitz, an den er sich klammerte, um wieder auf den Boden der Tatsachen zu kommen, war es klebrig und warm.

Romans Ausdruck veränderte sich rasch. Er zog die Stirn in Falten und bat Georges: »Um Himmels willen, sag Jean-Paul nichts davon, wie ich es vermasselt habe. Das muss unser Geheimnis bleiben. Glaub mir, ich dachte …«

Was Roman als Nächstes tat, glich einem Taschenspielertrick und ging sehr schnell, denn Savard und Tremblay kamen bereits hastig auf den Wagen zugerannt: Roman zog aus einem Gurt an seinem rechten Knöchel einen Revolver, legte ihn neben Leducs Füße, griff nach dem Notizbuch und steckte es sich in die Innentasche.

Roman starrte Georges durchdringend an. »Bist du auf meiner Seite?«

»Habe ich denn eine Wahl?« Georges betrachtete erst den am Boden platzierten Revolver, dann Roman. Savard und Tremblay waren schon fast am Auto angelangt. Georges atmete heftig aus und schloss einen Moment ergeben die Augen, um dann hastig zu nicken: »Ja. Ja, ich bin auf deiner Seite.«

Plötzlich zerrann alles wieder, war zum Teil verschwommen, surreal. Und doch wirkten seine Sinne geschärft. Jede kleine Regung, jedes nervöse Zucken in Romans Gesichtsausdruck kam ihm vor wie ein schwerfälliger, heftiger Herzschlag.

Savard und Tremblay waren nun nicht länger dabei, er und Roman waren mit Leducs Leiche allein.

Romans Blick durchbohrte ihn. »Ich glaube dir nicht. Ich traue dir nicht. Du wirst mich verraten.«

»Nein, das werde ich nicht. Es ist okay. Ich bin auf deiner Seite.«

Roman hob den Revolver und legte auf ihn an. Seine Augen glühten vor Entschlossenheit. »Wenn nicht sofort, dann wirst du mich doch irgendwann verraten, das weiß ich.«

Leducs Blut war bereits geronnen, klebte überall, wo er auch hinfasste, und in dem beengten Raum stank es penetrant. »Nein, nein. Ich verrate dich nicht, das schwöre ich.«

»Georges … Georges? Alles in Ordnung?«

Der Revolver war nun direkt vor seinem Gesicht, und auf Romans Gesicht bildete sich ein teuflisches Grinsen, während er

Anstalten machte, den Abzug zu betätigen. »Ich kann einfach nicht riskieren, dass …« Er spürte Romans Hand auf seiner Schulter, obwohl dessen freier Arm doch eigentlich an seiner Seite zu sein schien …

»Nein, nein … Ich verspreche es, ich …«

Einen Sekundenbruchteil, bevor die Kugel ihn traf, fuhr er jäh in die Höhe, schweißgebadet, über ihm war Simones Gesicht, allmählich wieder deutliche Konturen annehmend, da war ihre Hand, mit der sie ihm sanft über die Schulter fuhr.

»… alles in Ordnung?« Sie sah, wie er sich auf sie konzentrierte, beugte sich vor und küsste ihn zärtlich auf die Wange. »Du hast das ganze Bett durchgeschaukelt und geschrien.«

»Ich weiß, ich weiß. Tut mir Leid.« Er legte sich kurz die Hand auf die Stirn und fuhr sich dann durch das Haar, um sich zu orientieren. Sie waren bei ihm, und draußen war es noch dunkel. Er schaute auf die Uhr auf dem Nachttisch: 5.12 Uhr. »Bloß ein Traum«, sprach er das Offenkundige aus.

»Etwas Interessantes? Terri Hatcher, die dir den Kopf zwischen die Beine klemmt? Oder vielleicht Roseanne, falls es ein Albtraum war?«

»So aufregend war es nicht.« Er kicherte leise, was sich in einen Schauer verwandelte, der ihm kalt den Rücken hinunterfuhr. »Dieser Abend mit Leduc verfolgt mich.« Er schüttelte matt den Kopf. »Und nicht zum ersten Mal.«

»Oh. Ich verstehe.« Betreten richtete Simone ihren Blick zu Boden. Dann hob sie langsam wieder den Kopf und schaute ihm gerade in die Augen. »Weißt du, Papa redet nie mit mir über das Geschäft. Aber er hat mir gegenüber diesen Vorfall jetzt schon zweimal angesprochen. Ich weiß, dass es ihm Leid tut, er meint, er hätte dich gar nicht hinschicken dürfen.«

»Ich weiß.« Er nickte und umfasste sanft ihre Hand. Jetzt war er es, der ein Schuldgefühl verspürte: Ihr Vater nahm die Verantwortung noch immer auf seine Kappe, während er, Georges, die Wahrheit vor ihm verbarg. Es war Jean-Paul, den er verriet, nicht Roman, ein Verrat an dem Vertrauen, das Jean-Paul seit langem in ihn setzte. Roman schuldete er gar nichts.

Er fuhr ihr mit der Hand den Arm hinauf und streichelte sie sanft. Als sich ihre Blicke begegneten, biss er sich auf die Lippe. »Hör zu. An diesem Abend mit Roman und Leduc ist etwas passiert. Etwas, das ich nie ...« Dann erinnerte er sich wieder daran, warum er mit Roman gemeinsame Sache gemacht und nichts verraten hatte: Als Neuankömmling im Schoß der Familie wollte er keinen Keil zwischen die beiden Brüder treiben, die das Familienunternehmen schon so viele Jahre harmonisch betrieben hatten. Seine Loyalität gegenüber Jean-Paul stand dem Familienkodex des Schweigens entgegen. Er wollte nicht Bote der schlechten Nachricht sein, Grund für ein Zerwürfnis. Bei der einzigen Gelegenheit, bei der Roman das Thema angeschnitten hatte, hatte Georges dazu geäußert: »Ich werde Jean-Paul nichts davon erzählen. Aber du solltest es tun – das bist du ihm schuldig.« Simone starrte ihn erwartungsvoll an, und stotternd brachte er hervor: »... das ich offenbar nicht überwunden habe. Vielleicht wiederholt es sich ja deshalb ständig in meinen Träumen. Die Revolverschüsse, Leducs Körper, der wie eine Stoffpuppe zurückgestoßen wird. Sein Blut war überall ... *überall.* Ich spüre es immer noch klebrig auf meiner Haut, wenn ich nachts schwitze.«

»Du armer Kerl.« Zärtlich strich ihm Simone über die Stirn, ließ dann die Finger die Wange hinunter auf die Oberlippe gleiten. Er schloss die Augen, und sie beugte sich vor und küsste ihn dort, wo zuvor ihre Finger gewesen waren, ging mit der Zunge sanft auf Forschungsreise. Es wurde ein langer, inniger, sinnlicher Kuss, der ihn für einen kurzen Moment von allem anderen befreite. Als sie sich schließlich wieder von ihm löste, sagte sie neckisch und mit leisem Lächeln: »Da gibt es nur eins, was sich auf deiner Haut klebrig anfühlen sollte«, und begann langsam damit, seinen Körper mit Schmetterlingsküssen zu bedecken.

Dann schob sie ihn mit dem sanften, aber energischen Druck ihrer Fingerspitzen zurück, und er ergab sich ihren Küssen und Liebkosungen, legte sich flach auf den Rücken. Allmählich gewöhnten sich seine Augen an das Dunkel und sahen Bilder, die

die matte von draußen hereinsickernde Straßenbeleuchtung auf die Zimmerdecke malte.

Die Autotür wurde abrupt aufgerissen, nur wenige Sekunden nachdem er Roman sein Versprechen gegeben hatte, und Leducs Leiche sank dem in den Wagen schauenden Savard entgegen. Planlos ließ Savard seinen Blick wandern, bemüht, sich über das offenkundige Blutbad hinaus einen Reim auf die Szene zu machen.

»Er hatte einen Revolver«, beteuerte Roman und deutete mit seiner eigenen Waffe auf den am Boden liegenden Stein des Anstoßes.

Savard hatte seine Waffe ebenfalls gezogen, hielt sie jedoch locker, sodass keine Bedrohung von ihr ausging. Sein Blick schnellte erst auf Roman, dann auf den Revolver auf dem Boden. »Ich dachte, du hättest ihn gefilzt.«

»Habe ich auch, aber sie steckte in seiner Socke.«

Schließlich ließ Savard den Blick auf Georges ruhen, als wollte er sich dessen Bestätigung einholen. Nach einem kurzen Moment nickte Georges wie betäubt und schlug die Augen nieder.

Von diesem Augenblick an waren die Rollen fest verteilt, und mittlerweile, da er die Lüge schon so lange aufrechterhalten hatte, war noch eine zusätzliche Betonschicht daraufgekommen.

Georges blinzelte heftig, um die Bilder an der Zimmerdecke loszuwerden, und als Simone begann, ihn zu lieben, sammelten sich Tränen in seinen Augenwinkeln. Simone vertraute ihm, genau wie es Jean-Paul tat. Doch Georges sah einfach keinen Ausweg.

Carlo Funicelli, der das Tonband bediente, setzte sich auf, als neue Geräusche das Gerät wieder in Gang setzten. Der Mann war Calabrese, besaß ein Audio- und Elektronikgeschäft in St. Leonard und besserte sich sein Einkommen mit der Hehlerei gestohlener Ware und gelegentlichen Abhörarbeiten wie dieser auf. Das Band funktionierte auf Basis von Geräuschaktivierung, und als Funicelli auf die Uhr schaute – es war 5.11 Uhr morgens – wurde ihm bewusst, dass er über vier Stunden geschlafen haben musste.

»... *Georges. Alles in Ordnung?«*

»Nein, nein ... Ich verspreche es, ich ...«

»... *in Ordnung?«* Entferntes Rascheln. *»Du hast das ganze Bett durchgeschaukelt und geschrien.«*

»Ich weiß, ich weiß. Tut mir Leid.« Wieder Rascheln und Bewegung. *»Bloß ein Traum ...«*

Funicelli lehnte sich wieder zurück und entspannte sich. Nichts Spannendes, nichts Dramatisches. Zuerst hatte er geglaubt, sie würden sich vielleicht anschreien oder zanken, etwas in dieser Richtung. Eine Art Riss in ihrer Beziehung, über den Roman sich freuen würde.

Roman hatte ihm gesagt, auf was er achten sollte: Spannungen, Streit, Anzeichen für Zerwürfnisse, auf denen er aufbauen konnte. Und eventuelle Anrufe von Donatien bei anderen Mädchen, die verdächtig klangen. Doch Donatien hatte nur drei Frauen angerufen, alle in Zusammenhang mit der Arbeit, ohne unterschwellige sexuelle Signale, und im Großen und Ganzen wirkte seine Beziehung mit Simone Lacaille felsenfest. Tatsächlich schien es, als seien Kochen, zu Abend essen und Vögeln das Einzige, was sie taten, wenn Simone ihn besuchte. Gespräche über Belanglosigkeiten vor und während des Essens, dann, binnen einer halben Stunde – man konnte fast die Uhr danach stellen –, versiegte der Smalltalk, und sie gingen unter die Dusche und dann ins Bett.

Letzteres hatte das Zuhören zum Vergnügen gemacht. Während ihrer heißen Session vor fünf Stunden hatte sich Funicelli unbewusst zwischen den Beinen gekratzt. Nun wünschte er sich, sie hätten auch eine Videoüberwachung montiert, dann hätte er die Bänder einem Pornohengst verkaufen können, um sie neben Pamela und Tommy Lee ins Internet zu stellen.

Als Donatien von Revolverschüssen und Leducs Blut um ihn herum sprach, setzte Funicelli sich, aufmerksam geworden, ein wenig auf. Dann lehnte er sich allmählich wieder zurück. Der erhöhte Druck, den die RCMP ausübte, ließ die Gerüchteküche brodeln. Roman hatte ihn jedoch in die wesentlichen Details des Vorfalls eingeweiht: »*Leduc wurde hektisch und zog eine Waffe, sodass er ausgeschaltet werden musste. Unglücklicherweise war Donatien dabei. Das war zu viel für seine empfindliche Bankernatur.*«

Nun gab es keine neuen, verblüffenden Enthüllungen, soweit Funicelli das beurteilen konnte. An einer Stelle legte Donatien sogar eine Pause ein, als sei er unentschlossen, ob er überhaupt darüber reden wollte. Und doch war es kein Band, das in die Hände der RCMP fallen durfte. Er würde es am Morgen Roman übergeben.

Er beugte sich zum Empfangsgerät vor und beschloss, sich für den Fall, dass ihm etwas entgangen sein sollte, den Abschnitt noch einmal anzuhören. Als die nächsten Geräusche kamen, hielt er inne und ließ den Finger über dem Stoppschalter verharren: Simone Lacaille, die Donatien zärtlich den Unterkörper küsste. Funicelli wusste, was danach kam. Er zog die Hand zurück und legte sie sich auf den Oberschenkel. Im gelben Licht der Stehlampe glänzte ein dünner Schweißfilm auf seiner Stirn. Er würde warten, bis sie fertig waren, und sich den Abschnitt dann abermals anhören.

Michel hockte vor dem Computerbildschirm und betrachtete die Aufnahmen: eine mit dem Gesicht von vorn, zwei im Profil, eine, die die volle Größe gegen einen kalibrierten Messstreifen anzeigte.

»Nicht sicher«, sagte Michel. »Geh wieder zurück zu Venegas. Lass uns noch einmal einen Blick auf ihn werfen.«

Yves Denault hatte Michel nach elf Uhr abends noch einmal angerufen und ihm mitgeteilt, sie hätten eine anständige Vergrößerung – man solle ihm aber noch bis zum frühen Morgen Zeit lassen, dann sei sie in weitaus besserem Zustand. Michel kam um sechs Uhr früh herein, und innerhalb einer Stunde brachten sie es auf fünf mögliche Übereinstimmungen. Mittlerweile verdichtete es sich auf nur zwei mögliche Täter, nämlich auf Steve Turcotte und Enrique Venegas.

Michel setzte auf Venegas. Turcottes Haarfarbe und Augenform passten zwar mehr oder minder, doch wies sein Nasenrücken eine Breite auf, die nicht wirklich zu dem von der Überwachungskamera aufgenommenen Einzelbild passte. Es sei denn, Yves hatte beim Ausfüllen des Korns und Schattens irgendwie die Nase schmaler gemacht.

Michel hielt die Vergrößerung des Fotos aus der Überwachungskamera neben die erkennungsdienstlichen Aufnahmen von Venegas im Computer und ließ den Blick zwischen den beiden hin- und herschnellen, um einen Vergleich anzustellen.

»Ich glaube, es ist Venegas«, sagte er schließlich mit Bestimmtheit. »Die Nase, der Haaransatz, die Augen. Nur beim Mund und einem Teil des Kieferknochens, wo die Schärfe nachlässt, kann man sich nicht sicher sein.«

Yves nickte. »Ich bin der gleichen Meinung. Ich glaube auch, dass es Venegas ist, und wir haben bei uns und in der Spurensicherung eine kleine Umfrage gestartet: Fünf von sechs hielten ihn für Venegas. Die anderen wollten sich nicht festlegen.«

»Okay. Okay.« Michel schüttelte die Aufnahme leicht und schnipste mit dem Fingerrücken gegen die obere Ecke.

Er dankte Yves und ging zurück in sein Büro. Über Computer verschaffte er sich Zugriff auf die vollständige Akte von Venegas und überprüfte das Datum der letzten Aktualisierung: vor fast zwei Jahren. Er rief Christine Hébert an, gab ihr Venegas' Aktenzeichen und Sozialversicherungsnummer und bat sie, ihm schleunigst Venegas' aktuelle Adresse zu beschaffen.

Nachdem er aufgelegt hatte, trommelte er mit den Fingern auf den Schreibtisch, als versuche er, zu allem, was geschehen sollte, den richtigen Rhythmus zu erwischen. Das Timing war wesentlich. Damit der Plan funktionierte, müssten sie Donatien praktisch zur gleichen Zeit einkassieren wie Venegas. Wieder nahm er den Hörer ab und rief Chac an, um ihm mitzuteilen, dass sie bei der Identifizierung einen Treffer gelandet hatten. »Enrique Venegas.«

»Wann geht's los?«

»Bald. Ich warte noch auf die Bestätigung von Venegas'

gegenwärtiger Adresse, dann sind wir startklar.« Michel schaute auf seine Uhr. »Falls Venegas nicht allzu weit von der Stadt weggezogen ist, dürften wir kurz nach acht bei ihm auf der Matte stehen.«

»Wie teilt sich das Team auf?«, erkundigte sich Chac.

»Du nimmst Phil Reeves und drei bewaffnete Constables als Unterstützung mit zu Venegas. Er könnte bewaffnet sein, und wir müssen eine gute Figur machen. Zu Donatien gehen nur Maury und ich. Bei ihm erwarten wir keinen Widerstand oder Ärger.«

»Geht ihr in Donatiens Wohnung?«

»Nein, wir fahren in das Büro von Lacaille an der Côte du Beaver Hall und zücken unsere Dienstmarken, wenn er an die Tür kommt. Er könnte schon dort sein – er fängt morgens oft früh an.« Er sah, dass Christine jenseits seiner Glasscheibe in ein Telefongespräch vertieft war und dabei mit dem Finger auf ihren Computerbildschirm deutete, als überprüfe sie ein bestimmtes Detail. Sie war von ihm abgewandt und erwiderte daher seinen Blick nicht. »Ich sage dir sofort Bescheid, wenn wir grünes Licht in Sachen Venegas' Adresse bekommen.«

In der Stille, die nach dem Auflegen entstand, spürte Michel, wie ihn eine erwartungsvolle Anspannung befiel. Er beschloss, die Zeit totzuschlagen, indem er den Rest von Venegas' Akte herunterscrollte, behielt dabei aber Christine im Hintergrund halb im Auge.

Bei der Entführung eines Lkws vor elf Jahren hatte die Staatsanwaltschaft es nicht vermocht, eine strafrechtliche Verfolgung gegen Venegas einzuleiten. Vor acht Jahren versuchter Mord, für den Venegas fünf Jahre im Gefängnis von Orsainville abgesessen hatte. Mindestens zwei weitere Morde, die Venegas zugeschrieben wurden, aus Mangel an Beweisen war aber keiner strafrechtlich verfolgt worden.

Michel scrollte den Fall des versuchten Mordes herunter und klickte das *Protokoll des Gerichtsverfahrens* an. Vierundachtzig Seiten auf Englisch und Französisch. Michel überflog die Seiten rasch, übersprang Sätze und war nur halb bei der Sache –

bis sein Blick bei einem Absatz hängen blieb: »*Vier Monate vor der angeblich letzten Schießerei, bei der Sie versucht haben, Gerard Fortin das Leben zu nehmen, gibt Mr Fortin an, Sie und ein anderer, Michael Trapani, hätten ihn entführt. Sie seien in einem Lieferwagen mit geschwärzten Fenstern vorgefahren, hätten ihm einen Sack übergezogen und seien mit Fortin davongefahren.«*

»Das ist Stuss.«

»Sie bestreiten es?«

»Aber sicher.«

»Dann folgte ein Gespräch zwischen Ihnen und Mr Trapani darüber, von welchem Hochhaus Sie Mr Fortin hinunterstürzen würden, in der erkennbaren Absicht, Mr Fortin extrem einzuschüchtern. Allerdings haben Sie am Ende Mr Fortin, der überzeugt war, sterben zu müssen, nachdem Sie ihn mehrmals hin und her geschwungen hatten, unverletzt auf einen Acker geworfen.«

»Kann mich nicht erinnern. Tut mir Leid.«

»Dann bekam Mr Fortin zu hören: ›Das war nur ein Probelauf. Wenn Mr Cacchione sein Geld nicht bis Ende des Monats hat, machen wir Ernst.‹«

»Schade, schade. Bei mir klingelt es immer noch nicht.«

»Das ist offensichtlich eine bei den Cacchiones – und anderen – beliebte Methode, um Zahlungen von Leuten einzutreiben, die mit Drogengeldern und sonstigen Verbindlichkeiten durchgebrannt sind. Sie hinterlässt keinerlei Spuren auf dem Körper, keine Anzeichen, dass jemand bedroht oder eingeschüchtert wurde.«

»Klingt gut, und ich will versuchen, mir das für die Zukunft zu merken. Aber Sie haben den Falschen.«

Das Protokoll führte schlichtweg auf, was gesagt worden war, den Rest konnte Michel sich zusammenreimen: das unterdrückte Gekicher von Geschworenen und Zuschauern bei Venegas' höhnischen Bemerkungen und Protesten, der Staatsanwalt, der seinen Standpunkt unerschütterlich vertrat und alles, was nebenbei geschah, ignorierte.

»Und weil Fortin schließlich außer Stande war zu bezahlen, sind Sie vier Monate später mit einem anderen Komplizen, mit Anthony Orozco, zurückgekehrt, um das zu vollenden, was Sie zuvor angedroht hatten …«

Michel lief es eiskalt über den Rücken. Die Methode war ihm bestens bekannt, war vor vier, fünf Jahren beliebter gewesen als heute – aber Venegas' Namen in direkter Verbindung zu einer solchen Entführung zu sehen, schloss den Kreis. Falls noch Zweifel daran bestanden hatten, dass Venegas etwas mit dem Mord an Savard zu tun hatte, waren sie jetzt verflogen.

Zwei Minuten später meldete sich Christine mit der aktuellen Adresse von Venegas. Michel schrieb sie sich auf – »Rue Messier, einen Block südlich von St. Joseph« –, während er nach wie vor die letzten wesentlichen Details des Falls Fortin durchging: zwei Schüsse in die Brust, einer in den Kopf. Allerdings war der Kopfschuss an Fortins Wangenknochen abgeprallt. Fortin hatte Glück gehabt. Er überlebte sechs Jahre, bis einer anderen Kugel, wahrscheinlich ein Auftrag von Cacchione, das gelang, was zuvor nicht gelungen war, und ihm den halben Schädel abriss. Dieses Mal Mangel an Beweisen.

Roman saß mit Frank Massenat im Santoriello's, seinem Lieblingscafé direkt an der Rue Ste. Catherine. Hier bekam man den besten Espresso in der Stadt, und es gab vierzehn verschiedene Pfannkuchenfüllungen zur Auswahl.

Als Carlo Funicelli hereinkam, frühstückte Roman gerade einen Stapel aus fünf Pfannkuchen mit Ahornsirup, Walnussstücken, Sahne und einer Prise Muskatnuss. Vor seiner rechten Hand stand ein halb ausgetrunkener Espresso in einer so großen Tasse, dass sie als Suppenschüssel hätte durchgehen können – und er hatte sie schon zweimal nachfüllen lassen. Massenat war im Begriff, ein großes Baguette mit Pastrami und Brie zu vertilgen.

Die beiden schienen immerzu mit Essen beschäftigt, dachte Funicelli. Vielleicht war es auch einfach so, dass ihre Treffpunkte unvermeidlicherweise Cafés und Restaurants waren.

Funicelli übergab ihnen die Bänder. »Die Vorstellung von gestern Abend.«

Roman betupfte sich mit seiner Serviette die Mundwinkel. »Irgendwas Interessantes?«

»Nein. Sie kam gestern wieder zu Besuch, doch es war so ziemlich wie immer. Kochen. Essen. Reden. Vögeln.«

»Also keine Anzeichen von Stress zwischen den beiden? Keine Beschwerden von seiner Seite, dass seine ach so tugendhafte Spießerfamilie vielleicht doch nicht ganz so scharf darauf ist, dass er in eine profilierte Gangsterfamilie einheiratet? Oder von ihr, dass sein Schwanz zu klein ist und sie sich Sorgen darüber macht, wie sie eine lange, befriedigende Beziehung haben sollen?« Grinsend versetzte Roman Massenat einen Stups. Die beiden waren wie Johnny Carson und Ed McMahon in der Tonight Show, außer dass Massenat mit seinem Gelächter einen Takt zu langsam reagierte.

Romans Humor war aufdringlich und plump, kam aber manchmal deswegen an, weil er zur Selbstparodie wurde und im Übrigen eine willkommene Abwechslung von Romans anderer Charakterseite darstellte, seinen jähen Stimmungsschwankungen und seinem gewalttätigen Naturell.

Da man nie wusste, wann Romans Stimmung wieder umschlug, riskierte Funicelli nur ein vorsichtiges Lächeln und schüttelte dann den Kopf. »Leider nicht.«

Romans Grinsen verwandelte sich allmählich in ein zweifelndes Stirnrunzeln. »Und keine Anrufe von anderen Mädchen?«

»Nein.«

Roman schaute erst Funicelli, dann Massenat an. »Der Kerl ist ja nicht von dieser Welt.« Er dachte an sein eigenes wechselhaftes Liebesleben. Mit Marie, seiner hauptsächlichen Freundin, einer Zweiunddreißigjährigen aus der richtigen Ecke von Outremont, deren Mann vier Jahre zuvor bei einem Autounfall ums Leben gekommen war, ging er vor allem aus, um den Anschein zu wahren und seiner Mutter einen Gefallen zu tun. Marie hatte Klasse, war wohlerzogen und, das war für seine Mutter am wichtigsten, tief religiös; sie stammte aus einem korsischen Ort, der nur dreißig Meilen entfernt vom Dorf der Familie seiner Mutter lag. Marie nahm er zu allen familiären Treffen und wichtigen Anlässen mit. Doch für Sex, Erregung und wilde Nächte hatte er zwei Klub-Mädchen an der Angel, was bei einer der beiden, nämlich Viana aus dem Klub an der Rue Sherbrooke, zum Teil daran lag, dass er ihre zunehmend kostspielige Kokainsucht finanzierte. Außerdem war da noch das wunderschöne malaiische Mädchen mit dem Körper einer vierzehnjährigen russischen Turnerin aus einem Massagesalon in Laval-le, den er hin und wieder aufsuchte.

»Der ist ja nicht ganz echt.« Roman nahm sich einen Stoß Pfannkuchen und spülte ihn schlürfend mit Kaffee herunter. »Der hat doch nur Grütze statt Testosteron im Leib. Ich glaube nicht an diese ganze Scheiße von wegen perfekter Mann der Neunziger. Irgendwo muss er ein dunkles Geheimnis haben.« Da er den Mund voll hatte, klangen seine Worte leicht gedämpft und undeutlich. Wieder tupfte er sich mit seiner Serviette ab und wies auf Funicelli. »Du wirst schon sehen. Merk dir meine Worte. Es ist bloß …«

Das Mobiltelefon in seiner Innentasche läutete. Er holte es heraus und schaute auf einen unsichtbaren Gegenstand neben seinem Teller, als hätten Funicelli und Massenat plötzlich aufgehört zu existieren. »… eine Frage der Zeit. Ja?«

Roman erkannte die Stimme am anderen Ende sofort, vernahm aber nur kurze Bruchstücke aus den sich überschlagenden, atemlosen Sätzen: »… in dem Lieferwagen neulich … Sie rücken jetzt aus … Du solltest ihn warnen …«

»Brr, brr. Nun mal langsam. Welcher Lieferwagen? Wer rückt aus?«

»Auf einer Mobilfunkleitung nenne ich keine Namen. Ich kann nur sagen: der Kerl, der auf dem Beifahrersitz gesessen hat. Sie haben ihn auf einer Überwachungskamera erwischt und identifiziert. Sie rücken jeden Moment bei ihm an.«

Venegas! Eine eiskalte Kralle packte Romans Magen. »Jeden Moment? Wie lange genau hat er noch?«

»Sie überprüfen im Moment seine aktuelle Adresse. Sie können in fünfzehn bis zwanzig Minuten bei ihm auf der Matte stehen. Weniger, wenn sie es einem örtlichen Streifenwagen anvertrauen.«

Roman bezweifelte, dass sie das tun würden, doch trotzdem musste er jetzt sofort handeln. »Okay. Danke.« Er nahm seine Serviette und warf sie angeekelt auf seinen halb leer gegessenen Teller. Das war das Signal, dass er fertig war. Er winkte und rief die Kellnerin. »He, he. *L'addition.* Wir wollen zahlen.«

Die Kellnerin kam und blätterte durch ihren Block. Während sie aufzählte, was sie alles gehabt hatten, wurde Romans Gesicht zu einer Studie widerstreitender Mimik. »... und hatte Ihr Freund auch etwas?« Sie schaute Funicelli an.

»Nein, hatte er nicht.« Roman warf eine Zwanzigdollarnote hin und stand auf. »Behalten Sie den Rest.« Die Kellnerin, unsicher, ob die fünf Dollar Trinkgeld sein Verhalten entschuldigten, brachte nur ein duldsames Lächeln auf.

Massenat schaute auf das verbliebene Drittel des Baguette in seiner Hand und beschloss, es mitzunehmen. Auch Funicelli fiel ein paar Schritte hinter Roman zurück, der auf seinen unten an der Straße geparkten BMW zueilte, einen schnittigen, schwarzen 7er. Die Luft draußen war frisch, doch zum ersten Mal in diesem Jahr herrschten Temperaturen von über null Grad, erstes Anzeichen dafür, dass der Frühling vor der Tür stand. Ein paar Schritte vor dem Wagen drückte Roman auf die Fernbedienung, worauf der BMW piepsend und blinkend seine Zustimmung signalisierte.

Die Eile und Panik, die in Romans Aufbruch lag, erinnerte Funicelli daran, dass er noch etwas vergessen hatte. »Wegen dem Band. Da ist etwas drauf ...«

Ungeduldig wirbelte Roman zu ihm herum. »Was?«

»An einem Punkt spricht Donatien von dieser Nacht mit Leduc.«

Roman wirkte beunruhigt, und sein Blick huschte unbehaglich hin und her. Allerdings war sich Funicelli nicht sicher, wie viel das mit dem Anruf von eben zu tun hatte. »Warum hast du mir das vorhin nicht erzählt?«

»Ich wollte ja gerade ... Aber dann kam der Anruf ...« Funicelli schluckte heftig. Romans glühender Blick durchbohrte ihn. Jetzt wünschte er sich, er hätte gar nicht erst damit angefangen, sondern Roman es mit eigenen Ohren hören lassen. »Aber es war nichts ... bloß ein dummer Traum von Donatien und dass er davon spricht, wie der Vorfall ihn noch immer manchmal beunruhigt. Davon abgesehen, gar nichts.« Funicelli machte Anstalten, Roman beruhigend die Hand auf die Schulter zu legen, entschied sich dann aber eines Besseren. Das Pulverfass in Romans Augen bedeutete ihm, dass schon eine einzige Berührung zur Explosion führen konnte. »Er hat nichts gesagt, was du mir nicht schon erzählt hattest. Glaub mir, kein Grund zur Sorge.«

Nach wie vor schossen Romans Blicke hektisch hin und her. Gerade als es den Anschein hatte, als beruhigte er sich wieder, kam von hinten eine Stimme: »Haben Sie mal 'n bisschen Kleingeld?«

Roman drehte sich abrupt um. Vor ihm stand ein Stadtstreicher mit zerzaustem Haar und einem Grizzlybart; allerdings war schwer zu sagen, ob die weißen Streifen seines Barts von Frost und Sonnenbleiche stammte oder von eingetrocknetem Essen und Erbrochenem. Als er die stinkende Mischung aus billigem Wein, muffigem Körpergeruch und Erbrochenem roch, grinste Roman verächtlich und trat einen Schritt von dem Stadtstreicher zurück.

Plötzlich brannte in seinem Kopf eine Sicherung durch. Es blieben vielleicht nur noch Minuten, um Venegas aus den Klauen der Polizei zu retten, Donatien hatte Leduc erwähnt, Funicelli wollte ihm vormachen, es sei *nichts*, und jetzt auch noch dieser Pennbruder direkt vor seiner Nase, der seinen besten Kamelhaarmantel mit Gestank einhüllte. Es war wie eine beschissene Verschwörung.

»Ein Dime oder ein Dollar, ganz egal. Was Sie übrig haben.«

Roman sah Rot. Ein Feuerschwall brannte sich durch seinen Hinterkopf. »Hau ab, du beschissenes Arschloch.« Er holte aus und versetzte dem Stadtstreicher einen harten Stoß gegen die linke Schulter.

Der Mann taumelte zurück und prallte heftig gegen die Hauswand hinter ihm, wobei sein Kopf zurückschnellte und mit einem dumpfen Geräusch auftraf. Der Mann wirkte benommen und überrascht, und seine Knie knickten ihm ein.

Roman trat näher heran und spannte den rechten Arm an, um erneut zuzuschlagen. Da sprang Massenat hinter ihn und legte ihm einen Arm fest auf die Brust.

»Komm schon, Roman. Komm schon.«

Neugierig schaute ein älteres Ehepaar, das gerade aus einem Laden auf der anderen Straßenseite kam, zu dem Schauspiel herüber.

Romans Brust hob und senkte sich heftig gegen Massenats bändigende Umklammerung; den Blick hielt er nach wie vor auf den Stadtstreicher gerichtet. »Du beschissenes Arschloch. Hat dir keiner gesagt, dass noch Winter ist?« Im Sommer waren sie in großer Zahl draußen an der Rue Ste. Catherine. In diesem Jahr schienen sie früher auf den Straßen zu landen, und dieser Mann hier hatte vielleicht sogar sein Auto anvisiert und Geld gerochen. »Geh wieder zurück und bleib noch einen Monat in deiner beschissenen Höhle. Es ist zu früh, um hier herumzubetteln, hörst du?«

Massenat umklammerte ihn fester. »Komm schon. Komm schon.«

Widerwillig löste Roman endlich den Blick von dem Stadtstreicher, worauf Massenat seinen Griff lockerte. Massenat hatte Recht: Der Stadtstreicher war nicht das Problem, das lag vielmehr in der neuen Situation mit Donatien und Venegas. Urplötzlich stellte sich bei ihm das Gefühl für das Wesentliche ein. *Mein Gott.* Wahrscheinlich blieb ihm nicht einmal mehr die Zeit, Venegas vor der RCMP zu erreichen. Er würde mit seinem Beamer vorfahren, nur um dort ein Begrüßungskomitee der Polizei vorzufinden, das ihn gleich mit einkassierte.

Roman schaute erst auf sein Auto, dann auf Funicelli. »Was fährst du zur Zeit?«

Funicelli zuckte mit den Schultern. Was sollte das denn jetzt? Nicht genug damit, seinen Frust an einem Stadtstreicher auszulassen, sondern jetzt auch noch plumpe Demütigungen? »Einen Chevy Cavalier. Wieso?«

»Schon gut.« Roman schüttelte den Kopf. »Nur so ein Gedanke.« Er konnte es einfach nicht riskieren, jetzt zu Venegas nach Hause zu fahren. Seine einzige Hoffnung bestand darin, ihn telefonisch zu warnen.

Er zog sein Adressbuch aus der Innentasche und blätterte es durch. Dabei zitterten ihm die Hände: Nachwirkung des Streits mit dem Stadtstreicher oder die Tatsache, dass sein Schicksal in wenigen Minuten besiegelt sein konnte? Wenn sie Venegas auf der Kamera hatten, hatten sie auch genug in der Hand, ihm lebenslänglich zu verpassen, und da war die Versuchung, einen Deal einzugehen, gewaltig.

Immer hektischer blätterte Roman die Seiten durch. Allmählich fragte er sich, ob er Venegas' Nummer überhaupt je in sein Adressbuch aufgenommen hatte.

8

»811 an 839 … Überqueren gerade die du Parc. Sind jeden Moment an der St. Denis.«

»Verstanden, 811. Wir sind schon an der St. Denis, fahren südlich auf die Kreuzung St. Joseph zu … Sind nur noch neun oder zehn Blocks entfernt. An der Kreuzung St. Joseph sollen wir warten, richtig?«

»Ja, korrekt. Nicht auf der St. Joseph weiterfahren, bis wir da sind.«

Michel verfolgte am 800er-Wellenband, wie die Einsatzwagen zu Enrique Venegas vorrückten. Er saß mit Maury Legault in seinem serienmäßigen Ford Taurus, und sie warteten darauf, dass Georges Donatien in seinem Büro an der Côte du Beaver Hall ankam.

Maury erging sich gerade in der Erklärung, seine Scheidung sei noch übler als die von Michel beziehungsweise überhaupt jemandem aus dem Team, und seine Frau wetze auch die schärferen und längeren Messer. »Weißt du, was sie letzte Woche den Kindern erzählt hat? Dass ich sie regelmäßig verprügelt hätte. Dabei habe ich sie kein einziges Mal geschlagen. Einmal hat sie einen Kochtopf nach mir geworfen, und da habe ich sie am Arm gepackt, damit sie nicht noch einen werfen konnte, aber das war es dann auch. Ich habe sie *nie* geschlagen.« Missmutig schüttelte Maury den Kopf.

Michel nickte und drückte in den passenden Momenten sein Mitgefühl aus, hatte die Geschichte allerdings wie die meisten seiner Teamkollegen schon einmal zu hören bekommen. Ihre Wiederholung brachte ihm nun die traurig hohe Scheidungsquote in der Abteilung vor Augen. Darauf schien es sich nun alles zu reduzieren: bittersüßes Übertrumpfen. »Meine Scheidung war viel schlimmer als deine.« Irgendwelche Meldungen auf dem 800er-Band empfand er darum als Abwechslung.

»Wo steckt er denn?« Michel schaute auf seine Uhr. Es war 8.16 Uhr, und Donatien kam sonst Punkt acht. Er war während Maurys Klagen zunehmend nervös geworden, ohne dass er gewusst hätte, ob das am Gesprächsthema lag, dem Warten darauf, dass über Funk etwas gemeldet wurde, oder daran, dass Donatien nicht auftauchte. In die Villa in Cartier-Ville war er bestimmt nicht gefahren, denn dort war er ja erst vor zwei Tagen zu einer morgendlichen Besprechung gewesen. Vielleicht hatte er ja irgendwo anders eine Verabredung zum Frühstück.

»Der Kerl, mit dem sie jetzt zusammen ist, ist Hockeyspieler in so einer kleinkleckerigen Liga, bei den St. Laurent Icebreakers oder so eine Scheiße.« Maury verzog ungläubig das Gesicht. »Den Kindern erzählt sie, ich hätte sie geschlagen, während sie sich mit einem beschissenen Hockeyspieler abgibt. Ich glaube, sie hat keinen Plan mehr, hat sich zu viele seiner ...«

»Maury!« Michel hielt jäh eine Hand hoch. Er wollte gerade hinzufügen: »Ich muss mich mal konzentrieren«, doch im gleichen Moment wurde der Funk wieder lebendig, sodass er dem Kollegen lediglich mit der erhobenen Hand Einhalt gebot.

»... 811. Wir sind jetzt an der Kreuzung St. Joseph und warten. Nach Anweisung.«

»Roger. Wir überqueren jetzt die Kreuzung Rue Rachel. Sollten in weniger als zwei Minuten bei euch sein.«

Die Stimmen im Funk erinnerten Michel an die Nacht, in der sie hinter Savard hergejagt waren. Er schloss für einen Augenblick die Augen. *Lieber Gott*, mach, dass wir hier einen guten Griff tun. Er wusste, dass er von Glück sagen konnte, überhaupt eine zweite Chance bekommen zu haben. Eine weitere würde es nicht geben.

»Da ist er«, sagte Maury, und als Michel die Augen öffnete, sah er, wie Donatiens Lexus in die Tiefgarage einbog.

»Okay, die Vorstellung kann beginnen.« Michel legte sich einen Headset mit kleinem Empfänger an ein Ohr, sodass er weiterhin mitbekommen konnte, wie sich die Dinge mit Venegas entwickelten. Aus dem Gerät schlängelte sich eine Sprechmuschel hervor, und mittels Knopfdruck am Empfangsteil konnte er sich einschalten und Anweisungen geben. Sie hatten jedoch abgemacht, dass er nur zuhörte, es sei denn, etwas Dringendes erforderte es, dass er eingriff. Er würde zu sehr mit Donatien beschäftigt sein.

Beim Sicherheitsbeamten in der Eingangshalle zückten sie ihre Dienstmarken, und Michel verkündete: »Wir fahren in den sechzehnten Stock hoch. Santoine International.« Das war eine Feststellung, keine Bitte.

Der Sicherheitsbeamte hob die Hände, womit das normale Prozedere, bei dem sich Besucher eintrugen, sofort außer Kraft gesetzt war. »Alles klar, alles klar.« Er wies auf den Aufzug und zwang sich trotz seiner Besorgnis ein Lächeln ab.

Binnen kürzester Zeit bekamen sie einen freien Fahrstuhl, und da in der Zwischenzeit keiner an ihnen vorbeigefahren war, würden sie im 16. Stockwerk auf Donatien warten.

»839 … Wir sehen euch jetzt. Wir biegen hier in die St. Joseph ab und warten ab, dass ihr euch hinter uns hängt, bevor es weitergeht.«

»Roger.« Nach einer kurzen atmosphärischen Störung: »Nur eine Person festzunehmen, hä?«

»Ja. Aber er hat eine Waffe und weiß damit umzugehen. Also

entsprechende Vorsicht und meinen Anweisungen haargenau folgen.«

Während der Aufzug hochfuhr, schloss Michel die Augen und atmete leise aus, bemüht, die Anspannung so zu vermindern. So war es immer: Stundenlang geschah rein gar nichts, dann passierte zu viel auf einmal. Aber ihnen war keine Wahl geblieben, als bei beiden zeitgleich zu handeln: War Venegas erst einmal in Haft, wäre die Nachricht rasch herum und die Reihen der Lacailles würden sich schließen.

Chac war im Wagen 811 zu hören, in dem Phil Reeve am Steuer saß. Sie hätten zwanzig Minuten warten müssen, um am Dorchester Boulevard ein bewaffnetes Verstärkungskommando zusammenzubekommen; die schnellste Variante war es gewesen, eine Streife von Mont Royal herbeizuholen und sich an der Kreuzung St. Joseph zu treffen.

Als sie in die St. Joseph einbogen, waren sie nur noch dreihundert Meter von Venegas' Haustür entfernt. Michel spürte, wie sich sein Puls in Vorwegnahme der Ereignisse beschleunigte.

Die Fahrstuhltüren öffneten sich. Als sie hinaustraten, war es ruhig im Flur, nur aus einem Büro am anderen Ende drangen leise Geräusche von Aktivität. Als das Licht des Aufzuganzeigers aufleuchtete, schauten die beiden sich erwartungsvoll um.

»Da wären wir, Rue Messier. Wie gesagt, ihr folgt uns … Müsste noch etwa hundert Meter weiter sein, der Apartmentblock zur Linken. Wir halten etwa dreißig Meter vorher an, damit euer Wagen nicht zu sehen ist.«

»Roger … verstanden.«

Chacs Auto war ein Zivilfahrzeug, der Verstärkungswagen hingegen blauweiß: Es machte keinen Sinn, Venegas vorzuwarnen.

Der Aufzug ganz zu ihrer Rechten klingelte. Zuerst kamen zwei Frauen um die Dreißig heraus, die miteinander im Gespräch waren. Dann folgte Donatien. Die Frauen warfen Michel und Maury einen kurzen Blick zu, zweifellos eine Reaktion darauf, dass diese den Insassen des Aufzugs eine solche Aufmerksamkeit zukommen ließen. Dann eilten sie affektiert in die entgegengesetzte Richtung.

Nach ein paar Schritten verharrte Donatien, schaute zu den beiden herüber und taxierte sie. Michel wartete jedoch noch einen Augenblick, bis die Frauen außer Hörweite waren. »Monsieur Donatien, Georges Donatien. Sergeant Michel Chenouda, RCMP Kriminalpolizei.« Er ließ seine Dienstmarke kurz sehen. »Wir möchten Sie in einer Reihe von Angelegenheiten sprechen, die in Verbindung mit den Lacailles stehen.«

Leichtes Liderzucken von Seiten Donatiens. Sein Blick huschte erst an ihnen vorbei auf sein Büro, dann rasch wieder zu ihnen.

Durch Michels Ohrhörer war zu hören, wie Autotüren sich öffneten und wieder schlossen. *Schneller werdende Schritte auf Beton, zu denen sich rasch die von zwei weiteren Personen gesellten.* Michel zwang sich jäh wieder zur Aufmerksamkeit. »Äh ... Ich glaube nicht, dass sich das hier erledigen lässt. Es geht dabei auch um vertrauliche Informationen. Sie wollen sicher nicht, dass Ihre Mitarbeiter mithören. Es geht unter anderem darum, dass ich Ihnen ein Tonband vorspiele. Auf der Wache ist alles dafür vorbereitet.« Michel machte eine Geste auf die Fahrstühle zu.

Donatien zog die Stirn in Falten. »Bin ich festgenommen?«

»Nein, nein. Keineswegs«, versicherte Michel. *Das Summen eines hochfahrenden Aufzugs, leise Schritte. Chacs Stimme: »Ich klopfe an, und ich und Phil werden an der einen Seite stehen, Revolver entsichert, aber noch im Halfter. Ihr drei bleibt direkt dahinter, aber frontal, Revolver gezogen und genau auf die sich öffnende Tür gezielt.«* »Es geht nur um ein paar Informationen, von denen wir aber glauben, dass sie lebenswichtig sein könnten.« Michel legte eine Pause ein und senkte vorübergehend den Blick, als wollte er seinen folgenden Worten die gebührende Schwere verleihen. »Wir machen uns Sorgen um Ihr Wohlergehen und Ihre Sicherheit. Wir befürchten, dass Sie sich in Gefahr befinden könnten.«

»Sorgen um meine Sicherheit?« Donatien schüttelte den

Kopf und setzte ein falsches Lächeln auf. Michel spürte jedoch eine unterschwellige Anspannung in Donatiens Stimme, die jetzt etwas höher klang. Er hatte einen Nerv getroffen. »Das ist ja sehr dankenswert, Inspect …«

»Sergeant.«

»Sergeant Chenouda. Aber Sie kennen ja wohl die Spielregeln. Bevor ich auch nur im Traum daran denke, mit Ihnen zu sprechen, muss mein Anwalt dazukommen.«

Sich öffnende Aufzugstüren. Gedämpfte, rasche Schritte auf einem mit Teppichboden ausgelegten Flur. Chacs Atem, schwerer werdend, erwartungsvoll. Das Einzige, was Michel jetzt in der Hand hatte, war Donatien, und auch der drohte ihm rasch durch die Lappen zu gehen. Sein Mund war plötzlich trocken; er befeuchtete sich die Lippen mit der Zunge.

»Das ist Ihr gutes Recht, Sir. Ich bin aber nur dazu befugt, *Ihnen* das betreffende Band vorzuspielen. Es wird als vertraulich eingestuft, und wir müssten uns ernsthafte Gedanken darüber machen, ob es unseren Fall später beeinträchtigen könnte, wenn wir das Band einem Anwalt vorspielen – insbesondere dem Anwalt einer *Organisation.« Das Summen einer Türklingel, dann dreimaliges scharfes Klopfen.* Michels Handflächen waren schweißnass, und seine Nerven waren angespannt wie Drahtseile. Mit beidem auf einmal umzugehen war der reinste Albtraum. »Sie sollten auch bedenken, dass, wenn der Anwalt der Organisation das Band anhört, dies Ihre Position beeinträchtigen könnte. Und Ihre Sicherheit.«

Es lag alles zwischen den Zeilen, dachte Georges. »Und dieses Band hat mit Roman Lacaille zu tun, sagen Sie?«

»Ja … Das ist korrekt.« *Kurze Pause, dann erneutes Summen und scharfes Klopfen.* Michel biss sich auf die Lippe. Immerhin geriet Donatien allmählich ins Wanken.

Georges wägte seine Möglichkeiten ab. Falls er Perreault anrief, den Anwalt der Familie Lacaille, würde es im gleichen Moment Roman erfahren. Rief er jedoch einen unabhängigen Anwalt an, würde allein das schon verdächtig aussehen, so als habe er etwas zu verbergen. Die Tentakel der Familie Lacaille reichten zu weit, als dass eine Anwaltskanzlei der Stadt ihm Beruhigung verheißen konnte; bei keiner konnte er sich sicher sein, dass sie unbemerkt aktiv wurde. Natürlich konnte er sich Chenouda auch einfach verweigern, aber dann würde er nie etwas über das Band und die Gefahr hören, in der er angeblich schwebte. Chenouda hatte es schlau eingefädelt, hatte sein Interesse geweckt und wusste das auch. Das Einzige, was Georges merkwürdig vorkam, war Chenoudas Headset mit dem Ohrhörer. Die gelegentliche Unruhe in Chenoudas Blick und seine manchmal um Sekundenbruchteile verzögerten Reaktionen machten es offenkundig, dass er gleichzeitig bei etwas mithörte.

Georges kicherte leise, was zum Teil daran lag, dass sich seine Anspannung löste. »Was ist das eigentlich?« Er wies auf den Headset. »Sind Sie Madonnas Begleitsänger?«

Michel zwang sich ein gequältes Lächeln ab. »So ähnlich.« Nun hatte er Donatien an der Angel, und sie wussten es beide. Daher verspürte er keine Neigung, den Druck zu vermindern und in mattes Geplänkel zu verfallen.

Eine sich öffnende Tür. Chac, der sich vorstellte und nach Enrique Venegas fragte. »Ich habe einen Haftbefehl für ihn.«

»Er ist nicht hier.« Eine Frauenstimme. »Sie haben ihn gerade verpasst.«

»Wann ist er weg?«

»Vor zehn, zwölf Minuten.«

Georges sah, wie Chenoudas Augen beim Zuhören flackerten. Worum ging es? Gab ihm jemand aus seiner Zentrale Anweisungen? Wenn er einen Anwalt ins Gespräch bringt, sag dies. Wenn er sich quer stellt, sag das. Ihm fiel auf, dass sich Chenoudas Blick nach einer Weile verdunkelte und Besorgnis zum Ausdruck brachte.

»Ich weiß nicht«, sagte Georges. »Ich glaube, ich brauche ein wenig Bedenkzeit, ob ich mit Ihnen komme.«

Panik befiel Michel. Als er gehört hatte, dass Venegas auf und davon war, war sein Mut gesunken, und nun stand er auch wie auf Kohlen. *Scheiße.* Jetzt ging ihm Donatien womöglich auch noch durch die Lappen. Ihm war jedoch klar, dass er den falschen Knopf drückte, wenn er den Druck weiter erhöhte. Ihm blieb nichts anderes übrig als nachzugeben, einen Schritt zurückzutreten.

Michel zuckte die Achseln. »Das ist Ihnen überlassen. Nach unseren Informationen hat Roman es eilig. Aber wenn Sie abwarten und das Risiko eingehen wollen, schön. Sie kennen Roman wahrscheinlich besser als ich.« Michel wandte sich um und schaute auf die Aufzugsanzeiger.

Maury, der die ganze Zeit über stumm geblieben war, zwang sich ein entschuldigendes Lächeln ab und zuckte die Achseln, als Donatiens Blick auf ihn fiel.

»Wir müssen uns trotzdem selbst davon überzeugen, dass er nicht da ist, verstehen Sie ...«

»Ja ... Okay ... okay.« Die Frau klang zögerlich, einen Moment unsicher. Dann Gedränge und Geraschel, als sie sich in der Wohnung umherbewegten. Michels Herz hämmerte. *Lieber Gott,* lass uns Venegas in einem Hinterzimmer finden! Und jetzt spielte er mit Donatien auch noch Russisches Roulette. Er bekam weiche Knie, merkte, dass Donatiens Blick auf ihm lag und spürte förmlich, wie dessen Gedanken rasten: Savard ist tot – wie weit mochte Roman noch gehen? Und was genau war eigentlich auf diesem Band?

»Was ist das für ein Geräusch da hinten aus dem Zimmer?«

»Das ist nichts ... Nichts ...«

Die Frau klang nervös, ihre Stimme bebte, und Michels Herz hämmerte fast im gleichen Takt wie Chacs schwer gehender Atem, während er auf die Tür zuging, sie öffnete ...

»Bloß meine Tochter.«

Klänge aus einem Radio. »Ja, ich sehe schon ... Okay.« Die gedämpfte Antwort eines kleinen Mädchens, für Michel nicht zu verstehen. Michels Nerven beruhigten sich wieder.

Der Aufzug ganz zu ihrer Linken kam als Erster. Vier Personen stiegen aus, bedachten die Versammlung mit einem flüchtigen Blick, worauf drei in eine Richtung gingen, ein vierter in die andere. Michels Nacken schmerzte vor Anspannung. *Komm schon, Donatien,* jetzt geh du mir nicht auch noch flöten. Er war schon im Begriff, sich umzudrehen und noch etwas hinzuzufügen, um die Situation irgendwie zu retten, als Donatien endlich etwas sagte.

»Falls ich ohne Anwalt mit Ihnen komme, kann ich Ihnen aber keine Fragen beantworten.«

»Müssen Sie auch nicht«, versicherte Michel. »Wir spielen Ihnen einfach das Band vor und erklären Ihnen, warum Sie sich unserer Ansicht nach in Gefahr befinden. Wenn Sie dazu dann etwas sagen möchten, gern.«

Bevor sich die Aufzugtüren schlossen, stellte sich Maury mit einem Satz dazwischen, sodass sie wieder aufgingen.

Da Maury nun halb innerhalb, halb außerhalb des Aufzugs stand, machten die drei einen Moment einen unbeholfenen Eindruck. Endlich nickte Donatien.

»Okay, okay ... Wie lange wird es dauern?«

»Etwa eine Stunde, länger nicht.« Michel hielt Donatiens Blick stand, bemüht, jedes Wimpernzucken zu vermeiden. Er wusste, dass es gelogen war, denn hatte er Donatien erst einmal in der Mangel, konnte der von Glück reden, wenn er vor Einbruch der Nacht wieder rauskam.

Schließlich nickte Donatien resigniert und gab erneut ein »Okay« von sich. Daraufhin hielt ihm Michel wie ein Hoteljunge den Arm entgegen.

»Es stimmt, was sie sagt, Michel. Er ist nicht hier.«

Das war das erste Mal, dass Chac sich direkt an ihn wandte. Michel merkte, wie das letzte Fünkchen Hoffnung erlosch. Wieder sank ihm der Mut, dieses Mal synchron mit dem Sinken des Aufzugs.

Michel drückte den Knopf am Empfangsteil. »Für wie lange ist er weg?«

Chac fragte nach, worauf Michel die Frau antworten hörte, er habe es nicht gesagt. »Aber er hat gepackt und einen großen Seesack mitgenommen, falls Ihnen das weiterhilft.«

»Hast du gehört?«, fragte Chac.

»Ja?«

»Irgendeine Vermutung?«

»Schon. Aber gib mir erst mal ein paar Minuten, dann melde ich mich wieder.« Er hatte eine Idee, wollte sie aber lieber außer Hörweite von Donatien äußern. Er würde warten, bis Maury Donatien in den Wagen verfrachtet hatte und sich dann draußen einen Moment Zeit nehmen, um mit Chac zu reden.

Da nun eine Gesprächspause entstanden war und Michel einen nachdenklichen, fast missmutigen Gesichtsausdruck zeigte, fragte Donatien beim Aufgehen der Aufzugtüren: »Stimmt was nicht?«

Michel lächelte matt. »Tja, wie ich gerade höre, hat Madonna den Job jemand anderem gegeben.«

Keine zehn Minuten nachdem sich Michel in Sachen Venegas bei Chac zurückgemeldet hatte, rief dieser die Hauptwache am Dorchester Boulevard, um eine Großfahndung nach Roman Lacailles schwarzem 7er-BMW auszuschreiben.

Zuerst ging die Suchmeldung an sämtliche Einsatzwagen auf Montreal Island, Montérégie, Laval, Laurentides und Lanaudière, um sich wenig später in der ganzen Provinz Quebec zu verbreiten.

Venegas' plötzlicher Aufbruch mochte purer Zufall gewesen sein. Falls ihn jedoch jemand gewarnt hatte, er stehe im Begriff, eingelocht zu werden, hatte Roman Lacaille damit zu tun, darauf hätte Michel jede Wette abgeschlossen. »Überprüft seine üblichen Treffpunkte, und wenn ihr kein Glück dabei habt, gebt eine Fahndung nach seinem Beamer raus. Der ist unverkennbar und dürfte nicht allzu schwer ausfindig zu machen sein.«

Bis Michel Donatien in einen Vernehmungsraum geführt hatte, gingen keine neuen Nachrichten ein. Das Tonband vorzubereiten und Donatien einen Kaffee bringen zu lassen, ließ weitere acht Minuten verstreichen, brachte aber nach wie vor nichts Neues. Michels Unbehagen stellte sich wieder ein. Es versprach ohnehin schon, eine angespannte Besprechung zu werden, doch zu wissen, dass Venegas irgendwo dort draußen frei herumlief, verschärfte die Angelegenheit weiter. Sollte sich etwas ergeben, würde er sich von Fall zu Fall aus dem Besprechungszimmer entschuldigen. Zu ihrem Spiel gehörte es schließlich, Donatien nicht über die Situation mit Venegas einzuweihen.

Das weitere Problem, das Michel schwer zu schaffen machte, war ein sich verstärkender, bleierner Verdacht, der ihn eiskalt durchfuhr und schaudern ließ. Falls Venegas eine Warnung bekommen hatte – was dann auch erklärte, wieso Roman Lacaille gewusst hatte, dass Savard mit der Polizei gemeinsame Sache machte –, wo in seiner Abteilung war die undichte Stelle?

Roman Lacaille hielt konstant 65 Meilen pro Stunde auf dem Highway 40 in Richtung Trois Rivières und Quebec.

»Wo ist denn diese Hütte?«, fragte Venegas und schaute kurz herüber, während er den Montrealer UKW-Sender neu einstellte, der nun zu knacken und schwächer zu werden begann.

»Ungefähr achtzig Meilen nördlich. Lac Shawinigan, gleich hinter Trois Rivières. Im Sommer ist ziemlich viel los dort, aber um diese Jahreszeit wird keine Menschenseele da sein. Sie ist ideal.«

»Gehört die Hütte der Familie?« Venegas hob eine Braue. »Ich meine … besteht die Möglichkeit, dass sie leicht draufkommen?«

»Meinst du, ich bin blöd?« Roman gestikulierte am Lenkrad herum, als wolle er Venegas mit der nächsten Handbewegung ins Gesicht schlagen. »Sie gehört dem Freund eines Freunds. Auf die Schnelle spüren sie dich da nicht auf.«

Venegas hatte Roman immer schon in Unruhe versetzt. Der Mann war das Produkt einer sizilianischen Mutter und eines venezolanischen Vaters, hatte eng miteinander verwachsene Locken und volle Lippen, die hätten sinnlich wirken können, wären sie angesichts seiner dunklen Knopfaugen und fast gänzlich fehlender Lider nicht so deplatziert gewesen. Doch Roman hatte sich Venegas ja auch nicht ausgesucht, damit dieser ihm Gesellschaft leistete, sondern wegen seines Rufs, ein eiskalter Profikiller zu sein. Das ließ es Roman nun noch unbehaglicher zumute werden, wenn er darüber nachdachte, was vor ihm lag. Venegas hatte sich eine Baseballkappe aufgesetzt, um seine auffälligen Locken zu verbergen und sein Gesicht abzuschirmen; offenbar befürchtete er, dass bereits Fotos von ihm kursierten.

Als Stevie Wonders »I Just Called« zu hören war, schaute Venegas hoffnungsvoll unter der Spitze seiner Kappe herüber. »Ist das okay?«

Roman zuckte die Achseln. »Ja, schon in Ordnung.« Vorher hatten sie es kurz mit Waylon Jennings, Hiphop und einem religiösen Programm zu tun gehabt; da ihm gerade alle möglichen Gedanken durch den Kopf schossen, nervte ihn vor allem die sich abrupt verändernde Geräuschkulisse.

Venegas fortzuschaffen war hektisch gewesen. Nach der telefonischen Warnung waren ihm nur Minuten geblieben, um seine Tasche zu packen und sich aus dem Staub zu machen, bevor die RCMP bei ihm vor der Tür stand. Auf Romans Geheiß war er von seiner Wohnung aus zwei Blocks zu Fuß gegangen, um sich dann ein Taxi zu einem Café am Boulevard St. Laurent zu nehmen, wo ihn Roman zehn Minuten später traf. Venegas hatte seinen Seesack auf den Rücksitz geworfen, und sie waren eilig Richtung Norden aufgebrochen.

Die ersten Meilen waren die schlimmsten gewesen, vor allem, als sie die Anuntsic Bridge überquerten. Die Anspannung zerrte an seinen Nerven, und seine hämmernden Schläfen schmerzten. Noch immer war er angespannt, achtete auf Streifenwagen und seine Geschwindigkeit: Manche Autos überholten ihn mit mindestens 70 Meilen die Stunde, doch ebenso viele fuhren langsamer. Es war seine Absicht, im fließenden Verkehr so gesichtslos und undefinierbar zu sein wie nur möglich.

Nachdenklich schaute Venegas auf die zugeschneite Landschaft. »Ist die Hütte beheizt?«

»Ja, sie hat einen Holzofen. Angeblich liegen jede Menge Holzscheite daneben herum.« Roman schaute herüber. »Aber du bleibst ja sowieso nicht lange dort. Zehn Tage, zwei Wochen, bis die polizeilichen Ermittlungen nachlassen. Zeit, um dir einen falschen Pass zu besorgen – und dann bist du weg.«

»Weißt du schon, wohin?«

»Martinique – da kenne ich ein paar Plätze. Vielleicht aber auch Yucatan oder Kuba, da haben wir neulich ein paar Geschäfte gemacht.« Roman zuckte mit den Schultern. »Ich bin mir noch nicht ganz sicher.« Das erfand er so, wie es ihm gerade in den Sinn kam. Venegas würde nicht weiter kommen als diese achtzig Meilen nach Norden. Dafür machte er sich von Meile zu Meile wachsende Sorgen darüber, dass Venegas bis an die Zähne bewaffnet war: eine Halbautomatik in seinem Seesack und eine 9-Millimeter in seiner Innentasche. Unter dem Vorwand, einen eventuellen Mangel zu beheben, hatte Roman beiläufig gefragt, was Venegas mit sich führte. Er selbst hatte zwei Revolver dabei, nämlich einen 44er in seiner Innentasche und einen 38er im Handschuhfach.

»Martinique hört sich nett an«, sagte Venegas abwesend.

»Ja«, pflichtete Roman ihm bei. Um seine Nerven zu beruhigen, war ihm diese seichte Unterhaltung willkommen; sie konnte auch dazu beitragen, Venegas abkühlen zu lassen. Der hatte sich zwar nach der hektischen ersten halben Stunde Fahrt deutlich beruhigt, doch seine Schusshand war nach wie vor nervös, umklammerte sein Knie, löste sich wieder und machte, wenn gelegentlich ein Auto dicht an ihnen vorbeifuhr, eine Bewegung auf seine Jacke zu. Wenn sich die Hand einen Tick weiter entspannte, konnte Roman das nur gelegen kommen. »Mom fährt ständig dorthin. Wenn sie noch brauner wird und noch mehr Patois annimmt, geht sie als Einheimische durch.«

»Wie lange sollte ich wegbleiben?«

»Schon ein Weilchen. Damit Gras über so eine Sache wächst, anderthalb Jahre, vielleicht länger.«

»Sind die Strände gut da unten?«, fragte Venegas, der schon sich wiegende Palmen und weißen Sand vor Augen hatte, wo sie doch gegenwärtig ausschließlich an Schnee vorbeikamen.

»Ja, super. Mom wohnt im Süden der Insel, Le Diamant, und dort ist ein Strand, der …«

Roman unterbrach sich sofort, als er den Streifenwagen entdeckte, der vier Autos hinter ihnen fuhr.

»Stimmt was nicht?«, fragte Venegas, als Romans Blick wiederholt in den Rückspiegel huschte.

»Ein Streifenwagen. Schau dich aber auf keinen Fall um.« Roman bemerkte, dass Venegas seine Schusshand, die sich beim Gespräch über die tropische Insel langsam entspannt hatte, nun wieder auf seinem Oberschenkel ballte und anspannte. »Hoffentlich gibt es keine Probleme.«

»Ich dachte, du hättest gesagt, dein Plan funktioniert.« Venegas starrte wie versteinert nach vorn.

»Das dachte ich ja auch.« Als der Polizeiwagen dichter aufschloss und nun nur noch zwei Wagen hinter ihnen war, kamen Roman allerdings Zweifel daran. Er stellte sich vor, dass sie gerade sein Kennzeichen überprüften, dann ganz zu ihnen aufschließen und ihre Sirene einschalten würden, um sie dazu zu bringen, an die Seite zu fahren. Venegas' Hand glitt in seine Jacke.

»Scheiße noch mal.« Roman warf Venegas einen warnenden Blick zu. »Die haben doch eine Bleispritze auf unseren Hinterkopf gerichtet, bevor sie auch nur aussteigen.« Er schaute wieder in den Spiegel.

»Wir müssen etwas unternehmen.« Venegas' Blick schnellte hektisch hin und her, dabei auch den Seesack mit der Halbautomatik auf dem Rücksitz einschließend. »Wir können doch nicht zulassen, dass sie mich so einfach einkassieren.«

Roman stand der Schweiß auf der Stirn. Er versuchte abzuwägen, was der Streifenwagen und was Venegas unternehmen würde. Bis jetzt war die Sirene noch nicht eingeschaltet. »Vergiss es«, zischte Roman leise, als könne ihn der Wagen hinter ihnen hören. »Warum, glaubst du, halten die sich zurück? Sie funken Verstärkung an. Selbst wenn sie sich entschließen sollten, uns auf eigene Faust anzuhalten, kommt ihre Kavallerie herbeigaloppiert, bevor sich auch nur der Rauch aus deiner Knarre verzogen hat.«

Als der Streifenwagen hinter ihnen ausscherte und zum Überholen ansetzte, verkrampfte sich Romans Gesichtsmuskulatur. Er war unschlüssig, ob er weiter nach vorne starren oder hinüberschauen sollte, wie man es bei jedem Auto machte, das dicht an einem vorbeifuhr. Auch Venegas' Gesicht, mittlerweile ein wenig abgewandt, war angespannt, wie versteinert, doch zumindest hatte er seine Schusshand von seiner Jacke zurückgezogen und ließ sie wieder auf dem Oberschenkel ruhen. Der Streifenwagen war nun auf gleicher Höhe, und Roman entschied sich schließlich für einen Mittelweg, indem er kurz zur Seite schaute, dabei aber kaum den Kopf bewegte. Doch der Beamte auf dem Beifahrersitz schenkte ihnen keine Beachtung, schien in ein Gespräch mit dem Fahrer vertieft.

Es dauerte nur Sekunden, bis sie sich an ihnen vorbeigeschoben hatten, doch Roman kam es wie Stunden vor. Er rechnete damit, dass sich plötzlich die Sirene einschaltete oder auf dem Rücksitz ein weiterer Beamter auftauchte und eine Pump-Gun durch das Fenster auf sie richtete. Endlich waren sie vorbei.

Roman sprach erst wieder, als sie dreißig Meter entfernt waren.

»Siehst du, ich hab's dir doch gesagt.« Er atmete anhaltend aus. »Mein Plan mit dem Autowechsel hat funktioniert.«

Roman Lacailles schwarzer BMW war achtzehn Minuten zuvor auf dem Boulevard Viau angehalten worden, unterwegs zum Geschäft von Carlo Funicelli in St. Leonard, der erst am Abend wieder bei Donatien mithören würde.

Am Steuer des Wagens saß Frank Massenat. Drei Einsatzwagen näherten sich – zwei von hinten, mit heulender Sirene, um den Wagen zum Anhalten zu bewegen, ein weiterer traf Sekunden später aus der entgegengesetzten Richtung ein.

Fünf Revolver wurden auf Massenat und Funicelli gerichtet, während man sie, die Hände auf dem Wagendach, rasch durchsuchte. Waffen führten sie keine, denn Massenat war klar, dass ihm schon die kleinste Verletzung des Waffengesetzes sechs Monate einbringen konnte. Als man feststellte, dass ihre Namen nicht mit denen der Fahndung übereinstimmten, rief der den Einsatz leitende Constable die Zentrale am Dorchester Boulevard an.

Binnen kurzer Zeit war Chac am Apparat und bombardierte die beiden mit Fragen, die der Constable weitergab.

»Wo ist Roman Lacaille, und warum fahrt ihr seinen Wagen?«

Frank Massenat erwiderte, er wisse nicht, wo Roman sei, und fahre den Wagen auch nur, um ihn später in die Werkstatt zu bringen. »Er macht Schwierigkeiten. Der Motor gibt tickende Geräusche von sich.«

»Was für einen Wagen fährt Roman jetzt?«

»Ich weiß es nicht. Er meinte, er wolle sich einen Wagen leihen.«

»Von wem?«

»*Pardon.* Weiß ich auch nicht.«

Chac glaubte ihm kein Wort, doch gab es nichts, was er hätte unternehmen können. Er wies den Constable an, die beiden ziehen zu lassen, und ging dann in den Besprechungsraum, um Michel die schlechten Nachrichten zu überbringen.

Venegas' Foto erschien auf dem kleinen Fernsehbildschirm hinten am Tresen neben einer Auslage mit Süßigkeiten. Roman bemühte sich, nicht allzu interessiert hinzuschauen, während die Kassiererin seine Einkäufe im Warenkorb zusammenrechnete. Auf TQS, einem der größten Fernsehsender von Quebec, liefen die Morgennachrichten; die Lautstärke war heruntergedreht, und Roman konnte kaum mitbekommen, was gesagt wurde.

Er hatte die Abfahrt *Lac Shawinigan* genommen und am ersten Tankstellen-Shop angehalten, um Einkäufe für Venegas' Aufenthalt zu tätigen. Zwar würde Venegas nichts davon mehr brauchen und alles in seinen eigenen Küchenschränken landen, doch war es wichtig, das Trugbild aufrechtzuerhalten und Venegas keinen Grund zu geben, misstrauisch zu werden. Aus dem gleichen Grund hatte er die Fahrt allein angetreten. Ein Frank Massenat auf dem Rücksitz hätte möglicherweise signalisiert, dass es hier nur um die einfache Fahrt ging.

»Achtundfünfzig Dollar vierzig. *Merci.*«

Als Roman bezahlte und sein Wechselgeld erhielt, waren die

Nachrichten zum Absturz eines Leichtflugzeugs in der Nähe von Jonqière übergegangen.

Auf dem Weg zum Auto bildete sein Atem in der kalten Luft deutliche Wölkchen. Er überlegte, ob er Venegas von der Kurzmeldung in den Nachrichten erzählen sollte, entschied sich dann aber dagegen. Das würde ihn doch nur wieder nervös werden lassen. Nachdem der Polizeiwagen sich an ihnen vorbeigeschoben hatte, war es Roman erst in den letzten zwanzig Minuten wieder gelungen, Venegas' Nervenkostüm einigermaßen auf Normalzustand zu bringen. Allmählich stellte sich Venegas nun auf zwei Wochen besinnlicher Ruhe in einer Holzhütte ein, gefolgt von einem Martinique-Aufenthalt. Diesen Glauben sollte er sich bewahren.

»Da.« Roman warf die Tüten auf den Rücksitz, startete den Motor und fuhr los. »Das sollte ein Weilchen für dich reichen.« Er warf einen kurzen Blick in den Rückspiegel, bevor er wieder auf die Straße fuhr. Die Vorderfront des Autos und Venegas selbst waren außerhalb des Blickfelds gewesen; selbst wenn jemand auf die Kurznachrichten geachtet hatte, würde er Venegas kaum bemerkt haben.

»Was hast du gekauft?«, erkundigte sich Venegas.

»Kaffee, Brot, ein paar Burger, Tunfisch, ein paar Dosen Lachs.« Roman machte eine theatralische Handbewegung und grinste. »Wenn du frischen Fisch willst, hackst du einfach ein Loch ins Eis und hältst eine Angel rein.«

»Du machst wohl Witze?« Venegas reagierte nur mit der Andeutung eines verschlagenen Lächelns. Roman war sich nicht sicher, ob der Mann einfach bezweifelte, dass es dort Fische gab oder er sich selbst schlicht nicht als Naturburschen sah. Er mahnte sich, nicht unwirsch zu werden, um Venegas nicht wieder zu reizen.

»Echt. Es gibt jede Menge Fische dort unten, im Winter wie im Sommer. Mach einfach ein Loch ins Eis, wirf ihnen von oben ein Lächeln runter, und schon springen sie hoch zu dir.« Roman kicherte.

»Na sicher doch.« Ohne überzeugt zu wirken, schaute Venegas weg und betrachtete gleichgültig die an ihnen vorüberziehende Landschaft.

Wenn es nötig war, den Dummkopf zu spielen, dachte Roman, dann sei's drum. Jedenfalls war Venegas jetzt gelöster als zuvor auf der Fahrt. »Vor ein paar Jahren im Sommer hat sogar Franky versucht zu angeln. Dabei sollte man meinen, die Fische geraten in Panik, wenn sie ihn bloß sehen. Weißt du, wie wir ihn nennen?« Roman schaute hinüber. Sie fuhren an einem Schild vorbei: *Lac Shawinigan, 8 Meilen.* Venegas zuckte die Schultern und lächelte matt. »Franky-stein. Der braucht nur noch einen Bolzen durch den Nacken …«

Roman verfiel während der nächsten Meilen immer wieder in albernes Geplänkel, zu dem Venegas gelegentlich einen Kommentar abgab und grinste. Roman merkte, wie sein Kiefer von der Anstrengung schmerzte, sich trotz der Anspannung, die nervenaufreibender wurde, je näher sie Lake Shawinigan kamen, ein Lächeln abzuringen. Ihm war, als sei sein Nervensystem unmittelbar an sämtliche Details angeschlossen: das trommelartige Geräusch der Räder auf der Straße, Venegas' langsames Blinzeln, mit dem er die verschneite Landschaft betrachtete, Venegas, dessen linke Hand sich hochbewegte … an seiner Jacke vorbei, um sich die Nase zu reiben, bevor er sich Roman zuwandte.

»Du halst dir für mich eine Menge Ärger auf, oder?«, sagte Venegas.

Da nach ihrem belanglosen Geplänkel eine Gesprächspause entstanden war, fragte sich Roman, ob Venegas wohl etwas von seiner Anspannung mitbekommen hatte. »Neiiin … Kein Problem.« Roman winkte ab. »Dass du in der Klemme bist, liegt ja unmittelbar daran, dass du was Besonderes für mich erledigt hast. Es liegt nun an mir, die Sache in Ordnung zu bringen, keine Frage.« Er untermauerte seine Worte mit einem Blick, der Venegas in Sicherheit wiegen sollte. Und tatsächlich konnte er keinerlei Argwohn in dessen Augen ausmachen. Rasch richtete er den Blick wieder auf die Straße. Die Abzweigung *Lac Shawinigan* lag nur noch fünfzig Meter vor ihnen.

Er bremste ab, betätigte den Blinker – obwohl ihnen kein Fahrzeug entgegenkam und auch hinter ihnen nur ein einzelnes Auto eine Viertelmeile entfernt zu sehen war – und bog ab. Um nicht erkennen zu lassen, dass seine Hände zitterten, umklammerte er das Lenkrad. Es war ein unbefestigter Weg, der im Sommer holperig war, den jetzt aber dicker Schnee geebnet hatte. Reifenspuren waren nicht zu sehen, in den vergangenen Stunden war niemand hier gewesen.

»Welche Hütte ist es?«, wollte Venegas wissen.

Einen Augenblick geriet Roman aus der Fassung. Beim ersten und einzigen Mal, als er hier gewesen war, war es Sommer und das Laubwerk der Bäume dicht gewesen; nun aber waren die Blätter spärlich, und durch die Bäume konnte man bereits den verschneiten See und die Hütten sehen. »Oh, äh … die dritte von rechts«, sagte er aufs Geratewohl. Er konnte sich nur noch erinnern, dass es rechts gewesen war, war sich aber nicht sicher, ob die dritte oder die vierte Hütte. Es bedeutete ja auch kaum etwas, denn so weit würde Venegas ohnehin nicht kommen.

Die Hütte gehörte einem Freund von Frank Massenat, und Grund seines damaligen Besuchs war es gewesen, ein Drogengeschäft mit Roubilliard, dem Anführer der Rocker, zu besprechen. Das Risiko, Venegas in einer Hütte der Familie Lacaille unterzubringen, wäre er nicht eingegangen. Doch als er nun Venegas' Blick auf den See und die Hütten folgte, bemerkte er etwas, das ihn beunruhigte, etwas, das wie Rauch aussah, der von der fünften Hütte aus aufstieg … *Hier draußen war jemand!* Als sie am Parkplatz ankamen, der sich zu ihrer Rechten erstreckte, verlor sich der Rauch hinter einer Reihe von Tannen. Autos standen hier keine.

Roman bog ein. »Siehst du … Ich hab's dir ja gesagt. Um diese Jahreszeit ist kein Mensch hier. Bis Ende April, Mai kriegst du hier keinen zu sehen.« Tatsächlich wunderte sich Roman noch immer über den Rauch und versuchte noch einmal einen Blick darauf zu erhaschen. Der Rand des Parkplatzes und die ersten zehn Meter des auf den See zuführenden Pfads waren von Tannen gesäumt, sodass er würde warten müssen, bis er an ihnen vorbei war.

Roman stieg aus und machte die hintere Tür auf. Venegas öffnete die gegenüberliegende und holte seinen Seesack heraus. Doch als Roman nach den Einkaufstüten langte, hielt er inne: Wenn er beide Hände voll hatte, war er eindeutig im Nachteil, vor allem, wenn Venegas seinen Seesack in der linken Hand trug und sich so die Schusshand frei hielt.

»Stimmt was nicht?«, fragte Venegas.

»Äh … ja.« Roman überlegte rasch, wie er die Scharte wieder auswetzten konnte. »Beim letzten Mal war das Vorhängeschloss nach der langen Zeit total verrostet, und wir kriegten den Schlüssel gar nicht rein. Vielleicht brauchen wir was, um es aufzubrechen. Halt das gerade mal, ja?« Er reichte Venegas eine Tüte, klemmte sich die andere unter den Arm, drehte sich um und öffnete den Kofferraum. Er hoffte, dass Funicelli einen Wagenheber besaß. Nach kurzem Gewühle fand er links zugedeckt die Werkzeugtasche, holte den Wagenheber heraus und machte den Kofferraum zu.

Als sie losmarschierten, kräuselte sich Romans Atem in der kalten Luft. Er hatte einen trockenen Mund, und seine Nerven lagen blank. Zwar hätte er mit Leichtigkeit den Revolver auf Venegas anlegen können, bevor er den Wagenheber in die Hand genommen hatte, doch zuerst musste er sich Klarheit verschaffen, was den Rauch anging. Falls sich jemand am See aufhielt, durfte er kein Risiko eingehen.

Ihre Schritte knirschten auf dem frischen Schnee, in dem Roman keinerlei Fußabdrücke erkennen konnte. Der Pfad erstreckte sich etwa vierzig Meter zum See hin. Zwischen den Tannen konnte Roman einen raschen Blick auf die Hütten werfen, vermochte aber beim besten Willen nicht zu sagen, ob es sich um Rauch oder nur um aufsteigenden Dunst handelte.

Venegas krümmte sich zusammen und spielte eine Geste des Fröstelns. »Kälter als in der Stadt.«

»Das ist wahr«, erwiderte Roman anbiedernd. *Aber nicht halb so kalt wie dort, wo du landest.*

Aus irgendeinem Grund blieb Venegas einen halben Schritt hinter ihm zurück. Hatte er seine Anspannung mitbekommen und Verdacht geschöpft? Oder ließ er sich einfach nur den Weg zeigen? Den Wagenheber fallen zu lassen *und* sich umzudrehen würde Venegas jedenfalls einen zu großen Vorteil verschaffen. Er musste Venegas vor sich haben und irgendwie ablenken. Romans Herz hämmerte heftig und schnell, fast im doppelten Tempo wie seine knirschenden Schritte.

Sie hatten die Tannen, die den Pfad beidseitig säumten, nun passiert und wieder freien Blick auf die Hütten. Immer noch konnte Roman nicht sagen, ob es Rauch oder Nebel war. Und plötzlich kam ihm die Eingebung, dies zu einer Gelegenheit umzumünzen. Er verlangsamte seinen Schritt und blieb schließlich stehen. »Ist das da vorne Rauch, der von der fünften Hütte aufsteigt? Oder ist das Nebel? Ich meine, falls doch jemand hier ist, hast du hier nichts verloren.«

Venegas ging einen Schritt vor und spähte durch die Bäume. »Nein, ich … Ich glaube nicht … Das ist kein Rauch. Scheint mir aufsteigender Nebel zu sein.«

Roman bereitete sich darauf vor, den Revolver zu entsichern. »Bist du sicher?«

Venegas schaute erneut angestrengt auf die Hütten. »Doch … ganz sicher. Man sieht, wo die Sonne zwischen den Bäumen durchkommt und auf das Dach scheint und …«

Venegas hörte, wie der Wagenheber im Schnee landete, drehte sich um und sah Romans 44er auf sich gerichtet. Romans Einkaufstüte tat es dem Wagenheber gleich. Venegas stieß einen ungläubigen Laut aus. »Was soll das?«

Roman fuchtelte mit dem Revolver hin und her. »Einkäufe und Gepäck hinwerfen und Hände hoch.« Venegas erwiderte seinen Blick einen Moment herausfordernd, als wäge er seine Möglichkeiten ab, etwas zu unternehmen. Erneut schwenkte Roman seinen Revolver, und schließlich ließ der andere die Einkäufe und seinen Seesack fallen.

Rasch trat Roman auf Venegas zu, nahm ihm die 9 mm aus der Innentasche und schnappte sich den Seesack. »Danke. Die

AK nehme ich mir auch.« Er steckte die 9 mm in den Seesack und stieß mit seinem Revolver Löcher in die Luft. »Jetzt machen wir einen Spaziergang runter zum Seeufer.«

Erneut schnaubte Venegas höhnisch, zuckte dann resigniert die Schultern, wandte sich ab und ging los. Roman hielt sich drei Schritte hinter ihm.

Nach einer Weile meinte Venegas: »Was denn, du bringst mich den ganzen Weg hierher, nur um mich zu erschießen?« Das sagte er so, als hätte er nun richtig kombiniert, was ihre Fahrt betraf. Oder hörte Roman aus seiner Stimme doch eine leise Hoffnung, einen Zweifel heraus?

»Nein, wie der Zufall es will, werde ich dich nicht erschießen.« Das war die Wahrheit, denn das hatte er tatsächlich nicht vor. »Du gehst bloß angeln.«

Schweigen, nur ihre im Schnee knirschenden Schritte, während Venegas darum rang, sich einen Reim auf die Situation zu machen. Schließlich beschloss er, die Sache als einen Bluff zu betrachten. »Nun komm schon, Roman. Was ist denn aus Martinique geworden?«

Venegas hatte sich halb umgedreht. In seinem Blick lag etwas Flehendes, doch seine Stimme hatte einen leicht scherzhaften Ton angenommen, als wüsste er, dass er sich an einen Strohhalm klammerte.

»Die Tickets waren zu teuer.« Roman bedachte ihn mit einem müden Grinsen. »Außerdem meinte meine Mutter, sie möchte dich dort lieber nicht sehen.«

Nach wenigen Schritten ging Venegas das Unausweichliche auf. Roman sah, wie seine Schultern merklich einsackten. Nun packte ihn die Verzweiflung. »Scheiße nochmal, Roman. Nun komm doch ...« Die wachsende Spannung führte dazu, dass ihm die Stimme bebte und er ins Stottern geriet. »Du weißt doch, dass ich nicht plaudern würde.«

»Die Verlockungen sind gewaltig heutzutage. Vor allem bei der Art von Absprachen zwischen Richter und Verteidigung, mit der man Leute wie mich und Jean-Paul einbuchtet. Tut mir Leid.«

Erneutes Schweigen. Beide stellten sich auf jedes kleine Geräusch ein, das vom sie umgebenden Waldland und dem See herüberkam: ein leises Huschen fünfzig Meter zu ihrer Rechten, als ein Vogel sich auf einem Gebüsch niederließ, das Krächzen einer Krähe in der Ferne.

Romans Nerven rasten jetzt nicht mehr ganz so wie in dem Moment, kurz bevor er den Revolver gezogen hatte, doch war er nach wie vor verkrampft. Zu Venegas' Eigenschaften gehörten blitzschnelle Reflexe. Roman nahm sich vor, ihn nicht zu nahe an sich herankommen zu lassen.

Als sie das Seeufer erreicht hatten, drehte Venegas sich um. Er zitterte merklich, doch war Roman nicht sicher, ob dies an der Kälte lag oder daran, dass der Mann wusste, was ihm blühte.

»Bitte, Roman … das musst du doch nicht tun. Dein Geheimnis mit Savard ist bei mir sicher aufgehoben.« Ihm versagte die Stimme, und er schien fast den Tränen nah zu sein.

»Das ist es bestimmt. Weil das Geheimnis nämlich hier bleibt. Für immer auf Eis gelegt.« Roman grinste, als habe er einen tollen Scherz gerissen, und machte eine ruckartige Bewegung mit dem Revolver. »Und nun unternehmen wir einen Spaziergang auf dem See.«

Besorgt schaute Venegas nach unten.

»Mach dir keine Sorgen«, half Roman nach. »Das Eis ist dick und wird dich tragen. Außerdem begleite ich dich, damit du Gesellschaft hast.«

Wieder fuchtelte er mit dem Revolver, und schließlich setzte sich Venegas widerwillig in Bewegung. Roman ließ Venegas' Seesack fallen und folgte, wobei er vier Schritte Abstand hielt.

Venegas Blicke schnellten hin und her, um nach einer Gelegenheit Ausschau zu halten. Vielleicht war er sich aber auch einfach nicht sicher, ob das Eis nicht doch jeden Moment nachgeben würde. Schließlich blieb sein Blick auf den Hütten am Seeufer ruhen.

»Ich glaube, da kommt wirklich Rauch von der Hütte.«

»Das glaube ich nicht.« Roman machte sich nicht einmal die

Mühe hinzuschauen; er würde es nicht riskieren, den Blick auch nur eine Sekunde von Venegas abzuwenden. »Ich glaube, das bist bloß du, der Rauch aufwirbelt.«

Der See war nur eine halbe Meile breit, schlängelte sich aber auf einer Länge von vierzehn Meilen zu beiden Richtungen außerhalb des Sichtfelds, wobei ein starker Abfluss an einer Seite eine lebensgefährliche Strömung erzeugte. Je weiter sie hinausgingen, desto stärker spürten sie den peitschenden Wind, der die dünne Schneeschicht auf dem Eis in ein Gestöber versetzte.

Sechzig Meter vom Ufer entfernt verkündete Roman: »Das reicht.«

Venegas drehte sich um. »Und was jetzt?« Der Gang und seine wachsende Panik hatten ihm den Atem schwer werden lassen; allerdings waren seine Augen seltsam matt, als akzeptierte ein Teil von ihm, was nun geschehen würde. »Ich dachte, du hättest gesagt, du wolltest mich nicht erschießen.«

»Das tue ich ja auch nicht.« Roman gönnte sich einen letzten Moment der Schadenfreude darüber, dass der Mann noch immer nicht erkannt hatte, was er mit ihm vorhatte. Dann senkte er den Revolver langsam und gab einen Schuss vor Venegas' Füße ab. Ein Schwall von Schnee und Eis spritzte empor.

»Was zum Teuuu …« Wie ein aus dem Takt geratener Flamencotänzer sprang Venegas einen Schritt nach rechts.

Den nächsten Schuss feuerte Roman zur anderen Seite, und dieses Mal hörte man das Eis bersten. Ein weiterer Schuss einen Meter dahinter, ein noch lauteres Knacken, und Roman sah zufrieden, wie ein größerer Block wegbrach. Entsetzt sprang Venegas von der sich bewegenden Kante zurück, erst jetzt registrierend, was Roman im Sinn hatte.

Grinsend ließ Roman sofort einen Schuss knapp hinter die Stelle folgen, zu der Venegas gehüpft war. Wieder heftiges Knacken im Eis, wieder ein Sprung von Venegas. Das macht Spaß, dachte Roman: ein *Riverdance* mit Kugeln.

Er feuerte zwei weitere Schüsse ab, und der Riss vergrößerte sich, sodass der Eisblock, auf dem Venegas stand, ganz wegzubrechen drohte. Nun stand die nackte Panik in Venegas' Gesicht; er versuchte noch, sich mit einem Sprung in Sicherheit zu bringen, doch sein jähes Abstoßen brach die letzte Barriere, und der Block löste sich endgültig.

Venegas geriet ins Wanken und stürzte, doch da er nur einen langsamen Satz nach vorn gemacht hatte, gelang es ihm, den Rand des Eisblocks zu umklammern, und er geriet lediglich brustabwärts unter Wasser.

Die eiskalte Nässe versetzte ihm einen Schock. Während er verzweifelt versuchte, sich aus dem Wasser zu manövrieren, gab Roman einen weiteren Schuss zwischen seine Hände ab. Ein Riss entstand, der aber nicht ausreichte, sodass Roman noch einmal direkt daneben feuerte.

Eis und Schnee stoben auf, und nun brach der Block ab. Venegas rutschte seitlich weg und geriet jetzt ganz unter Wasser, wobei er verzweifelt mit den Armen ruderte. Rasch tauchte sein Kopf wieder auf, und es gelang ihm schließlich, mit den Fingern Halt am nächsten festen Eisrand zu finden.

Roman begann zu verzweifeln. Da er eine achtschüssige Automatik benutzte, blieben ihm nur noch zwei Kugeln. Zu Anfang war es ihm als gute Idee erschienen, die Sache schlichtweg nach Ertrinken statt nach einem Mord aussehen zu lassen. Nun aber kamen ihm Zweifel. Allerdings sah er, dass eine starke Strömung an Venegas zerrte und der Mann es mit Sicherheit nicht mehr lange machen würde. Venegas hatte Schwierigkeiten, sich weiter Halt zu verschaffen, und sein Gesicht war bereits purpurrot vor Kälte und Anstrengung.

Erneut feuerte Roman. Ein eindrucksvoller Sprühregen aus Schnee stob empor, doch zu seiner Bestürzung hielt das Eis. Romans Herz hämmerte wie wild. Er musste näher herantreten, damit seine letzte Kugel zählte. Als er sich in Bewegung setzte, erhob Venegas flehentlich und verzweifelt seinen Blick zu ihm, als wüsste er, dass nun der Gnadenschuss kam.

Der neuerliche Einschlag trennte ein größeres Eisstück ab, und Venegas trieb mit ihm ab, wobei sein Körper rasch von der Strömung unter Wasser gezogen wurde.

Ein schwebender Moment entstand, in dem nur die glatte

Seeoberfläche zu sehen war, keine Spur von Venegas, während das leise Echo des Schusses noch immer nachhallte. Roman wollte sich gerade schon umdrehen, als er sah, wie sich eine Hand herausreckte und den vor ihm liegenden Eisrand umklammerte. Verzweifelt schaute er zurück auf das Ufer und Venegas' Seesack. Zu weit – bis er mit einem geladenen Revolver wieder hier wäre, hätte sich Venegas hochmanövriert.

Also blieb ihm nur eins. Er musste Venegas' Hand wegtreten, durfte aber dabei nicht riskieren, mit seinem ganzen Gewicht zu nahe an den Rand zu kommen. Hastig kroch er los, fast flach auf dem Boden liegend, und trat zu.

Venegas Hand hielt fest, sodass er abermals nach ihr trat. Nun löste sich sich, doch entsetzt bemerkte Roman, dass fast im gleichen Moment Venegas' zweite Hand auftauchte und sich festklammerte. Zugleich raubte ihm noch etwas anderes den Atem und ließ es ihm eiskalt über den Rücken laufen – knackend bildete sich seitlich von ihm ein meterlanger Riss. Eine plötzliche Bewegung, und der ganze Eisblock würde sich spalten! Bewegungslos verharrte er einige Sekunden; Furcht und Panik nahmen ihn in Beschlag und ließen ihn schwer atmen. Im gleichen Moment tauchte unter ihm Venegas' Gesicht auf, fast wie eine surreale Erscheinung, mit wilden, zu ihm hochstarrenden Augen. Als Roman sich konzentrierte, wurde ihm bewusst, dass seine vorherigen Bewegungen den Schnee an einer Stelle freigeräumt hatten und er nun direkt durch das Eis schauen konnte.

Einen Augenblick lang trafen sich ihre Blicke, wobei Venegas überrascht schien, Roman so dicht vor sich zu sehen, oder sich fragen mochte, warum Roman genauso panisch und verängstigt wirkte wie er selbst. Immerhin konnte Roman jetzt die ausweglose Lage, in der sich Venegas befand, gänzlich erkennen. Unbarmherzig zerrte die Strömung an ihm, sodass er fast waagerecht unter die Eisschicht gedrückt wurde; mit einer Hand klammerte er sich fest und versuchte sich zurückzuziehen.

Das konnte Venegas mit Sicherheit nicht mehr allzu lange durchhalten. Roman fragte sich, ob er einfach ruhig daliegen und zusehen sollte, wie die letzten Bläschen aus Venegas' Mund aufstiegen, oder ob er das Risiko eingehen und noch einmal nach ihm treten sollte, um ihm den Rest zu geben.

Venegas nahm ihm die Entscheidung ab, indem er, schon fast einen halben Meter unter dem Eis treibend, eine letzte verzweifelte Bewegung auf das Loch zumachte. Da trat Roman zu, einmal, noch einmal, bis Venegas' Griff sich endlich löste. Als Venegas' Körper unter ihm vorbeitrieb, grinste Roman und winkte, ohne zu wissen, ob Venegas seinen verwirrten, wässerigen Blick auf ihn gerichtet hatte oder nicht. Allerdings verging Roman das Lachen umgehend, als er das Eis erneut knacken hörte.

Hastig kroch er dem Ufer zu, vermochte sich aber, als der Block unter ihm aufbrach, nur knapp mit dem Oberkörper auf dem nächsten festen Eisrand abzustützen, während seine Füße vom Oberschenkel abwärts in das eiskalte Wasser glitten. Einen schrecklichen Augenblick lang befürchtete er, Venegas könnte seine Beine herabbaumeln sehen und sich daran Halt verschaffen. Schwer atmend schob er sich weiter vor, bis er mit dem ganzen Körper aus dem Wasser war und auf dem Eis lag.

Immer noch keuchend vor Anstrengung und dem Adrenalinschub rollte er sich zur Seite. Dann plötzlich brach er in Gelächter aus, ohne recht zu wissen, ob ihn der Gesichtsausdruck des unter ihm treibenden Venegas so amüsierte oder seine eigene haarscharfe Rettung. Es war ein anhaltendes, heiseres Gelächter, unterbrochen nur von seiner Bemühung, wieder zu Atem zu kommen, einziges Geräusch in der gespenstischen Stille der trostlosen Umgebung ringsherum, denn alle Vögel waren bei den Revolverschüssen in die nahe gelegenen Bäume aufgestiegen. Es klang unheilvoll und fehl am Platz. Ein einsamer Schrei des Triumphs.

9

»... Ich weiß.« Elena schirmte sich das andere Ohr gegen das dröhnende Motorengeräusch der Fähre ab, während sie in ihr Mobiltelefon sprach. »Aber wenn dieses Treffen gut läuft, besteht kein Grund, warum ich nicht morgen oder übermorgen losfahren könnte.«

Sie befand sich auf der kurzen Überfahrt von Studland nach Sandbanks. Am anderen Ende der Leitung war Shelley McGurran aus dem Londoner Büro der Hilfsorganisation.

»Das musst du aber doch gar nicht«, meinte Shelley. »Sarah war ganz glücklich damit, gezwungenermaßen den Transport zu übernehmen, und mittlerweile dürfte sie doch recht kompetent sein. Jedenfalls sind sie auf keinen Fall vor morgen spätabends in Bukarest.«

»Deshalb habe ich ja vorgeschlagen, dass ich morgen oder übermorgen losfahre – um dann dazuzustoßen.«

Shelley seufzte matt. »Also wirklich, Elena – ihr seid nicht alle beide nötig. Wenn doch, wäre ich die Erste, die es sagen würde. Außerdem, wo Sarah nicht hier ist, könnte ich deine Hilfe bei der PR und dem Auftreiben der Gelder brauchen.« Trotz ihrer vierzehn Jahre in London hatte Shelley immer noch einen warmen Dubliner Tonfall, fast maßgeschneidert für ihre momentane Aufgabe: beruhigend zu wirken.

Elena schwieg einen Moment. »Bist du sicher, dass sie es schafft?«

Erneut seufzte Shelley. »Wer weiß das schon? Ich hoffe es. Aber wenn nicht – irgendwann muss sie es ja lernen. Vergiss nicht, auf deiner ersten Fahrt musstest du auch gleich richtig ran.«

»Das ist wahr.« Eine kleine Organisation von nur vierzehn Personen, Fahrer inbegriffen, deren hehre Vorhaben eher von ewig wechselnden Dramen und Notfällen als von sorgsamer Planung geprägt waren. Ein endloser Kreislauf der Akquisition von Geldern, Transporten, bürokratischem Papierkram und dem Organisieren von Hilfsgütern und ein ständiges Auf und Ab von Terminen, die sich jeweils an den Notfällen orientierten, die am lautesten auf sich aufmerksam machten. Das war nun ein Grund für Elenas Besorgnis, dass nämlich ihr privates Drama mit Lorena schlichtweg ein Problem zu viel war, der Tropfen also, der das Fass zum Überlaufen brachte. Jemand anders musste für sie einspringen, deswegen hatte sie trotz Shelleys beruhigender Worte das Gefühl, sie müsse anbieten, es wieder gutzumachen.

Mehr als eine Woche war alles ruhig gewesen, dann rief Nadine Moore an und sagte, Barbara Edelston, ihre Vorgesetzte, habe um ein Treffen gebeten, bei dem auch Elenas Gegenwart erforderlich sei, *»um eine vollständige und akkurate Bewertung abgeben zu können«*. Nadine berichtete dies mit einem ironisch zweifelnden Unterton, als treffe es sie, dass ihre Anwesenheit sowie ihr Bericht, den sie gleich nach der letzten Begegnung mit Lorena eingereicht hatte und in dem sie ein psychologisches Gutachten befürwortete, nicht schon ausreichten. Elena, die nicht in die Animositäten der Behörden hineingezogen werden wollte, fragte daher bloß nach dem Grund der Verzögerung. Eventuelle Konsultation einer dritten Partei von Belang, etwa eines Psychiaters, äußerte Nadine, war sich jedoch nicht sicher.

Elena schaute auf ihre Uhr. Die frühere Fähre, die sie gern genommen hätte, hatte sie zwar verpasst, sie würde es aber mit maximal ein paar Minuten Verspätung trotzdem schaffen.

»Du kannst ja beim nächsten Mal nach Viorel und den anderen sehen«, sagte Shelley.

»Ja, gut.« Viorel war der Siebenjährige mit Meningitis, dem sie die halbe Nacht die Stirn gekühlt hatte, bis er wieder ans rettende Ufer zurückgekommen war. Elena war klar, dass Shelley es gut mit ihr meinte und sie lediglich beruhigen wollte. Doch Shelleys Worte dienten auch als Erinnerung: Sie brauchen uns, und zwar dringend. Ob es an den pulsierenden Vibrationen der Fähre lag oder der Tatsache, dass das kommende Treffen wohl endgültig Lorenas Schicksal entscheiden würde – jedenfalls wurde sie auf einmal nervös. Ein leiser Schauer überlief sie.

»Bloß keine Schuldgefühle«, sagte Shelley, als spüre sie, was in Elena vorging. »Betrachte das mit Lorena als Nachsorge. Wenn wir unser Leben in der Hoffnung verbringen, dass diese Kinder endlich ein sicheres, behütetes Zuhause finden, nur um dann festzustellen, dass ihnen noch immer Gefahr droht – dann verschwenden wir unsere Zeit.« Shelley holte tief Luft. »Ich meine es ernst, Elena – nichts wie ran. Und all die anderen abgenutzten Klischees, die hier zutreffen: kein Pardon geben, keine Gefangenen machen …« Shelleys plötzlich munterer klingende Stimme verlor sich, während Elena beobachtete, wie die vordere Rampe der Fähre nach unten ausklappte.

»Danke.« Vielleicht war Shelley bloß daran gelegen, dass es ihr gut ging, doch jetzt blieb keine Zeit mehr zum Diskutieren. Automotoren wurden gestartet, und alle machten sich zum Verlassen der Fähre bereit. »Ich rufe dich gleich danach an und sage dir Bescheid, wie es gelaufen ist.«

Barbara Edelston war Anfang Fünfzig, hatte hellbraunes, kurz geschnittenes Haar und war von untersetzter Statur. Sie war weniger streng und finster, als Elena befürchtet hatte, und lächelte sogar dann und wann. Allerdings konnte man dies nicht gerade als übermäßige Freundlichkeit auslegen, denn es war ein vages, herablassendes Lächeln, als ertrüge sie lediglich geduldig einen weniger Informierten.

Edelston spielte außerdem offensichtlich mit verdeckten Karten. Ihre zehnminütige Eröffnung lieferte Elena keinerlei Hinweise darauf, wohin die Reise ging. Zunächst zitierte sie die Eckpunkte in Nadines Bericht: Gründe der ersten Alarmmeldung, Zeitpunkt und Teilnehmer der beiden Besuche. Der einzige Hoffnungsfunke glimmte auf, als Edelston die Bemerkung machte, dass »Miss Moores Bericht tatsächlich deutlich und überzeugend für ein psychiatrisches Gutachten spricht«.

Bislang war es kaum um Elena gegangen. Jetzt aber wandte sich Edelston ganz ihr zu. »Wann sind Sie Lorena zum ersten Mal begegnet?«

»Vor etwas mehr als vier Jahren, im Februar fünfundneunzig. Sie war damals im Waisenhaus in Cimpeni.« Eine Heerschar von Kindern mit flehenden Gesichtern, doch an die großen, graugrünen Augen, mit denen sich Lorena einen Weg durch die Menge bahnte, konnte sich Elena noch immer lebhaft erinnern. Ein seltsam heiterer Blick, wenn man das Chaos um sie herum bedachte.

»Gab es bei ihr damals irgendwelche Anzeichen für geistige Umnachtung?«

»Sie meinen, ob sie schlecht träumte?« Elena fand es wichtig, die Begriffe genau zu definieren. Als sie zum ersten Mal nach Cimpeni gekommen waren, waren manche Kinder in einem erbärmlichen Zustand gewesen, waren ans Bett gefesselt oder monatelang ohne Licht in Kellerräume gesperrt worden, sodass sie sich nur noch hin und her wiegten und stöhnten. Lorena war einer ihrer hoffnungsvolleren Fälle gewesen. Elena schüttelte den Kopf. »Nein, als ich sie kennen lernte, war sie recht aufgeweckt. In Anbetracht der schrecklichen Umstände kam sie ganz gut zurecht und hatte meines Wissens auch keine schlechten Träume.«

Edelston hatte Nadines Bericht offen vor sich auf dem Schreibtisch liegen, daneben lag ihr eigenes Notizbuch. Sie warf auf beides einen kurzen Blick, als brauche sie Hilfestellung. »Und wann sind die Träume zum ersten Mal aufgetaucht?«

»Kurze Zeit nachdem das Waisenhaus in Cimpeni zugemacht und sie diese elf harten Monate in den Straßen von Bukarest verbracht hatte. Wissen Sie, im Winter haben die Kinder vor allem in der unterirdischen Kanalisation geschlafen, um sich warm zu halten.« Elena schaute einen kurzen Augenblick zu Boden und ballte bei der Erinnerung wütend die Fäuste. »Das haben wir uns oft vorgeworfen ...« Rasch ging Elena in die Details. Sie hatten nicht rechtzeitig erkannt, dass ein örtlicher Stadtplaner hinter dem Gebäude her war und die Kinder deshalb hastig in eine »vorübergehende Bleibe« transportieren wollte, ein heruntergekommenes Krankenhaus am Stadtrand von Bukarest. »Aber das war eine Clearingstelle für so viele andere Waisenhäuser und andere Kinder von der Straße, dass es völlig überfüllt war und es weder Essen noch Pflege gab. Eine einzige Krankenschwester fungierte als Aufseherin, und das auch nur tagsüber, schloss die Kinder lediglich ein und überließ sie nachts sich selber. Wir brauchten zehn Tage, um mobil zu machen und vor Ort zu sein; aber in einer dieser Nächte, zwei

Tage vor unserer Ankunft, brachen fast vierzig Kinder aus, im Glauben – wahrscheinlich mit Recht –, dass sie auf der Straße größere Chancen hatten, sich durchzuschlagen.« Elena schaute Edelston fest an, um ihr gegenüber so die stumme Bitte zum Ausdruck zu bringen: Schauen Sie doch nur, was sie bereits durchgemacht hat, lassen Sie nicht zu, dass sie noch mehr leidet. »Zu diesen Kindern gehörte auch Lorena, und ich habe sie erst wiedergesehen, als sie im Bukarester Waisenhaus Cerneit auftauchte – das wir ebenfalls unterstützen. Kurz danach begannen ihre Albträume.«

Edelston machte sich eine einzeilige Notiz, bevor sie wieder aufschaute. »Hatte sie damals psychiatrischen Beistand oder überhaupt jemals, bevor die Ryalls ihren Adoptionsantrag stellten?«

»Nein, hatte sie nie. Es war ja auch nicht gerade Frazierland, wir ...« Elena unterbrach sich abrupt. In Anbetracht der Probleme, die Kinder auch nur am Leben zu erhalten, geschweige denn ihre Psyche zu erforschen, kam ihr die Frage ziemlich lächerlich vor. Aber sie wollte keinesfalls herablassend klingen, denn das konnte ihre Chancen beeinträchtigen. Sie mäßigte ihren Ton. »Nun, es gab fast immer dringendere medizinische Notfälle, und die Mittel waren knapp.«

»Ich verstehe.« Edelston schien einen Augenblick unschlüssig, welchen Kurs sie einschlagen sollte. »Das heißt also, entsprechende Mittel vorausgesetzt, hätte Lorena zum damaligen Zeitpunkt wohl psychiatrischen Beistand bekommen.« Edelston wartete das stumme Nicken Elenas kaum ab. »Und als die Ryalls, die ja zweifellos über die entsprechenden Mittel verfügten und vermutlich ein starkes persönliches Interesse an Lorenas mentalem Gleichgewicht hatten, sie in Bukarest kennen lernten und den Adoptionsprozess in Gang brachten – wurde da ein psychiatrisches Gutachten empfohlen?«

»Nein, wurde es nicht.« Elenas Stimme verlor sich ergeben, und sie warf einen kurzen Seitenblick auf Nadine. Es war eine berechtigte Frage: Wieso erst jetzt ein Gutachten anfordern, wo Lorenas Träume doch schlimmer gewesen waren, bevor sie die

Ryalls kennen gelernt hatte? Kurz vor dem Meeting hatte Elena erstmals das deutliche Empfinden gehabt, dass Hoffnung bestand. Warum sonst hätte Edelston sie hierher bitten sollen? Falls Edelston beabsichtigte, das Ersuchen kurzerhand zu verwerfen, hätte sie das Treffen bestimmt mit Nadine allein durchgeführt und diese die schlechte Botschaft überbringen lassen. Weniger Konfrontation. Nun schien ihre Hoffnung gefährdet. Doch Elena hielt sich noch einmal vor Augen, dass dies Lorenas letzte Chance sein konnte. Und sie sollte verdammt sein, wenn sie zuließe, dass diese Chance mit schöntuerischem Lächeln, knappen, effizienten Kugelschreiberstrichen und einer sich nun verärgert hebenden Braue vertan würde, was im Übrigen eher blasiert und herausfordernd denn zweifelnd wirkte. Fast spürte sie noch immer, wie Lorena zitterte, als sie Hand in Hand gerannt waren ... *das Licht am Ende der Schlucht fern, unerreichbar.*

Elena holte Luft. »Ich glaube, bei vielen adoptierten Kindern in Lorenas Alter geht man davon aus, dass sie im Zusammenhang mit all dem, was zu ihrer Adoption führte, psychische Narben aus ihrer Vergangenheit zurückbehalten haben: Missbrauch durch ihre leiblichen Eltern, Tod aller Angehörigen oder Aussetzung bei Geburt und die langjährige Auseinandersetzung damit, dass sie im Gegensatz zu anderen Kindern keine Eltern haben und zu keiner Familie gehören. Bei rumänischen Kindern sind die schreckliche Not und das Elend der Waisenkinder in einem solchen Umfang bekannt geworden, dass diese Annahme noch stärker wird. Die Eltern wissen und akzeptieren, dass sie möglicherweise ein emotional geschädigtes Kind übernehmen, aber solange die Kinder körperlich gesund sind und ein zutrauliches Lächeln haben, machen sie sich normalerweise keine weiteren Gedanken.«

Die Augenbraue senkte sich wieder, und Elena rang sich ein etwas müdes Lächeln ab. »Ich glaube, es besteht immer die Hoffnung, dass die mit der Vergangenheit zusammenhängenden emotionalen Probleme erfolgreich verdrängt werden, wenn das Kind ein besseres Leben bekommt. Bei Lorena war das ja auch im ersten Jahr oder länger noch tatsächlich der Fall. Was nun Anlass zur Besorgnis gibt, ist die Tatsache, dass die Träume und die Erinnerungen aus ihrer schwierigen Vorgeschichte nach so langer Zeit wieder auftauchen, und auch die Umstände, unter denen sie zurückkehren, nämlich Mr Ryalls Besuche in ihrem Zimmer.«

»Ich weiß, ich weiß. Das verstehe ich.« Edelston nickte energisch. »Miss Moores Bericht bringt das, wie schon gesagt, äußerst klar und deutlich zur Sprache. Ich glaube aber, dass auch die Vorgeschichte hilfreich ist, die Sie mir geschildert haben. Ich wollte sichergehen, dass die Möglichkeit eines psychiatrischen Beistands nicht zu einem früheren Zeitpunkt schon verworfen worden ist und jetzt wieder aufkommt, als Trick sozusagen, um das Problem mit Mr Ryalls Besuchen in Lorenas Zimmer näher zu beleuchten. Im Grunde scheint es doch so, als passierte dort gar nichts, als geriete hier bloß ein in der Entwicklung begriffener Teenager in Verlegenheit, weil ein Erwachsener sie an einem Ort aufsucht, den sie zunehmend als ihre Privatsphäre betrachtet, ihr Schlafzimmer nämlich, und als ob alles andere sich ausschließlich in ihren Träumen abspielte.«

»Ich denke, der Hauptgrund für ein Gutachten ist die Tatsache, dass wir beides wirklich voneinander trennen müssen«, brachte Nadine vor. »Um zu erkennen, wo Lorenas Träume enden und wo die Wirklichkeit beginnt. Wahrscheinlich geschieht wirklich nichts, aber eine Analyse würde es Lorena erlauben, das ebenfalls so zu sehen. Sie könnte ihre Furcht begraben und wieder gut schlafen.«

»Ich verstehe. Ist das Ihr Eindruck?« Edelston lächelte gekünstelt. »Erinnern Sie mich daran, dass ich Ihr Psychologieexamen ausgrabe – es muss aus Ihrer Personalakte gefallen sein.« Während Nadine unterwürfig zu Boden schaute und rot anlief, bemerkte Edelston, dass Elena sich zunehmend empörte, und hob eine Hand. »Tut mir Leid, das war unnötig. Ich glaube jedoch, es ist wichtig, laienhafte Analysen zu vermeiden. Ich bin durchaus bereit, einem Gutachten zuzustimmen, wenn ich glaube, dass es gerechtfertigt ist und es, wie ich schon sagte, kein tiefer liegendes Motiv dafür gibt. Die Frage ist nur: Sind Sie beide fest und vorbehaltslos davon überzeugt, dass dem so ist?«

Elena war auf die jähe Wendung nicht vorbereitet. Plötzlich tauchte wieder ein Lichtschimmer auf. »Ja ... äh, natürlich. Es geht nur um Lorenas Wohl, um sonst nichts.«

Nadine, die sich nach ihrer Demütigung wieder sammelte, brauchte länger für ihre Antwort. »Ja, absolut.« Sie machte eine Handbewegung. »Wie ich es in meinem Bericht geschrieben habe.«

»Es hat also absolut nichts damit zu tun, etwas gegen Mr Ryall auszuhecken, nur weil Sie mit herkömmlichen Methoden nichts ans Licht bringen können?«

Edelston schaute erst die eine, dann die andere durchdringend an. Elena hörte die Alarmglocken läuten. Offensichtlich hatte die Frau Kontakt zu Ryall gehabt, und er hatte ihr seine Besorgnis kundgetan. Doch wenn sie nun einfach ihren Standpunkt behaupteten, musste ihnen das doch den Sieg bringen. Oder? »Nein. Unser Interesse geht ausschließlich dahin, dass Lorena ein für alle Mal ihre Albträume loswird.« Elenas Ton war bestimmt und entschlossen. »Und das fällt in den Bereich eines Psychiaters, nicht in unseren. Hoffentlich lösen sich dabei auch alle Sorgen auf, die sie in Bezug auf Mr Ryall hat.«

Nadine, die spürte, dass ihre Vorgesetzte irgendwo Blut gerochen hatte, war zögerlicher und nickte nur leicht.

Edelston schaute die beiden unverändert scharf an. Dann bildete sich bei ihr ein dünnes, selbstgefälliges Lächeln, als hätte sie gerade nach langer Jagd zwei auf Abwege geratene Kinder wieder eingefangen. »Ich freue mich, dass Sie sich beide so sicher in Bezug auf Ihre lauteren Absichten sind.« Sie griff nach einer Seitenschublade und holte einen kleinen Kassettenrekorder heraus. »Denn nachdem ich das hier gehört habe, bin ich alles andere als überzeugt davon.« Um ihren Worten Nachdruck zu verleihen, hielt sie den Finger einen Moment in der Luft, um dann erst die Starttaste zu drücken.

»Elena hat Recht, wir können nicht viel anfangen mit dem,

was wir haben. Aber wenn sich das alles nur in deiner Vorstellung abspielt, bleibt uns wenigstens der Trost, dass in Wirklichkeit gar nichts passiert. Du bist nicht in Gefahr.«

Elena merkte, wie ihr Magen absackte, als hätte sich unter ihr eine Falltür geöffnet. Ryall hatte ihr letztes Gespräch mitgeschnitten! Sie bekam weiche Knie, und ihr wurde schwindelig, ein Nebel vor ihren Augen drohte alles zu verdunkeln.

»An diesem Punkt scheinen Sie beide von allen guten Geistern verlassen worden zu sein«, hakte Edelston nach. »Dann kommt der Gegenschlag.« Ihr Blick ruhte unverwandt auf Elena.

»Falls etwas passiert, musst du es uns erzählen. Hat Mr Ryall mit dir geredet und dich gebeten, nichts zu sagen?«

»Darauf musst du keine Antwort geben.«

»Tut mir Leid. Sie wirkt einfach so durcheinander, und ich suche wohl mit aller Macht nach Gründen dafür.«

Merkliche Pause, dann ein erschöpftes Luftholen von Nadine. *»Bevor wir gehen – gibt es noch etwas, über das du mit uns sprechen möchtest, Lorena? Etwas, das uns deiner Meinung nach helfen könnte ...«*

Es folgte ein kaum hörbares »Nein, es ist okay« von Lorena, die sich dann anschließenden beruhigenden Worte von Elena übertönte Edelston. »Ein nobler erster Versuch, bis jetzt kein schwerer Regelverstoß ... An diesem Punkt sind wir wieder im grünen Bereich ..., bis wir dann aber ...« Edelston hielt die Hand hoch wie eine Dirigentin.

Auch ohne das kunstvoll vortragene Stichwort wusste Elena, was nun kam. Der Nebel vor ihren Augen drang tiefer und verursachte ihr Kopfschmerzen. Sie schloss die Lider und ergab sich dem letzten schwachen Licht in der Schlucht. Lorena war nun nicht länger bei ihr, sondern schaute verloren und verlassen aus ihrem Schlafzimmerfenster auf eine graue, verhangene See. Plötzlich bekam Elena weiche Knie und spürte, wie sie in dieser selbst auferlegten Dunkelheit ein wenig schwankte und ihr übel wurde.

»Wenn sich alles nur in Lorenas Vorstellung abspielt und,

wie Mr Ryall vermutet, sogar mit ihren anhaltenden Albträumen zu tun hat, sollten wir doch zumindest ein psychiatrisches Gutachten beantragen.«

»Das ist richtig. Aber im Moment haben wir für einen solchen Antrag nicht genug in der Hand. Wir könnten nur einen Vorschlag machen – die Entscheidung bliebe dann den Ryalls überlassen.«

»Ich verstehe. Aber wenn wir den Ryalls ein psychologisches Gutachten mit der Begründung schmackhaft machen, dass es wegen Lorenas anhaltenden Albträumen notwendig wäre, hätte er wenig Grund, Einwände dagegen zu erheben. Immerhin klagt er ja selbst ständig darüber, dass ihn die Träume spätabends in ihr Zimmer treiben. Falls er Einwände äußert, sähe das ausgesprochen verdächtig aus.«

Elena merkte, wie nun auch der letzte Funken Hoffnung zerstob. Am liebsten wäre sie jetzt auf Lorena zugegangen, um ihr zu erklären: *»Wir wollten dir helfen, aber letztendlich hat unser Eifer dir alles vermasselt. Tut mir Leid.«* Aber selbst diese Gelegenheit würde sich nie mehr bieten, denn nach diesem Vorfall würde man ihr jeden Kontakt mit Lorena verweigern.

Herausfordernd zog Edelston die Brauen hoch. »Also ... kein tiefer liegendes Motiv, behaupten Sie?«

Statt einer Antwort schaute Elena nur verlegen zu Boden. Auf dem Tonband legte Nadine Lorena gerade die Idee eines psychiatrischen Beistand nahe. Ihrer beider Position war unhaltbar, es gab kein rettendes Ufer mehr, auf das sie sich hätten zurückziehen können. Ryall hatte gewonnen. Es gab nichts mehr, was sie sagen konnten, um Lorena aus seiner Gewalt zu befreien. Von jetzt an würden sie nicht einmal mehr ahnen können, was sich hinter den hohen Toren abspielte, sondern konnten von Glück sagen, wenn sie Lorena überhaupt noch einmal zu sehen bekamen.

Roman schob die Kassette ein.

Wegen der ganzen Panik mit Venegas hatte er keine Gelegenheit gehabt, sich das Band eher anzuhören, und es fiel ihm auch jetzt erst wieder ein, als er vierzehn Meilen südlich des Lake Shawinigan auf den Freeway stieß. Ursprünglich hatte er vorgehabt, Venegas' Seesack auf einer Müllkippe in Lavalle zu entsorgen, hatte dann aber Bedenken bekommen, sie den ganzen Weg zurück in die Stadt zu transportieren: Was, wenn die RCs das mit dem Autowechsel spitzbekommen hatten und ihn auf dem Weg anhielten? Schließlich war er noch einmal vom Ufer aus losmarschiert und hatte den Seesack in das Eisloch geworfen.

Die Sache bescherte ihm nach wie vor Nervenflattern, und seine Hand zitterte, als er die Kassette einlegte. Zunächst waren die Stimmen undeutlich und beim Motorgeräusch und dem Trommeln der Reifen kaum zu hören. Er stellte den Ton ein wenig lauter, um dann aber festzustellen, dass es sich nur um das Rascheln der Laken und Donatiens Gemurmel handelte. Er verstand lediglich »*Nein … Es ist okay … Ich bin auf deiner Seite*« , alles andere ging unter. Dann platzte Simones deutliche Stimme herein: »*Georges … Georges. Alles in Ordnung?*« Roman stellte das Gerät wieder eine Idee leiser.

»*Nein, nein … Ich verspreche es, ich …*«

»*… alles in Ordnung? Du hast das ganze Bett durchgeschaukelt und geschrien.*«

»*Ich weiß, ich weiß. Tut mir Leid.*«.

Funicelli hatte ihm gesagt, dass der beunruhigende Teil gleich nach dem Zeitpunkt kam, als Donatien aus seinem Traum gerissen wurde. Bis dahin kamen nur Belanglosigkeiten. Er wurde ungeduldig, als er das Gerede über Terri Hatcher und Roseanne sowie Simones Bemerkungen über ihren Vater hörte, und wollte das Band schon weiter vorspulen, als die Worte kamen: »*Hör zu. An diesem Abend mit Roman und Leduc ist etwas passiert. Etwas, das ich offenbar nicht …*«

Roman zog die Hand wieder zurück. Ihr Zittern verstärkte sich nun noch. Als ein Lastwagen, der im Begriff war, ihn zu überholen, die Hupe betätigte, bemerkte Roman, dass er ein wenig von seiner Spur ausgeschert war. Er riss sich zusammen.

»*… das ich offenbar nicht überwunden habe. Vielleicht wie-*

derholt es sich ja deshalb ständig in meinen Träumen. Die Revolverschüsse, Leducs Körper, der wie eine Stoffpuppe zurückgestoßen wird. Sein Blut war überall ... überall. Ich spüre es immer noch klebrig auf meiner Haut, wenn ich nachts schwitze.«

»Du armer Kerl ... Da gibt es nur eins, was sich auf deiner Haut klebrig anfühlen sollte.«

Als das Rascheln der Laken und die Liebkosungen zu hören waren, hielt Roman das Band an und spulte es hastig wieder zurück. Funicelli hatte ihn zu Recht alarmiert. Am meisten beunruhigte ihn jedoch nicht, dass Donatien über jene Nacht mit Leduc redete, sondern das, was er nicht sagte. Roman fand die Stelle wieder und drückte auf Start.

»... mit Roman und Leduc ist etwas passiert. Etwas, das ich offenbar nicht ...

Alles lag in dem Schweigen zwischen den Worten: Donatien war im Begriff, es Simone zu erzählen, besann sich dann aber plötzlich eines anderen.

»... Etwas, das ich offenbar nicht ...«

Roman drückte auf Stop, spulte zurück, spielte die Stelle erneut ab, dieses Mal noch gespannter auf das dazwischenliegende Schweigen. Im Hintergrund war eine auf der Straße heulende Sirene zu hören, dann raschelten die Laken leise ... Doch Roman konzentrierte sich nun ausschließlich darauf, was in diesen wenigen Sekunden in Donatien vorgegangen sein mochte.

Er spielte die Stelle noch zweimal hintereinander ab, ein drittes Mal, als er den Stadtrand von Montreal erreichte. Es blieb wenig Zweifel: Donatien hatte ganz dicht davor gestanden, alles zu verraten. Dieses Mal hatte er, Roman, noch Glück gehabt. Aber was war mit dem nächsten, dem übernächsten Mal?

Als er die Anuntsic-Brücke überquerte, traf die schwach und dunstig durch die Pfeiler schimmernde Sonne auf den dünnen Schweißfilm auf seiner Stirn. Die Bürde jener Nacht belastete Donatien offenbar schwer, und früher oder später würde er plaudern. Das Problem war nur, dass die »Unfälle« bereits ausgereizt waren und er ohne Jean-Pauls Zustimmung nichts gegen

Donatien unternehmen konnte. Wie zum Teufel sollte er Jean-Paul bloß davon überzeugen, dass man seinen Goldjungen schachmatt setzen musste?

»*Nein, um Himmels willen, neiiin …*« Savards Schreie ließen die kleinen Lautsprecher des Kassettenrekorders klirren.

Georges schloss die Augen und stellte sich vor, wie Savard von dem Gebäude hinuntergeworfen wurde und im freien Fall hinabsegelte … Aber hatte es in den Nachrichten nicht geheißen, Savard sei erschossen worden? Vielleicht war dies einer der Fälle, in denen die Polizei Informationen zurückhielt, um zu erfahren, wann sie den richtigen Verdächtigen vor sich hatte? Einen Augenblick später folgte ein dumpfes Geräusch, dann wieder eine Stimme.

»Das war bloß die Generalprobe, Tony. Wenn du uns nicht verrätst, wo das Geld ist, machen wir Ernst.«

Chenouda starrte ihn gespannt an. Er hatte schon die ganze Zeit kaum den Blick von ihm gelassen, doch gab es, während das Band lief, bestimmte Momente, so wie jetzt, in denen er damit eine besondere Botschaft übermittelte: *Es ist ja nicht nur so, dass sie Savard ermordet haben, hör dir erst mal an, welchen Qualen er vorher ausgesetzt war.*

Zuvor hatten sie schon einmal die Klingen gekreuzt, als es auf dem Band hieß, Romans BMW sei aufgekreuzt, und Chenouda auf die Bedeutung dieser Tatsache hingewiesen hatte.

»Sehen Sie: clever. Er taucht zu spät auf, wohl wissend, dass alles schon vorüber ist – und hat dann auch noch die Stirn, seine Arme in einer Geste zu heben, die besagt: ›Ja, wo ist er denn?‹ Er weiß genau, dass er von einer Kamera beobachtet wird, und verschafft sich so automatisch auch noch ein Alibi.«

Georges protestierte und bemerkte dazu, allein dass Roman da war, hieße ja noch nicht unbedingt, dass er auch etwas mit dem Mord an Savard zu tun gehabt hatte.

»Dann verraten Sie mir eines: Wer wusste sonst noch von dem Treffen und hätte einen derartigen Hinterhalt legen können?«

Darauf hatte Georges keine Antwort parat. Den Rest der Bandaufzeichnung über verfiel er wieder in Schweigen. Die Sirenen, die nervenaufreibende Verfolgungsjagd, das hektische Hin und Her zwischen den Stimmen von Savards Entführern und dem Netzwerk der Polizei zerrten schon bald an Georges' Nerven. Er bemühte sich, die ganze Zeit ein Pokergesicht zu bewahren und seine Gefühle nicht allzu sichtbar werden zu lassen, doch es fiel ihm schwer. Die Finte, Savard angeblich von einem hohen Gebäude zu stürzen, war extrem beängstigend, und dann die furchtbare Spannung, als Savards Entführer darüber diskutierten, ob sie ihren Gefangenen woandershin schaffen sollten oder nicht, bevor sie am Ende beschlossen, ihn an Ort und Stelle zu erledigen. Dann das bedrohlich erwartungsvolle Schweigen, bei dem die Zeit stillzustehen schien, als die Revolver herausgeholt wurden. Dabei wurde sich Georges plötzlich jedes noch so kleinen Geräuschs in dem Einsatzraum bewusst: Chenoudas flacher Atem, sein Partner Maury, der auf einem Notizblock herumkritzelte, eine Uhr, die an der Wand am anderen Ende tickte. Als schließlich die beiden Schüsse und Chenoudas Schrei ertönten, war das für Georges ein spürbarer Schock.

Chenouda schluckte, wartete aber noch einen Augenblick, bis die knirschenden Schritte auf dem Schnee gänzlich verklungen waren, bevor er auf Stop drückte. Er hielt den Blick unentwegt auf Georges gerichtet.

»Ein toller Junge, Ihr Roman.«

»Mein Liebling ist er auch nicht gerade.« Georges war ein wenig heiser und versuchte seine Selbstbeherrschung wiederzufinden. Sein Magen war wie zusammengeschnürt, und das Gehörte hatte ihm regelrecht den Atem verschlagen. »Aber das heißt noch lange nicht, dass er mit so etwas zu tun gehabt haben muss.« Das war ein Bluff, denn seine Zweifel an Roman verstärkten sich schnell und heftig, doch war Chenouda der Letzte, dem er das verraten hätte. Er wollte jetzt nur noch raus hier, raus aus diesem klaustrophobischen Besprechungsraum, damit er seine wild kreisenden Gedanken ein wenig ordnen konnte.

»Hören Sie. Ich habe mir Ihr Band angehört – wie versprochen. Kann ich jetzt gehen?«

Michel gab keine Antwort. Stattdessen starrte er unverwandt durch Donatien hindurch. An seinen Mundwinkeln bildete sich ein leises Lächeln, als durchschaue er den Bluff. Nach einer Weile stand er auf und ging auf und ab. »Es gab einen besonderen Grund dafür, warum sich Savard an jenem Abend mit Roman treffen wollte. Sehen Sie, wir hätten auch schon mit dem, was wir bereits in der Hand haben, arbeiten können, mit Savards Aussage, dass Roman Leduc erschossen hat, während Sie dabei gleich neben ihm saßen. Aber Savard war ja selbst nicht im Wagen, als es passierte, und dann wäre da auch noch das Problem gewesen, sich gegen Romans nahe liegendes Plädoyer auf Notwehr zu behaupten. Es bestand die Gefahr, dass wir ihn nicht hätten einlochen können. Roman behauptete schließlich, Leduc hätte eine Waffe gehabt. Als Savard zum Wagen kam, lag sie dort drinnen auf dem Boden.« Vom Tischende aus schaute Michel Donatien fest an. »Aber Sie wissen das ja alles – Sie waren ja dabei, als es passierte.«

Georges schüttelte den Kopf. »Sie wissen, dass ich ohne meinen Anwalt nichts sage – so lautete unsere Vereinbarung.« Nach Unterstützung suchend schaute Georges Maury an. Der hatte seine Kritzeleien beendet und fing nun an, sich Notizen zu machen. Dabei gab es allerding kaum etwas zu notieren, denn Georges hatte nicht die Absicht, eine Aussage zu machen.

Sie saßen an einem nackten Kieferntisch mit sechs Stühlen. Das minimalistische Ikea-Design stand im Einklang mit den modernen, spartanischen Zügen des Dorchester Boulevard. Ein informelles Gespräch, das nicht aufgenommen würde, hatten sie zu Anfang vereinbart. Georges war auch darüber erleichtert, dass es keine Wandspiegel gab und ihnen niemand von einem anderen Zimmer aus zuschaute.

Michel stützte die Hände auf das Tischende. »Hauptgrund für das Treffen in jener Nacht war, dass Savard Roman aus der Reserve locken wollte, was den Revolver anging, versuchen wollte, ihm das Deckmäntelchen der Notwehr abzureißen. Savard war sich nämlich ziemlich sicher, dass Leduc an jenem Abend überhaupt keinen Revolver bei sich hatte.«

Georges senkte den Kopf, in der Hoffnung, sein Wimpernzucken und den Schatten, der ihm in diesem Augenblick über das Gesicht huschte, zu verbergen. Chenoudas Blick war durchdringend und verunsicherte ihn; er spürte, wie er brennend auf ihm lag, und vermutete, dass seine verunsicherte Reaktion wahrscheinlich Bände sprach.

»Aber das wissen Sie ja vermutlich auch«, half Michel ihm auf die Sprünge. »Denn Sie saßen ja gleich neben ihm.«

Georges stand auf. Dabei verursachte sein Stuhl beim Zurückschieben ein kratzendes Geräusch. »Ein Anwalt, Chenouda, ein Anwalt – oder ich gehe.«

Michel ignorierte den Einwand und legte noch einen Zahn zu. »Wissen Sie auch, warum sich Savard so sicher war, dass Leduc gar keinen Revolver hatte? Weil Savard, als Leduc in den Wagen stieg, sah, was der Mann in seiner Socke trug: ein Notizbuch, keinen Revolver. Ein schwarzes Notizbuch.«

Georges wünschte, er wäre nicht aufgestanden, denn nun bekam er plötzlich weiche Knie. »Tatsächlich?«, entgegnete er herausfordernd, doch sein bebender Unterton sprach der gespielten Courage Hohn. Chenouda ließ sich keine Sekunde zum Narren halten. Er wusste nicht nur Bescheid, sondern schien auch überzeugt davon zu sein, dass Georges ebenfalls im Bilde war. Es war zermürbend.

»Dann wäre da noch eine andere Sache hinsichtlich dieses Revolvers auf dem Boden.« Michel hob die Stimme. »Ein Smith and Wesson 6900. Nach Savards Erinnerung trug Leduc nie so einen Revolver. Dafür bevorzugt Roman ihn als kompakte Zweitwaffe.«

Georges schüttelte das leise Schaudern ab, das Chenoudas durchbohrender Blick bei ihm hervorgerufen hatte. Er hätte gar nicht erst mitgehen sollen, war in die Höhle des Löwen marschiert, in die Falle getappt. Er setzte sich wieder und stieß einen müden, ausgelaugten Seufzer aus. »Ich will jetzt gehen. So war das nicht ausgemacht. Ich sollte mir bloß Ihr Band anhören, Sie wollten mich angeblich vor einer Gefahr warnen, in der ich mich befinde – das war alles.«

»Ach ja – die Warnung.« Michel vollzog eine dramatische Handbewegung. »Glauben Sie wirklich, Roman wird Sie am Leben lassen, nachdem er sich die Mühe gemacht hat, sich aller anderen Zeugen jener Nacht zu entledigen? Sie stellen doch noch eine weit größere Gefahr dar als Tremblay oder Savard. Die beiden konnten ja nur bezeugen, dass Roman da war – Sie aber saßen direkt neben ihm.« Michel starrte ihn so lange an, bis die Botschaft übermittelt war. »Sie sind der Einzige, der weiß, dass es sich um kaltblütigen Mord, nicht um Notwehr handelte.«

Georges bettete den Kopf in eine Hand und massierte sich die Schläfen. An dem, was Chenouda sagte, war einiges dran, zu viel sogar, und die stummen Dämonen, die ihn seit jener Nacht in ihren Klauen hatten, lasteten nun noch schwerer auf ihm. Doch er wollte Chenouda nicht merken lassen, dass er einen wunden Punkt getroffen hatte, weil sonst die Gefahr bestand, sich noch tiefer in der Falle zu verheddern. Er wollte jetzt alleine und mindestens ein paar Blocks von hier entfernt bei einem kräftigen Kaffee oder etwas Stärkerem mit sich darüber ins Reine kommen, wo er stand. Dieses Mal machte er sich nicht einmal die Mühe, aufzuschauen. »Sie haben mir das Band vorgespielt, Sie haben mir Ihre Warnung vorgetragen – kann ich jetzt gehen?« Seine Stimme klang erschöpft und ausdruckslos.

»Kann ich jetzt gehen? Kann ich jetzt gehen?«, äffte Michel ihn nach. »Sie haben ja einen Sprung in der Platte, verdammt noch mal.« Er deutete mit der Hand zur Tür. »Klar doch, nur zu. Gehen Sie raus und lassen Sie sich von Roman umbringen.«

Georges schaute erst Chenouda, dann Maury an. Er konnte kaum glauben, dass man ihn jetzt so ohne weiteres gehen ließ. Schließlich erhob er sich unsicher. »Ich bin nicht davon überzeugt, dass Roman etwas mit Savards Tod zu tun hat. Ich fürchte, daher betrachte ich die Gefahr auch nicht im gleichen Licht, wie Sie es tun.«

»Nicht überzeugt?« Michel zog die Brauen hoch. »Ich dachte, ihr Banker wärt gerissene Kerle. Ach ja, eins habe ich noch vergessen …« Er hob die Hand. »Bald wissen wir mit Sicherheit, ob Roman etwas mit Savard zu tun hatte oder nicht. Das war übrigens der zweite Grund, warum ich Sie hergebeten habe.« Michel holte Luft und erklärte, dass Venegas von einer Überwachungskamera auf der Jaques-Cartier-Brücke identifiziert worden war und in diesem Moment nach ihm gefahndet wurde. Michel schaute auf seine Uhr: Es war nun fast eine Stunde her, dass sie in Venegas' Wohnung gewesen waren, zwanzig Minuten, seit sie Massenat in Romans BMW angehalten hatten. Chac und seine Leute parkten mittlerweile in Sichtweite von Venegas' Wohnung, und in der ganzen Provinz lief eine Fahndung. Wie lange mochte es dauern, bis er auftauchte? »Wir rechnen jeden Moment damit, ihn zu verhaften.«

Langsam setzte Georges sich wieder hin. »Und wenn Sie ihn haben – wofür brauchen Sie mich dann noch?«

»Ich will, dass Sie das hier als Ihre letzte Gelegenheit betrachten. Wenn Venegas singt, dürfte Roman für Savard *und* Leduc eingelocht werden – denn ohne den einen gibt es keinen Grund für den anderen. Und wir haben die Aussage von Savard auf Band, dass Sie direkt neben Roman saßen, als es passierte. Sobald wir Venegas also Handschellen anlegen, stehen Sie haarscharf davor, wegen Beihilfe zum Mord eingelocht zu werden.« Michel starrte ihn an, bis die Drohung angekommen war. Er sah, wie die Besorgnis in Donatiens Augen zunahm, bis es seinem Gegenüber unmöglich wurde, dem Blick standzuhalten. »Außer natürlich, Sie liefern uns vorher Ihre Version ab. Das ist Ihre Chance. Vielleicht Ihre *einzige*.«

Georges fuhr sich mit einer brüsken Handbewegung durchs Haar, bevor er Chenouda wieder in die Augen sah. »Jetzt befinden wir uns wieder auf anwaltlichem Terrain. Und wir hatten uns zu Anfang ja geeinigt, dass ich keine Antwort auf Fragen gebe, bei denen ein Anwalt nötig sein könnte.«

Michel ignorierte ihn, er spürte, dass er nahe daran war, Donatiens Widerstand zu brechen. Er musste die Schraube nur noch etwas weiter anziehen. »Ich könnte mich täuschen, aber ich glaube nicht, dass Sie bereitwillig mit Roman mitgegangen wären, wenn Sie gewusst hätten, dass er Leduc ermorden würde. Das entspricht nicht der Rolle, die Sie in der Organisation der Lacailles innehaben. Und Zeuge einer Notwehrhandlung zu werden, ist ja auch kein Vergehen. Aber da Sie stumm bleiben, riecht es für mich immer mehr nach Mord.« Michel machte eine einladende Handbewegung. »Wenn Sie reinen Tisch machen, sorge ich dafür, dass Sie noch nicht einmal in die Nähe einer Zelle kommen. Wenn nicht ...« Michel deutete mit der gleichen Hand ungewisse, beunruhigende Alternativen an.

Georges war es, als schnüre ihn der kleine Raum ein. Sein Puls raste, und er hatte einen Kloß im Hals, der ihm das Schlucken erschwerte. Es war nicht zu fassen, wie schnell sich nun alles gegen ihn gewendet hatte. Noch vor einer Stunde war er auf dem Weg ins Büro gewesen, und jetzt stand er nur noch einen Schritt von einer Gefängniszelle entfernt. Es hing lediglich davon ab, was er als Nächstes unternahm.

Michel spürte den in Donatien tobenden Konflikt wie Elektrizität in der Luft. Der Mann stand dicht vor dem Zusammenbruch. Ein einziger Anstoß noch, das sollte genügen. »Aber Sie müssen sich ja auch noch aus einem anderen Grund jemandem mitteilen, Georges. Jeden Augenblick, den Sie dieses Geheimnis für sich behalten, stellen Sie eine Gefahr für Roman dar. Er kann damit nicht so leicht leben. Wie lange, glauben Sie, wird er Sie damit leben lassen? Wenn das Geheimnis erst einmal gelüftet ist, hat sich auch dieses Problem erledigt. Sie wenden auf einen Streich die Gefahr für Ihr Leben und die der Gefängniszelle ab.«

Das war verlockend, musste Georges zugeben. Vorbei das doppelte Spiel mit Jean-Paul und der Frage, was Roman als Nächstes unternehmen würde, vorbei die nächtlichen Träume, in denen Leducs Blut an ihm klebte, vorbei die ... Plötzlich hielt Georges inne: *Jean-Paul!* Seine größte Sorge war die ganze Zeit sein Schuldgefühl gewesen, weil er die Sache Jean-Paul nicht erzählt hatte. Das hier würde jetzt aber nur einen weiteren Betrug an ihm darstellen. Er schuldete Chenouda das Gleiche wie Roman, nämlich gar nichts!

Georges schüttelte den Kopf. »Wenn es nur um Roman ginge, okay. Ich arbeite aber für Jean-Paul, nicht für Roman.« Georges spürte den rettenden Strohhalm fest in der Hand, merkte, wie sich seine geschundenen Nerven ein wenig beruhigten. »Ich werde nichts unternehmen, was das Vertrauen verrät, das Jean-Paul in mich setzt, und glauben Sie mir, es beruht auf Gegenseitigkeit. Selbst wenn ich Grund hätte, mich vor Roman zu fürchten, könnte er doch ohne Zustimmung von Jean-Paul nichts gegen mich unternehmen. Und die wird er nicht bekommen – weder jetzt noch irgendwann. Ich bin zwar dankbar dafür, dass Sie sich Sorgen um meine Sicherheit machen, aber danke, sie ist fehl am Platz.« Georges rang sich ein zögerliches Lächeln ab.

Michels Kiefer verspannte sich. Manchmal sah er in Donatien den unschuldigen Geschäftsmann, der im Wolfsbau der Lacailles gefangen war. Dann wieder, so wie jetzt, war er der aalglatte, blasierte Geldwäscher, der die schmutzigen Millionen der Lacailles versteckte und sich ins Fäustchen lachte, was die RCMP anging. Und wenn diese Sichtweise überwog, verärgerte sie Michel umso mehr, denn anders als Jean-Paul und Roman hatte Donatien die Wahl: Er stand außerhalb ihrer Welt und hatte eine hoch bezahlte, respektable Stelle bei einer Bank. Er hätte ihnen schlicht und einfach den Rücken zuwenden können.

Michel setzte ein höhnisches Grinsen auf. »Jean-Paul und Roman arbeiten jetzt seit über zwanzig Jahren Seite an Seite. Sie sind gemeinsam durch dick und dünn gegangen, haben sowohl ihren Vater als auch ihren jüngeren Bruder im Namen eines Verbrecherimperiums begraben, das nun schon zwei Generationen überstanden hat. Wenn es hart auf hart kommt, und das ist zu befürchten, meinen Sie wirklich, Jean-Paul würde sich dann auf Ihre Seite statt auf die von Roman stellen, nur weil Sie in den letzten Jahren gute Geschäfte gemacht haben und mit seiner Tochter zusammen sind?«

»Wir werden heiraten, falls Ihnen das noch nicht zu Ohren gekommen ist.« Georges klang entrüstet. »Aber bei Ihren ganzen Theorien hapert es doch an dem Punkt, dass die beiden gar nichts mehr mit Verbrechen zu tun haben.«

»Erwarten Sie von mir etwa, dass ich Ihnen das abnehme? Die Rocker bekommen nach wie vor ihre Lieferungen. Alles wie gehabt. Und es treten jede Menge alter Verbindungen der Lacailles in Aktion, zum Beispiel Leduc.«

»Das ist Cacchione oder ein neuer Einzelgänger. Vielleicht hängen ja sogar noch mehr Leute daran.«

Erneut blitzte Chenoudas höhnisches Grinsen auf. »Wir wissen doch beide, dass Medeiros mit Cacchione nichts mehr zu tun haben will. Und Transaktionen auf diesem Niveau vertraut er wohl kaum irgendwelchen Grünschnäbeln an. Er macht mit alten Freunden Geschäfte, und da Cacchione weg vom Fenster ist, bleibt nur noch die Familie Lacaille.«

»Sie wollen es einfach nicht kapieren, was? Deswegen haben sie mich doch ins Boot geholt. Um mit legalen Unternehmungen Geld zu machen, damit sie die illegalen nicht mehr nötig haben. Nachdem Pascal erschossen wurde, hat sich alles ...« Georges zögerte, und seine Stimme erstarb. Er ließ sich von Chenouda aus der Reserve locken und wagte sich in Gefilde, wo er besser den Mund hielt. »Hören Sie, wir haben über viel mehr gesprochen als vereinbart. Ich muss gehen.« Georges stand auf und lächelte verkniffen. »Noch ein bisschen legales Geld verdienen.«

Michel zuckte mit den Schultern. »Sicher doch. Sie können sich aber erst noch bei uns in einer Zelle ein bisschen die Beine vertreten, während wir Venegas schnappen. Dann können Sie gehen.«

»*Was?*« Georges' Stimme war ungläubig verzerrt. »Vorhin sagten Sie doch, ich könnte jederzeit gehen.«

»Ach, habe ich das? Tja, das ist das Problem, wenn kein Band mitläuft. Nie behält man im Kopf, was man gerade gesagt hat.« Michels Stimme strotzte vor Sarkasmus. Dann wurde sie plötzlich leise und bedrohlich. »Sie wollen uns wohl auf den Arm nehmen. Sie wissen jetzt, dass wir hinter Venegas her sind. Sobald Sie hier raus sind, könnten Sie Roman anrufen und unseren Einsatz ruinieren. Falls Sie einen Anwalt benachrichtigen wollen, nur zu. Aber der wird Ihnen auch nur das Gleiche erzählen: Nach Paragraf 359 dürfen wir jemanden bis zu zwölf Stunden festhalten, wenn ein Einsatz gefährdet ist.«

»Chenouda, Sie Mistkerl.« Georges starrte ihn an. »Das haben Sie die ganze Zeit schon vorgehabt. Es war eine abgekartete Sache.«

Michel trat näher an ihn heran. »Nein. Ich habe Sie einkassiert, um Ihre Haut zu retten, was Roman angeht. Nur scheinen Sie das nicht zu würdigen. Außerdem ist das jetzt Ihre letzte Chance, sich eine Anklage wegen Beihilfe zum Mord vom Hals zu halten. Wenn wir Venegas erst einmal hinter Schloss und Riegel sitzen haben, ist die Chance vertan. Also haben Sie jetzt ein bisschen Zeit, darüber nachzudenken, ob es vielleicht doch klüger wäre zu reden.«

Georges erwiderte Chenoudas Blick. Die nervliche Anspannung schlug ihm heftig auf den Magen und schnürte ihm die Kehle zu. Sein erster Impuls war es, weiterhin Widerstand zu leisten. Doch die Achterbahnfahrt der letzten halben Stunde hatte seine Kräfte aufgezehrt; die Situation schien fast zu surreal für einen Kommentar. Am Ende brachte er lediglich matt hervor: »Das ist ja lächerlich« und stieß eingeschnappt den Atem aus. »Wann rechnen Sie denn damit, Venegas zu verhaften?«

Michel wandte sich ein wenig von ihm ab. »In einer halben Stunde. Vielleicht ein, zwei Stunden. Wer weiß das schon?«

Bei der Vorstellung, stundenlang in einer Gefängniszelle zu sitzen, ließ Georges die Schultern sacken. »Das haben Sie die ganze Zeit schon gewusst«, zischte er. »Sie haben gewusst, dass …«

»Dafür haben wir jetzt keine Zeit«, unterbrach ihn Michel barsch und hob die Hand. »Ich habe einen Einsatz laufen, dem ich mich jetzt wieder widmen muss. Ich kann Ihnen nur raten, Ihre Zeit zu nutzen und noch einmal darüber nachzudenken, ob es sich lohnt, für die Lacailles eine Anklage wegen Beihilfe zum Mord in Kauf zu nehmen.« Er starrte ihn ein letztes Mal an, bis sein Gegenüber begriffen hatte. Trotzdem war er sich immer noch nicht sicher, ob er Zugang zu dem Mann gefunden hatte oder nicht.

Erneut trug er Donatien dessen Recht vor, sich einen Anwalt zu besorgen. Doch der gab nur trotzig zurück: »Wenn ich doch nicht rede, was soll es dann?«, bevor Maury ihn abführte.

Michel nahm in dem nun stillen Verhörzimmer langsam wieder Platz. Der Schlagabtausch hatte ihn ermüdet. Ein wenig Zeit in der Zelle würde Donatiens Entschlossenheit hoffentlich aufweichen. Er würde einen Vorgeschmack darauf bekommen, wie die nächsten Jahre aussehen konnten, wenn es hart auf hart für ihn kam. Dann würde er schon umkippen.

Die Gegenüberstellung hatte ihm zwar einen näheren Begriff von Donatien vermittelt, doch sicher war er sich immer noch nicht. Unschuldiger Geschäftsmann oder aalglatter Geldwäscher? Vielleicht würden die nächsten Stunden, in denen Donatien sich in Reichweite, in einer Zelle hier im Gebäude unter ihm befand, beiden Klarheit verschaffen.

Elena starrte über die Reling in das aufgewühlte Wasser.

Leichter Nebel trübte den Blick auf die Küstenlinie am anderen Ende des Hafens von Poole und die offene See in ihrem Rücken. Die kurze Überfahrt hatte Freiheit für sie beide symbolisieren sollen, Flucht vor der Verrücktheit der Außenwelt. Doch jetzt kam es ihr vor, als wären sie nur vor der Wirklichkeit geflohen und als hätte sich der Schleier gelüftet und bloßgelegt, wie sehr sie ihr halbes Leben verschwendet hatte.

Elena hatte Edelston gegenüber protestierend eingewandt, schon allein die Tatsache, dass Ryall ihren letzten Besuch auf Band mitgeschnitten hatte, beweise seine Schuld. Edelston war anderer Meinung. Ryall habe den Verdacht, dass Lorena beschwatzt werden solle, etwas zuzugeben, das gar nicht geschehen war, sondern nur in ihren Träumen existierte, und das Band habe diesen Verdacht bestätigt.

Schließlich hatte Elena einen letzten, verzweifelten Versuch unternommen. »Darin lag ja unsere Hoffnung, ein psychiatrisches Gutachten zu empfehlen. Damit würden sich die Träume von der Wirklichkeit trennen lassen und jeder Zweifel wäre ein für alle Mal ausgeräumt.«

»Mag sein. Aber durch Ihren Übereifer und Ihre Grenzüberschreitung ist diese Chance nun vertan, fürchte ich.«

Sie schüttelte den Kopf. Nun gab es nichts mehr, was sie für Lorena hätte tun können. Sie wusste nicht, ob das bleierne Gewicht, das ihre Schultern herunterdrückte, an ihrem Schuldgefühl lag oder an dem Gefühl, überflüssig und hilflos zu sein. War es auch schon zu spät, sich selbst zu retten?

Als sie das erste Mal die Überfahrt mit der Fähre gemacht hatte, war sie in Gesellschaft ihrer Eltern und ihres jüngeren Bruders gewesen. Sie war erst acht Jahre alt gewesen und hatte sich vorgestellt, in ein magisches, mystisches Land zu segeln, und der schmale Streifen Meer trenne sie von einer anderen Welt. Als sie die Schlucht entdeckt hatte, war der Tag nur noch magischer geworden. Ihre Eltern hatten sich am Strand gesonnt, und sie war tief hineingegangen, außer Sichtweite, und umschlungen von der kühlen, schattigen Umarmung der Schlucht hatte sie jedes Zeitgefühl verloren, hatte sich neben den sanft dahinplätschernden Bach gesetzt, neugierig beäugt von einem Eichhörnchen, das auf einem Ast in der Nähe saß und an einer Beere knabberte. Sie war fast eine Stunde weg gewesen, und als sie wieder auftauchte, hatten die Eltern mit ihr gescholten. Sie hatten verzweifelt nach ihr Ausschau gehalten, besorgt, sie könne ertrunken sein. Am zornigsten war ihr Vater gewesen, dessen Wut schließlich überschäumte. Bevor ihre Mutter einschreiten konnte, versetzte er ihr einen Hagel immer festerer Schläge auf das Hinterteil. Das war nur einer der vielen Ausbrüche von Vaters immerzu finsterem, brodelndem Naturell. Sie und ihr Bruder verbrachten ihr halbes Leben in der Furcht, es zu provozieren.

Vor fünfzehn Jahren hatte sie die Überfahrt das erste Mal mit Gordon unternommen. Sie waren erst drei Monate zusammen gewesen, hatten es sich aber zur Gewohnheit gemacht, jedes freie Wochenende in den Sommermonaten hinüberzufahren. Gordon arbeitete damals im Bankenviertel von London, und für ihn bedeutete die kurze Überfahrt die Ablösung vom verrückten Trubel der Finanzmärkte, die ihn die ganze Woche in Beschlag nahmen. Ein Jahr später waren sie verheiratet und kauften sich ein Wochenendhäuschen in Chelborne, nur zwei Meilen von ihrem jetzigen Haus entfernt.

Vor sechs Jahren hatte Gordon dann einen Herzinfarkt gehabt. Daraufhin beschloss er, der Londoner Finanzwelt den Rücken zu kehren, und beide kamen überein, sich dauerhaft in der Gegend niederzulassen. Sie hatten bei örtlichen Maklern angefragt, und vier Monate später lagen Details des Hauses mit Blick auf die Schlucht in ihrem Briefkasten. Während der Renovierungsarbeiten blieben sie in ihrem Wochenendhäuschen wohnen; Gordon begann von zu Hause aus als Investmentbroker tätig zu werden, arbeitete für eine handverlesene Reihe alter Kunden, zu denen sich nach und nach neue aus der Gegend gesellten. Auch sie verlagerte ihr Londoner Arbeitspensum zur Hälfte an den heimischen Schreibtisch und Computer. Wenn sie gerade nicht in einem Flugzeug oder einem Lastwagen Richtung Osteuropa saß, verbrachte sie die meiste Zeit am Telefon, sodass es kaum einen Unterschied machte, ob sie sich nun in London oder in Dorset aufhielt.

Gordons Einkommen reduzierte sich zwar auf weniger als die Hälfte, doch der Verkauf ihres Londoner Hauses hatte ihnen ein gesundes finanzielles Polster beschert. Wichtiger noch, Gordon fühlte sich glücklicher, weniger gestresst, und beide hatten mehr Zeit, die sie miteinander und mit den Kindern verbringen konnten.

Elena schüttelte den Kopf. Jeder Abschnitt in ihrer beider Leben wirkte sorgfältig geplant und eingeteilt – nur dass ihres eben zur Hälfte eine Lüge gewesen war. Und diese Lüge lebte sie nun schon so lange, dass sie sich nicht überwinden konnte, Gordon die Wahrheit zu erzählen; sie würde ihn damit tief verletzen und womöglich einen weiteren Herzanfall auslösen. Nein, dies war etwas, das sie allein, insgeheim durchstehen musste.

»Christos Georgallis …« Fast beschwörend murmelte sie den Namen vor sich hin, bevor ihn die stete Brise verschluckte, die in den Hafen von Poole wehte. Neunundzwanzig Jahre war es her. Wo er jetzt wohl sein mochte? Sie hatte ihm so viel zu erzählen: dass sie nie aufgehört hatte, an ihn zu denken, dass sie ihn immer geliebt hatte und dass es ihr Leid tat, so Leid … Als ihr die Tränen kamen, presste sie die Augen fest zusammen. Oh Gott, wie tat es ihr Leid.

Doch vor allem fragte sie sich, ob sie ihn jemals würde finden können. Angesichts der Tatsache, wie bedacht ihr Vater darauf gewesen war, ihn für immer außer Sicht- und Reichweite zu bringen, war es nicht sehr wahrscheinlich.

10

»Sie hatten angerufen?« Roman zog sich den Kragen hoch. Der eisige Wind schien sogar durch das Glas des Telefonhäuschens zu dringen. Die Nummer der zwei Blocks vom Hauptquartier der RCMP entfernten Telefonzelle war auf dem Zahlendisplay seines Apparats zu Hause erschienen.

»Ja, habe ich.« Die Stimme am anderen Ende war ausdruckslos und kühl. Der Mann brachte nicht zur Sprache, dass er es sogar dreimal versucht hatte, und ließ auch nicht durchblicken, warum es so dringend war. Wie von Anfang an vereinbart, durfte Roman ihn nur im Notfall zu Hause anrufen, und sie durften über diese Leitung nichts austauschen, das belastend sein konnte.

»Sie können mich unter folgender Nummer zurückrufen …« Roman las die Nummer auf dem Telefon vor.

»Ja … alles klar.«

Die Leitung erstarb, und während er auf den Rückruf wartete, stampfte Roman mit den Füßen und blies sich in die Hände. Es dauerte etwas länger als gewöhnlich.

»Ich benutze mittlerweile die Telefonzelle einen Block weiter von zu Hause entfernt – falls sie geschnallt haben, dass ich von der nächstgelegenen Zelle aus anrufe«, erklärte der Anrufer.

»Okay. Wo brennt's denn? Was ist passiert?« Romans Stimme klang ungeduldig. Die Warterei in der Kälte sowie das Nacht-und-Nebel-Prozedere erhöhten seine Nervosität.

»Es geht um Donatien. Er war heute bei uns auf der Hauptwache und wurde von Chenouda verhört ...«

Während die wenigen Einzelheiten ans Licht kamen, die er mit seinen abgehackten Fragen herausholen konnte, spürte Roman, wie die Kälte stärker von ihm Besitz ergriff. Um wie viel Uhr? Wie lange? Um was ging es?

Wenig später raste er seinem Bauchtanzklub an der Rue Sherbrooke zu. Er hatte Funicellis Auto behalten, um sich den Stress zu ersparen, von der RCMP angehalten und ins Verhör genommen zu werden. Er schwenkte jäh an die Seite, kam mit quietschenden Reifen zum Stehen, stieg aus und schmetterte die Wagentür hinter sich zu. Bis jetzt hatte er seine Wut und seine Frustration nur an Gegenständen ausgelassen, hatte nach dem Auflegen die Hand gegen das Glas der Telefonzelle geknallt und beim Fahren wiederholt mit der Faust auf den Lenker geschlagen. Doch wehe, wenn jetzt der Türsteher oder einer der Angestellten auch nur einen falschen Ton von sich gäbe – dann würde er ausrasten.

Doch beim Hereinkommen erntete er nur Lächeln, Nicken und herzliche Begrüßungen. »Bon soir, Monsieur Lacaille. Ça va?«

Azy, der Barchef, warf Roman ein breites karibisches Grinsen entgegen, als der sich auf einem der Hocker niederließ.

»Was darf es sein, Boss?«

Roman stützte sich mit beiden Armen am Tresen ab und stieß einen übertrieben entnervten Seufzer aus. Azys Lächeln konnte man nur schwer widerstehen, doch Roman brachte nicht mehr als eine matte Grimasse auf. »Das übliche Scheißgift. Einen dreifachen.« Roman schaute sich um. »Yves nicht da heute Abend?« Als Geschäftsführer, der zwischen ihren drei Klubs und dem Restaurant hin und her pendelte, war Yves höchstens zwei Abende die Woche hier.

»Nein. Er meinte, er käme morgen Abend gegen neun vorbei.« Fast ohne hinzuschauen, wählte Azy die Flasche aus und fülle einen großen Kognakschwenker zu einem Drittel mit Hine. »Gibt es was zu feiern?«, erkundigte er sich.

»Zu feiern?« Spöttisch hob Roman die Brauen. Er nahm das Glas und trank einen Schluck. »Nee. Bloß um das Eis zu brechen.« Das Bild des unter dem Eis davontreibenden Venegas ließ ihn innerlich grinsen. Das war das Einzige, was an diesem Tag geklappt hatte. »Draußen friert einem der Arsch ein.«

Azy, dem die verborgene Anspielung entging, hielt sein angedeutetes Grinsen aufrecht, während er die Flasche zurückstellte. Die Lichter und Spiegel hinter ihm hoben seine blauen Augen hervor. Er war das Produkt eines jamaikanischen Vaters und einer Mutter aus Quebec, und in der Belegschaft kursierte der Witz, geschürt durch Gerüchte aus der Umkleide, er hätte die Augen seiner Mutter und den Schwanz seines Vaters geerbt. Doch Azy war wegen seiner guten Kleidung und seines guten Drahts zu den Gästen eingestellt worden, und weil er sich mit praktisch jedem bekannten Cocktail zwischen Maine und Shanghai auskannte. Er war gerade dreißig geworden und hatte Dreadlocks, die ihm wie tote Spinnen an seinem kaffeebraun getönten breitwangigen Gesicht herabbaumelten; seine Kleidung war immer hip und stilvoll, und er war bei den Mädchen beliebt – normalerweise war er bei ihnen erste Wahl, wenn es Probleme gab, ob innerhalb oder außerhalb des Klubs.

Roman schwenkte sich herum und warf einen Blick durch den Raum: Amy, Chantelle, Janine, Lucy, dann ein neues Mädchen, das er nicht kannte. Er hielt insbesondere nach Viana Ausschau und entdeckte sie schließlich im gedämpften Licht auf der gegenüberliegenden Seite, wo sie für einen Kunden tanzte. Er würde warten, bis sie fertig damit war, und sie dann zu sich rufen. Kurz nach halb zehn war der Klub fast halb voll, das war nicht schlecht für einen Wochentag.

Ursprünglich hatte er daran gedacht, nach der Sache mit Venegas auf einen kleinen Siegestrunk hierher zu kommen. Nachdem er mit knapper Not davongekommen war, hätten ihn die heiße Glut eines Drinks im Magen und eine heiße Muschi auf dem Schoß daran erinnert, wie schön es doch war, am Leben zu sein. Doch nach dem Anruf von vorhin war es jetzt bloß noch ein Ort, wo laute Musik und geschmeidige Körper ihm dabei halfen, den Wahnsinn des Tages zu ertränken.

Drei Stunden? Drei beschissene Stunden? Ungläubig hatte er die Frage gleich zweimal gestellt, als er erfahren hatte, wie viel Zeit Donatien auf der Hauptwache der RCMP verbracht hatte. Sein Kontaktmann hatte ihn versöhnlich stimmen wollen, indem er zum Ausdruck brachte, er glaube nicht, dass es um etwas besonders Dramatisches gegangen sei, da er sonst mittlerweile davon gehört hätte, doch er werde ihm in jedem Fall morgen noch einmal Bescheid geben.

Drei Stunden? Nicht viel besprochen? Ha! Wen wollte er denn damit auf den Arm nehmen? In einer solchen Zeitspanne hätte Donatien auch noch die letzte Kleinigkeit über die Lacailles ausspucken können, zum Beispiel die Schuhgröße jedes Familienmitglieds, und ganz sicher war die Nacht, als Leduc draufging, vorrangiges Gesprächsthema gewesen.

Mit einem Mal stieg Roman die Hitze in Gesicht und Nacken, und er lockerte sich den Kragen. Sie konnten jeden Moment in einem Streifenwagen zu ihm unterwegs sein. Oder arbeiteten sie im Hinterzimmer noch an einer endgültigen Strategie und waren mit juristischem Papierkram beschäftigt? Aber wenn mittlerweile die Staatsanwaltschaft eingeschaltet war, hätte doch wohl sein Kontaktmann davon Wind bekommen. Hastig trank er einige Schlucke Brandy, kippte den Rest dann in einem hinunter und bestellte sich erneut einen Dreifachen.

Ein erster Schatten der Besorgnis legte sich über Azys Lächeln, als er beim Einschenken bemerkte, wie aufgedreht Roman war: Sonst hielt er sich fast eine Stunde an einem einfachen Brandy fest.

Den nachgeschenkten Drink kippte Roman ein wenig langsamer herunter, schwenkte nach einer Viertelstunde noch immer ein Drittel davon auf dem Boden des Glases herum. Sein Kiefer verspannte sich jedoch immer mehr, als er bemerkte, dass Viana einen Song nach dem anderen für den gleichen Kunden tanzte. Der Kerl belegte sie ja den halben Abend mit Beschlag –

wann würde er, Roman, eigentlich mal eine Chance bekommen, kurz bei ihr vorbeizuschauen? Als er meinte, dass sie zu ihm herübersah, hob Roman zur Begrüßung die Hand und warf ihr ein Lächeln zu, doch in der Dunkelheit des Klubs war es schwer zu sagen, ob sie ihn nun tatsächlich bemerkt hatte oder nicht.

Als der nächste Song begann, »Kiss« von Prince, und sie erneut Hüfte und Bauch wand, kippte Roman den Rest seines Drinks hinunter. Jetzt reichte es aber. Nun würde er dem Kerl bedeuten, sich zu verdünnisieren und sein Glück bei einer anderen Pussy zu versuchen. Doch nachdem er sich zwei Schritte vom Barhocker entfernt hatte, bemerkte er, dass sie sich wieder zurück in ihren Tanga wand. Dann kam ihr enger schwarzer Satinrock an die Reihe, glitt quälend langsam die Schenkel hoch. Es war ein umgekehrter Strip.

»Der Kerl kommt zweimal die Woche«, ertönte hinter ihm Azys Stimme. »Jedes Mal das Gleiche – acht oder neun Songs, es hört so auf, wie es angefangen hat. Immer mit Viana.«

»Ja. Jedem das Seine.«. Roman nahm wieder auf dem Barhocker Platz. »Gib mir in der Zwischenzeit noch einen Großen und Viana das, was sie möchte.«

Mittlerweile machte sich Azy ernsthaft Sorgen. So viel und so schnell hatte er Roman noch nie trinken sehen. Doch hinter Romans leicht glasigen Augen lag etwas Brodelndes, das ihn davon abhielt, den Mund aufzumachen. Einfach einschenken. Lächeln. Dafür wurde er ja schließlich bezahlt, obwohl ihn die Gäste oft auch noch für eine Art Sozialberater hielten. Kein Problem, so lange die Rollen nicht vertauscht wurden.

Viana drückte ihrem Kunden einen flüchtigen Kuss auf die Wange, nahm sein Geld entgegen und kam dann mit breitem Grinsen auf ihn zu.

»Tut mir Leid, Roman. Manche Leute scheinen ein Monopol auf mich anmelden zu wollen.«

»Ja, ja. Schon gut.« Roman verdrängte den Gedanken, sie mit anderen teilen zu müssen. Er machte eine Geste mit der Hand. »Das war vielleicht ein Tag für mich. Ich brauche jemanden, der sich ernsthaft um mich kümmert.«

Sie verlagerten ihren Standort um ein paar Schritte seitlich von der Bar, wo das Licht gedämpfter wurde. Viana nahm Platz und trank rasch einen Schluck Cola. Die Mädchen durften in der Regel nur Softdrinks zu sich nehmen, außer in der letzten Stunde, wo sie die Wahl zwischen Wodka und Champagner hatten, was beides nicht zu einer Alkoholfahne führte. Viana befeuchtete sich die Lippen, stellte ihr Glas ab und spreizte aufreizend die Beine. Dabei legte sie ein in verheißungsvolle Richtung führendes Stück ihres gebräunten Oberschenkels frei.

»Also, Romy, wie ist es dir ergangen ... seit letzter Woche?«

»Frag nicht. Scheiße noch mal, frag bloß nicht.« Roman schüttelte den Kopf, hatte aber Mühe, seinen Blick von ein und derselben Stelle loszureißen: Ihr Tanga bedeckte ihre sauber rasierte Vulva nur notdürftig, und Roman hätte schwören können, dort bereits eine Spur Feuchtigkeit auszumachen. Oder war das Schweiß nach dem vielen Tanzen?

»Du wirkst müde ... echt müde.« Sie stand auf und fing an, sich im Takt von »Constant Ariba« zu wiegen, das gerade lief. »Entspann dich einfach ... entspann dich.«

Roman spürte, wie das Eis des Sees und die Beklemmung in seiner Brust, hervorgerufen durch das neuerliche Problem mit Donatien, sich allmählich lösten und von ihm abfielen. Vianas Lächeln, der neckische Ausdruck ihres Mundes und ihrer Augen, ihre kaffeebraune, unter einem dünnen Schweißfilm glänzende Haut verströmten eine Hitze, die ihn durchdrang und jedes Nervenende berührte. Sie war hinreißend. Als exquisiter Cocktail aus Haiti, Libanon, Quebec und Italien mit dunklem, ihr halb über den Rücken fallendem Kraushaar und braunen, einem Bett von herbstlichen Blättern gleichenden Augen, war sie von allen Mädchen mit Abstand diejenige, die Roman bevorzugte. Ihre Kokainsucht hatte mit dazu beigetragen, so etwas wie eine Beziehung zwischen den beiden aufzubauen. Er hätte sich allerdings auf jeden Fall für sie entschieden, denn sie war den anderen um Lichtjahre voraus. Ein Naturtalent.

Als Nächstes kam der Tanga an die Reihe. Sie lehnte sich nach hinten, während sie ihn langsam auszog, um dann auf ihrem Hocker herumzuschwenken und auf dem gegenüberliegenden Platz zu nehmen. Dort lehnte sie sich zurück, hob die Beine, spreizte sie weit auseinander und ließ die Hände langsam von ihren Fußknöcheln hinabgleiten. Als die Hände dicht vor ihrem Ziel angelangt waren, hielt sie inne, als wolle sie sicherstellen, dass sich Roman auch ganz auf das konzentrierte, was sie mit ihren Händen einrahmte. Dann zog sie sich langsam ihre Lippen auseinander und gewährte ihm einen Blick auf ihre rosafarbene Feuchtheit. Aufreizend schob sie sich schließlich einen Finger hinein.

Roman schauderte und schloss die Augen. Ein Naturtalent.

Doch als er die Augen wieder aufmachte, bemerkte er, dass Vianas vorheriger Kunde von der Bar zu ihnen herüberschaute, wobei seine Brille mit Stahlfassung das Licht der Reflektoren widerspiegelte. Dass Viana einem anderen eine solch gute Show hinlegte, schien ihn irgendwie zu irritieren, als gäben ihm die zahlreichen Tänze für ihn einen Besitzanspruch. Er sah aus wie ein Yuppiebanker oder ein Wirtschaftsprüfer und erinnerte Roman plötzlich an Donatien, der sich so schnell die Gunst von Jean-Paul erworben und ihn selbst an den Rand des geschäftlichen Geschehens gedrängt hatte. Kaltgestellt, praktisch. Er starrte in Richtung Stahlbrille und dachte: Dir werde ich zeigen, wer hier das Sagen hat.

Mittlerweile lief »I'm Every Woman«. Nun drehte sich Viana um, bückte sich tief und zog ihre Pospalte auseinander, während sie für ihn schlängelnde Bewegungen vollführte.

»Ja, das ist es, Puppe ... zeig mir, was du hast.« Tatsächlich jedoch grinste Roman herausfordernd in Richtung Stahlbrille, um dann Vianas Oberschenkel zu berühren und sie zu streicheln.

Sie erhob zunächst keinen Protest dagegen, obwohl die Klubregeln keinen Körperkontakt duldeten. Nur leise Missbilligung legte sich über ihr Gesicht. Doch als Romans Streicheln beharrlicher wurde und er die Hand hob, um ihr mit einem Finger träge zur Pospalte hochzufahren, zuckte sie zusammen und entzog sich ihm.

»Nicht hier, Romy … nicht hier.«

»Da hast du Recht. Bei mir zu Hause reitest du ja schließlich wie eine Wahnsinnige auf meinem Schwanz herum.« Das sagte Roman so laut, dass man ihn an der Bar hören konnte. Unbehaglich schaute der Mann mit der Stahlbrille auf die Flaschen vor ihm. Auch Azy wirkte irritiert. Er vermutete zwar schon seit langem, dass die beiden etwas miteinander am Laufen hatten, doch Viana schien beunruhigt darüber, dass dies hier nun so offen und taktlos zur Schau gestellt wurde. Allerdings war Azy klug genug, um sich nicht einzumischen. Er hielt den Kopf gesenkt und beschäftigte sich intensiv damit, Gläser sauber zu machen und einzuräumen.

Barsch packte Roman nun ihren Oberschenkel und zog sie dicht an sich heran. »Komm schon, nun zier dich nicht so.«

Sie wand sich und wollte sich von ihm lösen. »Nein, Roman, nicht … Nicht hier.« Ihr Ton war nun bestimmter.

Roman verstärkte den Druck mit beiden Händen, hielt sie fest im Griff. Dann schüttelte er sie heftig durch. »Jetzt pass mal auf. Mir gehört dieser Scheißklub hier, und du gehörst mir auch. Sei ein braves Mädchen und tu, was dir gesagt wird … bück dich für mich so, wie du es eben getan hast.« Roman starrte sie eisig an, und als sie sich ihm zögernd fügte, bildete sich bei ihm ein leises Lächeln. Er merkte, wie sie in seiner Umklammerung zitterte, und das Gefühl, Macht über sie auszuüben, steigerte seine Erregung noch.

Vianas schlangenförmige Bewegungen verliefen jetzt gestelzter und abgehackter, und ein erster Schatten der Besorgnis umwölkte ihr Gesicht. Das war ein anderer Roman, mit einem hitzigen, gefährlich brodelnden Naturell, das sie zwar schon ein paar Mal bei ihm verspürt hatte, nie aber gegen sie selbst gerichtet.

Roman grinste den erneut zu ihnen herüberschauenden Mann mit der Stahlbrille verächtlich an. Siehst du. Ich zeige dir, wer hier das Sagen hat. Wer der Boss ist. Du, Donatien … ihr alle. Ich hole mir das wieder, was eigentlich mir gehört. Er spürte, wie der Brandy in ihm seine Wirkung tat und seine Sinne auf angenehme Weise treiben ließ. »Komm schon, Baby. Spreiz die Beine wieder«, murmelte er versonnen. »Mach sie ganz breit.«

Widerwillig breitete Viana langsam die Beine aus, worauf er träge mit dem Finger ihre Pospalte entlangfuhr, ihre Wärme und Feuchtheit spürend. Ja. Bald würde er wieder da sein, wo er hingehörte ... Alles so, wie es sein sollte. Plötzlich hatte er den Eindruck, dass sich alles um ihn herum im Takt zu seinen Berührungen bewegte, Vianas sich wiegender Körper, Raum und Lichter sanft um ihn wirbelnd, die Musik fast im Rhythmus mit seinem sich beschleunigenden Puls, Vianas Zittern. Langsam ließ er einen Finger in sie gleiten, empfand ihre Erhitztheit so fiebrig, dass sie beinahe glühte.

»Bitte, Romy ... bitte!« Angst und Demütigung ließen ihr die Tränen in die Augen steigen.

Dass sie sich gegen seinen Finger verspannte und das Gefühl der Enge so verstärkte, steigerte seine Erregung jedoch nur noch. Er erhöhte den Druck und beschrieb mit dem Finger einen Kreis. Roman schaute zu seinem Publikum hinüber: Die Stahlbrille wandte angewidert den Kopf ab, während Azy nun aufmerksamer und aufgeregter herübersah, Romans Blick allerdings umgehend auswich.

»Komm schon, Puppe, du weißt doch, dass dir das gefällt, du ...« Plötzlich und völlig unvermittelt kam ihm ein Gedanke: Dass Donatien in Gewahrsam genommen worden war, konnte genau die Lösung sein, nach der er gesucht hatte, um das Wohlwollen zu zerstören, das der Goldjunge bei Jean-Paul genoss! Vor allem, falls Donatien beschließen sollte, Jean-Paul nichts davon zu erzählen. Dann nämlich wäre dessen ganzes Vertrauen mit einem Schlag im Eimer. Abwesend fuhr Roman damit fort, seinen Finger zu bewegen, während seine Gedanken Gestalt annahmen.

»Bitte, Romy!« Am ganzen Körper zitternd, brach Viana nun vollends in Tränen aus.

Azy warf sein Geschirrtuch hin und kam zu ihnen herüber. Er machte eine Geste, mit der er um Vernunft bat. »Komm doch, Boss – so nicht. Die Dame gerät doch ganz durcheinander.«

»*Was?*« Roman versuchte sich von seinen Gedanken loszureißen. Falls Donatien allerdings vorhatte, es Jean-Paul zu erzählen, würde er es vorher Simone gegenüber ansprechen. Wenn er es ihr erzählte, dann wahrscheinlich auch Jean-Paul. Wenn nicht …

»… privat kein Problem.« Azy hielt abwehrend die Hände hoch. »Aber wenn du so was hier machst, kommen die Gäste noch auf komische Ideen. Dann glauben sie nachher, sie könnten sich so was bei allen Mädchen erlauben.« Azy legte Vernunft in seine Stimme, doch die nervliche Anspannung trieb ihm den Schweiß aus den Poren, und er schob den Kiefer vor, damit rechnend, dass Roman ihn nun anfauchen würde.

Entnervt schnellte Romans Blick zwischen Azy, Viana und dem Klub hin und her. Dann jedoch nickte er lediglich, ließ von Viana ab und hob entschuldigend die Hände. »Du hast Recht … Du hast ja völlig Recht. Tut mir Leid.« Hastig schaute er auf seine Uhr. Es war 22.14 Uhr. Funicelli musste das Band seit mehr als zwei Stunden laufen haben. Es konnte schon etwas drauf sein, vielleicht sogar eine Andeutung dessen, was Donatien gegenüber Chenouda ausgespuckt hatte. »Muss jetzt los, einen Freund besuchen.« Er stand auf und knallte eine Fünfzig-Dollar-Note für Viana auf den Tisch. »Halt mir die Muschi warm, Baby. Ich komme später wieder.« Damit ließ er Azy und Viana verwirrt zurück und hastete aus dem Klub.

Viana betupfte sich ihr tränenüberströmtes Make-up und bedankte sich bei Azy dafür, dass er eingeschritten war. Während sie die nächsten Songs über an der Bar sitzen blieb, mischte ihr Azy einen doppelten Wodka in die Cola, um die Gelegenheit zu nutzen, ihre Nerven zu beruhigen und ihre Zunge zu lösen, damit er mehr über ihre Beziehung mit Roman herausbekam.

Erst als er um fast halb drei Uhr nachts den Klub verließ, konnte Azy von einer Telefonzelle aus anrufen.

»Tut mir Leid, dass ich mich so spät noch melde – aber Sie haben ja darum gebeten, dass ich Bescheid gebe, sobald ich Roman sehe.«

»Ja … klar.« Am anderen Ende war Rascheln zu vernehmen, als Michel Chenouda sich im Bett aufsetzte, plötzlich hellwach. »Schießen Sie nur los.«

»Na ja, das erste Mal kam er gegen halb zehn in den Klub …« Azy beschrieb Romans erregten Zustand, dass er stark getrunken und eines der Mädchen grob behandelt hatte. »Am Ende musste ich eingreifen. Und bei der Stimmung, in der er war, musste ich mit Ärger rechnen, das kann ich Ihnen sagen. Aber dann macht er plötzlich eine Kehrtwendung um einhundertachtzig Grad und haut ab, meint, er müsse noch einen Freund besuchen und käme später wieder.«

Michel entspannte sich ein wenig. Dass Roman nervös und erregt gewesen war, als er in den Klub kam, mochte bedeuten, dass Venegas wohl immer noch ein Problem für ihn darstellte. Falls er Venegas irgendwo versteckt hielt, wäre er nicht so beunruhigt gewesen. »Wir wissen, dass Roman später noch mal aufgetaucht ist, denn dabei haben wir ihn gesehen.«

»Stimmt. Vor ungefähr anderthalb Stunden.«

»Und wie war er da?«

»Ganz der Strahlemann, entspannt und zufrieden – in einer völlig anderen Stimmung. Und dieses Mal trank er auch nur wenig. Er hat sich mit dem Mädchen, dem er vorher so zugesetzt hatte, wieder vertragen und ist noch geblieben, um die Einnahmen zu zählen.«

Michel überdachte die Situation. Vielleicht hatte Romans anfängliche Nervosität damit zu tun gehabt, dass er auf Nachricht von Venegas wartete, die dann erst später am Abend eintraf. Doch das war alles reine Spekulation. Zum ersten Mal war Roman von ihnen kurz nach halb eins gesichtet worden, als er im Taxi ankam, um sein Auto von Frank Massenat zu übernehmen, der es zuvor aus der Werkstatt abgeholt hatte. Dann war er wieder zum Klub zurückgefahren. Doch den Rest des Tages hatte er sich, abgesehen von der Zeit im Klub, unsichtbar gemacht, offenkundig mit Absicht. Er konnte Venegas praktisch überall versteckt haben. Ein paar Meter vor Venegas' Haus hatten sie einen Wagen postiert, doch das hatte nichts eingebracht. Ihnen blieb nichts anderes übrig, als Roman in den nächsten Tagen eng zu beschatten, die Großfahndung nach Venegas aufrecht zu erhalten und zu hoffen, dass dabei etwas herauskam.

»War Roman jedes Mal allein, oder hat er sich drinnen mit jemandem getroffen oder besprochen?«

»Nein. Er war beide Male allein. Das Mädchen war die Einzige, mit der er außer mir gesprochen hat.«

Michel fuhr sich mit der Hand durch das Haar und stieß ernüchtert einen Seufzer aus. Das war nichts wirklich Bedeutendes, außer vielleicht der Stimmungswandel. Er dankte Azy für den Anruf. »Wenn es was Neues gibt, lassen Sie es mich wissen.«

Die Geschehnisse des Tages hatten ihn geschlaucht. Nachdem Roman gesichtet worden war, hatte er Zeit benötigt, um zur Ruhe zu kommen, und vor Azys Anruf kaum vierzig Minuten geschlafen. Nun hoffte er, rasch wieder einzuschlafen. Doch da sich seine Gedanken wieder regten, verstrichen erneut fast zwei Stunden, während denen sich Gedanken und Bilder rasch ablösten und mit dem leisen Klimpern und Zischen der ersten Kehrmaschinen auf der Straße mischten.

11

Zwei Tage nach ihrer Anfrage hatte Elena endlich das Gefühl, dass es Fortschritte gab.

»Ich denke, wir könnten innerhalb von drei, vier Tagen nachprüfen, ob es unter dem von Ihnen gesuchten Namen einen Eintrag bei der Adoptionsstelle gibt«, sagte eine heisere, näselnde, weibliche Stimme am anderen Ende der Leitung. Offensichtlich eine starke Raucherin oder eine Frau, die dadurch, dass sie den ganzen Tag redete, unter Laryngitis litt. Jedenfalls krächzte sie wie eine Bluessängerin aus den Südstaaten, nur dass Megan Ellis eben Waliserin war. »Aber zunächst geht es darum, das Geburtsregister durchzukämmen.«

»Also, das hört sich ja schon viel besser an als die vier bis sechs Wochen, die man mir bei der Adoptionsstelle selbst in Aussicht gestellt hat.« Ein leiser Seufzer der Erleichterung, gedämpft von einem hastigen Schluck Gin Tonic. Am ersten frustrierenden Tag ihrer Nachforschung hatte sie tief ins Glas geschaut, hielt sich heute jedoch besser: Es war halb drei und ihr erster Drink des Tages, dieses Mal eher dadurch bedingt, dass ein Durchbruch möglich schien, als um das zunehmende Gefühl zu ertränken, ihre Nachforschung sei hoffnungslos. Man hatte ihr von einer kleinen Agentur in Wales berichtet, die sich rühmte, durch Adoption getrennte Menschen in wenigen Tagen statt wie sonst üblich in Wochen ausfindig zu machen. Das rechtfertigte eine kleine Feier. Oder trank sie sich jetzt bloß Mut für den Fall an, dass wieder eine Enttäuschung dabei herauskam? »Ich bin ja froh, ich freue mich sogar riesig – aber woran liegt denn dieser große Zeitunterschied?«

»Vor allem an der großen Arbeitsbelastung beim Adoptionsregister. Die kommen wahrscheinlich nach vier oder fünf Wochen überhaupt erst dazu, Ihren Antrag zu bearbeiten. Das Suchergebnis selbst erhält man – wenn überhaupt – innerhalb von Tagen. Sie schreiben dem Kind und geben ihm bekannt, dass jemand Kontakt zu ihm aufnehmen möchte. Dann liegt es an dem adoptierten Kind zu sagen: »Ja, ich will den persönlichen Kontakt zu meinen leiblichen Eltern.« Wenn das Kind Nein sagt oder schlichtweg nicht reagiert, bleibt die Tür geschlossen, fürchte ich. Das Gesetz ist sehr streng, was den Schutz von zur Adoption freigegebenen Kindern angeht.«

»Ich weiß.« So viel wusste sie durch ihre eigene Tätigkeit und hatte es auch am Tag zuvor vom Adoptionsregister und der NORCAP gehört. Falls er letztendlich entschied, dass er sie nicht sehen wollte, war das eine bittere Pille, die sie würde schlucken müssen. Immerhin war nun die erste entmutigende Hürde ihrer langen Warterei aus dem Weg geräumt. »Aber wenn ein Kind sich in das Register hat einschreiben lassen, ist die Chance doch sicher groß, dass es Kontakt sucht.«

»Wohl wahr.« Megan atmete schwer durch die Nase aus. »Aber erwarten Sie nicht zu viel, denn das begrenzt die Zahl der erfolgreichen Zusammenführungen auch. Die Trefferquote liegt nicht höher als drei oder vier Prozent. Es hängt nämlich davon ab, dass sich beide Parteien registrieren lassen, verstehen Sie?«

Elenas Mut sank. Davon war nie die Rede gewesen, vielleicht um sie nicht von vornherein zu entmutigen. »Gibt es eine Möglichkeit, die Quote zu erhöhen?«

»Beim Adoptionsregister nicht. Es ist ein feststehendes Register, und wir müssen das gleiche Prozedere durchlaufen wie sie. Was Sie sich ersparen, sind die vier oder fünf Wochen Wartezeit in der Startphase, und wir geben Ihnen auch binnen weniger Tage Bescheid, falls wir einen Treffer landen. Aber dann ist es trotzdem dem Adoptionsregister überlassen, das Kind zu benachrichtigen – den eigentlichen Namen bekommen wir gar nicht in die Finger. Das ist der direkte, offizielle Weg.« Megan zog rasch an ihrer Zigarette, die sie fast im Aschenbecher vergessen hätte. »Der andere Weg ist nicht ganz so direkt, dauert zwischen zwei Tagen und zwei Wochen, je nachdem, wie viel Glück wir haben – und kostet ein bisschen was. Dafür stehen die Chancen viel höher. Bislang liegt unsere Trefferquote hier bei sechsundfünfzig Prozent.«

»Wie viel würde das denn kosten?« Das Geld war nicht ihre Sorge, eher die Frage, wie sie größere Summen aufbringen konnte, ohne dass Gordon Wind davon bekam.

»Hundertsechzig Pfund am Tag. Aber der Mann ist auch gut, einer der besten Ermittler in der Branche.«

»Ich verstehe.« Ihr Gehalt bei der Hilfsorganisation war dürftig, und fast alle größeren Ausgaben liefen über Gordons Konto. Sechs- oder siebenhundert würde sie entbehren können, ohne dass ihr das Geld ausging, danach aber würde sie sich etwas Schlaues ausdenken müssen, um es sich von Gordon zu besorgen. »Was würde der Mann dafür tun?«

»Zunächst einmal setzt er sich ins Familienarchiv, um dort erst Geburtsurkunden und dann Adoptionsakten zu durchforsten. Wenn wir Glück haben, stößt er schon in wenigen Tagen auf etwas. Wenn nicht, wenn er beispielsweise die Vermittlungsstelle ausfindig macht, diese aber keinerlei Unterlagen mehr besitzt oder die Adoptionsfamilie nicht mehr am gleichen Ort wohnt, wie in den Akten verzeichnet, was oft der Fall ist, dann geht die Ackerei weiter und wird zeitaufwändiger: Wahllisten und Telefonverzeichnisse, Steuerlisten und Todesurkunden. Da kann einiges zusammenkommen an Zeit und Geld. Vorteil dieser Methode ist jedoch, dass wir Ihnen Namen und Kontaktadresse direkt übergeben, falls er sie rausbekommt. Sie müssen nicht erst warten, ob das Kind dem Kontakt zustimmt. Sie können einfach direkt anrufen und Hallo sagen.«

Beim Gedanken an eine Stimme am anderen Ende, die nach neunundzwanzig Jahren plötzlich »Hallo« sagte, lief Elena ein Schauer über den Rücken. Aber in ihrer Vorstellung war es nicht die Stimme des Erwachsenen, der er mittlerweile sein musste, sondern die eines kleinen Kindes, und als ihr nun die ganzen verlorenen Jahre bewusst wurden, standen ihr Tränen in den Augen. »Nun, ich glaube, dann soll es Ihr Spezialist für die Nachforschungen sein.« Ihre Stimme bebte und war dicht daran zu brechen. Sie räusperte sich und rang sich ein nervöses Kichern ab. »Bis mir das Geld ausgeht.«

»Außerdem sollten Sie sich noch vor Augen halten, dass die Notwendigkeit, bis in die späten 60er zurückzugehen, die Sache weiter erschwert. 1975 hat sich das Gesetz erheblich verändert. Bis dahin wurden sämtliche Akten im Umfeld eines zur Adoption freigegebenen Kinds von den Gerichten geschlossen, sobald die Adoption erfolgte. Dann wäre da auch noch das Problem, dass eine Vermittlungsstelle in den Jahren vor 75 gar nicht notwendig war und die Adoption von einem Dritten, zum Beispiel einem Arzt, einem Geistlichen oder sogar einem Familienangehörigen arrangiert werden konnte.«

»Ich verstehe.« Ihr Mut sank. Noch etwas, das sie beunruhigte: Ihr Vater konnte die ganze Sache sehr gut gänzlich ohne eine Vermittlungsstelle arrangiert haben, bei der man jetzt auf eine Akte hätte stoßen können.

»Also … Im ersten Stadium würde man die Geburtsurkunden durchgehen.« Am anderen Ende war ein leises Rascheln von Papier zu vernehmen. »Wie Sie sagen, kennen Sie ja den Wohnort selbst nicht, haben bloß Vornamen und wahrscheinlichen Familiennamen sowie, natürlich, das Geburtsdatum. Wenn Sie mir diese Daten dann zukommen ließen …«

»Ja, natürlich, das …« Elena war abgelenkt, denn durch die Tür ihres Ateliers waren leise Schritte zu vernehmen. Als sie das letzte Mal nach Gordon geschaut hatte, war dieser in eine ganze Reihe von geschäftlichen Anrufen vertieft gewesen. Jetzt aber hörte es sich so an, als käme er die Treppe zu ihr hoch. Es war ihr von Anfang an unwohl dabei gewesen, dies alles von zu Hause aus in Angriff zu nehmen, aber wohin sonst hätte sie gehen können? Realistischerweise konnte sie es in keinem der in London ansässigen Büros erledigen; auch Shelley wusste ja von nichts – *niemand* wusste etwas, außer ihrer Mutter und Onkel Christos. Und jemand, der sein eigenes Kind weggegeben hatte, war ja auch nicht gerade prädestiniert dafür, sich um Waisenkinder zu kümmern. Die Schritte verklangen, Gordon steuerte durch den Flur auf die Küche zu, kam nicht die Treppe hoch. Ihr Atem entspannte sich. »Entschuldigung … Ich dachte, da wollte jemand etwas von mir. Der Nachname lautet Georgallis, vielleicht auch die anglisierte Version unseres Familiennamens, George. Und der ursprünglich ausgewählte Vorname war Christos – wobei ich wie gesagt nicht weiß, ob er letztendlich auch so auf der Geburtsurkunde steht. Geboren wurde er jedenfalls am fünfzehnten April neunzehnhundertneunundsechzig.«

»In welcher Gegend?«

»Geburtsort war Kilburn, Nordlondon, aber gewohnt hat die Familie damals in Hampstead.«

»Wissen Sie, ob es eine Krankenhaus- oder eine Hausgeburt war?«

»Weder noch, leider. Es war eine Abtreibungsklinik.« Die Erinnerung an die blassgrauen Wände, die kahlen Geräte und die emaillierten Nierenschalen löste ein Zittern bei Elena aus. Ein verängstigtes Schulmädchen, das von ihrem Vater am Arm genommen und hineingeführt wurde. »Die Geburtsmeldung dürfte weder dort noch sonst wo in der Gegend erfolgt sein. Vielleicht überhaupt auch erst später.«

»Ich verstehe.« Nach einer kurzen Pause setzte sich das Geräusch eines Kugelschreibers auf Papier fort. »Zu Beginn sagten Sie, die Mutter des Kindes sei eine enge Verwandte. Wer genau ist sie, und in welcher Beziehung stehen Sie zu dem Kind? Falls es beispielsweise eine Schwester ist, bräuchten wir ihre Zustimmung für die Suche, falls sie nicht mittlerweile verstorben ist.«

Bislang hatte Elena sich dies bei jedem Anruf vom Leib gehalten. Es immer wieder direkt aussprechen zu müssen wäre zu schmerzhaft gewesen. Diese letzte Mauer nun zu überwinden, eine Mauer, der sie sich seit fast dreißig Jahren nicht einmal genähert hatte, verstärkte ihr Zittern und raubte ihr das letzte bisschen Mut und Energie. Sie schloss die Augen und sagte mit kaum mehr als einem Flüstern: »Es ist mein eigener Sohn, den ich suche. Der Sohn, den ich vor neunundzwanzig Jahren weggegeben habe.«

Im Lauf der nächsten Tage durchlebte Elena ein Wechselbad der Gefühle.

Nachdem sie Megan ins Bild gesetzt hatte, kochte sie abends ein schlichtes Bœuf Bourgignon. Katines Portion bereitete sie gesondert zu, da sie bei dem Rest Rotwein zufügte, der für das Mädchen noch zu schwer war. Vielleicht in ein paar Jahren.

Doch Elena musste feststellen, dass sie durchgehend Koordinationsprobleme hatte. Zunächst ließ sie das Fleisch anbrennen, dann gab sie zu viel Rotwein hinzu und schließlich ließ sie auch noch den Reis matschig werden. Das war nicht ihr Tag.

Als sie zu kochen begann, hatte sie den Rotwein geöffnet und sich dann freigebig ein paar Gläser eingeschenkt. Allzu freigebig, nach dem vorwurfsvollen Blick zu urteilen, den Gordon ihr zuwarf, als sie mit einem Aufschrei den Topf mit dem überkochenden Reis herunterstellte und dabei ein wenig Wein aus ihrem Glas verschüttete.

Als sie herumwirbelte, um den Topf abzugießen, stieß sie mit

Christos zusammen, der sich gerade aus dem Kühlschrank etwas zu trinken holte, und als kurz danach auch noch Katine hereinkam, um ihr ihre neueste Puppe zu zeigen, geriet sie vollends aus dem Häuschen.

Dann aber kehrte sich alles um hundertachtzig Grad, und sie nahm die beiden in den Arm. »Christos ... Katine ... Es tut mir Leid, so Leid.« Tränen stiegen ihr in die Augen. Sie richtete sich auf und fuhr Christos durchs Haar. Neuer Christos ... *alter* Christos. Ein Ersatz, der die Leere in ihrem Leben ausgefüllt hatte – aber schnell viel mehr als das geworden war.

Während des Essens führten sie eine leichte Unterhaltung. Christos erzählte, seine Schule organisiere für kommende Ostern Austauschfahrten nach Frankreich, und er wolle mitfahren; Gordon berichtete von einem seiner Kunden aus der Gegend, der bitter enttäuscht vom Absturz seiner mit den Märkten in Fernost verknüpften Anlage war, obwohl Gordon ihm von Anfang an zu einem Stellagegeschäft geraten hatte. Elena sagte kaum etwas, und Gordon merkte, dass sie in ihre Gedanken vertieft war und einmal überhaupt nicht mitbekam, was Christos sagte, sodass er es wiederholen musste. Gordon wartete, bis sie mit dem Essen fertig waren, bevor er sie fragte: »Was fehlt dir denn?«

»Ach, ich weiß nicht. Ich glaube, diese Sache mit Lorena trifft mich doch mehr als ich dachte.« Das war immerhin die halbe Wahrheit, denn es war ja der hauptsächliche Auslöser gewesen. Sie befanden sich in der Küche, und das leise Summen des Geschirrspülers und der für die Kinder im Wohnzimmer eingeschaltete Fernseher verhinderten, dass sie belauscht werden konnten.

Gordon schüttelte den Kopf und schaute zu Boden. »Üble Sache. Ich weiß, wie dir zu Mute sein muss. Aber du hast alles getan, was du tun konntest.«

»Wirklich?« Brüsk wischte sie mit einem Lappen über den Küchentresen. »Für mich sieht es so aus, dass Lorena dank meines Übereifers nun dort gefangen ist, ohne dass wir ihr je wieder helfen können. Tolle Hilfe.«

»Du hast es versucht, das zählt.« Gordon trat von hinten auf sie zu, nahm sie in die Arme und küsste sie auf die Wange. »Du konntest ja nicht wissen, dass er so machiavellistisch veranlagt ist und so weit gehen würde, eure Unterhaltung aufzuzeichnen.«

»Ich weiß. Vielleicht hast du ja auch Recht.« Seine Berührung ließ sie erschauern und zurückweichen. Wegen des doppelten Spiels, das sie trieb, des Geheimnisses, das sie all die Jahre gehütet hatte, war ihr kaum erträglich, dass er sie berührte. Es brachte ihr nur alles allzu nah heran.

Mit leicht gequältem Ausdruck löste sich Gordon von ihr. Sie spürte, dass er ihr Unbehagen mitbekommen hatte, doch vielleicht schrieb er es ja ihrem Abscheu vor Ryall zu.

»Bei all den Kindern, die du erfolgreich vermittelt hast – wie viele? Fünfzig oder mehr noch –, kannst du dich nicht dafür bestrafen, wenn eines dabei verloren geht. Ich weiß, das macht es dir jetzt auch nicht leichter, aber mit so etwas musst du einfach rechnen.«

Der Schauder, der sie durchlief, verstärkte sich noch. Sie machte die Augen zu. *Sie hatte nur eines wirklich verloren.* »Du hast Recht, du hast ja Recht.« Sie biss sich auf die Lippe und kämpfte gegen ihre Tränen an. *Um Himmels willen geh jetzt, sonst klappe ich noch ganz zusammen.*

Der nächste Tag war sogar noch härter, weil sie immer erwartungsvoller und bald völlig rastlos auf den Rückruf der Waliser Agentur wartete. Um sich zu beschäftigen, versuchte sie es mit Malen, aber es war sinnlos. Sie konnte sich auf nichts längere Zeit konzentrieren. Ob Megans Ermittler etwas herausfinden würde? *Mein Gott*, selbst wenn, konnte es Tage oder gar Wochen dauern, und im Moment schien ihr, als könne sie es nicht einmal Minuten länger aushalten. Wieder ein Kaffee, ihr fünfter am Morgen. Schließlich führte die zunehmende Ruhelosigkeit dazu, dass sie sich, immer wieder auf das stumme Telefon starrend, gefangen fühlte und Platzangst bekam. Sie zog den Mantel an, ging aus dem Haus und hielt auf die Schlucht zu.

Die Luft war frisch, bei einer steifen Brise zogen tief hängende Wolken rasch dahin, nur gelegentlich von der Sonne durchbrochen. Ihr Garten zog sich hinter dem Haus fast hundert Meter hin und bestand zumeist aus leicht abschüssigem Rasen. Nur die letzten zehn Meter, auf denen der Weg in die Schlucht begann, fielen stärker ab. Der Abhang wurde schnell steiler, doch da das Buschwerk und die Bäume sehr dicht standen, konnte sich Elena immer wieder Halt verschaffen, während sie sich den ausgetretenen, ihr so vertrauten Pfad hinabbegab. Sie hätte den Weg auch mit verbundenen Augen finden können. Die Bäume wurden dicker und höher, und ihre Spitzen streckten sich hungrig auf das Licht oben am Grat zu, das, durch Lücken im Laubwerk unterbrochen, scheckig auf sie fiel, jedoch spärlicher wurde, je tiefer sie hinabkletterte.

Und plötzlich war sie da. Hier war ihr eigener sicherer Ort, ihr Kokon, der sie von der Außenwelt abschirmte. Der Pfad begradigte sich, es herrschte nun fast völlige Dunkelheit, und sie hörte das Murmeln des Wasserlaufs. Sie schloss die Augen und atmete tief ein, genoss den reichen Geruch von feuchtem Moos und Baumrinde, der sich mit der salzigen, vom Meer hereinkommenden Brise vermischte. Hier blieb alles zeitlos und unverändert; es war haargenau so, wie sie es erinnerte, als sie sich mit acht Jahren zum ersten Mal hergewagt hatte.

Er war jetzt Ende zwanzig. So viele verlorene Jahre. Sie versuchte sich vorzustellen, wie er jetzt aussehen mochte. Doch wieder erschien nur das Bild eines kleinen Jungen vor ihren Augen, der am Ende der Schlucht den Strand entlanglief, das Haar vom Wind zerzaust … Als sie sich bemühte, ihn klarer zu sehen, merkte sie, dass es der Christos war, den sie jetzt hatte; es war eine vage Erinnerung an einen Strandurlaub auf Zypern, als er fünf gewesen war. Sie machte die Augen wieder auf und sah in der kalten Luft ihren schweren Atem. Es war nichts da. Kein Bild, an das sie sich hätte klammern können.

Er war getauft worden, hatte seine erste Geburtstagskerze ausgeblasen, hatte sich das Knie aufgeschrammt, seinen ersten Schultag und das College hinter sich gebracht, Freundinnen gehabt, war mittlerweile vielleicht sogar verheiratet und hatte eine eigene Familie. Und sie war bei nichts davon dabei gewesen. Selbst wenn der Anruf kam und sie ihn finden konnte, würde das alles für sie verloren bleiben. Ihr blieb nur der Versuch, die Lücken in ihrem Gedächtnis zu füllen, doch selbst dieser kleine Trost schien hoffnungslos unerreichbar. Da war nichts. Gar nichts. Nur eine schmerzliche Leere.

Ihre Augen füllten sich und wurden rasch von Tränen überschwemmt. Sie trocknete sich die Wangen, glaubte schon, alles unter Kontrolle zu haben, doch plötzlich wurde ihr ganzer Körper von einem quälenden Schluchzen erfasst. In der Brise fühlten sich die Tränen auf ihrer Haut kalt an. Sie wiegte sich sanft hin und her und murmelte dabei leise vor sich hin: »Christos … Verzeih mir … bitte verzeih.«

Der Wind in den Baumwipfeln übertönte ihre Stimme, was ihre Bitte nur noch verlorener, unbedeutender wirken ließ. Sie war allein, allein mit ihrem Geheimnis an dem einen Ort, der ihr seit der Kindheit Geborgenheit gab. Doch zum ersten Mal fühlte sie sich jetzt nicht mehr von einem Kokon eingehüllt und beschützt, sondern entwurzelt und verletzlich. Der Zauber verblasste. Sie hatte sich die ganze Zeit vorgemacht, hier eine Zuflucht vor dem Wahnsinn der Welt dort draußen gefunden zu haben, hatte diesen Ort in Wirklichkeit jedoch nur dazu benutzt, die Erinnerung daran, was sie getan hatte, zu begraben. Nun konnte sie beinahe spüren, wie diese Erinnerung aus den Bäumen und der feuchten Erde wieder zu ihr drang, um sie zu quälen. *Dein einziger Sohn … und du hast ihn gehen lassen. Wie konntest du nur?*

Sie schüttelte den Kopf, biss sich fest auf die Lippe und versuchte das Geflüster der Selbstbeschuldigung zum Schweigen zu bringen. Vielleicht würde sie durch ihre Nachforschungen ein klareres Bild von Christos bekommen, etwas, an das sie sich halten konnte, um die erdrückende Leere in sich zu füllen, und dann würde der Zauber zurückkehren. Sie wischte sich die Tränen von den Wangen und machte sich langsam wieder auf den Rückweg den steilen Hang hinauf. Ihre Schritte waren schwer, und schon nach der Hälfte des Aufstiegs schmerzten ihr die Beine. Dabei verweilte sie im Geiste bei der vor ihr liegenden Aufgabe. Vom Hort so lang gehüteter Geheimnisse ans Licht zu kommen. Leicht würde es nicht werden.

12

»Hör zu, Jean-Paul. Ich muss mit dir reden.«

»Ich weiß, das hast du schon einmal gesagt. Aber es hat doch wohl etwas Zeit, oder? Du siehst ja, was momentan hier für ein Chaos herrscht.« Jean-Paul wandte sich ab und wies auf die andere Seite des Konferenzraums. »Nein ... *Nein*! Das große Blumenarrangement soll in diese Ecke.« Dann rief er zu zwei Männern, die gerade weiße Decken auf lang gezogene Tische an der Seite breiteten, hinüber: »Der Räucherlachs gehört in die Mitte, die Cocktailhappen drumherum. Auf dem nächsten Tisch dann die Lammseite und das Spanferkel ...«

»Ich verstehe ... Ich verstehe.« Schon das Thema, das er anschneiden musste, ließ es Roman unbehaglich werden, doch die Armee von Blumenarrangeuren und Caterern, die hier herumschwirrte, machte es nur noch schlimmer. So viele Männer mit einer weiblichen, gespreizten und gezierten Art in einem einzigen Raum, das war nicht natürlich. Er fühlte sich unwohl, fehl am Platze, wie ein Gorilla, der von einer Herde tanzender Flamingos umgeben war.

Er hatte gehofft, gleich nach Jean-Pauls Rückkehr von seinem Besuch bei Art Giacomelli in Chicago mit ihm sprechen zu können. Dann wäre noch ein ganzer Tag Zeit gewesen, bevor die Vorbereitungen für die Geburtstagsfeier ihrer Mutter begannen. Doch Jean-Paul hatte sich in letzter Minute entschieden, einen Tag länger zu bleiben, sodass die einzige Gelegenheit zu einem Gespräch jetzt bestand, mitten während der Vorbereitungen. War die Party erst einmal im Gang, würde sich kaum mehr Zeit dafür finden, und selbst wenn, würde Jean-Paul es ihm nicht gerade danken, wenn er die Stimmung der Feier verdarb.

Roman fasste Jean-Paul an den Arm. »Es ist dringend, Jean-Paul. Ich glaube nicht, dass es noch länger warten sollte.«

»Na schön. Ich verstehe.« Als er merkte, wie ernst es Roman war, verdunkelte sich Jean-Pauls Blick. Er deutete auf das angrenzende Arbeitszimmer. »Komm, wir gehen hier hinein.«

Die Atmosphäre in dem kleinen Raum war muffig und streng, hatte etwas Verschwörerisches und Intellektuelles an sich. Gleich hinter Jean-Pauls Schreibtisch hing sein Diplom in Mathematik und Kunst von der Universität in Montreal sowie der eingerahmte Dankesbrief eines hoch angesehenen ehemaligen Premierministers, der immer noch in Montreal lebte und sich für Jean-Pauls massive Wahlkampfunterstützung in den späten 70ern bedankte. Die Wand am anderen Ende war von Büchern bestanden: Flaubert, Dostojewski, Voltaire, Joyce, Orwell, Zola, Rand, Proust … Proulx. Jean-Paul, die Leseratte. Roman hingegen hatte es kaum über *Die drei Musketiere* hinausgebracht. In diesem Zimmer hatte Roman sich immer schon unwohl gefühlt, zwar nicht bewusst, doch schien ihm hier alles laut entgegenzuschreien, dass er das intellektuelle Leichtgewicht der Familie war.

Jean-Paul presste die Fingerspitzen zu einer Pyramide zusammen. »Also, schieß los.« Dann öffnete er die Fingerspitzen wieder kurz. »Wo brennt es denn?«

Als Roman erklärte, dass Donatien zum Verhör abgeholt worden war, verfinsterte sich Jean-Pauls Gesicht. Unbehaglich verlagerte er seinen Blick auf einen Stapel Unterlagen und Papiere, bevor er ihn wieder auf Roman richtete. »Und du bist dir sicher, dass dein Kontaktmann verlässlich ist? Dass er sich nicht irrt?«

»Nein, da bin ich mir sicher. Bei ihm war bis jetzt immer alles auf dem Punkt. Außerdem arbeitet er im gleichen Gebäude am Dorchester Boulevard. Also kann er sich da nicht vertun.« Roman wartete, bis sich die Nachricht ein wenig setzte. Dabei genoss er es zu sehen, wie Jean-Paul sich bei dem Gedanken wand, sein Goldjunge könne einen Makel aufweisen. Dann fragte er: »Also hat er dir noch nichts davon erzählt?«

»Nein, bis jetzt nicht.« Jean-Paul war immer noch verwirrt, wägte die Möglichkeiten innerlich ab. »Aber ich bin ja auch gerade erst zurückgekommen ... Und wie du siehst, geht es hier mehr als hektisch zu.« Er machte eine Geste zum Nachbarzimmer hin. »Vielleicht hat er ja vor, mir später davon zu erzählen. Vielleicht ist ja gar nicht allzu viel passiert, sodass es sich gar nicht gelohnt hätte, sofort den Alarmknopf zu drücken.«

»Und vielleicht hat der Papst was mit Sharon Stone laufen.« Roman beugte sich vor und machte ein finsteres Gesicht. »Er war drei Stunden bei ihnen, Jean-Paul. Drei beschissene Stunden! Mittlerweile sind die Bullen vielleicht über jede winzige finanzielle Transaktion im Bilde und wissen auch, was wir alle zum Frühstück gegessen haben.«

Jean-Paul stieß einen tiefen Seufzer aus. Einerseits konnte Roman Recht haben, andererseits war er sich der wachsenden Animosität zwischen Roman und Georges nur zu bewusst. Er musste sicher sein, dass Roman hier nicht einzig und allein aus persönlichen Gründen handelte. »Wir haben nichts mehr mit Verbrechen zu tun, und Georges war auch nicht in die Geldwäsche verwickelt – was gäbe es da also zu beichten?« Er machte eine resignierte Handbewegung. »Wahrscheinlich hat es wieder mit diesem Abend mit Leduc zu tun.«

Roman zuckte zusammen und lehnte sich zurück. Es war mittlerweile immer wieder das Gleiche: Kam es hart auf hart, stellte sich Jean-Paul unweigerlich auf die Seite von Georges, legte ihm alles in den Schoß. »Drei Stunden, Jean-Paul? Was hat er denn die ganze Zeit gemacht? Denen sein Familienalbum gezeigt?« Hilflos zuckte er mit den Schultern. »Selbst wenn alles so unschuldig zuging, hätte er dir davon erzählen müssen, das musst du zugeben.«

»Ich weiß, ich weiß.« Jean-Paul nickte ernst.

Roman merkte, dass sein Bruder ins Wanken geriet. »Und dieser Vorfall mit Leduc könnte leicht in falschem Licht erscheinen. Wenn sie nicht davon überzeugt sind, dass es Notwehr war, könnte ich zwanzig Jahre ins Loch wandern. Dafür, den Auftrag erteilt zu haben, würdest du das Gleiche bekommen. Wahrscheinlich haben sie Donatien unter Druck gesetzt, indem sie ihm erzählten, sie wüssten, dass er dabei war, doch wenn er sich zum Kronzeugen machen ließe, würden sie ihm Immunität vor einer Strafverfolgung wegen Beihilfe gewähren. Und was die Finanzen angeht, wenn sie sich erst einmal über die ganzen legalen Sachen ins Bild gesetzt haben, wie lange, glaubst du, brauchen sie dann noch, um sie zurückzuverfolgen bis zu den …«

Jean-Paul hielt die Hand hoch wie ein Priester, der seinen Segen erteilt. »Okay, Roman … Okay. Du hast deine Meinung vorgetragen.« Er klang ausgelaugt und müde. Er konnte sich dem Urteil nur beugen, aber bevor er überzeugt davon war, dass man Georges Misstrauen entgegenbringen sollte, mussten eine Menge offener Fragen geklärt werden. »Ich hatte mir vorgemerkt, ihn heute gegen vier, bevor er sich für die Party fertig macht, anzurufen, um mich von ihm auf den neuesten Stand bringen zu lassen. Ich werde ein paar längere Gesprächspausen einlegen und darauf achten, ob er sie ausfüllt. Wenn nicht, können wir immer noch anfangen, uns Sorgen zu machen.«

Elena griff zum Telefon, kaum dass es zum zweiten Mal geläutet hatte.

»Er meint, er hätte endlich etwas gefunden.« Am anderen Ende war Megans Stimme, aufgeregt, ein wenig atemlos.

»Wo ist er denn fündig geworden?«

»Im Standesamt von Westminster.«

»Das ist ja toll.« Elena merkte, dass auch sie leicht außer Atem geriet. Der erste Anruf war vor zwei Tagen gekommen, nur dreißig Stunden nachdem sie Megan grünes Licht gegeben hatte. Dabei hatte sie erfahren, dass Terry, ihr Mann für die Nachforschungen, weder im Standesamt von Kilburn noch in dem von Hampstead etwas gefunden hatte. Bevor sie ihr Netz breiter auslegten, wollten sie noch die anderen Standesämter von Nordlondon durchkämmen.

»Aber bevor wir zu sehr ins Schwärmen geraten: Es ist kein sicherer Treffer«, fuhr Megan fort. »Der Name, auf den er gestoßen ist, lautet George Georgallis. Und auch das Geburtsdatum, das dort eingetragen wurde, stimmt nicht ganz überein, sondern ist vier Tage später, am 19. April, wobei der Eintrag selbst vom 23. April stammt. Aber in der Urkunde steht der Vermerk ›adoptiert‹, und deshalb sprang er Terry ins Auge.«

Elena war unsicher. Georgallis war in der zypriotischen Gemeinde ein weit verbreiteter Name, und angesichts der Tatsache, dass eine Abweichung von einigen Tagen bestand, konnte es leicht jemand anderer sein. Dann ging ihr plötzlich auf: Die Wahl des Vornamens George bedeutete, dass der Familienname weiter Bestand hatte, unabhängig vom letztlich adoptierten Familiennamen. Außerdem glaubte sie sich daran zu erinnern, dass ihr Vater mit einem griechischen Arzt in Pimlico befreundet gewesen war, das in den Bereich von Westminster gehörte. »Hat ein Arzt den Eintrag gemacht? Stehen Name und Adresse dabei?«

»Ja, äh ...« Megan hatte Mühe, das Gekritzel zu entziffern. »Sieht aus wie Doktor Manatis oder Maniatis. Tatchbrooke Place, London, SW19.«

»Ja, das ist es. Ich bin mir sicher ... Ich bin mir sicher.« Tatchbrooke Place war in Pimlico, wenn ihre Ortskenntnis von London sie nicht im Stich ließ. Das wären zu viele Zufälle. »Und steht da noch was?«

»Hm ja. Unter dem Vermerk ›adoptiert‹ steht etwas von einem Antrag auf vorübergehendes Sorgerecht im Namen von Anthony Georgallis ...«

»Ja ... Das ist mein Vater. Er hat mir gleich eine Woche nach der Geburt eine Menge Papiere vor die Nase gehalten. Ich wusste gar nicht recht, was ich da unterschrieb, ich war immer noch ganz aufgewühlt ....«

»Schon gut. Sie brauchen sich uns gegenüber nicht zu rechtfertigen oder zu erklären. Es ist nur so: Je mehr wir wissen, umso leichter wird für uns das Aufspüren.« Megans Stimme klang gelassen, besänftigend, als hätte sie es schon tausendmal mit Müttern zu tun gehabt, die die härteren, schmerzhafteren Einzelheiten für sich behielten. »Dann haben wir da noch eine richterliche Verfügung, fünf Monate später am Highgate Court. Die bietet sich logischerweise als nächster Ansatzpunkt an.«

Elena spürte, wie sie erneut von Schwäche befallen wurde. »Ich glaube, ich weiß schon, was es damit auf sich hat.« Bemüht, ihr Zittern in den Griff zu bekommen, umklammerte sie die Kante des Telefontischs. »Kurz nachdem ich mein Baby weggegeben habe, bekam ich schwere Depressionen und habe versucht, mir das Leben zu nehmen.« Die Bilder waren nach wie vor lebendig: das verrutschende Badezimmer, nachdem sie die Tabletten genommen hatte, ihr Gesicht, in das jemand fest schlug; doch als sie dann versuchte, sich auf ihre Mutter über ihr zu konzentrieren, schwemmte das helle Neonlicht dahinter jede Schärfe fort und durchbohrte sie wie eine heiße Lanze. »Als ich mich wieder erholte, beschloss ich, dass ich unter diesem Verlust und dieser Schuld nicht den Rest meines Lebens leiden wollte – ich wollte mein Baby wiederhaben. Doch mein Vater meinte, er würde sich mir in den Weg stellen, und mein Selbstmordversuch sei Beweis dafür, dass ich unstabil und als Mutter ungeeignet wäre. Ich machte mir danach nicht einmal mehr die Mühe, bei der endgültigen Entscheidung vor Gericht aufzutauchen, denn bei meinem Fall stand bereits alles von vornherein fest.«

»Ich verstehe.«

Obwohl Megan hart gesotten sein musste und wahrscheinlich schon alle möglichen Geschichten gehört hatte, hätte Elena schwören können, am anderen Ende der Leitung ein leises Schlucken gehört zu haben.

Von unten drang Gordons gedämpfte Stimme zu ihr herauf. Er telefonierte mit einem Kunden, während sie auf der anderen Leitung die schon so lange vor ihm gehüteten Geheimnisse ihrer Vergangenheit enthüllte. Als sie am Tag zuvor im Dorf eingekauft hatte, war sie plötzlich von der Panik ergriffen worden, Megan könne anrufen, während sie fort war, und Gordon würde abnehmen. Dann läge ihr Geheimnis gleich auf dem Tisch. Doch wenn die Nachforschung Erfolg hatte, würde sie es ihm ohnehin erzählen müssen, und nun überfiel sie die wachsende Furcht davor, Gordon alles beichten zu müssen.

Als an jenem Tage kein Anruf gekommen war, hatte sie sich fast gewünscht, dass sich keine Spur finden würde, weil sie es Gordon dann wenigstens nie würde sagen müssen. Ihrer beider Leben würde so weitergehen wie bisher, glücklich, wenn auch für sie unvollständig.

»Aber das ist nicht das Einzige, was sich in den Gerichtsunterlagen finden könnte.« Mit einem Mal klangen Megans Worte gemessen und sachlich. »Sie könnten auch einen Hinweis auf die Familie geben, die Ihren Sohn adoptiert hat.«

Elena spürte, wie sich ihre Brust plötzlich zusammenschnürte. Sie hatte sich auf eine wochenlange oder gar monatelange Suche vorbereitet und sogar darauf, dass am Ende gar nichts dabei herauskam. Nun jedoch war ihr, als hätte ihr jemand beiläufig erzählt, dass sie ein Gewinnlos in ihrer Manteltasche trug. Es schien ihr zu einfach, als dass sie der Sache hätte trauen können. »Sind Sie sicher?«

»Nicht hundertprozentig. Aber es bestehen doch große Chancen, dass der Name dort vermerkt ist, vor allem, wenn die Adoption zur gleichen Zeit stattgefunden hat. Wir werden es bald erfahren.«

»Wann?«

»Nun, normalerweise kann es zwischen einigen Wochen und ein paar Monaten dauern. Aber Terry hat so seine Methoden, die Dinge zu beschleunigen: dringende Kontaktaufnahme wegen Erbkrankheit erforderlich, seltene Übereinstimmung der Blutgruppe, so etwas in dieser Richtung. Ehrlich gesagt sollte man lieber nicht danach fragen. Ich überlasse es ihm, sich für die bestmögliche Methode zu entscheiden, um an sein Ziel zu gelangen. Mit ein wenig Glück sollte er binnen fünf, sechs Tagen etwas in der Hand haben, bestimmt aber innerhalb einer Woche.«

Am Ende vergingen lediglich vier Tage, bis Megan zurückrief und Namen nannte: Nicholas und Maria Stephanou und eine Adresse in Canterbury, Kent. Terry überprüfte sie gerade. »Es ist neunundzwanzig Jahre her, also dürften sie mittlerweile umgezogen sein. Aber wenigstens haben wir einen Namen und einen Startpunkt, von dem aus er nachforschen kann.«

Plötzlich hatte Elena einen neuen Namen, den sie vor sich hinmurmeln konnte: George Stephanou. Aber auch das half ihr nicht weiter, denn es stellte sich kein Bild vor ihrem geistigen Auge ein, an das sie sich hätte halten können. Immerhin aber fühlte sie sich jetzt lebendiger, hoffnungsvoller; ganz im Gegensatz zum Trübsinn der vergangenen Woche.

Doch am Spätnachmittag verfiel sie erneut im Trübsal. Sie kam gerade aus dem Dorfladen, nachdem Mrs Wickens, seit fünfundzwanzig Jahren Ladeninhaberin, sie mit ihrem gewohnt vielsagenden Gesichtsausdruck vom Dorfgeschehen in Kenntnis gesetzt hatte. Elenas Schritt war forsch und energisch; die Luft war frisch, der Himmel freundlich, Mrs Wickens' Geschichten ließen sie immer noch lächeln – endlich schien alles in Ordnung zu sein.

In diesem Augenblick glitt Nicola Ryalls blauer Range Rover an ihr vorüber. Auf dem Rücksitz saß Lorena und entdeckte Elena sofort. Ihre Blicke trafen sich, worauf Lorena rasch herumwirbelte, damit sie ihr hinterherschauen konnte. Langsam fuhr sie mit ihrer kleinen Hand an die Innenseite des Heckfensters, als versuche sie unsichtbaren Kontakt aufzunehmen, und prompt überkam Elena ein stechendes Schuldgefühl. In der vergangenen Woche hatte sie sich ausschließlich von eigenen Problemen in Anspruch nehmen lassen und Lorena dabei völlig vergessen. Wahrscheinlich war mittlerweile auch die letzte Hoffnung des Mädchens zerstoben, sich von Ryall zu befreien, und Elena hatte nicht einmal mehr an sie gedacht.

Kurz bevor sie aus ihrem Sichtfeld verschwand, meinte Elena zu sehen, wie Lorena stumm etwas mit den Lippen formte. Es sah aus wie: »Hilf mir.«

Als Georges mit Simones Drink, einem Campari Lemon, zurückkehrte, ging der Mann in hellgrauem Anzug mit leuchtender Blümchenkrawatte wieder.

»Wer war denn das?«, fragte Georges Simone.

»Jaques Delamarle. Lokalpolitiker, für Kultur zuständig, wenn ich mich recht erinnere. Vater hat hin und wieder mit ihm zu tun, weil er das Jazzfestival sponsort, kennt ihn aber schon seit Jahren. Er ist ein alter Freund der Familie und kennt auch Lillian. Deshalb ist er hier.«

»Also geht es ihm nicht darum, sich politisch Rückendeckung zu verschaffen?« Georges zog eine Braue hoch.

»Nein, das würde Vater hier nicht wagen, glaube ich.« Simone lächelte und nahm einen Schluck von ihrem Drink. Beiden war aufgefallen, dass Jean-Paul im Lauf des vergangenen Jahres zunehmend um die Gunst der Politik gebuhlt hatte. »Wenn Lillian auch nur den leisesten Eindruck bekäme, dass er ihre Geburtstagsfeier zu seiner Imageaufbesserung benutzt, würde sie seinen Kopf neben dem Spanferkel servieren lassen.« Die aus drei Musikern bestehende Combo am Ende des Raums griff wieder zu den Instrumenten und spielte eine fröhliche lateinamerikanische Version von »Besame Mucho«, sodass Simone ihre Stimme ein wenig anheben musste. »Das spart er sich für Eröffnungen oder geschäftliche und gemeinnützige Anlässe auf.«

Nur etwa zehn Personen tanzten, die meisten anderen interessierten sich seit etwa einer Stunde mehr für Essen, Trinken und Gespräche. Allerdings zählten Lillian und ihr neuer »Freund« Max unweigerlich zu den Ersten auf der Tanzfläche. Max war ein pensionierter Lebensmittelhändler, dessen Expansionspläne mit zwei kleinen Läden in Outremont und einem weiteren in der Innenstadt ihren Höhepunkt erreicht hatten, bis er dann verkaufte.

Jean-Paul schaute den beiden gnädig lächelnd zu, doch sowohl Simone als auch Georges nahmen die stumme Missbilligung wahr, die er sorgsam zu verbergen suchte. Eine der wenigen charakterlichen Schwächen bei Jean-Paul. Normalerweise war er ausgesprochen tolerant und scherte sich wenig um soziale oder gesellschaftliche Unterschiede, doch wenn seine Mutter ins Spiel kam, wurde sein Klassenbewusstsein plötzlich extrem. Für sie war niemand gut genug.

Nach ihrem vorhergegangenen Gespräch machte sich Georges allerdings jetzt noch über etwas anderes Sorgen, das er unter Jean-Pauls Lächeln zu entdecken glaubte. Ihre Unterhaltung hatte wie ein normaler Geschäftsbericht begonnen, dann aber waren eine Reihe von Fragen aufgekommen, ob denn auch alles in Ordnung sei und ob »irgendetwas vorgefallen ist, während ich weg war?« Das kam ihm im Nachhinein nun sonderbar vor. Nicht die Fragen als solche, sondern die peinlichen Momente des Schweigens, nachdem Georges ihm versichert hatte, alles sei bestens.

Vielleicht litt er mittlerweile schlichtweg unter Verfolgungswahn. Nach der Besprechung mit Chenouda war er noch immer durcheinander und hatte sich das vielleicht auch anmerken lassen. Falls Jean-Paul einen Verbindungsmann in den Reihen der RCMP hatte, kannte er die Theorie, die Chenouda in Bezug auf Leduc und Savard vertrat. Dann hätte er nach seiner Rückkehr Roman pausenlos ausgequetscht. Nach den wenigen Malen zu urteilen, die er sie miteinander hatte reden sehen, schien jedoch zwischen den beiden alles in Butter zu sein; ihr Lächeln und ihre Körpersprache wirkten locker und relaxed.

Einzig bei der Frage, ob das Lächeln, das Jean-Paul ihm selbst entgegenbrachte, auch so locker war, war er sich nicht so sicher, und ob ... »*Was?*«

»Ich sagte: Da wären wir. Mittendrin«, wiederholte Simone. Sie schaute sich erst zu Jaques Delamarle um, dann zu Roman und Frank Massenat, die sich gegen die hintere Wand lehnten und sich über ihre neu aufgefüllten Teller mit Cocktailhappen hermachten. »Clowns zu unserer Linken, Joker zu unserer Rechten.« Dann runzelte sie leicht die Stirn. »Geht es dir gut?«

»Ja, natürlich.« Georges lächelte matt. Jean-Pauls Publikum bei dieser Art von Feierlichkeiten war eine sonderbare Mischung; sein Übergang vom Verbrecherboss zum respektablen Geschäftsmann hatte sich noch nicht ganz vollzogen, noch immer mischte sich die Vergangenheit mit dem, was Jean-Paul hoffnungsvoll als seine Zukunft betrachtete.

Romans Begleiterin Marie stand in der Mitte des Raums und

unterhielt sich mit zwei Frauen, während sich Catherine, Jean-Pauls für diesen Abend Auserkorene, neben ihm hielt. Er hatte sie kurz vor Weihnachten in der Parfümerie »*The Bay's*« kennen gelernt, als er gerade ein Geschenk für seine damalige Freundin aussuchte. In den drei Jahren seit der Beerdigung von Stephanie, seiner zweiten Frau, hatte er sich gefühlsmäßig noch nicht wieder festgelegt. Kaum eine war ja auch gut genug, sich mit ihr zu messen. Allerdings hatte Jean-Paul bei jeder zu Anfang große Hoffnungen gehegt, und ihm lag nun auch viel daran zu verkünden, Catherine sei kein platinblondes, Parfüm verkaufendes Dummchen, sondern habe auch einen Abendkurs in Soziologie an der McGill belegt.

Als der Song zu Ende war, kamen Lillian und Max zu ihnen herüber.

»Für die beiden hier kommt bald der große Tag«, meinte Lillian und an Georges gewandt: »Kennst du Max schon?«

Der hob zur Begrüßung die Hand und warf ihrem Freund ein Lächeln zu. »Ja, wir sind uns einmal kurz begegnet. Am zweiten Weihnachtsfeiertag, in Jean-Pauls Haus.« Lillian musste es vergessen haben.

»Vielleicht folgen wir euch ja bald auf den Stufen der Kirche«, sagte Lillian und versetzte Max einen Stups. »Schon Pläne für die Hochzeitsreise?« Ohne die Antwort abzuwarten, belehrte sie die beiden, Martinique sei zu heiß und feucht im Juli, und bei Mexiko verhielte es sich genauso. »Vielleicht fahrt ihr lieber nach Europa. Die Côte d'Azur ist nett um diese Zeit, oder sonst Italien.«

Simone erwiderte, sie hätten zwar Frankreich ins Auge gefasst, dächten aber für die ersten zehn Tage eher an ein postkartenmäßiges Schloss im Loiretal. »Danach die Mittelmeerküste und am Ende vielleicht ein kurzer Abstecher in die Toskana.«

Sie hatte kaum ausgesprochen, als Lillian sich hastig entschuldigte und Max erneut auf die Tanzfläche zerrte. An ihre Stelle traten Jon und, in seinem Schlepptau, Cynthia Larsen. Letztere wollte gleich wissen, ob schon klar sei, wo sie ihren Empfang geben würden und ob sie die gleichen Caterer in Anspruch nehmen würden wie ihr Vater. Eigentlich sei es ja ein beeindruckender Festschmaus, doch nach Cynthias Geschmack – den sie sich zweifellos bei ihren laufenden Kursen in Haute Cuisine zugelegt hatte, die das Niveau ihrer bereits berühmten Dinnerpartys weiter anheben sollten – sei die Lammseite ein wenig trocken und der Teig der Appetithappen zum Teil etwas zu dunkel geworden.

Jon, der rasch das Interesse verlor, nahm Georges am Arm und ging mit ihm ein wenig beiseite. »Was hältst du denn von dieser Kubageschichte?«

»Tja, Jean-Paul hat sie erwähnt, aber wir sind bisher nicht ins Detail gegangen.« Georges deutete auf das Essen auf den kleinen Tischen an der Seite. »Die Vorbereitungen hierfür haben sich wohl zu breit gemacht.« Jean-Paul hatte am Telefon erwähnt, dass er sich mit ihm über eine verstärkte Investition in Kuba unterhalten wollte. Bei ihrer letzten Unterredung waren sie jedoch gar nicht mehr darauf zu sprechen gekommen. Stattdessen hatte Jean-Paul sich abrupt verabschiedet und gemeint, in der Tür seines Arbeitszimmers warteten schon ungeduldig zwei Caterer und ein Partydekorateur, deswegen müsse er Schluss machen.

»Aha.« Einen kurzen Moment wirkte Jon verdattert. Dann erklärte er, Arturo Giacomelli habe Interesse daran, Gelder nach Kuba zu schleusen. Über die USA ginge das wegen des Handelsembargos nicht. »Aber über Jean-Paul und Kanada könnte er es hinkriegen.«

Georges holte tief Luft. »Wir können für Giacomelli keine Gelder schleusen. Dann wären wir wieder dort, wovon Jean-Paul sich mit aller Macht entfernen wollte, nämlich bei Geldwäsche und dem Versuch, mit schmutzigem Geld eine weiße Weste vortäuschen zu wollen.«

Jon Larsen hob die Hand. »Das sind wir doch alles schon mal durchgegangen. Hier ginge es um völlig sauberes Geld, direkt von den beiden Kasinos in Vegas.«

»Stimmt.« Georges senkte den Blick und dachte rasch darüber nach, während er einen Schluck Bier trank. »Trotzdem müssten wir darauf achten, nicht gegen das US-amerikanische Handelsembargo zu verstoßen. Allerdings sollte das kein Problem darstellen, wenn das Geld erst über Kanada und Jean-Pauls Beteiligung an Vegas fließt.«

Jon nickte. »Ich glaube, das war eine der Möglichkeiten, die in Erwägung gezogen wurden, als sie darüber sprachen.«

»Aber ich finde es trotzdem sicherer, wenn alles zuerst ganz über, sagen wir, Jean-Pauls Firmen in Mexiko flösse, und dann durch Kuba.« Als er sah, wie Jon Larsen über den Vorschlag nachdachte, rasten Georges' Gedanken. Trotz hektischer Vorbereitungen hatte Jean-Paul offenkundig Zeit gefunden, die Sache mit Jon ziemlich eingehend zu besprechen. Georges fragte sich allmählich, warum Jean-Paul so abrupt das Gespräch beendet hatte. Vielleicht hatte er ja etwas läuten gehört und machte sich Sorgen.

Larsen trank einen Schluck Martini. »Ich denke, das hat etwas. Allerdings müssen wir dafür sorgen, dass es binnen dreier Monate rein- und wieder rausgeht, damit wir es nicht mit der Steuer zu tun bekommen. Außerdem sollten wir darüber nachdenken, ob …«

»Genug über das Geschäft geredet, finde ich«, schaltete sich Cynthia ein. Simone, die neben ihr stand, lächelte verkniffen.

Hastig nickte Jon. »Ja, ja. Du hast Recht.«

Verlegen bildeten sie einen Moment einen Kreis. Schließlich bemerkte Cynthia: »Wenigstens haben wir dieses Jahr keine Eisstürme.« Dann kamen sie darauf zu sprechen, wie sie alle mit dem vergangenen Winter zurechtgekommen waren beziehungsweise ihn überlebt hatten.

Als Simone erklärte, so schlimm sei es gar nicht gewesen – als die Stromversorgung zusammenbrach, waren sie schlichtweg ins Haus ihres Vaters gezogen, weil der einen Generator besaß –, hörte Georges schon gar nicht mehr richtig zu. Er schaute hinüber und versuchte Jean-Pauls Blick aufzufangen, um im Gegenzug hoffentlich jenes zuversichtliche, beruhigende Lächeln zu ernten, das er so gut kannte und das ihm jetzt wichtiger war als je zuvor, weil es ihm bedeuten würde, dass alles in Ordnung war.

Es dauerte allerdings eine ganze Weile, bis er ihm dieses Lächeln entlocken konnte, und bis dahin hatten sich in Georges so viele widersprüchliche Gefühle breitgemacht, dass es ihm nun schon fast wieder egal war. Er hatte schnell getrunken, zwei Bier und zwei doppelte Southern Comforts heruntergekippt, bemüht, im Zuge der auf und ab wogenden Party seine Sorgen abzuschütteln. Er hatte einige Male mit Simone getanzt und ihr während einer passablen Version der Band von »And I Love Her« der Beatles ins Ohr geflüstert, dass er sie sehr liebe. Ein paarmal hatte er auch überlegt, zu Jean-Paul hinüberzugehen und direkt mit ihm zu sprechen. Vielleicht konnte er ja von Angesicht zu Angesicht besser erkennen, ob etwas faul war. Doch Jean-Paul schien kein Ende dabei zu finden, mit anderen Leuten zu reden. Gerade hatte er ein langes Gespräch mit Delamarle beendet, als jemand aus Lillians Bridgekreis, ein älterer Chirurg, an dessen Stelle trat. Ihm folgten Jean-Pauls Nachbarn, ein führender Grundstücksmakler und seine Frau, eine zwanzig Jahre jüngere Aerobic-Lehrerin.

Einmal erhaschte Georges Romans Blick und hätte schwören können, dass der seine Bestürzung wahrgenommen hatte. Es war ein direkter, herausfordernder Blick mit einem leisen Lächeln in den Mundwinkeln. Georges musste an Savards Schreie auf dem Band denken und schaute weg. Plötzlich war ihm, als stürze alles über ihm zusammen: der Rhythmus der Musik, Jean-Pauls kalte Schulter, Roman, der ihn anstarrte, das ansteigende Stimmengewirr um ihn herum, eine Frau, die unmittelbar hinter ihm in Gelächter ausbrach … Alles schwirrte ihm im Kopf herum, machte ihn schwindelig.

»Entschuldige mich«, sagte er zu Simone und ging auf die Toilette. Hier spritzte er sich Wasser ins Gesicht und starrte dann in den Spiegel. Seltsam, wie schnell man im erweiterten Kreis der Familie Lacaille zum Außenseiter werden konnte, zum Fremden in diesem Haus. Das stand in scharfem Gegensatz zu der Kameradschaft, als sie alle während der Eisstürme unter diesem Dach zusammengekommen waren, um Karten und Scharaden zu spielen, als die Familie Lacaille und die

Günstlinge aus ihrem inneren Kreis gegen eine feindselige Außenwelt zusammengehalten hatten. Nun stand auch er praktisch draußen in der Kälte, genau wie die Eisschollen.

Den verzweifelten, gehetzten Blick nach wie vor auf den Spiegel richtend und sich mit einem Handtuch abtupfend, beschloss er in diesem Moment, die Last seines Geheimnisses nicht länger zu tragen. Er würde die Wahrheit über jenen Abend mit Roman und Leduc erzählen müssen. Jean-Paul persönlich wollte er das zwar nicht sagen, denn einen Bruder gegen den anderen auszuspielen hatte er ja die ganze Zeit schon vermeiden wollen. Doch vielleicht konnte er sich jemandem anvertrauen, der zwischen den beiden stand – Simone oder Jon Larsen? Wer eignete sich am besten?

Als er seine Entscheidung gefällt hatte und wieder hinaustrat, hatte er das Gefühl, als sei ihm eine zentnerschwere Last von den Schultern gefallen. Prompt erntete er nun tatsächlich Jean-Pauls Lächeln. Dazu kam es, nachdem Frank Massenat bei seinem katastrophalen Versuch eines Bossanova Lillian zum zweiten Mal auf die Füße getreten war und Georges Simone ins Ohr geflüstert hatte: »Der braucht die Leute gar nicht unter Druck zu setzen, er braucht bloß anzudrohen, mit ihnen zu tanzen.«

Simone grinste über das ganze Gesicht, und als Georges ihr einen Kuss auf die Wange gab und sich aufrichtete, lächelte Jean-Paul zu ihnen herüber. Allerdings vermochte Georges nicht zu sagen, ob das Lächeln nur seiner Tochter galt oder auch ihn einschloss.

»Ich weiß, dass das Jugendamt Sie bereits zu Lorena befragt hat, Dr. Tinsley. Hier geht es jetzt aber um etwas völlig anderes, mehr in Zusammenhang mit ihrem Zustand, als sie zum ersten Mal ins Land kam«, führte Elena am Telefon aus. »Als Mitarbeiterin der Organisation, die sie hierher vermittelt hat, fällt das eher in meinen Bereich.«

»Ich verstehe. Also, worum geht es denn genau?«

Elena spürte, dass Dr. Tinsley nach wie vor vorsichtig war. Sie beschloss, einen kleinen Umweg zu machen und über

Lorenas Zeit in der Kanalisation und die schlimmen Entbehrungen in den Waisenhäusern zu sprechen. »Als Folge davon litt sie im letzten Waisenhaus in Bukarest unter beunruhigenden Träumen. Und jetzt möchte ich wissen, ob es Anzeichen dafür gab, dass die sich in England fortgesetzt haben.«

»Das fällt natürlich eher in das Gebiet eines Psychiaters als das eines Arztes.«

»Ich weiß. Aber sie waren nie so schlimm, dass man das Mädchen für eine Behandlung vorgesehen hätte. Es geht also nur um einen allgemeinen Eindruck Ihrerseits.«

»Nun... Ich, äh, sie hat nie direkt über Träume geklagt, so weit ich mich erinnere... Aber sie schien mir tatsächlich manchmal ein wenig abwesend und gedankenverloren.«

Elena hörte das Rascheln von Papier im Hintergrund. Sie war sich nicht sicher, ob das Zögern bedeutete, dass Dr. Tinsley gebührende Umsicht an den Tag legte oder aber nur halb bei der Sache war. »Ich meine, wirkte sie bekümmert... Würden Sie sagen, dass sie unter Depressionen litt?«

»Depressionen? Das scheint mir ein etwas extremer Ausdruck für eine Neunjährige.« Ein leicht humoriger Tonfall, fast herablassend. »Aber sie war, sagen wir, manchmal distanziert, verloren in ihrer eigenen Welt. Ich musste meine Fragen oft wiederholen. Allerdings muss ich sagen, dass ich das vor allem der Tatsache zuschrieb, dass sie die Sprache erst noch in den Griff bekommen und sich auch erst an ihre neue Umgebung gewöhnen musste.«

»Sicher.« Sie hatte das Gefühl, in Bezug auf Lorena nicht weiter gehen zu können. »Und das andere adoptierte Mädchen, Mikaya – sind Sie auch ihr Hausarzt gewesen?«

»Ja. Aber ich dachte...«

»Und hatte sie Depressionen oder Störungen?«, unterbrach Elena rasch, in der Hoffnung, den Arzt damit zu überrumpeln. Doch der Mann führte seinen Einwand weiter aus.

»... ich dachte, Sie hätten es nur mit Lorena zu tun. Daher verstehe ich nicht, was Mikaya damit zu tun haben soll.« Ein fragender, abwehrender Ton.

»Ja, ich weiß. Wir möchten aber herausfinden, ob sich das Problem auf Lorena beschränkt. Denn sollte es bei einem anderen Kind ein ähnliches Problem von mentaler Distanz und Depression geben, wäre es möglich, dass die Ryalls diese ausländischen Kinder unbewusst entfremden, sie nicht ganz in die Familie aufnehmen und akzeptieren.« Elena hörte Tinsleys flache Atemzüge am anderen Ende. Ob er darauf hereinfallen würde? Ihr war, als ginge sie auf rohen Eiern, aber ihr fiel keine andere plausible Geschichte ein, die ihr das Gewünschte einbringen konnte. »Wie gesagt, ich glaube nicht, dass die Ryalls so etwas wissentlich tun würden. Es ist eben bloß so, dass die Kinder oft sehr sensibel sind, vor allem entwurzelte Kinder wie diese.«

»Hören Sie, da war etwas – aber das hatte absolut nichts mit den Ryalls zu tun, sondern mehr mit einem Freund des Mädchens.« Nun klang der Tonfall forsch, als glaubte Dr. Tinsley, Elena hätte vielleicht etwas aufgeschnappt, und als wollte er nun sicherstellen, dass sie ihre Wissenslücken nicht falsch auffüllte. »Ich kann mich dafür verbürgen, dass Mr und Mrs Ryall Mikaya aus ganzem Herzen und unmissverständlich während der ganzen Angelegenheit unterstützt haben. Was darüber hinausgeht, sollten Sie, denke ich, mit den Ryalls selbst oder mit dem Jugendamt besprechen.«

»Ja, ja, natürlich. Ich verstehe.« Ach du liebe Zeit, da hatte sie aber an einen Nerv gerührt. *Freund des Mädchens?* »Sie waren eine große Hilfe. Danke.« Sie verabschiedete sich rasch, wobei sie den deutlichen Eindruck hatte, dass Tinsley eingehängt hätte, wenn sie auch nur ein bisschen mehr gedrängt hätte.

Dann wählte sie sofort Nadine Moores Nummer. Nadine war jedoch nicht zu Hause, sodass Elena ihr eine Nachricht hinterließ, in der sie um Rückruf bat. Ungeduldig trommelte sie mit den Fingern auf das Telefon, um dann nach unten zu gehen und sich einen Kaffee einzuschenken. Die ersten Schlucke und das Aroma ließen sie ein wenig wacher werden; nachdem sie Lorena hatte vorbeifahren sehen, hatte sie in der vergangenen Nacht nicht gut schlafen können.

Als bis zum späten Vormittag kein Anruf mit Neuigkeiten von Megan kam, spielte sie eine halbe Stunde lang Taktiken durch, wie sie einen neuen Versuch unternehmen konnte, um Lorena zu helfen. Sie war sich nicht sicher, wie weit sie kommen würde, und fühlte sich in Anbetracht ihrer misslichen Lage ein wenig wie ein hektischer Jongleur. Einen Augenblick fragte sie sich ernsthaft, ob sie nur die Zeit damit totschlug, um sich nicht mit ihrer eigenen ungewissen Situation beschäftigen zu müssen. Nein, sie hätte es auf jeden Fall getan. Wenn sie Lorena bei der ersten Hürde im Stich ließe, würde sie nicht mit sich ins Reine kommen. Ein letztes Mal musste sie es versuchen.

Gordon war für ein paar Stunden geschäftlich außer Haus, so stand sie wenigstens nicht mehr unter dem Druck, dass er ständig um sie herumschlich. Die Rechnung von Megan und Terry belief sich bereits auf 830 Pfund, 300 Pfund mehr als das, was sie von ihrem eigenen Konto beisteuern konnte. Sie hatte Gordon vorgemacht, es gäbe Probleme mit ihrem Auto, laut Werkstatt benötige es neue Scheibenbremsen. Aber was war mit den nächsten 300 Pfund und denen danach? Entweder musste sie sich etwas einfallen lassen oder Gordon gegenüber alles offenbaren. Sie schüttelte den Kopf: Ein Geheimnis von solcher Tragweite, so lange gehütet, wie konnte ihre Beziehung das überstehen?

Zwei Stunden später saß sie auf dem Rücksitz von Nadine Moores Auto in Chelborne Sands. Die beiden waren wie Drogenhändler oder ein Liebespaar bei einem geheimen Treffen. Schon wieder Geheimnisse.

»Es steht alles drin. Alles über Mikaya Ryall.« Nadine reichte ihr die Akte herüber. »Ich kann Sie die Akte nur lesen lassen, Sie dürfen sie weder mitnehmen noch kopieren. Machen Sie sich Notizen, so viel Sie wollen – aber wenn jemand danach fragt, von wem Sie die Informationen haben, dann nicht von mir. Okay?«

»Ja … natürlich.« Elena hörte nur halb zu, während sie gierig in den Seiten blätterte. Nadine hatte zunächst heftigen Protest dagegen eingelegt, die Akte auszugraben und ihr Einblick zu gewähren, und Elena hatte sehr drängen müssen. »*Wenn Sie gutheißen, was Ryall getan hat, unser Gespräch auf Band aufzunehmen, und wenn Sie tatsächlich überzeugt davon sind, dass er nichts zu verbergen hat und mit Lorena alles stimmt, gut, dann helfen Sie mir eben nicht.*« Schließlich hatte Nadine entgegen ihrer Überzeugung nachgegeben, murrte aber nach wie vor, so etwas sollte sie eigentlich nicht tun. »Ich muss verrückt sein. Wenn das rauskommt, kann ich meinen Job verlieren.«

Fieberhaft überflog Elena die Seiten, sprang von einem wichtigen Absatz zum nächsten. Nach einem Moment angespannten Lesens hob sie langsam den Kopf und schaute ausdruckslos nach vorn. Der Strand war breit, und der winterliche Wind hatte den Sand zu Bänken und zerfurchten Wirbeln aufgeschichtet. Die heftigen Böen, die den Wagen von der offenen Bucht her durchrüttelten, trieben den losen Sand auf und verteilten ihn über die Windschutzscheibe.

Als Nadine die Wischer einschaltete, um die Scheibe wieder sauber zu bekommen, atmete Elena langsam aus – endlich ein Zeichen von Entspannung. *Mit vierzehn schwanger geworden, Hinweise auf sexuelle Aktivität schon einige Monate zuvor, möglicherweise länger; geheimnisumwitterter Freund.* Es war fast ein Spiegelbild ihrer eigenen Vergangenheit, zu nah und unbehaglich. Ein unwillkürlicher Schauder verjagte ihre Betretenheit angesichts der Parallelen. Bei ihr hatte es tatsächlich einen Freund gegeben, bei Mikaya jedoch hätte sie darauf gewettet, dass er erfunden war, eine List, um Ryall zu decken. Sie entnahm der Akte, dass der Freund nie namentlich erwähnt worden war. Wie passend.

Plötzlich machte sich in ihr glühende Überzeugung breit, und sie verspürte Wut auf sich selbst, weil sie Lorena Ryall auf Gedeih und Verderb ausgeliefert hätte, wenn sie dem Mädchen nicht zufällig noch einmal begegnet wäre.

Sie bedankte sich bei Nadine und fuhr mit der Absicht los, direkt nach Hause zurückzukehren. Ihre Wut ließ sie schneller fahren als sonst, doch als sie an Mrs Wickens' Geschäft vorbeikam, beschloss sie spontan, hier Station einzulegen. Falls jemand die Lücken auffüllen konnte, dann war es Mrs Wickens.

Die nickte weise. Aber selbstverständlich konnte sie sich an die ganze Affäre noch erinnern. Nein, der Freund wurde nie namentlich erwähnt. Bei ein paar Jungen habe es geheißen, sie seien mit Mikaya befreundet gewesen, aber das Mädchen hatte geschworen, sie seien es nicht gewesen. »Erst meinte sie, sie könne nicht sagen, wer es war, dann sagte sie, sie erinnere sich einfach nicht mehr. Ein seltenes Geheimnis.«

»Wie sieht sie eigentlich aus?«, fiel Elena noch ein, als sie schon im Begriff war, sich umzudrehen und hinauszugehen.

»Ein hübsches Mädchen, fantastisch. Eine der hübschesten Orientalinnen, die ich je gesehen habe.«

Den ersten Anruf von Dr. Tinsley bekam Cameron Ryall am Spätnachmittag des gleichen Tages. Die beiden folgenden Anrufe, die ihn darüber in Kenntnis setzten, dass Mrs Waldren im Ort Fragen gestellt hatte, gingen am nächsten Tag ein. »Sie wissen doch, diese Sozialarbeiterin, die mit ihrem Mann oben an der Schlucht wohnt«, half man ihm noch für den Fall auf die Sprünge, dass er sie nicht gleich einordnen konnte.

In den Wochen zwischen den beiden Befragungen Lorenas hatte er an kaum etwas anderes denken können, und nun kam womöglich alles erneut auf den Tisch. Dabei hatte er sich doch gerade erst in der vergangenen Woche, nach dem Band und der Intervention durch Edelston, wieder entspannt und geglaubt, alles sei vorbei.

Sein erster Impuls war es, Kontakt mit Edelston aufzunehmen und sie anzupfeifen, doch Waldren war ja freie Mitarbeiterin und stand somit nicht unter ihrer Kontrolle. Und Waldrens Hilfsorganisation würde der Sache wahrscheinlich keine Beachtung schenken.

Innerlich brodelnd sann er stundenlang darüber nach, was zu tun war. Nur selten wandte er seine Aufmerksamkeit dringenden geschäftlichen Angelegenheiten des Tages zu und verlor sich dabei häufig. Schließlich entschied er, dass er einfach nicht genug über Elena Waldren wusste, als dass er einen optimalen Plan hätte entwerfen können, um sie aufzuhalten. So wie sie die Nase in seine Privatangelegenheit steckte, musste er jetzt in den ihren schnüffeln.

Er setzte sich mit einem in Chelmsford ansässigen Privatdetektiv namens Des Kershaw in Verbindung, den er noch aus seiner Zeit als Anwalt kannte und erst vor ein paar Jahren damit beauftragt hatte, das Privatleben eines Werksleiters zu durchleuchten, den er der Veruntreuung verdächtigte. Kershaw war zäh und gründlich und würde nicht ruhen, ehe er nicht alle Facetten von Elena Waldrens Leben freigelegt hatte.

In den ersten Tagen brachte Kershaw nichts Bahnbrechendes ans Tageslicht, sondern setzte sich vor allem schlichtweg über ihre zwölf Ehejahre mit Gordon Waldren ins Bild, ihre Arbeit bei der Hilfsorganisation und ihre beiden Adoptivkinder Christos und Katine.

Zumindest eines hatte er mit den Waldrens gemeinsam, dachte Ryall: Adoptivkinder. Kershaws Anruf hatte ihn bei der Inspektion ihrer Mikrochip-Abteilung gestört, und er war noch ein wenig außer Atem, da er sich den Schutzanzug hatte abstreifen müssen. »Nichts Pikantes also? Nein, sicher … sicher. Geben Sie mir Bescheid, sobald Sie mehr wissen … Falls es denn mehr gibt.«

Allmählich machte Ryall sich Sorgen, dass bei der Sache überhaupt nichts Nennenswertes herauskommen würde und Elena Waldren genau das war, wonach sie aussah, nämlich eine mustergültige Sozialarbeiterin mit zwei Adoptivkindern und einem Broker als Mann, gehobene Mittelklasse, makelloser Heiligenschein als Fürsprecherin geknechteter Kinder. Dann würde er sich nach anderen Mitteln und Wegen umsehen müssen, um sich gegen sie zur Wehr zu setzen und sie aufzuhalten, bevor sie ihm zu dicht auf den Leib rückte.

Kershaws immer häufigere Anrufe im Verlauf der nächsten Tage zähmten jedoch nach und nach seine Panik, und als das Bild Klarheit annahm, wurde ihm deutlich, dass er für seine

Zwecke mehr als genug Munition besaß, genug, um Elena Waldren gleich zweimal in den Sack zu stecken.

Manches erschien ihm so unwahrscheinlich und extrem, dass er Kershaw bat, ihm Einzelheiten zu wiederholen, und er nachhakte, ob er sich auch nicht irrte. Immerhin konnte Kershaw übereifrig gewesen sein, auf etwas Schmutziges zu stoßen, und dabei unzuverlässige Quellen angezapft haben. Doch der Mann war sich seiner Sache sicher.

»Zum Teil war es schwierig zu finden, lag verborgen in alten Artikeln in Lokalzeitungen von Hampstead und Highgate, wo die Familie George – ehemals Georgallis – wohnte. Eine Reihe von Vorfällen brachte es aber zu Randnotizen in der überregionalen Presse. Die einzige mündliche Quelle war ein alter Kontaktmann bei der Polizei, den ich früher schon benutzt habe. Auf ihn kann man sich verlassen. Ansonsten geht es vor allem um Gerichtsunterlagen, die wenig Raum für einen Irrtum lassen. Aber wenn Sie meinen Bericht haben und sich bei etwas nicht sicher sind und möchten, dass ich es noch einmal für Sie überprüfe, dann sagen Sie einfach Bescheid.«

Es bestand gar keine Notwendigkeit für einen Rückruf. Kershaws Bericht war gründlich, detailliert und nüchtern. Zwei Verhaftungen wegen Drogenmissbrauchs, eine dritte wegen Teilnahme an einer Anti-Atom-Demonstration in Greenham Common, die eskaliert war. Die Zeitungsausschnitte deuteten darauf hin, dass es vor allem um die Rebellion eines reichen, »wilden« Kindes gegen ihren fest zum Establishment gehörenden Vater ging, den Gründer der zeitweise neuntgrößten Handelsbank in Großbritannien, die an siebzehnter Stelle sämtlicher Finanzinstitutionen stand. Ryall hätte es schon dämmern müssen, als er den ursprünglichen Familiennamen George zum ersten Mal gesehen hatte: Anthony George, der Senkrechtstarter unter den Finanziers in den 70er und 80er Jahren.

Doch am belastendsten waren, vor allem in Anbetracht ihrer gegenwärtigen Tätigkeit, vorangegangene Probleme: Schwangerschaft mit fünfzehn, Adoptionsfreigabe des Babys, dann der Selbstmordversuch und der endgültige Gerichtsbeschluss, sie sei zu instabil und ungeeignet dafür, ein Kind aufzuziehen. Ryall fragte sich, wie viel ihrer Vorgeschichte sie wohl gegenüber der Hilfsorganisation und bei den Adoptionsanträgen für ihre beiden Kinder auf den Tisch gelegt hatte.

Ihr eigenes Kind weggegeben, verurteilt als Drogenabhängige, Selbstmordversuch, vom Gericht als für die Mutterschaft ungeeignet befunden. Das war nicht gerade die beste Empfehlung für die Arbeit bei einer Kinderhilfsorganisation oder für die Adoption von Kindern.

Ryall konnte sich eines ironischen Lächelns nicht erwehren, als er noch am gleichen Abend seine Begleitbriefe zu den Kopien von Kershaws Bericht schrieb, einen an Barbara Edelston, einen an Elena Waldrens Arbeitgeber. Beide waren gleichen Inhalts: Er werde nach wie vor privat von Waldren wegen Lorena belästigt, und in Anbetracht von Waldrens Vorgeschichte sei diese gewiss die Letzte, die seine Rechte und Moral als Adoptivvater in Frage stellen sollte. An die Hilfsorganisation gerichtet, fügte er einen Absatz hinzu, in dem er seine Überraschung darüber zum Ausdruck brachte, dass sie Waldrens Vergangenheit nicht eingehender überprüft hatten.

Dann verharrte er einen Augenblick und überlegte, ob er auch Gordon Waldren eine Kopie übersenden sollte oder ob dies zu weit ging. Wie viel aus ihrer Vergangenheit hatte sie ihm eigentlich erzählt? Schließlich nahm er einen weiteren Umschlag zur Hand. Sie hatte die Schlacht begonnen, war bereit gewesen, ihn zu vernichten. Im Krieg und in der Liebe ist alles erlaubt … Dieses Mal machte er sich allerdings nicht die Mühe, einen Begleitbrief zu schreiben, sondern steckte einzig und allein eine Kopie von Kershaws Bericht hinein.

Zufrieden mit seinem Werk lehnte er sich zurück. Im Hintergrund lief »Tanz der Ritter« von Prokofjew. Ein zur Schlacht passendes Requiem. Nicole war, kurz nach Lorena, vor über einer Stunde zu Bett gegangen, wie immer nach einer halben Flasche Gin und Prozac völlig benommen und passenderweise unbeeindruckt, als er erklärt hatte, er müsse sich noch um Geschäftliches kümmern und ein paar Briefe schreiben.

Draußen rüttelte der böige Wind an den hohen Espenholzfenstern, und in der Ferne war das gedämpfte Wogen des Meers zu vernehmen. Hier drinnen jedoch erfüllte die Musik jeden Winkel des großen Raums, prallte von den hohen Fenstern und gewölbten Decken zurück, floss in die Weiten der auf der Galerie befindlichen Bibliothek. Eine stark nachhallende Tonkammer mit dem exakten Gleichgewicht an absorbierendem Holz, genau wie man solche Musik hören musste – und mitten darin nur er, um sie aufzunehmen. Er spürte, wie Rhythmus und Kadenzen in ihm widerhallten, seine Sinne schärften und seine Stimmung rasch steigen ließen. Mit kontrollierten Handbewegungen begleitete er die durchdringenden, stakkatoartigen Einsätze der Violine. Was er gerade getan hatte, verlieh ihm Substanz und Kraft, und plötzlich fühlte er sich als Herrscher über seine Umgebung, Herrscher über diesen großen Raum und über dieses Haus, Herrscher über das Dorf und seine belanglosen Speichellecker, die ihm gehorsam Informationen weiterreichten. Und nun auch Herrscher über diejenigen, die es wagten, sich in sein Leben einzumischen, die Elena Waldrens samt Konsorten.

Die Hand an die rechte Wange gelegt, verharrte er einen Augenblick. Er hätte schwören können, noch immer zu spüren, wo die kleine Lorena ihn geküsst hatte. »Gute Nacht, Papa« – das pflichtbewusste, allabendliche Ritual. Und Abend für Abend konnte er auch die ihr anhaftende Unruhe spüren, ihr huschender Blick, ihr kleines Herz, das so wild hämmernd schlug wie die Flügel eines Kolibris und so das Ritual nur noch engelhafter und liebenswerter gestaltete. Das Gefühl, so viel Macht über sie zu besitzen, und nur ein Teil von ihr begriff das Wie oder Warum.

Er schaute auf und horchte über die Musik hinaus in den oberen Teil des Hauses. Ryall überlegte, ob er sich davon überzeugen sollte, dass es Lorena gut ging, ihr kurz über die Stirn streichen sollte; ein kleiner Besuch des Triumphs. Doch letztendlich beschloss er, ein paar Tage damit zu warten. Dann konnte er sicher sein, dass sein Triumph von Dauer war. Niemand würde ihm je wieder in die Quere kommen.

Als Elena das Kliff jenseits von Chelborne umfuhr, kamen ihr die Tränen.

Es war eine ihrer Lieblingsaussichten, eine fast zweihundert Fuß steile Erhebung vom Meer, deren grüne Anhöhen und Weiden sich sanft in die gelbe Sandfläche von Chelborne und das tiefe Blau der Bucht ergossen. An Tagen wie heute, wenn die See wild war, gefiel der Blick Elena noch besser, denn dann konnte man weiße, sich bis zum Horizont erstreckende Schaumkämme sehen, Linien von Konflikt und Kontrast. Zweimal schon hatte sie die Aussicht auf die Leinwand gebracht, hatte aber immer noch das Gefühl, dass ihr das Wesentliche entging, das, was ihre Stimmung hob, wenn sie das Kliff an einem strengen, klaren Tag umfuhr.

Klar war der Tag nun, der Wind war frisch, Nachwehen des Sturms der vergangenen Nacht. Als sie über die Weite der Bucht schaute, empfand Elena jedoch nur Leere und Trostlosigkeit.

»Ich glaube, das war's ... Leider. Wir sind gegen eine Wand gestoßen. Nach Terrys Ansicht ist die Chance, ihn wieder aufzuspüren, gleich null.« Das waren früh am Morgen Megans Worte gewesen.

Geweint hatte sie da nicht, sondern sich lediglich genauso leer und ausgeweidet gefühlt wie jetzt auch. Terry hatte herausgefunden, dass die Stephanous ihren Namen etwa zehn Monate später in Stevens abgeändert hatten, um dann schlichtweg von der Bildfläche zu verschwinden. Kein Nachsendeantrag, nichts im Wahlregister, nichts beim Kreditschutzverein. Wie bei ihrem Vater war der Name nun völlig anglisiert: George Stevens. Wahrscheinlich hatten Megan und Terry Recht. Gab es keine Spur, die auf die Stephanous zurückführte, würde sie ihn nie finden. *»Ich werde ihn außer Sicht- und Reichweite verstecken. Du wirst ihn niemals finden.«* Die Worte ihres Vaters hallten jetzt plötzlich, Jahre später, niederschmetternd wider. Obwohl sie sich so heftig mühte, aus seinem Schatten zu entkommen, war noch immer ein Teil ihres Lebens in seinem Griff und unter seiner Kontrolle.

Nur wenige Stunden später sollte sich sich allerdings weit mehr Sorgen über die Kontrolle und den Einfluss machen, den Cameron Ryall über einen Großteil von Chelborne ausübte. Sie hatte ihre Enttäuschung rasch abgeschüttelt; wenn sie sich schon nicht selbst helfen konnte, dann wenigstens Lorena. Mrs Wickens' Worte ließen sie nicht mehr los: »*Eine der hübschesten Orientalinnen, die ich je gesehen habe.*«

Vielleicht suchte sich Ryall seine Mädchen nach bloßer Schönheit aus. Es gab ja weiß Gott genug von ihnen, ein endloses Meer an Kindern mit Engelsgesicht und großen Augen, die von der Welt vergessen worden waren. Erst verschaffte er sich ihr Vertrauen, strich ihnen über die Stirn, scheinbar unschuldig, um die Bindung dann allmählich auszubauen, bis sie dreizehn oder vierzehn waren, das Alter, in dem Mikaya gewesen war, als sie schwanger wurde, und dann … Elena schüttelte sich bei der Vorstellung. Aber wieso erhoben sie nicht ihre Stimme gegen ihn? Bei Lorena konnte sie es ja noch verstehen, sie war zu jung, zu verängstigt, wahrscheinlich war auch noch nicht allzu viel geschehen, und dass etwas geschehen war, hatte sie aus ihrem Gedächtnis gestrichen.

Aber Mikaya war doch alt genug gewesen, um mit der Sprache herauszurücken, vor allem in Anbetracht des Schreckens, den ihre Schwangerschaft ausgelöst hatte. Und doch war sie stumm geblieben. Welche Macht besaß Ryall über diese Menschen?

Sie merkte, dass sie darauf keine Antwort finden würde, solange sie nicht mehr über Mikaya in Erfahrung brachte, und fuhr daher nach Chelborne zurück. Nachdem sie am Vortag Mrs Wickens besucht hatte, hatte sie sich noch im Bekleidungsgeschäft und im Reformhaus erkundigt. Doch da war es nur um Belanglosigkeiten gegangen, etwa, in welche Schule Mikaya gegangen war, welche Kleider sie mochte, und tatsächlich, man wusste auch Bescheid über diese unschöne Sache mit der Schwangerschaft, aber nein, einen bestimmten Freund, den sie als möglichen Schuldigen hätten benennen können, gab es nicht. »In den letzten Jahren haben wir sie hier kaum zu sehen bekommen«, schloss Mrs Frolley im Bekleidungsgeschäft nachdenklich. »Wo sie doch jetzt an der Universität ist.«

Als sie nun Mrs Frolley noch einmal besuchte, um nachzufragen: »Auf welcher Universität?«, zeigte die sich als Buch mit sieben Siegeln. »Tut mir Leid, das weiß ich nicht.« Und wurde rasch nervös. »Ich glaube, ich habe schon mehr gesagt, als ich hätte sagen sollen ... Außerdem habe ich gerade viel zu tun.« Mit rotem Gesicht hastete Mrs Frolley davon, um sich einer anderen Kundin zu widmen.

Nachdem die junge Aushilfe im Reformhaus nach hinten gegangen war und nachgefragt hatte, teilte sie Elena mit, Mrs Boyle sei gerade mit der Inventur beschäftigt und könne nicht zu ihr kommen. Also legte Elena alle Hoffnungen auf die stets verlässliche Mrs Wickens.

Doch deren Reaktion fiel ganz ähnlich aus, war sogar mit offenem Tadel verbunden. »Wenn ich Ihnen etwas erzähle, geschieht das ganz in Treu und Glauben. Ich erwarte dann, dass es nicht überall und auf seltsame Weise missbraucht wird.«

Elena versuchte, an den Mutterinstinkt von Mrs Wickens zu appellieren, die vier Kinder aufgezogen hatte. »Es geht hier nicht um eine Privatfehde zwischen mir und Mr Ryall. Es geht um das Wohlergehen eines kleinen Mädchens, das meiner Meinung nach in Gefahr sein könnte. In ernsthafter Gefahr.«

Mrs Wickens schüttelte den Kopf. »Nie im Leben. Mr Ryall ist ein guter Mensch. Nicht im Traum würde er so etwas tun. Er ist seit Jahren so gut zu meinem Rolly.«

Schlagartig erinnerte sich Elena in diesem Augenblick daran, dass Roland, der Mann von Mrs Wickens, in Ryalls Fabrik arbeitete. Bei einem Unternehmen derartiger Größe in einem kleinen Ort wie Chelborne mussten bestimmt viele Verwandte von Dorfbewohnern und Ladenbesitzern dort angestellt sein. Immerhin war Ryall der mit Abstand größte Arbeitgeber weit und breit. Der Retter und Held, der nach jahrelangem Niedergang der örtlichen Fischindustrie in die Bresche gesprungen war. Nur wenige Einheimische würden Böses von ihm denken wollen.

Mit gerötetem Gesicht wandte Mrs Wickens sich ab und beschäftigte sich damit, die Zeitungsauslage auf ihrem Tresen neu zu ordnen. »Nun, und Sie wissen ja ... Man muss sich um sich selber kümmern.«

Als sie von Mrs Wickens aufbrach und das Kliff umfuhr, wurden die Enttäuschungen und Hindernisse, die sich vor ihr aufgetürmt hatten, schließlich zu viel, und Elena brach in Tränen aus. Tagelang, wochenlang war sie gegen den Strom geschwommen, gegen das Unmögliche angegangen – jahrzehntelang, wenn sie die verlorene, vergessene Zeit mitrechnete, in der sie Christos aus dem Gedächtnis gestrichen und sich nicht einmal die Mühe gemacht hatte, nach ihm zu suchen – und erst jetzt traf die Erkenntnis sie mit voller Wucht.

Seit Jahren hielt die Hand ihres Vaters ihr Leben nach wie vor fest im Griff, und nun waren da auch noch Ryalls sich über Chelborne verbreitende Tentakel, die ihr Fortkommen blockierten.

Ihre Augen schwammen in Tränen und hüllten die vor ihr liegende Bucht in einen Dunstschleier, sodass sie an die Seite fahren musste. Vielleicht war dieser leicht verschwommene Monet-Blick ja der Schlüssel zu ihrem Gemälde. Doch der Gedanke entlockte ihr kaum ein Lächeln; dieses Mal ließ ihre Stimmung sich nicht beflügeln. Stattdessen sank Elena hemmungslos schluchzend in sich zusammen. Sie weinte mehr um die verlorenen Jahre mit Christos als wegen der Sackgasse, in die sie nun geraten war. Schließlich hatte sie nur eine Woche damit vertan herauszufinden, dass sie die neunundzwanzig verlorenen Jahre nie würde gutmachen können. Wegen Lorena empfand sie eher Enttäuschung und Machtlosigkeit als Trauer. Sie hatte geglaubt, sich schon vor Jahren aus der Umklammerung ihres Vaters gelöst zu haben, hatte sich jedoch die ganze Zeit etwas vorgemacht. Nun wurde sie wieder mit der gleichen Situation konfrontiert. Wieder war da ein mächtiger Mann, dessen Umklammerung sie nicht zu brechen imstande war, um Lorena helfen zu können.

Sie schüttelte den Kopf und verbiss sich die Tränen. Vielleicht hatte Gordon Recht. Sie hatte zugelassen, dass die Grenze zwischen Ryall und ihrem Vater verschwamm, und das war nicht richtig und würde nur verhindern, dass sie sich einen klaren Blick bewahrte.

Einen klaren Blick. Erneut wischte sie sich über die Augen, trocknete die Wangen mit dem Handrücken. Nun war die Sicht auf die Bucht vor ihr wieder klar. Hätten sich ihre aufgewühlten Gedankengänge doch auch nur so leicht bereinigen lassen!

Nach einer Weile bog sie wieder auf die Straße ein und setzte ihre Fahrt auf der leicht abschüssigen Strecke nach Chelborne Bay fort. Dabei klammerte sie sich an den einzigen Trost, der ihr inmitten der ganzen Bescherung blieb. Wenigstens würde jetzt ihr Geheimnis für immer begraben bleiben, denn es gab keinen Grund dafür, es offen zu legen. Ihr Leben mit Gordon und den Kindern würde, wie die Aussicht vor ihr, ganz so bleiben, wie es war. Heiter, friedlich, mit nur wenigen Besorgnis erregenden Wolken.

13

Jean-Paul wandte sich von Georges ab und schenkte aus der Karaffe auf dem Sideboard einen Drink ein.

»Wenigstens etwas, bei dem mein Bruder guten Geschmack beweist. Brandy.« Jean-Paul brachte das Glas zu Georges herüber, der am Ende des lang gezogenen Tisches saß. Jean-Pauls Glas stand bereits vor seinem Platz am Kopf des Tischs. Er erhob es und lächelte. »Santé!«

»Ja. Prost.« Georges kostete den Brandy, spürte, wie seine milde Glut sich ihn ihm senkte. Ein gereifter Ragnaud-Sabourin, den Roman Jean-Paul zu Weihnachten geschenkt hatte. Georges schaute sich zur Tür um. »Kommt Jon denn nicht noch dazu?«

»Nein, hier geht es mehr um die Familie als ums Geschäft.« Jean-Paul schaute Georges zum ersten Mal in die Augen.

»Ach so.« Der späte Zeitpunkt und der Brandy hätten

Georges selbst darauf kommen lassen müssen. Jean-Pauls Augen funkelten ein wenig, zwar ohne Feindseligkeit, doch meinte Georges leise, unterschwellige Besorgnis in ihnen auszumachen. Jedenfalls war das nicht die rückhaltlose Umarmung, die er sich gewünscht hatte. »Ich dachte, es ginge jetzt um Giacomelli und Kuba. Ich habe gestern Abend auf der Party kurz mit Jon darüber gesprochen.«

»Na ja ... Darüber können wir morgen vielleicht sprechen. Jon hatte heute nicht die Zeit dafür.« Jean-Paul unterbrach seinen Gedankengang einen Moment und schaute flüchtig an Georges vorbei. Dann bildete sich ein leises Lächeln um seine Mundwinkel. »Der alte Vito Giacomelli hat offenbar dort unten eine hübsche Stange Geld in den Sand gesetzt, als Castro an die Macht kam und die Kasinos dicht machte. Art teilt deine Ansicht, dass die Grundstückspreise explodieren, wenn das Handelsembargo erst einmal aufgehoben wird. Und ich glaube, es juckt ihn, sich ein bisschen von dem Geld zurückzuholen, das sein alter Herr dort losgeworden ist. Wir müssen das Ganze jetzt in ein fundiertes, lohnendes Geschäft umwandeln und eine saubere Methode entwickeln, wie wir es realisieren ... falls es denn eine gibt.« Jean-Paul trank einen Schluck Brandy, erhob sich und fing an, auf und ab zu gehen. »Wie gesagt, wir reden weiter darüber, wenn Jon hier ist.« Er holte Atem. Georges war sich nicht sicher, ob Jean-Paul mit seinem Auf- und Abgehen seine Gedanken in Gang hielt oder damit nervliche Anspannung zeigte. »Aber Anlass für unser Treffen ist tatsächlich mein letzter Besuch bei Art Giacomelli. Du weißt ja, dass Art ein waches Auge darauf hält, wie wir das Wesen unseres Geschäfts verändern, uns vom Verbrechen abkehren und völlig legal werden, ja?«

»Ja, ich ... Zumindest weiß ich, dass du dich ihm mehr anvertraut hast als irgendwem sonst. Und dass er der Boss ist, mit dem deine Familie im Laufe der Jahre die engsten Bindungen gehalten hat.«

Jean-Paul umklammerte sein Brandyglas, als spräche er ein Gebet. Dann machte er eine wegwerfende Handbewegung.

»Hier geht es nicht bloß um den alten Vito und meinen Vater, die in den 50er Jahren Schnaps und Zigaretten über die Grenze geschmuggelt haben, oder darum, wie eng unsere Familien seitdem miteinander stehen … und auch nicht darum, wie ihre Organisation uns später auf der Machtebene bei unserem Problem mit den Cacchiones unterstützt hat …« Er fuchtelte einen Moment mit der leeren Hand in der Luft herum, und Georges spürte, dass nun etwas Schwieriges bevorstand. Normalerweise sprach Jean-Paul flüssig und ließ keine Lücken zwischen seinen Gedanken und Worten aufkommen. Doch nun quälte er sich. »Art war besonders hilfsbereit und unterstützend, als Pascal starb.«

Georges nickte nur und senkte den Blick. Er spürte, dass er den Redefluss lieber nicht unterbrechen sollte. Vielleicht lag darin ja der Grund für die Verlegenheit: Pascals Tod. Über Jon Larsen wusste Georges von der ganzen Angelegenheit, die Jean-Paul nie direkt angesprochen hatte, nur, dass Giacomelli sich eingeschaltet hatte, nachdem Pascal erschossen worden war, um ihren Krieg mit den Cacchiones zu beenden. Als angeblich mächtigster Mafiaboss Amerikas besaß er den entsprechenden Einfluss. Wenn Arturo Giacomelli sagte »Aufhören!«, dann hörte man auch auf.

»Ja, er interessiert sich dafür, welche Fortschritte wir machen, wie erfolgreich wir sind … Denn wenn es bei uns klappt, klappt es vielleicht auch bei ihm und bei anderen. Eine Art Testlauf, wenn du so willst.« Die Hand kam wieder in Bewegung. »Aber es geht noch tiefer als das … Es hat viel mit Arts Gedanken, Hoffnungen und Ambitionen in Bezug auf seine eigene Familie zu tun. Wahrscheinlich weißt du nicht allzu viel über sie, oder?«

»Na ja, bloß dass er einen Sohn hat, Vincent, der geschäftlich eng mit ihm zusammenarbeitet.«

»Ja, Vincent, der liebe Vincent, der ganz auf seinen Vater setzt, aber kaum ein Lob dafür erntet.« Jean-Paul schaute Georges scharf in die Augen. »Aber wahrscheinlich weißt du nicht, dass Art noch einen Sohn hat, Paul, und auch eine Tochter, Mia. Okay, von Mia ist nie großartig die Rede, sie ist jetzt irgendwo am College und hat dort Modefotografie belegt. Man erwartet ja auch von einer Frau ganz und gar nicht, dass sie in das Familiengeschäft einsteigt. Aber was ist mit Paul? Er steht nie im Rampenlicht wie Vincent, weil er nichts mit dem Familienunternehmen zu tun hat – er ist bei der Navy, in Annapolis. Aber wenn man Art so hört, sollte man meinen, Paul wäre sein einziger Sohn. Paul hier, Paul da. Weißt du, dass Paul eines Tages Commander bei der Navy sein könnte? Das sagt er mit einem solchen Stolz in der Stimme, als wäre es das einzig wirklich Wichtige für ihn. Dabei vernachlässigt er völlig, dass sein anderer Sohn eines Tages ein zig Millionen schweres Imperium leiten und sein Vermächtnis fortführen wird, ein Privileg, für das er tagtäglich eine Kugel in den Kopf riskiert. Und warum, warum?« Jean-Paul machte gegenüber Georges eine wegwerfende Handbewegung. »Warum hat er solche Scheuklappen, warum hat er nur Augen für einen der Söhne?«

»Ich weiß es nicht.« Georges zuckte mit den Schultern. Jetzt, da Jean-Paul seinen Redefluss wiedergefunden hatte, war ihm wohler zumute. Allerdings hatte er nach wie vor keine Ahnung, worauf Jean-Paul hinauswollte.

»Weil das der Sohn ist, der entkommen konnte, der seinen eigenen Weg gegangen und außerhalb des Familienunternehmens zum Erfolg gekommen ist.« Jean-Paul setzte sich wieder und schaute eine Weile nachdenklich in sein Brandyglas. »Ja, sicher, Leute wie Vito und Art gelten überall als harte Jungs, clevere Jungs, aber das ist es nicht. Sie fangen auch als harte Jungs an, keine Frage, stellen sich Hafenarbeitern mit Hippen und Baseballschläger schwingenden Rowdys der Gewerkschaft entgegen, es kommt zu ersten Morden, dann weitere Morde wegen Gangs oder um in der Hierarchie aufzusteigen, müssen dabei auch mal jemanden mit einem Draht erdrosseln – aber das ist es nicht.« Jean-Paul löste die Hand wieder, die er mit einem Mal zur Faust geballt hatte. »Denn wenn Geld reinkommt, verweichlicht ihr Privatleben, sie ziehen aus ihrem Viertel fort, kaufen sich ein Haus mit Swimmingpool und Gärtner, ihre

Frauen lassen sich jede Woche die Haare machen und haben einen eigenen Fitness- und Yogalehrer, ihre Kinder gehen aufs College und bekommen eine Ausbildung. Plötzlich sind die schäbigen Gassen, wo alles angefangen hat, nur noch ein ferner Traum. Und wenn sie sich dann zurücklehnen und sich umschauen …« Jean-Paul beschrieb mit der Hand einen Halbkreis. »Dann kommt es ihnen lächerlich vor, dass sie immer noch befürchten sollten, eine Kugel verpasst zu bekommen, sich immer noch über die Schulter schauen zu müssen.« Jean-Paul zuckte die Achseln. »Sicher, was sie selbst angeht, akzeptieren sie es wahrscheinlich, eine Kugel befürchten zu müssen, damit leben sie vom ersten Tag an als Teil der Spielregeln im ›Revier‹. Aber was ihre Familie angeht, erwarten sie allmählich etwas Besseres. Die soll keine Angst mehr haben müssen, die soll nicht so leben müssen, wie sie selbst leben mussten. Deswegen war Art so empört über das, was mit Pascal geschah – weil Pascal nie etwas mit dem Geschäft zu tun gehabt hatte, sondern nur ganz am Rand stand und ein bisschen Buchhaltung übernahm. Und selbst das hätte er nicht getan, wäre seine Musikerkarriere erfolgreicher verlaufen. Deswegen war er für Art jemand, der es fast geschafft hätte, aber eben nur fast. Art war empört, weil er das Gefühl hatte, wenn sie das fertig bringen, dann stehen sie auch nah davor, Paul aus Annapolis zu holen und ihm eine Kugel durch den Kopf zu jagen. Finger weg von der Familie, die nichts mit dem Geschäft zu tun hat, lautete immer die goldene Regel. Deswegen wurde ruckzuck die weiße Fahne gehisst, als Art bei den Cacchiones intervenierte. Sie hatten die Regeln verletzt und wussten das auch.« Er schwenkte seinen Brandy und nahm einen raschen Schluck. »Allerdings war es da schon zu spät für Pascal.«

»Ich verstehe«. Georges schlug einen Moment die Augen nieder. Es war allerdings eher die allgemeine Einstellung, die er begriff. Bislang hatte er gar keine Ahnung davon gehabt, dass Giacomelli wegen möglicher Querverbindungen zu seiner eigenen Familie ein so starkes persönliches Interesse am Tod von Pascal gezeigt hatte.

Jean-Paul rang sich ein mattes Lächeln ab. »Das Problem ist nur, dass die Sache doch nicht so einfach ist, weil das Schicksal und die Begleitumstände sich einem in den Weg stellen. Manchmal machen sich die Kinder auf dem College nicht besonders oder entwickeln eine natürliche Neigung für das Geschäft oder fangen sich wie Vincent Ärger wegen anderer Sachen ein. Ihre Eltern finden, dass sie, wenn sie schon diesen Weg gehen, das auch professionell und organisiert tun sollten. Aber die Eltern legen einen Maßstab an, bei dem es nur Schwarz und Weiß gibt; die Erfolgreichen schaffen den Weg dorthin, den Versagern bleibt wenig oder gar keine Chance, und sie enden doch im Familienunternehmen, trotz aller Bildung und Privilegien, mit denen man sie überhäuft hat, um sie außen vor zu halten. Deswegen redet Art ständig über Paul und verliert kaum ein Wort über Vincent.«

Georges nickte. Ihm fiel ein, dass Jean-Paul Jon Larsen einmal getröstet hatte, als der über seinen Sohn verärgert war, der das Jurastudium abgebrochen hatte und stattdessen eine Laufbahn als Paläontologe einschlug. Er hatte ihm erzählt, dass auch die Kinder von Carlo Gambino dem Vater nicht ins Geschäft gefolgt waren und eins von ihnen sich für die völlig unmännliche Welt des Modedesigns entschieden hatte. »*Gambino ging nicht dagegen an, weil er tief in seinem Herzen wusste, dass seine Kinder nicht dafür geeignet waren. Deswegen hegte und pflegte er John Gotti, damit der nach Castellano das Ruder übernehmen konnte. Er stammte aus der Gosse, wie Gambino auch, und war nicht durch zwei Generationen Geld und Ausbildung verweichlicht worden.*«

»Aber dann sind da auch noch die vielen Fälle, bei denen es nicht nur Schwarz und Weiß gibt – Grauzonen wie bei Pascal und mir, wo man ohne eigenes Zutun im Geschäft endet. Pascal, weil Vater herausbekam, dass ihn sein Buchhalter betrog und er jemanden benötigte, dem er Vertrauen schenken konnte, bis er einen neuen einstellte.« Jean-Paul zuckte die Achseln. »Und dann blieb Pascal doch viel länger. Und ich, weil Vater befürchtete, dass Roman nicht die nötige Umsicht für das Geschäft aufbringen würde und vom Temperament her viel zu dickköpfig wäre. Was mit Pascal geschah, bestärkte dann natürlich diese Einstellung.« Er schwenkte sein Brandyglas. »Weißt du, dass Vater die Schuld für Pascals Tod zum Teil Roman gegeben hat?«

»Ja, das weiß ich.« Sie hatten das Thema früher schon einmal angeschnitten. Plötzlich ging Georges auf, warum Jean-Paul nun die Rede darauf brachte. Irgendetwas verursachte Jean-Paul Sorgen, und jetzt prüfte er seine Loyalität. War es bloß ein Verdacht? Oder hatte Jean-Paul erfahren, dass Chenouda ihn sich vorgeknöpft hatte? Und wie sollte er sich nun verhalten?

»Hoffentlich begreifst du jetzt, warum es so wichtig ist, das Unternehmen legal zu machen. Nicht nur für mich, sondern auch für viele andere, zum Beispiel Art Giacomelli. Das wäre eine mögliche Lösung für die kommende Generation, außer der, einfach die Geschäfte der Familie zu verlassen, um die Zustimmung ihres Vaters zu bekommen. Denn das Problem liegt nicht wirklich bei ihnen, sondern in der Natur des Geschäfts. Und auch in der Tatsache, dass kein Mensch seinen Kindern ein Vermächtnis hinterlassen möchte, das am Ende dazu führen könnte, dass sie umgebracht werden.«

Um seine Hand vom Zittern abzuhalten, legte Georges sie flach auf den glatt geschliffenen Tisch. *Wie sollte er sich verhalten?* Jean-Paul hatte es geschickt eingefädelt. Immer schon hatte Georges die schreckliche Last dieser Verpflichtung gespürt, die Furcht, Jean-Paul im Stich zu lassen, wohl wissend, wie viel das alles Jean-Paul persönlich bedeutete ... Und diese Last verstärkte sich noch mit jedem Tag, an dem er sein Geheimnis für sich behielt. Dann hatte er erfahren, dass sich plötzlich andere führende Mafiafamilien dafür interessierten, welche Fortschritte sie machten, und dass auf beiden Seiten Wetten abgeschlossen und Vorurteile gepflegt wurden. Aber wenigstens hatte er all das einen Schritt abseits vom Kampf betrachten können. Jetzt hingegen war es plötzlich das persönliche Interesse von Art Giacomelli. Er würde nicht nur Jean-Paul enttäuschen, sondern auch noch den mächtigsten Verbrecherboss von Amerika. Es war, als hätte Jean-Paul dies mit Absicht angesprochen, um genau die Dosis zusätzlichen Drucks auszuüben, die erforderlich war. Er fuhr mit einem Finger um den Fuß seines Brandyglases. Dabei zog er eine Braue hoch: gemessene Besorgnis.

»Ich wusste ja von Anfang an, wie wichtig das für dich ist. Allerdings muss ich zugeben, keine Ahnung gehabt zu haben, dass die Sache auch Art Giacomelli so sehr am Herzen liegt. Ich dachte, er wäre bloß ein enger Freund und interessierter Beobachter, nicht mehr.« Da er das Gefühl hatte, durch ein Minenfeld zu tappen, wählte er seine Worte mit Bedacht. »Aber ich habe mein Engagement unter der Voraussetzung angetreten, wie ich selbst diese Zielsetzung beurteile, nicht jemand anderer. Würde ich nicht aus ganzem Herzen daran glauben und es als Herausforderung betrachten, hätte ich mich auf die Sache nicht eingelassen. So einfach ist das. Und mein Engagement bleibt so stark wie am ersten Tag.«

Jean-Paul nickte verständnisvoll. »Manchmal ist es einfach schwierig, sich einer Familie wie der unseren anzuschließen. Man kommt sich leicht als Außenseiter vor, als gäbe es niemanden, dem man sich anvertrauen kann.«

Anvertrauen. Jetzt gab es kaum noch einen Zweifel. »Ja ... ich weiß.« Er schluckte heftig. Sein Kragen wurde plötzlich eng und ihm schoss die Hitze ins Gesicht. »Und ich muss zugeben, am Anfang war es auch schwierig. Vor allem bei der engen Beziehung, die du mit Roman hast, dem Gefühl, dass ich mich irgendwie einmische und mich zwischen euch stelle, indem ich die Ausrichtung des Geschäfts verändere.«

»Und jetzt?« Jean-Paul öffnete beide Hände, wie ein Priester, der zur Beichte lud.

Erneut schluckte Georges heftig, und ihm trat der Schweiß auf die Stirn. Es war, als sei er mit jedem Wort von Jean-Paul durch eine Art Dominoeffekt weiter in die Ecke gedrängt worden. Erwartet hatte er: *Wenn du also jemals jemanden brauchst, dem du dich anvertrauen möchtest, dann vergiss nicht, dass ich immer für dich da bin.* Stattdessen aber hatte

Jean-Paul es mit nur zwei Worten geschafft, zwei Worten als Zünglein an der Waage, ihn ins Wanken zu bringen, weil die Bürde seines Verrats plötzlich zu schwer wurde. Doch wenn er jetzt mit allem herausplatzte und genau das tat, was er die ganze Zeit hatte vermeiden wollen, nämlich einen Bruder gegen den anderen auszuspielen, würde das schlichtweg zu passend, zu banal wirken, kaum mehr als ein unter Druck ausgelöster Verzweiflungsschlag. Und was, wenn er die ganze Sache falsch interpretierte, schlichtweg unter Verfolgungswahn litt und diese kleine Aussprache in aller Unschuld stattfand und wirklich bloß durch Jean-Pauls letzten Besuch bei Giacomelli zu Stande gekommen war? Sagte er aber gar nichts oder traf er den falschen Ton, konnte sich Chenoudas Warnung rasch als erschreckend wahr herausstellen. Jean-Pauls Protektion würde sich schnell in Luft auflösen, und dann stünde er im Regen, wäre Roman auf Gedeih und Verderb ausgeliefert. Immer wieder fuhr er mit dem Finger an seinem Brandyglas entlang … Wie sollte er sich nur verhalten? *Wie nur?* Schließlich schaute er Jean-Paul in die Augen und hatte die richtigen Worte parat.

Innerhalb von vierundzwanzig Stunden hatten sie alle Antworten auf die Informationen, die Georges geliefert hatte. Sofort nachdem Georges gegangen war, rief Jean-Paul Roman an. Da der den Anruf bereits erwartet hatte, hörte er nach einem anfänglichen ungeduldigen »Also, was hat er gesagt?« nur noch flach atmend zu, während Jean-Paul wiedergab, wie Georges den Ablauf des Geschehens geschildert hatte.

»Ja, er hat zugegeben, dass er von Chenouda zur Rede gestellt wurde und mit ihm in die Stadt fahren musste. Aber er sagt, es sei nichts geschehen. Offenbar hegt Chenouda den Verdacht, du hättest etwas mit Savards Tod zu tun. Er hat ihm ein Tonband vorgespielt, denn Savard war an dem Abend, an dem er entführt wurde, verkabelt. Georges meinte, er hätte sich das Band nur kurz angehört und dann gleich einen Anwalt verlangt. Sie haben ihn weiter gelöchert, was den Abend mit Leduc anging, wegen Dingen, die ihnen offenbar Savard gesteckt hatte.

Aber Georges behauptet, er hätte nichts gesagt und erneut einen Anwalt verlangt. Dann haben sie ihn noch etwa zwanzig Minuten in einem Warteraum gesteckt und danach gehen lassen.«

»Wie lange, sagt er, haben sie ihn dort behalten?«

»Etwas mehr als eine Stunde, vielleicht anderthalb.«

»Nein, es waren über drei Stunden. Mein Mann vertut sich nicht. Donatien schenkt dir keinen reinen Wein ein. Und warum hat er es dir überhaupt nicht schon eher erzählt?«

»Er meint, ihm sei schon vom ersten Tag an unwohl damit gewesen, sich zwischen uns beide zu stellen. Er wollte die Sache ein paar Tage für sich behalten und sich vielleicht einen Rat von Jon Larsen holen, bevor er sich mir anvertraute. Insbesondere in Anbetracht von Chenoudas Behauptung, du wärst mit Savard am Abend seiner Entführung verabredet gewesen.« Jean-Paul legte eine spürbare Pause ein, um den Worten die nötige Schwere zu verleihen.

In dem Wissen, dass es wahrscheinlich doch herauskommen würde, hatte sich Roman darauf vorbereitet. Wenn er auf einer Überwachungskamera zu sehen war, gab es ja ohnehin nicht viel zu leugnen. »Sicher, ich war mit Savard verabredet, am frühen Abend, bevor er ermordet wurde, aber er ist nicht aufgekreuzt. Ich habe mit Frank darüber gesprochen und fand es merkwürdig, aber es war nun auch wieder nichts, womit ich dich hätte behelligen wollen. Tony schob damals noch Wachdienst an der Lavalle, und da wir da oben ja unseren Klub haben, traf ich mich manchmal mit ihm.« Das Schweigen am anderen Ende der Leitung ließ Roman leisen Zweifel spüren. »Nun komm aber. Wenn ich Tony ausschalten wollte, hätte ich doch jeden Tag reichlich Gelegenheit gehabt, es klammheimlich zu tun, ohne dass es jemand mitkriegt. Meinst du vielleicht, ich tue so etwas, wenn ich weiß, dass Tony verkabelt ist und eine ganze Horde der RCMP dabei zuguckt? Nein, dahinter stecken die Cacchiones. Vielleicht wussten sie sogar, dass Tony und ich eine Verabredung hatten, und arrangierten es so, dass wir dabei schlecht aussehen. Chenouda ist darauf reingefallen, weil er verzweifelt ist, und übt jetzt Druck auf das schwächste Glied in unserer Kette aus, nämlich auf Donatien.«

»Schon möglich ... Jedenfalls leuchtet mir ein, was du eben über eine unverhüllte Aktion gesagt hast.«

Seinen Vorteil witternd beschloss Roman, dem Ganzen noch mehr Nachdruck zu verleihen. »Ich meine, Donatien macht voll auf besorgt, sich nicht zwischen uns zu stellen, tut dann aber bei der ersten Gelegenheit genau das und schwärzt mich an.«

»Nein, er wollte gar nicht reden ... Ich musste ihn dazu drängen. Er hat immerzu gesagt: ›Du solltest wirklich mit Roman darüber reden, nicht mit mir.‹«

»Das tust du jetzt ja auch. Weißt du, was ich finde? Der Kerl ist ein Haufen Scheiße.«

Sie befanden beide, dass sich nicht viel mehr machen ließ, bis Jean-Paul sich bei Jaqueline, Georges Sekretärin, erkundigt hatte, wann er denn nun wirklich am fraglichen Morgen im Büro eingetroffen war. Während des Anrufs gleich am Morgen des nächsten Tages saß Roman Jean-Paul an dessen Schreibtisch gegenüber.

»Sind Sie sicher?«, hakte Jean-Paul nach. Dann gab er nachdenklich weiter, was die Frau geäußert hatte. »Etwa anderthalb Stunden später als gewöhnlich.«

»Entweder lügt sie, oder sie vertut sich«, erwiderte Roman wie aus der Pistole geschossen. Jean-Pauls zweifelnd hochgezogene Braue ließ ihn einen Augenblick verstummen und nachdenken. Dann schlug er vor, bei einer Reihe regelmäßiger Anrufer Donatiens nachzufragen.

Sie kamen auf sechs Namen und teilten die Anrufliste untereinander auf. Drei hatten an jenem Morgen überhaupt nicht angerufen, einer wusste es nicht mehr genau, aber mit Hilfe der beiden letzten stellten sie fest, dass Donatien »gegen Viertel nach, zwanzig nach neun außer Haus gewesen war« und um halb zwölf ebenfalls.

Da es sich um zwei verschiedene Gelegenheiten handeln konnte, wegen derer Donatien nicht im Büro gewesen war, beschlossen sie, dem Gebäude nach Feierabend einen Besuch abzustatten und den Sicherheitsdienst dazu zu bringen, die Videobänder des entsprechenden Morgens abzuspielen. Jean-Paul erklärte dem Wachmann, als Vorsitzender von Santoine International befürchte er, es sei gegen die Sicherheitsregeln verstoßen worden. »An diesem Morgen kamen zwei Polizeibeamte und sind mit Monsieur Donatien wieder gegangen. Wir müssen wissen, um wie viel Uhr er wieder hier war.«

Es dauerte fast eine halbe Stunde, bis sie die Bänder im schnellen Suchlauf durchgeschaut hatten. Den Zeitpunkt, an dem Chenouda und ein weiterer Beamter das Gebäude betraten und siebzehn Minuten später mit Donatien verließen, fanden sie rasch, und als der Wachmann das Band verlangsamte, erkannten sie auch, dass die Uhr in der oberen rechten Ecke 8.36 Uhr anzeigte. Dann folgte eine langwierigere Suche nach dem Zeitpunkt, an dem er zurückkehrte. Dabei überprüften sie auch die Überwachungskameras der Tiefgarage, für den Fall, dass er über diesen Weg zurückgekehrt war. Endlich wurden sie fündig: Donatien kam durch die Eingangshalle wieder herein, während man im Hintergrund einen flüchtigen Blick auf das gleiche graue Zivilfahrzeug bekam, mit dem er zuvor abgefahren war. Nun zeigte die Uhr 12.09 an. Dieses Mal war Chenouda nicht zu sehen, doch der Fahrer sah vom Profil her genauso aus wie der Beamte, der ihn zuvor begleitet hatte.

Jean-Paul schloss einen Moment die Augen, als er die körnigen grauen Bilder in sich aufgenommen hatte. *Dreieinhalb Stunden!* Georges hatte ihn belogen. »Danke«, murmelte er dem Wachmann zu.

»Du musst etwas unternehmen«, drängte Roman, als sie das Gebäude verließen.

»Ich weiß, ich weiß.« Jean-Paul behielt seinen forschen Schritt bei und ging Roman ein wenig voraus, da er sich nicht ansehen lassen wollte, wie sehr ihn der Verrat schmerzte. »Das ist aber keine Entscheidung, die ich leichthin fällen kann. Ich muss darüber schlafen und überlegen, was zu tun ist. Wir sprechen uns morgen früh wieder.«

Georges schaute aus seinem Penthouse über die Lichter von Montreal. Zu seiner Linken erstreckte sich die dunkle Weite des Mont Royal, zu seiner Rechten wand sich der St.-Lawrence-Strom dahin, dessen tintige Schwärze von schmalen Fetzen reflektierten Lichts unterbrochen wurde, während sich in der Ferne die Lichterstreifen der Innenstadt ausbreiteten.

Obwohl die Heizung auf 22°C gestellt war, zitterte er am ganzen Körper. Sein Blick schnellte hin und her, huschte über die Wolkenkratzer der Stadt, als könnten die ihm Antwort auf seine Probleme und die Frage geben, was er nun tun sollte. Er wünschte, Simone würde zurückrufen. Er wusste, dass sie an diesem Abend an einem Dinnerempfang für einen Neukunden teilnahm, und hatte ihr bereits zwei Nachrichten hinterlassen. Bestimmt war ihr klar, dass er sie nicht behelligen würde, wenn es nicht dringend war. Sie brauchte sich doch bloß zwei Minuten zu verkrümeln. Zwei Minuten.

Er löste seine zu Fäusten geballten Hände, holte tief Luft und versuchte sich zu entspannen. Er war davon überzeugt, dass seine Rettung nun ganz in ihren Händen lag. Nach seinem Treffen mit Jean-Paul hätte es nicht gut ausgesehen, wenn er Jon Larsen gegenüber alles ausgespuckt hätte. So etwas ging nur bei jemandem, dem er gefühlsmäßig nahe stand, so nah, dass es nicht seltsam aussah, wenn er dieser Person all das mitteilte, was er Jean-Paul verschwiegen hatte.

Doch nach seinem Empfinden galt es nun vor allem, rasch zu handeln; sein Gespräch mit Jean-Paul war nur eine Zwischenstation, eine Notlösung gewesen. Und weil er derartig überrumpelt worden war, war es nicht so gelaufen, wie er gehofft hatte; auf Jean-Pauls Drängen hin hatte er viel mehr gesagt, als er gewollt hatte. Nachdem er behauptet hatte, zwischen Chenouda und ihm habe sich kaum etwas abgespielt, konnte er schlecht zugeben, drei Stunden bei ihm gewesen zu sein. Daher hatte er nur etwa anderthalb Stunden angegeben und sich sofort danach mit einem Anruf bei Jaqueline abgesichert.

Vielleicht machte er sich ja auch Sorgen um gar nichts. Vielleicht würde Jean-Paul ja tatsächlich mit Roman darüber reden, der würde etwas sagen, was nicht ins Bild passte, sodass sich der Schatten des Zweifels eher auf Roman als auf ihn legen würde. Doch als er nun den Blick zwischen den Gebäuden hin und her schnellen ließ und die verschiedenen Möglichkeiten durchging, kam er zu dem Ergebnis, dass sich die Sache eher zum Schlechten als zum Guten wenden würde.

Wenn er erst einmal mit Simone gesprochen hatte und sich die Wogen glätteten, würde er vielleicht über das Wochenende zu seinen Eltern fahren. Lag sein Schuldgefühl daran, dass sein Arbeitspensum ihn seit fast drei Monaten davon abgehalten hatte, sie zu besuchen? Oder war es eine Reaktion darauf, dass er sich vom Clan der Lacailles ausgestoßen und ausgeschlossen fühlte? In Jean-Paul so etwas wie einen Ersatzvater zu sehen, der die Versäumnisse seines Stiefvaters wieder gutmachte, barg, wie er von Anfang an hätte erkennen müssen, die Gefahr einer Bauchlandung. Seine tief verwurzelten Familiengefühle würde es jedenfalls nur noch verkomplizieren; Furcht, wieder einmal allein gelassen zu werden, Angst, dass diejenigen, die er schätzte, ihm wieder den Rücken zuwandten, gerade jetzt, wo …

Das Schellen des Telefons unterbrach abrupt seine Gedankengänge. Eilig nahm er den Hörer auf. »Ja?«

»Georges … Simone. Ich habe deine Nachricht gehört.« Im Hintergrund Stimmen und das Geklapper von Tellern und Besteck, gedämpfte Musik. Er hatte Mühe, Simone zu verstehen. »Wir sind gerade mitten in den Dankesreden … Hoffentlich vermisst mich keiner. Wo brennt's denn?«

»Ich muss dich sehen. Es ist was passiert, und ich muss unbedingt mit dir darüber sprechen. Kannst du nachher noch zu mir kommen?«

»Ich … Ich weiß nicht. Ich bin hier mittendrin …« Ihre Stimme verlor sich einen Moment, und das Geklapper nahm überhand. »Kannst du es mir nicht am Telefon erzählen?«

»Nein. Es geht nicht am Telefon. Wir müssen uns sehen.«

Nach einer kurzen Pause war Simones zögernde Stimme zu vernehmen. »Es gibt doch kein Problem mit mir … mit uns, oder, Georges?«

»Nein, nein … überhaupt nicht. Es geht um ein Problem, das ich mit deinem Vater und Roman habe.«

Dieses Mal entstand eine weniger spürbare Pause. »Lass uns morgen sagen, bitte … Heute Abend kriege ich es doch nicht mehr auf die Reihe. Wenn ich das hier hinter mir habe, freue ich mich bloß noch auf einen heißen Kakao und mein Bett.«

»Ja, okay … okay. Morgen also.« Simone hatte mittags nur eine halbe Stunde Pause, und George war sich sicher, dass es länger dauern würde. Also verabredeten sie sich zum Abendessen im Thursdays an der Rue Crescent. »Einen Tisch um halb neun also. Ich reserviere und hole dich um acht ab.«

»Ja, gut … bis dann. Ich liebe dich.« Ein rasch gehauchter, im Geklapper untergehender Kuss, und weg war sie.

Als er aufgelegt hatte, stieß Georges einen tiefen, erschöpften Seufzer aus. Also musste er noch vierundzwanzig Stunden warten. Da er ein ganzes Jahr damit gewartet hatte, seinem Herzen Luft zu machen, wäre das jetzt auch egal. In der Zwischenzeit würde ohnehin nicht viel passieren.

»Georges … Simone. Ich habe deine Nachricht gehört. Wir sind gerade mitten in den Dankesreden … Hoffentlich vermisst mich keiner. Wo brennt's denn?«

»Ich muss dich sehen. Es ist was passiert, und ich muss unbedingt mit dir darüber sprechen. Kannst du nachher noch zu mir kommen?«

Die Dringlichkeit, die in Donatiens Stimme lag, veranlasste Funicelli dazu, sich aufrecht zu setzen. Donatien klang beunruhigt. Funicelli musste den Ton voll aufdrehen, um Simones Stimme über dem Geklapper im Hintergrund zu hören. Er hoffte, das Problem werde erläutert, vor allem, als Donatien erklärte, es habe mit ihrem Vater und Roman zu tun. Doch das Gespräch endete abrupt damit, dass sie sich verabredeten. Er konnte die Information bloß weitergeben. Vielleicht wusste Roman ja, was Donatien solche Bauchschmerzen verursachte.

Roman bekam das Band per Boten um 8.12 Uhr am nächsten Morgen. Er wünschte, Funicelli hätte ihn noch am Abend angerufen. Auf seiner Begleitnotiz hatte Funicelli Simones Anruf und die Besorgnis in Donatiens Stimme erwähnt. »Vielleicht weißt du ja, was ihn beunruhigt?« Offenbar war Funicelli die Dringlichkeit nicht sofort aufgegangen. Der einzige Nachteil, wenn man immer dafür sorgte, dass die Leute um einen herum nur die halbe Wahrheit kannten.

Obwohl Roman nur zu gut wusste, was Donatien zu schaffen machte, würde er nun nicht mehr mitbekommen, was dazu gesagt werden würde, weil sich die beiden in einem Restaurant verabredet hatten. Er würde die Lücken ergänzen müssen.

Ihm fiel eine Hausangestellte ein, die seine Mutter Lillian beschäftigt hatte, kurz nachdem sein Vater gestorben war. Sie verstellte beim Saubermachen Gegenstände im Zimmer, sodass einige im Lauf der Zeit immer näher an die Tür rückten. Als Nächstes verschwanden sie dann gänzlich. Es war, als hätte die Frau nicht den Mumm, sie sofort zu stehlen, sondern als würden die Gegenstände dadurch, dass sie näher an die Tür rückten, schon *fast* zu ihrem Eigentum, und als sei der nächste Schritt dann nicht mehr so kühn. Was als Nächstes verschwinden würde, erfuhr Lillian dadurch, wie nah es an der Tür stand, nachdem die Hausangestellte geputzt hatte. Als dann die nächsten beiden Gegenstände verschwunden waren und Lillian sich ihrer Sache sicher sein konnte, feuerte sie die Frau.

So war es jetzt auch bei Donatien: Er rückte seine Geschichte näher an die Tür. Er hatte Jean-Paul nicht alles erzählen wollen, vielleicht, weil er naiv hoffte, dass der liebe Roman in der Zwischenzeit plötzlich Gewissensbisse bekam und es ihm abnahm. Doch zuvorderst stand zweifellos die für Donatien peinliche Situation zugeben zu müssen, dass er Jean-Paul seit einem Jahr belogen hatte. In jedem Fall war das Vertrauen dahin, und da er sich auch bedeckt gehalten hatte, was seine Begegnung mit Chenouda anging, bestand eine große Chance, dass Jean-Paul beide Geschichten anzweifeln würde. Nein, er hatte Georges durchschaut.

Auch hatte er nun kaum noch Zweifel daran, dass Georges Simone alles beichten würde, bei ihr die Last aller unschönen Details abladen würde, was ihm bei ihrem Vater nicht gelungen war, und sie als Vermittlerin benutzen würde. Und sie würde sich dann bei Jean-Paul in den Feinheiten darüber ergehen, warum Georges so lange gelogen hatte, was Georges selbst, von Angesicht zu Angesicht, schwer gefallen wäre.

Roman schloss einen Moment die Augen und biss sich auf die Lippe. Schweißtropfen standen ihm auf der Stirn, als er die Augen wieder öffnete und auf seine Uhr schaute. Nur wenig länger als eine Stunde noch, bis er Jean-Pauls Entscheidung kannte, zwölf Stunden noch, bis Donatien die Zeitbombe an Simone weiterreichte. Wie lange, bis Simone sie wiederum an ihren Vater weitergab? Ein Tag, höchstens zwei. Er musste rasch etwas unternehmen.

Für den Fall, dass Jean-Paul den Schlag gegen Donatien nicht absegnen würde, sollte er noch heute eigene Pläne schmieden. Ihm war klar, dass diese Pläne auch Simone einschließen mussten. Oder ihm musste etwas einfallen, bei dem sie nichts zu sagen, keinen Einfluss hatte.

14

»Es tut mir Leid, wahnsinnig Leid ... Ich wusste einfach nicht, wie ich es dir hätte sagen sollen.« Elena schüttelte den Kopf. Ihre Tränen waren versiegt; sie hatte den ganzen Tag geweint und sich schon zweimal das Make-up ruiniert.

»Aber du hättest mir doch vertrauen können.« Gordon hob die Hand, als wolle er nach einer unsichtbaren Erklärung greifen. »Ich dachte, wir könnten einander alles sagen. Ich dachte, unsere Beziehung wäre so. Offenbar habe ich mich getäuscht.« Er führte sich das Weinglas dicht vor den Mund, um es dann aber energisch wieder abzustellen. Während des Abendessens und der Stunde, in der er gewartet hatte, bis die Kinder im Bett waren, hatte er vier Gläser getrunken und war nun auf bestem

Wege, auch das fünfte zu leeren. Zwar hatte ihn die Wirkung, wie gewünscht, entsprechend abgestumpft, doch nun merkte er, dass er auf Konfrontationskurs einschwenkte. Nach zwölf Jahren der Geheimniskrämerei und des Verschweigens dieser Sache wollte er auf keinen Fall, dass Elena sich in die Defensive begab. »Tut mir Leid ... Ich hab's nicht so gemeint. Ich muss es einfach wissen, das ist alles ...«

Das erbärmliche Flehen, das in seiner Stimme lag, versetzte Elena einen Stich. Dem Mann, der sie liebte und ihr vertraute, hatte sie ein Schwert hineingestoßen, Zentimeter für Zentimeter in den vergangenen zwölf Jahren, ohne dass er es mitbekommen hatte. Und jetzt wollte er lediglich wissen, *warum?*

Gordons einziger Racheakt hatte darin bestanden, dass er sie den ganzen Tag sich selbst überließ, um über dem Problem zu brüten. Er hatte den Umschlag mit der Morgenpost erhalten und ihr eine halbe Stunde später in die Hand gedrückt. »Ich habe es schon gelesen und muss jetzt zu Kunden. Vielleicht kannst du mir hinterher erklären, was das alles zu bedeuten hat.« Sein Tonfall und sein durchdringender Blick hatten ihr sofort aufgehen lassen, dass es hier nicht um etwas Banales ging. Gordon war dann jedoch, in Elenas Augen absichtlich, erst zurückgekehrt, als die Kinder aus der Schule kamen. Daher waren sie verlegen umeinander herumgeschlichen, hatten jeden Blickkontakt vermieden und sich auf kurze, knappe Bemerkungen beschränkt, bis die Kinder ins Bett gegangen waren. Ein Tag Betretenheit war nun nicht gerade eine geharnischte Revanche für zwölf Jahre Täuschung. Doch schon war der Kampfgeist in ihm erloschen. Er wollte es bloß verstehen.

Sie begann mit dem, was Gordon von ihrer Geschichte und dem Bruch mit ihrem Vater wusste. Die Jahre in Marrakesch, dann die Hippiekommunen und besetzten Häuser, als sie wieder nach England zurückgekehrt war, die Verhaftungen wegen Drogen, die Demonstrationen. Jahre der Rebellion, nicht nur gegen ihren Vater, sondern gegen alles, wofür er stand. »Mehr kam nicht an die Oberfläche. Die sichtbaren Symptome des eigentlichen Problems.«

Gordon schaute sie schräg an. »Willst du damit etwa sagen, ich hätte von all dem her wissen – oder vermuten – sollen, dass noch etwas anderes nicht stimmte?«

»Nein … nein.« Energisch schüttelte sie den Kopf. »Wie hättest du denn? Ich war ja nicht das erste reiche Kind, das gegen seine konservativen Eltern rebellierte. Das war in den Sechzigern ja praktisch Pflicht.« Sie zwang sich ein mattes Lächeln ab. Doch sie merkte, dass sie nicht weit damit kommen würde, um den heißen Brei herumzureden. Sie musste zum Anfang zurückkehren. Zu ihrer Schwangerschaft mit fünfzehn und dazu, wie sie binnen eines Monats zweimal dicht vor dem Tod gestanden hatte.

»Sein Name war Michael Tierney. Wir waren beide total verliebt ineinander – wie das mit der Liebe eben ist, wenn man erst fünfzehn ist. Er bedeutete mir alles. Er hatte gewelltes dunkles Haar und unglaublich blaue Augen und wirkte auf mich, da er schon neunzehn war, total erwachsen und bestimmt, Herr seiner selbst.« *Beim zweiten Rendezvous begrüßte er sie an der Tür mit einer weißen Rose und einem Instrumentalstück von Theodorakis, »The White Rose of Athens«.* »Er war einfühlsam und romantisch – selten in diesem Alter, würde ich rückblickend sagen – und hatte so ein unbekümmertes Lächeln, bei dem es einem warm und lebendig zumute wurde.

Mein Vater konnte ihn vom ersten Augenblick an nicht leiden. Er war ihm zu weich, zu einschmeichlerisch. Als ich ihn danach fragte, sagte mein Vater, er traue ihm nicht über den Weg, glaubte, er hätte ›schlechte Absichten‹. Allerdings vermutete ich – und wohl auch meine Mutter, wenn sie Vater je widersprochen hätte –, dass es mehr mit der Familiengeschichte von Michael zu tun hatte. Bei meinem Vater zählten nur zwei Dinge, nämlich richtig Geld oder eine Position in der britischen Gesellschaft. Am liebsten beides. Michaels Vater besaß zwar eine gut gehende Landschaftsgärtnerei, war aber bei weitem nicht das, was meinem Vater vorschwebte. Und auch seine Nationalität wirkte sich nachteilig aus.«

Elena bemerkte, dass Gordon nicht ganz begriff und einen Moment verdutzt dreinschaute. Daraufhin berichtete sie ihm von der Anfangszeit ihres Vaters in England und der Diskriminierung, die er erlebt hatte, versteckt oder offen. Dass ihm sogar noch zu der Zeit, als er schon ein erfolgreiches Importgeschäft aufgebaut hatte, die Mitgliedschaft im örtlichen Golfklub verwehrt wurde. »Vergiss nicht, das war in den 50er Jahren, und die Leute waren engstirniger. Aber diese Erinnerungen wurmten meinen Vater sehr und brachten ihn später dazu, sich anglisieren zu lassen und seine griechisch-zypriotischen Wurzeln zu vergraben, um sich akzeptiert und als Teil der britischen Gesellschaft zu fühlen. Über die Verwandlung in Anthony George hinaus trug er Tweed und Fischgrät, bemüht, den perfekten englischen Gentleman zu spielen, wie man ihn in einer Anzeige für Pearl & Dean sieht.« Elena setzte ein schiefes Lächeln auf. »Weil Michaels Familie irisch war, rangierte sie in den Augen meines Vaters in der britischen Gesellschaft nur knapp über den Zyprioten. Das war ihm damals einfach nicht mehr gut genug.«

Gordon wirkte noch immer ziemlich verwirrt. »Aber wieso war das alles denn so wichtig? Du warst doch erst fünfzehn, vor dir konnten doch im Laufe der Jahre noch jede Menge Freunde liegen, bevor du den richtigen gefunden hättest.«

»Die Schwangerschaft. Die Schwangerschaft machte es auf der Stelle so wichtig. Hätte Michael besser gepasst, hätte mein Vater ihn wohl dazu gedrängt, mich zu heiraten, das ›Richtige‹ zu tun. Aber stattdessen hieß es sofort: ›Siehst du, ich habe dir ja gesagt, er ist schlecht.‹«

Gordon nickte wissend. »Dann kam also die Abtreibung?«

»Ja. Aber ich habe sie alle angelogen. Nicht nur dich, sondern alle damals. Und das hat es erst richtig problematisch gemacht. Weißt du, als meine Periode ausblieb, stand ich neun Wochen vor meinem sechzehnten Geburtstag und hoffte erst noch, es wäre etwas anderes. Dann kam der zweite Monat, und immer noch sagte ich keinen Ton. Ich hatte schreckliche Angst vor der Reaktion meines Vaters, nicht nur mir gegenüber, sondern auch gegenüber Michael. Mir war klar, dass er blind vor Wut geworden wäre, hätte er erfahren, dass ich noch als Minderjährige empfangen hatte. Wahrscheinlich hätte er die Polizei gerufen und Michael einsperren lassen. Deshalb habe ich den Fehler gemacht, erst nach meinem sechzehnten Geburtstag den Mund aufzumachen, obwohl ich dann ja frühestens sieben Wochen später die Sorge äußern konnte, schwanger zu sein. Als frühstmögliches Datum meiner Empfängnis gab ich den zehnten Tag nach meinem sechzehnten Geburtstag an und behauptete, da zum ersten Mal mit Michael geschlafen zu haben. Seitdem wären wir nur noch zweimal im Bett gewesen, behauptete ich. Aber statt als ›armes Mädchen, das einfach Pech gehabt hatte‹, Mitleid zu erheischen, hätte ich mir lieber Sorgen über die erlogenen drei Monate machen sollen – denn am Ende hätte mich das fast das Leben gekostet.«

Elena sah, dass Gordons Blick sich verdunkelte und er einen Augenblick zu Boden schaute. Also doch ein bisschen Mitleid, dreißig Jahre später. Sie nahm einen hastigen Schluck Wein und schüttelte den Kopf.

»Niemand hat gefragt, ob ich überhaupt eine Abtreibung wollte. Nie habe ich eine Familie so schnell zusammenkommen sehen – sie redeten und stritten alle, als wäre ich gar nicht da, als hätte ich dabei gar nichts zu sagen. Nur Onkel Christos wagte vorzuschlagen, man solle doch mich fragen, was ich wollte. Doch er wurde niedergebrüllt, vor allem von meinem Vater, und die anderen waren alle wie betäubt, hatten zu viel Angst, um ihm zu widersprechen. Allein stehende Mütter waren damals noch wie Aussätzige, und Michael passte ihm nicht, also blieb nur eine unauffällige Abtreibung als einzige Möglichkeit. Schnell vergessen und vorbei.« Tränen standen Elena jetzt in den Augen. Sie presste die Lider einen Moment fest zusammen.

»Mein Gott, was hatte ich Angst. Ich wusste ja nichts, las nichts, war noch so jung und naiv und vertraute mich nicht einmal meinen engsten Freundinnen an, aus Angst, das Geheimnis käme ans Licht. Aus dem gleichen Grund ließ mein Vater keine ärztliche Untersuchung bei mir vornehmen. Die hätte ja ergeben, dass ich in Bezug auf das Datum meiner Empfängnis gelogen hatte. Er sorgte bloß für einen Engelmacher in Kilburn, zu dem er mich einen Monat später führte.« *Sie erinnerte sich, dass ihr Vater sie das letzte Mal fünf Jahre vorher so an die Hand genommen hatte, auf einem Spielplatz, als er sie sicher über eine der Rutschen geleitete.* Tränen schossen ihr in die Augen und liefen ihr die Wangen herab. Sie wischte sie mit dem Handrücken fort. »Er glaubte, ich wäre erst zweieinhalb, drei Monate schwanger, dabei war schon fast ein halbes Jahr vorüber.«

Sie sah, wie das Licht glitzernd von einem Messer und einem Löffel, die auf dem Esstisch lagen, reflektierte. *Glitzernde Instrumente auf einem weißen Tuch. Der kalte Druck des Resopaltischs an ihrem Rücken. Oben eine gleißende Neonröhre, deren Schärfe immer wieder verschwamm.* »In diesen zwanzig Minuten wurde alles entschieden, wurden die Weichen praktisch für mein ganzes Leben gestellt. Ich weiß noch, dass der Arzt, der die Abtreibung vornahm – falls er denn überhaupt Arzt war –, einen leichten irischen Tonfall hatte. Und im Rückblick frage ich mich, ob das nicht alles zum grausamen Humor meines Vaters gehörte: »Ein Ire, der es dir gibt, ein anderer, der es dir nimmt.«

Elena setzte ein schiefes Lächeln auf, doch Gordon merkte ihr an, dass sie Höllenqualen durchlitt und damit lediglich einen dürftigen Versuch unternahm, sich Linderung zu verschaffen.

Sie schüttelte den Kopf. »Ich war damals wie betäubt und hatte zu viel Angst, als dass ich hätte klar denken können. Der Abtreibungsarzt merkte dann auf halber Strecke, dass er es nicht mit einem Foetus, sondern einem voll entwickelten Baby zu tun hatte. Aber da war es schon zu spät und der Schaden angerichtet. Meine Fruchtblase war geplatzt, und ich blutete auf Grund eines Gebärmutterdurchbruchs heftig.« *Vom Tisch herunterlaufendes Blut, immer stärker auf den Linoleumboden prasselnde Tropfen. Der Arzt, der ihren Vater hektisch anschrie und andere Instrumente, Tupfer, frische Handtücher und Wasser verlangte.*

»Es kam zu einer Situation, in der mein Vater sagte: ›Unternehmen Sie etwas mit dem Kleinen.‹ Nach einem Moment erklärte der Arzt langsam und bedächtig, er bräche zwar Schwangerschaften ab, tötete aber keine Babys. Er erinnerte Vater daran, dass es vor allem um mich ging, dass ich sterben konnte, wenn sich nicht sofort jemand um mich kümmerte. Vielleicht um Vaters seiner Ansicht nach größte Sorge zu besänftigen, fügte er hinzu, das Baby werde sowieso nicht überleben, weil es so vorzeitig zur Welt gekommen sei. In ein Krankenhaus konnten wir nicht, weil dort zu viele Fragen gestellt worden wären, also rief er einen Kollegen an, einen Arzt mit voll eingerichteter Chirurgie, der es mit vielen ›heimlichen‹ Schwangerschaften arabischer und anderer ausländischer Patienten zu tun hatte.«

Elena schloss einen Moment die Augen. Vor Anstrengung, ihre Tränen zurückzuhalten, bebte ihre Stimme. »Als ich das Baby auf der kurzen Autofahrt im Arm hielt, ging mir zum ersten Mal auf, was ich getan hatte.« *Straßenlaternen, die in raschen Abständen über seinen winzigen, blutüberströmten Körper zuckten, seine Augen, darum ringend, sich zu öffnen und in der stroboskopischen Beleuchtung etwas zu erkennen.* »Nenne es mütterliche Bindung, wenn du willst, aber in diesem Moment ging mir auf, dass es sich um Leben handelte. Leben, das ein Teil von mir war und das ich gerade loszuwerden versuchte. Ich selbst war im Begriff, auf dem Sitz des neuen Mercedes' meines Vaters zu verbluten« – wieder das schiefe Lächeln, das nicht überzeugen konnte –, »aber in diesem Moment konnte ich an nichts anderes als an ihn denken. Aus ganzem Herzen wünschte ich, dass er am Leben bleiben würde, und war zu betäubt, zu fertig und zu ausgelaugt, als dass ich mir noch um mich selbst hätte Sorgen machen können.

Als ich ihn dann fest in die Arme nahm, warf mir mein Vater einen seltsamen Blick zu, den ich nicht begreifen konnte. War es die Wut über den Albtraum, den ich verursacht hatte? Wollte er immer noch, dass mein Baby starb? Oder war es die Wut zu sehen, dass ich einem anderen Menschen so nahe stand? Es war eine Nähe, die ich ihm gegenüber nie wirklich aufgebracht hatte. Ich weiß aber noch, dass ich dachte: Gott sei Dank sitze ich nicht am Steuer, und er hält das Baby. Mich überkam das entsetzliche Gefühl, dass er es auf der Fahrt erstickt oder erwürgt hätte.

Vier Tage im Brutkasten, und der kleine Christos – wie ich beschlossen hatte, ihn zu nennen – überlebte, wie ich auch.« Elena schauderte, als hätte ihr jemand eine kalte Hand auf den Nacken gelegt. »Außer dem Teil von mir, der später noch einmal hätte Kinder bekommen können.

Ich wollte ihn behalten ... Mein Gott, ich wollte ihn wirklich behalten. Aber wieder bekam ich kein Mitspracherecht in der Sache. Ich sei zu jung, mein ganzes Leben liege noch vor mir, ich hätte keinen Mann. Damit setzte sich mein Vater durch, und der Rest der Familie schloss sich ihm umgehend darin an, dass das Kind zur Adoption freigegeben werden sollte. Ich stand immer noch zu sehr unter Schock, als dass ich mich hätte zur Wehr setzen können, und es hätte ja sowieso kaum etwas geändert. Aber als die Pläne dann Gestalt annahmen, überkam mich das Gefühl der Machtlosigkeit und ein schreckliches Empfinden von Verlust und Verlassenheit. Ich kam mir total wertlos vor und fand, dass nun, wo das Baby nicht mehr bei mir war, nichts Gutes mehr vor mir lag, selbst wenn es mir jemals gelingen würde, mir wieder in die Augen zu sehen nach dem, was ich getan hatte. Ich versuchte, mir das Leben zu nehmen, schluckte eine halbe Flasche Schmerztabletten aus dem Badezimmerregal. Meine Mutter fand mich, mir wurde der Magen ausgepumpt ... Und wieder kam ich durch.« Elena klopfte sich auf die Brust und gab ein lakonisches Lachen von sich. »Entweder hat Gott mich beschützt, oder, wahrscheinlicher, er wollte mich lebend, weil er für mich eine viel längere, passendere Strafe auf Lager hatte. Es wäre ein viel zu leichter Ausweg gewesen.«

Elena fuhr sich mit der Hand grob durch das Haar und trank hastig einen Schluck Wein. »Als ich aus dem Krankenhaus kam, erhob ich immerhin die Stimme. Ich wollte ihn behalten! Mein Vater gab aber keinen Millimeter nach und meinte, die Papiere seien schon fix und fertig. Schließlich sagte er, wenn ich nicht nachgäbe, würde er Michael wegen Sex mit einer Minderjährigen belangen und einsperren lassen. Da gab ich auf. Ich machte mir auch nicht einmal mehr die Mühe, bei Gericht aufzukreuzen; ich wusste ja doch schon, was dabei herauskommen würde. Obwohl ich den Kampf aufgegeben hatte, vielleicht auch aus Furcht, ich könnte meine Meinung ein paar Monate später wieder ändern, schwor mein Vater, er werde das Kind außer Reich- und Sichtweite unterbringen, damit ich es nie finden würde.« Abwesend ließ sie einen Finger über das Tischtuch gleiten. »Es scheint, als würde er Recht behalten. Ich konnte nie gegen meinen Vater gewinnen ... Und mit Ryall sieht es jetzt genauso aus. Mächtige Männer, das Verderbnis meines Lebens.« Elena zog eine Grimasse und senkte den Blick einen Moment, bevor sie Gordon wieder in die Augen schaute. »Wenigstens weißt du jetzt, warum zwischen mir und meinem Vater so viel Antipathie im Spiel war und warum ich jahrelang gegen ihn rebelliert habe.«

Als sie geendet hatte, entstand Stille, eine beklemmende Stille. Sie konnte Gordon schlucken hören beim Versuch, seine Gedanken zu sammeln und seine Fassung wiederzugewinnen, damit er ihrem Blick mit Festigkeit begegnen konnte.

Nach einer Weile fügte sie nachdenklich hinzu: »Hätte sich Andreos nicht umgebracht, hätte es nachher vielleicht so etwas wie eine vorsichtige Aussöhnung gegeben. Aber auch dafür habe ich vor allem meinen Vater verantwortlich gemacht, weil er einen immer dazu drängte, sich so zu entscheiden, wie er es für einzig richtig hielt. Und doch war ihm nie etwas gut genug.« Sie biss sich auf die Lippe und schüttelte leise den Kopf. »Wer hätte schon an den großen Anthony George herankommen können?«

Gordon nickte nur. Wieder stellte sich quälendes Schweigen ein. »Du hättest es mir erzählen können«, sagte er schließlich. »Ich hätte es verstanden.«

»Hättest du das *wirklich*?« Sie sah, wie ihn die fiebrige Intensität ihres Blicks zurückzucken ließ und er wegschaute, seiner Sache plötzlich nicht mehr so sicher. »Es ging ja nicht bloß darum, dass du es nicht wissen durftest, Gordon, sondern darum, dass es keiner wissen durfte, vor allem ich nicht. Denn wenn ich jemand anderem eingestanden hätte, was geschehen war, hätte ich es mir selbst ja auch eingestehen müssen. Dann wäre ich im Handumdrehen wieder im Badezimmer gelandet und hätte wieder ein Röhrchen Tabletten geschluckt. Deswegen habe ich es begraben, den Gedanken, die Erinnerung, alles. Als wäre es nie geschehen.«

Sie rieb sich die Schläfe, wobei sich ihre Stirn stark in Falten legte. »Die Zeit in Marrakesch und den Hippiekommunen war nicht nur dafür da, meinen Vater fertig zu machen, sondern gehörte auch zum Vergessen. Elf Jahre später bin ich dann in einer besetzten Wohnung in Camden Town aufgewacht, in Erbrochenem. Einen Monat vorher hatte ich einen Zimmergenossen verloren, der eine Überdosis genommen hatte. Im LSD-Rausch bemühte ich mich herauszufinden, ob das Muster an der Wand zur Tapete gehörte oder bloß Einbildung war. Da endlich sagte ich: genug. Genug! Endlich erkannte ich, dass ich mich selbst mehr bestrafte als meinen Vater. Der hatte es wahrscheinlich sowieso schon längst aufgegeben, sich um mich zu sorgen. Und ich machte ja auch nichts von dem wieder gut, was ich angerichtet hatte. An dem Punkt habe ich reinen Tisch gemacht und angefangen, bei Onkel Christos zu arbeiten. Ein paar Jahre später haben wir beide uns dann kennen gelernt, geheiratet und zum ersten Mal adoptiert – was nach meinem Gefühl eine Wiedergutmachtung sein konnte.«

»Wieder Onkel Christos, der Retter.« Gordon hob sein Glas, doch der Geste fehlte es an Ausgelassenheit. Zu stark hingen die schmutzige Abtreibung, der Selbstmordversuch, das verlorene Kind und die verlorenen Jahre in der Luft, als dass es Raum auch nur für die Andeutung eines Lächelns gegeben hätte. »War immer er es, der dir geholfen hat?« Gordon erinnerte sich aus früheren Erzählungen daran, dass Onkel Christos ihr in ihren wilden Hippiezeiten immer wieder Geld geschickt hatte. Zwar hatte ihr Vater für sie einen Treuhandfonds angelegt, doch sie weigerte sich aus Prinzip, ihn anzurühren.

»Ja, so ziemlich. Mein Vater war sogar darüber sauer, dass ich das Baby Christos nennen wollte. ›Man tauft Kinder nur nach toten Verwandten‹, sagte er.« Ein flüchtiges, ironisches Lächeln verzog ihr den Mund. »Es gab immer eine Rivalität zwischen den beiden, meistens von Seiten Vaters, der dauernd sagte: ›Wenn Christos dies getan hätte, wenn Christos das getan hätte, hätte er so viel Erfolg haben können wie ich.‹ Mein Vater hat überhaupt nicht verstanden, worum es ging. Onkel Christos war zu gelassen, als dass er sich bemüht hätte, in Konkurrenz zu treten. Er wollte gar keine große Nummer sein wie Vater und hatte auch gar nicht die Neigung, so rücksichtslos und entschlossen aufzutreten, wie er es tat. Und weil ich diese Eigenheit liebenswert fand, betrachtete ich Onkel Christos als zweiten Vater – was meinen Vater noch mehr erboste. Das konnte er nicht ertragen, begriff es vielleicht auch gar nicht ganz. Jedenfalls streute er dann noch mehr Salz in die Wunde, indem er sagte, Onkel Christos sei ein Versager.«

Sie schaute in ihr Glas und klopfte leise auf seinen Rand, als müsse sie sich vergegenwärtigen, wo in ihrer Erzählung sie steckte. »Deswegen war diese Wiedergutmachung für mich eine große Sache. Du und ich, wir nahmen ein Kind an, nannten es Christos, und eine Weile war auch alles in Ordnung. Aber es reichte noch nicht. Deswegen schloss ich mich der Hilfsorganisation an. Nachdem ich das Leben eines Kindes möglicherweise zerstört hatte, wollte ich herausfinden, wie viele andere Kinder ich glücklich machen könnte.« Elena umklammerte den Stiel ihres Glases. Erneut kamen ihr die Tränen.

Gordon wollte ihre Hand nehmen, ihr versichern, dass alles in Ordnung war, dass er es begriff. Doch sie klammerte sich mit beiden Händen am Glas fest, und da sie nach wie vor, in den Qualen ihrer Beichte gefangen, am ganzen Körper zitterte, hätte er das Gefühl gehabt, sie zu missbrauchen und bedrängen, wenn er sie berührt hätte. Er fühlte sich frustriert, der Situation nicht gewachsen. Ein Jahrzehnt voller Geheimnisse spulte sich vor ihnen ab, doch er konnte sich nicht einmal zu ihr hinbeugen, um die letzte Kluft zu ihr zu überbrücken.

Hilflos zuckte Elena mit den Schultern. »Aber das war immer noch nicht genug. Eins dieser Kinder musste ich selber retten ... Deswegen haben wir Katine adoptiert. Immer noch fehlte etwas, regte sich ein Bedürfnis, und das konnte ich immer nur wieder mit jedem Kind erfüllen, das ich erfolgreich in eine glückliche Familie vermittelt habe. Denn jedes dieser Kinder gab mir das Gefühl, dass der Sohn, den ich weggegeben hatte, wahrscheinlich auch in einer guten Familie gelandet war, glücklich war, ein gutes Leben hatte. Dann ging es mir gut ...« Elena setzte ein schiefes Lächeln auf. Plötzlich fiel ihr eine Zeile aus einer alten LP von Bill Cosby ein: »*I was doin' fine ... only then my eyeballs started bleeding.*« Der Gedanke erschien ihr so lächerlich fehl am Platz, dass sie in nervöses Lachen ausbrach, doch es misslang, verwandelte sich in eine Mischung aus Lachen und Weinen. Mit stockendem Atem murmelte sie noch: »Bis schließlich ...«, dann wurden die aufgestauten Gefühle ihr zu viel, ihr Gesicht verkrampfte sich. Ihre Schultern sackten herab, als lastete ein schweres Gewicht auf ihnen, während sie hemmungslos zu schluchzen begann.

Nun wagte Gordon, um den Tisch herumzugehen, sie in die Arme zu nehmen und zu trösten. Trotzdem fühlte er sich der Situation immer noch nicht gewachsen. Erst hatte seine Frau sich endgültig ihren Tränen hingeben müssen, bevor er die letzte Kluft zwischen ihnen hatte überbrücken können. Heldenhaft war das nicht.

Er drückte sie noch eine Weile an sich, bemüht, sich bewusst zu machen, dass es nun endlich keine Geheimnisse mehr zwischen ihnen gab. Doch abgesehen von dem Beben, das ihre seelischen Qualen hervorriefen, spürte er keinen Unterschied zu den anderen Gelegenheiten, bei denen er sie umarmt hatte.

Er goss ihnen beiden frischen Kaffee auf. Stets Gordons Lösung in schwierigen Zeiten, dachte Elena spöttisch und wischte sich die Tränen ab. Tee oder Kaffee machen, ihr einen Bailey's und sich selbst einen Glenfiddich einschenken. Dann erzählte sie ihm den Rest, wie Ryall mittels Lorena schließlich ihre seit langem aufgebaute Mauer zum Einsturz gebracht und sie in den vergangenen zehn Tage auf die Suche geschickt hatte, die nun, wie auch ihre Hilfsaktion für Lorena, in eine Sackgasse geraten war.

»Bis zur Begegnung mit Ryall hatte ich mir immer eingeredet, mein Sohn sei bestimmt irgendwo glücklich und habe ein gutes Zuhause gefunden. Und jedes Kind, das ich mit Erfolg vermittelt sah, bestätigte mir das. Bei Ryall ging mir dann aber auf, dass eine Familie nach außen hin vielleicht geborgen und glücklich wirkt, unter der Oberfläche aber alle möglichen Schrecken lauern können. Und plötzlich musste ich Gewissheit haben. Ich musste herausbekommen, was für ein Leben er gehabt hat. Ob er wirklich glücklich war oder ob ich ihn einem Wolfsbau überlassen hatte, einer Hölle auf Erden.«

Gordon überlegte, ob er einwenden sollte, zu was das gut sein sollte. Falls der Junge bisher wirklich ein schlechtes Leben gehabt hatte, wie hätte sie das ändern sollen? Doch das grundlegende Bedürfnis, einen verloren geglaubten Sohn wiederzufinden, erhob sich bei ihr über alles andere, da halfen keine rationalen Argumente. Außerdem sah es ja nun so aus, als gäbe es ohnehin keine Möglichkeit mehr, ihn aufzuspüren. Kapitel beendet. Daher sagte er schließlich nur wieder: »Ich verstehe …« Nach einer Weile fügte er kopfschüttelnd hinzu: »Ich hätte es wissen müssen … hätte es zumindest ahnen müssen. Anzeichen dafür gab es genug.« Die tiefe Abneigung gegenüber ihrem Vater, die – im Nachhinein – lahme Erklärung, sie könne auf Grund eines frühen Reitunfalls keine Kinder bekommen, die Hilfsorganisation, die Adoptionen … Sie hatte ihm einen Wink mit dem Zaunpfahl gegeben, doch er hatte es nicht mitbekommen.

»Woher hättest du es denn wissen sollen?« Sie spürte, dass er es vor allem gesagt hatte, um es ihr leichter zu machen, um ihr einen Teil der Last abzunehmen, ihm dieses Geheimnis die ganze Ehe über vorenthalten und ihn getäuscht zu haben. »Ich habe es doch sogar vor mir selbst verborgen gehalten. Bevor ich nicht an diesen Punkt kam, konnte es auch kein anderer ahnen.« Ausdruckslos starrte sie vor sich hin.

Da ging Gordon zu ihr und drückte sie wieder an sich. Er spürte ihren Atem an seinem Hals und schloss langsam die Augen. Nun war sie endlich angekommen und wusste doch nicht, wohin als Nächstes. Sie war gleich zweifach in einer Sackgasse gelandet. Er wünschte, ihm würde eine Idee kommen, wie er sie aufbauen konnte.

Zwar hatten sie das Geheimnis, das zwölf Jahre zwischen ihnen gestanden hatte, nun aus dem Weg geräumt, doch war dafür der Sohn, den sie nie würde finden können, rasch an dessen Stelle getreten. So lange dieses Problem ungelöst blieb, würde ein Teil von ihr fern und unerreichbar bleiben, das war ihm klar. Die Mauer zwischen ihnen würde Bestand haben.

15

»Du scheinst einfach nicht zu begreifen, wie ernst die Sache ist.« Roman breitete die Arme aus. Ihr Streit war auf dem Siedepunkt angelangt, und seine Gesten wurden zunehmend raumgreifender.

»Doch, das tue ich.« Jean-Paul hielt den Blick fest auf Roman gerichtet. Nur von Zeit zu Zeit, wenn ihre Stimmen sich hoben, schaute er zur Tür, als sei er besorgt, man könne sie jenseits seiner Bürowände hören. »Mehr als du offensichtlich eingestehen willst. Aber ich will nicht wegen zwei Minuten Panik alles aufgeben, alles, wofür wir drei Jahre lang hart hingearbeitet haben.«

»Er kann uns vernichten, Jean-Paul. Und ja, dafür braucht er tatsächlich nur zwei Minuten. Zwei Minuten, in denen er das Falsche sagt. Er war stundenlang bei ihnen und hat dir das verschwiegen. Und das ist vielleicht erst die Spitze des Eisbergs, wer weiß denn, was sonst noch …«

»Es reicht, es *reicht*!« Jean-Paul hob die Hand. »Das Kapitel haben wir gestern schon durchgemacht. Ich habe über Nacht viel nachgedacht und meine Entscheidung getroffen. Das gehe ich jetzt nicht noch einmal durch.« Jean-Paul schob den Brieföffner, den er für die Morgenpost benutzt hatte, beiseite. »Außerdem geht es hier nicht bloß um dich, mich und die Überbleibsel unserer früheren Aktivitäten. Georges ist praktisch Teil der Familie. Man muss auch Simone berücksichtigen, und Mutter hält ebenfalls große Stücke auf ihn. Wir würden eine Menge Leute verletzen, wenn wir den falschen Schritt unternähmen.«

»Das weiß ich.« Roman senkte den Blick und presste seine Hand fest auf den Oberschenkel. »Vielleicht ist das ja gerade unser Problem jetzt. Das war doch immer Vaters größte Sorge, dass du, wenn es hart auf hart kommt, vor einer energischen Aktion zurückschreckst. Dass es eines Tages nicht mehr richtig ist, wenn du den vernünftigeren, diplomatischeren Weg gehst. Dieser Moment könnte jetzt gekommen sein, Jean-Paul, und dein Blick ist durch Simone und die Familie zu sehr verstellt, als dass du den richtigen Schritt unternehmen könntest.«

»Das mag wohl sein.« Jean-Paul zuckte ungeduldig die Achseln, als habe er die Bemerkung nur halb registriert oder wollte ihr nur wenig Bedeutung beimessen. »Das können wir jetzt noch nicht wissen, was ja gerade mein Hauptargument ist. Deshalb glaube ich momentan, wir sollten ...«

»Ich meine, wenn du ein Problem damit hast, brauchst du es gar nicht direkt auszusprechen. Tatsache ist doch, dass deine Tochter dich in ein Dilemma bringt, aber nicht notwendigerweise auch uns andere. Nick einfach stumm, oder schließ für einen kleinen Augenblick die Augen, und ich gehe davon aus, dass du nichts mehr von der Sache wissen willst und ich mich darum kümmern soll. Ich nehme es dir ab.«

Romans Vorschlag ließ Jean-Paul sichtlich zusammenzucken. Er blinzelte einen Moment, als habe er ihn nicht richtig verstanden. Aber als er die Entschlossenheit in den Augen von Roman bemerkte, der sich leicht nach vorn gebeugt hatte, blieb ihm kaum ein Zweifel. Eisig betrachtete Jean-Paul seinen Bruder. »Du weißt, dass Vater noch etwas anderes gesagt hat, dass du nämlich viel zu unbesonnen, impulsiv und hitzköpfig bist. Deshalb hat er am Ende mir das letzte Wort überlassen, nicht dir.«

Jean-Pauls Ton war schneidend. »Und ich treffe die Entscheidung, die ich will – wenn die Zeit dafür reif ist und wir alle Fakten vorliegen haben.«

Herausfordernd und mit verkrampftem Kiefer erwiderte Roman anfangs Jean-Pauls Blick; dann schaute er unbehaglich zu Boden. Hoffentlich hatte er damit, wie beabsichtigt, einen angemessen unterwürfigen Eindruck gemacht. »Ja, sicher … Tut mir Leid, äh … Wir haben bloß eine Menge zu verlieren, das ist alles.« Genau diese Reaktion von Jean-Paul hatte er befürchtet und daher bereits damit begonnen, einen anderen Plan auszuhecken. Er hatte sein Möglichstes getan, Jean-Paul umzustimmen. »Vielleicht ist ja auch an diesen Gerüchten über Donatien im Klub gar nichts dran, und ich kann eins und eins nicht mehr zusammenzählen.«

»Was für Gerüchte denn?«

»Ach, wahrscheinlich ist es gar nichts.« Roman wollte es achselzuckend abtun, doch Jean-Paul schaute ihn scharf an. Mein Gott, er hatte den Bogen wirklich raus, wie mit anderen umzuspringen war, erst Leduc, dann Georges, Venegas und jetzt Jean-Paul. Dabei hielten ihn alle für dumm. »Bloß solches Gerede, Georges sei ein bisschen sehr freundlich zu einigen Mädchen, wenn er im Klub die Einnahmen macht. Wie gesagt, wahrscheinlich ist gar nichts dran. Wahrscheinlich bilde ich mir angesichts der ganzen Scheiße jetzt allmählich etwas ein.«

Roman sah regelrecht, wie die Zahnrädchen in Jean-Pauls Gehirn sich drehten, und fragte sich, was ihn wohl am meisten bewegte. Vielleicht, dass wenn Georges Simone betrog, es auch wahrscheinlicher wurde, dass er sie beide ebenfalls betrog. Vielleicht aber auch, dass es dann gegenüber der Familie einfacher würde, etwas gegen Georges zu unternehmen. Oder er machte sich schlichtweg Sorgen um das Gefühlsleben seiner Tochter.

»Immerhin sieht es so aus, als verdiente die Sache Aufmerksamkeit und Recherche.« Jean-Paul hielt die Hände auf der Schreibtischplatte gefaltet. Dann löste er eine Hand und machte Roman gegenüber eine Geste. »Was mich wieder darauf zurückbringt, was wir meiner Meinung nach jetzt unternehmen sollten. Wir sollten ihn genau unter die Lupe nehmen. Ich will jeden Schritt von ihm wissen. Und wenn es im Klub etwas Neues über Georges gibt, will ich es sofort erfahren, nicht erst ein, zwei Monate später wie bei dieser anderen Sache. Okay?«

»Klar doch ... klar.« Roman gab sich alle Mühe, unbewegt zu erscheinen und seine Freude zu verbergen. *Unter die Lupe nehmen!* Vor einem Monat hatte er ohne sein Wissen Georges den Arsch verwanzt, und nun segnete Jean-Paul persönlich die Keule ab, die er bereits gezückt hatte. Genau darauf hatte Roman gehofft. Bestens gelaufen.

Praktisch zum ersten Mal fühlte er sich in Jean-Pauls Arbeitszimmer nicht von dessen Wälzern und Diplomen eingeschüchtert, denn dieses Mal hatte er die Sache unter Kontrolle. Er brachte die Rede auf Frank und wen er sonst noch benötigen würde, um Donatien im Auge zu behalten. Dabei schaute er auf seine Uhr, als überlegte er, wann er die Leute erreichen konnte. In Wirklichkeit verlagerten sich seine Gedanken bereits auf den Zeitablauf seines Schlachtplans. Und auf die Frage, wie lange Donatien noch zu leben hatte.

Die volle Bedeutung von Georges' Erzählung ging Simone erst auf, als sie ihre Scholle à la Florentine schon zur Hälfte aufgegessen hatte. Sie ließ die Gabel über ihrem Teller schweben, schüttelte den Kopf und schloss für einen Moment die Augen. »Mein Gott, was für eine Bescherung. Du hättest dich schon eher melden sollen.«

»Ich weiß ... Ich weiß.« Georges klang wie ein reuiger Sünder. »Aber ich war ja quasi noch ein Außenstehender und hatte Angst, mich zwischen deinen Vater und Roman zu stellen, indem ich aus dem Nähkästchen plaudere. Und während ich dann darauf wartete, dass Roman von sich aus den Mund aufmachen würde, war es bereits zu spät dafür, reinen Tisch zu machen.«

»Aber trotzdem ..., Roman ..., *Roman.*« Erneut schüttelte sie den Kopf. »Wäre die Situation andersherum, würde er ganz schnell die Stimme gegen dich erheben.«

»Ich weiß.« Wieder Schuldbewusstsein. »Mir war damals

aber noch nicht klar, dass ich ihm ein solcher Dorn im Auge bin und er mit Jean-Paul gar nicht ganz auf einer Linie liegt, was die Neuausrichtung des Geschäfts angeht. Außerdem war das ja ganz zu Anfang; ich wusste nicht, inwiefern die alten Regeln von wegen Geschlossenheit um jeden Preis und niemanden anschwärzen noch galten.«

Simone sah ihn ruhig an und zuckte die Achseln, als könne sie seine Begründung nur halb akzeptieren. Endlich senkte sich ihre Gabel wieder auf den Teller.

»Okay, heute liegt es auf der Hand, dass ich die falsche Entscheidung getroffen habe«, fuhr Georges fort. »Aber leichten Herzens habe ich sie nicht gefällt, so viel kann ich dir verraten.« Er pickte an der Schere einer Königskrabbe herum. Sein Lieblingsessen, aber jetzt wäre es ihm lieber gewesen, er hätte sich für etwas anderes entschieden. Es war schon knifflig genug, diese Sache mit Simone hinter sich zu bringen, und das Knacken der Scheren bereitete ihm zusätzliche Kopfschmerzen. »Ich habe mich lange und heftig damit herumgequält und war mehr als einmal nah daran, es deinem Vater zu sagen.«

»Na schön, zu Anfang hattest du einen guten Grund, nichts davon zu erzählen. Aber als du von diesem Chenouda abgeholt worden bist, warum hast du danach nicht gleich den Mund aufgemacht?«

»Es gab so viel gegeneinander abzuwägen. Zu viel. Wenn Chenouda durch Savards Aussage wusste, dass Leduc an jenem Abend gar keine Waffe bei sich hatte, war er dann bloß auf jemanden aus, der ihm einen Mord bezeugte? Das hätte ich unfair gefunden. Denn mag Roman noch so überstürzt und dumm gehandelt haben, war es doch ein Versehen, weil er eben glaubte, dass Leduc eine Waffe trug.« Georges beugte sich vor und sprach leise, fast flüsternd weiter. »Außerdem hätte das mich und deinen Vater zu Komplizen gemacht. Mich, weil ich dabei war, und deinen Vater, weil er das Treffen anberaumt hatte. Und was ist mit Savard? Hat Roman ihn umbringen lassen, um seine Spuren zu verwischen, oder hat Chenouda das nur so gedreht, um es als Druckmittel einzusetzen? Es wäre seltsam gewesen, deinem Vater gegenüber damit herauszuplatzen, dass ich die ganze Zeit gelogen hatte. Ich wollte bloß ein, zwei Wochen, damit sich die Sache beruhigt und ich entscheiden kann, was zu tun ist. Doch dann begann ich mir Sorgen darüber zu machen, dass dein Vater etwas gehört haben könnte oder zumindest etwas ahnte. Und das bekam ich dann bei unserer Begegnung gestern ja auch bestätigt.«

»Hat er direkt gesagt, dass er Bescheid weiß?«

»Nein. Du kennst doch deinen Vater, dafür ist er zu subtil. Er fing an, von Vertrauen und von Engagement zu reden, vor allem aber darüber, wie wichtig ihm diese Neuausrichtung des Geschäfts nach Pascals Tod war und dass Art Giacomelli wegen seines Sohns reges Interesse daran gezeigt hätte.« Georges sah, dass Simone leicht die Stirn runzelte, und erzählte ihr Wort für Wort, was Jean-Paul gesagt hatte.

Als er geendet hatte, stieß Simone einen Seufzer aus und lehnte sich zurück. »Ich dachte, du hättest ›subtil‹ gesagt. Er erzählt dir, der führende Gangsterboss von ganz Amerika ist erpicht darauf, dass du gut abschneidest. Und da soll kein Druck im Spiel sein?« Sie rang sich ein unverbindliches Lächeln ab, doch dunkle Schatten verdunkelten ihren Blick. Sie hielt einen Moment inne, als überlegte sie, ob sie weitersprechen sollte. »Aber was Pascals Tod angeht, spielt mein Vater keine Spielchen. Das hat unsere Familie wirklich zerrissen. Wusstest du, dass Großmutter tief religiös ist?«

»Ja ... das weiß ich.« Georges knackte nach längerem Zögern wieder eine Schere.

»Sie hatte immer ein Bild des heiligen Antonius in ihrem Zimmer. Ihn betet man an, wenn man will, dass alles wieder gerichtet wird. Dinge, die schiefgegangen sind oder bei denen man es befürchtet. Als Kinder haben wir hin und wieder erlebt, dass der heilige Antonius plötzlich im Kühlschrank auftauchte. Wir bekamen mit, dass sie ihn in den Kühlschrank steckte, wenn etwa schief gelaufen war und er ihre Gebete nicht erhört hatte. Daher wussten wir immer Bescheid, wenn in der Familie etwas nicht stimmte, weil dann der heilige Antonius neben der

Milch und der Butter in der Kälte stand.« Sie lächelte, doch rasch kehrten die Schatten wieder zurück. »Bei Pascal betete und betete sie – das waren die drei Tage, in denen er im Koma lag und es noch einen Funken Hoffnung gab. Als er dann doch starb, rechneten wir damit, dass der heilige Antonius wieder im Kühlschrank landen würde. Aber er war weder dort noch in ihrem Zimmer. Sie hatte ihn zertrümmert, hatte jeden Glauben an ihn verloren, im Grunde auch an Gott. Jedenfalls eine Zeit lang.« Sie zog sich eine verirrte Strähne hinter das Ohr. »Erst über ein Jahr später tauchte der heilige Antonius bei uns zu Hause wieder auf, und neun Monate lang ging sie nach dem Tod von Pascal nicht einmal mehr in die Kirche.«

Weil das rege Treiben im Restaurant zunahm, schaute Georges einen Augenblick zur Seite. Ein Kellner führte eine Gesellschaft von drei Personen gerade an einen Tisch in die Nähe. Miguel, ihr Stammkellner, lächelte von der Bar herüber. Immer, wenn sie sonst hierher gekommen waren, war ihre Unterhaltung leicht und sorglos gewesen. Zwei junge, hoch in der Würdeliste der Stadt rangierende Mitglieder der Gesellschaft inmitten einer Heerschar von Yuppies, die sich regelmäßig im Restaurant, den drei Bars und der Kellerdiskothek des Thursday's drängten, wobei Miguel sie an Wochenenden unweigerlich gleich vom Tisch vorbei an den üblichen Schlangen vor der Disco geleitete. Manchmal waren auch Freunde aus ihrer Agentur hier, oder sie trafen sich mit Georges altem Freund Mike Landry und dessen jeweils neuester Errungenschaft. Meistens jedoch waren sie allein. Sie unterhielten sich über die Erfolgserlebnisse der Woche, ihre neuen Agenturetats, darüber, dass er ihrem Vater neue Geschäftsbereiche erschloss, wo sie den Sommerurlaub verbringen oder im Winter Ski fahren wollten oder, in letzter Zeit, auch über Hochzeitspläne. Nun musste er sich nicht nur Sorgen über seine Position in der Familie Lacaille machen, sondern – wenn Chenouda Recht hatte – auch um sein Leben fürchten und lud den Druck, ihm aus der Patsche zu helfen, auf den Schultern einer Dreiundzwanzigjährigen ab. Das war keine leichte Bürde und für sie etwas völlig anderes als ihre sonstigen Sorgen, etwa, welche Farbe sie für den neuen Sportwagen wählen sollte, den sie von ihrem Vater geschenkt bekam. Ihre Reaktion bestand darin, dass sie ihn über sämtliche emotionalen Einzelheiten der Familie ins Bild setzte, die zu dem vorliegenden Problem geführt haben konnten.

»Hat dein Vater deshalb den Namen Santoine International als Firmennamen ausgesucht?«, wollte er wissen.

»Ja. Er schien ihm passend: neue Hoffnung, obwohl so viel dagegen sprach.« Sie aß einen Bissen und fuchtelte mit der Gabel herum. »Jedenfalls hat Vater bestimmt nicht deine Gefühle ausgenutzt, als er die Rede auf Pascal gebracht hat. Seitdem hat sich total viel in der Familie verändert, als ob ein Kartenhaus eingestürzt wäre; Großpapa ist bald darauf gestorben, Großmama hat sich eine Zeit lang von der Religion abgewendet ... Und Vater hat sich endlich entschieden, die alten Wege zu verlassen.«

Pascal. Obwohl so viel dagegen sprach. Nun wurde Georges noch deutlicher, wie sehr Jean-Pauls Ansinnen von Herzen gekommen sein musste und wie sehr er, Georges, ihn im Stich gelassen hatte. Es kam ihm fast wie eine Frechheit, eine letzte Beleidigung vor, dass er nun auch noch seine Tochter dazu benutzte, ihm aus der Patsche zu helfen. Jetzt tappte sie seinetwegen durch das gleiche Minenfeld, benutzte Ausdrücke wie »alte Wege« statt Verbrechen, für den Fall, dass jemand mithörte.

Georges schüttelte den Kopf. »Ich sollte dich nicht darum bitten.«

»Doch, doch ... Ist schon in Ordnung. Ich will dir helfen.« Sie lächelte und zuckte die Achseln. »Außerdem weiß ich nicht, ob es sonst überhaupt jemanden gibt, der dir helfen könnte. Also bleibt mir ja wohl gar nichts anderes übrig.«

Er wusste, dass sie es vor allem ihm zuliebe auf die leichte Schulter nahm, um ihm das Gefühl zu vermitteln, dass er nicht zu viel von ihr verlangte. Er beugte sich vor, ergriff ihre Hand und schloss, wie zur letzten Buße, einen Moment lang die Augen. »Danke.«

Sie beugte sich vor und drückte ihm einen warmen, anhaltenden Kuss auf die Lippen, als spüre sie irgendwie, dass er zum Trost und zur Beruhigung eine zusätzliche Berührung benötigte. Allerdings ernteten die beiden damit den einen oder anderen Blick von benachbarten Tischen. Mein Gott, wie sehr er sie liebte. Mit ihren *beiden* Seiten. Hier die lustige, leichtfertige, sich um kaum etwas in der Welt Sorgen machende Simone, die die meisten in ihr sahen, und andererseits das kleine Mädchen, das unter dem Schleier einer Mafiafamilie vorzeitig erwachsen geworden war und den heiligen Antonius immer dann neben ihrem Milchshake und ihren Pfannkuchen im Kühlschrank stehen gesehen hatte, wenn ihr Vater oder Großvater bei einem Kampf der Gangs den Kürzeren gezogen hatte.

Er hielt ihre Hand noch einen kleinen Moment fest, wobei er sich sagte, dass die Intensität seines Gefühls in diesem Augenblick nichts mit Abhängigkeit zu tun hatte. Dabei war seine Vorstellung von Liebe im Laufe seines Lebens oft durch Abhängigkeit verfälscht worden – dadurch, dass seine Mutter gestorben war und er jahrelang verlassen im Waisenhaus gelebt hatte, und auch dadurch, dass sein Stiefvater die Familie finanziell im Stich gelassen hatte. Er würde es nicht verkraften, erneut im Regen stehen gelassen zu werden; das erschiene ihm fast so schlimm wie die eher ominösen Gefahren, vor denen Chenouda in Bezug auf Roman warnte. Es lief ihm kalt den Rücken hinunter, und als dies durch ein leichtes Zittern in seiner Hand spürbar wurde, ließ er Simone los.

Tatsächlich blieb nun kaum ein Zweifel, dass er von Simone abhängig war, erst recht, als sie begann, davon zu sprechen, wie sie das Thema ihrem Vater gegenüber am besten in Angriff nahm. Es sei wichtig, betonte sie, dass sie nicht bloß als seine besorgte Freundin auftrat, die ihre Pflicht tat, vielmehr müsse sie sich als die einzig Richtige darstellen, die in Anbetracht der Umstände dieses Problem lösen konnte.

Georges ging auf, dass es der herzlichen, vor ihrer Zeit erwachsen gewordenen Simone bedurfte, wenn ihr Vater sie ernst nehmen und sie es hinbekommen sollte. Allerdings wusste er nicht, hatte sich auch nie die Mühe gemacht, es herauszufinden, mit welchen Augen Jean-Paul seine Tochter sah. Falls er sie, wie die meisten anderen auch, einfach als sorglose, unbekümmerte Dreiundzwanzigjährige betrachtete, dann war er geliefert.

Roman war im siebten Himmel. Nachdem er den halben Abend lang im Klub zugesehen hatte, wie Viana die Hüften kreisen ließ, tat sie das nun auf ihm.

Er hielt die Hände um ihre Taille, wie um sie zu lenken, doch ihr Körper verfolgte seinen eigenen Rhythmus und sein eigenes Ziel. Roman versuchte, seine Stöße danach auszurichten, lag aber zumeist einen Takt daneben, sodass er schließlich entspannte und ihr das Ruder überließ. Es war, als spielte sie den ganzen Abend über pantomimisch den Sexualakt, bereitete sich dabei aber nur auf den Moment vor, wo sie ihn mit letzter, meisterhafter Perfektion für ihn allein aufführte.

Wenn er vorhatte, mit ihr nach Hause zu gehen, tauchte er deswegen gern eine halbe Stunde vor dem Kassensturz auf. Dann konnte er ihr beim Tanzen zuschauen und sich hämisch freuen: Ihr Kerle kriegt bloß das Schauspiel, ich kriege gleich das Echte. Diese Vorfreude trug zu seiner Erregung bei, war *sein* Vorspiel.

Einen Orgasmus hatte sie bereits gehabt, der zweite war sogar noch stürmischer und brachte auch ihn ans Ziel, schneller, als er es eigentlich gewollt hätte. Er versuchte, den Moment in die Länge zu ziehen, die Empfindung noch auszukosten. Atemlos ließ sie sich schließlich auf ihn sinken, ihr heißer Atem an seinem Ohr, und ihre Brust hob und senkte sich heftig, während sie allmählich wieder zu sich kam.

Ihr erregtes Stöhnen und Schreien war laut genug gewesen, um die Nachbarn glauben zu lassen, sie werde ermordet. Allerdings befanden sich seine nächsten Nachbarn am Mont Royal meterdicke Sandsteinmauern entfernt.

Allmählich beruhigte sich ihr Atem wieder, doch spürte er, dass ihr Herz nach wie vor raste. Von ihrem Körper ging eine pulsierende Hitze aus, und als sie sich gegen seinen Oberschenkel drückte, merkte er, dass sie noch immer feucht war. Noch einen Augenblick zum Auskosten, doch dann gab es keinen Grund mehr, es noch länger hinauszuschieben. Er hatte das Thema vor dem Sex nicht anschneiden wollen, weil es ihre Stimmung ruiniert hätte. Jetzt war es vorüber, und die Zeit war knapp bemessen, denn er musste später noch mit Funicelli in den Klub zurück. Sachte schob er sie beiseite, und doch schlug sich die schlagartige Veränderung seiner Stimmung entfernt in ihrem Blick nieder. Beruhigend fuhr er ihr mit dem Handrücken über das Gesicht.

»Baby, ich habe da ein kleines Problem … Und ich glaube, du bist genau die Richtige, um mir dabei zu helfen.«

»Was für ein Problem denn?« In ihrer Stimme lag eher Neugier als Misstrauen. Vom Sex abgesehen hatte er sie noch nie um etwas gebeten.

Roman spulte die Geschichte ab, die er sich ausgedacht hatte: Georges ging fremd und stellte damit eine Bedrohung für Simone und den Rest der Familie dar. Dummerweise hatte er, Roman, bloß keinerlei Beweise. Daher blieb ihm keine Wahl, als Georges etwas anzuhängen. Und hier kamen Viana und eine Begleitagentur, die er kontaktiert hatte, ins Spiel. Viana wirkte verdutzt, und in ihr schienen Zweifel aufzukommen. Daher brachte er rasch das Thema Geld auf.

»Es ist mir wichtig, und deswegen bezahle ich dich auch spitzenmäßig. Acht Riesen, und du brauchst dir die nächsten vier, fünf Monate keine Sorgen um den Nachschub zu machen.« Sanft berührte er sie an der Nase. »Der geht auf mich.«

Allmählich bildete sich bei ihr ein Lächeln. »Das ist nett von dir, Roman. Danke.« Als sie ihren Blick flüchtig auf ihn richtete, lag ein Flackern darin. »Es muss dir wirklich wichtig sein.«

»Ja, ja, wie gesagt … das ist es auch.« Er wusste, dass er sich großzügig geben musste, denn in manchen Wochen verdiente sie fünfzehnhundert Dollar. Aber wahrscheinlich verlockte das Bonbon für ihre Nase sie am meisten.

Plötzlich blitzten ihre Augen verschlagen. »Na ja, wenn es Georges ist … Den fand ich immer schon besonders süß. Das sieht mir gar nicht nach Arbeit aus.«

Wütend setzte sich Roman auf und kniff sie in die Wange. »Hör zu, es geht hier nur darum zu schauspielern. Du sollst nicht wirklich mit ihm ficken. Außerdem ist er total weggetreten, wenn du ihm bei dir zu Hause erst einmal was in seinen Drink getan hast. Es soll bloß gut für die Kamera aussehen.« Erneut kniff er sie heftig, um sie dann angewidert von sich zu stoßen.

Sofort drückte sie sich wieder an ihn und strich ihm über den Nacken. »Nun komm doch … Ich habe doch nur Spaß gemacht. Ich wusste ja nicht, dass es dir so viel bedeutet.«

»Da täuschst du dich. Es bedeutet mir nichts. Deswegen bezahle ich dich ja auch.« Er verharrte noch eine Weile störrisch, um sich dann ihrem anhaltenden Streicheln zu ergeben. Schließlich zuckte er die Achseln und grinste widerwillig. »Na ja, wenn du mich so durchvögelst wie gerade eben, dann bedeutet es mir doch ein bisschen was.« Er packte ihre Hand, die auf seinem Nacken ruhte, stieß sie wieder auf das Bett und setzte sich rittlings auf sie. Sie schaute ihn einen Moment an und schloss dann aus seinem Grinsen, dass auch er jetzt Spaß machte. Irgendwie war er froh, dass sie ihn wegen Georges geneckt hatte, denn es erleichterte ihm das, was nun kam.

Da sich die Spannung zwischen ihnen wieder gelegt hatte, ging er nun auch noch den Rest mit ihr durch: Sie habe den Fehler gemacht, mit jemandem aus dem Klub etwas anzufangen. Dann sei der Mann ziemlich schräg und besitzergreifend geworden, habe sie am Abend zuvor vor ihrer Wohnung abgepasst und sei schließlich handgreiflich geworden. Ob Georges sie wohl heimfahren und bis in ihre Wohnung bringen könne? Sie habe Angst, dass der Kerl ihr wieder auflauere.

Nach einigen banalen Fragen hatte sie den Plan begriffen – mit einer Ausnahme. »Muss er denn handgreiflich werden? Reicht es nicht, wenn ich durcheinander und verängstigt bin?«

»Nein, ich glaube, mir müssen ein wenig überzeugender daherkommen.«

»Was denn? Soll ich Make-up auftragen, damit es nach einem blauen Fleck aussieht oder so?«

»Nein, das ist nichts. Er könnte mitkriegen, dass es bloß Make-up ist, und Verdacht schöpfen.« Nun kam der beste Teil, nämlich zuzuschauen, wie es ihr allmählich dämmerte. Noch immer saß er rittlings auf ihr, und ihr Blick schnellte verständnislos einen Moment hin und her, bevor er sich auf ihn richtete.

»Nein, Roman .... Das kommt nicht in Frage. Mein Gesicht ist meine Arbeit, mein Kapital.«

»Tut mir Leid, Puppe ... Ich sehe leider keine andere Möglichkeit.« Furcht machte sich in ihren Augen breit, und verzweifelt schlug sie mit den Händen um sich, um ihn wegzustoßen. Doch problemlos drückte er mit der linken Hand einen Arm zurück und klemmte den anderen unter seinem Knie ein. »In einer Woche ist der blaue Fleck wieder weg und alles wieder wie vorher.«

»Nein, Romy ... bitte ... *bitte.*« Sie sträubte und wand sich, um ihn von sich abzuschütteln, doch er hielt sie wie ein Schraubstock eingeklemmt. Die Anstrengung ließ sie außer Atem geraten und brachte sie an den Rand der Tränen. Als sie erkannte, dass ihre Bemühungen sinnlos waren, schluchzte sie und schnappte nach Luft. Befreien konnte sie sich nicht. »Neiiiin ... *bitte*!«

»Ich runde es auf zehn Riesen auf – und denk nur an die ganzen Näschen.« Er spannte die rechte Faust über ihrem Gesicht an.

»Nein, Roman ... Tu mir das nicht an. Ich flehe dich an ... neiiiin!« Wie wild schüttelte sie den Kopf, und die Tränen liefen ihr das Gesicht herab. Sie stieß einen durchdringenden Schrei aus, der ihm durch Mark und Seele fuhr, doch er presste das Knie nur noch fester auf ihren Arm.

»Halt deine verdammte Schnauze und beweg deinen Kopf nicht, wenn du nicht willst, dass ich dir auch noch deine Scheißnase breche.«

Sie hielt den Kopf ruhig und starrte ihn an; ihre Pupillen waren dunkel und angstvoll erweitert. Roman nahm diese Panik einen Moment in sich auf, weidete sich am berauschenden Gefühl von Macht. Dass sie am ganzen Körper zitterte, verstärkte in ihm den Eindruck, dass er endlich die Kontrolle innehatte und ihr Widerstand gebrochen war. Doch das Flehen, das in ihren Augen lag, irritierte ihn.

»Vielleicht drehst du den Kopf lieber ein bisschen, damit ich es auf Anhieb hinbekomme.«

Langsam, widerwillig legte sie den Kopf auf die Seite, wobei ihr die Tränen hemmungslos das Gesicht herabliefen. Sie zitterte unter ihm wie ein gefangener kleiner Vogel und gab nur ein gedämpftes Wimmern von sich, während sie sich nervös auf die Lippe biss. Als er dann sagte: »Tut mir Leid, Baby«, schloss sie die Augen, nur Sekunden, bevor seine Faust herabkam.

Keine Stunde später ließ Roman Carlo Funicelli in den Klub.

Funicelli setzte sich an die Bar, Roman goss ihnen beiden ein Bier ein, und sie begannen sich zu unterhalten. Es war ein planloses Geplapper nur für die Überwachungskameras. Falls Jean-Paul die Bänder zu Gesicht bekäme, würde er, Roman, sagen, er habe sich nach Feierabend mit Funicelli im Klub getroffen, um mit ihm die Überwachung von Donatien zu besprechen.

Nach einer Weile deutete Roman auf die Reihe der Flaschen, und Funicelli kam um die Bar herum. Sie gingen beide ein Stück weiter, doch kaum waren sie aus dem Sichtfeld der Kameras heraus – Roman kannte die genaue Position –, tauchte Funicelli zur Seite hin Richtung Kasse ab.

Roman hatte ihm den Schlüssel bereits gegeben, und nach nur etwas länger als einer Minute war Funicelli fertig. Er hatte zwei Codes eingegeben, von denen er wusste, dass sie die vier miteinander verbundenen Registrierkassen des Klubs lahm legten, die mit Bargeld sowie automatischer Nachbestellung zu tun hatten.

Dann begaben sie sich wieder ins Sichtfeld der Videokameras, und Roman deutete auf einen Sambuca auf einem oberen Regal, worauf Funicelli nickte.

Azy würde gleich nach dem Öffnen am Abend voller Panik anrufen, und der allzeit tüchtige Donatien würde herbeigelaufen kommen, denn er hatte das neue System empfohlen. Roman wusste, dass er nicht darauf warten konnte, bis Donatien seine regelmäßige monatliche Kassenprüfung durchführte – er musste unbedingt dafür sorgen, dass er schnell hier auftauchte.

Funicelli fiel auf, dass Roman immer wieder die Hände zu Fäusten ballte und dann wieder löste. »Stimmt was nicht?«, fragte er ihn.

»Es ist nichts.« Roman zuckte die Schultern. »Du weißt ja, wo Liebe ist, ist immer auch Schmerz.«

Funicelli ging nicht darauf ein, sondern machte sich wieder daran, schweigend an seinem Bier zu nippen. Roman schaute auf seine Uhr: Donatien blieben noch achtundvierzig Stunden. Und die Zeit lief.

16

Fünf Tage war es her, dass sie sich Gordon offenbart hatte, fünf Tage der Suche, die ergebnislos in eine Sackgasse geführt hatten. Jetzt ruhte Elenas letzte Hoffnung auf den beiden alten Schrankkoffern, durch deren Erinnerungen und Andenken an ihren Vater sie gerade stöberte. Alles, was geblieben war, zweiundsechzig Lebensjahre ordentlich weggepackt. Sie war so vom Inhalt in Anspruch genommen, dass sie die Schritte hinter ihr kaum registrierte.

»Komm schon, es reicht, Elena. Den Rest kannst du später noch durchgehen. Wenn wir uns nicht fertig machen, kommen wir noch zu spät ins Restaurant.«

»Ja, du hast wohl Recht.« Elena kniete auf dem Boden und war vom Durchforsten und Aussortieren außer Atem. Sie hob den Kopf und wandte sich Onkel Christos zu. »Nur noch fünf Minuten, dann springe ich unter die Dusche, den Staub loswerden. Okay?«

Nach kurzem Moment ein widerstrebendes »Okay« seitens ihres Onkels. »Ich mache uns in der Zwischenzeit noch einen Kaffee.« Dann hörte man ihn wieder die Treppen hinunterschlurfen. Vor allem auf Gordons Betreiben hatten sie die ersten drei Tage damit verbracht, über Kreditreferenzinstitute in ganz Großbritannien nach der Familie Stevens, vormals Stephanou, zu suchen. Sie selbst hatte es schon fast aufgegeben, spürte keinen Kampfgeist mehr in sich, um die Suche fortzusetzen. Doch Gordon drängte, dies sei nichts, was sie leichthin aufgeben dürfe, später würde sie es bitter bereuen. Er bot an, bei den Nachforschungen zu Kreditreferenzen behilflich zu sein, und in den folgenden achtundvierzig Stunden brachten sie die Telefonleitungen zwischen Terry, Megans Mann für Ermittlungsfragen, und sieben Instituten aus Gordons Kartei zum Glühen. Doch sie stießen auf nichts, was mit Stevens oder Stephanou und der ehemaligen Adresse in Canterbury in Zusammenhang stand. Daraus schlossen sie, dass die Stevens' entweder wundersamerweise drei Jahre nach ihrem Umzug ohne jeden Kredit überlebt hatten, in Bezug auf ihre ehemalige Adresse falsche Angaben gemacht hatten oder, am wahrscheinlichsten, das Land verlassen hatten.

Zunächst hatten sie keine Idee, wie sie herausfinden sollten, wohin die Leute gezogen sein konnten. Dann kam Gordon auf die Idee, der alte Pass ihres Vaters könnte einen Hinweis liefern. Falls ihr Vater seine Hand dabei im Spiel gehabt hatte, die Stevens verschwinden zu lassen, konnte er sie in der Zeit ihres Umzugs gut und gerne auch aufgesucht haben. Elena fand, es lohne sich, der Sache nachzugehen, doch das Problem bestand darin, dass die Habseligkeiten ihres Vaters nach wie vor bei ihrer Mutter lagerten und Elena sie nicht besuchen wollte, schon gar nicht zu diesem Zweck. Schon als ihr Vater noch lebte, hatte sie wenig bis gar keinen Kontakt zu ihrer Mutter gehabt, und da Elena bei der Beerdigung ihres Vaters vor fünf Jahren nicht erschienen war, hatte sich die Situation sogar noch verschärft; sie hatten nur ein einziges Mal seitdem miteinander telefoniert, nämlich als Onkel Christos Elena benachrichtigt hatte, die Mutter sei erkrankt.

Daher musste nun erneut Onkel Christos einspringen, Elenas Mutter anrufen und ihr vormachen, er sei auf der Suche nach alten Geschäftsunterlagen. »Ich hole die Koffer ab und bringe sie dir ein paar Tage später wieder.« Gleich nachdem er Elena zurückgerufen hatte, war sie in den Zug nach London gestiegen.

Am Tag nach ihrer Aussprache mit Gordon hatte sie einen Anruf von Barbara Edelston bekommen: Elena müsse wohl völlig verrückt geworden sein, sich nach wie vor einzumischen, »vor allem in Anbetracht Ihrer eigenen Vorgeschichte«. Mitten in dieser Gardinenpredigt war Elena geplatzt und hatte Edelston die Meinung gesagt. »Eines Tages werden Sie erkennen, dass Ryall ein Kontrollfanatiker ist, und zwar ein gefährlicher. Er kontrolliert Lorena seit Jahren. Er hat Nadines Untersuchung kontrolliert, indem er unser Treffen auf Band aufgenommen hat, mich, indem er insgeheim einen Bericht anfertigen ließ, und Sie, indem er Ihnen das Band und eben diesen Bericht zugeschickt hat. Und Sie, genau das Dummchen, für das er Sie hält, fallen auch noch darauf herein und reagieren streng nach Vorschrift. Wenn Ihnen das alles kein bisschen Spanisch vorkommt, tut mir Leid, dann kann ich Ihnen auch nicht helfen.« Bevor Edelston antworten konnte, knallte sie den Hörer auf und wählte umgehend die Nummer von Shelley McGurran. Bestimmt hatte auch Shelley Ryalls giftige Akte bekommen, und Elena wollte nicht, dass Shelley erst anrufen musste, um von ihr eine Erklärung zu bekommen.

Nach einer anstrengenden halben Stunde am Telefon, in der Elena eine verkürzte Darstellung der ganzen Affäre gab und Shelley ihre bittere Enttäuschung darüber zum Ausdruck brachte, dass Elena nicht das Gefühl gehabt hatte, sie stünden einander nahe genug, um mit ihrer Geschichte schon eher herauszurücken, stellte sich Shelley endlich auf ihre Seite. »Du hast Recht. Du musst ihn finden, Elena. Und der kleinen Lorena helfen, wenn du kannst. Das heißt, falls du die Zeit beziehungsweise das Bedürfnis hast, beides anzugehen.« Elena fragte sich, ob Shelley damit höflich andeuten wollte, dass sie, Elena, ihren Job bei der Hilfsorganisation verloren hatte. Doch Shelley beruhigte sie umgehend: »Mein Gott, nein. Leute, die ihrer Arbeit so nachgehen wie du, sind schwer zu finden. Ich war zwar enttäuscht und kann deiner Argumentation auch nur halb folgen, aber es ist nicht so, dass ich dich rausschmeißen würde. Vor allem nicht auf Geheiß dieses Arschlochs Ryall. Nimm dir einen Monat oder so lange du brauchst frei, um dein Leben wieder auf die Schiene zu bringen, und ruf mich dann an. Dein Platz hier ist dir sicher. Und gib Ryall einen Tritt in den Hintern von mir. Versprochen?«

Als sie das Telefongespräch mit Shelley beendet hatte, war Elena den Tränen nahe, denn Shelleys bereitwilliges Verständnis machte es ihr nur noch schwerer. Wieder jemand, der sie mochte und ihr vertraute und dem sie es im Laufe der Jahre so wenig gelohnt hatte.

Es waren diejenigen, die ihr nahe standen, so wie Gordon und Shelley, die sie jetzt dazu anhielten, aktiv zu werden. Nach zwölf Tagen ergebnisloser Nachforschung seitens Megan und Terry und nachdem Ryall halb Chelborne gegen sie aufgebracht und seinen vernichtenden Bericht herumgeschickt hatte, war sie dicht vor dem Aufgeben gewesen und hatte das Gefühl gehabt, nichts mehr in der Hand zu haben. Bis die beiden Koffer ihres Vaters vor ihr standen. Da fand sie plötzlich wieder neue Kraft, stöberte hektisch herum: verstaubte Pläne ihres alten Hauses, Zeugnisse von ihr und Andreos, ihr Kommunionsgebetbuch, ihr erstes Schulfoto, Andreos mit neunzehn vor seiner frisch erstandenen, nagelneuen Suzuki, die ganze Familie in einer Strandbar auf Zypern die Gläser erhebend, als sie gerade mal neun gewesen war.

Sie hatte den 1970 gültigen Pass ihres Vaters ziemlich unten im ersten Koffer gefunden, suchte aber weiter. Wehmütige Sehnsucht nach den Jahren, in denen sie dabei gewesen, die ganze Familie beisammen gewesen war, dazu die Möglichkeit, einige Lücken zu schließen in den Jahren, in denen sie nicht dabei gewesen war. Sie ging völlig darin auf, konnte sich unmöglich davon losreißen. Es war merkwürdig: Jetzt, da sie Fotos von sich und Andreos als Kinder durchsah, dazu eine Reihe alter Geburtstagskarten, zum Beispiel eine, die sie im Alter von sieben mit einer gepressten Blume versehen und ihrem Vater geschenkt hatte, jetzt war es, als käme eine leicht nostalgische, verletzliche Seite ihres Vaters ans Licht, die sie zu seinen Lebzeiten nie entdeckt hatte. Als sie Onkel Christos darauf ansprach, erwiderte er, dass auch ihre Mutter eine Reihe alter Familienandenken in diesen Koffern untergebracht habe. Wieder einmal also blieb ihr Vater ein Rätsel, und sie konnte sich nicht sicher sein, ob sein Gefühlspanzer einen Spalt aufgewiesen hatte.

Sie hatten vereinbart, dass Onkel Christos, sobald sie den Pass ihres Vaters gefunden hatte, einen Tisch für sie beide im »Beotys« reservieren würde, seinem zypriotischen Lieblingsrestaurant. In der Zeit, in der die Stevens' verschwunden waren, gab es fünf Einreisestempel; einer von ihnen würde hoffentlich zum Erfolg führen.

Sie setzte ihre Suche mit der Ausrede fort, es könnten sich noch andere Unterlagen finden, die Hinweise geben würden. Als Onkel Christos sie über eine Stunde später immer noch auf Knien bei der Suche vorfand, mittlerweile staubig von Kopf bis Fuß, machte er sich allmählich Sorgen. Er mahnte sie, die Zeit für das Restaurant werde knapp, befürchtete aber vor allem, die Stöberei in den Erinnerungen könnte sie zu sehr mitnehmen.

Als er mit Kaffee zurückkehrte, stand sie daher sofort auf, klopfte sich den Staub ab und nahm ein paar hastige Schlucke. Dann duschte sie und kippte den Rest des Kaffees hinunter. Eine Viertelstunde darauf saßen sie im Taxi und fuhren durch den ausklingenden Feierabendverkehr zwischen Queensway und dem West End. Lichterstreifen von Straßenlaternen huschten ihr über den Arm. *Das kleine, zu ihr aufschauende Gesicht mühte sich, etwas zu erkennen.* Sie schloss einen Moment die Augen und unterdrückte ein Schaudern. Vielleicht war es doch keine so gute Idee gewesen, so lange in den Sachen ihres Vaters zu wühlen.

Das Gesicht, das sie jetzt, dreißig Jahre später, vor sich hatte, unterschied sich nicht sehr von dem ihres Vaters. Die Ähnlichkeit lag vor allem um Augen und Nase und im dichten Haar, das bei beiden mit Anfang Fünfzig von Schwarz zu Eisgrau übergegangen war. Doch das Gesicht ihr gegenüber war rundlicher, mit bereitwilligerem, leichterem Lächeln und weicheren Kanten. Das unverbildete, warmherzige Gegenstück zur strengen, immer geschäftsmäßigen Art ihres Vaters. Kein Wunder, dass sie sich als Kind mehr für Onkel Christos hatte erwärmen können. Und noch bevor sie alt genug gewesen wäre, um herauszufinden, ob sie die Mauer überwinden und ihr Gefühl zu ihrem Vater artikulieren konnte, das zwischen banger Fremdheit und offener Furcht lag, war alles schon im Blut der Abtreibung festgeschrieben und durch Adoptionsdokumente besiegelt worden und konnte nie wieder umgekehrt werden.

»Athen, Hamburg oder Rom sind für dich keine Favoriten, oder?«, sagte Onkel Christos.

»Nein.« Drei der fünf Stempel im Pass ihres Vaters zum Zeitpunkt, als die Familie Stephanou von der Bildfläche verschwunden war. »Ich glaube, es hätte keinen Sinn gemacht, sich den Namen anglisieren zu lassen und dann irgendwo aufzutauchen, wo dieser Name auffällt. In Chicago hingegen wäre der Name Stevens alltäglich gewesen, und in Montreal ist fast jeder zweite anglophil.«

»Du gehst von der Annahme aus, dass dein Vater alles im Voraus geplant hatte.«

»Kannst du dich an eine Gelegenheit erinnern, bei der er nicht alles bis ins Kleinste geplant hatte?«

Onkel Christos signalisierte mit einem Schulterzucken lahm seine Zustimmung, und sie saßen einen Moment schweigend da.

»Wir werden es jedenfalls bald herausbekommen«, sagte sie. Sie hatten Terry darauf angesetzt, Nachforschungsersuchen sowohl in der amerikanischen als auch der kanadischen Botschaft einzureichen, was Visaanträge unter den Namen Stevens oder Stephanou anging, die in etwa zu der Zeit gestellt worden waren, als die Familie verschwand. Sie hatten Terry gebeten, am folgenden Tag zurückzurufen.

Onkel Christos nickte nur. Sie merkte, dass ihn etwas beschäftigte, und schließlich wandte er sich ihr mit bekümmertem Ausdruck zu.

»Elena, du solltest sie wirklich mal besuchen. Ich weiß dass es beim Abholen der Koffer hätte schwierig werden können, weil sie vielleicht zu viele Fragen gestellt hätte. Aber bevor du London verlässt, solltest du den Versuch unternehmen. Vielleicht könntest du ja mitkommen, wenn ich morgen die Koffer zurückbringe.«

»Nein, nein ... Das wäre zu schmerzlich, für uns beide. Es ist zu viel passiert.« Onkel Christos' Lieblingsthema: Aussöhnung mit ihrer Mutter. Sie sah, dass sein hoffnungsvoller Ausdruck sich in einen fragenden verwandelte, und fügte hinzu: »Vor allem nicht jetzt, wo ich so viel anderes auf dem Tisch habe.«

Onkel Christos verzog das Gesicht zu widerwilligem Einverständnis und starrte wieder trübsinnig vor sich hin. Während am Taxifenster das nächtliche London vorüberzog, ließen die Scheinwerfer eines entgegenkommenden Autos seinen Profilschatten einen kurzen Moment ausgeprägter erscheinen. Sie konnte seine Gedanken lesen: immer eine Ausrede. Immer, wenn er das Thema anschnitt, brachte sie vor, wie ihre Mutter sich stets auf die Seite ihres Vaters gestellt hatte und praktisch zur stummen Verschwörerin geworden war. Das zu verzeihen fiel ihr schwer. Beim letzten Mal hatte sie gesagt, es sei noch nicht genug Zeit seit Vaters Beerdigung verstrichen, an der sie nicht teilgenommen hatte: Das würde die Mutter ihr noch nicht verziehen haben. Nun war es die Suche nach ihrem Sohn.

»Jünger wird sie nicht, Elena.«

»Ich weiß.« Elena biss sich auf die Lippe. Immer stärker wurde ihr Schuldgefühl. Nach einer Weile meinte sie: »Sie ist doch nicht wieder krank, oder?«

»Nein, ist sie nicht.« Müde warf Onkel Christos ihr einen vorwurfsvollen Blick zu. »Aber das sollte ja auch nicht der einzige Grund sein, warum du meinst, wieder Kontakt mit ihr aufnehmen zu sollen – nur weil du befürchtest, sie läge schon auf dem Sterbebett. Außerdem ...« Er schlug die Augen nieder, der direkte Blickkontakt fiel ihm plötzlich schwer. »Ist dir eigentlich je in den Sinn gekommen, dass sie genauso Angst vor deinem Vater hatte? Abgesehen davon, dass sie deine Mutter ist, habt ihr allein das schon gemeinsam. Ihr standet beide auf derselben Seite, mehr als dir wahrscheinlich bewusst war.«

»Aber ich war doch kaum mehr als ein Kind, Onkel Christos. Gerade mal fünfzehn! Sie in ihrem Alter hatte doch das Recht etwas zu sagen, sie hätte den Mund aufmachen sollen, sie hätte vielleicht …« Sie unterbrach sich, da sie erkannte, dass sie wieder einmal eine Schmährede darüber anstimmte, wie viel mehr ihre Mutter hätte unternehmen können. Sie wollte die Stimmung im Restaurant nicht verderben und hasste es zu sehen, wenn sich Onkel Christos' Gesicht verfinsterte; wenn die unbeschwertere, fröhlichere Seite plötzlich verschwand, erinnerte er sie zu stark an ihren Vater. Ihrer eigenen Empfindung zum Trotz begriff sie, warum der Bruch in der Familie Onkel Christos so sehr betrübte. Andreos und Vater seit langem tot, sie selbst seit Unzeiten getrennt von allen lebend, und nun würde ihre Mutter vielleicht nach jahrelangem Alleinsein ohne Aussöhnung zwischen ihnen beiden sterben – das war mehr, als Onkel Christos verkraften konnte. Sie beugte sich zu ihm und nahm seine Hand.

»Du hast Recht. Ich sollte irgendwann mal den Versuch machen. Wenn ich das hier alles hinter mir habe, ist vielleicht der Zeitpunkt gekommen. Ich kann mit meinem Sohn an ihrer Tür auftauchen, zur großen Wiedervereinigung. Dann weiß sie, dass mir gelungen ist, was ich mir so sehr gewünscht habe, und für mich gibt es keinen Grund mehr, Groll zu empfinden. Dann stehe ich in ihrer Tür, weil ich dort sein will, nicht weil ich glaube, ich müsste dort sein.«

Onkel Christos lächelte und tätschelte ihr die Hand. Doch als er den Blick abwandte, merkte sie, dass er nur zum Teil beruhigt war. Es mochte wieder nur eine Ausrede sein, außer Reichweite geschoben, indem es mit etwas verknüpft war, das nie geschehen würde. Für sie gingen so viele Hoffnungen und Sehnsüchte mit ihrer Suche einher, und jetzt, da Onkel Christos die Hoffnung äußerte, ihre zersplitterte Familie könne sich wieder aussöhnen, lud Elena seine Hoffnungen und Wünsche auf das gleiche, möglicherweise zum Untergang verurteilte Schiff.

Wenigstens würden sie nicht lange warten müssen, um es zu erfahren. Zwei Anrufe am nächsten Tag konnten es entscheiden: Montreal oder Chicago.

Als am nächsten Morgen Terry anrief und die gute Nachricht übermittelte, die kanadische Botschaft habe die Einreise einer aus »Vater, Mutter und einem Säugling« bestehenden Familie Stevens im Oktober 1970 nach Montreal bestätigt, hatte Elena allerdings andere Sorgen. In der Nacht zuvor hatte die kleine Lorena zweimal angerufen.

Gordon hatte sie telefonisch darüber informiert. »Die Anrufe gingen in deinem Arbeitszimmer ein, daher hörte ich es gar nicht klingeln und habe auch jetzt gerade erst den Anrufbeantworter abgehört.«

»Ich verstehe.« Sie schluckte. Dann bat sie Gordon, die Anrufe abzuspielen. »Ich möchte sie hören.«

»Okay, kleinen Moment.« Gordon klang zögerlich, als mache er sich Sorgen über die Auswirkungen, die die Anrufe auf sie nehmen konnten. Es rauschte und knackte, als er das Gerät einschaltete. Dann war Lorenas zerbrechliche, unsichere Stimme zu hören.

»*Elena* … *Elena* … Ich dachte, du wolltest mir helfen. Seit du das letzte Mal hier warst … Ich … Ich habe nichts mehr von dir gehört …, und Mr Ryall kommt trotzdem noch zu mir ins Zimmer. Bitte, *bitte* … Wenn du mich hörst, nimm den Hörer ab …« Nach einer kurzen Stille hörte man leises Wimmern, bevor die Leitung erstarb. Ein kurzer Piepton, dann wieder ihre Stimme.

»Er … er berührt mich nicht, wenn er kommt … Vielleicht hat er Angst, weil du hier warst. Aber er berührt mich in den Träumen …, und die sind so echt … *sooo* … Ich … Ich weiß nicht, was ich tun soll.« Eine Pause, ein Schniefen, während sie darum rang, ihre Tränen unter Kontrolle zu bekommen. »Bitte … Wenn du doch irgendwas tun könntest, Elena. Tut mir

Leid, dass ich dich anrufe …, aber ich weiß ja nicht, wen ich sonst anrufen soll. Wenn du zu Hause bist …« Die Tränen waren endlich versiegt, und man hörte nur flaches Atmen, als Lorena gespannt darauf wartete, dass der Hörer abgenommen würde, bis sie es schließlich aufgab.

Elena brauchte einen Augenblick, um sich zu fassen, während Gordon den Hörer vom Amtszeichen weghielt. Wieder hatte sie vor Augen, wie Lorena die Hand zum Heckfenster von Nicola Ryalls Range Rover ausstreckte. Doch es war niemand da, der diese Hand ergriffen und ihr geholfen hätte.

Elena holte Luft. »Wie bist du mit Mikaya weitergekommen?«

»Ich habe endlich jemanden im Dorf gefunden, der bereit ist, den Mund aufzumachen: Joe Hawley aus der Werkstatt. Er hatte letztes Jahr Streit mit Ryall wegen einer Rechnung. Offenbar ist Mikaya an der Universität von Durham. Kaum einer hier kriegt sie noch zu sehen. Ich habe die Universität jetzt zweimal angerufen und Nachrichten hinterlassen, aber bis jetzt kein Rückruf.«

Elena seufzte. »Es könnte etwas dabei herauskommen, aber ich weiß nicht, ob wir jetzt noch Zeit haben, um darauf zu warten.« Sie kamen überein, dass Lorena am besten damit geholfen war, wenn sie mehr darüber herausfanden, was mit Mikaya geschehen war. Gordon hatte angeboten, mit den Nachforschungen schon zu beginnen, während Elena in London noch die Sachen ihres Vaters durchging. Da sich Lorena nun aber so verzweifelt anhörte, begann Elena die Sache zu überdenken. Mikaya konnte sich entscheiden, weder jetzt noch irgendwann sonst mit ihnen zu reden, und sie mussten schnell etwas unternehmen. Sie umriss ihren neuen Plan.

»Du bist verrückt«, sagte Gordon nach einer Weile, als sei er einen Moment lang unsicher gewesen, ob sie es ernst meinte. »Das ist viel zu riskant.«

»Mag sein. Aber schau dir doch an, wie weit es mich gebracht hat, kein Risiko einzugehen, mich meinem Vater gegenüber nicht zu behaupten. Neunundzwanzig Jahre, ohne meinen Sohn gesehen zu haben, und zu viel Angst, um anderen überhaupt einzugestehen, dass ich ein Kind habe – nur, damit ich selbst mich der Sache nicht stellen muss. Erbärmlich. Wenn bei Ryall etwas Übles vor sich geht und ich nichts unternehme, verzeihe ich mir das nie. Lorena könnte in ein paar Jahren dort landen, wo ich auch war – so verkorkst, dass sie als einzigen Ausweg ein Röhrchen Tabletten schluckt. Und Ryall ist genau wie mein Vater, dir bleibt nur die Möglichkeit Widerstand zu leisten, dagegenzuhalten. Sonst walzen sie dich einfach platt.«

»Es gefällt mir trotzdem nicht.« Gordon sah nur wenig Chancen, dass die Sache gut gehen, hingegen bei weitem zu viele, dass sie fürchterlich schief gehen würde. Doch er merkte, dass ihr Entschluss feststand. Daher konnte er genauso gut Möglichkeiten suchen, ihr zu helfen und zu versuchen, das Risiko zu mindern. Ganz gleich aber, wie die Würfel fielen, eines schien sicher: Von diesem Moment an würde sich ihrer beider Leben völlig ändern.

17

Um ihren Bluterguss zu kaschieren, trug Viana beim Tanzen an diesem Abend eine Maske: leuchtend türkisfarbene mit einem Hauch cremefarben durchsetzte Federn, die ein Auge bedeckten und ihr halbkreisförmig an einer Nasenseite bis dicht unter den linken Wangenknochen herabfielen. Sie hatte sie eigens von einer Freundin anfertigen lassen, die Kostüme für den alljährlichen karibischen Karneval herstellte.

Zu Anfang fühlte sie sich gehemmt, da sie befürchtete, man könne die hässliche Schwellung in ihrem Gesicht hinter der Maske erkennen oder zumindest ahnen, dass sie etwas verdeckte. Doch als sie feststellte, dass die Leute es nicht merkten und es für manche sogar den Nimbus des Geheimnisvollen und den Reiz erhöhte, sie also von den anderen Mädchen abhob, entspannte sie sich und fiel wieder in ihren üblichen Rhythmus.

Sie sah Georges eine Stunde nach Öffnung kommen, wollte

sich aber nicht sofort auf ihn stürzen. Roman hatte ihr versichert, er bliebe den Abend über und würde auch im Fall, dass er den Klub kurzzeitig verließ, um essen zu gehen, zurückkommen, um bei Feierabend die Kasse zu machen. Daher wartete sie den richtigen Augenblick ab, behielt Georges aber während des Tanzens ständig im Auge. Die ersten fünfzig Minuten war er mit einem Techniker damit beschäftigt, die Registrierkassen zu überprüfen, genau wie Roman es vorausgesagt hatte. Als der Techniker wieder ging, ließ sie ungefähr eine Viertelstunde verstreichen, bevor sie sich an ihn heranmachte. Georges saß an der Bar und nippte an einem Bier, während Azy einen Gast am anderen Ende bediente.

»Hi, Georges.« Sie nahm auf dem Barhocker neben ihm Platz. »Du solltest ruhig öfter mal vorbeikommen. Wir haben sonst immer diesen Haudrauf von Roman am Hals.«

»Ärger mit den Registrierkassen.« Er wies mit dem Bier in der Hand auf das Registriergerät hinter der Bar und erwiderte ihr Lächeln. Er war sich nicht sicher, was mehr zählte: dass sie ihm ein Kompliment machte oder dass sie in Romans Abwesenheit auf diesen einschlug.

»Ach so … Und wir dachten schon, es läge daran, dass du dich von uns nicht fern halten könntest.« Sie zog ein gespielt gekränktes Gesicht.

»Ja, genau das ist es.« Er prostete ihr zu und nahm einen raschen Schluck. »Diesem Lächeln zu widerstehen ist schwer, Viana.« Er erinnerte sich an die Namen sämtlicher Mädchen, obwohl er höchstens zweimal im Monat in den Klub kam, denn er hielt das für wichtig in einem Gewerbe, wo es für gewöhnlich unpersönlich zuging und bloß Fleisch zur Beschau freigegeben wurde. Er unterhielt sich auch oft mit den Mädchen, und Viana hatte sich, was die Freigiebigkeit ihres Lächelns und ihre ungezwungene Art zu reden anging, nicht von den anderen unterschieden. In Erinnerung geblieben war ihm jedoch bei ihr wie bei einem anderen Mädchen, Amparo aus Costa Rica, dass löbliche Absichten hinter ihrer Arbeit steckten, denn beide unterstützten ihre Familien. Bei Amparo lag das schlichtweg an bitterer Armut, während Viana auf eine Operation ihrer durch Arthritis praktisch gelähmten Mutter hin sparte. »Wie geht es deiner Mutter jetzt? Hast du das Geld bald beisammen?«

»Ja. Ich bin ziemlich nah dran. Danke.« Dass er sie darauf ansprach, ließ sie leicht zusammenzucken. Die Aktion heute Abend war ein großer Schritt auf dieses Ziel hin. Allerdings hatte Georges keine Ahnung, dass sie das Geld wohl schon seit Monaten beisammen gehabt hätte, wäre da nicht ihre Sucht gewesen. Darüber hinaus berührte es sie aber, dass er sich daran erinnerte, denn Roman fragte nie nach ihrer Mutter. Sie hoffte, dass es wirklich, wie Roman sagte, nur darum ging, einen fremdgehenden Georges von Simone wegzubringen, und dass Roman nicht vorhatte, ihm zu schaden. Doch der noch immer brennende Schmerz auf ihrem Gesicht erinnerte sie daran, wozu Roman fähig war, falls sie ihn enttäuschte, und ließ sie diese Sorge verdrängen. Welche Wahl oder welchen Einfluss hatte sie denn auch, wieder einmal in ihrem Leben? »Georges ... Da ist noch etwas, über das ich mit dir sprechen wollte. Ein kleines Problem, das ich ...« Als Azy hinter der Bar auf sie zukam, schaute sie auf. Roman hatte ihr eingeschärft, dass Azy nichts zu Ohren kommen durfte. Sie schaute zur Seite. »Vielleicht gehen wir lieber kurz dorthin und reden.«

Georges nickte und lächelte lahm. Er merkte, dass sie sich Sorgen machte, jemand könne spitze Ohren machen. Sie nahmen in der zweiten Sitzecke vor der Bar Platz.

Sie lieferte die Geschichte genau nach Romans Vorgaben ab: Törichterweise habe sie mit einem Besucher des Klubs etwas angefangen; der habe sich dann als schwierig und besitzergreifend erwiesen und sie angebrüllt, er wolle nicht, dass sie weiter im Klub arbeitete, während sie mit ihm zusammen war. Am vergangenen Abend habe sie Schluss machen wollen, »aber wir fingen an uns zu streiten. Es wurde immer schlimmer, und schließlich hat er zugeschlagen und mir das hier verpasst ...« Sie hob ihre Gesichtsmaske an. Dabei achtete sie darauf, Azy, der sie zweifellos im Auge behielt, den Rücken zuzuwenden. Allerdings durfte Azy deutlich mitbekommen haben, wie Georges mit schmerzerfülltem Ausdruck zurückschreckte, als der hässliche Bluterguss sichtbar wurde. Sie biss sich leicht auf die Lippe, während Georges Luft holte. »Ich habe Angst, dass er heute Abend wieder vor meiner Wohnung wartet. Deswegen dachte ich, ob … ob du mich vielleicht später nach Hause fahren könntest … und mich bis an die Tür bringst.« Sie hatte keine Mühe, die passenden Gefühle vorzutäuschen, denn als sie Georges' Reaktion auf ihre Schwellung sah, hatte sie wieder vor Augen, was Roman aus ihr gemacht hatte, und stand dicht vor den Tränen. »Falls es dir keine Umstände macht … Normalerweise würde ich ja …«

Georges ergriff ihre Hand. »Nein, nein … Das ist in Ordnung. Ich kann dich nach Hause fahren.« Georges schaute ihr noch einen Moment prüfend in die Augen. Ihre Angst war echt, und falls sie es auf ihn abgesehen hatte, hätte sie eine andere Gelegenheit gewählt; da ihr Gesicht halb zermatscht war, wirkte sie kaum sonderlich verführerisch. »Aber was ist denn an den anderen Abenden, wenn ich nicht hier bin? Was machst du dann? Dich von Roman heimfahren lassen?« Er schaute an ihrer Schulter vorbei. »Oder von Azy?«

Sie hob eine Hand. »Nein, ich will nicht, dass die beiden Bescheid darüber wissen. Du kannst dir ja vorstellen, wozu Roman fähig ist; wenn er es rauskriegt, bringt er den Kerl halb um. Und Azy ist wegen früherer Probleme echt streng mit uns, wenn wir mit Gästen ausgehen; er wird glauben, es Yves oder Roman erzählen zu müssen. Ich habe mit meinem Cousin vereinbart, dass er mich an den meisten Abenden abholt … Es ist bloß so, dass er heute Abend nicht kann.«

»Schon gut, es ist okay. Ich fahre dich.« Georges tätschelte ihr ein letztes Mal beruhigend die Hand, bevor er die seine zurückzog. »Ich muss noch irgendwo ein Häppchen essen, aber ich komme später wieder, um die Kasse zu machen.«

»Macht Roman das nicht heute Abend?«

»Nein. Da es Probleme mit den Registrierkassen gibt, werde ich die Abrechnung übernehmen. Es macht keinen Sinn, dass wir beide hier sind. Ich habe ihn vor einer Stunde angerufen.«

Viana stieß einen leisen Seufzer aus, als sei eine Last von ihr abgefallen. »Das war auch etwas, was mir Sorgen gemacht hat, es nämlich Roman erzählen zu müssen. Falls er wegen der Maske Fragen gestellt hätte, hätte ich ihn angelogen und erzählt, ich sei die Treppe runtergefallen.« Sie rang sich ein nervöses Lächeln ab. Alles lief so, wie Roman es geplant hatte, und sie hatte, wie es schien, ihren Part gut gespielt, denn Georges wirkte überzeugt und beruhigt. Als sie sich ein wenig abwandte, bemerkte sie jedoch, dass Azy nach wie vor zu ihnen beiden herüberschaute. »Ich gehe jetzt lieber wieder zurück. Danke nochmals, Georges. Bis später.« Sie berührte ihn am Ärmel und ging zum anderen Ende des Raums, wo sie rasch wieder in ihre gewohnt verführerische Art verfiel, mit der sie neue Gäste zum Tanzen aufforderte.

Schon nach kürzester Zeit hatte sie einen Gast an der Angel, doch als sie zu tanzen begann, bekam sie es mit den Nerven zu tun. Sie sah, dass Georges wieder an der Bar saß und sich mit Azy unterhielt. Zwar war sie sich sicher, dass er nichts verraten würde, aber was, wenn Azy zwischen den Zeilen las? Azy schaute einen Augenblick zu ihr hin, bevor er einen anderen Gast an der Bar bediente. Sie schloss die Augen und versuchte, in der Stimmung der Musik und ihres Tanzes aufzugehen.

Georges ging zwanzig Minuten später, gleich nachdem er mit Azy noch einmal die Registrierkasse an der Bar überprüft hatte. Viana wartete noch zehn Minuten ab, um dann ihr Mobiltelefon aus ihrer Handtasche zu holen und das vereinbarte Gespräch mit Roman zu führen.

»Ich hab's gemacht. Er ist jetzt weg, kommt aber später wieder, um mich abzuholen.«

»Okay. Gute Arbeit. Wir warten dann draußen. Bis nachher.«

Weil sie sich jedes Mal, wenn Azy herüberschaute, fragte, ob er Verdacht geschöpft hatte, und im Voraus überlegte, wie sie sich würde verhalten müssen, ließ ihre Erregung jedoch nicht nach. Als sie das Mobiltelefon wieder in ihrer Handtasche verstaute, zitterte ihre Hand heftig.

Die nun verstreichenden Stunden halfen ihr dabei auch nicht

weiter. In jede der drei Colas, die sie nach dreiundzwanzig Uhr trank, goss sie einen Schuss Wodka. Doch ihre Hände zitterten nach wie vor, und ihr Magen hatte sich verkrampft. Sie zog sogar in einer Kabine der Damentoilette eine kleine Nase Kokain, was jedoch nur dazu führte, dass sich ihr Blick und ihre Wahrnehmung schärften. Georges war einer der netten Männer, einer der wenigen, die sich Zeit nahmen und Interesse an ihrem Wohlergehen zeigten, daran, was in ihrem Inneren vorging. Was, wenn Roman nun doch vorhatte, ihm zu schaden?

Als der Feierabend näher rückte und Georges noch immer nicht zurückgekehrt war, hoffte sie allmählich, dass er gar nicht mehr kommen würde, sondern es sich anders überlegt hatte, weil er befürchtete, sie könne einen Annäherungsversuch machen, wenn sie allein waren. Was Roman anging, hatte sie ihre Schuldigkeit getan, und falls Georges nicht mehr auftauchte, war das nicht ihre Schuld. Roman würde seine Wut doch wohl nicht an ihr abreagieren, oder?

Das Für und Wider machte ihr schwer zu schaffen, doch die hämmernde Musik und das leichte Summen in ihrem Kopf ließen keine Klarheit aufkommen. Nun wünschte sie, sie hätte die Finger vom Alkohol und dem Kokain gelassen. Als sie registrierte, wie der Gast vor ihr leicht die Stirn runzelte, wurde ihr bewusst, dass ihre anhaltende Besorgnis sie beim Tanzen hatte innehalten lassen. Sie nahm ihren Rhythmus wieder auf, und während des zweiten Tanzes für den gleichen Gast kam Georges herein. Mittlerweile lagen ihre Nerven so blank, dass sie nur noch leicht winken und ein verkniffenes, nervöses Lächeln aufbringen konnte.

Als Azy kurz vor Feierabend beim Abwischen der Bar noch einmal zu ihr und Lucy, einem anderen Mädchen, herüberkam, verstärkte sich ihre Sorge, er könne Wind davon bekommen haben, dass etwas nicht stimmte.

»Alles klar, Mädels?«

»Ja, mein Freund kommt mich gleich abholen«, erwiderte Lucy.

»Und ich warte auf meinen Cousin«, sagte Viana schnell.

Azy nickte und verabschiedete sich lächelnd von ihnen und Georges, der noch mit der Abrechnung beschäftigt war. Dabei fiel Viana auf, dass Azy seinen Blick einen Augenblick länger auf ihr verweilen ließ als auf Lucy.

Viana vereinbarte mit Georges, dass sie aus reiner Vorsicht eine Minute vor ihm hinausgehen und an der nächsten Ecke auf ihn warten würde.

Auch Georges entging ihre Nervosität nicht; er sah, wie ihre Hand zitterte, während sie in den Wagen stieg und die Tür hinter sich zumachte. Allerdings schrieb er das ihrer Befürchtung zu, ihr Verehrer könne sie erwarten.

»Mach dir keine Sorgen«, beruhigte Georges sie. »Wenn er dich mit mir antanzen sieht, verduftet er ganz flott wieder, wenn er denn überhaupt da ist.«

»Kannst du vielleicht fünfzehn, zwanzig Minuten bei mir bleiben, nur um auf Nummer Sicher zu gehen?«, fragte Viana. Die nervöse Anspannung ließ ihre zitternde Stimme heiser krächzen: genau der richtige Dreh. Erwartungsvoll schaute sie zu ihm herüber. Wenn dieses letzte Zahnrädchen griff, waren die Würfel gefallen, und es gab kein Zurück mehr. »Vor ein paar Abenden hat er fünf oder zehn Minuten nachdem ich gekommen war bei mir an der Tür geschellt.«

Georges zögerte nur einen kurzen Augenblick. »Ja, klar.« Sein Blick glitt von ihr wieder zurück auf die Straße. Er sah ihr an, dass sie tief beunruhigt war, und das wiegte ihn in Sicherheit. Ein Romanze war das Letzte, was dieses Mädchen im Sinn hatte.

WALMERTON-SCHULE
Gegründet 1894

Die Tafel an der Schule war diskret, goldene Buchstaben auf einem kleinen, schwarz lackierten Schild am Flügeltor zum Schulhof. Eine kleinere Schule als Chelvale Primary, die Katine besuchte, doch akademisch von gleicher Qualität. Vielleicht hatte die längere Tradition des Instituts Ryall angezogen. Elena war nur einmal hier gewesen, vor fünf Jahren, als sie überlegt hatte, wohin sie Katine schicken sollte.

Jetzt war sie wesentlich nervöser als damals, obschon das Treffen entsetzlich gewesen war, die Atmosphäre in der Schule streng und gezwungen, erst recht der das Gespräch führende Lehrer, der mehr Wert auf Regeln und Traditionen legte als auf die Bedürfnisse der Schüler.

Als sie über den Schulhof ging, herrschte beinahe Totenstille, abgesehen von leisem Vogelgezwitscher aus den nahe stehenden Bäumen. Die Ruhe vor dem Sturm, wenn die Mittagsglocke läutete und der Schulhof sich mit einer Heerschar schriller, plötzlich der Freiheit übergebener Stimmen füllte. Momentan nahm Elena lediglich die Geräusche ihrer Schritte und ihres heftig pochenden Herzens wahr, die vorübergehend in Gleichklang fielen, was sich bedrohlich anhörte, wie Soldaten, die sich im Marschtempo näherten, worauf Elena ihren Schritt ein wenig änderte, als sie durch den Haupteingang in den Flur trat. Hier nun hörte sie das leise Echo ihres schweren Atems, während durch die blass cremefarbenen Wände gedämpftes Gemurmel drang.

Die Klassentüren waren allesamt mittels Baumarten gekennzeichnet: Eiche, Esche, Buche … Nach vier Türen stieß Elena auf Lorenas Tür: Ulme. Sie wollte sich nicht in der Nähe der kleinen Glasdurchsicht aufhalten und so möglicherweise vorzeitig die Aufmerksamkeit der Lehrerin auf sich ziehen, ging daher ein paar Schritte weiter und setzte sich auf die nächste Sitzbank.

Sie überlegte, ob sie auch alles gründlich durchdacht hatte. Sie hatte sich für den wöchentlichen Friseurtermin von Nicola Ryall entschieden, nach dem diese eine längere Mittagspause mit ihren neuen Freundinnen aus dem Wohltätigkeitsverein einlegte. Gin Tonic trinkende Weltverbesserer, deren Verständnis für die dornenreiche Wirklichkeit hungernder Kinder am ehesten durch einen Roman von Catherine Cookson geprägt war. Mrs Ryall würde zweieinhalb, drei Stunden anderweitig beschäftigt sein und ließ ihr Mobiltelefon meistens ausgeschaltet.

Elena hatte es erst vor zwanzig Minuten probiert und sofort die Ansage zu hören bekommen: »Ihr gewünschter Gesprächspartner ist zu Zeit nicht erreichbar«.

Dann hatte sie sofort in der Schule angerufen, sich als Mrs Ryall ausgeben und die Nachricht hinterlassen, Lorena habe um ein Uhr einen Zahnarzttermin. »Unsere Haushälterin kommt sie gegen Mittag abholen.«

Elena hoffte inständig, Mrs Ryalls Stimme einigermaßen akzeptabel nachgemacht zu haben. Wie oft pro Jahr würde Mrs Ryall denn schon mit der Schule telefonieren? Zwei oder drei Mal höchstens. Mrs Truett, die Schulsekretärin, fragte bloß nach, ob Lorena schon am Nachmittag oder erst am nächsten Tag wiederkommen würde.

»Morgen, denke ich«, erwiderte Elena. »Aber falls sie es zur letzten Stunde heute noch schaffen kann, sorge ich dafür, dass sie rechtzeitig zurück ist.«

Nach Mrs Truetts Reaktion zu urteilen, war daran nichts Auffälliges gewesen, nichts, was nicht gepasst hätte. Doch was, wenn jetzt jemand anderes aus der Schule einen Blick auf sie warf, jemand, der wusste, wie Mrs Ryalls Haushälterin aussah? Oder wenn sie Mrs Ryall an ihrem Mobiltelefon erreichten, um sich zu vergewissern, oder …

Das Läuten der Schulglocke platzte in ihre Gedankengänge. Aus einem Impuls heraus stand sie auf und hielt erwartungsvoll Ausschau. Als Erstes ging eine Tür ganz am anderen Ende auf. Heraus kamen einige wenige Kinder, hinter denen die Stimme eines Lehrers dröhnte, doch dann gingen auch die anderen Türen auf und ließen Kinder herausströmen. Binnen weniger Sekunden war der Flur überflutet von einem Wirrwarr an Kinderstimmen und Bewegungen.

Aus dem Ulmenraum waren bislang acht bis zehn Kinder gekommen. Elena trat näher an die Tür, um Ausschau nach Lorena halten zu können. Als sie das Mädchen entdeckt hatte, zog sie praktisch im gleichen Moment den Blick ihrer Lehrerin auf sich. Ein fragender Ausdruck erschien auf Lorenas Gesicht. Nun musste sie rasch etwas unternehmen.

»Ich komme, um Lorena zum Zahnarzt zu bringen. Mrs Ryall hat deshalb vorhin angerufen.«

Die Lehrerin, ein Rotschopf von etwa Mitte dreißig, versuchte lautstark, ihre hinausgehende Klasse zur Ruhe zu mahnen. Sie schaute erst Elena und dann Lorena an. »Davon hat mir keiner etwas gesagt.«

»Äh … Es dürfte erst etwa eine Dreiviertelstunde her sein.« Um sich von ihrer Stimme als Mrs Ryall am Telefon zu unterscheiden, täuschte Elena einen leicht ausländischen Tonfall vor, in der Art, wie manche ihrer zypriotischen Verwandten Englisch sprachen. Ganz die Hausangestellte: mit einem ausländischen Akzent sprechend. Sie rang sich ein entschuldigendes Lächeln ab, und Lorena ging nun endlich auf ihr Spiel ein, kam herüber und nahm ihre Hand. Elena schluckte heftig, ihre Nerven waren zum Zerreißen gespannt. »Mrs Ryall hat vergessen, früher anzurufen.«

Die Lehrerin würdigte die beiden eines letzten Blickes. »Na schön … Ich werde …« Dann verlor sich ihre Aufmerksamkeit, weil sie zwei Kinder anschrie, die sich im hinteren Klassenraum balgten.

»Sie kommt morgen wieder«, sagte Elena. Doch die Lehrerin wandte sich ihnen nur kurz zu, sagte erneut: »Na schön«, und fuhr dann fort, die Kinder beim Hinausgehen zu beaufsichtigen.

Bevor die Lehrerin mehr Zeit bekam, darüber nachzudenken, führte Elena Lorena an der Hand hinaus. Mit trockenem Mund und Beinen wie Blei ging sie mit dem Mädchen den überfüllten Gang entlang. Um Lorena zu beruhigen, aber auch, um das Zittern ihrer eigenen Hand zu unterdrücken, verstärkte sie den Druck ihrer Hand. Die von den Flurwänden widerhallenden schrillen Stimmen schienen mit dem ununterbrochenen Pochen ihrer Schläfen zu verschmelzen … Nur noch wenige Schritte bis zum Hauptportal.

Als von hinten jemand »Einen Moment!« rief, drang der Ruf kaum durch und musste wiederholt werden. »Warten Sie einen Moment!« Zögernd blieb sie stehen und drehte sich um.

Eine ältere, matronenhaft wirkende Frau kam auf sie zu, Lorenas Lehrerin jetzt an ihrer Seite. Elena rutschte das Herz in die Hose. Nun würde sie doch nicht damit davonkommen. Jemand hatte Nicola Ryall an ihrem Mobiltelefon erreicht, oder vielleicht kannte diese Frau die Ryalls und wusste ganz genau, dass sie nicht deren Haushälterin war.

Der Gesichtsausdruck der matronenhaften Frau hellte sich ein wenig auf. »Wenn Lorena nachher nicht wiederkommt, braucht sie doch ihren Ranzen aus dem Spind.«

»Ach … natürlich.« Elena lächelte und tätschelte Lorenas Schulter. Sie erkannte die Stimme von ihrem vorherigen Anruf: Mrs Truett, die Schulsekretärin. »Ja, mach nur.«

Lorena rannte los, und sie standen eine Weile verlegen zu dritt herum, während sich ein Strom von Kindern an ihnen vorbeiwälzte. Schließlich äußerte Mrs Truett: »Nichts Ernstes, hoffe ich.«

Es dauerte einen Moment, bis der Groschen fiel. »Äh, äh …, nein. Wohl bloß ein paar Plomben.«

Inmitten all der vorbeiziehenden Kinder im Flur fühlte sich Elena schutzlos. Katine hatte eine Freundin, die hier zur Schule ging. Wenn die nun vorbeikam und sie entdeckte? *Mrs Waldren, was machen Sie denn hier?* Mit angestrengtem Lächeln versuchte sie ihre Nervosität so gut als möglich vor Mrs Truett zu verbergen. Die schien im Begriff, etwas zu sagen, entschied sich jedoch in Anbetracht des Lärms um sie herum eines Besseren.

Elena schrie innerlich danach, dass Lorena sich beeilte. Wenn der Lärm nachließ, konnte Mrs Truett sehr wohl beschließen, den Mund aufzumachen, und Elena war sich nicht sicher, ob ihre Nerven mitspielen würden. Schon jetzt merkte sie, dass ihr die Bluse schweißnass am Rücken klebte und ihre Beine dicht davor standen, einzuknicken.

Endlich erschien Lorena wieder, die Menge im Flur lichtete sich allerdings nun bereits. Doch in diesem Moment trat eine andere Lehrerin an Mrs Truett heran und verwickelte sie in ein Gespräch, sodass Elena hastig »Danke!« winkte und mit Lorena die Flucht ergriff.

Durch das Hauptportal, über den Schulhof, ein kleiner Schlenker, um einer Gruppe Ballspieler auszuweichen, durch die Eingangstore, ins Auto. Währenddessen sagte Elena keinen Ton zu Lorena. Auch wagte sie es nicht, sich umzuschauen, aus Angst, jemand könne versuchen, ihre Aufmerksamkeit zu erlangen.

Als sie im Auto saßen, fragte Lorena: »Wo fahren wir hin?«

Doch Elena sagte noch immer nichts. Entschlossen hielt sie den Blick nach vorn gerichtet, bis sie mehr als fünfhundert Meter Straße hinter sich gebracht hatten und außer Sichtweite der Schule waren. Erst dann stieß sie einen lang anhaltenden Seufzer aus und wandte sich Lorena zu.

»Ich habe deine Nachricht bekommen, Lorena. Deswegen habe ich dich abgeholt. Das heißt, wenn du willst, dass ich dir helfe?«

»Ja ... natürlich.« Lorena wirkte ein wenig verblüfft. »Deswegen habe ich doch angerufen.«

Elena schaute scharf zu ihr herüber. »Nein, Lorena, ich brauche mehr als das. Was ich jetzt tue, kann mir eine Menge Ärger einbringen. Du wirst zwei, vielleicht drei Tage von zu Hause weg sein. Die Polizei wird nach dir suchen und versuchen, uns auf die Spur zu kommen. Das ist jetzt kein Spiel mehr.« Als sie von Polizei und aufspüren sprach, verriet ihr jedoch das Leuchten in Lorenas Augen, dass das Mädchen die Sache genau dafür hielt, nämlich für ein aufregendes Spiel. »Daher muss ich jetzt genau wissen – Ehrenwort –, dass es das ist, was du willst.«

»Ja, bestimmt. Ganz bestimmt.« Ihr knapper Tonfall verlieh ihr zusätzlichen Nachdruck.

»Okay, okay.« Elenas Blick huschte in den Rückspiegel. Kein Fahrzeug hinter ihnen in Sicht, aber sie waren noch immer zu dicht an der Schule. Sie bog an der zweiten Kreuzung links ab, fuhr eine halbe Meile, um dann an einem Hoftor an die Seite zu fahren. »Es darf aber nicht so aussehen, als würde ich dich entführen, Lorena. Es muss also auch für andere klar sein, dass alles ganz nach deinem freien Willen geschieht. Etwas, das eher du willst als ich selbst.« Elena holte das Blatt Papier aus ihrer

Tasche, auf das sie zuvor etwas getippt hatte. »Lies dir das doch mal bitte durch. Und wenn du es gut findest, nehmen wir es auf Band auf.«

Als sie sah, wie Lorena während des Lesens von Bestürzung befallen wurde, überkam Elena ein Schuldgefühl. Erst vor wenigen Augenblicken war das Mädchen Ryalls Klauen entkommen, und schon verhielt sie, Elena, sich wie eine Großstadtanwältin und dachte zuvorderst daran, sich abzusichern. Doch das war notwendig, wenn sie sich die Chance bewahren wollte, für diese Aktion nicht in der Zelle zu landen, und es konnte auch dazu beitragen, aus der polizeilichen Verfolgungsjagd ein wenig Dampf zu nehmen.

»Ja, das ist okay«, sagte Lorena schließlich.

»Bist du sicher?«, hakte Elena nach. Lorena war wahrscheinlich so erleichtert darüber, dass ihr jemand half, dass sie zu allem Ja gesagt hätte. Doch Elena wollte nichts, was durch Gewalt oder mangels Gelegenheit zu Stande kam; davon hatte Lorena bei Ryall genug gehabt.

»Ja, ich bin mir sicher.« Zögernd lächelte Lorena. »Wirklich, wirklich.«

Elena nahm den Kassettenrekorder vom Rücksitz. Am Ende gerieten sie ins Stocken und mussten die beiden letzten Sätze wiederholen, dann aber war alles in ein paar Minuten geschafft.

Die beiden Autos, die in der Zwischenzeit an ihnen vorbeigefahren waren, hatten Elenas Nervenkostüm strapaziert, und als sie nun wieder auf die Hauptstraße fuhr, achtete sie scharf auf den Verkehr, und ihr Blick schnellte zum Rückspiegel, sobald ein Wagen sichtbar wurde. Sie lieferte die Kassette zu Hause ab, drückte Gordon einen raschen Kuss auf die Wange, rief ihm zu: »Ich ruf dich später an« – verabschiedet hatten sie sich schon vorher – und machte sich wieder auf den Weg.

Sie wollte nicht die Sandbanks-Fähre nehmen und dabei riskieren, in eine Schlange zu geraten, wo man sie leicht erkennen konnte. Daher beschloss sie, über Wareham zu fahren, ein Umweg von fünfzehn Meilen. Sie schaute auf ihre Uhr: Drei Stunden bis zum Eurotunnel oder den Fähren, und bis dahin würde

Nicola Ryall wissen, dass Lorena verschwunden war. Dann würden sie wohl noch eine halbe oder sogar ganze Stunde dadurch verlieren, auf die nächste Abfahrt warten zu müssen. Wie lange würde Mrs Ryall brauchen, bis sie die Polizei alarmierte? Fünfzehn, zwanzig Minuten? Es würde knapp werden.

Lorena schien die Besorgnis und Anstrengung in ihrem Gesicht wahrzunehmen, klammerte sich an ihren Arm und schmiegte sich eng an sie. »Danke, Elena. Danke.«

Elena nahm sie kurz in die Arme und zerzauste ihr Haar. Ihr war danach zu erwidern: »Bedanke dich jetzt noch nicht bei mir«, doch sie wollte das Leuchten in Lorenas Augen nicht trüben, wahrscheinlich der erste Hoffnungsschimmer, der sich dort seit langem zeigte.

Außerdem machte Elena sich auch über ihren eigenen Zustand Sorgen. Die letzte halbe Stunde voller Anspannung hatte sie völlig ausgelaugt, ihre Nerven waren gespannt wie Drahtseile, und jedes Auto, das sich ihnen näherte, ließ sie förmlich im Dreieck springen. Als sie Lorena umarmte, spürte sie, dass sie am ganzen Körper zitterte. Sollten noch achtundvierzig oder mehr derartige Stunden vor ihr liegen, war sie nicht davon überzeugt, das aushalten zu können.

»Möchtest du Kaffee oder was Stärkeres? Oder lieber eine Erfrischung?« Viana stellte die Frage genau so, wie Roman es ihr nahe gelegt hatte: Versuch Donatien praktisch keine Möglichkeit zu lassen, *nichts* zu trinken.

»Bloß eine Cola, danke«, ertönte Georges' Stimme aus dem Wohnzimmer.

»Okay.« Viana merkte, dass ihr ein wenig der Last von den Schulter abfiel, konnte aber nach wie vor nicht gegen das Zittern ihrer Hände angehen, als sie nach einem Glas griff und die Cola aus dem Kühlschrank holte. Sie überlegte einen Moment, was sie selbst trinken sollte, um sich dann für einen Kaffee zu entscheiden; mehr Zeit, in der Küche herumzuwerkeln, mehr Freiraum dafür, die beiden Tabletten in Georges' Drink gleiten zu lassen.

Während die Kaffeemaschine gurgelte, ging Viana zu ihrer Handtasche und nahm die beiden in ein Papiertuch gewickelten Tabletten heraus. Dann schaute sie sich rasch um, horchte, ob Georges womöglich im Begriff stand hereinzukommen, und gab sie seinem Drink bei. Sie zischten ein wenig, während Viana sich ihren Kaffee eingoss. Sie rührte Sahne in ihre Tasse und verrührte die Cola ebenfalls rasch, um sicherzustellen, dass die Tabletten sich auflösten. Schließlich kehrte sie lächelnd mit beiden Getränken ins Wohnzimmer zurück.

»Hier, bitte.« Sie reichte Georges die Cola und stellte ihren Kaffee auf den Couchtisch zwischen ihnen. »Ich bin wirklich dankbar, dass du mir hilfst. Danke.«

»Nicht der Rede wert.« Er trank einen Schluck Cola. »Wie heißt der Kerl noch, der dir diesen ganzen Stress macht?«

»Oh … äh …« Sie geriet einen Augenblick ins Stocken. Das war etwas, worüber sie nie nachgedacht hatte. Schnell griff sie nach dem Namen eines Gastes, an den sie sich erinnerte. »Barry. Barry Picard.«

Georges nickte nur und trank noch einen Schluck.

Viana machte sich allmählich Sorgen, dass er zu langsam trank. Fünf Minuten, hatte Roman gesagt, aber das galt wahrscheinlich von dem Zeitpunkt an, an dem er ausgetrunken hatte. Wenn er nun bloß langsam nippte und den Rest erst unmittelbar vor dem Gehen hinunterkippte? Als Georges sie anschaute, wich sie seinem Blick aus, besorgt, er könne ihr ansehen, dass sie etwas beschäftigte.

»Du bist anscheinend noch immer beunruhigt«, meinte er. »Mach dir keine Sorgen mehr. Selbst wenn er auf dich gewartet hat, dürfte er jetzt wieder weg sein, sicher aber in ein paar Minuten. Länger wartet er bestimmt nicht. Es ist kalt draußen.«

»Wahrscheinlich hast du Recht.« Sie warf ihm ein zögerndes Lächeln zu. Seine beruhigenden Worte ließen ihre Schuld nur noch schwerer wiegen. Wie oft hatte sich sonst jemand die Zeit genommen, einen Gedanken an ihr Wohlergehen zu verschwenden? »Aber du bleibst doch noch einen Moment, um auf Nummer Sicher zu gehen, ja?«

»Klar. Kein Problem.« Dieses Mal nahm er einen ausgiebigeren Schluck. Er spürte, dass sie tief aufgewühlt war; es würde mehr als eines Schulterklopfens bedürfen, um sie wieder zu beruhigen. Als er die Furcht in ihrem Gesicht sah, musste er einen Moment an seine eigenen Probleme denken. Jean-Paul befand sich auf einer kurzen Rundreise nach New York und Boston, sodass Simone ihn erst am nächsten Morgen treffen konnte. Er hoffte nur, dass Jean-Paul sich nicht verspätete, denn er war mit den Nerven am Ende von lauter Warterei darauf, was bei dem Gespräch der beiden herauskommen würde.

Viana begann an ihrem Kaffee zu nippen. Sie spürte, wie mit jeder Sekunde des Schweigens die Verlegenheit und Spannung zwischen ihnen wuchs. Georges hatte immer noch erst ein Drittel seiner Cola geleert und würde wahrscheinlich vorzeitig gehen, wenn ihm unbehaglich zu Mute war. Sie versuchte die Stimmung zu heben, setzte ein verschmitztes Lächeln auf und erzählte Belanglosigkeiten aus dem Klub, was das Verhältnis zwischen Azy, Roman und Yves anging. Es hätte den Anschein, als übernähme Azy die meiste Zeit die Verantwortung, weil Yves als hin und her pendelnder Geschäftsführer nur ein oder zwei Abende da war.

»Bei allem, was wichtig ist, redet er oft gleich mit Roman, statt sich die Mühe zu machen, Yves zu Rate zu ziehen, und das hat ein paarmal zu Problemen geführt. Yves hat das Gefühl, Autorität zu verlieren.« Viana schüttelte den Kopf, beobachtete aber aufmerksam, wie Georges wieder einige Schlucke zu sich nahm. »Und man weiß nie, wann Azy sich über was beschwert oder die Sache auf sich beruhen lässt. Einmal hat Amy zu viel Dope genommen, dazu ein Beruhigungsmittel runtergekippt und sich zur Krönung heimlich aus einem Flakon in ihrer Handtasche einen kräftigen Whiskey in den Orangensaft gemixt. Nach einer Stunde Tanzen schwebte sie auf Wolke neun. Sie kommt einem Gast mit dem Arsch zu nah, fegt ihm das Toupee herunter und kommt aus dem Lachen gar nicht mehr heraus. Der Gast beschwert sich bitterlich, worauf Azy sich entschuldigt und ihm einen Drink auf Kosten des Hauses anbietet – aber

Roman oder Yves kein Wort davon erzählt.« Vianas Lächeln wurde breiter. »Tatsache ist, kaum war der Gast weg, hat auch Azy sich vor Lachen bepisst.«

Georges grinste. Er konnte sich gut vorstellen, wie Azy mit großen Augen katzbuckelte und sein »Ja, Chef, tut mir Leid, Chef« abspulte, bis der Gast weg war. Er merkte, dass er sich ein wenig entspannte, vielleicht, weil Viana sich nun selbst zum ersten Mal entspannte und lächelte. Ihre Angst und Anspannung ließen ein wenig nach. Allerdings spürte er, dass ihm am ganzen Körper warm wurde, nein, mehr als das, seine Sinne schwebten ein wenig, und das kam ihm merkwürdig vor. Immerhin konnte er sich nur erinnern, beim Abendessen ein Glas Wein und vorhin, bei der Abrechnung, ein Bier getrunken zu haben. Außerdem war es heiß hier drinnen, und er hatte einen trockenen Mund. Er lockerte sich den Kragen ein wenig und trank noch etwas Cola.

Vianas Blick folgte dem Glas aufmerksam. *Zwei Drittel geleert.* »Dann wieder kann Azy streng wie nur was sein und gibt keinen Millimeter nach. Vor allem wenn es darum geht, mit Gästen privat auszugehen. Vielleicht deshalb, weil wir eine Menge Ärger hatten, als diese Michelle letztes Jahr mit einem Gast etwas anfing. Es gab hässliche Szenen und Brüllereien im Klub, bis Yves und Roman sie in die Wüste schickten. Auch Azy bekam Stress, als er vergangenes Jahr mit Janine etwas laufen hatte. Da hat er sich eine echte Standpauke eingehandelt. Vielleicht ist er deshalb ja so streng damit bei anderen.«

»Ja, das kann ich mir vorstellen.« *Mein Gott,* war es heiß. Er nahm noch einen Schluck, spürte, wie es ihm die Kehle abschnürte. Und schwindelig war ihm auch ... Ein leises Klingeln lag ihm in den Ohren. Vielleicht war das Bier oder das Essen vorhin schlecht gewesen.

»Deswegen wollte ich ja auch Azy gegenüber nichts von dem Kerl sagen, der mich nervt. Bestimmt hätte er Yves oder Roman etwas davon erzählt.«

»Ja, ja.« Georges streckte eine Hand aus. »Ich verstehe. Kein Problem. Hör zu, ich ... Ich ... Ich fürchte, ich fühle mich nicht besonders gut. Ich gehe jetzt lieber.« Aus dem Klingeln war ein anhaltender Schmerz an den Schläfen geworden, und alles erschien ein wenig verschwommen, entfernt. Unsicher kam er auf die Beine.

»Oh ... sicher. Aber kannst du nicht doch noch ein paar Minuten bleiben? Vielleicht wartet er ja immer noch draußen.« Hoffentlich wirkte ihre Besorgnis echt. In ihrem Inneren herrschte Panik. Wenn Georges so weitermachte, würde er auf halber Strecke im Treppenhaus oder Aufzug aus den Latschen kippen, und alle Nachbarn würden es mitbekommen. Oder schlimmer noch, beim Nachhausefahren.

»Noch bleiben? Puh ... Ich ... Ich weiß nicht.« Er konnte sich kaum noch auf den Beinen halten. Er machte einen Schritt, bekam aber sofort weiche Knie und knickte ein. Er langte nach dem Couchtisch, um sich Halt zu verschaffen. Das Zimmer bewegte sich und schwankte, und Vianas Stimme war kaum mehr als ein dumpfes Echo. Mit einem Mal schrillten sämtliche Alarmglocken: dass sie ihn drängte, länger zu bleiben, ihre Pause, bis sie sich an den Namen ihres Freunds erinnerte ... Wie sie sein Glas fest im Auge behielt, während er trank. »*Viana* ... Was hast du mit mir gemacht? Was hast du ...«

»Nichts, Georges ... Nichts! Ist alles okay? Du machst mir Angst.«

Georges wollte sie fixieren, um an ihren Augen zu erkennen, ob sie log. Doch in diesem Augenblick gaben seine Beine vollends nach, und er schlug mit der rechten Schulter und dem Arm auf den Tisch, bevor er mit dem Gesicht nach unten auf dem Teppich landete. Vielleicht täuschte er sich ja, und es lag wirklich an verdorbenem Essen oder Bier. Ihr flehentliches Eingeständnis, Angst zu haben, hatte echt geklungen, von Herzen kommend. Jetzt bekam er mit, wie sie mit Verzweiflung in der Stimme an seiner Schulter rüttelte.

»Georges ... Georges!«

Bevor alles um ihn schwarz wurde, entstand noch ein kurzer Moment, in dem Viana offenbar glaubte, er sei bereits bewusstlos und könne sie nicht mehr hören. Sie fing leise an zu schluchzen, und dann spürte er, wie sie ihm den Mund auf die Wange drückte, spürte die Feuchtheit einer Träne an seiner Schläfe, während sie murmelte: »Es tut mir Leid, Georges … so Leid.« Nun befürchtete er das Schlimmste.

18

Ein wenig außer Atem stieg Elena wieder ins Auto und winkte mit den Tickets. »Toll. Ich habe sie.«

Sie ließ den Motor an und fuhr los. Das unsichere Lächeln, das Lorena ihr zuwarf, ließ darauf schließen, dass ihr die Bedeutung dieses Erfolgs offenbar entging. Während der Angestellte am Bildschirm alles wie in Zeitlupe bearbeitete, war Elena von Panik ergriffen worden, die Fahndung könne schon bis zum Fahrkartenschalter ausgedehnt worden sein. Nun war die erste Hürde genommen, zwei weitere standen bevor. Als sie sich auf den Rückweg machte und einen ersten Blick auf die Check-in-Posten des Euro-Shuttle achtzig Meter vor ihr erhaschte, sah sie, dass in jeder Schlange etwa drei oder vier Autos standen.

»Vergiss nicht, wenn jemand fragt, bist du meine Tochter, Katine.« Elena untermauerte ihre Worte mit einem längeren Blick auf Lorena. Sie hatte es auf der langen Fahrt schon einmal angesprochen, doch nun, da die Zollabfertigung bevorstand, war es absolut wichtig, wesentlicher Teil ihres Plans: Katine stand immer noch in ihrem Reisepass, und da Lorena lediglich ein Jahr älter war, sollte sie ohne Probleme durchkommen. »Ich glaube zwar nicht, dass jemand danach fragt, aber für alle Fälle.«

»Okay.« Lorena nickte, den Blick starr nach vorn gerichtet. Elena scherte aus und wurde langsamer, um sich einer Schlange anzuschließen, die sich gerade auf nur zwei Autos verkürzt hatte.

Es schien bei jedem Auto etwa eine Minute zu dauern. Als der Wagen vor ihnen länger benötigte, begann Elena mit den Fingern auf das Lenkrad einzutrommeln. Der Fahrkartenverkäufer hatte ihr mitgeteilt, sie könne während der zwanzig Minuten vor dem Boarden in den Dutyfree-Shop gehen, doch sie wollte lieber sofort einchecken. Wenn am Fahrkartenschalter keine Fahndung auslag, dann wohl auch nicht am Check-in. Mit jeder Minute aber stieg das Risiko. Endlich war der Wagen abgefertigt, und es blieb nur noch ein Auto vor ihnen.

Elena lief es heiß und kalt über den Rücken. Sie hörte auf, mit den Fingern das Lenkrad zu traktieren, und bemühte sich, einen entspannten, ruhigen Eindruck zu machen. Nicola Ryall musste vor nun fünfzehn Minuten bemerkt haben, dass Lorena verschwunden war. Wie lange würde es dauern, bis ihr aufging, dass Lorena nicht etwa von der Mutter einer Freundin mitgenommen worden war, und sie die Polizei rief? Fünf Minuten? Zehn? Und dann wie lange, bis die Polizei kam, Fragen stellte und herausbekam, dass sie, Elena, Lorena mitgenommen hatte? Höchstens noch einmal zwanzig, fünfundzwanzig Minuten. Ob sie dann sofort eine Fahndung auslösten oder erst zu ihr nach Hause fuhren und sich das Band anhörten, das sie Gordon überlassen hatte? Das Auto vor ihnen setzte sich in Bewegung. Elena fuhr neben den Schalter.

Der Angestellte, ein Mann von Anfang zwanzig, lächelte sie flüchtig an. Während sie ihm den Umschlag mit den Fahrkarten aushändigte, versteifte sie den Arm, um das deutliche Zittern ihrer Hand zu ersticken.

Er überflog die Fahrkarten und schaute dann auf. »Ein Erwachsener, ein Kind?«

»Ja.«

Der Mann schaute auf den Bildschirm vor sich und gab einige Daten ein. Wenig später runzelte er die Stirn. Elena blieb das Herz stehen. Doch seine Gesichtszüge entspannten sich ebenso schnell wieder, er notierte sich kurz etwas und riss dann einen Abschnitt der Fahrkarten ab. »Fahren Sie zu Gate Nummer acht und warten Sie dort auf Grün. Danke.« Er gab ihr die Tickets samt einer Bordkarte zurück.

Elena, die nicht damit gerechnet hatte, so schnell abgefertigt zu werden, brauchte einen Moment, um loszufahren. Der schwierigste Teil lag jedoch noch sechzig Meter vor ihr: der Zoll. Falls eine Fahndung ausgelöst worden war, war sie wahrscheinlich direkt hierhin und nicht zu den Fahrkartenschaltern geleitet worden.

Beim Gedanken an den Schock, der Nicola Ryall getroffen haben musste, als sie Lorenas Fehlen bemerkt hatte, überkam Elena ein Schuldgefühl. Sie überlegte kurz, wie ihr wohl zu Mute gewesen wäre, wenn Katine mit jemand Fremdem von der Schule verschwunden wäre. Um diese Panik zu lindern, wünschte sie sich, dass Nicola Ryall so schnell wie möglich zu Gordon und dem Tonband kam und erfuhr, dass Lorena in Sicherheit war und ihr nichts geschehen würde. Aber ihre Gedanken standen im Widerspruch, denn sie hoffte ja auch, dass es eine Verzögerung geben würde, damit sie genug Zeit für ihre Flucht bekam.

Zwei Autos vor ihr in der kürzesten Schlange vor dem Zoll, eines, bis sie abgebremst und angehalten hatte – die Leute wurden zügig durchgewinkt. Mit wild hämmerndem Herzen holte sie ihren Pass aus der Seitentasche. Falls eine Fahndung ausgeschrieben worden war, war das Spiel jetzt vorbei. Mit knappem Nicken händigte der Zollbeamte dem Fahrer vor ihr den Pass aus, nickte kurz, und Elena fuhr zum Schalter vor.

Ohne sie richtig anzuschauen, warf ihr der Zöllner ein knappes Lächeln zu und bat sie um ihren Pass. Während des Durchblätterns warf er nur einmal kurz einen Blick in den Wagen, und der galt Lorena. »Ihre Tochter?«

»Ja.« Elena bemühte sich, ihre Stimme ausdruckslos und kontrolliert zu halten. Und doch hätte sie schwören können, schon aus diesem einzigen Wort nervöse Schwingungen herauszuhören.

Der Zöllner schaute erst Lorena, dann sie an und reichte ihr den Pass zurück. »Okay. Danke.«

Elena erwiderte sein Lächeln ebenfalls knapp und kontrolliert, bemüht, sich ihre Erleichterung und Hochstimmung nicht anmerken zu lassen, die sie in diesem Augenblick verspürte. Sie fuhr los, allerdings nicht überhastet. Bislang also keine Fahndung, jedenfalls keine, die es bis zum Zoll gebracht hatte.

Als sie dann minutenlang in der Schlange auf das grüne Signal warten musste, verflog ihre Hochstimmung allerdings schnell wieder. Noch fünfzehn Minuten bis zum Boarden. Ihr Name und ihr Kennzeichen waren jetzt im Computer, und jeden Moment konnte eine Fahndung durchkommen. Nervös äugte sie in den Rückspiegel. Was würden sie machen – aus dem Zollhäuschen rennen, um sie einzuholen? Oder bloß den Beamten kontaktieren, der vor ihnen mit einem Walkie-Talkie das Boarden überwachte? Dann die halbstündige Zugfahrt selbst, mehr als genug Zeit für die Polizei, um Gordon einen Besuch abzustatten, sich das Band anzuhören und den Zoll zu alarmieren. Sie würden einfach drüben anrufen und sie aufhalten lassen, wenn sie in Calais aus dem Zug rollte. Plötzlich bekam sie einen trockenen Mund und hatte Mühe zu schlucken.

Lorena nahm ihren Aufruhr wahr. »Wir haben es doch geschafft jetzt, oder? Ist alles in Ordnung?« In ihrem Ton lag etwas Fragendes, leise Flehendes.

»Ja, ja. Alles okay.« Elena nahm den Blick vom Rückspiegel und stieß einen Seufzer aus. Als sie sich dem Zoll genähert hatten, hatte sie Lorena gezwungenermaßen gefordert, doch es machte keinen Sinn, das Mädchen die nächsten vierzig Minuten in Aufregung zu belassen. Angesichts dessen, was sie bei Ryall wahrscheinlich hatte durchmachen müssen, wollte Elena nicht, dass sich auch diese Fahrt jetzt zu einem Albtraum entwickelte. Sie würde einfach die Last allein auf sich nehmen müssen. Sie rang sich ein beruhigendes Lächeln ab und zerzauste Lorena sanft das Haar: »Frankreich, wir kommen!«

»Tut mir Leid, dass ich schon wieder so spät anrufe. Das wird noch zur Angewohnheit.« Das Lachen, das in Azys Stimme lag, war nur unterschwellig hörbar; für unverhohlene Spötteleien war es zu spät. »Ich dachte aber, dass Sie es sofort erfahren möchten.«

Michel blinzelte und rieb sich die Augen, während er sich auf die Uhr auf seinem Nachttisch konzentrierte. Dieses Mal war es 3.08 Uhr. »Schon gut. Was gibt's?«

Azy berichtete, er habe gesehen, wie eines der Mädchen aus dem Klub, nämlich Viana, von Georges Donatien eine Mitfahrgelegenheit zu sich nach Hause bekommen hatte. »Sie sagte mir, ein Cousin von ihr würde sie mitnehmen, doch ich wurde misstrauisch, wartete einen Block vom Klub entfernt und sah, wie sie bei Donatien in den Wagen stieg. Was mich Verdacht schöpfen ließ, war die Tatsache, dass sie vorher mit Donatien geredet hatte und es ziemlich heikel, privat wirkte. Sie setzten sich dazu an einen Tisch, wollten nicht, dass jemand mithörte.«

Michel sah darin nichts übermäßig Besorgniserregendes, jedenfalls nichts, was einen Weckanruf um drei Uhr früh rechtfertigte. »Spricht Donatien denn nicht auch mit den anderen Mädchen oder bringt sie manchmal nach Hause?«

»Schon, sprechen tut er mit ihnen und ist auch freundlich und alles. Aber das geschieht immer auf Distanz, und normalerweise verlässt er nicht die Bar mit ihnen. Und was das Nach-Hause-Bringen angeht, ich glaube nicht, so lange bleibt er eigentlich nie.« Als er auf den Kern der Sache zu sprechen kam, wurde Azys raue Stimme einen Tick gedämpfter, als befürchte er, jemand könne mithören. »Die Sache bei diesem Mädchen, bei Viana, ist die, dass sie auch Romans Nebenfrau ist. Deswegen habe ich angerufen.«

Ruckartig setzte sich Michel auf. Ein heftiger Schauder lief ihm über den Rücken. »Sind Sie sicher?«

»Mmh. Allerdings. Sie haben zwar versucht, die Sache bedeckt zu halten, aber ich habe schon seit einiger Zeit meinen Verdacht. Vor ein paar Abenden – genauer gesagt, als ich Sie zum letzten Mal angerufen habe – hatten sie diese Szene im Klub, und da kam alles raus. Roman brüstete sich damit, dass sie wie eine Hexe auf seinem Schwanz herumreitet und hat sie damit brüskiert wie nur was.«

Für Michel fügte sich nun alles zusammen. »Das war also dasselbe Mädchen, dem Roman zugesetzt hat, als er nach Venegas' Verschwinden endlich wieder auftauchte?«

»So ist es, es ist ein und dieselbe.«

Michel verfiel in Schweigen. Der Schauder, der ihm über den

Rücken gelaufen war, hatte sich zu einem festen Knoten in seinem Nacken ausgewachsen. Mit seiner freien Hand massierte er sich die verkrampften Muskeln. Die leisen Verkehrsgeräusche von draußen klangen über das Telefon greller, stärker ausgeprägt. Offenbar rief Azy von einer Telefonzelle in der Innenstadt aus an. »Und Sie glauben, sie sind zu ihr nach Hause, nicht zu ihm gefahren?«

»Ja. Sie sind auf der Sherbrooke Richtung Osten gefahren, und sie wohnt im Latin Quarter, ein paar Blocks hinter St. Denis.«

Michel war überzeugt, dass es hier um eine abgekartete Sache ging. Doch wie ging sie weiter? Er war noch zu schlaftrunken, um einen klaren Gedanken zu fassen. Als ihm bewusst wurde, dass er erneut eine längere Pause eingelegt hatte, wandte er seine Aufmerksamkeit wieder Azy zu. »Sie haben Recht gehabt, mich anzurufen. Danke.« Bevor er auflegte, ließ er sich von Azy bestätigen, dass das Mädchen am kommenden Abend wieder arbeiten würde, und bat ihn, dann erneut anzurufen. »Ich will über jeden Schritt von ihr Bescheid wissen und mit wem sie sich trifft. Wichtig ist aber auch ihre Stimmung und wie sie sich verhält.«

Nachdem er eingehängt hatte, schaute Michel das Telefon noch eine Weile nachdenklich an. Morgen würde er also wieder in aller Herrgottsfrühe einen Anruf bekommen, aber er musste es eben sofort wissen. Tatsächlich konnte es dann sogar schon zu spät sein. Michel fuhr sich durchs Haar, während er mögliche Szenarien entwarf: eine Reihe von Fotos von Georges und dem Mädchen zusammen, klar. Reichte das aber schon, oder wollte Roman noch etwas Heißeres, Plastischeres? Etwas Plastischeres, wenn man Roman kannte. Er würde bei Jean-Paul überzeugende Argumente vorbringen müssen, eine fingierte Situation herbeiführen, die nichts dem Zufall überließ und keine andere Lesart ermöglichte. Was bedeutete, dass sie Georges bei versteckter Kamera, falls er nicht in Versuchung geriet, würden unter Drogen setzen müssen, und wenn er erst einmal unter Drogen stand, dann ...

Michel stand auf und fing an, auf und ab zu gehen. Rasch landete seine Hand wieder an seinem Kopf. In seiner Verzweiflung umklammerte er ihn und raufte sich die Haare. War Roman so verwegen und nutzte die Zeit, in der Georges unter Drogen war, um ihn gleich zu erledigen und sich mit Hilfe der Fotos nur noch Rückendeckung gegenüber Jean-Paul zu verschaffen? Oder würde er die Spielregeln einhalten und die Fotos dafür benutzen, um sich bei Jean-Paul grünes Licht für einen Mord zu holen?

Michel trat ans Fenster und schaute hinaus. Die angestrahlte Seite von Nôtre Dame warf einen Lichtschein zurück und schuf eine matte Silhouette seines Körpers gegen das dunkle Zimmer hinter ihm. Das war das Problem mit Roman: Man wusste es nie. Möglichkeit Nummer zwei konnte die vernünftigere sein, doch wenn ihm die Zeit knapp wurde, würde er auch übereilt handeln, falls ihm das besser zupass kam. Es machte auch kaum einen Unterschied, denn selbst wenn Roman die endgültige Zustimmung von Jean-Paul abwartete, verzögerte sich der Ablauf der Geschehnisse bestenfalls um ein, zwei Tage, und in der Zwischenzeit gab es ohnehin wenig oder gar nichts, was Michel unternehmen konnte. Er hatte Georges ja bereits einmal unter der Prämisse zu sich geholt, dass sein Leben bedroht war, und ihn auf Grund einer Formsache für Stunden bei sich behalten. Georges würde ihm nicht einmal mehr die Uhrzeit sagen.

Mit verzogenem, säuerlichem Gesicht betrachtete Michel die ungleichmäßigen Steinmauern von Nôtre Dame. Also doch keine Hochzeit dort mit Täterätä in ein paar Monaten, nicht einmal ein Begräbnis. Georges' Familie kam aus der vorstädtischen Mittelschicht, aus Beaconsfield, wie Michel sich aus den Akten erinnerte. Wahrscheinlich würden sie irgendwo dort draußen eine ruhige Beerdigung und Messe für ihn organisieren. Die Lacailles würden ihn schnell vergessen.

Michel merkte, dass seine Augen ein wenig tränten. Einen Augenblick war er unsicher, ob dies an Mitleid für Georges, an Wut und Frustration lag oder am scheinwerferbeleuchteten Blick auf die Mauern der Basilika. Unwillkürlich hatte er die

Hände zu Fäusten geballt und atmete nun, da er sie wieder löste, tief ein. Es kam ihm nicht recht vor, hier herumzuhängen, wo er doch mit absoluter Sicherheit wusste, dass Georges im Begriff stand, sein Leben zu verlieren – endgültiges Zeugnis dafür, wie erbärmlich ihnen bei den Lacailles die Hände gebunden waren. Aber was konnte er unternehmen? Was nur?

»*Vor allem will ich ihnen aber sagen, dass ich freiwillig mit Mrs Waldren mitgegangen bin. Sie hat mich nicht entführt. Ich habe Mrs Waldren vor einigen Tagen angerufen und sie um Hilfe gebeten. Sie soll sich um ein psychologisches Gutachten bemühen, um zu klären, ob meine Sorgen wegen meines Stiefvaters sich nur in meinen Träumen und meiner Fantasie abspielen … oder ob sie echt sind. Meine Stiefeltern und das Jugendamt haben ein Gutachten abgelehnt. Deswegen habe ich Mrs Waldren um ihre Hilfe gebeten.*« Leises Schlucken, leichtes Zögern seitens Lorenas. Das Geräusch eines vorüberfahrenden Autos trieb durch die kleinen Boxen des Kassettenrekorders. »*Als wir dann vom Schulgelände runter waren, hat mich Mrs Waldren noch einmal gefragt, ob ich auch ganz bestimmt eine Beratung haben will. Wenn nicht, würde sie mich nämlich gleich wieder zurückbringen. Ich habe gesagt, dass ich es will.*« *Wieder eine kleine Pause, als Lorena Atem holte.* »*Ich will also, dass Sie alle wissen, dass ich in Sicherheit bin, es mir gut geht und ich in guten Händen bin. Ich will nicht, dass Mrs Waldren, Elena, Ärger deswegen bekommt. Sie ist meine Freundin, sie hilft mir, und es gibt keinen Grund, sich über irgendetwas Sorgen zu machen. Ich werde in zwei, drei Tagen wieder zu Hause sein, wohlbehalten und gesund.*«

Gordon ließ nur einen kurzen Augenblick Stille zu, bevor er das Band stoppte. Der leitende Polizeibeamte, Detective Sergeant Barry Crowley, brauchte länger, um den Blick vom Aufnahmegerät abzuwenden. Sein Assistent hatte einen Notizblock gezückt, sich bislang aber nur zwei Sätze notiert. Ein uniformierter Constable stand an der Wohnzimmertür Wache, als argwöhnte er, Gordon könne plötzlich auf sie zustürmen, und ein weiterer Beamter saß draußen im Wagen und begann wahrscheinlich, Angaben zu Elenas Auto weiterzuleiten.

Bei der Begrüßung hatte Crowley mitgeteilt, sie wüssten, dass Lorena bei Elena sei, und hatte Gordon gefragt, wo sie sich aufhielte. »Ich weiß es nicht. Hier ist sie nicht. Aber sie hat mir ein Band hiergelassen, das ich Ihnen vorspielen soll.« Dann hatte Crowley gefragt, mit welchem Auto sie unterwegs sei, worauf er sich erneut ein »Ich weiß es nicht« einhandelte, das er, nach seinem Blick zu urteilen, ernsthaft bezweifelte. Dann beorderte er einen Constable zurück zum Wagen. Als Gordon das Band stoppte, hörte er von draußen kreischende Funkgeräusche. Sicher bekamen sie Elenas Kennzeichen binnen weniger Minuten heraus. Zu behaupten, er wisse nicht Bescheid, hatte wahrscheinlich wie eine sinnlose Weigerung ausgesehen, aber vielleicht fehlten dem zeitlichen Spielraum, den Elena benötigte, genau diese wenigen Minuten.

Crowley schaute ihn scharf an. »Wenn wir diesem Band Glauben schenken sollen und sie nicht entführt worden ist – warum dann diese Geheimnistuerei, Sie wüssten nicht, mit welchem Auto Ihre Frau unterwegs ist?«

»Mit ist bewusst, dass die Ryalls meine Ansicht wohl nicht teilen. Sie möchten Lorena natürlich sofort wieder bei sich haben. Vor allem Mr Ryall ...« Gordon machte eine Kopfbewegung auf das Band zu, doch Crowley erwiderte seinen Blick mit müder Gleichgültigkeit. »Er ist nicht erpicht darauf, dass Lorena professionelle Hilfe bekommt. Lorena braucht aber unbedingt diese zwei oder drei Tage für Gespräche mit einem Psychologen.«

Crowley nickte nachdenklich. »Es scheint Ihnen ja am Herzen zu liegen, also können Sie es mir auch gleich sagen: Warum sollte Mr Ryall kein Interesse daran haben, dass Lorena Beratung bekommt? Was für ein Problem sollte es zwischen ihm und Lorena geben?«

»Tja, äh ...« Die direkte Frage erwischte Gordon einen Moment auf dem falschen Fuß. »Sie befürchtet, ihr Stiefvater könne sich möglicherweise an ihr vergehen.« Obwohl die Pause der

Aussage Nachdruck verlieh, klang sie lahm und vermochte nicht die Schrecken zu vermitteln, die damit verbundenen waren.

»Ich verstehe.« Crowley schürzte die Lippen und blickte zu Boden. Tatsächlich hatte er bereits etwas zu diesem Thema von Nicola Ryall erfahren, in einem der wenigen Momente, in denen er inmitten ihres panikartigen Geschreis, sie möchten doch bitte, *bitte* ihre Tochter wiederfinden, schlau aus ihr geworden war. Während seiner Befragung in der Schule kam die Nachricht, eine Schülerin habe gesehen, wie Lorena den Schulhof verlassen hatte, und meinte, die Frau, die sie begleitet hatte, zu kennen: *»Mrs Waldren, sie wohnt ganz oben in Chelborne Chine.«* Zunächst schien Mrs Ryall erleichtert über diese Nachricht, da nun zumindest nicht irgendein wahnsinniger Fremder ihr Kind in der Hand hatte. Dann aber befiel sie rasch Panik, als gingen ihr mit einem Mal andere Konsequenzen auf, die damit verbunden waren. Crowley wollte wissen, ob sie eine Vorstellung habe, warum Mrs Waldren Lorena mitgenommen haben könnte, worauf sie ihm von den beiden Besuchen des Jugendamts mit Mrs Waldren im Schlepptau berichtete. *»Mrs Waldren hat die verrückte, irrige Vorstellung, es gäbe da ein Problem zwischen meinem Mann und Lorena.«*

Crowley hielt den Blick unverwandt auf Gordon gerichtet. »Sie sagten, Lorena hätte Angst, dass da etwas mit ihrem Stiefvater wäre … Weiß sie das denn nicht genau? Hat das Mädchen nichts Direktes in dieser Hinsicht geäußert?«

»Nein … Es scheint vor allem in ihrem Träumen zu passieren, daher ist sie sich nicht ganz sicher.« Gordon ging nun auf, dass Crowley wohl von den Ryalls schon etwas gehört hatte. Er versuchte, etwas mehr Gewicht in die Information zu legen, damit sie nicht ganz so dürftig wirkte. »Deswegen ja die Empfehlung eines psychologischen Gutachtens – um es so oder so zu klären.«

»Ich verstehe. Nur in ihren Träumen.« In Crowleys Ton lag etwas Spöttisches. »Und was sagt das Jugendamt dazu?«

Gordon stieß einen Seufzer aus. Es schien, als wolle Crowley ihm den Schwarzen Peter zuschieben und seine Erklärung nicht nur dürftig, sondern geradezu lächerlich klingen lassen. »Die Mitarbeiterin des Jugendamts, die Lorena zweimal im Beisein meiner Frau gehört hat, hat tatsächlich professionelle Hilfe empfohlen. Aber ihre Vorgesetzte war offenbar anderer Meinung – vor allem dank der Tatsache, dass Mr Ryall der Mitarbeiterin und meiner Frau eine Falle gestellt und ihr letztes Gespräch mit Lorena auf Tonband aufgenommen hat.« Gordon rang sich ein trockenes Lächeln ab, das zum Ausdruck bringen sollte: *Das haben Ihnen die Ryalls bestimmt nicht erzählt.*

Crowleys Blick flackerte nur leicht, bevor er undurchdringlich wurde. Er beugte sich vor, die Hände energisch auf seine Knie stützend. »Fazit ist aber doch, dass das Jugendamt letztendlich keinen Grund dafür sah, professionelle Hilfe für Lorena zu empfehlen. Lorena selbst hat ja auch keine direkten Anschuldigungen erhoben, es spielt sich alles nur in ihren Träumen ab … Letztendlich hat Ihre Frau also beschlossen, das Gesetz selbst in die Hand zu nehmen.«

Gordon schüttelte energisch den Kopf. »Nein … So war es nicht. Mein Gott, Sie haben das Band doch gehört. Wenn Lorena keine Hilfe wollte, hätte meine Frau auch nicht …« Gordon stockte. Ihm wurde bewusst, dass er die Stimme erhoben hatte und nun fast schrie. Crowleys gemütlicher Dorset-Dialekt hatte eine einschläfernde Wirkung, als sei dies hier ein behaglicher Plausch am Kamin. Seine äußere Erscheinung – auf die Vierzig zugehend, rasch ausdünnendes, blondes Haar, ein zerknitterter brauner Anzug – ließ ihn ausgelaugt wirken, müde, fast gleichgültig. Doch seine scharfen, blassblauen Augen zeigten, dass er innerlich aus einem anderen, härteren Holz geschnitzt war, und als Gordon seinem festen Blick begegnete, ging ihm auf, dass die scharfe Kehrtwendung und das Druckmachen Absicht war: Crowley brachte ihn bewusst auf die Palme. Offenbar war er ein stärkerer Gegner, als Gordon zunächst vermutet hatte, doch die nächsten Stunden würden noch nervenaufreibend genug werden, sodass es keinen Sinn machte, es jetzt zu einer Konfrontation kommen zu lassen. Gordon mäßigte seine Stimme. »Also, meine Frau hätte Lorena nicht mit sich genommen, wenn das Mädchen das nicht gewollt hätte, das ist alles. Deshalb ist das Tonband entstanden, damit sich nicht nur meine Frau davon überzeugen konnte, sondern auch Sie.«

Crowley schaute sich zum Kassettenrekorder um. Das Band verwässerte eindeutig die Gelegenheit einer klaren Vorgehensweise. Wenige Minuten vor seiner Ankunft bei Gordon Waldren hatte ihn sein direkter Vorgesetzter, Inspector Turton, über Funk davon in Kenntnis gesetzt, dass er gerade einen tobenden Cameron Ryall am Telefon gehabt hatte, der ein rasches und entschlossenes Handeln forderte. Turton hatte ihm versichert, er übernehme die volle Verantwortung für die Untersuchung, gleichzeitig jedoch Crowley gegenüber zugegeben, er habe nicht die Absicht, aktiv zu werden, solange nicht klar sei, ob das Mädchen wirklich entführt worden war und in Gefahr schwebte. Das würde eine interessante Herausforderung für Turton werden, denn Ryall würde zweifellos lautstark darauf beharren, sie sei entführt worden, während die Waldrens, unterstützt von Lorena auf Tonband, das Gegenteil behaupteten. Das einzig Gute blieb, dass Ryall wohl kaum allzu laut schreien und damit an die Presse gehen würde, weil dadurch unweigerlich auch der Grund herauskommen würde, warum das Mädchen mitgenommen worden war. Ob unschuldig oder nicht, es würde etwas an ihm hängen bleiben. Und was, wenn die Waldrens Recht hatten? Seine Tochter war selbst nur ein paar Jahre jünger als dieses Mädchen hier. Der Gedanke ließ ihn schaudern. Er beschloss, es noch einmal auf die sanfte Tour zu versuchen.

»Ich habe volles Verständnis für die Beweggründe Ihrer Frau – das heißt, falls ihr Verdacht zutrifft. Aber wenn sie sich irrt, denken Sie nur daran, was sie den Ryalls momentan zumutet. Leider gehört es nicht zu unserem Job zu beurteilen, ob ihre Tat berechtigt ist oder nicht; sie hat, unabhängig davon, das Gesetz übertreten. Es ist also umso besser, je schneller wir mit Ihrer Frau reden und alles klären können. Daher bitte ich Sie noch einmal dringend, Mr Waldren, uns mitzuteilen, wo Ihre Frau sich aufhält und welches Auto sie benutzt.«

»Tut mir Leid … Ich habe es meiner Frau versprochen. Außerdem weiß ich ohnehin nicht genau, wo sie jetzt ist.« Daran war etwas Wahres, denn er konnte nicht sicher sein, ob sie noch in England war oder mittlerweile schon nach Frankreich übergesetzt hatte. Ob Crowley bereits eine Fahndung ausgelöst hatte? Falls dem so war und Elena die Grenze noch nicht erreicht hatte, würde sie wahrscheinlich auch nicht weiter kommen. Vielleicht wartete der Constable draußen ja gerade auf die entsprechende Nachricht. Gordon wurde es plötzlich heiß, und auf seiner Stirn bildete sich ein dünner Schweißfilm. Er widerstand der Versuchung, auf seine Uhr zu sehen, und zwang sich zu einem entschuldigenden Lächeln, als er auf das Fenster mit den in regelmäßigen Abständen von draußen hereinkommenden Geräuschen des Funks schaute. »Ich glaube auch kaum, dass Sie lange brauchen werden, um herauszufinden, welches Auto sie fährt.«

Crowley verzog das Gesicht und schaute einen Augenblick zu Boden. Da er nicht wieder auf eine harte Linie zurückfallen wollte, entschied er sich für einen Mittelweg. Zumindest würde er Gordon Waldren zeitlich unter Druck setzen. »Hören Sie, Sie haben das Band offensichtlich aufgenommen, um zu beweisen, dass Ihre Frau Lorena nicht entführt hat. Sie wollen Ihre Frau vor einer Gefängnisstrafe bewahren. Dieses Argument mag ja im Moment auch ziehen, wird aber im Laufe der nächsten Stunden verblassen. Die Ryalls sind krank vor Sorge und verlangen lautstark nach Taten. Die Fronten werden sich verhärten. Also schlage ich Ihnen ein Geschäft vor, Mr Waldren, das ich hoffentlich sowohl meinem Vorgesetzten als auch den Ryalls gegenüber durchbringen kann. Wenn Ihre Frau Lorena Ryall, sagen wir …« – Crowley schaute auf seine Uhr – »… bis Mitternacht zurückbringt, werde ich dafür eintreten, dass der Vorwurf der Entführung nicht verfolgt wird und wir alles einer unglücklichen Verwechslung zuschreiben. Aber wenn nicht …«

Gordon schüttelte den Kopf. »Ich bin mir nicht sicher, ob meine Frau sich heute Abend mit mir in Verbindung setzt und ich ihr diese Nachricht übermitteln kann, selbst wenn sie damit einverstanden sein sollte, Lorena sofort zurückzubringen.«

Crowley hielt Gordons Blick einen Augenblick stand. Er schien es ehrlich zu meinen. Schließlich nickte er widerwillig. »Okay – ich verlängere es bis halb elf morgen früh, noch achtzehn Stunden von jetzt an. Dabei gehe ich schon bis zum Äußersten, also enttäuschen Sie mich nicht. Wenn Sie Ihrer Frau das plausibel machen können, gebe ich Ihnen mein Wort, dass ich alles in meiner Macht Stehende tun werde, damit die Sache gut ausgeht. Aber danach, fürchte ich, wird eine landesweite Fahndung ausgeschrieben und Ihre Frau als gewöhnliche Kriminelle zur Strecke gebracht.«

Gordon schloss für einen kurzen Moment die Augen und nickte. »Ja, gut. Ich werde mein Bestes tun.« Die Aussichten ließen ihn zittern. Nun war klar, dass Elena von morgen früh an eine Gefängnisstrafe riskierte, und er war jetzt schon fast überzeugt davon, dass sie es bis dahin nicht zurückschaffen würde.

»Nun, ich hoffe, wir sind zumindest zu einer Art Verständigung in dieser Angelegenheit gelangt, Mr Waldren.« Crowley hinterließ ihm seine Durchwahl, nickte ihm noch einmal kurz zu und ging dann mit seinem Assistenten und dem die Tür bewachenden Constable davon.

Während sie losfuhren, teilte ihm der Constable, den er im Auto zurückgelassen hatte, mit, auf den Namen Waldren seien zwei Autos zugelassen. »Den Suzuki Jeep können wir streichen, der steht auf der Auffahrt. Bleibt ein Saab 900, laut Zulassung drei Jahre alt. Was soll ich unternehmen?«

Crowley machte es sich auf seinem Sitz bequem und stieß einen leisen Seufzer aus. Er ließ nur eine kurze Pause entstehen. »Bitten Sie die Zentrale, eine umfassende Fahndung auszulösen, regional und landesweit, inklusive Zollbehörden.« Turton hatte Anweisung gegeben, mit der Fahndung zu warten, bis er das Haus der Waldrens aufgesucht hatte, für den Fall, dass sie Lorena irgendwo im Schlafzimmer versteckt hielten. Crowley überkamen Gewissensbisse, weil er Gordon Waldren belogen hatte. Doch die anderen taten das Gleiche: Turton gegenüber Cameron Ryall und ganz sicher auch Waldren selbst. Wahrscheinlich wusste Gordon Waldren ganz genau, wo seine Frau derzeit steckte. Aber es war ja momentan erst noch eine Fahndung auf kleiner Flamme – es ging um eine Vermisstenmeldung statt um Entführung und Menschenraub. Turton hatte anfängliche Vorsicht angemahnt. Und falls sie sie bis morgen früh hatten, würde er, Crowley, alles tun, sein Versprechen zu halten, dass keine Anklage erhoben wurde – *falls* er Turton und Ryall überreden konnte. Er hatte ja nur gesagt, dass er sein Bestes tun würde, mehr nicht.

Die Kamera klickte wiederholt, während die nackten Mädchen schlangenhafte Bewegungen über dem auf dem Bett ausgestreckten Georges vollführten.

Viana und das andere Mädchen, eine üppige, grünäugige, blonde Hostess namens Eve, fingen jeweils an einer der Seiten an: Viana nahm seinen Penis in den Mund, während Eve an seinen Brustwarzen leckte. Dann wechselten sie einen Moment die Position, bevor Viana auf ihn glitt und Eve ihn langsam ans Ziel brachte. Die Kamera klickte fortwährend dabei, und Roman schaute erregt aus dem hinteren Bereich des Zimmers zu. Die Droge funktionierte wie versprochen: Genau wie ein Mann, der im Schlaf feuchte Träume hatte, konnte Georges eine Erektion aufrechterhalten, war ansonsten aber bewusstlos und würde sich an nichts erinnern können. Wahrscheinlich hatte Roman vom bloßen Zuschauen mehr, als Georges in irgendeiner Form genießen konnte.

Einige der Aufnahmen musste der Fotograf arrangieren. So platzierte er Georges' Hände an der Hüfte von Viana oder Eve, wenn diese auf ihm ritten, und zog ihm bei manchen Fotos die Lider hoch, damit es so aussah, als starrte er zu ihnen auf. Die anderen schoss er im Profil oder so, dass es wirkte, als hätte Georges die Augen vor Hingabe geschlossen. Viana hatte ihre Gesichtsmaske abgenommen, und auf Romans Geheiß achtete der Fotograf darauf, sie nur im Profil zu belassen und ihre geschwollene Gesichtshälfte zu verbergen.

Als sie zum Ende kamen, musterte Roman den auf dem Bett liegenden Georges auf eine Weise, als weide er sich an der

Macht, die er über ihn besaß. Daraufhin fragte Viana ihn, was er mit ihm vorhätte. »Du hast versprochen, dass du ihm nichts zu Leide tust. Andernfalls hätte ich mich nicht darauf eingelassen. Du hast gesagt, es sei bloß dafür gedacht, einen sauberen Schnitt mit Simone zu machen.«

»Stimmt schon, stimmt schon. Wir wollen's ihm verderben, weil er gemein zu Simone ist. Allerdings kann ich mich nicht daran erinnern, gesagt zu haben, ich würde ihm nichts zu Leide tun.« Er setzte das hämische, spöttische Grinsen auf, das sie mittlerweile gut kannte. Dann aber wurde sein Gesicht plötzlich unbewegt und streng. Er beugte sich zu ihr vor und kniff sie leicht in die Wange, an der Seite, wo ihr Bluterguss war. »Zerbrich dir nicht den Kopf über das, was ich mit ihm vorhabe. Ganz gleich, was es ist, hier wird es nicht vor sich gehen. Wir ziehen ihn jetzt erst einmal wieder an und schaffen ihn fort.« Erneut kniff er sie, fester dieses Mal, sodass sie vor Schmerz nach Luft rang. »Du hast deine Sache gut gemacht. Sonst brauchst du dir keine Gedanken zu machen.«

Das Schild *Béthane 8 km* schoss an ihnen vorbei. Im Radio, das leise gestellt war, lief eine französische Ballade. Elena stellte es lauter, wenn Lieder auf Englisch gespielt wurden, vor allem, wenn Lorena sie kannte und mochte.

Nachdenklich betrachtete Elena das Mädchen. Bislang waren sie beide dem Thema aus dem Weg gegangen, und ihre Unterhaltung war seicht und beiläufig gewesen. Doch Elena stellte fest, dass ihre Gedanken immer stärker darum kreisten, vor allem in den Gesprächspausen.

»Also, wenn du irgendetwas dazu sagen möchtest, was mit Mr Ryall vorgefallen ist – jetzt sind wir ja weg. Du musst dir keine Sorgen mehr darüber machen, was du sagst, weil er nebenan im Zimmer ist.«

Elena beobachtete Lorena. Durch die Bäume flimmerte schwaches Sonnenlicht herein, sodass ihr hellbraunes Haar im Wechsel silbern und rötlich-gold erschien. Das Mädchen biss sich auf die Lippe und verharrte einen Augenblick.

»Ja, bei den Befragungen war ich durcheinander ... Ich musste immer daran denken, was er nachher sagen oder tun würde. Aber daran lag es nicht, dass ich nichts erzählt habe.« Sie schüttelte den Kopf. »Ich konnte mich einfach nicht erinnern, wach gewesen zu sein, als es passierte – jedenfalls nicht sicher.«

»Das ist schon in Ordnung ... Du brauchst es nicht zu erklären.« Als sie sah, wie sich Lorenas kleines Gesicht verspannte und das Mädchen nach Bildern rang, die entweder nicht greifbar waren oder die sie verdrängt hatte, um sich zu schützen, wünschte Elena, sie hätte nicht gefragt.

»Es wirkte so echt, wie er mich berührte, seine Stimme an meinem Ohr ... Ich hatte das Gefühl, fast seinen Atem an meiner Wange zu spüren. Wenn ich dann aber morgens aufwachte, konnte ich mich einfach nicht mehr erinnern, nachts wach gewesen zu sein. Und die Albträume waren ja auch so echt gewesen ... Weißt du noch?« Lorena schaute zu Elena herüber.

»Ja ... Ich erinnere mich.« Elena Kehle schnürte sich zusammen. Wie sollte sie das vergessen? In Lorenas ständig wiederkehrendem Albtraum war sie in den Abwässerkanälen gefangen, und der Wasserstand stieg rasch an. Sie wachte in dem Moment schreiend und schweißgebadet auf, als sie vergeblich versuchte, den Kanaldeckel anzuheben, sich zu befreien und vor dem Ertrinken zu retten. Elena erinnerte sich an zwei solcher Nächte während Lorenas zehnmonatigem Aufenthalt im Waisenhaus von Cerneit, als sie Lorena fest in die Arme genommen und ihr beruhigend versicherte hatte, dass sie nicht länger in den Kanälen, sondern in Sicherheit war. Offenkundig hatte es noch viele andere Nächte mit ähnlichen Albträumen gegeben, in denen Elena nicht zugegen gewesen war. Einer der Heimleiter in Cerneit hatte Bedenken über Lorenas Geisteszustand geäußert, als das Mädchen ihn nach einem Albtraum mit der Frage bedrängt hatte, ob er sicher sei, dass sie sich in der Nacht nicht heimlich in die unterirdischen Kanäle fortgeschlichen hätte, *»vielleicht, um Patrika zu suchen«*. Patrika war während jener Zeit ihr bester Freund gewesen und eines Nachts, als das Wasser anstieg, ertrunken. Das war vermutlich das Schlüsselerlebnis gewesen, das die Albträume ausgelöst hatte. Die Grenzlinie zwischen Traum und Wirklichkeit war in Lorenas Psyche oft dünn gewesen, und vielleicht spielte das Mädchen jetzt darauf an, weil sie befürchtete, dass sich die Sache bei allem Ärger, den Elena sich aufhalste, in Luft auflösen konnte: der Verdacht gegen Ryall unbegründet, alles nur in ihren Träumen. Plötzlich überkam Elena ein Schuldgefühl, denn deshalb hatte sie die Frage nicht gestellt.

Sie streckte die Hand aus und berührte Lorena an der Schulter. »Das macht nichts ... Das soll der Psychologe herausfinden. Wenn nichts Schlimmeres passiert ist, weißt du es dann wenigstens sicher, so oder so.« Elena schaute zu ihr herüber und rang sich ein Lächeln ab, das ihre Unsicherheit verdecken sollte. »Und kannst hoffentlich wieder gut schlafen.«

»Okay, ich verstehe.« Die Schatten, die Lorena im Gesicht standen, als sie ihren Blick von Elena abwandte und auf die Straße vor ihnen richtete, ließen Elena allerdings daran zweifeln.

Ein paar Songs später kam »*Never, ever*« von All Saints im Radio, und als Elena merkte, dass Lorena gelegentlich mitsummte und sich ihr Gesicht aufhellte, stellte sie es ein wenig lauter. Doch Elenas Schuldgefühl und Unsicherheit blieben. Sie hatte das Thema angeschnitten, weil sie das Gefühl gehabt hatte, sie schlichen mit ihrem seichten, belanglosen Gespräch und den verlegenen Pausen dazwischen mit Absicht um den heißen Brei herum; das Thema begann sich unbehaglich als Barriere zwischen ihnen aufzubauen.

Allerdings fragte sie sich, ob sie nicht zum Teil aus Eigeninteresse darauf gedrängt hatte. Vor lauter nervöser Anspannung hatte sie praktisch auf der gesamten Überfahrt keinen Ton herausbekommen, und Lorena hatte den größten Teil der Unterhaltung übernommen. Nach der Erleichterung hingegen, in Frankreich unbehelligt auf freie Strecke gelangt zu sein, war sie lebhafter und unbeschwerter geworden – bis ihnen ein Polizeiwagen entgegengekommen war. Eine Erinnerung daran, dass sie noch keineswegs in Sicherheit waren. Jeden Moment konnte die französische Polizei eine Fahndungsmeldung erhalten.

Seitdem waren sie nur noch einem weiteren Streifenwagen begegnet, doch der hatte erneut dafür gesorgt, dass ihr Puls raste und ihr Magen sich verkrampfte. Vielleicht hatte sie ja auf ein rasches »Geständnis« von Lorena gehofft, damit der Albtraum hier und jetzt ein Ende fand. Sie war nicht davon überzeugt, diese Attacke auf ihr Nervengerüst noch lange aushalten zu können. Ständig verspürte sie eine innere Unruhe, die es ihr schubweise heiß werden und ihre Hände am Lenkrad derart beben ließ, dass ihr die Armmuskeln schmerzten. Selbst wenn es zu einem raschen Eingeständnis kam und sie den Wagen anhielt und die Sache auf Band aufnahm, würde ihr das womöglich auch nicht weiterhelfen, denn damit es vor dem Jugendamt Bestand hatte, würde sie es sicher unter der Leitung eines Psychologen aufnehmen müssen.

Und was, wenn diese Sitzungen auch nichts Schlüssiges ergaben? Oder wenn sie, schlimmer noch, es wahrscheinlicher werden ließen, dass sich Ryall an Lorena verging, aber nichts hervorbrachten, was diese Behauptung gegenüber dem Jugendamt untermauern konnte? Obwohl mit den Nerven am Ende, empfand sie es zumindest als befreiendes Erlebnis, Lorena fortzuschaffen, ihr die Möglichkeit einer Flucht vor Augen zu führen. Wie um alles in der Welt konnte sie sie den Ryalls zurückbringen, wenn sie mit Sicherheit wusste, welches Schicksal dort auf das Mädchen wartete?

Der erste echte Durchbruch in dem Fall kam kurz nach halb acht Uhr abends.

Binnen einer Stunde nach der Rückkehr vom Haus der Waldrens hatte Crowley ein Team von fünf Personen auf Elena und Lorena angesetzt. Über die Fahndung durch Polizei und Grenzbehörden hinaus hatten sie sämtliche Geld- und Kreditkarten auf ihren Namen ausfindig gemacht, und schließlich erreichte sie die Nachricht, dass eine ihrer Geldkarten fünfzig Minuten zuvor, um 19:38 Uhr, in Frankreich benutzt worden war. Crowley marschierte sofort in das Büro von Inspector Turton.

»Wo?«, fragte Turton atemlos.

»Bei einer Zweigstelle von Credite Lyonnaise in Bonneval, etwa fünfzig Meilen südwestlich von Paris.«

»In welche Richtung kann sie unterwegs sein?«

»Möglicherweise hält sie direkt auf die südwestliche Küste zu, Bordeaux oder Biarritz.« Crowley zuckte mit den Schultern. »Sie könnte aber auch in die Bretagne fahren, oder in den Süden, in die Provence oder sogar nach Spanien.«

»Okay.« Turton sann nur kurz darüber nach. »Nehmen Sie Kontakt mit Interpol auf und bitten Sie um eine Fahndung nach ihr und ihrem Auto, mit Schwerpunkt auf den Gebieten, durch die Sie Ihrer Meinung nach gerade fährt.«

»Gemacht.« Crowley nickte knapp und begab sich dann wieder in das fieberhafte Treiben des Einsatzraums. Ging es hier normalerweise schon hektisch zu, verlieh der Fall Waldren der Atmosphäre eine neue Dringlichkeit; oft bekam man es nicht mit einer Kindesentführung zu tun, vor allem nicht mit einer, die ihre Spur durch ganz Europa zog.

Er musste die Nummer von Interpol nachschlagen, denn es war über acht Monate her, dass er sich zum letzten Mal mit ihnen in Verbindung gesetzt hatte. Als er das Freizeichen hörte, schaute Crowley auf seine Uhr. Noch etwa vierzig Minuten, bis alles über Interpol lief, und dann ging die Jagd auf Elena Waldren richtig los. Bei einem Fahrzeug mit britischem Kennzeichen würde es außerhalb der Feriensaison wohl kaum allzu lange dauern. Erst recht nicht, wenn sie ihre Kreditkarte dazu benutzte, am Abend das Essen oder ein Hotel zu bezahlen. Wie dem auch sein mochte, Crowley war zuversichtlich, dass sie Elena Waldren binnen weniger Stunden festnehmen würden.

19

Jean-Paul schwamm mit mehr Kraft als gewöhnlich vor dem Frühstück, nicht schneller, doch mit entschlosseneren Zügen, als wollte er so die Lethargie und aufgestaute Frustration loswerden, die seine Muskeln und Gelenke lähmte.

Roman war in seine täglichen Schwimmübungen geplatzt und schon bei Sonnenaufgang aufgeregt bei ihm an der Tür erschienen, mit Neuigkeiten über Donatien, und hatte dabei mit einem braunen Umschlag in der Hand herumgefuchtelt. Danach verbrachten sie eine ernste halbe Stunde beim Frühstück damit, dass Roman die Fotos aus dem Umschlag vor ihm ausbreitete und dabei Einzelheiten berichtete: In der vergangenen Nacht hatte Donatien sich eine ganze Weile mit Viana, einem der Mädchen im Klub, in einer Ecke abgesondert. Roman hatte die Gelegenheit genutzt und jemanden in Donatiens Wohnung geschleust, um dort Wanzen anzubringen und, wo er schon einmal da war, die Wohnung zu durchsuchen. »Und schau dir mal an, was der Mann in einer Schublade entdeckt hat …« Während Jean-Paul noch Mühe hatte, sich einen Reim aus dem Knäuel nackter Körper zu machen, berichtete Roman ihm, Donatien habe das gleiche Mädchen anschließend nach Hause gefahren. »War über zwei Stunden bei ihr.«

Jean-Paul fand nur wenig Gefallen an seinem Frühstück; für ihn waren die Fotos ein Schlag ins Kontor, und was er da über Georges erfahren hatte, verdarb ihm den Appetit. Kurz danach endete ihr Treffen damit, dass er um ein paar Stunden bat, bis er eine endgültige Entscheidung getroffen hatte. Dabei ließ die Härte in Romans Blick ihn erkennen, dass nun von ihm nur eine einzige Entscheidung erwartet wurde und wenig Spielraum blieb. Am liebsten wäre er jetzt gleich weitergeschwommen – abtauchen und, hoffentlich, alle Probleme wegspülen, sich ein wenig Linderung von der plötzlich schmerzlichen Last auf seinen Schultern verschaffen. Doch seine Verabredung mit Simone lag nun nur noch fünfundzwanzig Minuten vor ihm, und er brauchte jede Sekunde, um sich darüber klar zu werden, wie um alles in der Welt er ihr diese Sache beibringen wollte.

Den größten Teil dieser Zeit verbrachte er damit, angetrieben von zwei weiteren Tassen Kaffee, aufgewühlt auf und ab zu gehen und dabei mögliche Szenarien durchzugehen. Doch als sie dann kam, hatte sich das meiste erübrigt: Er hatte vorgehabt, das Thema sofort aufzubringen, sie hingegen kam spürbar in der Absicht, etwas loszuwerden, das sie auf dem Herzen hatte. Also ließ er sie als Erstes reden und fuhr dabei fort, seine Gedanken zu sammeln.

Er hatte nicht vor, ihr die Fotos tatsächlich zu zeigen, sondern wollte ihr lediglich sagen, er sei im Besitz handfester, zuverlässiger Informationen, dass Georges fremdginge. In Verbindung damit, dass Georges ihn ganz offenkundig belogen hatte, was seine Vernehmung durch die RCMP anging, solle sie sich von ihm fern halten, bis sie beschlossen hatten, was zu tun war.

Als Simone dann aber Georges' aktuelle Darstellung der Geschehnisse jener schicksalhaften Nacht mit Roman und Leduc schilderte und den angeblichen Grund nannte, warum er bis heute keinen Ton davon erzählt hatte, geriet sein Ärger außer Rand und Band. Ganz offensichtlich hatte Georges irgendwie mitbekommen, dass sie ihm auf den Fersen waren, sodass er Simone instruiert hatte, in letzter Minute mit dieser lächerlichen Geschichte anzukommen, um zu versuchen, seinen Kopf zu retten. Georges brachte noch nicht einmal die Zivilcourage auf, ihm persönlich gegenüberzutreten, sondern hatte es vorgezogen, sich hinter dem Rockzipfel seiner Tochter zu verstecken! Er schnitt ihr das Wort ab und brachte seine Ansichten in Form einer heftigen Salve zum Ausdruck, sodass sie binnen weniger Minuten im Streit miteinander waren.

Nein, das glaubte sie nicht. So etwas würde Georges nie tun. »Das hat Roman bloß erfunden, weil er wusste, dass Georges reinen Tisch machen wollte.«

»Leider verhält es sich anders. Auch ich hatte anfänglich Zweifel, als Roman behauptete, da wäre etwas mit diesem Mädchen – aber jetzt hat er mir Beweise geliefert.«

»Beweise, *Beweise?* Was denn für Beweise?« Als er zögerte und merkte, dass er ihr die Qual ersparen wollte, sich die Fotos wirklich anzuschauen, glaubte sie einen Vorteil zu wittern und schnaubte: »Und was für ein Mädchen soll das bitte schön sein?«

»Eines der Mädchen aus dem Sherbrooke-Klub.«

»Ach ja. *Natürlich*! Eine aus Romans Lieblingsharem hat ein bisschen Geld dafür zugesteckt bekommen, dass sie sagt, sie hätte etwas mit Georges laufen. Und du glaubst das auch noch.«

»Nein, nein … Natürlich nicht.«

»Georges hat immer befürchtet, dass du dich auf Romans Seite stellst, wenn es hart auf hart kommt. Und er hatte Recht. Deswegen hatte er die ganze Zeit nicht die Nerven, dir alles zu erzählen.«

Später erinnerte er sich nur noch daran, dass seine Wut an diesem Punkt überschäumte und er die Augen schloss und die Hand erhob, um ihr Einhalt zu gebieten. Dabei richtete sich sein Ärger weniger gegen sie, sondern mehr gegen die Art und Weise, wie Georges sie derart unter seine Kontrolle gebracht hatte. Sie aber machte automatisch weiter und konnte nun, da Georges sie für sich eingespannt und hergeschickt hatte, gar nicht mehr aufhören.

»Roman hält dich und Georges zum Narren, schon eine ganze Weile … Aber du bist ja zu blind, als dass du …«

Da warf er die Fotos auf den Tisch. Er schlug den Umschlag auf und leerte ihn auf Armhöhe aus, wobei ein halbes Dutzend der insgesamt zwanzig Aufnahmen mit der Vorderseite nach unten aufkamen. Dann kniff er die Augen wieder fest zu und schüttelte den Kopf. »Es tut mir Leid. Wahnsinnig Leid.«

Als er die dritte Bahn beendet hatte, stützte Jean-Paul sich mit dem Ellbogen am Beckenrand ab. In der feuchten Luft zeigte sich sein schwerer Atem. Hinter der Glasscheibe, auf der anderen Seite des Hofs, stiegen Atem und Körperausdünstungen der Stallpferde in die kalte Morgenluft auf, als wollten sie sich mit den Dämpfen messen, die aus den Wärmeaustauschöffnungen des Pools traten.

Er erinnerte sich daran, wie sein Vater eines kalten Februarmorgens über den Hof gegangen war, im Jahr vor seinem Tod. Sein Vater und Lillian waren in den separaten Flügel am Ende des Hofs gezogen, den zuvor Jean-Pauls wachsende Familie belegt hatte, zu der Zeit, als Raphaël zur Welt kam, Simone sieben war und sein Raumbedürfnis größer schien. Als sie in den Kampf mit den Cacchiones eintraten, nahm das Sicherheitsdenken einen größeren Stellenwert ein, sodass ein Schwimmbadkomplex und eine Sporthalle hinzukamen. Nach ihrem Empfinden war das Haus zu verwundbar, da der Hof nach hinten offen war, zu den Gartenanlagen hinaus, die ihrerseits vom nur zweihundert Meter entfernten St.-Lawrence-Strom aus frei zugänglich waren. Das Schwimmbad machte ein Rechteck daraus, ließ das Haus mehr zu einer Art geschlossenem Komplex werden. Allerdings machte das keinen Unterschied mehr, denn noch bevor der Flügel überhaupt fertig gestellt war, wurde Pascal beim Verlassen eines Restaurants an der Rue St. Gabriel erschossen.

Jean-Paul hatte aus dem Esszimmer gesehen, wie sich sein Vater zum ersten Mal nach Pascals Beerdigung hinauswagte. Mit hängenden Schultern und schwerem Atem war er über den schneebedeckten Hof gestapft, hatte die mit der Fertigstellung des Schwimmbads beschäftigten Bauarbeiter nur mit einer matten Handbewegung gegrüßt. Schon damals hätte Jean-Paul wissen müssen, dass sein Vater nicht mehr lange zu leben hatte. In den vergangenen zehn Tagen schien er um zehn Jahre gealtert zu sein, besiegt, aller Lebensgeister beraubt.

Jetzt aber hätte er den weisen, über die Jahre gereiften Menschenverstand seines Vaters brauchen können. Die Entscheidung, die er nun treffen musste, zweifellos die härteste Herausforderung, der er sich bislang hatte stellen müssen, ließ ihn sich einsam fühlen.

Er bereute sofort, Simone die Fotos gezeigt zu haben, auch wenn es in der hitzigen Situation keine andere Lösung zu geben schien. Verständnislos glitt ihr Blick eine ganze Weile darüber, bis sie endlich wieder zu ihm aufschaute. Hinter der Kränkung, der Wut und den in Strömen fließenden Tränen konnte er deutlich den Hass ausmachen, der sich gegen ihn richtete. Er streckte die Hand nach ihr aus – es gab so vieles, was er ihr jetzt hätte sagen wollen –, brachte aber nur erneut ein mattes »Tut mir Leid« hervor, bevor sie vor seiner Berührung zurückzuckte, sich umdrehte und aus dem Zimmer stürmte.

Ihm war klar, dass er über diese Angelegenheit seine Tochter verlieren konnte; kein vollständiger Verlust, wie ihn sein Vater und seine Familie bei Pascal erlitten hatten, sondern einer, bei dem Simones Liebe für ihn erstarb und durch Vorwürfe ersetzt wurde. Es würde sein wie ein Tod. So etwas würde er nicht verkraften können, und doch, er sah keine andere Möglichkeit.

Als ein Kollege aus seinem Fünferteam, Detective Constable Denny Hobbs, die Hand hob und ihm aufgeregt zuwinkte, durchquerte Crowley schnell den Einsatzraum.

»Es gibt was Neues! Die Geldkarte wurde wieder benutzt.« Hobbs klemmte sich den Hörer fest gegen die Schulter, während er die Sprechmuschel mit einer Hand bedeckte.

»Wo?«

»Eine Kleinstadt namens Montrichard. Dieses Mal ein Geldautomat der Banque National du Paris.« Hobbs nahm die Hand von der Sprechmuschel und machte sich mit seinem Kugelschreiber Notizen. »Ja, ja ... okay. Danke.« Er legte auf, riss das oberste Blatt Papier von seinem Block ab und reichte es Crowley. »Fünfzehnhundert Francs abgehoben, um 21.27 Uhr französischer Zeit. Und der genaue Standort des Automaten.«

Der zweite Durchbruch in nur fünfzehn Minuten. Der erste hatte aus der Meldung bestanden, dass eine Elena Waldren mit Kind Tickets für den Euro-Shuttle um 16.10 Uhr gekauft hatte.

Crowley kehrte an seinen Schreibtisch zurück und schaute erneut auf die Straßenkarte, um sich ein Bild über Tempo und Richtung von Elena Waldrens Reise zu machen. Montrichard. Bevölkerung: 15 870. 164 km südwestlich von Paris, 21.27 Uhr, seit über drei Stunden dunkel, die nächste Stadt, Loches, war nicht viel größer und lag fast zwanzig Meilen entfernt, es wurde Zeit, in einem Hotel einzuchecken. Einen Versuch zumindest war es wert, andere Spuren gab es noch nicht, und auch ihr Auto war noch nicht gesichtet worden.

Er ging zu Sally hinüber, der Einzigen in seinem Team, die leidlich Französisch beherrschte, und bat sie, die Gendarmerie in Montrichard zu kontaktieren. »Holen Sie sich die Nummer von Interpol oder der zentralen Gendarmerie in Paris.«

Sally setzte ein bemühtes Lächeln auf, strich sich über das Haar, rief über die Tastatur ihres PCs ein neues Bild auf, scrollte herunter und wählte die Nummer an. Sie hatte stärker unter Druck gestanden als die meisten anderen im Team, hatte die Hauptlast ihrer Zusammenarbeit mit Interpol getragen und die polizeiliche Fahndung nach Waldren in Frankreich eingeleitet. Nach einem einführenden Wortschwall wurde Sallys Lächeln großzügiger. *Oui. Oui. Angleterre.* Sie schaute sich zu Crowley um. »Okay, ich habe sie dran. Was wollen Sie wissen?«

Crowley ließ sie anfragen, wie viele Hotels es in der Stadt gab. Fünf: vier in der Stadt, eins etwa einen Kilometer außerhalb. Welche Hotels lagen am nächsten an der Banque National du Paris an der Rue Petupliers? Am nächsten war das Richault, nur etwa dreißig Meter die Straße hoch; dann kam das Chateauville, hundertfünfzig Meter um die Ecke. Crowley brachte Sally dazu, die aktuelle Situation mit Elena Waldren zu erläutern: Interpol war bereits verständigt, und es lief eine landesweite Polizeifahndung nach ihr. Sally gab das Aktenzeichen von Interpol weiter und nannte den als Verbindungsmann fungierenden Inspektor in der Zentrale in Lyon, falls eine Verifizierung benötigt wurde. Und dann bekam Crowley, was er wollte: Zwei oder drei Gendarme, je nachdem, wie viele sie entbehren konnten, würden sowohl das Richault als auch das Chateauville aufsuchen, um nach Elena Waldren oder ihrem Wagen Ausschau zu halten. Crowley musste geduldig warten, bis Sally den Namen und das Autokennzeichen buchstabiert hatte. Bei den anderen drei Hotels würde ein telefonischer Check an der Rezeption genügen.

Nach einem letzten hektischen Übersetzungspingpong, der Sallys Vokabular zuweilen zu überfordern schien, übermittelte sie Crowley, dass Captain Lacombe, Leiter der Wache, versprochen hatte, sich persönlich um die Angelegenheit zu kümmern und alles in seiner Macht Stehende tun würde, um ihnen behilflich zu sein. »Er schickt die Männer sofort los.«

Crowley gab eine Beschreibung von Elena und dem Mädchen durch, für den Fall, dass Elena sich unter falschem Namen eingecheckt hatte. Und dann warteten sie.

Der Rückruf kam achtundsiebzig Minuten später.

Lacombes Männer fielen über die Hotels in Montrichard her, als wären sie auf der Suche nach einem der gefährlichsten Verbrecher Frankreichs. In Montrichard wurden nur selten Nachforschungen über Interpol angestellt, die letzte lag sechs Jahre zurück und er brannte darauf zu beweisen, dass die Gendarmerie in Montrichard mehr als tüchtig war.

Das Richault besuchte er persönlich, begleitet von zwei Gendarmen, während er zeitgleich ein Zweierteam ins Chateauville schickte sowie jeweils einen Mann in die drei anderen Hotels, was dazu führte, dass in der Gendarmerie selbst nur noch zwei Mann übrig blieben. Lacombe nahm die beiden einzigen britischen Gäste des Richault persönlich in Augenschein – einen allein stehenden Mann und eine vierköpfige Familie – und befragte sie mithilfe des Empfangschefs. Die gleiche Übung vollzogen seine Kollegen bei den verbleibenden vier Hotels: sieben britische Registrierungen, doch nur eine, die der durchgegebenen Beschreibung einer Mutter um die Vierzig und einem zehnjährigen Kind nahe kam. Der Gendarm, der die beiden zu sehen bekam und befragte, meinte jedoch, die Mutter sei blond, nicht größer als einsfünfundfünfzig und ziemlich stämmig, wahrscheinlich fast 70 Kilo schwer.

Crowley jonglierte rasch mit den Zahlen: Elena Waldren mochte sich die Haare gefärbt haben, doch diese Frau war zehn Zentimeter kleiner und zwanzig Pfund schwerer.

Noch im Richault hatte Lacombe sich mit sämtlichen seiner Leute in Verbindung gesetzt und sie angewiesen, vorsichtshalber die Pässe aller britischen Gäste zu kopieren.

Eher als nachträglichen Einfall fragte er, woher genau die beiden britischen Registrierungen im Richault stammten. »Die letzte Seite in ihrem Pass gibt darauf einen Hinweis: Kontaktadressen im Notfall.«

»Schon gut, ich weiß aus den Aufzeichnungen meiner Befragungen, woher sie kommen«, ließ Lacombe stolz über Sally mitteilen. »Die vierköpfige Familie stammt aus Maidstone in Kent, und der allein reisende Mann kommt aus Poole, Dorset.«

Poole. Crowley lief ein Schauder über den Rücken. Das war praktisch vor der Haustür der Waldrens. »Wie alt ist der allein reisende Mann?«

»Fünfundvierzig, vielleicht fünfzig.«

Crowley glaubte zu wissen, was geschehen war: Die Waldrens hatten einen Freund dazu bewegt, mit Hilfe ihrer Geldkarte den Lockvogel zu spielen. Er überlegte, ob er Lacombe noch einmal zurückschicken sollte, um den Mann zu verhören, doch das machte wenig Sinn, denn er würde wohl kaum damit herausrücken oder irgendeinen Hinweis darauf geben, wo Elena Waldren sich aufhielt, selbst wenn sie so dumm gewesen war, es ihm zu sagen. Außerdem war es ja kein Verbrechen, die Geldkarte eines anderen zu benutzen. Immerhin hatte Crowley nun jedoch eine genauere Idee, wohin sie wahrscheinlich unterwegs war; soweit er es beurteilen konnte, gab es drei oder vier Möglichkeiten.

Lacombes Beflissenheit ausnutzend, vergewisserte er sich, dass Elena Waldren nicht in die nächste Stadt, nach Loches, weitergefahren war, indem er ihn auch dort telefonische Nachforschungen anstellen ließ. Als Lacombe dann fünfundzwanzig Minuten später zurückrief, ohne dort einen Treffer gelandet zu haben, bat er Sally, sich abermals mit Interpol in Verbindung zu setzen und sie zu drängen, ihre Aufmerksamkeit auf Grenzstellen zu Belgien, Deutschland und der Schweiz sowie auf die Pariser Flughäfen Orly und Charles de Gaulle zu richten.

Nach einer halben Stunde des Wartens am Flughafen stand Elena am Rand der Verzweiflung.

Gordons ausgetüftelte Pläne – eine Zugfahrt auf dem letzten Abschnitt, damit ihr Auto nicht allzu lange auf der Straße unterwegs war, sowie der Köder mit der Geldkarte – hätte funktionieren können, wäre ihr Flug nicht um fast zwei Stunden verspätet gewesen. Das war mehr als genug Zeit für die Polizei, um auf mögliche Alternativen zu kommen und den Kreis zu schließen.

Als sie am Check-in-Schalter von der Verspätung erfuhr,

drehte sich ihr sofort der Kopf. Beim Weggehen wurde ihr übel und schwach, als könnten ihre Beine sie kaum noch tragen. Die plärrende Lautsprecheranlage des Flughafens hallte in ihren Ohren und machte alles nur noch schlimmer. Aus Angst, jeden Augenblick ohnmächtig zu werden, ließ sie sich auf der ersten Sitzreihe nieder, kaum zwanzig Schritte vom Check-in-Schalter entfernt. Lorena wollte wissen, ob alles in Ordnung sei.

»Ja, mir geht es gut. Ich bin bloß müde vom Fahren und der ganzen Hektik.« Elena wollte nicht, dass das Mädchen mitbekam, wie verängstigt sie war. Jedes Polizeifahrzeug, an dem sie vorbeigefahren waren, der Fahrkartenkontrolleur im Zug, dann ein Mann, der vor kurzem zu ihnen herübergeschaut hatte und sie zu taxieren schien ... All das hatte ihr Nervenkostüm immer stärker strapaziert. »Und gerade habe ich gehört, dass wir wohl noch ein wenig auf unseren Flug werden warten müssen. Komm, wir holen uns einen Kaffee.«

Lächelnd wollte sie Lorena an die Hand nehmen, wurde sich dann aber bewusst, dass ihre zitternde Hand ihre panische Angst verraten würde, und legte dem Mädchen daher schlichtweg den Arm um die Schulter.

Als sie ihre Kaffeetasse hielt, zitterten ihr die Hände jedoch unübersehbar, und da sie die Besorgnis in Lorenas Blick erkannte, bekam sie das Gefühl, sie müsse sich erklären. »Ich mache mir Sorgen, dass die Leute, die nach dir suchen, uns einholen und finden könnten, weil unser Flug jetzt verspätet ist.« Für den Fall, dass jemand in ihrer Nähe mithörte, hielt Elena die Stimme gesenkt und sagte als zusätzliche Vorsichtsmaßnahme »Leute« statt »Polizei«.

»Aber wir haben ihnen doch das Tonband hinterlassen, damit sie wissen, dass sie sich keine Sorgen zu machen brauchen und es mir gut geht.«

Elena schüttelte den Kopf und musste lächeln. Die Naivität von Kindern. Hätte sie sich diese schlichte Einstellung doch auch zu Eigen machen und so die nervliche Berg- und Talfahrt beenden können, die ihr auf den Magen schlug. »Ich weiß. Aber ich glaube, sie werden dich – uns – trotzdem suchen kommen.«

Lorena runzelte die Stirn. »Aber wenn sie uns finden, dann passiert dir doch nichts, oder?«

»Na ja, da bin ich mir nicht so…« Elenas Blick huschte an Lorenas Schulter vorbei und richtete sich auf einen Polizisten in Uniform, der am Ende des Raums ins Sichtfeld kam und auf einen Mann im grauen Anzug mit Walkie-Talkie in der Hand zutrat und ihn ansprach. Die beiden schienen zwar den Leuten im Bereich des Cafés kaum Beachtung zu schenken, doch dass sie so nahe waren, ließ es Elena trotzdem unbehaglich werden. »Ich mache mir mehr Sorgen um dich.« Sie beugte sich vor und tätschelte Elena leicht die Hand. »Komm, wir gehen.«

Die nächsten zwanzig Minuten verbrachten sie damit, in den Läden des Flughafens zu stöbern; sie kauften einen Walkman und zwei Kassetten und ein Harry-Potter-Buch, um Lorena während des Flugs beschäftigt zu halten. Oder geschah das auch aus ihrem eigenen Interesse, nämlich um keine weiteren peinlichen Fragen des Kindes mehr beantworten zu müssen? »Wohin fahren wir?«, »Wie lange dauert der Flug?«, »Wie lange bleiben wir dort?«. Lorena war lebhaft und aufgeregt, denn für sie war diese Reise ein Abenteuer. Elena hingegen kam sich wie eine verurteilte Gefangene vor, zu sehr vom drohenden Verhängnis in Beschlag genommen, als dass sie ihre letzten Augenblicke mit seichtem Geplapper hätte verbringen wollen.

Immerhin empfand sie es weniger auffällig, nun im hinteren Bereich von Flughafengeschäften herumzustöbern, abseits von offenen Menschenansammlungen und dem allgemeinen Blickfeld. Trotzdem ließ jeder gelegentlich vorbeikommende Polizist oder Sicherheitsbeamte Elenas Herz schneller schlagen. Als sie schließlich wieder in das hektische Treiben zurückkehrten und erneut Polizisten, Sicherheitsbeamte mit Walkie-Talkies, Zöllner sowie Anti-Terror-Spezialisten mit Maschinenpistolen um sich hatten, war Elena wieder voll im Stress. Schon allein auf dem Weg zum Flughafen alle halbe Stunde einem Polizisten zu begegnen, hatte sie nervös gemacht – und jetzt war sie regelrecht von ihnen umzingelt! Die zwei Stunden zur Gänze hier verbringen zu müssen, war für Elena der Albtraum überhaupt.

Sie schaute auf ihre Uhr. Noch eine Stunde und achtzehn Minuten. Jetzt gleich den Zoll passieren und die restliche Zeit vor dem Gate warten oder lieber erst im letzten Moment durchgehen? Falls eine Fahndung lief, würde dort die Hauptkontrolle stattfinden. Je länger sie wartete, desto größer die Gefahr, dass die Meldung durchkam. Wenn sie sich aber schon zeitig vor dem Gate einfanden und die Fahndung erst danach ausgelöst wurde, war dann ihr Name nicht registriert, sodass sie dort wie auf dem Präsentierteller saßen und einkassiert werden konnten, bevor sie an Bord gingen?

»Mach dir keine Sorgen. Bestimmt klappt alles.« Lorena streckte die Hand aus, nahm die von Elena und drückte sie leicht.

»Danke. Sicher hast du Recht.« Mein Gott. Sie biss sich auf die Lippe und fühlte sich mit einem Mal schuldig. Sie war es doch, die trösten und beruhigende Worte aussprechen sollte. Plötzlich ging ihr auf, dass dieses zehnjährige Mädchen praktisch alles erlebt hatte. Mit nur drei Jahren war sie allein gelassen worden, von einem grässlichen Waisenhaus ins nächste abgeschoben, wo die Kinder ans Bett geschnallt und nachts einfach dem Weinen und Schreien überlassen wurden, das oft erst der Tod verstummen ließ. Dann ihre albtraumartige Zeit in den Abwässerkanälen, wo sie wieder mitangesehen hatte, wie Freunde von ihr starben. Und nun der Versuch, die Albtraumbilder in ihrem Kopf zu entwirren, um herauszufinden, ob ihr Stiefvater sich an ihr verging oder nicht. Für ihr Alter war sie weiter, wahrscheinlich auch wesentlich zäher und besser dafür gerüstet, mit einer solchen Situation umzugehen, als Elena es je sein würde.

Elena zog Lorena in einen Geschenkladen, um abseits des geschäftigen Treibens noch einen klaren Gedanken zu erhaschen. Schließlich beschloss sie, sofort durch den Zoll zu gehen, nicht nur, weil sie fand, sie müsse Lorena gegenüber ein tapfereres Gesicht machen, sondern auch, weil sie befürchtete, in Anbetracht ihrer wachsenden Panik die Sache nicht durchzustehen, falls sie noch länger damit wartete.

»Okay. Komm, wir gehen.« Beruhigend drückte sie Lorenas Hand, was allerdings mehr für sich selbst gedacht war.

Kaum standen sie in der Schlange der Zollabfertigung an, kamen ihr Zweifel an ihrer Entscheidung. Sie zitterte nun heftig und bekam erneut weiche Knie. Die Ankündigungen im Flughafengebäude hallten hinter ihnen nach; zwar konnte sie kaum ein Wort verstehen, doch bildete sie sich ein, sämtliche Wachmänner würden aufgerufen, sie auf der Stelle zu verhaften. In diesem Augenblick entdeckte sie wenige Meter hinter dem Zollschalter vor ihnen einen Wachmann in Zivil mit Ohrhörer und Walkie-Talkie, der jede Person, die durchging, mit scharfen Augen musterte.

Nun aber war es zu spät, um aus der Schlange auszuscheren und umzukehren, denn mittlerweile standen knapp zehn Menschen hinter ihnen, und der Sicherheitsbeamte vor ihnen wäre auf sie aufmerksam geworden. Deshalb schob Elena sich einfach wie betäubt weiter vor, wie eine zum Tode Verurteilte, nun so gut wie sicher, dass es keine Begnadigung in letzter Minute geben würde.

Die ersten zwanzig Minuten fuhr Simone ohne Ziel herum. Der Strom ihrer Tränen ließ die vorüberziehenden Gebäude und den entgegenkommenden Verkehr verschwimmen. Planlos fuhr sie Richtung Innenstadt. Sicher nicht ins Büro, denn sie hatte sich für den Morgen bereits mit einer Ausrede entschuldigt und würde, so wie ihr jetzt zu Mute war, wohl auch den Nachmittag freinehmen.

Sie wollte eine Zeit lang niemanden sehen oder sprechen oder auch nur in ihre Nähe lassen und beschloss deshalb, in den Mont Royal Park zu fahren. Sie schlängelte sich hinauf zur anderen Seite des am Hang gelegenen Parks und stellte den Wagen auf dem Parkplatz am Aussichtsplateau ab, das Blick über das östliche Montreal und zum Norden hin gewährte. Im Sommer standen hier immer zwei, drei Busse und eine ganze Reihe von Autos. Jetzt aber, mitten in der Woche und noch im Nachklang des Winters, war hier abgesehen von zwei Autos niemand, nur am letzten der Fernrohre stand ein älteres Ehepaar. Mit Bedacht stellte Simone ihren Wagen an der Stelle ab, die am weitesten von den beiden entfernt war.

Sie holte mehrmals tief Luft und versuchte mit Macht, ihre Selbstbeherrschung wiederzufinden. Doch sie kochte noch immer vor Wut, und ihr standen die Tränen in den Augen; in der verschwommenen Landschaft vor ihr konnte sie so kaum etwas ausmachen. Die Fotos und der Betrug waren schon schlimm genug gewesen, doch was sie noch tiefer verletzte und Georges nie würde verzeihen können, war die Tatsache, dass er sie als leichtgläubige Närrin gegenüber ihrem Vater hatte einsetzen wollen. Sie kam sich dumm und benutzt vor; das machte das Betrogenwerden noch viel schmerzlicher.

Das ältere Paar schlenderte zurück zu seinem Auto, worauf Simone beschloss auszusteigen. Sie wischte sich die Tränen ab und ging hinüber zum Geländer. Die vormittägliche Sonne brachte leise Frühlingswärme in die Luft, doch hier traf sie ein schneidender Wind, der ihr erneut die Augen tränen ließ. Der Schnee war nun fast gänzlich aus der Stadt und ihrer Umgebung gewichen, weiße Stellen waren nur in der Ferne zu sehen, in Richtung der Laurentide-Bergkette am Horizont. Simone holte tief Luft. Abgeschiedenheit war das, was sie jetzt brauchte, um einen klaren Kopf zu bekommen. Doch die Berge erinnerten sie plötzlich an Skifahren mit Georges, und sofort kehrten wieder die Bilder zurück, die sie gesehen hatte, und brannten sich ein. Sie brauchte einen Drink und danach am liebsten gleich noch einen oder zwei.

Da sie keinem Bekannten begegnen wollte, suchte sie auf dem Weg durch Outremont wahllos eine Bar aus. Sie begann mit zwei Brandy Collins, um dann, weil sich die Wirkung nur langsam einstellte, zu Tequila überzugehen. Nach zwei Gläsern spürte sie die Glut in sich, der Schwips stellte sich ein, alles wurde ihr angenehm schwummrig. Doch sie wurde zunehmend gehemmt, ganz allein zu trinken, unter Fremden, von denen nun einige den Blick auf sie richteten und zu überlegen schienen, warum sie wohl so schnell einen nach dem anderen kippte.

Sie fuhr ins Thursdays. Das war in ihrer Clique mehr ein Treffpunkt für den Abend, sodass ihr jetzt keine Freunde begegnen würden, doch würde ihr wenigstens Miguel, der Barkeeper, Gesellschaft leisten und Rat geben.

Sie kehrte zum Brandy Collins zurück und hatte den ersten zur Hälfte getrunken, als sie nachdenklich aufschaute und den Mann fragte: »Könnte dir eine wie ich gefallen, Miguel?«

»Ja, ich … Ich denke schon.« In Anbetracht der möglichen Komplikationen war er vorsichtig: An einem Tag fängst du was mit einem Mädchen aus dem Milieu an, am nächsten landest du im Fluss.

»Ich meine …« Sie spielte mit ihrem Sektquirl. »Findest du mich attraktiv?«

»Ja, klar … Du bist ein echt hübsches Mädchen. Aber du hast ja schon jemanden – Georges. Da gelten für mich strenge Regeln.« Das war nicht ganz die Wahrheit, denn er hatte mit einer Reihe verheirateter Frauen etwas am Laufen, hielt es aber für richtig, das Gegenteil zu behaupten, weil ihm das den Fluss ersparte.

»Ja, sicher.« Sie verzog das Gesicht und schaute in ihren Drink. »Leider hält er sich nicht an diese Regeln.«

Einen Augenblick herrschte Schweigen. Miguel merkte, dass sie schon kräftig getrunken hatte. Doch es war in erster Linie ihre sentimentale Stimmung, die ihm signalisierte, dass sie sich von ihm die Frage wünschte: »Stimmt was nicht?«

»Ja.« Sie nickte langsam und lächelte wehmütig. »Ich habe gerade entdeckt, dass Georges mich betrügt und fremdgeht.«

»Das tut mir Leid.« Er streckte die Hand aus und berührte sie leicht am Arm. Näher wagte er ihr mit einer tröstenden Geste nicht zu kommen. »Er ist ein Narr, mehr kann ich dazu nicht sagen. Wenn du mein Mädchen wärst, würde ich dich mit Sicherheit nicht so behandeln.« Das sagte er im Brustton der Überzeugung. Wieder ein Schritt weg vom Fluss.

»Danke.« Simone tätschelte Miguel kurz die Hand, bevor sie ihr entzogen wurde. »Das ist …« – ihr Mobiltelefon läutete – »… das ist nett von dir.«

Mit gequältem Lächeln riss sich Miguel von ihr los und bediente Gäste am anderen Ende der Bar. Sie schaute auf das Display: Georges' Büronummer. Sie hatte versprochen, ihn mittags anzurufen und ihm zu erzählen, wie es gelaufen war. Nun war es 13.12 Uhr. Offenbar war er neugierig und fragte sich, warum sie nicht angerufen hatte. Sollte er doch schmoren. Sie stellte das Telefon ab.

Miguel bekam nun immer mehr mit Mittagsgästen zu tun, sodass sie beschloss zu gehen. Ihr war nicht danach, bei anderen Bekannten weiter auf ihren Problemen herumzuhacken. Und außerdem, was gab es denn noch zu sagen? Sie kippte ihren Brandy Collins hinunter und winkte Miguel. Im Gegenzug rief er ihr über die neuen Gäste, die er gerade bediente, hinweg zu: »Pass auf dich auf, Simone!« Wieder ein gequältes Lächeln. Er machte sich Sorgen um sie.

Sie ging die Rue Ste. Catherine entlang, unternahm einen ziellosen Schaufensterbummel – in Gedanken immer noch woanders – und stürzte sich dann ins Eaton-Einkaufscenter. Einige der Läden erinnerten sie jedoch an ihre Zeit mit Georges: die Boutique, in der er ihr spontan ein Kleid gekauft hatte, das ihr gefiel, der Juwelierladen, wo ihr Verlobungsring angefertigt worden war... Rasch stellten sich die Tränen wieder ein, und die vielen umherlaufenden Leute, von denen einige sie neugierig anschauten, ließen es ihr allmählich unbehaglich werden. Sie ging wieder hinaus auf die Straße. Um selbst zu fahren, war sie zu betrunken, winkte daher ein Taxi heran und fuhr zum Latin Quarter. Dort sollte es eigentlich ruhiger sein.

Im ersten Abschnitt der Rue St. Denis stürzte sie sich in ein italienisches Restaurant. Vielleicht fühlte sie sich ja besser, wenn sie erst einmal etwas gegessen hatte. Doch sie bekam nur drei Bissen ihrer Lasagne herunter, bevor sie sie wieder beiseite schob. Bei der halben Karaffe Rotwein, die sie bestellt hatte, leistete sie allerdings gute Arbeit und leerte sie. Seit sie das Thursday's verlassen hatte, waren zwei Anrufe auf ihrer Mailbox gelandet. Sie hörte sie ab, während sie vom Restaurant wegschlenderte.

Der erste stammte von ihrem Vater. »*Es tut mir Leid, wie es vorhin gelaufen ist. Und ich will nicht, dass es bei diesem Ton bleibt. Ruf mich an, sobald du kannst.*«

Die zweite Nachricht war von Georges. »*Ich habe vor einer Stunde schon versucht, dich zu erreichen, aber die Mailbox war nicht eingeschaltet. Wenn du mir sagen kannst, wie es gelaufen ist, bitte, dann … Ich klinke hier allmählich aus, Simone. Du weißt doch, wie wichtig es …*«

Sein einschmeichelnder Ton war zu viel für sie. Noch bevor dic Nachricht zu Ende war, knallte sie ihr Mobiltelefon gegen einen Laternenpfahl und stampfte dann noch dreimal heftig mit dem rechten Absatz darauf. Splitter aus Kunststoff und Platinen spritzten über den Gehweg. Ein Kellner aus dem vietnamesischen Restaurant, vor dem sie stand, starrte sie an, ebenso eine Gruppe von drei Leuten weiter vor ihr. Simone trat zurück, als wollte sie sich von der Bescherung absetzen. Doch plötzlich wurden ihre Beine schwach und unsicher, und sie knickte ein wenig ein, bevor sie sich wieder aufrichtete. Schließlich fixierte sie ihren Blick auf ein Kneipenschild zwanzig Meter vor ihr und hielt darauf zu; immerhin war sie noch genug bei Verstand, um zu wissen, dass sie es weiter wohl nicht schaffen würde.

Ihre Hände zitterten noch immer vor Wut, als sie ihr Glas umklammerte. Wieder ein Brandy Collins. Sie schloss die Augen und trank ein paar Schlucke. Mistkerl. Mistkerl. *Mistkerl!* Als sie die Augen wieder öffnete, bemerkte sie zum ersten Mal den Mann, der vom anderen Ende der Bar zu ihr herüberschaute. Ende zwanzig, Pferdeschwanz, schwarzes, an den Schultern hoch ausgeschnittenes T-Shirt, völlig ungeeignet bei diesem Wetter, doch legte es seinen Bizeps und das kleine Tattoo an seinem Oberarm frei. Warum hatten manche Männer eine solche Zielsucheinrichtung, mit der sie betrunkene Frauen aufspürten, die ein vermeintlich leichtes Opfer abgaben? Sie schaute weg, bemüht, ihn nicht zu ermutigen. Dabei sollte sie vielleicht genau das tun, sich nämlich einen Kerl angeln und sich von ihm dusslig vögeln lassen, um dann Georges die Fotos zu schicken. Sollte er doch auch mal sehen, wie sich das anfühlte.

Der Gedanke ließ sie zum ersten Mal an diesem Tag lächeln. Dann aber befiel sie plötzlich eine Sorge. Etwas, das sie bis dahin nicht bedacht hatte, nämlich die für ihren Vater untypische Wut, mit der er ihre Schilderung von Georges' Dilemma aufgenommen hatte. So sehr sie verabscheute, was Georges getan hatte, und ihn wahrscheinlich nie mehr sehen wollte, so weit war sie doch davon entfernt, sich zu wünschen, dass ihm etwas zustieße. Sie langte in ihre Tasche. Erst dann erinnerte sie sich, dass sie kein Mobiltelefon mehr hatte. Sie bezahlte, verließ die Bar und schaute sich nach der nächsten Telefonzelle um.

»Sie haben sie!« Sally gab Crowley aufgeregt ein Zeichen, während sie die Sprechmuschel des Telefons mit der anderen Hand zudeckte.

»Wo?«

»Flughafen Paris-Orly. Sie haben sie vor zehn Minuten am Zoll angehalten.« Sie löste die Hand und wandte ihre Aufmerksamkeit wieder dem Telefon zu. »*Oui . . . oui. D'accord.* Ja . . . Ich verstehe. Also, dann warten wir auf Ihren Rückruf.« Sie legte auf und stieß erschöpft einen Seufzer aus. »Sie holen gerade jemanden, der sie offiziell verhört. Sie haben zwar beim Zoll ein paar Leute, die Englisch sprechen, müssen aber jetzt erst auf einen Beamten der Landespolizei warten, der den entsprechenden Rang hat und gut genug Englisch spricht.«

»Und das Mädchen hat sie bei sich?«

»Nach der Beschreibung hört es sich so an. Zehn- oder elfjähriges Mädchen mit langen blonden Haaren.«

»Super!« Crowley hob die Hand und ballte sie zur Faust. Er beschloss, Turton, der nur zwanzig Minuten zuvor angerufen und darüber geklagt hatte, Ryall habe ihm erneut die Hölle heiß gemacht, per Telefon zu besänftigen.

Auch Turton freute sich über die Neuigkeit. »Die Pleite mit den Hotels in Montrichard habe ich ihm gegenüber gar nicht angesprochen. Habe nur gesagt, wir hätten ein paar viel versprechende Spuren in Frankreich und wären zuversichtlich, dass sie bald verhaftet würde.«

»Tja, zumindest scheint es endlich so, dass wir ...« Er stockte. Auf der anderen Seite des Raums war Sally wieder an ihr Telefon gegangen. Rasch umwölkte sich ihr Gesicht. Sie schaute zu ihm herüber und winkte eindringlich. »Ja, haben wir. Aber, äh ... es ist wohl das Beste, wenn wir Ryall erst davon erzählen, wenn wir die Bestätigung des Gesprächs hier haben. Darauf warten wir jetzt gerade. Ja ..., sollte nicht länger als zehn, fünfzehn Minuten dauern.« Sallys Ausdruck verriet ihm, dass er diese Zeit benötigte, um dahinter zu kommen, was für ein neues Problem sich ergeben hatte. Er hängte ein und eilte zu ihr. »Was denn jetzt?«

Sally stieß einen tiefen Seufzer aus und ließ die Bombe platzen. Knapp daneben, aber doch vorbei. Der Name der Frau lautetet Walden, nicht Waldren. Janet Walden. »Offenbar lief die Fahndung nur auf den Nachnamen, der Zollbeamte hat sich auf dem Pass verlesen, und von da an ging alles schief ... Bis der Polizeibeamte sie dann im Arrestzimmer verhört hat.«

»Zweiter Vorname?«

Sally schaute auf ihre Notizen. »Eileen. Oh, und das Mädchen bei ihr ist zwölf, nicht zehn.«

Crowley verzog angespannt das Gesicht. Sie war es also gar nicht! Zwar war es dieses Mal eher ein Irrtum, kein bewusster Trick, doch brachte er Elena Waldren allmählich einen gesunden Respekt entgegen. Offenbar war sie nicht zur erstbesten Grenze und zum erstbesten Flughafen gehastet, sondern hatte alles durchgeplant. Erneut wandte er sich seinen Landkarten zu und versuchte sich in ihre Lage zu versetzen. Wenn er mitten in Frankreich eine falsche Spur gelegt hätte, wohin würde er dann in Wirklichkeit fahren? Bevor er Turton wieder anrief, sollte er sich lieber ein paar vernünftige Vorschlägen ausdenken.

Die beiden Männer in dem schwarzen Econoline hielten sich achtzig Meter von der Bar in St. Laurent entfernt und hatten so den Eingang gerade noch im Blickfeld. Eine diskrete Entfernung, wobei die getönten Scheiben des Lieferwagens noch zusätzlich für Diskretion sorgten.

Der Mann auf dem Beifahrersitz sprach in sein Mobiltelefon. »Sie sind jetzt fast zwei Stunden drin.«

»Bleibt dran. Viel länger kann's nicht dauern, und vielleicht ist das die beste Gelegenheit, die wir bekommen.«

»Ja, okay. Wird schon hinhauen.«

»Wartet, bis er nach Hause fährt. Zumindest aber, bis sich die beiden getrennt haben. Dann schlagt ihr zu. Und achtet darauf, dass ihr euch Monsieur D. vornehmt, nicht seinen Freund.« Die Leitung war zwar digital und hoffentlich sicher, doch trotzdem achtete er darauf, den Namen Donatien nicht auszusprechen.

»Keine Gefahr. Wir haben das Foto ja direkt vor der Nase.«

»Und passt auf, dass euch keiner sieht.«

»Keine Sorge. Wir werden Skimasken tragen und uns ein ruhiges Plätzchen aussuchen. Außerdem kriegt er die Kapuze über den Kopf, bevor er sich auch nur umdrehen kann.«

20

Nach acht Bier und einer halben Flasche Kentucky Bourbon hatten die beiden zwar die Probleme der Welt halbwegs wieder in Ordnung gebracht, jedoch noch keine Lösung für Georges' missliche Lage gegenüber Jean-Paul gefunden. Georges stierte unglücklich in seinen Tumbler und ließ die Eiswürfel klirren.

»Himmel noch mal, warum ruft sie denn nicht an?«

»Tut sie ja vielleicht noch.« Mike Landry war sich bewusst, dass dies zum gegenwärtigen Zeitpunkt lahm klang, denn Georges zufolge hätte sie schon vor über sechs Stunden bei ihm anrufen sollen. Doch die meisten Möglichkeiten war Mike bereits durchgegangen. Sie konnte bei der Arbeit aufgehalten worden sein, vielleicht hatte sie ihren Vater erst später treffen können, möglicherweise hatte sie versucht ihn zu erreichen, sei aber nicht durchgekommen oder, oder, oder. Doch Georges blieb hartnäckig: Nein, irgendwie hätte sie es geschafft, ihn zu erwischen. Sie wusste ja, wie wichtig es für ihn war. Da stimmte etwas nicht.

»Ich glaube nicht, dass sie jetzt noch anruft.« Georges kaute auf seiner Unterlippe herum. Nachdem er es unzählige Male bei ihr versucht hatte, hatte er Mike Landry angerufen. Er war ein alter Freund aus Universitätszeiten, und beide hatten nach dem Studium in der Banque du Quebec gearbeitet. Er war der Einzige, an den er sich in seiner misslichen Lage wenden konnte. Sie hatten sich für 17.30 Uhr im *Gipsy* verabredet, einer der neuen Bars am Fluss. »Ich glaube, ich bin wirklich gestern Abend in eine Falle getappt.«

»Kannst du dich denn an gar nichts mehr erinnern, nachdem du bei diesem Mädchen ohnmächtig geworden bist?«

»An fast nichts, bis ich wieder bei mir zu Hause in der Eingangshalle war und der Portier meine Taschen nach dem Schlüssel durchforstet hat.« Der Mann hatte ihm erzählt, ein Taxi habe ihn zehn Minuten zuvor abgeliefert. Nein, wo er ihn abgeholt hatte, hatte der Taxifahrer nicht gesagt. *»Wissen Sie das denn nicht selbst?«*

»Und dazwischen klafft eine Lücke von fast zwei Stunden?«

»Ja. Aber wie gesagt, ich kann mich noch an verschwommene Bruchstücke erinnern.« *Viana nackt auf ihm, dann aber noch eine andere, die ihn langsam leckte, weiter unten, außerhalb des Blickfelds. Und eine Männerstimme ... Ja, das ist es ... diese Position. Bleibt noch einen Moment so.* Dann nichts mehr bis zur Eingangshalle. Doch das alles hatte etwas Traumartiges, Surreales an sich, und als er später in seinem Bett einschlief, war es Simone, die nackt auf ihm saß und die Hüfte kreisen ließ. Dann aber verwandelten sich ihre Körperwärme und ihr Schweiß plötzlich in Leducs Blut, in eine Lache, die sich über seinem Bauch, seinen Oberschenkeln ausbreitete ... Und Romans Stimme kam höhnisch von der Seite: *Ja, das ist es ... Du machst es. Du legst ihn für mich um.* Jäh wurde er wach und setzte sich erst einmal starken Kaffee auf. Er hatte kaum drei Stunden geschlafen, und ihm flatterten die Nerven. Wie er Mike bereits gesagt hatte, nachdem die beiden bei ihren ersten Drinks alles durchgegangen waren: Er war sich einfach nicht sicher, ob die ersten Bilder echt waren oder ebenfalls einem

Traum entstammten. Er schüttelte den Kopf. »Da Simone sich noch immer nicht gemeldet hat, fange ich an, das Schlimmste zu befürchten, was letzte Nacht angeht.«

Landry schaute seinen Freund an und zog eine Grimasse. Georges' Hände zitterten, seine Augen waren durch Alkohol und fehlenden Schlaf blutunterlaufen und unkoordiniert. Er war ein Wrack. Aber sie waren alles schon mehrmals durchgegangen, und nun blieb ihm wenig mehr, als Georges Mut zuzusprechen und einen vernünftigen Ratschlag zu geben. Georges war praktisch jenseits der Tröstung.

Als Georges sein Problem offen gelegt hatte, hatte Landry zunächst schnodderig reagiert – »Ich hatte mir schon gedacht, dass es was Ernstes ist, wenn du mich aus heiterem Himmel anrufst.« – und ihm dann sogar Vorwürfe gemacht. »Es ist ja immerhin so, dass ich für drei Monate nichts von dir gehört habe.« Georges sagte, er habe zu tun gehabt. Zu tun? »Wann hast du deine Eltern zum letzten Mal gesehen?«

»Ich wollte sie dieses oder nächstes Wochenende besuchen, sobald sich das hier alles gelegt hat.«

»Okay. Aber wann war denn nun das letzte Mal?«

»Weihnachten.« Georges schloss ernst die Augen. Er musste es zugeben: Als er zu Beginn seiner Beziehung mit Simone Jean-Paul gepriesen hatte, hatte Landry zum Ausdruck gebracht, er solle darauf achten, Jean-Paul nicht als Ersatzvater zu betrachten, als überlebensgroße Figur, die die Versäumnisse seines Stiefvaters im Laufe der Jahre wettmachen sollte. Georges hatte gekontert, das sei nur die eine Seite, die Tatsache, dass sein Stiefvater im Gegenzug versucht habe, Jean-Paul wegen dessen krimineller Vergangenheit herunterzuputzen, habe es auch nicht gerade leichter gemacht. »Und für meine alten Kumpel in der Banque du Quebec war ich plötzlich absolut tabu. Sie wagten es nicht, sich in meiner Nähe sehen zu lassen, damit es nicht heißen konnte, sie trieben sich mit einem angeblichen Geldwäscher herum. Immer ein Auge auf die nächste Beförderung halten, hä? Nur du hast dich einen Scheiß darum gekümmert, weil wir uns schon von der Uni her kannten.«

Landry stimmte ihm zu, bei vielen der Kollegen mochte es so gewesen sein. »Aber nicht bei allen. Leute wie Gerry Marchant zum Beispiel, der hätte auch einen Scheiß darauf gegeben. Er fand es sogar ziemlich spannend. Aber du hast ja genauso Mauern aufgebaut, Georges. Als du dich erst einmal richtig auf die Lacailles eingelassen hattest …«

Da packte Georges Landrys Hand auf dem Bartresen. »Hör zu, hier geht es nicht um gesellschaftliche Ächtung und darum, dass ich mir Sorgen machen würde, aus dem kostbaren goldenen Kreis der Lacailles verstoßen zu werden. Ich habe Angst um mein Leben, Mike. Aber wenn du mir nicht helfen willst …« Georges stand von seinem Barhocker auf, doch Landry packte ihn an der Schulter und drückte ihn wieder herunter.

Natürlich wollte er ihm helfen. Wofür hatte man denn Freunde? »Es wäre bloß schön, dich dann und wann auch mal zu sehen, wenn es nicht gerade um das jeweils neueste brennende Problem geht.«

Im Moment gab es jedoch wenig Hilfe, die Landry hätte anbieten können, und sein Trost ging nicht über »Vielleicht hat er vorschnelle Schlüsse gezogen« und »Vielleicht ruft sie ja doch noch an« hinaus. Er kam sich überflüssig vor, bloßes Beiwerk, während Georges sich den Kummer von der Seele redete und ertränkte. Er war von keinem größeren Nutzen als ein Beichtvater, außer dass er Georges statt zu drei Rosenkränzen dazu mahnte, sich lieber auf den Heimweg zu machen, da er wohl doch genug getrunken habe. Ein paar Stunden Ruhe, dann ginge es ihm bestimmt besser, und er bekäme einen klareren Blick für die ganze Angelegenheit.

»Komm, wir bringen dich hier raus.«

Georges war nicht so stark betrunken, dass er Hilfe benötigte, brauchte aber ohne Zweifel einen Ansporn, sich von seinem Barhocker zu erheben. Da er sich in missmutiger Verfassung befand und noch einen Rest Bourbon im Glas hatte, zeigte er Widerwillen zu gehen. Als Landry bezahlte, kippte George den Drink schließlich herunter, und die beiden traten hinaus.

Kaum waren sie einen Meter jenseits der riesigen Figuren

tanzender Zigeuner, die den Eingang der Bar markierten, kamen sie ins Blickfeld der beiden Männer in dem Econoline.

»Okay. Wohin gehen sie?«

»Scheinbar zu Donatiens Auto.« Sie hatten zu Anfang ausgemacht, dass die Seitenstraße, in der Donatien geparkt hatte, eine gute Stelle für ihren Zugriff abgab. Hier war es ruhig, herrschte wenig Treiben. Sein Freund hatte weiter oben direkt an der Uferstraße geparkt.

»Mist... Es scheint, als bliebe der Freund bei ihm.«

»Sie bleiben stehen. Vielleicht trennen sie sich ja jetzt. Oh, Klasse. Komm, mach dich vom Acker.«

Die frische Luft sorgte dafür, dass Landrys Gedanken sich ein wenig klärten. »Ich finde, du solltest Jean-Paul alles erzählen. Leg ihm alles auf den Tisch, wie du es bei mir gemacht hast.«

»Na klar doch. ›Ich bin hier, weil ich deinen Bruder verpfeifen will und deine Tochter es vielleicht nicht so gut rübergebracht hat. Ach ja, und was da gestern Abend mit dem Mädchen aus dem Klub passiert ist, falls denn etwas passiert ist, ich kann mich total nicht mehr daran erinnern. Ich wurde nämlich unter Drogen gesetzt und war völlig neben mir.‹«

»Ich weiß. Aber es ist wahrscheinlich deine einzige Chance. Und vielleicht lässt dein Bericht es ja bei ihm klingeln und wirft ein Licht darauf, was Roman da möglicherweise angezettelt hat. Jedenfalls so, dass sich Jean-Paul Zurückhaltung auferlegt, bis er es genau überprüft hat.«

Ihre Blicke trafen sich. Landry meinte es ernst. »Und wann bitte soll ich Jean-Paul meine Beichte ablegen?«

»Komm schon. Komm schon. Zisch ab!«

»Nicht heute Abend. Du bist nicht in Topform. Außerdem könnte Simone doch noch anrufen und das ganze Durcheinander aufklären. *Noch immer bemüht, ihm Hoffnung zu machen, sie werde anrufen.* »Oder vielleicht, sobald du sie erreicht hast. Wenn nicht, geh gleich morgen früh zu ihm.«

Ein scharfer Wind vom St.-Lorenz-Strom her traf Georges ins Gesicht und ließ ihm die Augen tränen. Inmitten verschwommener Café-Schilder, Straßenlaternen und den dahinziehenden Rücklichtern von vorbeifahrenden Autos war Landry praktisch das Einzige, worauf Georges sich konzentrieren konnte. Nun fing er an, am ganzen Körper zu zittern, ohne sagen zu können, ob es an der Kälte, der Erschöpfung oder an seinen Nerven lag. Schon einen halben Tag nachdem Simone sich möglicherweise von ihm getrennt hatte, fühlte er sich total einsam und verlassen. Der Drink hatte ihm wenigstens geholfen, den Schmerz ein wenig zu betäuben; die kalte Luft ließ die Wirkung nun spürbarer werden, und er schwankte auf seinen wackeligen Beinen. »Vielleicht hast du ja Recht.«

Landry streckte die Hand nach ihm aus. »Hör zu, ich finde, du solltest nicht mehr fahren. Lass mich ans Steuer, ich fahre dich nach Hause.«

Georges stellte einen Fuß zurück, um sich ins Gleichgewicht zu bringen. »Was denn, du? Du bist doch fast so schlimm dran wie ich.«

Als Georges ihn ungläubig anschaute, zuckte Landry mit den Schultern. Es entsprach nicht wirklich der Wahrheit, denn Georges hatte erheblich mehr Drinks gehabt; er hatte es als seine Pflicht empfunden, einen klaren Kopf zu bewahren, um besser auf Georges' Problem eingehen zu können. Gebracht hatte das allerdings nicht allzu viel. »Dann nimm dir wenigstens ein Taxi.«

»Nein, nein.« Georges hob die Hand. »Wenn ich meinen Lexus hier in der Seitenstraße stehen lasse, sind um Mitternacht die Reifen und das Radio weg, wenn nicht sogar das ganze Auto. Vielleicht ist es ja auch das Beste, wegen Trunkenheit am Steuer die Nacht über in der Zelle zu landen. Der sicherste Platz für mich.« Er grinste schief, unterdrückte im letzten Moment einen Rülpser und hielt dem besorgt wirkenden Landry die Hand entgegen. »Mach dir keine Sorgen, ich lasse es langsam angehen. Sind ja wohl nicht mehr als ein Dutzend Blocks.«

»Das ist es … Komm schon.« Sie sahen, dass der Freund zurücktrat, noch ein paar Worte zwischen den beiden gewechselt wurden. Nach einem angedeuteten Abschiedsgruß wandte sich der Freund dann in die andere Richtung. Donatien setzte sei-

nen Weg auf der gleichen Straßenseite fort und hielt auf die etwa dreißig Meter entfernte Querstraße zu, in der er geparkt hatte.

Der Fahrer ließ den Motor an und schaute in den Außenspiegel. Zwei Autos fuhren vorbei, dann war eine Lücke, aber der folgende Wagen näherte sich rasch. Er wartete, bis das Fahrzeug vorbei war.

Donatien ging mit raschen Schritten voran und war, als sie ausscherten, nur noch acht Meter von der Straßenecke entfernt.

Von diesem Zeitpunkt an hatten sie jeden einzelnen Schritt im Voraus durchexerziert. Der Beifahrer ging in den hinteren Bereich des Lieferwagens und holte von dort eine Skimaske und eine schwarze Stoffkapuze. Er zog sich die Skimaske über und kauerte sich erwartungsvoll in der Nähe der Hecktüre des Lieferwagens nieder, auf das Signal wartend hinauszuspringen.

Der Fahrer zog die ersten zehn Meter langsam vor, bis Donatien in die Seitenstraße abbog. Auf dem letzten Stück gab er dann Gas. Er fuhr bis zur Mittellinie vor, um links abzubiegen, und wartete noch ein entgegenkommendes Fahrzeug ab … Doch genau in dem Moment, als er abbiegen wollte und schon ein kleines Stück vorgesetzt hatte, scherte vor ihnen ein geparkter Wagen aus. Er hupte, und sie standen kurz unschlüssig Schnauze an Schnauze, bis der andere Wagen schließlich langsam um sie herumfuhr.

»Scheiße!« Als er endlich abbiegen konnte, umkrampfte der Fahrer das Lenkrad. Donatiens Freund hatte sich weiter oben flüchtig umgedreht, schien sich aber keine Gedanken über sie zu machen. Er stand bereits an seinem Wagen und hatte die Tür halb geöffnet.

Donatien hatte sich nicht umgeschaut, in der Zwischenzeit jedoch acht, neun Meter Vorsprung bekommen. Sie hatten sich darauf verständigt, ihn unmittelbar bevor er in den Wagen stieg zu schnappen. Doch nun war er nur noch wenige Schritte davon entfernt und entriegelte ihn bereits mit der piependen Fernbedienung.

Stark beschleunigend fuhr der Fahrer die Straße hinunter;

sein Puls jagte, als Donatien die Hand ausstreckte, um die Wagentür zu öffnen. Der Fahrer hielt sich dicht an den geparkten Autos, in der Hoffnung, dass Donatien die Tür im letzten Moment wieder zuschlug und an seinen Wagen gepresst stehen blieb. Dann würden sie unmittelbar vor ihm scharf abbremsen, die Hecktüren aufstoßen und ...

Doch Donatien entschied sich anders, sprang rasch in den Wagen und machte die Tür zu, bevor sie ihn erreicht hatten.

Der Fahrer schoss an ihm vorbei und kam schließlich mit quietschenden Reifen zehn Meter weiter zum Halt. Der Adrenalinschub, ihn um Haaresbreite verfehlt zu haben, ließ ihn keuchen.

»Was jetzt?«, drängte der Maskierte angespannt. Durch das Heckfenster sah er, wie Donatien den Motor anließ.

Unschlüssig, wie gelähmt verharrte der Fahrer einen Moment. Dann legte er plötzlich den Rückwärtsgang ein. »Wir keilen ihn ein! Duck dich!«

Der Lieferwagen raste rückwärts und blieb kaum mehr als vier Fuß vor Donatiens Stoßstange stehen.

Der Fahrer sah im Außenspiegel, dass Donatien sich rasch umdrehte, um zu prüfen, ob hinter ihm genügend Platz war, um zurückzusetzen und auszuscheren. Dem war nicht so, es blieb kaum Platz zum Rangieren. Donatien schürzte die Lippen und drückte auf die Hupe.

An einem Fenster vier Häuser weiter wurde kurz ein Vorhang zurückgeschoben, ansonsten erregten sie jedoch keine Aufmerksamkeit, niemand ging die Seitenstraße entlang, und die wenigen Leute, die dreißig Meter hinter ihnen am Flussufer entlanggingen, schauten nicht herüber. Dem Fahrer lief der Schweiß die Stirn hinab. Dranbleiben. *Dranbleiben.*

Wieder plärrte die Hupe, und Donatien steckte den Kopf aus dem Fenster. »Nun mach schon! Beweg dich!«

»Ja, mach schon. Weg hier. Wir wecken noch die halbe Nachbarschaft auf, verdammt!«, zischte der Maskierte von hinten.

»Nur noch eine Sekunde. Halt dich unten.« Der Vorhang weiter vorn blieb geschlossen und auch sonst konnte der Fahrer keinerlei Bewegungen ausmachen. Allerdings lief ihm der Schweiß in Strömen hinab, und sein Nervenkostüm war zum Zerreißen gespannt. Er machte sich darauf gefasst, beim nächsten Hupen Gas zu geben und zu verschwinden. Er sah, dass Donatien die Hand erneut hob – dieses Mal aber, um die Tür zu öffnen. Er stieg aus und rief: »Nun komm aber … beweg dich, ja? Los jetzt, ich kann nicht …«

»Okay … *Jetzt*!«

Der Maskierte knallte die Hecktüren auf, hatte Donatien die Kapuze übergestreift, bevor der auch nur zu Ende gesprochen hatte, und drückte ihm die Hand fest gegen den Mund. Nun sprang auch der Fahrer heraus, und gemeinsam verfrachteten sie ihn rasch in den Wagen und rasten davon.

Sekunden später war die Straße so still, als seien sie nie hier gewesen.

Erst nach drei Stunden Flug beruhigten sich Elenas Nerven wieder.

Vor anderthalb Stunden war das Abendessen abgeräumt worden, die meisten Jalousien waren heruntergezogen, das Licht war gedämpft. Auf drei über dem Mittelgang heruntergelassenen Bildschirmen lief *End of Days*, wobei man über Kopfhörer zwischen deutscher, englischer und flämischer Fassung wählen konnte. Doch sie schenkte dem Film kaum Beachtung, hatte ihren Kopfhörer in die Sitztasche vor sich gestopft; ihre Lider wurden schwer, und sie versuchte zu schlafen. Dadurch, dass sie im Lauf der letzten Stunden einen enormen Schwall nervöser Energie ausgestoßen hatte, fühlte sie sich jetzt erschöpft und völlig ausgebrannt. Wenn sie sich vor ihrem inneren Auge vorstellte, was noch alles schiefgehen konnte, blieb ihr jedoch ein Rest Nervosität und verhinderte, dass sie völlig losließ.

Lorena saß neben ihr am Fensterplatz. Sie hatte sich den Film anschauen wollen, war dann aber doch dabei eingedöst. Elena hatte ihr sanft die Kopfhörer abgenommen und in die Sitztasche gesteckt. Im Schlaf wirkte das Mädchen friedlich und unbeschwert, ohne Anzeichen von Sorge darüber, dass sie mittlerweile wohl auf dem Polizeitelex von halb Europa auftauchte.

Elena erwiderte das einstudierte Lächeln einer vorbeikommenden Stewardess, um dann den Kopf zurückzulehnen und zu versuchen, den Rest ihrer Anspannung loszuwerden. Zumindest bis jetzt schien Gordons Plan zu funktionieren: Den Wagen in Lille abstellen, um sich nicht zu lange auf der Straße aufzuhalten, dann mit dem Zug nach Brüssel fahren, um von dort den Flug Frankfurt-Brüssel-Toronto-Edmonton zu nehmen. Sie hatte von Frankfurt durchgebucht, in der Hoffnung, so die ersten Ticketnachforschungen in Brüssel ins Leere laufen zu lassen, und ursprünglich hatte sie sich ihre Tickets auch bis nach Edmonton ausstellen lassen, dann aber im letzten Moment nach Toronto umgebucht. Von dort würde sie den Zug nach Montreal nehmen. Selbst wenn man ihre Spur über die Passagierlisten schließlich doch aufspürte, würde die Polizei hoffentlich erst einmal in und um Edmonton nach ihnen suchen. Gordon hatte jeden Schritt sorgsam geplant und dabei durchaus sein Vergnügen gehabt. Angesichts seines zufriedenen Grinsens, nachdem er ihrer Flugroute den letzten Schliff gegeben hatte, hatte sie ihn damit aufgezogen, er habe wohl seine Berufung verfehlt und hätte lieber zum Geheimdienst, nicht ins Bankgeschäft gehen sollen.

Den anderen Grund, warum sie so weit wegfuhren, hatte sie Lorena erzählen wollen, sobald sie in der Luft waren. Doch die erste Gelegenheit hatte sich erst geboten, als das Abendessen abgeräumt wurde. »Außerdem hoffe ich, dort noch jemanden zu treffen, den ich eine ganze Zeit nicht gesehen habe.«

»Wen denn?«

»Meinen Sohn … Wir wurden vor einiger Zeit getrennt, deswegen habe ich ihn sehr lange nicht gesehen, weißt du.« Sie kämpfte gegen den Kloß in ihrem Hals an; zu sagen, dass sie ihn nie gesehen hatte, brachte sie nicht fertig.

Lorena schaute sie neugierig an. »Wieso seid ihr denn getrennt worden? Was ist passiert?«

»Das ist eine lange Geschichte … Sie geht zurück in die Zeit, als mein Vater noch lebte und …« Plötzlich unterbrach sie sich. Sie konnte Lorena schlecht die schrecklichen Einzelheiten erzählen, denn dieses Mädchen, dessen Leben von klein auf durch Verlassenwerden traumatisiert worden war, würde nie begreifen, wie ausgerechnet sie, Elena, ihr eigenes Kind hatte aufgeben können. Sie lächelte mit jener beruhigenden Nachsicht, die Erwachsene oft Kindern zuteil werden lassen, wenn sie sich mit einem Mal bewusst werden, dass diese noch nicht alt genug sind, um etwas zu verstehen. »Wie gesagt, das ist eine lange Geschichte. Vielleicht kann ich dir alles erzählen, wenn ich ihn endlich getroffen habe.«

Auch in Anbetracht der Ironie der Sache konnte sie sich ein Lächeln nicht verkneifen. Dieses Abenteuer sollte sie genauso begeistern wie Lorena, denn bald würde sie vielleicht ihrem Sohn begegnen, den sie seit seiner Geburt nicht mehr gesehen hatte! Nicht genug damit, dass mittlerweile wahrscheinlich ganze Heerscharen von Polizisten hinter ihr her waren, nein, um dem die Krone aufzusetzen, spielte sie jetzt auch noch ein Verwirrspiel mit ihrer kleinen Begleiterin. Nachdem sie Gordon und alle anderen ihr halbes Leben lang belogen hatte, sollte ihr das zumindest ein Leichtes sein, brauchte sie doch jetzt bloß ein zehnjähriges Mädchen zu täuschen.

Sie machte die Augen ganz zu, um die letzten Reste schwachen Lichts von den flimmernden Bildschirmen auszuschließen und sich zum ersehnten Schlaf zu zwingen. Nach wie vor aber schwirrten ihr Gedanken im Kopf herum. Was, wenn man ihren Tickets auf die Spur kam, während sie noch in der Luft waren? Was würden sie dann tun – den Piloten anfunken oder einfach nur ein polizeiliches Begrüßungskomitee mit Handschellen aufbieten, sobald sie gelandet waren?

Abrupt zuckten ihre Lider wieder auf, und Elena beobachtete die Bewegungen der Stewardessen aufmerksam, bemüht, sich ein Urteil darüber zu bilden, ob sie besorgt oder vorsichtig zu ihr herüberschauten. Sie konnte es glatt vergessen: Schlafen war unmöglich.

Noch Minuten nachdem man ihm das Tuch übergestülpt hatte schnappte Georges nach Luft. Nicht nur, weil es ihm eng an Kopf und Gesicht anlag, sondern auch weil er sich heftig dagegen gewehrt hatte, fortgeschafft und gefesselt zu werden. Sein Atem ging schnell, ihm war, als kochte sein Kopf, und der Puls hämmerte an seinen Schläfen wie ein Presslufthammer.

»Was zum Teufel … ist hier los?«, brach es atemlos und mit bebender Stimme aus ihm heraus. »Was soll das?« In Wirklichkeit sank ihm rasch aller Mut, da er ganz genau wusste, was hier vorging, sich seit Tagen über kaum etwas anderes Gedanken gemacht hatte.

Keine Antwort.

Als er wieder zu Atem gekommen war, wagte er zu fragen: »Das hat mit Roman zu tun, oder?«

Erneut kein Antwort. Nur das Brummen des durch die Stadt rasenden Lieferwagens und dessen Vibrationen an seinem Rücken. Man hatte ihn in halb zusammengerollter Position auf den Boden gelegt, sodass er Mühe hatte, sich mit hinter dem Rücken gefesselten Händen und ebenfalls gefesselten Beinen aufrecht hinzusetzen.

Georges bemühte sich, die seinen schweren Atem übertönenden Großstadtgeräusche auszumachen, um eine Vorstellung davon zu bekommen, wohin sie fuhren. Zweimal waren sie bereits abgebogen, erst links, dann rechts. Oder war es umgekehrt gewesen? Er war dermaßen vom Schrecken gepackt, dass er bisher kaum darauf geachtet hatte. Nun aber merkte er, dass sie bremsten und schließlich anhielten: eine Kreuzung oder eine Ampel. Der Blinker tickte zehn oder zwölf Sekunden lang, dann fuhren sie im Bogen nach links.

Dieses Mal folgte eine längere Strecke, auf der sie mehr Geschwindigkeit aufnahmen als zuvor und sie dann konstant hielten. Auch wurde das Brausen des Verkehrs um sie herum lauter, als ob sie gelegentlich überholt wurden. Nach einer Weile meldete sich endlich eine Stimme von vorn.

»Also, was hast du der RCMP erzählt, als du bei ihnen warst?«

»Nichts … Ich habe denen überhaupt nichts erzählt.«

»Du warst ein ganzes Weilchen da. Haste da übers Wetter geplaudert? Wie es auf den Skipisten aussieht?«

»Nein. Sie haben mich eine Weile in einen Warteraum gesteckt; da sollte ich mir die Beine vertreten, weil sie in der Zwischenzeit hinter jemandem namens Venegas her waren und …« Georges hatte Mühe, unter der engen Kapuze über seinem Gesicht zu sprechen. Er sprach abgehackt, holte zwischendurch gehetzt Luft und musste die Stimme erheben, da die Kapuze dämpfende Wirkung hatte. Sofort spürte er die Anstrengung in der Kehle. Sie ließ alles umso mehr wie ein verzweifeltes Flehen klingen. »Sie befürchteten, ich würde Roman warnen und ihre Operation ruinieren, wenn sie mich sofort freiließen.«

»Klar doch.« Starker Zweifel in der Stimme. »Sonst nichts?«

»Nein … das war alles.« *Das Band*! Jean-Paul gegenüber hatte er angesprochen, dass ihm Chenouda das Band vorgespielt hatte. Wenn der es seinerseits gegenüber Roman nicht erwähnt hatte, machte es keinen Sinn, jetzt damit anzukommen. Falls aber doch, verlieh es dem, was gerade geschah, eine besonders düstere Note. Dann wussten sie, dass ihm klar war, dass er gleich sterben würde.

Der Gedanke ließ es ihm plötzlich übel werden. Nun wünschte er, er hätte nicht so viel getrunken, denn der durch die Angst ausgelöste Adrenalinschub ließ ihm die Gedanken hektisch hin und her schwirren. Doch konnte er sich auf nichts konzentrieren, was er hätte sagen können, um sich damit den Hals zu retten. Es war ihm, als seien in seinem Inneren zwei Lebensnerven im Spiel: Einer umkrampfte ihn derartig, dass es schmerzte, der andere hüpfte wild hin und her, dass ihm beim schwankenden Auf und Ab im Lieferwagen allmählich übel wurde.

»Ich glaube, der spuckt nichts aus.«

»Nee. Sieht nicht so aus.« Zum ersten Mal sagte auch der Fahrer etwas.

»Also … Wo bringen wir es hinter uns?«

»Ein paar Blocks hinter dem Busbahnhof steht ein Parkhaus. Da wäre es gut.«

»Wie hoch?«

»Sechs Etagen ... Aber das reicht. Das überlebt er nicht.«

Nun flatterten Georges' vollends die Nerven. Sein ganzer Körper wurde von einem Zittern ergriffen, ihm stand der kalte Schweiß in den Poren, die Schläfen pulsierten ihm schmerzhaft hämmernd, und er hatte das Gefühl, kurz vor einer Ohnmacht zu stehen. Unvermittelt kam ihm die Galle hoch. Er stieß mehrmals leise auf, worauf er die Flüssigkeit wieder schluckte und dabei ihre Bitterkeit zu schmecken bekam. Nach Atem ringend versuchte er, wieder einigermaßen Herr seiner selbst zu werden. Fast surreal, als geschehe es gar nicht wirklich ihm, spiegelte ihr Gespräch nun das Band wider; der Spott, der in ihren Stimmen lag, ließ ihn überzeugt sein, dass sie es absichtlich taten: Sie *wussten,* dass er das Band gehört hatte. Das war genau die Art kranker Humor, der Roman ansprach.

War das der Grund, weshalb Simone nicht angerufen hatte? Denn wenn sie wusste, was in den zwei Stunden bei Viana geschehen war, konnte er sich zwar vorstellen, dass sie wütend war und ihm mit den Fäusten auf die Brust trommeln würde oder wochen-, vielleicht monatelang oder sogar nie mehr mit ihm reden wollte. Aber er konnte sich nicht ausmalen, dass sie ihm schlichtweg den Rücken zuwandte, während ihr Vater beschloss, nun müsse er sich »darum kümmern« oder welch andere lahme Euphemismen er benutzen mochte, wenn er einen Mord anordnete.

Der Lieferwagen schwankte und schaukelte. Georges merkte, dass sie gerade einen Bogen fuhren, doch war es dieses Mal eher eine Richtungsänderung als ein scharfes Abbiegen. Er erinnerte sich, wie er Simone zum ersten Mal begegnet war, an ihr warmes, offenes Lächeln, in dem eine verschmitzte, neckische Herausforderung lag. Ein Lächeln, das sie ihm oft zugeworfen hatte, wenn er nach den Treffen mit ihrem Vater im Haus ihren Blick auffing. Und doch hatte er fast ein Jahr benötigt, um den Mut aufzubringen, sie anzusprechen und sich mit ihr zu verabreden. Vielleicht wegen ihrer Schönheit oder der Tatsache, wer sie war und welchen Einfluss das auf seine Beziehung zu ihrem

Vater nehmen konnte. Nun war ihm dieses Lächeln entzogen worden: Sie verließ den Raum.

Er stürzte hinter ihr her, wollte ihr erklären, dass das Mädchen vergangene Nacht eine Falle gewesen war, die wahrscheinlich auf Roman zurückging ... Doch als er ihre Schulter berührte, spürte er, wie sich ihre Muskeln versteiften ... Die gleiche nackte Anspannung, die er in Romans Oberschenkel neben sich verspürt hatte, als der die Waffe auf Leduc gerichtet hielt ... Und als sie sich nun umdrehte, sah er ihr gewohnt verschmitztes, herausforderndes Lächeln, doch Romans Gesicht. »*Tja, reingelegt, nicht wahr ... reeiii ...*«

Als der Lieferwagen über eine Schwelle holperte und merklich bergauf fuhr, wurde Georges sich schlagartig bewusst, eine Weile ohnmächtig gewesen zu sein, ein paar Sekunden, vielleicht Minuten verloren zu haben. Er hatte keine Ahnung, wo er war oder wie weit sie gekommen waren. Der Lieferwagen fuhr um eine Kurve – dann kam erneut eine Schwelle und ein Anstieg. *Rampen!* Sie befanden sich in dem Parkhaus, das der Fahrer angesprochen hatte. Oder, wie bei Savard, draußen auf einem Acker mit Rampen aus Schneeballen. Auch diesen Teil musste Roman genießen: dass Georges, nachdem er das Band gehört hatte, jetzt nicht im Bilde, nicht sicher war.

Seine Augen brannten; zum Teil von Tränen über Simones Verrat, ihn so sterben zu lassen, zum Teil vom Schweiß, den die Angst sowie die Bruthitze unter der Kapuze hervorriefen. Wieder kurvten sie eine Rampe hinauf. Er wurde zurückgestoßen und musste sich nach vorn beugen, um das Gleichgewicht wiederzuerlangen. Wie viele Etagen waren es jetzt – vier, fünf?

Er lauschte angestrengt, bemüht, Verkehrsgeräusche im Hintergrund auszumachen oder vom Betonboden widerhallende Motorgeräusche des Lieferwagens. Oder war es die Stille eines offenen Felds? Doch der Motor wimmerte auf höchsten Touren, und es war sein eigener, hämmernder Herzschlag, der ihm in den Kopf drang und alles andere übertönte.

Erneut eine Art Schwelle, ein Anstieg. Der Beifahrer sagte: »Dort hinten sind ein paar freie Plätze.«

»Stimmt. Sieht mir nach einer guten Stelle aus.«

Der Lieferwagen fuhr nun wieder geradeaus und bremste ab. Dann merkte Georges, dass er anhielt.

»*Mein Gott,* Leute … das müsst ihr jetzt doch nicht tun.« Georges hyperventilierte so heftig, dass er die Worte kaum herausbrachte.

Keine Antwort. Die Türen gingen auf, schlossen sich wieder, und kurz darauf flogen die Hecktüren auf. Er wurde angehoben und hinausgetragen.

»Scheiße noch mal, hört auf damit. Ich flehe euch an. *Tut es nicht!*« Das Letzte schrie Georges aus Leibeskräften. Vielleicht hörte ihn ja jemand. Doch das Beben und Zittern in seiner Stimme raubte ihr Kraft, und da noch die dämpfende Wirkung der Kapuze hinzukam, hatte sie wahrscheinlich nicht allzu weit getragen.

»Letzte Chance, Georges.« Sie trugen ihn noch ein Stück und schleiften ihn dann in Position. »Was hast du der RCMP erzählt?«

»Nichts, gar nichts … *Bitteee,* ihr müsst mir glauben.«

Sie blieben stehen. Kalter Wind peitschte ihm gegen den Körper. Sechster Stock oder ein offenes Feld? Wahrscheinlich das Feld, denn bis jetzt verlief alles genauso wie auf dem Band.

»Er sagt ja doch nichts, bringen wir es hinter uns. Ich zähle bis drei, okay?«

»Okay.«

Als Georges merkte, dass sie ihn schwangen, war er sich seiner Sache plötzlich nicht mehr so sicher. Das war genau die Art krummer Dreh, die Roman schmeckte: Er ließ ihn glauben, auf ein Feld geworfen zu werden, um dann in seiner letzten, grausamen Sekunde davon überrascht zu werden, vom sechsten Stock herunterzusegeln.

»*Eins* … Ganz schön tiefer Sturz, Georges …«

»Nein, bitte … Nein! … *Mein Gott, nicht*!« Georges schrie aus Leibeskräften. Er hatte gehofft, ihnen in der letzten Minute die Genugtuung zu nehmen, dass sich *alles* widerspiegelte, was mit Venegas geschehen war. Doch am Ende übermannte ihn instinktiv die Angst, und er flennte und schrie genauso um sein Leben, wie es Venegas getan hatte.

»*Zwei …*«

Georges spürte, dass sie ihn weiter ausholend schwangen. »Nicht … *Nein*!«

Plötzlich kam es ihm wieder hoch, und dieses Mal konnte er es nicht zurückhalten. Er übergab sich heftig, und das saure Erbrochene drang ihm in Mund und Nasenlöcher. Er geriet ins Würgen und konnte kaum atmen, da das meiste unter seiner Kapuze eingeschlossen blieb.

»*Drei …*«

Georges betete, dass er wieder ohnmächtig werden und so das Gefühl des Fallens nicht mitbekommen würde. Doch das geschah nicht. Er sah Simone vor sich, die sich ihm endlich zuwandte und die Hand nach ihm ausstreckte. Ihr verschmitztes Lächeln war verschwunden, sie wirkte beunruhigt und besorgt, als quäle sie etwas, das sie nicht herauszubringen übers Herz brachte, doch ihre Hand verfehlte die seine, und er fiel. *Fiel*. Es kam ihm vor wie eine Ewigkeit, dauerte aber tatsächlich wohl nur zwei Sekunden, bis er mit dem Rücken dumpf auf der Erde aufkam. Schockartiges Ausatmen: halb erleichtert, halb angsterfüllt.

Es folgte ein schwebender Moment, der es ihm erlaubte, sich auf die neue Situation einzustellen. »Wir haben gelogen, Georges. Wir sind nämlich ganz schön großzügig … Du bekommst also doch noch eine Chance. Also, was hast du den RCs erzählt, Georges?«

Hustend und spuckend rang Georges nach Atem. Dann brachte er schwach und abgehackt hervor: »Nichts … Ich verspreche es, *nichts*.«

»Er wird nichts sagen.«

»Scheint, als hättest du Recht.« Resigniertes Seufzen. »Schade.«

Leises Rascheln, dann war zu hören, wie Revolver entsichert wurden. Georges stellte sich vor, wie sie in Position gingen und ihre Waffen auf ihn richteten.

»Nein … *nicht, bitte*!« Verzweifelt sann er nach etwas, das über sein Flehen hinausging und sie hätte einhalten lassen können. Doch da gab es nichts, gar nichts, und dem Unausweichlichen entgegenzusehen raubte ihm den letzten klaren Gedanken, den er zu fassen in der Lage war; er fühlte sich erledigt, verlassen, nur noch eine leere Hülse.

»Tut uns Leid, Georges. Roman lässt dir ausrichten, dass er dich nie leiden konnte. Für ihn warst du immer ein kriecherisches Stück Scheiße. Er meinte, es sei eine große Genugtuung für ihn zu wissen, dass dies das Letzte ist, worüber du nachdenkst. Für uns, Georges, ist das aber nichts Persönliches. Tut uns Leid.«

In diesem Augenblick wurde Georges tatsächlich ohnmächtig. So beschützte ihn seine Psyche zum Glück vor dem, was ihm nun – das wusste er von Savards Tonband – bevorstand: zwei Kugeln in den Körper, eine in den Kopf.

21

»Wie gesagt, hören Sie sich die Bänder an, dann rufen Sie durch, falls Sie noch Fragen oder bestimmte Aspekte haben, die ich morgen in der Sitzung klären soll. Ach ja, und meine Anmerkungen kommen am Ende des zweiten Bands.«

»Gut.« Elena betrachtete die Kassetten in ihrer Hand. »Ja, mache ich. Danke, Dr. Lowndes.« Lächelnd wandte sie sich mit Lorena zur Tür. Die Sprechstundenhilfe, rotbraunes Haar und in den Zwanzigern, formte lächelnd mit den Lippen einen Abschiedsgruß, der mehr Lorena als Elena galt.

»Wenn nicht, sehen wir uns auf jeden Fall morgen um elf.« Dr. Lowndes schaute zwischen den beiden hin und her.

Er war ein Koloss von einem Mann mit leichtem Grauton im wilden blonden Schopf und sah in Elenas Augen eher wie ein in die Jahre gekommener Holzfäller als ein Psychiater aus. Hinweis auf seine Gelehrsamkeit gab, von den Diplomen an seiner Wand abgesehen, nur seine Kneiferbrille, die aber in Anbetracht seiner Größe erst recht fehl am Platz wirkte. Doch einer der in Dorset ansässigen Psychiater aus Nadine Moores Akte hatte ihn wärmstens empfohlen, und er zählte offenkundig zu den besseren anglophilen Kinderpsychiatern von Montreal. Seine fünfzehnminütige Vorrede vor der einstündigen Sitzung ließ ihn äußerst fähig erscheinen, und obwohl nun nur noch sein verabschiedendes Lächeln darauf hindeutete, war er offenkundig auch daran interessiert, sich ernsthaft mit Lorenas Problem auseinander zu setzen, falls es denn existierte.

»Ja, bis dann also. Nochmals danke.« Elena trat mit Lorena hinaus und fuhr mit dem Aufzug die vier Etagen zur Rue Drummond hinunter. Sie gingen anderthalb Blocks zum Parkplatz, wo sie den Mietwagen abgestellt hatte, bezahlten den Parkschein und fuhren dann die Ste. Catherine Richtung Osten. Elena schob Lowndes' Kassette ein.

In den ersten Momenten waren nur allgemeine Hintergrundgeräusche zu hören, als Lorena sich einrichtete, nichts von Bedeutung, sodass Elena ein wenig leiser stellte und Lorena fragte: »Lief es gut?«

»Ja, ich glaube schon.« Lorena verzog das Gesicht und schüttelte den Kopf. »Aber ich konnte mich immer noch an nichts erinnern.« Es klang, als ärgerte sie sich über sich selbst.

Elena drückte ihr sanft die Hand. »Mach dir keine Sorgen. Das war ja erst die erste Sitzung. Wir haben auch nicht damit gerechnet, sofort alarmierende Durchbrüche zu erzielen.« Zumindest darauf gehofft hatte sie jedoch sehr wohl und machte sich tatsächlich leise Sorgen, denn schließlich hatten sie nicht wochenlang Zeit für endlose Sitzungen. Vielleicht würden es sogar nur zwei oder drei sein, bevor sich das Netz der Polizei um sie legte.

Was das betraf, hatte es Besorgnis erregende Neuigkeiten von Gordon gegeben, als sie die im Voraus vereinbarte Telefonzelle in Chelborne angerufen hatte. Der als Lockvogel fungierende Freund hatte ihm von der razziaartigen Fahndung in Frankreich berichtet. Ihr Name war offenbar praktisch von Anfang an bei Interpol auf dem Ticker gewesen. Ursprünglich hatten sie gehofft, das Band würde ihnen wenigstens vierundzwanzig Stunden geben oder eine polizeiliche Fahndung ganz abwenden.

Wie lange mochte es dauern, bis sie auf die Spur des Flugs Frankfurt-Brüssel-Edmonton kamen? Nach Gordons Einschätzung mindestens noch einmal zwölf oder achtzehn Stunden, und wahrscheinlich würden sie dann zuerst Edmonton durchkämmen. Kanada war ein großes Land, doch: »Was, wenn sie grundsätzlich immer landesweite Fahndungen auslösen?«, hatte sie spekuliert. Daraufhin hatte Gordon geschwiegen, und als er wenig später »Das ist unwahrscheinlich« sagte, klang das unsicher. Auf ihr Drängen gab er zu, er könne natürlich nicht sicher sein, dass sie ihrem Flug noch nicht auf die Spur gekommen und ihren Namen ins Netz der RCMP eingegeben hatten. »Ist aber unwahrscheinlich«, meinte er erneut.

Daher war sie immer noch nervös, wenn ein Polizeiwagen vorbeikam, und konnte sich nicht entspannen. Bei ihrem Versuch, Lorenas Problem an der Wurzel zu fassen und gleichzeitig ihren Sohn aufzuspüren, verrann die Zeit schnell. Sie hatte drei der im Telefonbuch stehenden Stevens' besucht – mehr hatte sie vor Lorenas Sitzung nicht geschafft –, bislang aber dabei keinen Treffer gelandet oder einen auch nur annähernd verheißungsvollen Tipp bekommen. Falls sie denn überhaupt noch in Montreal wohnten, blieben noch weitere sechsundzwanzig plus die beiden nicht im Telefonbuch aufgeführten Adressen, die Terry ihr gegeben hatte. Sie schüttelte den Kopf. Sie musste verrückt sein, unter den gegebenen Umständen beides auf einmal zu versuchen. Der Druck war erstickend.

Der fehlende Schlaf machte die Sache auch nicht gerade leichter. Während des gesamten Fluges hatte sie keine Ruhe gefunden und auch auf der Zugfahrt von Toronto kaum eine Stunde die Augen zugemacht, da die plärrende Zugsirene beim Überqueren einer Reihe von Bahnübergängen sie immer wieder abrupt aufgeweckt hatte.

»Ich war gefangen, konnte den Deckel nicht anheben, bekam keine Luft.«

Elena stellte das Band wieder lauter.

»Und dieser Traum kam während deiner Zeit in den Waisenhäusern immer wieder?«

»Ja … Und auch noch eine Weile danach.«

»Wie lange noch?«

»Na ja … ein paar Monate mindestens.«

»Ich verstehe. Aber dann hast du dich bei deinen Stiefeltern, den Waldrens eingelebt?«

»Ja.. ja. Das habe ich.«

Elena hörte, wie Lorena kurz zögerte, als sie sich zu dem falschen Namen zwang. Elena hatte sich als Lorenas Stiefmutter vorgestellt, die sich Sorgen darüber machte, der Stiefvater könne sie missbrauchen, nicht als Mitarbeiterin der Hilfsorganisation, die sie betreut hatte. Anders glaubte sie Lowndes nicht dazu bewegen zu können, den Fall zu übernehmen. Elena warf Lorena ein verschwörerisches Lächeln zu.

»Aber dann wurden die Träume anders,« fuhr Lorena fort.

»In welcher Hinsicht?«

»Na ja … In den letzten beiden konnte ich den Kanaldeckel hochkriegen und mich befreien.«

»Ich verstehe. Und dann warst du wieder entspannt. Da gab es keine Probleme mehr damit, dass Mr Waldren nachts auf dein Zimmer kam?«

»Nein.«

Lowndes' Fragen zogen sich hin, und es wurde deutlich, dass nichts Dramatisches ans Licht kommen würde. Lorena schaute erst den Kassettenrekorder, dann Elena an und hatte dabei eine Miene aufgesetzt, die zum Ausdruck brachte: »Ich hab's dir doch gesagt.« Der einzige kleine Triumph bestand in Lowndes' Nachweis, dass die Wiederkehr der Albträume zeitlich mit Ryalls (Mr Waldrens) spät abendlichen Besuchen in ihrem Zimmer zusammenfielen. Und zwar dieses Mal in ihrer ursprünglichen, Besorgnis erregenderen Form. Der Kanaldeckel war wieder unbeweglich. Sie war gefangen.

»Und als du geträumt hast, dein Stiefvater würde dich berühren …, gehörte das zum gleichen Traum oder zu einem anderen?«

»Zu einem anderen.«

»In der gleichen Nacht oder in anderen?«

»In anderen. Oh … Ich glaube, einer war in der gleichen Nacht.«

Dieses Mal legte Lowndes eine längere Pause ein. *»So, Lorena, ich möchte, dass du darüber ein bisschen genauer nachdenkst. Du wachst also auf und erinnerst dich an Träume, in denen dein Stiefvater dich berührt hat. Kannst du dich auch erinnern, dass du einmal wach warst, als er dich berührt hat?«*

»Nein, kann ich nicht … Tut mir Leid.« Leises Rascheln, als bewegte sich Lorena oder als schüttelte sie den Kopf. *»Die Träume wirkten manchmal so echt, aber … aber ich glaube nicht, dass ich jemals wach war.«*

»Glaubst *es nicht? Könnte es sein, dass du wach warst, aber der Schlaf dein Gedächtnis getrübt hat?«*

»Ich weiß nicht … Ich bin mir nicht sicher.« Lorena klang nervös.

»Nun …« Einen Moment schien es, als werde Lowndes nachhaken. Dann besann er sich eines anderen. *»Das ist in Ordnung. In Ordnung.«* Leiser, besänftigender Tonfall.

Während Lowndes die Umstände rekapitulierte, unter denen die Träume erstmals eingesetzt hatten – die tatsächliche Überflutung der Abwasserkanäle, die sie erlebt hatte, und Patrikas Tod –, drehte Elena das Gerät wieder leiser. Diese Umstände kannte sie nur zu gut, und sie wollte Lorena dem nicht erneut aussetzen.

Bedauernd auf den Kassettenspieler blickend, biss sich Lorena auf die Lippe und senkte dabei den Blick, als befürchte sie, alle Welt enttäuscht zu haben.

Elena bog in die St. Denis ein und hielt auf ihrer beider Hotel zu. »Mach dir keine Sorgen«, beruhigte sie das Mädchen. »Wir sind ja erst am Anfang. Morgen kann es schon ganz anders aussehen.«

Doch als sie zu Lorena herüberschaute, las sie Zweifel in ihrem Blick: Wenn sie sich nicht erinnerte, dann erinnerte sie sich eben nicht. Wie sollten ihr da diese Sitzungen helfen?

Jean-Paul hörte Simones Nachricht an seinem Anrufbeantworter ab.

»Pa, ich weiß, dass ich wütend auf Georges bin, *seeehr* wütend. Ich weiß auch, dass du deine eigenen Probleme mit ihm hast, und du sollst nicht glauben, ich würde mich in deine Geschäfte einmischen. Das habe ich nie getan. Aber ich will nicht, dass Georges auf irgendeine Weise zu Schaden kommt.« Kurze Pause, im Hintergrund Verkehrslärm. »Ach ja, und es tut mir Leid, dass es vorhin so geendet hat. Ich bin in einer halben Stunde wieder zu Hause. Ruf mich da an.«

Atemlos, die Worte hervorgestoßen, als befürchtete sie, sie zu vergessen, wenn sie ins Zögern geriet. Dabei verschluckte sie hier und da eine Silbe. Jean-Paul fragte sich, ob sie getrunken hatte, ob es nur an ihrem Kummer lag oder ob beides zusammenkam.

Jean-Paul ließ das Band weiterlaufen. Es folgten zwei geschäftliche Anrufe, dann ein weiterer von Simone.

»Weil du nicht zurückgerufen hast, habe ich es bei Georges zu Hause versucht. Es ist niemand drangegangen. Ich habe es auch an seinem Mobiltelefon versucht, aber da hat es nur ewig geschellt. In den letzten zwei Stunden habe ich es noch fünfmal versucht – ohne Erfolg. Allmählich mache ich mir Sorgen. *Versprichst* du, dass ihm nichts passiert?« Eine bedrückende Pause, als erwartete sie beruhigende Worte von ihm, dann sagte sie: »Bis später«, und legte auf.

Besorgt schaute Jean-Paul auf seine Uhr: Viertel nach zehn. Nachdem er auf Simones Mailbox eine Nachricht hinterlassen hatte, war er für den Rest des Nachmittags durch ein Treffen mit Jon Larsen im Büro ihres Steuerberaters in Anspruch genommen worden. Dann war er mit Larsen vorzeitig zu Abend essen gegangen, zum Teil, um ihm vorsichtig beizubringen, es könne da ein Problem mit Georges geben. Larsen solle, zumindest für den Moment, davon Abstand nehmen, ihm möglicherweise vertrauliche Geschäftsinformationen zu übergeben, bis sie einen Plan ausgearbeitet hatten, wie alles weitergehen sollte.

Er wählte Simones Nummer. Beim zweiten Klingeln ging sie ans Telefon.

»Hallo, Simone. Ich bin gerade reingekommen und habe deine Nachrichten gehört. Hast du Georges mittlerweile erreichen können?«

»Nein. Ich habe es erst vor zehn Minuten wieder versucht – aber es geht keiner dran. Weder bei ihm zu Hause noch an seinem Mobiltelefon.«

Einen Augenblick herrschte angespannte Stille zwischen ihnen. Jean-Pauls Besorgnis grenzte nun allmählich an Panik.

»Bitte sag mir, dass es ihm gut geht, ihm nichts passiert ist.« Die Bitte ließ Simone die Stimme brechen. »Ich weiß, dass du dir Sorgen gemacht hast, weil er bei der Polizei war, aber …«

»Nein, *nein*! Natürlich habe ich deswegen nichts unternommen. Meinst du vielleicht, sonst würde ich dich zurückrufen?« Er klang ärgerlicher, als er es gewollt hatte, doch richtete sich seine Wut gar nicht gegen sie, sondern er machte sich zunehmend Sorgen wegen Roman. »Hör zu, ich muss ein paar Leute anrufen, dann rufe ich dich zurück.«

»Wann?«

»Gib mir eine Stunde oder so, um alles zu regeln. Wenn Georges in der Zwischenzeit auftaucht, melde dich sofort bei mir.«

Er hängte ein und wählte gleich Romans Nummer. Weil bei ihm zu Hause niemand ans Telefon ging, rief er ihn über Mobiltelefon an.

»Roman. Wir haben da ein Problem. Offenbar ist Georges verschwunden.« Jean-Paul achtete scharf auf die Betonung in Romans Antwort.

»Wann … *Wo*? Woher weißt du das?«

Romans Stimme gab ihm keinerlei Hinweis. »Simone hat angerufen. Sie versucht seit Stunden verzweifelt, ihn zu erreichen, kriegt ihn aber nirgendwo. Ich möchte, dass du sofort zu mir kommst, damit wir die Sache regeln können.« Vielleicht konnte er von Angesicht zu Angesicht mehr herausbekommen, durch Romans Blick und Körpersprache.

»Ich hatte eigentlich vor, zum Sherbrooke zu fahren, um dort ...«

»Ich sagte *sofort*! Bis in zwanzig Minuten dann.« Bevor Roman auch nur Luft holen geschweige denn antworten konnte, knallte Jean-Paul den Hörer auf die Gabel.

Durch Jean-Pauls Ton am Telefon in leichte Aufregung versetzt, schaffte es Roman in siebzehn Minuten bis zur Tür in Cartier-Ville. Er war merklich aufgewühlt und rechnete offenbar bereits mehr oder weniger mit Streit: Jean-Paul verlor nur selten die Nerven.

Jean-Paul ging ihn an, kaum dass sie sein Arbeitszimmer betreten hatten. »Die schwierige Frage zuerst, Roman: Hast du Georges etwas angetan?« Er hielt die Hand hoch, Zeigefinger und Daumen dicht aneinander. »Hast du ihm auch nur ein Haar gekrümmt?«

Roman fuhr zusammen und wirkte angesichts der Vorstellung schockiert. »Nein, nein ... natürlich nicht.«

Entweder sagte er die Wahrheit, oder er schauspielerte ausgezeichnet. Allerdings hatte er wahrscheinlich ja auch ein paar Stunden gehabt, um sich vorzubereiten. Jean-Paul schüttelte den Kopf. »Das wäre nämlich typisch für dich. Du hast mich bedrängt und bedrängt, etwas wegen Georges zu unternehmen, hängst mir ständig in den Ohren, was für eine Gefahr er womöglich darstellt. Und am Ende kannst du einfach nicht abwarten, bis ich grünes Licht gebe, nicht wahr?«

»Nein, nein ... Ich sag's dir doch. Ich habe ihm einen Scheißdreck angetan.« Wütend hob Roman die Hände, das Gesicht hochrot, dicht vor der Explosion.

»Wie Vater schon sagte, immer der Dickkopf. Platzt los, bevor er das Gehirn einschaltet.«

Roman trat einen Schritt näher an Jean-Paul heran und fixierte ihn. »Hör zu, ich habe den Widerling nicht angerührt. Okay? So gerne ich es auch getan hätte.« Er sah aus, als werde er jeden Moment zuschlagen.

Jean-Paul trat zur Seite und schaute unbehaglich weg. »Ich weiß nicht. Ich komme nach Hause und finde lauter verzweifelte Nachrichten von Simone auf meinem Anrufbeantworter. Sie kann ihn nirgendwo finden, macht sich wahnsinnig Sorgen um ihn.« Er fuhr sich mit der Hand durch das Haar und seufzte. »Ich weiß einfach nicht, was ich davon halten soll.«

Da Jean-Pauls Stimme an Schärfe verlor, gewann Roman Selbstvertrauen. Kritisch hob er eine Braue. »Ich kann die Panik nicht ganz verstehen – selbst wenn ich etwas getan hätte, was ja nicht der Fall ist. Letztendlich hättest du ja doch beschlossen, ihn erledigen zu lassen, oder? Herzergreifende Bitten von Simone oder nicht.«

Jean-Paul erwiderte Romans Blick scharf. Versuchte Roman hier vernunftmäßig zu argumentieren, weil er eben doch etwas unternommen hatte? Da er aber so vehement seine Unschuld beteuerte, erübrigte sich jede weitere Attacke. Erschöpft stieß Jean-Paul einen Seufzer aus.

»Ich hatte eigentlich eher daran gedacht, Georges nach Kuba zu schicken, um unsere Geschäftsinteressen dort und in Mexiko zu vertreten, bis sich alles abgekühlt hat. Nicht nur im Hinblick auf Simone, sondern weil wir, falls du das vergessen haben solltest, nichts mehr mit Verbrechen zu tun haben. Ehrbare Geschäftsleute ziehen nicht durch die Gegend und bringen Leute um.«

»Klar, und Ganoven, die verpfiffen werden, landen für zwanzig Jahre in Orsainville.« Roman grinste kühl. »Ich habe dir doch gesagt, dass der Übergang nicht leicht wird, Jean-Paul. Kuba mag kurzfristig eine gute Lösung sein, aber auf die Dauer …«

»Wie auch immer!« Jean-Paul spürte, wie der Zorn in ihm aufstieg, und hob abrupt die Hand. »Das wäre dann meine Aufgabe, nicht deine.« Er sah, wie Roman die Augen nach unten flackern ließ und mit den Schultern zuckte, bevor er gedämpft erwiderte: »Ja, ja, sicher.« Jean-Paul holte Atem. »Aber das ist jetzt nicht unser Hauptproblem. Vielleicht taucht Georges ja heute Abend wieder auf. Aber wenn er bis morgen nichts von sich hören lässt und auch im Büro nicht erscheint, haben wir ein echtes Problem am Hals. Georges hat den Verdacht, wir könnten etwas gegen ihn unternehmen, denn er hat Simone mit einer wilden Geschichte hergeschickt, um das Blatt in letzter Minute noch zu wenden. Und wenn er befürchtet, kaltgestellt zu werden, bedeutet er die größte Gefahr für uns. Dann taucht er vielleicht ein, zwei Tage ab, bis er einen Plan ausgeheckt hat, was zum Teufel er jetzt unternehmen soll, und dann könnten sich unsere schlimmsten Befürchtungen bestätigen und er landet am Ende wirklich in den Armen der RCMP. In dem Fall allerdings wären Lösungen wie Kuba außen vor, dann würde ich die Sache dir überlassen müssen.«

»Ja. Ich verstehe.« Roman merkte, dass Jean-Paul ihm nicht einmal in die Augen sehen, geschweige denn es aussprechen konnte – nur eine lahme Handbewegung, mit der er bedeutete, dass Georges am Ende vielleicht doch ausgeschaltet werden musste. Das fand er erbärmlich – Versprechen am Totenbett ihres Vaters in Bezug auf Pascal oder nicht –, denn früher war Jean-Paul immer so direkt und entschlossen gewesen, eben jemand, den man respektieren konnte. Diesen neuen Jean-Paul, der gefangen war zwischen seinem jüngst erworbenen sozialen Gewissen und seinen Pflichten, sich um das Geschäft zu kümmern, fand er schwer zu ertragen. Nie hätte seine Überzeugung, dass er es selbst sein sollte, der die Zügel ihres Geschäfts in der Hand hielt, stärker sein können als in diesem Augenblick. Doch es war wichtig, das Bild der Ergebenheit noch ein wenig länger aufrechtzuerhalten, bis die letzten Teile seines Doppelspiels sich ineinander gefügt hatten. Er hielt ihm in einer Geste der Demut die Handflächen entgegen. »Was soll ich deiner Meinung nach machen?«

»Wenn Georges morgen nicht im Büro erscheint, will ich, dass du ihn auftreibst – und zwar schnell. Arbeite mit jedem Kontaktmann auf der Straße, den du hast.«

»Und falls, beziehungsweise sobald ich ihn finde?«

»Bringst du ihn zu mir, damit ich entscheiden kann, was zu tun ist.«

Wieder bedeutete jenes verräterische Zucken in Jean-Pauls Augen Roman, wie schwierig, wenn nicht gar unmöglich diese endgültige Lösung für Jean-Paul wäre. Er hatte alles richtig vorhergesehen.

»Sie bemerken wahrscheinlich, Mrs Waldren, dass ich zwar das Thema, ob Lorena sich an etwas erinnern kann, was im Wachzustand und nicht in ihren Träumen mit Ihrem Mann vorgefallen sein könnte, ein wenig vorangetrieben habe, dabei aber nicht hartnäckig war. Zu stark habe ich sie nicht bedrängt. Dafür gab es einen besonderen Grund.«

Elena befand sich in ihrem Hotelzimmer und spielte gerade das Ende der Tonbandaufzeichnungen von John Lowndes ab. Er hatte ihr im Vorfeld geraten, Lorena solle dabei nicht mithören, sodass sie das Mädchen mit dem Versprechen, in etwa zehn Minuten nachzukommen, auf eine Cola und Chips hinunter in die Hotelbar geschickt hatte.

Eine Pause, in der John Lowndes Luft holte. Offensichtlich maß er seine Worte mit Bedacht ab. »*Wir sind hier ein bisschen in der Zwickmühle. Falls Lorena sich nicht erinnert, weil ihre Erinnerung einfach zu schrecklich ist und sie sie darum selektiv auslöscht, dann haben wir nur eine Möglichkeit, diese Schutzmauer zu durchbrechen und die Erinnerung zum Vorschein zu bringen, nämlich indem wir drängen. Drängen wir aber zu stark und sieht es so aus, als suggerierten wir Lorena ein solches Szenario, dann geraten wir in das trübe Fahrwasser des False-Memory-Syndroms und müssen uns fragen, ob es sich um eine echte Erinnerung handelt oder nur um eine, die wir ihr eingepflanzt haben?«*

Einigermaßen niedergeschlagener Seufzer seitens Lowndes'. *»Man kann zwar im jetzigen Stadium nichts Abschließendes sagen, aber ich fürchte, ich muss die starke Vermutung äußern, dass Ihr Verdacht begründet sein könnte. Der wesentliche Anhaltspunkt dafür ist die Tatsache, dass viele der Schrecken, die Lorena in Rumänien erlitten hat, tatsächlich in Träume umgesetzt wurden. Die betrachtet sie als sichereren Boden als eine direkte Erinnerung. Daraus könnte man folgern, dass sie alle Schrecken, die sie ihrem Gefühl nach nicht ertragen kann, dort-*

hin verlagert. Ein sicherer Hafen, um ihre Psyche zu schützen, wenn Sie so wollen. Aber von einem greifbaren Beweis ist das noch meilenweit entfernt. Hoffen wir, dass morgen ein besserer Tag wird.«

Sie hielt das Band an und sammelte ihre Gedanken. Sie saß am Rand eines übergroßen Betts mit einem Kassettenrekorder, den sie sich von Alphonse (»Nennen Sie mich einfach Al«), dem Hotelbesitzer, ausgeliehen hatte. Die Ausstattung versuchte sich mit falschen Holzbalken, künstlichen Kaminen und Lilientapeten an französischer Regentschaftszeit, war aber insgesamt zu protzig und plump. Sogar die Frisierkommode war nachgemachter Louis XV., das Himmelbett trug dazu passend eine rote Samtverzierung. Die einzigen modernen Gegenstände waren der Fernseher und Lorenas Bettcouch.

Doch es war genau so, wie sie es sich wünschte: klein und anonym, eine von zahlreichen Bed-&-Breakfast-Unterkünften mit Erkerfenster im Latin Quarter. Die größeren Hotels, die möglicherweise in einem zentralen Computerregister verzeichnet waren, hatte sie gemieden. Der einzige Haken bestand darin, dass Alphonse, ein kleiner, rundlicher Mann mit dunklem, gegeltem Haar und einem dichten, borstigen Schnurrbart, der auch als Barmann und Empfangschef fungierte, unangenehm gesellig und freundlich war. Von Anfang an wollte er ihnen scheinbar alles über die Stadt erzählen, während er ihnen im Gegenzug etwas von sich zu entlocken versuchte: »Dorset, hä? Hört sich nett an.« In Anbetracht ihrer Lage hätte sie es lieber mit einem jener farblosen, gleichgültigen Empfangschefs zu tun gehabt, die kaum aufschauten, wenn man kam oder ging.

Sie trommelte mit den Fingern auf den Kassettenrekorder. Toller Anfang, dachte sie trübselig, dabei war es so wichtig, dass sie schnell vorankamen.

Sie ging hinunter zu Lorena. Die hatte ihre Cola bereits getrunken, knabberte jedoch jetzt an Erdnüssen, die Alphonse ihr hingestellt hatte.

»Sie hat mir gerade von England erzählt, von dem Haus, das Sie haben«, berichtete Alphonse.

»Ach ja.« Elena ging auf Alarmposition. Von welchem Haus mochte sie gesprochen haben, von ihrem oder von Ryalls?

»Hört sich ja an wie ein Palast.«

»Na ja, nicht ganz. Aber so in der Richtung.« Wahrscheinlich das von Ryall, denn ihres war nun nicht ganz so prunkhaft. Doch es machte sie nervös, dass Lorena noch etwas erzählt haben konnte, mit dem sie auf dem falschen Fuß erwischt würde. Es drängte sie zu gehen. »Hören Sie, es tut mir Leid, aber wir müssen los. Verloren geglaubte Verwandte aufspüren, und nicht mehr viel Zeit.«

»Wovon Sie vorher schon einmal gesprochen hatten?«

»Genau.« Sie angelte die Schlüssel ihres Mietwagens aus der Handtasche, Lorena stand auf, und sie eilten hinaus. »Bis später.«

Sie fuhren auf die Avenue Du Parc zu. Wenn Alphonse schon solches Interesse aufbrachte, konnte sie ihn vielleicht auch zu ihrem Vorteil einsetzen. Daher hatte sie eine Geschichte erfunden, in der sie Ausschau nach verloren geglaubten Cousins hielt, »den Stevens, vormals Stephanou, griechisch-zypriotische Verwandte von der Seite meines Vaters«. Sie hatte Alphonse die Adressenliste gezeigt, die sie verfasst hatte, worauf er ihr eine rasche Stadtführung hatte zuteil werden lassen: französisch im Osten, englisch im Westen, der Fluss als Trennlinie. »Außer Outremont gleich nordwestlich von St. Laurent, eindeutig vornehm und fast ausschließlich französisch. Dann habe wir noch die jüdische Gemeinde um Main und St. Laurent, die Italiener natürlich in Little Italy um St. Joseph und Laurier, und die Griechen und Spanier zumeist dazwischen verstreut. Westmount ist die hauptsächliche vornehme Gegend der Anglofonen, und die wenigen zwischen St. Laurent und Du Parc gezwängten Blocks waren vor dreißig Jahren überwiegend griechisches Terrain – aber die neuen Einwanderer sind zumeist Portugiesen.«

Elena bog von der Du Parc in die Rue Milton ab, um sich an der zweiten Querstraße links zu halten – die Adresse, die Terry ihr als erste Anschrift der Stevens' in Montreal gegeben hatte –, und dann nach den Hausnummern zu sehen: 67, 65 ...«

Als das Haus in Sicht kam, hielt sie an und wandte sich Lorena zu. »Ist das okay, wenn du ein Weilchen hier bleibst?« Damit meinte sie nicht nur die wenigen Minuten, die sie jetzt wegbleiben würde, sondern auch die Zeit, die sie für die fünf oder sechs weiteren Adressen benötigte, die sie vor dem Abendessen noch abzuklappern hoffte. »Du hast ja das Radio oder den Walkman, wenn du möchtest.« Sie warf einen Blick auf den Rücksitz, wo Lorena das Gerät hingelegt hatte, als sie während ihrer vorangegangenen Besuche gewartet hatte.

»Mmm. Ich komme schon zurecht.«

Elena tätschelte ihr die Hand und stieg aus. Der Gehweg war breit, dann folgten ein drei Meter langer Plattenweg sowie fünf Stufen vor dem Haus. Zwei Klingeln. Sie schellte an der unteren.

Ein schmales Haus aus rötlich braunem Sandstein mit Souterrain; die Fensterrahmen im Erd- und Untergeschoss waren orange lackiert, die in den beiden oberen Geschossen in neutraler Cremefarbe gehalten. Es war offensichtlich in zwei Wohneinheiten unterteilt worden, mochte aber vor achtundzwanzig Jahren gut und gerne ein Einfamilienhaus gewesen sein.

Eine kleine, dunkelhäutige Frau in dunkelgrauem Trainingsanzug und Kopftuch mit Blumenmuster machte die Tür auf. Neugierig musterte sie Elena von oben bis unten. »*Oui*?« Sie warf einen Blick über Elenas Schulter auf das Auto.

»Ich suche alte Verwandte von mir, die hier einmal gelebt haben, und dachte, dass Sie sie vielleicht kannten oder wissen, wohin sie gezogen sind. Wie lange leben Sie denn schon hier?«

»Vier Jahre. Wie hießen die Leute?«

»Stevens. Aber es ist schon lange her, über zwanzig Jahre.«

Die Frau überlegte einen Moment. »Nein. Stevens' kenne ich keine. Tut mir Leid.«

Von ihrer äußeren Erscheinung und ihrem Akzent her zu urteilen, war sie wohl eher Araberin oder Nordafrikanerin denn Griechin oder Portugiesin, dachte Elena. Außerdem schien die Frau ihren Blick mehr über ihre Schulter auf das Auto und Lorena zu richten, als ihr in die Augen zu sehen. Elena ihrerseits schaute ihr ebenfalls über die Schulter und nahm die Ausstattung der Diele und das Wenige in sich auf, was sie durch die halb geöffnete Tür von einem Zimmer erkennen konnte.

Elena deutete auf den oberen Klingelknopf. »Und wie lange wohnen Ihre Nachbarn schon hier?«

»Etwas länger als ein Jahr. Länger nicht.«

»Ah ja.« *Neunundzwanzig Jahre?* Seitdem hatte es wahrscheinlich ein Dutzend oder noch mehr Besitzer gegeben. Elena schaute sich um: An dem zum Kellergeschoss führenden Geländer lehnte ein Fahrrad, im kleinen Vorgarten stand ein blaues Plastikdreirad. Plötzlich ging ihr auf, was sie hierher gezogen hatte, was sie sich nun so interessiert umschauen und versuchen ließ, einen Blick ins Innere zu erhaschen, obwohl sie ja wusste, dass die Stevens' wahrscheinlich schon lange fort waren.

Sie trat in seine Fußstapfen, wollte sehen, was für ein Leben er gehabt haben mochte, nachdem sie ihn aufgegeben hatte: gutes oder schlechtes Milieu? Gut versorgt oder vernachlässigt? Glücklich, traurig? Als sie bemerkte, dass die Frau sie fragend anschaute, riss sie sich zusammen.

»Tut mir Leid. Danke trotzdem für Ihre Hilfe.« Der briefmarkengroße Garten und ein flüchtiger Blick auf eine im Halbdunkel liegende Diele dreißig Jahre danach machten sie auch nicht schlauer.

Die nächsten Stunden erinnerte sie im Nachhinein lediglich nebelhaft. Es war praktisch immer das gleiche Lied: Stevens, vormals Stephanou; Nicholas und Maria sowie ein Baby von nur achtzehn Monaten, George. Vor achtundzwanzig Jahren. »Verwandte, zu denen meine Familie den Kontakt verloren hat.« Jede Menge Kopfschütteln, Schulterzucken und hastig wieder geschlossene Türen. Da es seit anderthalb Stunden dunkel war und sie immer noch an Türen klopfte, wurde Lorena allmählich unruhig.

»Immer noch welche? Hast du ihn noch nicht gefunden?«

»Ich habe ihn jetzt schon seit Jahren nicht mehr gesehen, wir haben jeden Kontakt verloren. Es könnte schon noch eine Weile dauern.« Elena lächelte einfältig. Nach dem langen Flug und wahrscheinlich wegen ihrer Nervosität in Anbetracht der nahe bevorstehenden Sitzungen war Lorena ruhiger als sonst gewesen, gedämpfter. Jetzt aber wurde sie offenkundig wieder lebhafter, bekam glänzende Augen und wurde dabei auch ungeduldig. »Nur noch ein paar, und dann holen wir uns eine Pizza. Versprochen.«

Zwei weitere Adressen schaffte sie noch – bei der dritten kam niemand an die Tür –, bevor sie endlich beschloss, es für heute gut sein zu lassen. Es wurde allmählich zu spät, um Leute zu behelligen, und sie waren beide hungrig; Lorena bekam beinahe schlechte Laune und klagte, sie habe sich jetzt schon alle drei Kassetten im Walkman angehört, und im Radio käme kaum etwas. »Die meisten Programme sind auf Französisch.« Sie klang nachdenklich.

Elena erkannte, dass es viel länger dauern würde als zunächst ins Auge gefasst. Drei von den bisher zehn sondierten Stevens' waren nicht zu Hause gewesen und mussten noch einmal aufgesucht werden, und sie hatte noch achtzehn weitere Adressen auf ihrer Liste. Sie würde den ganzen nächsten Tag dafür benötigen, wenn nicht sogar noch einen Teil des übernächsten, vor allem, da fünf Adressen in weit entfernten Vororten lagen.

Den einzigen kurzen Aufschub – ein flüchtiger Hoffnungsfunke, der ihr einen Kloß im Hals beschert hatte – war ein junger Mann in den Zwanzigern gewesen, der ihr schwungvoll die Tür aufgemacht und sie begrüßt hatte. Dunkelbraunes Haar, ziemlich groß ... Doch als sie näher hinschaute, wurde ihr bewusst, dass er eher zweiundzwanzig oder dreiundzwanzig war, nicht neunundzwanzig. Rasch fand sie auch heraus, dass er Guy hieß und seine Eltern Charles und Madeleine.

Mit einem Mal wurde ihr aber auch klar, dass es leicht tatsächlich so kommen konnte, wenn die richtige Tür aufging, und er plötzlich da stand. Neunundzwanzig Jahre, die in einem einzigen Augenblick dahinschmolzen: all die Jahre, in denen sie sich von ihm abgewandt hatte, bemüht, nicht an ihn zu denken, wo er ihr in Wirklichkeit doch kaum je aus dem Sinn gegangen war. Dann würde sie nach ihm greifen und ihn fest umarmen – oder vielleicht unschlüssig und zitternd eine Weile dastehen, bevor sie in Tränen ausbrach …

Schnell jedoch holte die raue Wirklichkeit sie wieder ein, in der die Leute mit dem Kopf schüttelten, die Achseln zuckten und hastig ihre Tür schlossen. Unaufhörlich klang ihr dabei die Stimme ihres Vaters im Ohr: *»Ich werde ihn außer Sicht- und Reichweite verstecken. Du wirst ihn niemals finden.«*

22

Mit dem für ihn typischen Trara und Tamtam hielt Maurice Roubilliard vor der Bar Rodeo an. Eine Harley setzte sich an die Spitze des silber glänzenden Four-Wheeler, zwei weitere bildeten die Nachhut. Das war seine Version eines präsidentialen Autokonvois; zumindest in Sachen Drogenhandel auf den Straßen und in Klubs in Quebec war Roubilliard allgewaltig und äußerst einflussreich.

Mit einem Meter fünfundneunzig sowie zweihundertvierzig Pfund gab er eine beeindruckende Gestalt ab, trug eine makellose schwarze Lederhose und eine dazu passende, mit ihren ausgeschnittenen Ärmeln mehr einer Weste ähnelnde Jacke, die vorne nur mittels einer zehn Zentimeter breiten Silberkette zusammengehalten wurde. Sie schien mit Bedacht so geschnitten, um seinen Bizeps und seine Brustmuskulatur zu betonen. Sein Alter gab er schon seit geraumer Zeit mit achtunddreißig an, die meisten tippten jetzt jedoch eher auf sechsundvierzig, wofür sein rasch ausdünnendes, schulterlanges rostfarbenes Haar den deutlichsten Beweis lieferte. Er trug wie immer das grüngoldende Stirnband der Mohawk, hatte es sich nun jedoch weiter zurück auf den Schädel gezogen, um seinen zurückweichenden Haaransatz abzudecken. Er machte gegenwärtig die vierte Haartransplantation mit, um dieses Problem zu lösen, doch wer aus seinem engeren Bekanntenkreis dieses gut gehütete Geheimnis preisgab, riskierte seine Gesundheit; Eitelkeit widersprach dem Klischee des harten Mannes, das er sich vor Jahren aufgebaut hatte, als er von einer Mordanklage freigesprochen wurde und nur wegen Totschlags einsaß, und das er seitdem sorgsam nährte. Fünf seiner sieben Jahre hatte er abgesessen, sein Drogennetz dabei aus der Gefängniszelle in Leferge am Laufen gehalten. Seit fast vier Jahren war er nun wieder draußen.

Der Four-Wheeler war eine Sonderanfertigung und wies getöntes – angeblich kugelsicheres – Glas auf, einen überdimensionierten verchromten Auspuff, der sich an der Seite wie bei einem Truck schornsteinartig hochschlängelte, sowie große Räder, die ihm fünfundzwanzig zusätzliche Zentimeter Bodenfreiheit gewährten. Roubilliards zwei Begleiterinnen stiegen mit ihren hohen Absätzen vorsichtig aus. Eine Blondine und eine Brünette, beide umwerfend und langbeinig, fast einen Meter achtzig groß, allerdings nuttig, was ihre Aufmachung anging. Sie trugen jeweils passende, vorn offene schwarze Trenchcoats aus Leder, die bei der Blondine enge silberne Hotpants sowie einen kaugummirosafarbenen Pullunder freilegten, bei der Brünetten einen schwarzen Ledermini, eine durchsichtige schwarze Bluse sowie einen schwarzen Spitzen-BH. Die Brünette sah aus wie neunzehn, die Blondine jedoch erschreckend jung, wohl nicht älter als fünfzehn.

Als Roubilliards Entourage anmarschiert kam, stieß Roman Frank Massenat an ihrem Fenstertisch im Rodeo grinsend an. »Jetzt sieh dir bloß diesen Scheißkerl an. Da fragt man sich doch, ob wir nicht was verkehrt machen. So sollten wir doch auch herumstolzieren.« Sie hatten ihren Beamer diskret um die Ecke geparkt und waren auf leisen Sohlen hereingekommen. Doch in ihren Anzügen und Crombies war ihnen gezwungenermaßen trotzdem so, als hätten sie einen großartigen Auftritt gehabt, denn in der Bar wimmelte es nur so vor Karohemden, Jeans und Lederhosen, und sie hatten manch neugierigen Blick geerntet.

Roman fiel eine Hure auf, die draußen ab und zu an die Straße trat, um vorbeifahrende Fahrer anzulocken und Roubilliards

Blondine nicht unähnlich war, allerdings schwarze Nylonstrümpfe und einen grauen Mantel aus Pelzimitat trug. Als Roubilliard durch die Pendeltüren des Rodeo hereinplatzte, konnte Roman sich eine spöttische Bemerkung nicht verkneifen. Theatralisch stand er auf und breitete die Arme aus.

»Hey, hey, Maurissse, Maurissse.« Mit großer Geste schlang er die Arme um Roubilliards massige Gestalt, um dann zurückzutreten und auf die Mädchen zu deuten. »Die beiden gehören zu dir, oder hast du sie gerade draußen aufgelesen?«

Massenat lachte schallend los, während die beiden Mädchen ein böses Gesicht machten und die Brünette herausfordernd eine Hand auf die Hüfte legte.

Roubilliards Mundwinkel kräuselten sich nur leicht, womit klar wurde, dass er den Witz mager fand. »Ich will dir was sagen, mein Freund – diese Mädchen sind eine Klasse für sich.«

»Was denn – du meinst, sie sind zehn Jahre jünger?«

»Na ja. Kann man wohl sagen.« Leise grunzend ließ sich Roubilliard auf dem gegenüberliegenden Platz nieder. Er deutete auf das Fenster. »Ich wusste gar nicht, dass du auf Mädchen wie diese müden Mösen dort draußen stehst.«

»Ich mag es, wenn sie wenigstens die Schule hinter sich haben, damit sie meinen feinsinnigen Humor verstehen.« Roman grinste freizügig. »Genug von meinen Muschi-Vorlieben. Zur Sache.« Es machte keinen Sinn, es mit Roubilliard auf die Spitze zu treiben. Die regelmäßigen Drogenlieferungen, bei denen Roman als Mittelsmann für Medeiros fungierte, garantierten, dass Roubilliard nach seiner Pfeife tanzte, hier aber ging es um ein untergeordnetes Problem, bei dem er Roubilliards Mithilfe benötigte.

Roubilliard blätterte eine Zwanzigdollarnote heraus und sagte den Mädchen, sie sollten an der Bar Platz nehmen, er werde nachkommen. Nachdem sie bei der Kellnerin neues Bier bestellt hatten, schilderte Roman in knappen Zügen die missliche Situation mit Donatien. Keiner habe ihn in den vergangenen vierundzwanzig Stunden gesehen, im Büro sei er auch nicht aufgetaucht, über sein Mobiltelefon nicht erreichbar, und er habe auch niemandem eine Nachricht hinterlassen. »Wir haben alles abgecheckt, wo er sein könnte. Er ist spurlos verschwunden. Und wir müssen ihn finden. *Schnell*!«

Roubilliard nickte vielsagend und nippte an seinem Bier. »Der weiß zu viel, hä?«

»Na ja, wir machen uns allmählich Sorgen um ihn. Er hatte neulich eine kleine Begegnung mit der RC, und wir müssen mit ihm reden, das ist alles.«

»Okay.« Roubilliard trank wieder einen Schluck Bier und fixierte Roman durchdringend, wobei er ein anzügliches Grinsen zeigte. »Es heißt, der Mann stellt schon seit einer Weile ein Problem für dich dar. Vielleicht heißt sein Verschwinden ja auch, dass du letztendlich beschlossen hast, deswegen etwas zu unternehmen, und er Venegas am Grund eines Sees oder Flusses Gesellschaft leistet und auf die Frühlingsschmelze wartet.«

Höhnisch grinsend stieß Roman ein nervöses Kichern hervor. »Mach dich doch nicht lächerlich. Wieso sollte ich dann wohl hier sitzen ...« Roman deutete mit dem Arm auf Roubilliards Gefolge am Tisch hinter ihnen, vor allem aber an der Bar. »... inmitten einer Horde von Arschlöchern, die aussehen, als hingen sie seit *Easy Rider* in einer beschissenen Zeitverkrümmung, und dich bitten, ihn aufzuspüren?«

Roubilliard zuckte mit den Schultern. »Vielleicht weil du Jean-Paul nichts davon erzählt hast, genauso wenig wie von unseren Drogengeschäften oder von Leduc und Venegas. Er weiß gar nicht, dass du Donatien bereits abserviert hast. Deswegen musst du das jetzt pro forma mit mir durchziehen, um den Schein zu wahren.«

Roman beugte sich vor und packte Roubilliard fest am Arm. »Hör zu, du bist hierbei bloß ein größerer Geldposten. Jemand mit den richtigen Kontakten auf der Straße, um diesen Scheißkerl zu finden – falls er denn noch in Quebec ist. Fürs Denken bezahle ich dich nicht.«

Roubilliard zuckte nun etwas philosophischer die Schultern, als akzeptiere er den Zusatz; wären seine Beziehungen nicht erstklassig gewesen, säßen sie jetzt beide nicht hier. Sein Drogenhandelsnetz deckte zwangsläufig jeden Klub, jedes Nepplokal, jedes Eckcafé und jeden Bardealer im Land ab, und seine Kontakte zu Hehlern und Fälschern waren ebenfalls ausgezeichnet. Falls Donatien irgendwo untergetaucht war und ein gefälschtes Autokennzeichen oder einen falschen Pass und Kreditkarten benötigte, um sich damit aus Quebec herauszustehlen, würde Roubilliard bald davon Wind bekommen.

»Mir doch egal, ob du Donatien schon erledigt hast – ich werd's Jean-Paul wohl kaum stecken. Er und ich bewegen uns ja nicht gerade in den gleichen Kreisen, er ist doch heutzutage bloß darauf aus, sich mit Politikern und hohen Tieren in der Stadt sehen zu lassen, nicht mit Ex-Knackis und Rockern.« Roubilliard hielt Roman sein Glas entgegen. »Wenn du sagst, ich soll versuchen ihn aufzutreiben, dann mach ich das eben.«

Roman behielt sein Pokergesicht bei und dekorierte es nur mit dem Anflug eines Grinsens, sodass Roubilliard beim besten Willen nicht erkennen konnte, ob er sich nun schon um Donatien gekümmert hatte oder nicht.

Sitzung Zwei.

»Hat dich das tragische Unglück, bei dem dein Freund Patrika in der Kanalisation ertrunken ist, sehr aus dem Gleichgewicht gebracht? Sodass du es nur schwer vergessen konntest?«

»Ja ... Ja, so war es.«

»Und wie hast du dich den Rest deiner Zeit in den Abwasserkanälen gefühlt, von dieser Tragödie einmal abgesehen? Hast du dich verletzlich und unbehaglich gefühlt, vielleicht sogar voller Angst?«

»Ja, das haben wir ... Sehr sogar. Da waren immer so Geräusche, das Brausen von Wasser, merkwürdige Echos ... Ratten, die herumhuschten. Wir haben nie viel geschlafen ... Es war bloß ein Ort, wo man nachts der Kälte aus dem Weg ging.«

Elena saß in einem kleinen Nebenraum und hörte über Kopfhörer Lorenas Sitzung mit. Zwischen den beiden Räumen gab es kein Fenster; vor ihr hing ein Poster der Tourismusbehörde von Neuschottland mit der Ansicht einer zerklüfteten Küstenlinie. Die Kopfhörer waren mit einem Kassettenrekorder verbunden, der neben ihr stand, genauso wie ein Mikrofon. Weil Lowndes so viel mit Kindern zu tun hatte, war dieser Raum für Eltern gedacht, die sich dessen versichern wollten, dass ihr Nachwuchs nicht übermäßig unter Druck gesetzt wurde. Das Mikrofon war lediglich für eventuell notwendiges Soufflieren oder, in extremen Fällen, für Eltern gedacht, die eine Sitzung abrupt beenden wollten. Lowndes hatte ihr eingeschärft, es nur zu benutzen, wenn es unbedingt notwendig war, da es zumeist den Redefluss unterbrach.

In einem zehnminütigen Vorgespräch brachte Lowndes zum Ausdruck, dass er bei erneutem Reflektieren über die erste Sitzung starke Zweifel daran habe, er könne Lorena auf direktem Wege irgendwelche beunruhigenden Geschehnisse mit ihrem Stiefvater entlocken. Sein Ziel sei es daher, einen Umweg zu gehen und sich heranzupirschen.

»Und wie lange hast du die Kanäle dann noch als Zuflucht benutzt, nachdem Patrika gestorben war?«

»Drei Monate, glaube ich … Vielleicht auch vier.«

»Und hattest du danach noch mehr Angst, weil du ja wusstest, was mit Patrika passiert war?«

»Ja …, oh ja.« Lorena war ein wenig außer Atem, offenkundig aufgewühlt durch die Erinnerung. »Es wurde noch schwerer, nachts einzuschlafen. Wir kuschelten uns alle aneinander und horchten … Und schon vom leisesten Wasserrauschen sind wir aufgewacht, aus Angst, dass es wieder ansteigen könnte und uns einschließt oder wegspült.«

»Ich verstehe. Aber das ist ja dann nie wirklich passiert. Es war nur die Angst, dass es passieren würde … Und das hat sich dann vor allem in deinen Träumen später abgespielt?«

»Das stimmt … Es war nur in den Träumen echt.«

Sich heranpirschen. Elena presste die Hände zusammen. Sie hätte alles getan, um Lorena zu ersparen, wieder durch jene düsteren Zeiten gezerrt zu werden, doch Lowndes hatte insistiert, es könne dort eine wichtige Verbindung geben, einen Schlüssel zu den Schutzmauern in Lorenas Psyche.

»Also auch das, was mit Patrika passiert war. Sein Tod und all die Angst und Sorge, die nachher daraus entstanden, das war meist auch deinen Träumen vorbehalten, nicht wahr? Hast du überhaupt viel daran gedacht oder darüber nachgedacht, wenn du wach warst?«

»Nein ... Das habe ich nicht. Jedenfalls nicht viel ... Es war hauptsächlich in den Träumen.«

»Die Erinnerung an diese Zeit – wahrscheinlich mit die schlimmste in deinem Leben – hast du also, in deine Träume geschoben, könnte man das so sagen?«

»Ja ... Ich habe sie wohl weggeschoben, denke ich.« Eine längere Pause entstand, leises Rascheln, man hörte Lorena schlucken. »Es war ganz schwer für mich, darüber nachzudenken.«

»Ich weiß. Das verstehe ich.« Beruhigender Tonfall.

Elena schloss die Augen. Sie hörte Lorenas Stimme beben, als das Mädchen schließlich zugab, Geschehnisse »wegzuschieben«. Auch ihr osteuropäischer Akzent wurde nun ein wenig deutlicher. Sicher der Durchbruch, den Lowndes angestrebt hatte. Doch um welchen Preis? Der erstickende Druck, den Lowndes' Fragen ausübten, ließ nun auch Elena zittern. Lowndes hatte signalisiert, er habe starke Vorbehalte gegenüber weiteren Sitzungen, es sei denn, sie versuchten es von einer anderen Seite her und schafften bald einen Durchbruch. *»Es könnte sein, dass wir uns immer nur im Kreis bewegen und gegen die gleiche Mauer rennen.«* Daher hatte sie sich letztendlich erweichen lassen, Lowndes freie Entscheidung zu gewähren. Andernfalls hätte sie riskiert, das Handtuch werfen zu müssen, und der Gedanke, Lorena wieder bei Ryall abzuliefern, vielleicht noch am selben Tag, ließ sie erschaudern.

»Und meinst du, es wäre möglich oder sogar wahrscheinlich, dass du auch andere schreckliche Ereignisse, an die du dich nicht mehr erinnern möchtest, ebenfalls wegschiebst?«

»Ich ... ich weiß es nicht.« Lorena klang unsicher oder hatte die Querverbindung vielleicht nicht begriffen.

Lowndes half ihr rasch weiter: »Sie in deine Träume geschoben, wo du vielleicht besser mit ihnen umgehen kannst?«

»Ich ..., das kann schon sein. Ich habe noch nicht so darüber nachgedacht.«

Lowndes stieß einen leisen Seufzer aus – Elena stellte sich vor, dass der Mann neue Reserven mobilisierte –, um dann unbarmherzig fortzufahren, als befürchte er, der Faden ginge verloren, wenn er den Druck verminderte. Mit einer Reihe weiterer Fragen entlockte er Lorena, dass es, falls wirklich etwas mit ihrem Stiefvater im Gange war, wohl auch zu schrecklich für sie wäre, sich daran zu erinnern. »Etwas, das du am liebsten auslöschen würdest und vielleicht wieder in die Sicherheit deiner Träume schieben möchtest, wie deine schreckliche Zeit in den Kanälen und das, was Patrika passiert ist.«

Es entstand ein schwebender Moment, als Lorena darüber nachsann; es war, als wäre ihr die Bedeutung dessen, worauf Lowndes hinauswollte, erst aufgegangen, als er diese letzte Verbindung hergestellt hatte.

Zaghaft: »Es ... es könnte so sein. Jetzt verstehe ich. Ich wusste bloß nicht, dass das passieren könnte, weil ich vorher nicht wirklich darüber nachgedacht habe, ich ...«

»Schon in Ordnung«, unterbrach Lowndes, der wohl spürte, dass er in diesem Stadium nicht weiterkommen würde und sich Lorena wieder auf unsicherem Boden bewegte. »Du brauchst dir diesen Gedanken nicht völlig zu Eigen zu machen. Das wäre auch unfair, denn wahrscheinlich ist das jetzt das erste Mal, dass du die Möglichkeit auch nur in Betracht ziehst. Aber ich will doch, dass du es dir noch einen Augenblick anschaust, damit es sich setzen kann. Daher bitte ich dich, noch etwas anderes zu bedenken, nämlich ...«

Lowndes war gut, das musste Elena zugeben. Auch ohne die Bedenken, die er vor der Sitzung zum Ausdruck gebracht hatte, hatte sie sich allmählich Sorgen gemacht, ob sie denn wirklich darauf hoffen konnten, dass Lorena ihre Erinnerung von allein wieder aufschloss. In ihrem Telefongespräch mit Gordon hatte sie am Vorabend danach gefragt, welche Fortschritte er in Sachen Mikaya erzielt hatte; sie hatten sich darauf verständigt, dass er versuchen sollte, mit ihr Kontakt aufzunehmen, sobald sie, Elena, sicher in Kanada gelandet war. »*Ich habe ihr noch zweimal eine Nachricht hinterlassen, aber bislang keinen Rückruf bekommen. Ich probiere es heute Abend noch zweimal, und wenn ich dann immer noch kein Glück habe, fahre ich gleich morgen früh nach Durham.*«

Eines der hübschesten Mädchen, die ich je gesehen habe. Falls es hinter Mikayas damaliger Schwangerschaft dunkle Geheimnisse gab und sie mit dem Finger auf Ryall zeigte, dann hatten sie genug für eine Anweisung des Jugendamtes, Lorena nicht wieder zurückzubringen; ein paar Monate, wenn nicht länger, Spielraum für weitere ernsthafte Sitzungen, um herauszufinden, ob mit ihr das Gleiche geschah. Allemal besser als dieser Wahnsinn jetzt, in der Hoffnung auf einen Durchbruch alles in einige wenige Tage hineinzuzwängen.

»Was, meinst du, würde passieren, wenn du gegen deinen Stiefvater aussagen und erklären würdest, dass diese schrecklichen Dinge, die du jetzt nur in deinen Träumen beschreibst, sich tatsächlich so abgespielt haben?«

»Ich bin mir nicht sicher ... Wie meinen Sie das?«

»Na ja, im Moment theoretisieren wir nur: Was wäre wenn? Aber was, glaubst du, würde mit dir geschehen, Lorena? Dann würdest du ja wohl nicht mehr mit Mr Waldren in einem Haus leben können. Wo also würdest du hingehen?«

»Ich weiß nicht ... Darüber habe ich noch nicht so nachgedacht.«

»Ich verstehe. Das musst du ja bestimmt auch nicht.« Bedrückende Pause, dann holte Lowndes Luft. »Aber hast du schon einmal daran gedacht, dass ein kleiner Teil deines Verstands das getan hat, und dass dieser Teil befürchtet, du müsstest zurück zu dem, was du von früher her kennst – in die scheußliche Zeit der Waisenhäuser und der Tage und Nächte in den Abwasserkanälen?«

»Ich ... Ich weiß nicht.«

»Von den Träumen und deinen Sorgen in Bezug auf Mr Waldren mal abgesehen, fühlst du dich wohl in dem Haus? Ist es bequem und sicher und hast du alles, was du brauchst?«

»Ja, ich denke schon ... Es ist ein sehr schönes Haus.«

Elena hielt den Atem an, als Lowndes mit Hilfe einer Reihe von Fragen aus Lorena herauskitzelte, dass sie dieses Niveau an Komfort und Sicherheit noch *nie* erlebt hatte: die gewaltige Kluft zwischen ihrem gegenwärtigen Leben und den Entbehrungen und Schrecken ihrer Vergangenheit.

»Das ist ja wohl etwas, wohin du unter keinen Umständen mehr zurück möchtest.« Merkliche Pause, als erwartete Lowndes vielleicht eine Antwort oder als suchte er Lorenas Gesicht aufmerksam auf eine Reaktion ab. »Das könnte dann so etwas wie eine Blockierung verursachen, muss es aber nicht. Man kann nie so einfach sagen: ›Jetzt, da ich weiß, dass da eine Blockierung ist, schiebe ich sie einfach beiseite.‹ Daher bitte ich dich, Lorena, dich zu entspannen und dir vorzustellen, du müsstest wirklich Mr Waldrens Haus verlassen und würdest irgendwohin gehen, wo es genauso schön und warm und geborgen ist. Hast du denn Freunde, bei denen du gerne wohnen würdest?«

»Ja ... Da ist die Sozialarbeiterin, die mich in Rumänien kennen gelernt hat. Sie wohnt nicht weit weg.«

»Wie heißt sie?«

»Elen ..., äh, Ei ... Eileen.«

Elena schloss die Augen und schluckte heftig. Das warme Gefühl, das sie überkommen hatte, als Lorena sie als erste Wahl einer sicheren Zufluchtsstätte nannte, wurde in Anbetracht dessen, was sie Lorena zumutete, schnell von einem Schuldgefühl zerstört. Genau in dem Moment, in dem Lorena sich öffnen sollte, um die Wahrheit über ihr Leben ans Licht zu bringen, wurde sie gezwungen, von einer Lüge zur anderen zu springen.

»Und ist das ein schönes Haus?«

»Ja. Man hat Blick auf eine bewaldete Schlucht ... Und am Ende liegt das Meer.«

»Da schau her. Sieh mal einer an, da hast du ja die Qual der Wahl.« Lowndes stieß einen entspannten, beruhigenden Seufzer aus. »Jetzt will ich, dass du mal über diese schönen Orte nachdenkst, wo du hingehen würdest ... genauso bequem und geborgen wie dort, wo du jetzt bist. Denn ganz bestimmt würde dich deine Mutter oder deine Freundin, Eileen, nirgendwohin gehen lassen, wo es nicht schön oder sicher ist. Und falls du dir Sorgen machen solltest, dein Stiefvater könnte wütend werden und toben und dich anschreien – das brauchst du nicht. Er wird dir gar nicht nahe kommen dürfen. Du wirst nichts von ihm befürchten müssen ... Und dich auch nicht sorgen müssen, wohin du kommst oder was mit dir passieren könnte. Hast du das ganz verstanden? Hast du dich dahingehend beruhigt und verstanden, dass du dir in dieser Hinsicht überhaupt keinc Sorgen machen musst?«

»Ja ... ich verstehe.«

»Ich möchte, dass du dich darauf jetzt verlässt, dich entspannst, ganz ruhig bist. Spüre, wie der Druck jetzt weg ist, du brauchst keine Angst davor zu haben, etwas zu sagen. Aber sei auch vorsichtig: Solltest du dich immer noch nicht erinnern können – und ich meine deutlich erinnern –, dass da etwas ist mit deinem Stiefvater, selbst jetzt, wo der ganze Druck weg ist, dann wollen wir auch genau das von dir hören.«

»Ich ... Ich bin mir nicht sicher. Wie gesagt, manches erscheint so wirklich ..., als könnte es gar kein Traum sein. Aber ich kann mich einfach nicht erinnern, dass ich einmal dabei wach gewesen bin.«

Als Elena unwillkürlich das Kabel des Kopfhörers umklammerte, bemerkte sie, dass sie schweißige Handflächen hatte; jede Atembewegung, jedes Schlucken, jedes Räuspern ließ Elena spüren, wie das Mädchen unter Druck geriet. Lowndes hatte sich so geschickt und zielgerichtet herangepirscht, dass es sie an die sorgfältig geschichteten Pinselstriche ihres Malens erinnerte. Doch dann schien es, als sei ihm mit einem Mal das False-Memory-Syndrom eingefallen und er habe einen Pinselstrich wieder ausgewischt, besorgt, er könne sie zu sehr in die Ecke gedrängt haben. Zwar musste er mit Nachdruck vorgehen, um eine Blockierung zu durchbrechen, wollte jedoch vermeiden, dass es so aussah, als käme die Erinnerung als bloßes Ergebnis dieses Drucks – weil Lorena eben meinte, man wolle genau das von ihr hören.

»Und als du dich zurückversetzt und überlegt hast, ob es Wirklichkeit oder nur ein Traum war, da war es schon morgens, gleich nach dem Aufwachen.«

»Ja.«

Lowndes ließ sich von Lorena versichern, dass ihr Stiefvater normalerweise nicht bei ihr war, wenn sie aufwachte. »Aber nachts kam es vor, dass er an deinem Bett war, wenn du aufgewacht bist?«

»Ja ... manchmal, wenn ich schlecht geträumt hatte.«

»Von Patrika und den Abwasserkanälen?«

»Ja.«

»Hatten diese Träume denn auch mal damit zu tun, dass dein Stiefvater dich berührt hat ... und bist du danach aufgewacht und hast ihn neben deinem Bett stehen sehen?«

»Nur einmal ... Ich ... ich ...« Lorena kam ins Stocken, sprach abgehackt und mühsam.

»Schon in Ordnung, mach weiter«, half Lowndes ihr sanft auf die Sprünge.

»Ich träumte, dass er mich streichelte, mich tröstete und mir sagte, es sei okay. Dann spülte das Wasser in den Abwasserkanälen über mich ..., aber es war irgendwie warm, merkwürdig ... und drang mir in den Mund. Ich musste husten und nach Atem ringen ... Aber er hat mich weiter gestreichelt und gesagt, alles sei okay ... *okay*.«

»Und als du dann aufgewacht bist, hat er dich da auch berührt?«

»Ja ... ja. Aber nur an der Stirn ... Und er hat genau das Gleiche gesagt, alles wäre okay.« Lorena schluckte heftig und mühte sich, ihren Atem und ihre Fassung wiederzufinden. »Er meinte, ich hätte geschrien ... ihn aufgeweckt.«

»Hattest du den Eindruck, dass er gerade aus seinem Zimmer kam, oder war dir, als hätte er die ganze Zeit schon da gestanden?«

»Ich weiß nicht ... Das kann ich nicht sagen. Tut mir Leid.«

Lowndes legte eine Pause ein und holte tief Luft. Elena konnte sich des Eindrucks nicht erwehren, dass er an einer Art Scheideweg angelangt war, unschlüssig, wo er nun hinsteuern sollte oder, in Anbetracht der wenigen noch verbleibenden Minuten der Sitzung, ob er noch Zeit haben würde, den eingeschlagenen Weg zu Ende zu gehen. Elena senkte den Blick und bemerkte, dass ihre Hände deutlich zitterten. Lowndes' Befragung oder all die anderen Schrecken, mit denen sie jonglierte?

Scheideweg. Bei ihrem Telefongespräch am vergangenen Abend hatte Gordon sie gewarnt, ihr zeitlicher Rahmen, bis man ihren Flug nach Kanada aufgespürt habe, sei bald ausgereizt und sie solle am kommenden Morgen doppelt wachsam sein. Vor der Sitzung bei Lowndres hatte sie noch drei weitere Hausbesuche eingelegt, und als sie die St. Denis entlanggefahren war, war aus einer Nebenstraße ein Einsatzwagen eingebogen und hatte sich an der Avenue Mont Royal bis auf zwei Autos hinter ihr herangeschoben. Sie hatte sich bemüht, nicht dauernd in den Spiegel zu schauen, der Wagen war jedoch den ganzen Weg nach Sherbrooke hinter ihr geblieben, bis er schließlich abbog – und sie mit den Nerven gänzlich am Ende war. Danach hatte sie sofort angehalten; ihr Magen schlug Purzelbäume, und einen Augenblick hatte sie geglaubt, sie müsse sich übergeben.

»Das braucht dir nicht Leid zu tun, Lorena. Wie gesagt, wenn es gar nichts zu erzählen gibt, ist das auch in Ordnung. Und wenn es immer noch daran liegt, dass deine Erinnerung irgendwie blockiert ist, dann rechne ich auch nicht damit, dass sich das plötzlich, in ein paar Minuten, ändert. Das könnte dauern. Ich möchte aber, dass du weiter darüber nachdenkst, was wir vorhin entdeckt haben: Es gibt keinerlei Druck und keine Sorge, was mit dir geschehen könnte, wenn du etwas erzählst – *falls* du dich an etwas erinnern solltest. Wenn du dich mit diesem Gedanken anfreundest, kann uns das in deiner nächsten Sitzung helfen.« Lowndes Stimme senkte sich, wurde weich, fast verschwörerisch. »Würdest du das für mich tun, Lorena?«

»Ja … Das tue ich.«

Mit einem mechanischen, aber doch auch behutsamen: »Gut, dann sehen wir uns morgen wieder«, beendete Lowndes die Sitzung. Er ließ Lorena mit der Sprechstundenhilfe vorgehen und blieb noch einen Augenblick mit Elena in seinem Arbeitszimmer stehen. Nachdenklich wandte er sich ihr zu.

»Ist Ihnen klar, dass alles ganz schnell zu Ende sein könnte, wenn es morgen in der Sitzung nicht rasch einen Durchbruch gibt? Dass wir nirgendwo damit hinkommen?«

»Ja, das ist mir klar«, pflichtete sie ihm trübsinnig bei. Sosehr sie wünschte, dass der Albtraum rasch endete, so war es doch nur akzeptabel, wenn sie ihr Ziel erreichten. Unvorstellbar, Lorena zu Ryall zurückzuschicken, wohl wissend, dass dieser sie sexuell belästigte.

»Ach, eines noch. Diese Eileen ... Lorenas Freundin. Stehen sie sich sehr nahe?«

»Ja, ziemlich. Sie hat Lorena in Rumänien sehr geholfen.« Sie merkte plötzlich, dass sie mehr Distanz wahren sollte, und fügte hinzu: »Glaube ich jedenfalls.«

»Und ist sie im Bilde, was Lorenas aktuelles Problem angeht?«

»Ich ... Ich bin mir nicht sicher«, stotterte sie, plötzlich zu Tode erschrocken. Doch während ihr alle denkbaren Fallstricke durch den Kopf schossen – sie hatte gegenüber Lowndes bereits von Besuchen des Jugendamts gesprochen –, entschied sie sich dazu, zumindest teilweise die Wahrheit zu sagen. »Ja, mittlerweile muss sie es wissen. Das Jugendamt hat sie beim zweiten Besuch mitgeschickt. Aber am Anfang hat sie wahrscheinlich nichts davon geahnt.«

»Aha. Ich verstehe«, murmelte Lowndes.

Sie merkte, dass er noch immer ein wenig in Gedanken versunken war, und fügte rasch hinzu: »Gibt es ein Problem?«

»Nein ... nein. Überhaupt nicht.« Er schaute sie an und rang sich ein Lächeln ab. »Es ist bloß immer sinnvoll, so viel wie möglich von der Vorgeschichte zu kennen.«

Als sie eine Viertelstunde später mit Lorena einen Beefburger auf die Schnelle aß, kam Elena jedoch nicht umhin, zu überlegen, ob sich Lowndes ernsthaftes Kopfzerbrechen darüber machte, dass Lorena Eileen, die Sozialarbeiterin, erwähnt hatte. Sie schob den Gedanken fort, als Lorena die Hand nach mehr Ketchup ausstreckte und das hektische Treiben im Restaurant sich unsanft wieder meldete. Sie hatte schon genug Sorgen, und wahrscheinlich war es gar nichts, sondern nur ihre Paranoia, weil sie wusste, dass sie beide logen.

Die Telefonleitungen zwischen Cameron Ryall, Inspector Turton und Detective Sergeant Crowley waren in den vergangenen vierundzwanzig Stunden rot glühend gelaufen. Ebenso die zwischen Crowley, Interpol und einem immer breiter werdenden Netz von Flughäfen und Zollstationen in halb Europa. Da die Wahrscheinlichkeit schwand, einen raschen Durchbruch zu erzielen, beschloss Inspector Turton den Versuch aufzugeben, Ryall, der am Telefon immer hitziger wurde, mit Samthandschuhen zu behandeln, sondern sich dadurch aus der Affäre zu ziehen, dass er vorschlug, Ryall solle sich künftig direkt mit Crowley kurzschließen, um auf dem Laufenden zu bleiben.

»Man hat mir gesagt, ich solle mich jetzt in der Sache an Sie wenden. Offenkundig übernehmen Sie die ganze *Laufarbeit.*« Ryall betonte das Wort so, als stelle das die niedrigste Tätigkeitsform dar. Die Botschaft war klar und deutlich: Er sprach nur gezwungenermaßen mit Crowley und hatte schon lange die Geduld verloren. »Also, was zum Teufel geht hier vor?«

Crowley klärte mit Ryall zunächst, inwieweit Turton ihn bereits informiert hatte. Dann fuhr er fort: »Die Spur der Geldkarte scheint sich irgendwo in Frankreich zu verlieren. Uns ist nicht bekannt, dass sie dort oder anderswo noch einmal benutzt worden ist.«

»Ist ihr Auto denn in Frankreich nicht gesichtet worden?«

»Nein. Und auch sonst nirgendwo. Wir sollten uns nicht daran klammern, dass sie sich noch immer in Frankreich aufhält. Daher haben wir nicht nur die meisten Flughäfen im Norden Frankreichs alarmiert, sondern auch Grenzstationen zu Belgien, der Schweiz, Holland und Deutschland – gar nicht zu reden von den Flughäfen der Länder, die sie mittlerweile erreicht haben könnte. Wir gehen zur Zeit die Passagierlisten auf diesen Flughäfen durch, dürfen aber auch nicht ausschließen, dass sie sich nach wie vor in England aufhält. Die Fahrkarte für das Euro-Shuttle und die Geldkarte können genauso gut nur ein Ablenkungsmanöver gewesen sein.« Er verschwieg, dass er das Netz bald auf Italien und Spanien würde ausdehnen müssen, weil es möglich war, dass sie es auch bis dorthin geschafft hatte. Das hätte die Suchaktion noch dürftiger wirken lassen und deutlich gemacht, dass sie keinen Schimmer hatten, wo sie steckte. Er bemühte sich, zuversichtlich zu klingen. »Glauben Sie mir, wir tun alles, was in unserer Macht steht. Ganz gleich, wo sie ist, wir finden sie.«

»Was ist mit Mr Waldren?«

Turton hatte Ryall bereits davon berichtet, dass sie versucht hatten, Mr Waldren mit der Zusage zur Einsicht zu bringen, in den ersten zwölf Stunden von einer strafrechtlichen Verfolgung möglicherweise abzusehen. Daher ging Crowley gleich dazu über, was sich seitdem ereignet hatte. Sie hatten den Zeitraum um ein paar Stunden verlängert, doch auch die waren nun verstrichen. Sie hatten die Überwachung von Waldrens Telefonanschluss beantragt, dazu eine Liste aller in den vergangenen sechsunddreißig Stunden getätigter Anrufe, und beides war am späten Abend des Vortags genehmigt worden.

»Aber das Verzeichnis und die Überwachung hat bislang nichts Interessantes gebracht. Das könnte allerdings daran liegen, dass Mr Waldren es sich zur Gewohnheit zu machen scheint, Telefonzellen aufzusuchen, gewöhnlich spätabends. Das ist auch etwas, was wir tun – wir folgen ihm. Zwei Telefonzellen in Chelborne, eine auf dem Weg nach Wareham: Er benutzt jedes Mal andere. Es scheint auch so, dass er Anrufe bekommt und nicht selbst tätigt.« Crowley fand, dass sich ihre Bemühungen alles in allem ziemlich beeindruckend anhörten. »Wie Sie sehen, Sir, hocken wir hier nicht herum. Wir gehen jeder Möglichkeit nach.«

»Ach, tatsächlich?« Ryall erstickte jeden Überschwang.

»Aber das Ergebnis dieser fabelhaften Untersuchung ist, dass Sie auf überhaupt *nichts* Konkretes gestoßen sind?«

»Ja, also, ich … Ich weiß nicht, was wir Ihrer Meinung nach sonst tun sollten?«

»Ich dachte, es sei Ihr Job, das herauszufinden.« Zunehmende Ungeduld, gemischt mit Sarkasmus. »Aber wenn mir noch etwas einfällt, rufe ich Sie ganz bestimmt an.« Ryall hängte abrupt ein.

Kinderschänder oder nicht – in den gefährlichen Bereich, darüber auch nur nachzudenken, wollte Crowley sich nicht begeben –, Cameron Ryall war zweifellos kein netter Zeitgenosse.

Besonders gewurmt hatte Crowley Ryalls Andeutung, er mache seinen Job nicht ordentlich. Daher verspürte er nun das starke Verlangen, die Dinge neu auszurichten und ein paar Punkte gutzumachen. Als sich vierzig Minuten später die beiden Detective Constables, die Gordon Waldren beschatteten, mit der Nachricht meldeten, er sei unterwegs, *»… verlässt die Gegend hier, offenkundig nicht hier auf Kundenbesuch«,* glaubte er, etwas in der Hand zu haben. Dennoch wartete er mit dem Anruf bei Ryall noch eine Stunde, bis er Nachricht bekam, Waldren fahre auf der A421 Richtung Northampton.

»Möglicherweise trifft er sich mit seiner Frau oder gibt uns zumindest dadurch, wohin er fährt, einen Anhaltspunkt auf ihren Aufenthaltsort. Auf jeden Fall ändert er gerade sein normales Prozedere.«

»Ja … Ich verstehe. Besser als gar nichts, denke ich. Danke für den Anruf. Halten Sie mich auf dem Laufenden.«

Crowleys nächster Anruf erfolgte erst über zwei Stunden später. »Er ist nach Durham gefahren, wie es aussieht. Meine Männer haben ihn gerade beim Einparken beobachtet.«

»In welcher Straße?«, erkundigte sich Ryall scharf.

»*Was* …?« Crowley war einen Augenblick durcheinander, bevor er wieder an die andere Leitung ging, um nachzufragen. »Elvet Hill Road.«

»Da wohnt meine andere Tochter, Sie Hornochse.«

»Ihre *andere* Tochter?«

»Ja, meine älteste Stieftochter, Mikaya. Sie studiert an der Universität Durham.«

»Und warum sollte Gordon Waldren sie besuchen?«

»Herrgott noch mal, das weiß ich doch nicht«, polterte Ryall. »Vielleicht, um sie auch noch zu entführen!« Tatsächlich wusste er es nur zu gut, und ihm lief ein eiskalter Schauer den Rücken hinunter und ließ ihn erstarren. Seine Sekretärin hatte aufgeschaut, als er die Stimme gehoben hatte, und sie schaute ihn auch jetzt noch besorgt durch die gläserne Trennwand in seinem Büro an. Er wandte den Blick zu Boden und senkte seine Stimme zu einem dringlichen Schnarren. »Hören Sie – Sie müssen ihn davon abhalten, sie zu besuchen.«

»Ich … Ich weiß nicht, ob wir das tun können. Es ist nicht unsere Aufgabe, Verbrechensprävention zu betreiben, nur weil Sie *glauben,* es könnte etwas geschehen.« Nun war es an Crowley, herablassend zu sein. »Außerdem soll Waldren nichts davon wissen, dass wir ihn beschatten. Aber da meine zwei Männer direkt hinter ihm sind, käme er ohnehin mit niemandem besonders weit.«

»Aber Sie müssen doch *irgendetwas* unternehmen. Ich will nicht, dass er mit ihr spricht – ist das klar?«

Nein, war es nicht, nicht wirklich, aber da eine seiner Töchter nun seit über vierzig Stunden verschwunden war, musste Crowley einräumen, dass Ryalls Urteilsfähigkeit etwas angeschlagen sein konnte. »Wie gesagt, ich glaube nicht, dass wir hier viel tun können. Aber Sie könnten sie natürlich selbst anrufen und vor der Begegnung abhalten. *Falls* er so etwas vorhat.«

»Danke. Sie sind mir eine große Hilfe gewesen.«

Zum zweiten Mal sah sich Crowley von Ryall mit einer toten Leitung konfrontiert.

Ryall versuchte Mikaya zunächst in ihrem Studentenwohnheim zu erreichen. Niemand ging an den Apparat. Dann versuchte er, sie über ihren Tutor oder aktuelle Seminare zu erreichen, hatte aber nach wie vor kein Glück. Ihm blieben lediglich die tröstende Worte der Kanzleisekretärin: »Wir lassen ihr eine

Nachricht zukommen mit dem Hinweis, dass es dringend ist. Bestimmt ruft sie sobald wie möglich zurück.«

»Ja … Danke. Tut sie sicher.«

Bloß, dass es dann wahrscheinlich schon zu spät war. Waldren konnte bereits in einem Studierzimmer oder einer ruhigen Ecke bei ihr sitzen und sie ausfragen. Ryall begann zu zittern, und ein heißes Kribbeln befiel ihn am ganzen Körper. Als er scharf aufschaute, wandte seine Sekretärin den Blick von ihm.

Zuerst Turtons Enthüllung, dass der Hauptgrund für Lorenas Entführung darin lag, ihr professionelle Hilfe zu ermöglichen, und nun Gordon Waldren, der Mikaya gegenübertrat – das war ja wie ein Großangriff auf die ganze Familie! Zwar bezweifelte er, dass bei konventioneller Kinderpsychiatrie viel herauskommen würde, doch bei wiederholten Sitzungen konnten sich die Aussichten rapide verschlechtern. Wer konnte das sicher sagen? Jede weitere Stunde ohne Nachricht von Lorena brachte ihn nervlich so unter Druck, dass er am liebsten laut geschrien hätte, aus Unruhe und Angst, aber auch aus Wut darüber, dass er die Kontrolle verloren hatte – etwas, das ihm ganz fremd war.

Auch Mikaya würde sich wohl an nichts erinnern. Doch bei ihr beunruhigte ihn die Zeitspanne, die seitdem verstrichen war. Wie lange blieb so etwas in der Tiefe des Gedächtnisses begraben, bis es schließlich wieder ans Licht gelangen konnte?

23

Als sie ihre Tasse Kräutertee wieder auf die Untertasse stellte, bemerkte Elena, dass ihre Hand noch immer zitterte.

Mit zum Zerreißen gespannten Nerven war sie am Nachmittag erneut an drei Streifenwagen vorbeigefahren. Sie hätte wissen müssen, dass sich die Gefahr, die Wege der Polizei zu kreuzen, deutlich erhöhte, indem sie in Montreal von Tür zu Tür zog. Vernunftmäßige Erklärungen trugen jedoch kaum dazu bei, den extremen Stress zu mindern. Wie lange würde sie ihn noch ertragen können?

Der zweite Einsatzwagen hatte kurz abgebremst, und der Beamte auf dem Beifahrersitz hatte sie flüchtig taxiert, während sie an der Türschwelle der sechzehnten oder siebzehnten – sie hatte den Überblick verloren – Familie Stevens ihre zur Routine gewordene Platte auflegte. Dann war sie noch eilig in eine Drogerie gegangen, um sich ein Röhrchen natürlicher Beruhigungstabletten zu besorgen. Sie bestanden vor allem aus Baldrian, und auf dem Etikett war die Anweisung zu lesen, alle vier Stunden zwei Tabletten einzunehmen. Mit einem Orangensaft aus einem *depanneur,* wie die kleinen Nachbarschaftsläden hier hießen, spülte Elena gleich vier auf einmal hinunter.

Ihr fiel der Rat ein, den Gordon von seinem Arzt bekommen hatte, um gegen Stress und hohen Blutdruck anzugehen und einen weiteren Herzanfall abzuwenden. Fettes Essen, Molkereiprodukte und hohe Zuckerzufuhr vermeiden, von Aufputschmitteln wie Kaffee und Cola absehen; Brandy und Wodka waren tabu, Bier in Maßen war okay, und Whiskey war sogar gut für ihn: »*Hat beruhigende Wirkung und verdünnt das Blut, verbessert so den Kreislauf.*« Aber auch das in Maßen.

Sie würde den Kickstart vermissen, den ihr sonst ihre fünf oder sechs Tassen Kaffee am Tag verschafften, und empfand schon das Verlangen danach als qualvoll, da sie die Energie für die Aufgabe, sich noch am gleichen Abend an sechs oder sieben Türen zu schleppen, dringend benötigte. Der Kräutertee war da nur ein kümmerlicher Ersatz.

Im gleichen *depanneur* hatte sie sich drei Whiskyfläschchen gekauft und das erste unmittelbar vor dem nächsten Türbesuch geleert, sich danach aber in Schach gehalten. Die Nacht zuvor hatte sie nicht gut geschlafen, und mit ihren leicht blutunterlaufenen Augen und strapazierten Nerven sah sie allmählich immer mehr aus wie eine Frau am Rande des Abgrunds. Jedenfalls musste sie zur Kenntnis nehmen, dass ihr die Türen nun verhaltener, zögerlicher geöffnet wurden und manche Leute nur durch den Türspalt mit ihr sprachen. Wenn sie sich nun auch noch mit Whiskydunst einnebelte, würde man sie sogar noch weniger freundlich aufnehmen.

Die Vorstellung rief ein leises, ironisches Lächeln bei ihr hervor, das Lorena von der anderen Seite des Cafés aus mitfühlend erwiderte, was Elenas Lächeln wiederum breiter werden ließ. Lorena, die sich gerade an einem Spielautomaten durch Tombraider kämpfte, wirkte im Moment ganz zufrieden und unbeschwert: kurze Atempause von den anstrengenden Sitzungen, der langatmigen Lektüre von Harry Potter und dem Anhören eines halben Dutzends weiterer Kassetten, die Elena ihr gekauft hatte, damit sie sich die Wartezeit im Auto vertreiben konnte, während sie selbst mit ihrem Aufmarsch an den Türstufen fortfuhr – jedes Mal hoffend, dass es die letzte Tür war. Die, bei der jemand plötzlich lächeln und sie hineinbitten würde, statt mit Stirnrunzeln und Kopfschütteln zu reagieren.

Ich werde ihn außer Sicht- und Reichweite verstecken. Wem wollte sie eigentlich etwas vormachen? Zwei Tage, und sie hatte noch nicht einmal die entfernteste Spur, und so, wie die Sitzungen mit Lorena liefen, sah es auch nicht danach aus, als käme irgendwas dabei heraus. Erst hatte ihr Vater die Oberhand über sie gewonnen und jetzt auch noch Ryall. Dominante Männer, Thema ihres Lebens, warum also überrascht sein? Sie umklammerte ihre Teetasse und trank noch einen Schluck. Immerhin war sie konsequent. Wenn sie geschlagen nach England zurückkehrte, vielleicht ja sogar schon morgen, dann sah sie auch noch einer Gefängnisstrafe hierfür entgegen. Das hatte ihr Gordon beim letzten Telefonat klar gemacht: Der letzte Termin, bei dem von einer Strafverfolgung Abstand genommen wurde, war längst verstrichen. Vollstreckungsaufschub unmöglich. Gehe nicht über Los, ziehe nicht 4000 Mark ein, gehe direkt …

Eine rundliche Frau in einem dick wattierten Parka streifte sie auf dem Weg zu ihrem Tisch und riss sie aus ihrer weinerlichen Stimmung. Mittleres Alter, afro-karibisch. In diesem Teil von Montreal um die Rue Hochelaga machten Menschen aus der Karibik einen hohen Anteil an der Bevölkerung aus, während der Rest aus Frankokanadiern und einem ethnisch breiteren Mischmasch bestand als in jeder anderen Gegend der Stadt. Halal-Metzgereien drängten sich neben griechischen Steakhäusern, Burrito-Bars und *depanneurs* verkauften Süßkartoffeln und Cassava, während andere Läden häufig mit Brettern vernagelt und mit Postern und Graffiti bedeckt waren.

Tatsächlich gab es auch Stadtteile, in denen Elena hoffte, ihn *nicht* zu finden; sie wollte sich nicht auch noch mit dem zusätzlichen Schuldgefühl konfrontiert sehen, dass er ein hartes, benachteiligtes Leben führte.

Sie beschloss, ihre Stimmung aufzuheitern, indem sie es mit Besuchen in besseren Gegenden versuchte. Nach dem Bezahlen schaute sie Lorena eine Weile über die Schulter, die gerade noch ihr Spiel beendete. Dann fuhren sie Richtung Norden zu einem Wohnblock zwischen Rue Beaubien und Rue d'Iberville – dieses Mal zu einem Stephanou.

Während des Tages war ihr plötzlich aufgegangen, dass ihre Nachforschungsmethode unvollständig war. Sie erkundigte sich immer nur, ob es im Haus einen Nicholas, eine Maria oder einen George Stevens gab, nannte das entsprechende Alter und streifte kurz die Vorgeschichte. Sie konnte nicht danach fragen, ob die Leute vielleicht Verwandte waren, weil Stevens ja nur ein angenommener Name war. Außerdem fragte sie sich allmählich, ob sie mit Montreal die richtige Wahl getroffen hatte. Wenn der einzige Zweck der Namensänderung darin gelegen hatte, sich mittels eines gewöhnlichen anglisierten Namens tiefer in der Stadt zu vergraben, warum dann nicht gleich Chicago oder New York, wo die Bevölkerung fast zur Gänze anglophil war? Vielleicht war es Montreal geworden, weil sie hier Verwandte hatten. Elena hatte ins Telefonbuch geschaut: acht Stephanous. Die kamen jetzt zu ihren belastenden Türbesuchen noch hinzu, aber dann konnte sie wenigstens sicher sein, alle Möglichkeiten abgedeckt zu haben. Zwei hatte sie bereits besucht, nun kam Stephanou Nummer drei an die Reihe.

Die Straße war breiter und von Bäumen gesäumt, und als ein älterer Mann an die Tür kam und sagte, es gebe eine Maria in der Familie, stiegen ihre Hoffnungen kurzzeitig. Doch das Alter, vierunddreißig, stimmte nicht, und sie war auch erst vor neun Jahren nach Montreal gezogen.

Elena ließ die Schultern hängen und schloss einen Augenblick die Augen, während sie sich im Auto zurücklehnte. 18.40 Uhr. Sie hatte gehofft, noch drei oder vier Besuche schaffen zu können, doch so, wie ihr zu Mute war, fühlte sie sich nicht dazu im Stande. Erledigt, mutlos, die Nerven in Fetzen, fühlte sie sich kaum in der Lage, auch nur ein Fünkchen Energie aufzubringen.

»Tut mir Leid, dass du ihn noch nicht gefunden hast«, sagte Lorena nachdenklich, fast besorgt.

»Schon gut.« Elena wollte hinzufügen: »Ist ja nicht deine Schuld«, biss sich stattdessen aber auf die Lippe und setzte hinzu: »Und mir tut es Leid, dich hier so herumzuschleppen.« Sie beugte sich vor und drückte Lorena sanft die Hand. »Du warst toll. Ganz geduldig.«

Elena schaute noch einmal auf ihre Liste und studierte den Stadtplan: ein Stevens nur fünf Straßenzüge entfernt, ein anderer innerhalb einer Meile. Diese beiden sollte sie wenigstens noch abchecken, solange sie hier war, um dann zu sehen, wie sie sich fühlte.

Sie spürte, dass Lorena noch etwas sagen wollte. Als sie den Motor anließ und losfuhr, kam es heraus.

»Was der Arzt da gesagt hat – wohin ich gehen könnte. War das verkehrt, als ich gesagt habe, dass ich vielleicht bei dir wohnen könnte?«

»Nein, nein … überhaupt nicht, ich …«

»Ich meine, könnte das denn *wirklich* passieren … wenn ich weg von den Ryalls müsste? Vielleicht könnte ich dann ja mit Katine spielen wie mit einer Schwester.«

Sie hatte alle Teile zusammengefügt, bevor Elena auch nur richtig darüber nachdenken konnte. Elena erinnerte sich, dass Lorena zuweilen schlau sein konnte, um zu bekommen, was sie wollte – Relikt aus der Zeit in Bukarest, als sie schon frühzeitig clever sein musste, um zu überleben. Doch war das nackte Flehen in Lorenas Stimme nicht zu überhören. Sie machte sich offenkundig große Sorgen darüber, was mit ihr geschehen konnte. Elenas Kehle schnürte sich zusammen. Zu ihrer Schande hatte sie kaum einen Gedanken darauf verwendet, wohin Lorena gehen sollte – in eine gute Familie irgendwo, ja, keine Frage, aber nicht notwendigerweise in die ihre.

»Ja, natürlich, du weißt doch, dass ich dich gerne bei mir hätte.« Ihre Stimme war voller Zuversicht. Sie verdrängte das Schreckgespenst der verfahrensrechtlichen Schritte, die so etwas unmöglich machen konnten: Als eine Frau, die – wie nun ans Licht gekommen war – ihr leibliches Kind aufgegeben hatte und nun auch noch jemanden entführte, war sie nicht gerade der Stoff, aus dem Adoptiveltern gemacht waren. Doch spürte sie, dass es im Moment wichtiger war, Lorenas Hoffnungen auf ein vertrautes, herzliches Zuhause aufrechtzuerhalten, um die Blockierung in ihrem Kopf zu durchbrechen.

Wieder gesellte sich nun ein Täuschungsmanöver zu den vielen anderen, mochte es auch gut gemeint sein. Elena versuchte, sich keine Gedanken über die Lächerlichkeit zu machen, Lorena etwas zu versprechen, wo sie, Elena, angesichts einer möglicherweise vor ihr liegenden Gefängnisstrafe Mühe bekommen dürfte, sich um die beiden Kinder zu kümmern, die sie bereits hatte.

Als ihr Wagen an der nächsten Kreuzung zum Stehen kam, bemerkte sie, dass ihre Hände am Steuerrad unverändert zitterten. Zumindest in einer Hinsicht hatten die Baldriantabletten jedoch geholfen: Sie machten das Lügen einfacher und betäubten einen Teil der erdrückend schweren Probleme, die vor ihr lagen. Sie fühlte sich seltsam entrückt von der Wirklichkeit, fuhr nun mit mehr Zielstrebigkeit und unter höherem Risiko, als sie es je gekannt hatte, durch die nächtlichen Straßen einer ihr fremden Stadt und fühlte sich dabei doch ziellos und verloren.

»Also, was für ein Problem gibt es mit meinem Vater?« Mikaya Ryall zog eine Braue hoch.

»Wie gesagt, nichts Ernstes.« Gordon hatte ihr gleich beim ersten Herantreten versichert, dass ihr Vater nicht krank oder dergleichen war. Nervös hatte er sich dann im belebten Gang der Universität nach beiden Seiten umgeschaut und hinzugefügt, es sei trotzdem nichts, was er in aller Öffentlichkeit besprechen wolle. Zurückhaltendes Nicken von Mikaya nach einem kurzen Moment, dann waren sie in ein nahe gelegenes Café gegangen. »Hat er Sie in den letzten Tagen angerufen?«

»Nein, wieso?«

Merkwürdig, dachte Gordon. Entweder hatte der Lauf der Ereignisse die Ryalls so in Schrecken versetzt, dass sie ganz vergessen hatten, ihre ältere Tochter zu informieren, oder es war ein Zeichen dafür, dass zwischen ihnen so etwas wie Distanz lag. Er hatte sich als Donald Benham, einer seiner Kunden, vorgestellt, damit sie nicht gleich herausplatzte: »*Waldren?* Sind Sie nicht derjenige, der Lorena entführt hat?« Sie hätte sich geweigert, mit ihm zu sprechen. An der gegenüberliegenden Wand des kleinen Cafés, das mit etwa einem Dutzend Personen nur zu einem Drittel belegt war, hatten sie Platz genommen. Der Geruch von gebratenem Speck hing schwer in der Luft, da aber Rauchen verboten war, hatte man es wenigstens nur mit einem einzigen Schadstoff zu tun. Gordon machte eine entschuldigende Handbewegung.

»Nun, es geht um die kleine Lorena, verstehen Sie ... Jemand hat sie entführt. Ihre Stiefeltern kennen aber die Person, die sie entführt hat, daher braucht man um ihre Sicherheit nicht zu fürchten. Aber das ist der Grund, warum ich hier bin.«

Wieder die Braue. »Sind Sie von der Polizei?«

»Nein, nichts dergleichen. Ich kenne sowohl Lorena als auch die Person, die sie mitgenommen hat. Allerdings führt mich eher das Motiv hierher, warum sie mitgenommen wurde.« Unterbrochen nur von den Kaffees, die man ihnen an den Tisch brachte, schilderte Gordon die Abfolge der dramatischen Ereignisse: Lorena und die beiden Besuche des Jugendamtes, ihr Stiefvater, der eine psychiatrische Beratung blockierte, schließlich die Entführung. Dabei musterte er ständig Mikayas Gesichtsausdruck, vor allem ihre Augen: groß, dunkelbraun und nur leicht schräg gestellt; allerdings achtete er mehr auf die Schatten, auf ihre Reaktion während er erzählte. Sie sah fantastisch aus, einen Meter siebzig groß, schlank, glänzendes, dunkles Haar bis fast an die Hüfte und ein warmes, wenn auch vorsichtiges Lächeln. Es war schwer, sich des Gedankens zu erwehren, dass Ryall sich seine Stieftöchter in erster Linie wegen ihrer Schönheit aussuchte. Stärkere Schatten, als er die Rede darauf brachte, dass Lorena möglicherweise missbraucht wurde, doch mochte das die schockierte Reaktion sein, die solche Nachrichten bei den meisten hervorgerufen hätte.

»Kommen Sie vom Jugendamt?«, wollte sie wissen.

»Nein. Sagen wir einfach, ich bin ein Freund der Familie, der alle Beteiligten kennt, auch die Mitarbeiterin der Hilfsorganisation, die Lorena professionelle Hilfe zukommen lassen will – und ich habe Verständnis für ihre Beweggründe.« Gordon trank seinen ersten Schluck Kaffee. Jetzt wurde es schwierig. »Ich habe mich gefragt, ob es vielleicht aus Ihrer eigenen Erfahrung mit Ihrem Stiefvater etwas gibt, was Sie glauben lässt, dass Lorena die Wahrheit sagen könnte.« Einfühlsamer als die unvermittelte Frage, ob ihr Stiefvater sich an ihr ebenfalls vergangen hatte – doch es wirkte sich einzig und allein so aus, dass eine kurze Verzögerung eintrat, bis der Schock sie überkam.

Sie stand abrupt auf und schüttelte den Kopf. »Ich halte dieses Gespräch für keine gute Idee.«

»Bitte, ich ... Ich komme von weit her.« Er stand halb auf, ergriff sanft ihren Arm und setzte einen flehentlichen Blick auf. »Die Frau, die Lorena mitgenommen hat, hat das in bester Absicht getan, weil sie keine andere Lösung sah und den Gedanken nicht ertragen konnte, das Mädchen Ihrem Stiefvater auf Gedeih und Verderb auszuliefern – falls da tatsächlich etwas vorgeht. Sie halst sich womöglich eine Menge Ärger auf für das, was sie getan hat. Und sie ist ein sehr netter Mensch, jemand, der mir viel bedeutet.«

Unsicherheit, dunklere Schatten in Mikayas Augen. In diesem Moment war Gordon überzeugt davon, dass sie etwas wusste. Es kam jedoch nur flüchtig an die Oberfläche, um dann wieder verdrängt zu werden. Sie entzog ihm ihren Arm.

»Tut mir Leid, ich kann nicht mit Ihnen reden.« Sie drehte

sich ein wenig von ihm ab, hatte Mühe, seinem flehentlichen Blick zu begegnen. »Es ist ja auch nichts passiert, über das gesprochen werden müsste.« Hastig zog sie sich ihre Tasche über die Schulter.

Sie war durcheinander, ihre Tapferkeit gespielt und unsicher. Gordon merkte, dass sie log. Ganz gleich, was geschehen war, beim Gedanken, sich dem erneut stellen zu müssen, wurde sie extrem nervös. Er sah, dass ihre Hand an der Tasche zitterte, und griff erneut ihren Arm.

»Ich weiß, es ist schwierig, aber bitte – Sie könnten mir helfen, wenn Ihnen etwas einfällt. Die Frau, die Lorena mitgenommen hat, könnte ins Gefängnis kommen, wenn sie sich täuscht, was das Mädchen angeht.« In Gordons Stimme lag Dringlichkeit, doch sie war so leise, dass niemand sonst in dem Café mithören konnte. Trotzdem schauten mittlerweile einige zu ihnen herüber: Ein älterer Mann umklammerte den Arm eines hübschen jungen Mädchens, das aufgewühlt war und sich von ihm lösen wollte. Eine Kabbelei unter Liebenden, die eine interessante Entwicklung zu nehmen schien.

»Tut mir wirklich Leid ...« Mikaya schüttelte erneut den Kopf, schien den Tränen nah. Stoisch vermied sie es, seinem Blick zu begegnen, als hätte sie Angst davor, was er in ihrem sehen konnte. »Ich kann Ihnen einfach nicht weiterhelfen.« Sie zog den Arm zurück und drehte sich um.

»*Bitte* ... was war mit der Schwangerschaft? Können Sie mir nicht *irgendetwas* dazu sagen?«

Da sie bereits einige Schritte von ihm entfernt war, musste Gordon die Stimme ein wenig anheben. Dieses Mal hörten andere im Café mit, was ihren Verdacht bestätigte. Doch Mikaya hatte den Kopf gesenkt, presste die Schultertasche wie ihre Geheimnisse fest an sich und schaute sich beim Hinausgehen nicht um.

Als der Polizist das Geschäft betrat, schaute sich Elena zuerst gar nicht um, da sie zu beschäftigt damit war, zuzusehen und zu bestimmen, was Lorena aus den Regalen fischte. Sich selbst überlassen, hatte das Mädchen einen Arm voll Süßigkeiten, Popmagazine und CDs ausgesucht, wo sie eigentlich doch nur wegen eines Erfrischungsgetränks und eines Schokoriegels hereingekommen waren. Es war ein recht großer *depanneur,* fast ein kleiner Supermarkt.

Als sie ein paar Schritte hinter sich die Gegenwart von jemandem spürte, drehte sie sich halb um: schwarze Lederjacke und schwarzblaue Hose, Motorradstiefel, ein breiter schwarzer Gürtel mit Schlagstock und Revolver, französische Schrift auf einem Abzeichen, das das Schulterstück seiner Jacke überwölbte. Ein über einen Meter neunzig großer, schlanker Mann, dessen Sturzhelm ihn noch größer wirken ließ. Mit wild hämmerndem Herzen schaute sie hastig weg, den Blick wieder auf Lorena richtend, während der Polizist hinter ihr näher kam und durch die Zeitungs- und Zeitschriftenregale an der Seite stöberte.

»Schau mal, sie haben die Spice Girls, aber ich glaube auf Französisch.« Lorena schaute sich einen CD-Ständer von oben nach unten an. »Billie haben sie auch, und die ist auf Englisch. Meinst du, die könnte ich haben?« Hoffnungsvoll lächelnd holte Lorena die CD aus dem Ständer.

»Ja, gut. Gut.« Protest und eine Hinauszögerung der Entscheidung war das Letzte, was Elena nun wollte. Hätte Lorena zehn CDs herausgezogen, hätte sie es bloß stumm abgenickt. Ja. Klasse. Sie wollte nicht »Komm, wir gehen jetzt« zischen, was ihr erster Impuls war, weil der Polizist das Beben und die Hast in ihrer Stimme mitbekommen hätte und womöglich argwöhnisch geworden wäre. Deswegen schaute sie Lorena einfach an und versuchte mithilfe ihrer Augen auf das Problem hinter ihr hinzuweisen. Lorena ihrerseits jedoch konnte auf Grund ihrer Größe und des dazwischen stehenden Ständers den Polizisten gar nicht sehen, und bevor Elena ihre Aufmerksamkeit auf sich lenken konnte, vertiefte sich das Mädchen wieder in die CDs, bis sie sich schließlich den Pop-Postern, Karten und Süßigkeiten weiter unten zuwandte.

Lorena suchte sich einen Schokoriegel und eine Tüte Toffees aus. »Meinst du, die haben J-17?«

»Nein. Das glaube ich nicht. Die Zeitschriften sind größtenteils auf Französisch.« *Nun komm doch endlich!,* hätte Elena schreien wollen. Der Polizist war nun nur noch einen halben Meter entfernt; fast spürte sie seinen Atem an der linken Schulter. Sie hatte einen leichten amerikanischen Tonfall in ihre Worte einfließen lassen, bemüht, nicht allzu englisch zu klingen, und sie hatte auch nicht fortwährend sagen wollen, dass es hier keine Zeitschriften aus England gab. Ihr Puls raste, sie spürte ihn wild an der Halsschlagader pumpen, und ihre Kehle war wie zugeschnürt, sodass sie kaum schlucken konnte. Mittlerweile konnten sie mit Leichtigkeit dahinter gekommen sein, wohin sie beide geflogen waren; im Hinterkopf des Polizisten die über Telex hereingeknatterte Fahndung nach einer Engländerin mit kleinem Kind, dann hört er die beiden reden, und alles nimmt Gestalt an.

Mit einer Zeitung und einer Zeitschrift trat der Polizist auf den Tresen zu, sagte etwas auf Französisch und reichte einen Geldschein hinüber. Der Junge an der Kasse, picklig und kaum dem Teenageralter entwachsen, tippte auf der Registrierkasse die Summe ein und hielt das Wechselgeld in der Hand. Doch dem Polizisten schien im letzten Moment noch etwas eingefallen zu sein, und er deutete hinter den Jungen. »Et vingt Winston.«

Mit einem Seitenblick behielt Elena den Kassentresen und den Jungen im Auge, nicht wagend, sich ganz nach dem nun gleich neben ihr stehenden Polizisten umzuschauen. Sie stand da, umklammerte eine Flasche Orangensaft und eine Cola und spürte nun zum ersten Mal den Blick des Polizisten auf sich, während der Kassenjunge nach Zigaretten hinter sich griff.

»Cinquante-cinq cent plus.«

Der Polizist reichte einige Münzen hinüber, und im gleichen Augenblick trat Lorena hinter den Regalen hervor.

»Vielleicht haben sie ja Sug…« Als sie den Polizisten sah, unterbrach sie sich, und ihre Augen weiteten sich. Ihre Hände schienen plötzlich die Koordination zu verlieren, und ungeschickt ließ sie von all den Gegenständen, die sie umklammert hielt, eine Tüte Toffees fallen. Heftig errötend bückte sie sich, um sie aufzuheben.

Elena machte einen raschen Schritt und war vor ihr da; sie hatte bereits vor Augen, wie Lorena vor Schreck beim Bücken alles fallen ließ.

»Okay. Das wär's dann.« Eine Feststellung, damit Lorena nicht antworten musste.

Als sie sich wieder aufrichtete, lächelte der Polizist Lorena fröhlich an. Offensichtlich glaubte er, das Mädchen sei nur darüber überrascht, einen so großen Menschen in Uniform zu sehen. Zaghaft erwiderte Elena das Lächeln, während sie alles auf den Tresen legte. Sie presste ihre Hände auf die Glasplatte, sodass der Mann hoffentlich nicht bemerkte, dass sie zitterten. Mit knappem Nicken – da sie hastig in die andere Richtung geschaut hatte, war sich Elena nicht sicher, ob es ihnen oder dem Jungen an der Kasse galt –, wandte der Mann sich ab und trat hinaus.

Der schwere Schritt seiner Motorradstiefel verklang fast im gleichen Takt wie ihr hämmernder Herzschlag, und sie dachte: Nie wieder. Dies konnte sie keine Minute länger ertragen, geschweige denn Stunden oder gar Tage.

»Wir suchen. Glaub mir, wir suchen.« Jean-Paul schloss einen Moment die Augen und streckte eine Hand aus. Mehr schien er in den letzten Stunden nicht getan zu haben als Entschuldigungen auszusprechen, Buße zu tun.

Simone schüttelte den Kopf. »Es sind jetzt fast zwei Tage, und noch immer keine Spur von ihm. Nichts. Ich weiß, dass da etwas nicht in Ordnung ist. Ich *spüre* es.«

Sie waren in Jean-Pauls Arbeitszimmer. Raphaël hatte draußen im Flur mit Francesca, dem Hausmädchen, gesprochen und danach gefragt, ob zwei seiner Lieblingssweatshirts in der Wäsche waren oder nicht, worauf sie die Tür zugemacht hatten, um unter sich zu sein. Simone sah schlechter aus als zu dem Zeitpunkt, als sie Jean-Paul nach ihrem heftigen Saufgelage aufgesucht hatte. Dass sie zwei Nächte nur sporadisch geschlafen hatte und sich ihre ärgsten Befürchtungen mit jeder Stunde tiefer eingruben, hatte ihr dunkle Ringe unter den Augen eingebracht, ihr Haar war strähnig und ungewaschen, ihr normalerweise makelloses Make-up lückenhaft. Nervös kaute sie auf einem Fingernagel herum.

»Woher willst du wissen, dass Roman ihm nicht schon etwas angetan hat?«

»Ich weiß, ich kann mir da nicht sicher sein.« Wieder schlossen sich seine Augen für einen Moment, wieder Zerknirschung. »Ich muss mich an sein Wort halten. Aber wenn er blufft, dann ist es ein guter Bluff. Vergiss nicht, dass Roman mittlerweile halb Montreal nach ihm suchen lässt.«

Sie hörte ihm gar nicht zu, verlor sich wieder in ihren eigenen Gedanken. »Genau das hat Georges befürchtet, deswegen hat er mich gebeten, mit dir zu reden.«

»Wie schon gesagt, Simone, ich kann mir einfach nicht vorstellen, dass Roman so etwas ohne meinen Segen tun würde. Er mag ja zuweilen ein Hitzkopf und unvernünftig sein, aber er ist auch nicht völlig selbstmörderisch.« Ihre ersten, lauthals vorgetragenen Anschuldigungen, frühmorgens nach Georges' Verschwinden, hatten sich gegen Jean-Paul gerichtet, da Roman nur die Drecksarbeit übernähme. Jean-Paul konterte, er habe eine sechsmonatige Abkühlphase in Kuba oder Mexiko im Sinn gehabt. »*So wickele ich die Dinge nicht mehr ab, und das solltest du besser als jeder andere wissen.*« Seine Rüge, die auf Pascal anspielte und auf alles, wofür er seitdem so hart gekämpft hatte, hatte sie erröten und sich leise entschuldigen lassen. Daraufhin hatten die beiden ihre Gedanken darauf gerichtet, dass Roman möglicherweise auf eigene Faust etwas unternommen haben konnte. Jean-Paul hatte darauf hingewiesen, dass es wenig Sinn machte, wenn Roman erst so viel Zeit darauf verwendete, ihm einzureden, es gebe ein Problem mit Georges, nur um dann plötzlich zum Revolver zu greifen und die Sache selbst in die Hand zu nehmen. »Und wenn er vorhatte, es selbst zu tun, hätte er das schon längst erledigen können. Da hätte er nicht erst bei mir in den Wind reden müssen.«

»Wahrscheinlich hast du Recht«, stimmte Simone ihm trübselig zu. Sie hörte auf damit, an ihrem Fingernagel zu kauen, und zog sich eine glatte Haarsträhne hinter das Ohr. Als einzig annehmbare Erklärung für sein Verschwinden lagen die Fotos wieder vor ihnen. Georges wusste, dass sie aufgetaucht waren, und war hochnotpeinlich berührt, wusste, dass sie wütend werden würde, und war daher ein paar Tage untergetaucht, bis sie sich wieder beruhigte. Was Letzteres betraf, hatte er Recht, denn sie hatte mindestens dreißig Mal seine beiden Nummern gewählt, immer im Begriff, das Telefon wieder hinzuknallen, bevor er auf ihren Wortschwall etwas erwidern konnte. *»Gut, dass ich dich endlich erreicht habe, ich will dir bloß sagen: Verpiss dich und ruf mich nie wieder an!«*

»Vielleicht hat er ja auch einen alten Freund auf dem Land oder außerhalb von Quebec besucht oder ist in eine Skihütte gefahren, um Abstand zu gewinnen und die Lage neu zu überdenken.« Jean-Paul verschwieg, dass der Grund dafür, dass er Roman halb Quebec absuchen ließ, nicht allein darin lag, ihre verschwundene, wenn auch in Ungnade gefallene Liebe aufzuspüren. Die Tatsache, dass Georges untergetaucht war, konnte genauso gut einen endgültigen Beweis dafür darstellen, dass er im Begriff stand, bei den RCs zu plaudern. Roman mochte die ganze Zeit über Recht gehabt haben. »Vielleicht ist er sogar auf einen Kurztrip nach Mexiko. Er hat da unten mittlerweile eine Menge Freunde und Kontaktleute.«

»Ja. Bestimmt taucht er heute Abend oder morgen wieder auf und ruft mich an.« Zum ersten Mal seit achtundvierzig Stunden setzte sie ein zaghaftes Lächeln auf. »Und dann kann ich ihn umlegen.«

Der Polizist hatte den Tag schlecht beginnen lassen und raubte Elena nach kaum einer halben Stunde ihrer Türbesuche sämtliche Energie. Vielleicht lag es aber auch an der zunehmenden nervlichen Anspannung, dem Mangel an Schlaf, den Baldriantabletten und dem Whisky. Die beiden restlichen Fläschchen hatte sie vergangene Nacht heruntergekippt und sich dann, nachdem Lorena zu Bett gegangen war, an der Hotelbar bei Alphonse noch zwei weitere genehmigt.

Um ihre Nerven zu beruhigen, hatte sie nun, gleich nach Verlassen des *depanneur,* noch drei Baldriantabletten hinuntergespült. Sie war hektisch und zitterte wie ein Wackelpudding. Ihr Zittern war deutlich sichtbar, und als sie in den Kosmetikspiegel des Wagens schaute, bemerkte sie unter ihrem linken, äußerst blutunterlaufenen Auge eine periodisch auftretende Muskelzuckung. Mittlerweile sah sie ganz aus wie eine Drogenabhängige der härteren Art.

Nach zwanzig Minuten klangen die Zuckungen ab, und ihre Nerven beruhigten sich. Nun fühlte sie sich einfach nur wie betäubt. Doch diese Betäubung befiel sie am ganzen Körper, und als sie bei ihrem zweiten Besuch an diesem Tag mit schweren, mühsamen Schritten auf die Tür zuging, fühlten sich ihre Beine an wie Blei, wie mit Säcken beschwert. Sie hatte gehofft, vor Lowndes' Sitzung in knapp einer Stunde noch drei oder vier Besuche einlegen zu können, doch wie ihr nun zu Mute war, würde dieser wohl der letzte bleiben.

Vielleicht war es ja auch die Tatsache, dass jeder ihrer Besuche genau gleich ablief, eine endlose Abfolge von Kopfschütteln, Stirnrunzeln und dem bedauernden »Tut mir Leid«, die ihre Lethargie hervorrief und sie mehr und mehr zermürbte. Sie konnte jetzt nicht mehr den leisesten Funken Hoffnung oder Begeisterung aufbringen, wenn sie auf eine Tür zutrat. Es würde ja doch nur wieder das Gleiche. Wieder Kopfschütteln und Stirnrunzeln, und ihr bliebe nichts anderes, als sich zur nächsten Tür zu schleppen. Und zur nächsten. Und zur …

Sie fühlte sich schwindelig, desorientiert, taumelte leicht, ging auf unsicheren Beinen.

Sie befand sich tief in der Schlucht, die Dämmerung stand bevor, und das Licht schwand rasch. Sie machte sich auf den Rückweg, den Hang hinauf, nach Hause, doch ihre Beine waren schwer – die gleiche Schwere, die sie jetzt empfand, als sie die vier Stufen zu einer weißen Haustür hochging. Sie kam nur langsam voran und befürchtete allmählich, es nicht mehr rechtzeitig zurückzuschaffen, bevor das Licht vollends erloschen war. Dann würde sie den Weg nicht mehr finden: Die Dunkelheit in der Schlucht war undurchdringlich, die dichte Baumdecke über ihr ließ keine Spur von Mond- oder Sternenlicht hindurch. Plötzlich ging ihr auf, dass das Licht am Ende der Schlucht nicht bloß für die Hoffnung stand, sondern dass sie ohne es den Weg überhaupt nicht mehr finden würde. Sie hatte sich total verirrt.

Sie läutete an der Tür. Nachdem sie den Finger zurückgezogen hatte, klang der Glockenschlag noch einen Augenblick in ihrem Kopf nach.

Aber kannte sie denn den Weg in die Schlucht und hinaus nicht praktisch mit verbundenen Augen, da sie doch so oft hier gewesen war? Gedämpfte Schritte näherten sich ihr von der anderen Seite. Plötzlich war sie sich nicht mehr so sicher, war sich gar nichts mehr sicher.

Als dann nach ihrer üblichen Litanei der Mann, der ihr gegenüberstand, ein Stephanou in den späten Fünfzigern, nickte und mit bestürztem Gesicht die Tür weit öffnete und sagte: »Kommen Sie lieber rein«, da rang sie noch immer mit der Wirklichkeit und war ein wenig desorientiert. Sie brauchte einem Moment, bis sie reagierte, das Haus betrat und erkannte, dass das Licht am Ende der Schlucht plötzlich wieder da war.

24

»*Pardon. Bell Canada, Madame.*«

»*Oui, oui. C'est vite.*« Odette Donatien machte die Tür ganz auf, um den Mann hereinzulassen. »Wir haben zwar gemerkt, dass die Leitung tot ist, aber wir haben es noch gar nicht gemeldet. Ich wollte gerade zu meinen Nachbarn gehen und anrufen.«

Carlo Funicelli zuckte die Achseln und lächelte freundlich. »Wir sind auf einen durchgebrannten Anschlusskasten gestoßen, mit einem Kurzschluss, der Sie und drei andere Häuser betrifft. Das bedeutet, dass einer von Ihnen ein Problem mit zu viel Widerstand in der Leitung hat.« Er folgte ihr in den Flur. Sie war ein wenig breit gebaut, hatte aber für eine Frau von – wie er von Roman gehört hatte – Mitte fünfzig, noch eine gute Figur: der graue Trainingsanzug und die Turnschuhe trugen womöglich dazu bei, dass sie jünger aussah, und in ihrem kastanienbraunen Haar war nur ein Hauch von Grau. »Daher dachten wir, wir überprüfen es lieber.«

»Oh, ja.« Als sie sah, dass er sich nach beiden Seiten des Wohnzimmers umsah, deutete sie mit dem Finger. »Es ist hier vorn.«

»Danke.« Funicelli lächelte sie an, als er nach dem Hörer griff, als wollte er damit sagen: »Sie können dann gehen.«. Er hoffte, dass sie einen Moment verschwinden und ihm das Feld überlassen würde. Doch sie blieb einfach stehen und schaute ihm zu, während er das Gehäuse des Telefons abmontierte. »Könnte ein Weilchen dauern.«

Sie starrte ihn noch einen Augenblick ausdruckslos an, bevor sie sich einen Ruck gab. »Oh, tut mir Leid. Möchten Sie vielleicht einen Kaffee oder etwas anderes?«

»Ja, gern. Das wäre sehr nett, Madame.«

»Schwarz oder mit Milch?«

»Mit Milch, ohne Zucker. Danke.«

Als sie endlich verschwand, atmete Funicelli erleichtert auf. Das mit der Telefonwanze hätte er notfalls wohl auch hinbekommen, wenn sie weiter zugeschaut hätte, bei den anderen beiden jedoch wäre es schwieriger geworden. Vierzig Sekunden, nachdem sie gegangen war, hatte er beide platziert – eine unter dem Sofa, die andere hinter einem Sideboard. Dann fing er mit der Telefonwanze an. Dabei musste er sich beeilen, denn das Letzte, was er wollte, war, dass sie zurückkehrte und fragte: »Was ist denn das?« Oder fragte, warum er sich am Hörer zu schaffen machte und nicht am Kabel? Wirklich nervös war er jedoch nur in den wenigen Minuten gewesen, die er auf dem Telegrafenmast draußen hatte verbringen müssen, um ihre Leitung zu durchtrennen. Falls sie ihn durchs Fenster gesehen hätte, na schön, das passte ja zu seiner Geschichte jetzt. Mehr Sorgen hatte er sich darüber gemacht, dass ein echter Techniker von Bell vorbeikam und ihn sah. Seine Uniform sah zwar echt aus, doch ein Wagen mit Firmenlogo war unmöglich zu organisieren gewesen. Seinen weißen Lieferwagen, hatte er zwanzig Meter die Straße hoch geparkt, sodass ihn einige Bäume vor der Sicht der Donatiens verbargen.

Während er die Wanze hinter der Ohrmuschel anbrachte und anschloss, zitterte seine Hand ein wenig. Von der Diele aus waren sich nähernde Schritte zu hören. Er brachte die Abdeckung der Hörermuschel wieder an, zog die Verbindungsschraube an und machte sich dann rasch daran, das Telefongehäuse wieder an seinen Platz zu bringen, bevor sie hereinkam. Während sie seinen Kaffee auf einen Beistelltisch stellte, drehte er das Gehäuse mit weiteren Umdrehungen des Schraubenziehers fest.

»Danke. Da haben sich ein paar Drähte berührt, daran könnte es gelegen haben. Ich habe sie wieder getrennt. Jetzt überprüfe ich nur noch die Anschlussdose, dann bin ich fertig.« Er nippte gelegentlich an seinem Kaffee, während er sich damit beschäftigte, die Dose abzunehmen und mit einem Messinstrument die Schaltverbindungen zu überprüfen. Währenddessen plapperte Odette Donatien ziellos herum.

»... heute sieht es ja mal freundlicher aus. Vielleicht gehe ich nachher noch raus und arbeite ein bisschen im Garten.«

»Ja, ja. Sieht aus, als würde es noch schön.« Er schraubte die Dose wieder zusammen und kippte den Rest Kaffee hinunter. »Das sollte es gewesen sein. Ich schließe jetzt bloß noch den Klemmkasten draußen an – und Sie sind wieder dabei.«

Sie bedankte sich bei ihm und brachte ihn an die Tür. Nach drei erneuten bangen Minuten auf dem Telegrafenmast – hoffend, dass kein Techniker von Bell vorbeikam oder ein aufmerksamer Nachbar Verdacht schöpfte und dort anrief – fuhr Funicelli davon.

Wahrscheinlich hatte Roman Recht: Wenn Donatien überhaupt jemals mit jemandem Kontakt aufnahm, dann mit seinen Stiefeltern. Mittlerweile raunte man sich jedoch mehr und mehr zu, Roman hätte Donatien bereits erledigt, und seine hektische, umfassende Suchaktion sei nur ein Tarnmanöver gegenüber Jean-Paul. Was das betraf, hatte Funicelli keine feste Meinung. Wenn Roman Zeit damit verschwenden wollte, Wanzen anbringen zu lassen, bei denen er schon von vorneherein wusste, dass sie nichts einbringen würden, kostete es sein Geld.

Viana kam nicht umhin, sich umzuschauen, als sie im New Yorker Flughafen John F. Kennedy anstand, um an Bord ihres Flugs nach Haiti zu gehen. Sie befürchtete, Roman oder einer seiner Schläger könnte in letzter Minute auftauchen und ihre Flucht vereiteln. Genauso war es eine Stunde zuvor am Ticketschalter gewesen sowie um fünf Uhr in der Frühe beim Einchecken und Boarden ihres Flugs von Montreal nach New York.

Nur noch fünf Leute vor ihr in der Schlange. Sie konnte ihr Glück kaum fassen, doch noch mit heiler Haut davonzukommen.

Das erste Warnsignal hatte ihr Azy am frühen Abend des Vortags gegeben. »Du weißt ja, dass Georges verschwunden ist. Was war denn mit euch beiden neulich abends?« Er wirkte ernsthaft besorgt und hielt die Stimme gesenkt, obwohl er einen Moment abgepasst hatte, an dem sich niemand anders an der Bar aufhielt. Offenkundig betrachtete er ihre Antwort als explosiv und nicht für fremde Ohren geeignet.

»Nichts. Ich weiß gar nicht, was du meinst.« Sie gab sich unbekümmert.

Er wischte ein paar Mal über die Bar und beugte sich dann näher zu ihr vor. »Hör zu, Viana. Was du privat anstellst, ist deine Sache. Aber ich habe neulich gesehen, wie du bei ihm ins Auto gestiegen bist. Und gleich am nächsten Tag verschwindet er. Da macht man sich doch seine Gedanken, oder nicht?«

»Es war nichts. Er hat mich bloß nach Hause gefahren, das ist alles.« Sie schüttelte den Kopf und erhob sich von ihrem Platz an der Bar. »Woher soll ich denn wissen, was mit ihm passiert ist?«

Als sie wieder zu tanzen anfing, spürte sie jedoch, dass Azys

Blick ihr folgte. Er hatte ihre Nervosität mitbekommen und hegte seine Zweifel.

Zwei Stunden später kam dann Roman in den Klub und brachte das gleiche Thema auf. »Er ist nach dem Abend bei dir verschwunden. Spurlos. Er hat da doch nichts spitzgekriegt, oder? Oder hat er gefragt, was an dem Abend bei dir vorgefallen ist?«

»Nein, nein. Nichts dergleichen.« Sie bemühte sich, an Romans Blick zu erkennen, ob er bluffte. Doch wie immer vermochte sie es nicht zu sagen: Pokergesicht, Pokerherz. Dann erinnerte sie sich daran, wie er sich am Anblick des hilflosen Georges auf ihrem Bett geweidet und sie in die Wange gekniffen und ihr gesagt hatte, sie solle sich keine Sorgen machen, was mit Georges geschehen würde. In diesem Moment war sie überzeugt, dass Roman Georges umgebracht hatte, dass er ihn auf den Grund eines Flusses geworfen oder in Säcke gestückelt hatte, damit er im Reißwolf eines Müllwagens landete und nie mehr gefunden würde. Und das alles war jetzt nur ein Täuschungsmanöver, um sie von der richtigen Spur abzulenken.

Doch wie lange würde das gut gehen? Da sie eben wusste, dass Georges eine Sexfalle gestellt worden war, und damit eine Spur zu Roman liefern konnte, würde er es irgendwann mit der Angst zu tun bekommen. Und zwar eher früher als später, falls Azy durchblicken ließ, dass er sie an jenem Abend in Georges' Auto hatte einsteigen sehen. Dann kam sie als Nächste an die Reihe, was Müllsäcke und den Reißwolf anging!

Roman ließ sie vier Lieder am Stück für sich tanzen. Es gehörte zum Schwierigsten, was sie je getan hatte. Sie hatte entsetzliche Angst, dass er mitbekam, wie nervös sie war oder wie schwer es ihr fiel, sich ein Lächeln abzuringen. Einige Male hatte sie sich ihm entwinden müssen, damit er sie nicht berührte und ihr Zittern spürte. Roman klammerte sich noch zwanzig Minuten bei Azy an der Bar an einem Brandy fest. Dabei hatte sie ständig Angst, Azy könne zur Sprache bringen, dass sie in Donatiens Wagen eingestiegen war. Kaum war er weg, rannte sie auf die Toilette und übergab sich.

Noch am gleichen Abend beschloss sie fortzugehen. Sie konnte Roman keine Minute mehr ertragen, geschweige denn Nacht für Nacht wie ein Vogel im Käfig darauf warten, dass er den Beschluss fasste, sie zu töten.

Sie verließ den Klub um 2.18 Uhr. Vierzig Minuten später hatte sie ihre Sachen gepackt und fuhr von ihrer Wohnung zum Flughafen Mirabelle. New York, Atlanta und New Orleans waren die besten Verbindungspunkte in Richtung Haiti; der erste Flug, den sie bekommen konnte, ging um 5.14 Uhr nach New York. Jetzt stand der 12.10-Uhr-Flug nach Haiti an.

Eine lächelnde Stewardess streckte die Hand nach ihrer Boardingkarte aus und begrüßte sie in der Maschine.

Viana konnte es sich nicht verkneifen, sich noch ein allerletztes Mal umzuschauen und sich zu vergewissern, dass sie es tatsächlich geschafft hatte. Dann erwiderte sie das Lächeln. »Danke.«

Während Sotiris Stephanou sprach, huschte Elenas Blick über verschiedene Gegenstände im Zimmer: ein dekorativer Teller mit fünf verschiedenen Hafen- und Stadtansichten von Limassol, Fotos eines Jungen und zweier Mädchen, anscheinend bei ihrer Kommunion aufgenommen, ein entsetzlich zuckersüßes Hochzeitsporträt in Sepia, dessen Kanten zu dunstigen, herzförmigen Wolken verblassten. Elena erkannte in Sotiris nach wie vor die Ähnlichkeit mit dem jungen Mann von damals, während dies bei seiner heute gut fünfzig Pfund schwereren Frau Nana kaum zu bewerkstelligen war, die nun gerade Halva und Kuchen sowie eine Kanne starken Kaffees hereinbrachte, um eine gute Gastgeberin zu sein und vermutlich auch, um ihrem Liebsten die Energie zu verleihen, sich an fast dreißig Jahre zurückliegende Ereignisse zu erinnern.

Sotiris schüttelte den Kopf. »Eine Tragödie. Eine echte Tragödie.«

Elena hatte Mühe mitzukommen und alles in sich aufzunehmen. Erst waren ihr die Einzelheiten so lange vorenthalten worden, die erzwungene Dürreperiode der letzten Tage und Wochen, und nun plötzlich ergoss sich ein ganzer Sturzbach an Informationen über sie. Ein Verkehrsunfall vor über zwanzig Jahren, die Stiefmutter des Jungen, Maria, ums Leben gekommen, sein Stiefvater Nicholas – Sotiris' um drei Jahre jüngerer Bruder – schwer verletzt, der Junge mit leichten Blessuren davongekommen.

Als sich ein Schatten über Sotiris' Augen legte, während er von der Tragödie und dem Unfall sprach, wurde ihr das Herz schwer, da sie einen Augenblick glaubte, ihr Sohn wäre tot. Als Sotiris das Geschehene dann näher ausführte, verbarg sie ihre Erleichterung rasch und nickte mitfühlend, als er anmerkte, welch schreckliche Prüfung es für seinen Bruder gewesen sei, von der er sich nie so recht erholt habe.

»Glauben Sie mir, das Kind aufzugeben war das Letzte, was er wollte. Hätte er die Möglichkeit gehabt, das zu vermeiden, hätte er sie auch genutzt. Aber er wurde einfach nicht damit fertig.«

Zum zweiten Mal wurde ihr bang ums Herz. »Was – Sie meinen, er hat ihn einer anderen Familie übergeben?« Elenas Stimme klang hoch und unnatürlich.

»Nein, das hätte acht oder neun Monate gedauert. Obwohl er in diesem Alter – der kleine Georgiou war damals fast vier – überall hätte untergebracht werden können. Als das Problem Nicholas überfiel, geschah das hart und schnell. Er hatte das Gefühl, keinen Tag länger damit fertig zu werden, geschweige denn Monate.« Sotiris senkte den Blick, tat sich schwer damit, ihrem suchenden Blick zu begegnen. »Ich fürchte, ihm blieb am Ende keine andere Wahl als das Waisenhaus.«

Das dritte Mal. Jetzt ging der jähe Schmerz tiefer, und sie fühlte sich leerer und abgestumpfter als nach einem ganzen Röhrchen Baldriantabletten. Unwillkürlich verlagerte sie den Blick auf die draußen im Auto sitzende Lorena. *Mein Gott*, was hatte sie sich zum Narren gemacht. Sie hatte sich die ganzen Jahre an die falsche Hoffnung geklammert, dass er wenigstens irgendwo ein gutes Leben führte. Doch in Wirklichkeit war es kaum besser gewesen als eine Hölle auf Erden. Ihre Augen schwammen in Tränen, und sie hielt ihren Blick abgewendet und biss sich auf die Lippen, um ihre Fassung zurückzugewinnen.

Doch Sotiris bemerkte ihren Schmerz und versuchte ihren Schock zu lindern. »Es war ein sehr gutes Waisenhaus – von Zisterziensernonnen geführt, wenn ich mich recht entsinne. Nicholas hat ihn ein paar Mal besucht, und offensichtlich war es ein guter Ort. Sie waren sehr nett, sehr fürsorglich.«

»Das bezweifele ich nicht. Aber ich verstehe nicht, warum Ihr Bruder ihn nicht behalten hat.« Es war ihr gelungen, die Tränen zurückzuhalten, doch ihre Stimme klang nach wie vor angespannt. »Warum hat er nicht wenigstens versucht, mehr …« Elena unterbrach sich. *Lorena draußen im Auto!* Nachdem sie den Grund für ihren Besuch vorgetragen und Sotiris begonnen hatte zu erzählen, war ihr jedes Zeitgefühl abhanden gekommen; es war mindestens eine halbe Stunde verstrichen. Sie schaute auf die Uhr: Sie musste los, zur Sitzung bei Lowndes, dabei gab es doch noch so viel, was sie herausfinden wollte. »Hören Sie, es tut mir Leid, aber draußen wartet meine kleine Tochter im Auto, und sie muss dringend in die Stadt. Kennen Sie eine gute, zuverlässige Taxifirma?«

Sotiris schien erleichtert, dass sie sich auf ein angenehmeres Thema verlagerten, bei dem er auch noch von Hilfe sein konnte, da sein Cousin als Taxifahrer arbeitete. »Ich sorge dafür, dass entweder er persönlich es übernimmt oder einer seiner besten Freunde, von denen er weiß, dass er ihnen vertrauen kann. Man will ja ein kleines Mädchen nicht in irgendein altes Taxi einsteigen lassen.«

Weil um diese Tageszeit nicht viel Betrieb herrschte, bekamen sie tatsächlich seinen Cousin Dimitrios. Nur vier Minuten später kam er an, worauf ihn Sotiris anwies, das Mädchen bis an die Tür des Arztes zu begleiten und keinen Augenblick auf sich allein gestellt zu lassen.

Elena versprach Lorena, so schnell als möglich nachzukommen, in zwanzig Minuten oder einer halben Stunde. »Wenn ich mich verspäte, warte beim Arzt auf mich. Geh nirgendwohin.«

Während sie auf Dimitrios warteten, erklärte Sotiris, sein Bruder sei bei dem Unfall zum Krüppel geworden. Allerdings sei er nicht an den Rollstuhl gefesselt, sonst hätte er dauerhaft Hilfe bekommen, sondern nur am Bein behindert. Daher habe man ihm zweimal die Woche halbtags eine Haushaltshilfe zugeteilt, die sich um die Wäsche und den Haushalt kümmerte, doch den Rest der Zeit war er auf sich allein gestellt. Er habe versucht zurechtzukommen, doch letztendlich sei er von Selbstmitleid ergriffen worden, da er als Behinderter nur wenig Hoffnung hatte, sowohl was seine beruflichen Perspektiven als auch seine Chancen anging, wieder eine Frau zu finden. Er sei der Meinung gewesen, Georgiou brauche das Einfühlungsvermögen und die Liebe einer Frau. Er habe zur Flasche gegriffen und beschlossen, die Erinnerung an das, was er verloren hatte und seinem Empfinden nach dem Jungen nicht länger bieten konnte, zu ertränken. »Binnen zweier Monate war er ein hoffnungsloser Fall, sodass praktisch nur noch das Waisenhaus in Frage kam.«

Als sie sich wieder setzten, deutete Sotiris auf die Fotos auf dem Wandschränkchen. »Wir hätten ihn gerne selbst genommen, aber wir hatten schon drei eigene Kinder und waren knapp mit Geld. Sehr knapp. Ich bedauere das wirklich.«

»Nein, ich verstehe schon … Wahrscheinlich suche ich bloß jemanden, auf den ich mit dem Finger zeigen kann, um von meiner eigenen Schuld abzulenken.« Dass man ihr das Baby praktisch aus den Armen gerissen hatte, erzählte sie Sotiris nicht. Sie sagte nur, sie sei noch minderjährig gewesen, die Familie habe sie unter Druck gesetzt, und es sei damals alles ganz schrecklich gewesen. Da habe sie die Entscheidung getroffen, das Kind abzugeben. Hinterher habe sie erkannt, dass es die falsche Entscheidung gewesen war, doch sie habe es im Wesentlichen aus ihrem Gedächtnis verbannt und sich erst jetzt die Mühe gemacht, ihn zu suchen.

Ihr Blick blieb einen Moment an dem Schränkchen hängen, das überladen war mit Silber und silbern gerahmten Fotos, dazwischen hier und da dekorative Teller, vor allem aus Zypern und Griechenland. Sie entdeckte nur einen aus Kanada: Die Niagara-Fälle. Der Schrank stellte die wesentliche Abtrennung zum dahinter gelegenen Esszimmer dar. Mobiliar aus dunklem Holz, auch hier dekorative Teller, das Ölgemälde eines terrassenförmig angelegten Olivenhains und eine Stickereiarbeit der Akropolis mit Silberfaden auf dunklem Samt. Im Gegensatz dazu war das Wohnzimmer, in dem sie saßen, modern: beigefarbenes Ledersofa, Couchtisch aus Glas, und auf den einander gegenüberliegenden Wänden duellierten sich ein abstrakter Druck und ein David Hockney. Es hatte den Anschein, als repräsentierte der Essbereich ihr altes Leben in Zypern, das Wohnzimmer ihr neues Leben in Kanada. Vielleicht hatten Sotiris und Nana aber auch das Esszimmer bereits mit den Erbstücken der Familie angefüllt, sodass die Kinder die Dekorierung des Wohnzimmers übernahmen.

Plötzlich ging ihr auf, warum sie sich dafür so interessierte, jede kleine Einzelheit in sich aufsaugte. Sotiris hatte davon gesprochen, dass sein Bruder damals gar nicht so weit entfernt von ihnen gewohnt hatte, nur acht Blocks, und nun versuchte sie einen Begriff davon zu bekommen, in welcher Umgebung Georges diese wenigen Jahre gelebt haben mochte. Dann unterbrach sie ihren Gedankengang jäh wieder und ging mit sich ins Gericht. Acht Blocks, aber im Herzen und der Seele Millionen von Meilen: die Stiefmutter tot und ein Stiefvater, der es darauf anlegte, das bisschen Leben, das er noch in sich spürte, mit Trinken auszumerzen. Die einzige Hoffnung war, dass Georgiou zu jung gewesen war, um sich heute noch daran zu erinnern, und dass seine Narben nicht von allzu langer Dauer gewesen sein mochten.

»Wir haben uns damals schon gewundert, nicht wahr?« Sotiris äußerte sich mehr seiner Frau gegenüber als Elena.

Nana nagte an ihrer Halva und nickte bloß.

»Man sprach davon, dass sie Probleme hätten, Kinder zu bekommen und sich von einem Arzt aus London künstlich befruchten ließen …«

»Dr. Maniatis?«, sprang Elena ein.

»Ich ... Ich weiß es nicht mehr. Ich weiß nicht einmal, ob sie damals überhaupt einen Namen erwähnt haben.«

Maniatis war der einzige in Frage kommende Mittelsmann, den sich Elena zwischen ihrem Vater und den kinderlosen Stephanous vorstellen konnte. Sie nickte, und Sotiris fuhr fort.

»Tja, also ... Plötzlich war ein Kind da. Aber der Abstand schien zu kurz, und wir dachten, wenn sie schwanger geworden wäre, hätten wir doch sofort davon erfahren.« Sotiris strich sich mit der Hand durch sein ausdünnendes Haar. »Wir vermuteten, dass sie wahrscheinlich adoptiert hatten, steckten aber nie die Nase hinein und bedrängten sie auch nicht damit. Wir dachten, dass Nick vielleicht erfahren hatte, dass das Problem bei ihm lag, und sie zu verlegen waren, als dass sie darüber gesprochen hätten. Sie wissen ja, männlicher Stolz und so weiter. Vor allem griechischer männlicher Stolz.« Sotiris rang sich ein mattes Lächeln ab.

»Und der neue Name, Stevens ... Mein Gott, was haben wir uns darüber gestritten.« Rasch verflog das Lächeln wieder. »Ich habe ihm gesagt, er sollte stolz auf den Namen Stephanou sein, wie ich, und nicht versuchen, seine Wurzeln und sein Erbe zu vergraben. Er aber meinte, er wollte einen Neubeginn machen und nicht als Angehöriger einer anderen Volksgruppe erkannt und möglicherweise deswegen diskriminiert und unterdrückt werden. Darin waren wir nicht einer Meinung, das kann ich Ihnen versichern, und zwischen uns herrschte eine ganze Zeit lang Anspannung.«

Sie schwiegen einen Augenblick.

»Was ist denn aus Ihrem Bruder geworden?«, fragte Elena.

»Er hat dann doch noch jemanden kennen gelernt – etwa fünf Jahre später. Und noch ein paar Jahre später sind die beiden schließlich nach Zypern ausgewandert. Zu viele schlechte Erinnerungen hier, vermute ich.« Sotiris' Blick wanderte ziellos umher, sei es aus Melancholie in Anbetracht der verlorenen Jahre, sei es wegen etwas, an das man sich lieber nicht erinnerte. »Ich glaube, er litt später unter schweren Schuldgefühlen, weil er Georgiou aufgegeben hat. Aber da war es zu spät.«

»Warum? Was ist passiert?« Elenas Interesse war geweckt. Dabei wollte sie sich auf keinen Fall in Mitleid für Nicholas Stephanou verlieren, schon gar nicht, was Schuldgefühle anging. Die waren mit Sicherheit ihr höchsteigenes Spezialgebiet.

»Nun, nicht lange nachdem er diese Frau kennen gelernt hatte und endlich mit sich ins Reine gekommen war und ein für alle Mal mit dem Trinken aufgehört hatte, ging er ins Waisenhaus, um Georgiou zu besuchen. Aber es war zu spät. Der Junge war schon wieder an eine Familie vermittelt worden.«

»Wie lange schon?« Elenas Lebensgeister regten sich ein wenig: Vielleicht hatte er ja beim zweiten Mal ein stabileres, glücklicheres Zuhause bekommen.

»Fünfzehn, achtzehn Monate, glaube ich.« Sotiris zuckte mit den Achseln. »Ich bin mir nicht ganz sicher.«

Elena rechnete: dreieinhalb Jahre im Waisenhaus, fast acht Jahre alt, bevor ihn wieder jemand aufgelesen hatte. Sie hielt sich vor Augen, dass es ein völlig anderes Waisenhaus gewesen sein musste als jene, mit denen sie es in Rumänien zu tun gehabt hatte. Wenn seine Umgebung nicht allzu streng und lieblos gewesen war, war die Erfahrung hoffentlich nicht ... Als sie merkte, dass sie sich nur der Last ihres Schuldgefühls entledigen wollte, unterbrach sie sich rasch wieder.

Erneut schaute sie auf die Uhr. Sie hatte nun praktisch alles geklärt, und bis sie bei Dr. Lowndes wäre, würde Lorena mit ihrer Sitzung schon halb fertig sein. »Wissen Sie noch, wie das Waisenhaus hieß?«

»Genau weiß ich es nicht mehr. Aber es liegt in einer Kleinstadt etwa siebzig Meilen im Landesinneren ... Baie de irgendwas.« Nach der genauen Erinnerung ringend, machte er eine hilflose Handbewegung.

»Baie du Febvre«, brachte Nana vor.

»Ja, das ist es ... du Febvre. Ich glaube, es ist das einzige Waisenhaus dort, das von Nonnen geführt wird, also dürfte es nicht so schwer zu finden sein.«

Elena bedankte sich bei den beiden für ihre Hilfe und sagte, sie wolle nun lieber aufbrechen, um ihre Tochter abzuholen.

Als sie den Flur entlanggingen, sagte Sotiris: »Schon komisch. Da hat vor einiger Zeit ein Mann angerufen und genau das Gleiche gefragt, nämlich wo der kleine Georgiou hingekommen ist.«

»Wann war das? Hat er seinen Namen genannt?« Elena, schon an der Tür, drehte sich noch einmal um.

»Vor fünf, sechs Jahren. Seinen vollen Namen hat er nicht genannt. Er sagte, er hieße Tony und sei ein alter Freund von Nick gewesen, als Georgiou noch klein war. Er meinte, er sei neugierig, was aus dem Jungen geworden wäre, mehr nicht.«

Tony. *Tony.* Sie zitterte vor Nervosität, und der Name schwirrte ihr während der Fahrt zu Lowndes' Praxis im Kopf herum ... Schließlich tat sie es jedoch als Zufall ab. Warum den Jungen aus den Augen schaffen, nur um ihn dann Jahre später wieder zu suchen? Das ergab keinen Sinn. Nein, es war ganz sicher ein anderer Freund der Stephanous gewesen.

Als Elena ankam, hatte Lorena vierzig Minuten ihrer Sitzung hinter sich. Die Sprechstundenhilfe sagte, Dr. Lowndes sei der Meinung, sie solle nicht unterbrechen, er werde nachher mit ihr sprechen und sie könne sich ja auch das Band anhören. Daher beschloss sie, die Wartezeit bei der Sprechstundenhilfe dafür zu nutzen, den Namen des Waisenhauses in Baie du Febvre herauszubekommen. Nach kurzem Blättern im Telefonbuch von Quebec und zwei Anrufen hatte sie den Namen: *Convent de St. Marguerite.* Sie rief dort an und machte für vier Uhr am gleichen Nachmittag einen Termin aus.

Nachdem sie eingehängt hatte, klopfte sie nachdenklich mit dem Finger auf die Notizen, die sie auf ein Blatt Papier gekritzelt hatte. In Anbetracht der albtraumartigen Erzählung von Sotiris bereute sie bereits, auf diese Odyssee gegangen zu sein: Das wirkliche Leben ihres Sohns stand im krassen Gegensatz zu den beschönigenden Bildern, die sie sich in den Kopf gesetzt hatte, um ihr Schuldgefühl zu mindern. Sie war sich nicht sicher, ob sie noch weitere albtraumhafte Erzählungen würde verkraften können.

Michel Chenouda blieb ruhig sitzen, während die drei Männer auf der gegenüberliegenden Seite des Konferenztisches in der dicken Akte vor ihnen blätterten. Zwischendurch hüstelte er einmal hinter vorgehaltener Hand. Dann herrschte wieder bedrückende Stille, bis auf das Geräusch umgeblätterter Seiten und das leise Rauschen aus den Heizungsschlitzen unterhalb der Rauchglasfenster, die Aussicht auf die sieben Stockwerke darunter liegende McArthur Avenue in Ottawa gewährten.

Als Erster schaute der in der Mitte sitzende Superintendent Neil Mundy auf, ein Mann mit silbernem Haar und forschenden blauen Augen in einem rundlichen, geröteten Gesicht.

»Sie behaupten also, dass die Familie Lacaille jetzt die Ermordung von Georges Donatien organisiert hat, der offenkundig als Finanzmann für ihre Organisation tätig war?«

»Ja, so ist es. Es steht alles drin: Datum, Zeit, Aktionen.« Michel deutete auf die Akte. »Die Durchführung war fast identisch mit dem Mord an Eric Leduc im Februar, der zum Teil während einer Überwachungsoperation von uns aufgenommen wurde.«

»Ja, das sehe ich.« Mundy blätterte einige Seiten zurück, bevor er wieder an die Stelle in Chenoudas Resümee zurückkehrte, die er mit einem Finger markiert hatte. »Ziemlich dreist, hä? Direkt vor Ihrer Nase.« Chenouda setzte ein schiefes, verlegenes Lächeln auf, doch Mundy fuhr fort, ohne eine Antwort abzuwarten: »Und jetzt kommen Sie zu uns, weil Sie befürchten, es gebe eine undichte Stelle in Ihrer Abteilung?«

»Ja, ich … Ich glaube, so haben die Lacailles von der Falle mit Leduc erfahren und vielleicht auch spitzgekriegt, dass sie bei Donatien schnell handeln mussten.«

Scharf, fast zweifelnd zog Mundy eine Augenbraue hoch. Wie um seinen Gedanken Nachdruck zu verleihen, äußerte Inspector Kaufmann zu seiner Rechten: »Eine ziemlich schwerwiegende Anschuldigung.«

»Ich weiß.« Michel nickte und senkte den Blick kurz zu Boden. »Andernfalls wäre ich nicht hier und würde Ihre Abteilung damit behelligen.«

S-18. An diese in Ottawa beheimatete Abteilung der RCMP wendete man sich, wenn man interne Korruption oder ein Informationsleck vermutete und sich an sonst niemanden wenden konnte. Ultrageheim und das ultimative Zwangsmittel gegenüber jeder anderen Abteilung der RCMP. Zu Mundys Linker saß Inspector Bob Welch, mit dem er zuerst Kontakt aufgenommen hatte.

»Und Sie hielten diese Sache für nichts, mit dem Sie zu Ihrem Abteilungsleiter hätten gehen können?« Mundy schaute in der Akte nach dem Namen. »Chefinspektor Pelletier. Sie haben ihn ja wohl nicht auch im Verdacht, oder?«

»Nein, ich ... Nun, ich weiß es einfach nicht. Es könnte jeder sein ... Ich wollte einfach kein Risiko eingehen.«

Mundy nickte nachdenklich. Die Fragen setzten sich noch eine Weile fort, wobei es vor allem um Details ging, die bereits in der Akte standen. Dann wurde Michel gebeten, im Nebenraum zu warten, während die drei seine Bitte eine Zeit lang vertraulich besprachen. Michel wartete fast zwanzig Minuten, bis Mundy endlich mit guten Nachrichten bei ihm wieder auftauchte: Ersuchen genehmigt. Michel brauchte eine Weile, bis sich die Unsicherheit, die sich während des Wartens bei ihm gebildet hatte, endlich auflöste, er ein Lächeln aufbrachte und Mundy die Hand schüttelte. Seine Annahme hatte sich nun doch bestätigt, dass sich S-18 beim Zusammenspiel eines so großen organisierten Verbrechens und interner Korruption nicht würde sträuben können.

Mundy überreichte ihm einen Zettel aus einem Notizblock. »Rufen Sie heute Nachmittag um drei diesen Mann an, Inspector Steven Graydon hier aus Ottawa. Bis dahin habe ich mit ihm gesprochen, sodass er voll instruiert sein wird, die Männer und die Ausrüstung bereitzustellen, die Sie hierbei benötigen.« Mundy klopfte ihm auf die Schulter und schaute mechanisch auf seine Uhr. »Und wenn wir alles so schnell auf die Schiene bekommen, wie ich hoffe, dann können wir morgen um, sagen wir, zehn oder elf Uhr eine offizielle Verlautbarung abgeben. Okay?«

Als er das Gebäude verließ, ging Michel zum ersten Mal seit Wochen leichten Schrittes. Nun konnten ihn weder undichte Stellen noch Zänkereien unter den Abteilungen mehr davon abhalten, die Lacailles endlich zu schnappen. Er bedauerte nur, dass sich die Dinge mit Donatien nicht anders entwickelt hatten. Doch bei einem Schachspiel dieser Größenordnung gab es am Ende immer Bauern, die geopfert werden mussten.

25

»Ich glaube, wir haben einen Durchbruch bei Lorenas Problem erreicht.« Lowndes hatte Elena gleich nach der Sitzung in seine Praxis gebeten und das Mädchen einen Augenblick der Obhut der Sprechstundenhilfe überlassen. Er schaute kurz auf die geschlossene Tür, als befürchte er, sie könne ihn trotzdem hören. »Oder jedenfalls einen Punkt erreicht, der den Kern des Problems angeht.«

»Aha.« Elena rutschte ein wenig vor. Endlich ein Hoffnungsschimmer. Allerdings dauerte es ein wenig, bis er den Dunstschleier durchdrungen hatte, den ihre Medikamente und die hektischen Ereignisse des Tages verursachten. Ihre Gedanken richteten sich vor allem darauf, was sie wohl im Waisenhaus erwarten mochte.

»Da war etwas, das mich zwischenzeitlich beunruhigt hat … Aber leider sind wir nicht so weit gekommen, als dass Lorena sich an etwas Konkretes im Zusammenhang mit Ihrem Mann erinnern würde. Mein Vorhaben, den unterbewussten Druck auf ihre Psyche zu mindern, hat nicht ganz so funktioniert, wie ich gehofft hatte. Genauer gesagt glaube ich jetzt eher, es gibt schlichtweg gar keine solche Erinnerung.«

»Ich verstehe.« Nun war Elena plötzlich durcheinander, da sich die beiden Aussagen von Lowndes völlig widersprachen.

»Aber erzählen Sie mir doch einmal von dieser Eileen – der Sozialarbeiterin.« Lowndes öffnete die Hände. »Ich glaube, hier könnten wir auf etwas gestoßen sein.«

»Wieso, ich … Ich verstehe nicht«, stotterte Elena, verzweifelt bemüht, ihre Gedanken zu sammeln. Ihre Verwirrung stieg. Was um alles in der Welt hatte Lorena in der Sitzung erzählt? Jetzt verwünschte sie sich dafür, nicht dabei gewesen zu sein. »Sie ist äußerst kompetent und sorgt sich sehr um Lorena, aber ich verstehe nicht, was …«

»Genau hier liegt das Problem, glaube ich, Mrs Waldren – möglicherweise sorgt sie sich zu sehr. Genauer gesagt hat sich Lorena darauf eingestellt, dass sie es tut, und vielleicht absichtlich ihre Gefühle diesbezüglich ausgenutzt. Wenn Sie das Band hören, werden Sie verstehen, was ich meine. Hat Lorena darauf bestanden, dass Eileen von Anfang an in Bezug auf das mögliche Problem mit Ihrem Mann eingeweiht wurde?«

Panik überfiel Elena, denn sie konnte sich nicht mehr erinnern, was sie das letzte Mal gesagt hatte. »Ich glaube schon, vielleicht …. Aber ich bin mir im Moment nicht ganz sicher.«

»Lorena sagt, sie hätte fast sofort Bescheid bekommen.«

»Ich verstehe, ja. Wahrscheinlich, ja.« Elena spürte, wie ihr am ganzen Körper heiß wurde; ihre Handflächen waren plötzlich klebrig. Es war ein Albtraum. Jetzt wollte sie sich nur noch aus Lowndes' Klauen befreien und sich das Band anhören, bevor sie etwas sagte und damit womöglich ins Fettnäpfchen trat.

»Diese Eileen war offenbar im Wesentlichen diejenige, die Lorena in ihrer schwierigen Waisenhausphase geholfen hat, vor allem nach der harten Zeit in den Abwasserkanälen … Außerdem hat sie wohl sehr dabei geholfen, sie Ihnen in England zu vermitteln, hat ihr den Weg geebnet, nicht wahr?«

»Ja, ja …, das hat sie.« Wenigstens ein sicherer Halt.

»Und als dann dieses aktuelle Problem aufkam und Lorena wollte, dass sie beim Jugendamt die Vermittlerin spielte … Lag Eileen da viel daran, sich einzuschalten? Hat sie sofort ihre Hilfe angeboten?«

»Ich … Ich weiß es nicht genau.« Verzweifelt suchte Elena wieder nach festem Boden unter den Füßen. In ihr machte sich die Furcht breit, Lorena könne sich in Bezug auf die Entführung verplappert oder Lowndes' zumindest misstrauisch gemacht haben, sodass er sie jetzt testete, versuchte, sie auszuhorchen. »Ich …, ich denke schon.«

»Ich fürchte nämlich allmählich, dass es sich hier lediglich um einen Hilferuf handelt, vor allem an diese Eileen gerichtet, um ihre Aufmerksamkeit zu erlangen … Aber gleichzeitig sind auch Sie darin verwickelt.«

Elena drehte sich alles. Sie fing an zu zittern. Sie wollte jetzt nur noch fort und sich das Band anhören. Abrupt stand sie auf und schaute auf ihre Uhr. »Hören Sie, es tut mir Leid, aber ich habe noch eine Verabredung … Und das trifft mich jetzt alles ein wenig überraschend. Ich möchte lieber mit Ihnen sprechen, wenn ich mir das Band habe anhören und alles aufnehmen können.«

»Ich verstehe.« Lowndes stand auf, um die Tür zu öffnen, verharrte dann aber mit der Hand auf der Klinke. »In aller Kürze möchte ich sagen, dass diese Eileen Lorena bei allen dramatischen Ereignissen in ihrem Leben geholfen hat. Dadurch haben die beiden eine Bindung aufgebaut. Wahrscheinlich enger noch, als wir erkennen. Dann ist Lorena bei Ihnen und Ihrem Mann, alles ist in Butter, und plötzlich gibt es gar keine Dramen mehr, und daher auch keine Eileen. Lorena sehnt sich wieder nach ihrer Aufmerksamkeit und der engen Bindung, die sie als Folge davon hatte – und erfindet daher ihr eigenes, neues Drama.«

»Ja, ich … Ich denke, das ergibt wohl Sinn.« Tief in ihrem Inneren ließen Lowndes' Worte eine misstönende, beunruhigende Saite anklingen. Schon am Morgen hatte Sotiris dafür gesorgt, dass sich ihre Welt um neunzig Grad geneigt hatte. Jetzt wurde sie vollends auf den Kopf gestellt. Nichts war mehr so, wie es gewesen war. Oder waren es nur die Baldriantabletten und der Mangel an Schlaf, der sie so durcheinander brachte, so loslöste von der Wirklichkeit? Ihr Puls pochte an den Schläfen, und ein grauer Film legte sich ihr vor die Augen. Wenn Lowndes nicht schleunigst die Tür aufmachte, befürchtete sie, hier und jetzt das Bewusstsein zu verlieren.

»Ach ja, noch eine Warnung: Einiges auf dem Band sollten

Sie lieber nicht in Lorenas Gegenwart abspielen ... Sie wird gelegentlich recht beunruhigt. Und wie gehabt, spielen Sie auf keinen Fall meine Anmerkungen am Ende ab, während sie zuhört.«

»Gut, gut.« Elena konnte sich nur noch auf die Tür vor ihr konzentrieren. Das Zittern erreichte ihre Beine, sie merkte, dass sie schwächer wurden, einzuknicken drohten ... Dann plötzlich war die Tür auf, und Elena ging in den Empfangsbereich. Sie hoffte, dass sie nicht schwankte oder wackelig wirkte. Ein kleines Lächeln seitens Lorenas, die nun aufstand. Elena umfasste sie mit einem Arm – wenigstens etwas, um Halt zu gewinnen –, wandte sich Lowndes mit den Worten zu: »Ich rufe Sie dann später an« und führte Lorena eilig hinaus.

Zwanzig Meilen nördlich von Montreal auf der Autobahn Richtung Baie du Febvre zitterte Elena noch immer.

Am Stadtrand von Montreal hatte sie bei einem Radiogeschäft Station eingelegt und sich einen Kopfhörer gekauft, den sie an den Kassettenrekorder des Autos anschließen konnte. Sie würde den ganzen Tag mit Lorena verbringen und konnte es nicht aushalten, bis zum Abend zu warten, um sich anzuhören, was auf der Kassette war. Der Verkäufer hatte ihr zunächst einen beeindruckenden Kopfhörer in Studioqualität mit wulstigen, gepolsterten Ohrmuscheln angeboten. Letztendlich hatte sie sich jedoch für die dezenteste Ausführung mit dünnem, schwarzem Kabel und kleinen schwarzen Ohrhörern entschieden, die zum großen Teil von ihrem Haar verborgen werden würden. Es wäre Ironie des Schicksals gewesen, von der Polizei deswegen angehalten zu werden, weil sie beim Fahren Kopfhörer trug. Trotzdem gab sie darauf Acht, diese erst anzulegen und das Band zu starten, als sie aus Montreal heraus und auf freier Strecke unterwegs waren, ohne Polizeiwagen in Sichtweite.

Kaum waren sie ins Auto gestiegen, hatte Lorena sich entschuldigt. »Er hat ganz viele Fragen über diese Eileen gestellt ... na ja, über *dich* eben. Und ganz oft wusste ich einfach nicht, was ich sagen sollte.« Lorena schien untröstlich, den Tränen nahe, was zum Teil an ihrem Mitgefühl angesichts Elenas angeschlagenem Zustand liegen mochte.

»Schon in Ordnung. Das war nicht deine Schuld. Ich hätte dabei sein sollen.« Sie war überzeugt davon, dass Lowndes Lorena seinen Verdacht nicht mitgeteilt hatte, und es gab nicht viel mehr, was sie hätte sagen können, bevor sie das Band angehört und den Schaden abgeschätzt hatte.

Es wurde immer schlimmer: Lorena log Lowndes an, Lowndes log Lorena an, dazwischen sie, halb benebelt von Baldrian, Whisky und Schlafentzug, verzweifelt bemüht, mit allem zu jonglieren, wo sie doch bereits dank ihrer Lügen der letzten Jahre einen vollen Satz Bälle in der Luft hatte ... Und heute sollte nun der Tag sein, an dem ihr die Bälle endlich aus der Hand glitten und auf dem Boden der Tatsachen auftrafen.

Da Lorena gelegentlich zu ihr herüberschaute, war es Elena unangenehm, das Band abzuspielen. Sie hielt es nach den ersten Minuten an und drückte erst wieder auf »Play«, als Lorena nach etwa dreißig Meilen eingenickt war.

»Er stand am Bett und sagte, es sei alles in Ordnung ... Ich war so müde, konnte mich nicht mehr erinnern.«

»Und du bist sicher, dass du geschlafen hattest ..., dass du nur geträumt hattest?«

»Ja, ja ... Ich bin mir ziemlich sicher. Aber ich weiß noch, dass er gezählt hat ... sieben ... acht.«

Das war das Erste von Bedeutung – am Anfang des Bands war vor allem der Boden wieder geschaffen worden, den die letzte Sitzung bereitet hatte – und wahrscheinlich das, was Lowndes »beunruhigt« hatte. Sie merkte, worauf der Mann hinauswollte: Dies war eine Unterhaltung, wie sie sich im Wachzustand zutrug, sie hatte nicht die Züge eines Traums.

»Er hat gezählt? Gehörte das zu einer Geschichte vielleicht, oder zur Schule?«

»Ich ... Ich weiß es nicht mehr. Es war nicht klar.«

»Und hast du irgendwann geantwortet? Hast du deinem Stiefvater irgendetwas erwidert?«

»Nein, nein ... Das habe ich nicht. Die ganze Zeit hat bloß er geredet.«

Das wiederum klang nach einem Traum, überlegte Elena. Eine einzige Stimme, die redete, kein Dialog. Lowndes fragte, ob die Berührungen durch ihren Stiefvater zum gleichen Traum gehörten.

»Ja, aber später.«

»Später?«

»Da war, glaube ich, dazwischen eine Lücke, als hätte ich zwischendurch ein bisschen geschlafen ohne zu träumen ... Und das ist dann im zweiten Traum gewesen.« Lorenas Atem ging schwer und ungleichmäßig. »Ich ... Ich mochte ihn nicht.«

»Ich weiß. Deswegen bist du ja hier.« Beruhigender Tonfall von Seiten Lowndes'. »Aber ich muss Genaueres darüber erfahren, wie er dich in dem Traum berührt hat – es reicht, wenn du sagst, dass es dort war, wo es nicht hätte sein sollen – da unten?«

»Ja, ja ... da war es.« Selbst dieses schlichte Eingeständnis schien Lorena schwer zu fallen. Ihr Atem wurde noch mühsamer, abgehackt.

»Im Moment interessiert mich aber noch mehr, ob du dabei mit deinem Stiefvater gesprochen hast, etwas gesagt hast oder protestiert hast, ihn gebeten hast, damit aufzuhören?«

»Ich wollte es ... Ich habe es versucht. Aber es war, als wäre meine Stimme in der Kehle stecken geblieben und als könnte ich keinen Laut von mir geben, sosehr ich mich auch bemühte. Es war mir, als erstickte ich, als könnte ich irgendwie gar nicht atmen ... Und dann war ich wieder in den Abwasserkanälen, und das Wasser stieg. Es stieg mir rasch über den Kopf, lief mir in Mund und Nase, und ich wollte um Hilfe schreien, aber ... ich ... ich konnte einfach nicht ... Ich ...«

»Schon gut ..., ist schon gut.« In seiner Besänftigung lag eine Spur Besorgnis. »Es geht nur darum zu klären, ob du währenddessen mit deinem Stiefvater irgendwann gesprochen hast.«

»Nein, nein ... Das habe ich nicht.«

Damit war die Sache für Lowndes praktisch besiegelt, das

spürte Elena. Für ihn war es kaum vorstellbar, dass Lorena nichts gesagt hätte, wenn sie wach gewesen wäre. Nun brachte er das Thema auf Eileen. Die Fragen waren zunächst im Plauderton gehalten, ohne Schärfe. Wo hast du sie kennen gelernt? Hast du sie in deiner Zeit im Waisenhaus oft gesehen? Also hat sie dir damals ziemlich geholfen – ihr habt euch angefreundet. »Als du dann nach England gekommen bist, hast du sie da häufig gesehen?«

Lorena antwortete ruhig und ungezwungen. Offenbar hatte sie das Gefühl, frei und ohne Sorge über die Phase vor ihrem Problem mit Ryall sprechen zu können. Doch Elena spürte, wie sich die Spannung mit jeder Frage aufbaute, denn ihr war klar, dass hier eine Falle bedrohlich näher rückte.

Lowndes zog den Kreis allmählich enger.

»Wenn du Eileen nicht oft gesehen hast, seit du in England warst, dann musst du sie ja vermisst haben.«

»Ja … Das habe ich wohl ein bisschen.« Erstmaliges Zögern bei Lorena.

»Ich meine, ihr wart vorher ja so eng miteinander. Sie ist eine deiner besten Freundinnen geworden …, praktisch die Einzige, der du dich deinem Gefühl nach anvertrauen konntest.«

»Ja, ich … Das war wohl so.« Das Zögern war nun deutlich. Wahrscheinlich begriff Lorena nicht, worauf Lowndes hinauswollte, doch dass sich so viele Fragen um Eileen drehten, brachte sie augenscheinlich aus dem Gleichgewicht.

»Hast du dich deshalb mit diesem Problem jetzt Eileen anvertraut?«

»Ja … Aber zuerst habe ich es meiner Mutter erzählt.« Plötzlich war Lorena wachsamer, begann, sich zur Wehr zu setzen. »Ich habe es Eileen bloß erzählt, weil meine Mutter bei den Befragungen nicht bei mir sein konnte, und ich wollte nicht allein sein mit jemandem vom Jugendamt, den ich nicht kannte. Ich wollte jemanden dabei haben, den ich kannte.«

»Das kann ich gut verstehen.« Leiser Seufzer von Lowndes, als sei er ein wenig eingeschnappt darüber, von seinem Ziel abgebracht zu werden. »Aber ohne diese Geschichte mit deinem

Stiefvater wäre es doch unwahrscheinlich gewesen, dass du Eileen überhaupt noch einmal gesehen hättest. Es hätte ja keinen Grund für dich gegeben, dich mit ihr zu treffen.«

»Ich … Ich weiß nicht. Darüber habe ich noch nicht nachgedacht.« Lorena bewegte sich nun erneut auf unsicherem Boden.

»Und das hätte dich sehr traurig gemacht, nicht wahr? Denn du mochtest Eileen ja, sie war ja noch vor deiner Stiefmutter diejenige, mit der du am engsten standest.«

Elena biss sich auf die Lippe. Was Lowndes nicht wusste und die Sache umso quälender machte, war, dass für Lorena in diesem Moment Eileen und ihre Stiefmutter ein und dieselbe waren. Lorena verharrte einen Augenblick, nur ihr leichter Atem war über Band zu vernehmen. Schließlich gab sie zurück:

»Ja, das stimmt. Das hätte mich traurig gemacht.«

Elena schaute zu Lorena herüber, die sich im Schlaf ein wenig zusammengekuschelt hatte. Plötzlich überkam sie das Bedürfnis, den Wagen an die Seite zu fahren und das Mädchen fest in die Arme zu nehmen. Ein einfacher Satz ließ ihre jahrelange Arbeit in den Waisenhäusern irgendwie der Mühe wert erscheinen, mochte er sie jetzt auch bei Lowndes in eine missliche Lage gebracht haben.

»Daher hat dir das Problem mit deinem Stiefvater immerhin etwas gegeben, was du lange vermisst und herbeigesehnt hast, nämlich Eileen wiederzusehen. Ihr wieder nahe zu sein und ihr ein Problem anzuvertrauen … wie in den guten, schlechten alten Zeiten in Rumänien.«

»Ja, das ist so. Ich mag Eileen sehr, und ich …« Lorena stockte, weil sie ungleichmäßig Atem geholt, regelrecht nach Luft gerungen hatte. Nun hatte sie begriffen, worauf Lowndes hinauswollte. Einen Moment schien die Zeit stillzustehen. Dann stieß das Mädchen den Atem wieder aus. »Aber so etwas hätte ich Eileen nie angetan. Sie hat viel riskiert, als sie mich mitgenommen hat und …« Als sie sich ihrer Worte bewusst wurde, unterbrach sie sich.

»Dich mitgenommen hat?«

Mein Gott. Sie hätte unbedingt dabei sein sollen. Der Druck auf Lorena musste unerträglich gewesen sein. Elena hätte jetzt wahrscheinlich beschlossen, das Handtuch zu werfen und Lowndes alles zu beichten; sie hatte das Gefühl, dass es zu viel für Lorena war, um sich dem allein zu stellen. Doch wieder einmal hatte sie ihr eigenes Problem zuvorderst gestellt und Lorena dabei vergessen.

»Ja, meine … meine Mutter bat Eileen eines Tages, mich abzuholen, damit ich ihr Zuhause und die Schlucht und den Strand in der Nähe sehen konnte. Aber in Wirklichkeit ging es darum, über mein Problem mit meinem Stiefvater zu reden. Mein Stiefvater kriegte es raus, war sehr wütend darüber und hat Elena beim Jugendamt verpetzt.«

Elena konnte es sich nicht verkneifen, leise »Bravo!« zu murmeln. Die Verschlagenheit, die sich Lorena in den Straßen von Bukarest zugelegt hatte, war offenbar doch zu etwas gut.

»Ja … Ich verstehe.« Lowndes blieb wenig anderes übrig, als die Sache zu schlucken. Doch war seiner Stimme anzuhören, dass ihm Zweifel blieben.

Er wandte sich erneut eine Zeit lang den Träumen und ihrem Stiefvater zu, als suche er endgültige Bestätigung dafür, dass sie sich an nichts Diesbezügliches im Wachzustand erinnerte. Dann beendete er die Sitzung.

Lowndes' zusammenfassende Notizen gingen im Wesentlichen näher auf die Besorgnis ein, die er zuvor geäußert hatte, nun verstärkt durch das Tonband, mit dem er praktisch jeden Punkt veranschaulichen konnte. Während sie Lowndes zuhörte und einen Blick hinüber auf Lorena warf – die im Schlaf ganz unschuldig wirkte, deren bisheriges Leben sie aber wohl genauso sehr verschlagen und kompliziert hatte werden lassen wie verwirrt und verletzlich –, kam Elena nicht umhin, sich zu fragen, ob Lowndes' Einschätzung richtig war. Immerhin war ihre Bindung zu Lorena weit enger, als er es sich vorstellen konnte. Lorenas Bindung zu Nicola Ryall hingegen war fast gar nicht existent, sodass Elena schon lange vor diesem aus der Not geborenen Rollentausch beide Rollen übernommen hatte: Mutter *und* Helferin. Retterin. Das war eine starke Kombination.

Als Elena sich über den Kreuzgang vom Hauptgebäude, einem dreistöckigen gotischen Bau mit flacher Fassade, entfernte, wurde St. Marguerite immer stiller, die Atmosphäre immer bedrückender. Vermutlich beanspruchten die Schlafsäle der Kinder die oberen beiden Etagen, während sich die Klassenräume und Spielzimmer im Erdgeschoss befanden.

Beim Einparken hatte Elena an einer Seite des Gebäudes einen Spielplatz entdeckt, auf dem es um vier Uhr nachmittags noch recht belebt und geräuschvoll zuging. Hinter ihm erstreckte sich Ackerland, wobei in einer Entfernung von einer halben Meile eine Reihe von Lagerhäusern und Sägewerken am Rand von Baie du Febvre zu sehen waren. Elena hatte einen Moment verweilt, um alles in sich aufzunehmen. Keine schlechte Gegend, und wahrscheinlich waren die Lagerhäuser auch erst in den letzten zehn, zwanzig Jahren dazugekommen. Als der kleine George hier gewesen war, waren wahrscheinlich ... Sie schüttelte den Kopf und wandte sich ab, um hineinzugehen.

Vier Rundbogenfenster – im Wechsel mit Buntglas und Fensterglas besetzt – säumten die linke Seite des Kreuzgangs und gewährten Blick auf einen kleinen Hof mit einer Statue der Heiligen Margarete in seiner Mitte. Unter der ausgestreckten Hand der Heiligenfigur sah Elena eine Franziskanerin auf einer Bank sitzen und lesen.

Elena und Lorena wurden von Schwester Bernadine geführt, die nach zwei Dritteln des Gangs auf drei Stühle an der Seite wies. »Wenn Sie dann hier Platz nehmen wollen. Ich bin gleich wieder da.«

Schwester Bernadine ging zu einer einige Schritte weiter gelegenen Tür, klopfte leise an, drehte sich mit kurzem Lächeln noch einmal zu ihnen um und trat dann ein.

Während sie warteten, herrschte angespannte Stille. Das Geräusch der Kinder draußen auf dem Spielplatz war gedämpft und entfernt, kaum hörbar. Der sich um den Hof legende Trakt war an einer Seite zweigeschossig, an den restlichen dreien eingeschossig. Elena bekam den Eindruck, dass es sich hier um die Privatunterkünfte der Nonnen handelte, abgetrennt vom Lärm der Kinder, damit man sich auf Verwaltungsarbeiten und Gebete konzentrieren konnte.

Elena schaute sich zur Tür um. Bernadine wenigstens schien hilfsbereit und bemüht, sie zufrieden zu stellen. Elena wusste, dass Waisenhäuser bei der Weitergabe von Informationen strenge Maßstäbe anlegen konnten. Hoffentlich war Bernadines scheinbare Willfährigkeit ein gutes Zeichen.

Als sie wenig später Lorena im Gang mit den Worten »Ich hoffe, es dauert nicht lange« zurückließ und Bernadine sie ins Zimmer bat, schränkte Elena diese Hoffnung beim Anblick der Frau hinter dem großen Eichenschreibtisch jedoch ein. Sie war klein, kaum einen Meter und sechzig groß, Mitte fünfzig – fast zwanzig Jahre älter als Bernadine und trug eine dicke Brille, die ihr einen eulenhaften, strengen Ausdruck verlieh, dem auch das knappe, sparsame Lächeln zur Begrüßung nicht abhalf.

Bernadine stellte sie als Schwester Thérèse vor. »Ihr Englisch ist nicht perfekt, deswegen werde ich, wenn nötig, übersetzen.«

Elena ließ sich auf dem ihr zugewiesenen Stuhl nieder, auch er aus altem Holz mit verblasstem rotem Samtbezug. Sie spürte, wie ihr Mut weiter sank: Nun kam auch noch die Sprache als zusätzliche Barriere zwischen sie und Schwester Thérèse. Dennoch holte sie Luft und stürzte sich so gut sie konnte in ihr Vorhaben. Sie achtete darauf, nicht zu erwähnen, dass sie als Minderjährige schwanger geworden war – schlechter Einstieg bei Nonnen –, sondern sagte bloß, sie sei seinerzeit sechzehn gewesen, sehr jung, und wegen ihrer damaligen Studien- und Collegepläne hätten ihre Familie und sie eine gemeinsame Entscheidung getroffen. Es schien besser, auf Berufsziele zu setzen, um ihr Verständnis zu erheischen. Allerdings gab Elena zu, danach jahrelang an Schuldgefühlen gelitten zu haben, die dazu geführt hatten, dass sie mit Waisenkindern in Rumänien arbeitete. Beruf und Schuldgefühl: Mitgefühl ansammeln. Auch die Probleme mit Lorena umschiffte sie und sagte stattdessen, eine von Herzen kommende Bindung zu einem der rumänischen Kinder und seiner Familie habe sie schließlich erkennen lassen, dass in ihrem Leben etwas Wichtiges fehlte.

»Und das wird wohl so bleiben, bis ich ihn gefunden habe.« Schon das Gespräch darüber brachte den Trennungsschmerz und die verlorenen Jahre an die Oberfläche, und Elena spürte, wie ihr die Tränen aufstiegen. Sie senkte einen Moment den Blick: erneut Empathie. »Deshalb jetzt diese außergewöhnliche Reise von England. Erst heute Morgen bekam ich den Namen Ihres Waisenhauses vom damaligen Stiefonkel meines Sohns – Sotiris Stephanou. Gleich danach habe ich angerufen und um dieses Treffen gebeten.«

Elena hatte ihre Worte an Schwester Thérèse gerichtet und dabei nur gelegentlich einen Blick auf Bernadine geworfen. Hoffentlich hatte sie dabei einigermaßen demütig und flehentlich gewirkt. Das war in Anbetracht der gelegentlichen Übersetzungen seitens Schwester Bernadines schwer zu sagen: Sie übersetzte lediglich ausgewählte Passagen, sodass entweder Thérèse rudimentäres Englisch besaß oder Bernadine stark kürzte.

Von Schwester Thérèses wenigen grundlegenden Nachfragen her zu schließen, handelte es sich offenkundig um Ersteres. Elena stellte klar, dass der Familienname vor der Änderung in Stevens Stephanou gelautet hatte. Dann gab sie die ungefähren Daten weiter, wann der kleine George im St. Marguerite angekommen war und dann schließlich in eine neue Familie vermittelt worden war.

Schwester Thérèse beschäftigte sich noch einen Moment damit, zwei Akten und ein großes Register auf ihrem Schreibtisch zu überprüfen. »Ja. George Stevens. Hier sehe ich es.« Sie fuhr kurz mit dem Finger entlang, bevor sie aufschaute. »Tut mir Leid. Ich fürchte, wir können Ihnen nicht helfen.«

»Ich ... Ich verstehe nicht.« Elena schaute vorwurfsvoll auf das Register, ungläubig, dass es so rasch zu einer so unverblümten Erklärung führen konnte. »Besitzen Sie denn nicht die Information, die ich möchte?«

»Doch, doch. Es steht alles hier drin. Das ist es nicht ...« Schwester Thérèse wandte sich Bernadine zu und sprach sie in schnellem Französisch an. Offenbar hatte ihr Englisch seine Grenzen erreicht. Bernadine erklärte es.

»Im Register vermerken wir alle Kinder, die sich später mit uns in Verbindung setzen und den Wunsch äußern, mit ihren leiblichen Eltern Kontakt aufzunehmen. Wenn die Eltern uns ebenfalls kontaktiert haben oder es später noch tun, geben wir diese Information an das Kind weiter. Das ist das einzige Kriterium, das wir anlegen, um die beiden Parteien zusammenzuführen.«

Elena nickte nachdenklich. Das ähnelte dem Adoptionsregister und allgemein den meisten Waisenhäusern. Besser als jeder andere wusste sie, dass es am Kind lag, den ersten Schritt zu machen. Doch sie war schon zu weit gekommen, hatte schon zu viele Schwierigkeiten und Gefahren überwunden, als dass sie sich bei dieser letzten Hürde mit einem Scheitern abgefunden hätte.

»Da ich aber nun Kontakt aufgenommen habe, können Sie das doch meinem Sohn weitergeben und ihm die Entscheidung überlassen, ob er sich direkt mit mir in Verbindung setzen will oder nicht. Ich weiß, dass er das tun würde, ich bin mir da ganz sicher.« Es gäbe bloß eine Verzögerung, denn sie würde wieder zwei, drei Tage in Quebec auf seine Reaktion warten müssen.

Erneut ein Schwall Französisch zwischen Thérèse und Bernadine. Dieses Mal erhob Schwester Thérèse die Stimme. »Es tut mir Leid. Ich fürchte, wir können hier nichts tun. Das System, das wir eingerichtet haben, ist das Einzige, über das es zu einer Kontaktaufnahme kommen kann.«

Elena fragte sich, ob die beiden eine solche Situation häufiger erlebten. Es sah fast aus wie Routine: Thérèse war für die ungerührte Ablehnung zuständig, Bernadine, falls eine nähere Ausführung erforderlich war. Der Dreifachcharakter des Gesprächs erschwerte es zusätzlich, sich zur Wehr zu setzen. Doch nachdem sie sich mit Adoptionsregistern, Ryalls Privatdetektiv und einer Polizeifahndung in zwei Kontinenten herumgeschlagen und auch das Klinkenputzen der vergangenen Tage überstanden hatte, sollte sie verdammt sein, wenn sie sich zwei Nonnen gegenüber geschlagen gab.

Elena lächelte matt. »Auch mir tut es Leid. Ich weiß nämlich aus meiner eigenen Arbeit, dass es ein Rechtsprinzip gibt, nach dem Sie die Pflicht haben, meinen Sohn davon in Kenntnis zu setzen, dass ich Kontakt zu Ihnen aufgenommen habe.« Es war ein Bluff: Das Prinzip galt lediglich für das Adoptionsregister, und die Regeln unterschieden sich von Waisenhaus zu Waisenhaus. Doch es war der einzige Strohhalm, an den sie sich jetzt noch klammern konnte.

Als Bernadine übersetzte, runzelte Schwester Thérèse heftig die Stirn. Wie aus der Pistole geschossen gab sie etwas auf Französisch zurück, ohne Elena dabei eines Blickes zu würdigen. Plötzlich war Elena für sie unsichtbar, und Thérèse demonstrierte ihre Entrüstung, indem sie Elena nicht mehr auf Englisch ihre Gunst erwies.

Bernadine holte Luft – eher aus Unbehagen darüber, ins Kreuzfeuer zu geraten, als aus Ungeduld – und übersetzte. »Schwester Thérèse meint, wir hätten leider unsere eigenen strengen Regeln. Regeln, die sowohl den Eltern erläutert werden, die ihre Kinder bei uns lassen, als auch den Adoptiveltern. Sie sind Bestandteil unserer Vereinbarung mit ihnen – das Recht, ein Kind ohne spätere Behelligung oder Einmischung großzuziehen –, und wir erdreisten uns nicht, diese Regel zu brechen. Wenn Ihr Sohn uns nichts von seinem Wunsch gesagt hat, mit seinen Eltern Kontakt aufzunehmen, können wir nichts unternehmen. Schwester Thérèse bedauert das aufrichtig.«

Sicher hatte Thérèse keinerlei Entschuldigung vorgebracht; dafür war ihr Ausdruck zu unnachgiebig, und ihre Äußerung auf Französisch hatte sich dafür nicht lange genug hingezogen. Offenkundig übernahm Bernadine jetzt sowohl das Mildestimmen wie auch das nähere Ausführen. Egal, nun schwand ja doch alles dahin. Das Licht am Ende der Schlucht war plötzlich weit entfernt, wieder trübe – und als Elena auf die Geräusche der Kinder auf dem Spielplatz horchte, konnte sie sie nicht mehr wahrnehmen. Entweder war die Spielzeit vorüber, oder das Büro von Schwester Thérèse war zu weit weg, zu fern von den Kindern, als dass man etwas hörte. Fern jeder gefühlsmäßigen Betroffenheit.

Mit einem Mal hatte Elena das Bild des kleinen George vor Augen, wie er mit anderen Kindern auf den Spielplatz oder durch die Gänge und Klassenzimmer von St. Marguerite lief. Wie er, wenn er einmal in Ungnade gefallen sein mochte, plötzlich von ihnen getrennt und genau diese Kreuzgänge entlang geführt wurde, während das Geräusch seiner Freunde mit jedem Schritt in den Hintergrund trat, bis der Junge in diesem totenstillen, unheilschwangeren Büro angelangt war, um einer der Vorgängerinnen von Schwester Thérèse entgegenzutreten, wohl wissend, was ihm blühte.

Sie wünschte, sie wäre dabei gewesen, um seine Hand zu halten, doch erbärmlicherweise konnte sie dieser einsamen Gestalt nicht einmal ein Gesicht zuordnen. Sie hatte Sotiris nicht um Fotos gebeten, und er hatte ihr auch keine angeboten; wahrscheinlich besaß er gar keine. Sie hatte ja keine Ahnung, wie er *irgendwann* einmal ausgesehen hatte.

Als ihr dämmerte, dass ihr ein ganzes Leben voller Bilder und Erinnerungen verloren gegangen und nicht wieder zurückzugewinnen war, spürte sie, wie sich ihre Brust mit einem Mal zusammenschnürte – sei es aus Wut, aus Frustration oder weil ihr Mut sank.

»Sie haben ja keine Ahnung, was ich durchgemacht habe, um hierher zu kommen! Ich habe sogar meine Tochter den ganzen Weg aus England mitgebracht, damit sie ihn sehen kann. Wie, meinen Sie wohl, ist ihr zu Mute, wenn ich ihr sage, dass sie ihren älteren Bruder gar nicht treffen darf? Den Bruder, den sie noch nie gesehen hat? Sie hat so auf diesen Moment gesetzt, ihn endlich kennen lernen zu können.«

Plötzlich stiegen ihr wieder die Tränen auf, drohten dieses Mal auch tatsächlich zu fließen. Natürlich war sie selbst es, die ihre Hoffnung begraben musste, doch es war fast zu schmerzhaft, das in Worte zu fassen, und hätte sie wahrscheinlich an Ort und Stelle in quälendes Schluchzen ausbrechen lassen. Da war es viel leichter und aussichtsreicher, Mitgefühl zu erheischen, indem man alles auf ein zehnjähriges Mädchen abwälzte.

Schwester Thérèse und Bernadine zeigten nun einen besorgteren Ausdruck. Erneut tauschten sich die beiden rasch auf Französisch aus. Elena wurde bewusst, dass jetzt absolut alles davon abhing, was als Nächstes gesagt werden würde. Ihre Hände fingen an zu zittern, worauf sie sie fester auf ihren Schoß presste. Als sie während der Herfahrt darüber nachgedacht hatte, wie sie alles angehen sollte und wie sie mit der unvorstellbaren Situation einer Ablehnung umgehen sollte, hatte sie gemerkt, dass sie zunehmend nervöser wurde. Das konnte kontraproduktiv sein, befürchtete sie, und hatte den Gedanken daher verbannt. Und doch war eine Spur Nervosität geblieben, sodass sie eine halbe Stunde vor der Begegnung zwei weitere Baldriantabletten eingenommen hatte. Jetzt schien die Wirkung abzuklingen, oder Elena vermochte ob der Intensität der Situation ihre Erregung nicht länger zu unterdrücken.

»Schwester Thérèse meint, es tut ihr wirklich Leid.« Bernadine schlug die Augen nieder, als müsse sie Trost in einem Trauerfall spenden oder als fände sie es schwierig, dem flehentlichen Ausdruck in Elenas Augen zu begegnen. »Sie ist sich der Beschwernisse voll bewusst, die Sie auf sich genommen haben, um hierher zu kommen. Aber wir können Ihnen wirklich nicht helfen. Uns sind die Hände gebunden.«

Wie ein Schock ging Elena die Endgültigkeit der Worte auf, die starre Mauer, gegen die sie nun gerannt war. Es war, als habe sich im Lauf der vergangenen neunundzwanzig Jahre in ihr ein Druck aufgebaut, der dann plötzlich zu stark geworden war und sie wie einen Sektkorken durch die dramatischen Ereignisse der letzten Tage geschossen hatte: Nachforschungsagenturen, die Entführung Lorenas, Zollbehörden, das Abtauchen vor der Polizei, ihre quälende Klinkenputzerei mit einer scheinbar endlosen Abfolge von Stirnrunzeln und Kopfschütteln, der Versuch, mit Hilfe von Baldrian und Whisky weitermachen zu können, schließlich der Durchbruch bei Sotiris. Dabei hatte sie die ganze Zeit, ohne es zu merken, Fahrt gewonnen, sich aber nicht auf eine mögliche Sackgasse vorbereitet. Als diese nun auftauchte, versetzte ihr das einen Schock, raubte ihr den Atem und ließ sie blass werden. Sie hatte das alles doch wohl nicht durchgemacht, nur um jetzt gegen diese Mauer zu rennen? Sie musste einfach zurückschlagen. Aber sie fühlte sich müde, ja, unendlich müde, und ihr durcheinander geratener Verstand konnte sich an nichts halten, was ihr zum Zurückschlagen geblieben wäre. Nichts außer Betteln.

Sie beugte sich über den Schreibtisch. »Bitte ... *bitte.*« Sie schob eine Hand vor, um mit der von Thérèse Kontakt aufzunehmen und ihrer flehentlichen Bitte zusätzliches Gewicht zu verleihen. Doch Thérèses Hände waren außer Reichweite, und die Nonne zog sie mit beunruhigtem Ausdruck noch weiter zu sich heran. »Wenn Sie sich auch nur eine Spur Mitgefühl bewahrt haben.«

Elena merkte, dass ihre Augen nun in Tränen schwammen. Die Tränen liefen ihr über die Wangen, und das Zittern breitete sich aus, befiel sie am ganzen Körper. Auch ihre auf dem Schreibtisch ausgestreckte Hand zitterte deutlich sichtbar, und der schockierte Ausdruck im Gesicht von Schwester Thérèse ließ darauf schließen, dass sie in diesem Augenblick wohl tatsächlich wie die halb durchgedrehte Heroinsüchtige aussah, die sie vorhin im Spiegel gesehen hatte.

Wieder ein Wortwechsel zwischen Thérèse und Bernadine. Dann wandten beide sich wieder ihr zu, in abwehrendem Ton, der aber plötzlich leiser, entfernter klang. Elena vermochte kaum zu sagen, ob Französisch oder Englisch gesprochen wurde. Auch die Gestalten der Nonnen waren nun ferner, wie zwei Erscheinungen im letzten verklingenden Licht am Ende der Schlucht. Dann legte sich ihr ein Schleier über die Augen, die beiden Gestalten stellten sich langsam schräg, während der Fußboden plötzlich auf Elena zukam.

Stimmen. Entfernte Stimmen, hoch, nervös. Die Stimmen vom Spielplatz waren wieder da. Dann kamen sie plötzlich näher. Elena hörte die trampelnden Schritte am Ende des Kreuzgangs. Eine Gruppe Kinder schaute sie an, ihre Stimmen nun zu gedämpftem Flüstern gewandelt.

Unter ihnen war auch der kleine George. Er trennte sich von seinen Kameraden und rannte auf Elena zu. Er legte ihr eine Hand auf die Schulter und rüttelte sanft daran.

»Geht es dir gut jetzt … Geht es dir gut?«

Dann eine andere Stimme. »Ich habe Ihnen Kaffee gebracht. *Kaffee.*«

Als alles wieder Konturen annahm, erkannte Elena, dass es Lorena war, die sie an der Schulter rüttelte.

»Geht es dir wieder besser, Elena? Bist du wach?« Bernadine stand seitlich von ihr, auch sie mit besorgtem Ausdruck. Sie hielt ihr eine Tasse entgegen.

Sie saß wieder neben Lorena im Kreuzgang. Elena schüttelte die letzte Benommenheit ab und nahm die ihr angebotene Tasse.

»Danke.« Sie bemerkte, dass die Hand, mit der sie die Tasse hielt, noch immer zitterte. Doch das Aroma und die warme Flüssigkeit, die die Trockenheit in ihrer Kehle auflöste, taten ihr gut. Dankbar schloss sie einen Moment die Augen. Als sie sie wieder öffnete, bemerkte sie eine Gruppe von kleinen Kindern, die vom Ende des Kreuzgangs herüberschauten, dort, wo er auf die Flure der Klassenräume zulief. Sie wurden rasch von einer ihnen folgenden Franziskanerin verscheucht.

Elena war überzeugt davon, sie habe einen Jungen lächeln sehen. Wahrscheinlich war es für George hier gar nicht so schlimm gewesen. Tatsache war aber, dass sie ihn jetzt niemals mehr würde sehen können. Die innere Leere, die sie bei dieser Erkenntnis spürte, war überwältigend. Eine Entschädigung aber gab es dafür: Sie würde nicht länger darum kämpfen müssen, ihn aufzuspüren. Ihr war, als sei ihr ohnehin kaum Kraft verblieben, um weiterzumachen; sie war kampfesmüde und erschöpft, verspürte verdrehterweise ein seltsames Gefühl von Gelassenheit, das Gefühl, endlich loslassen zu können und sich zu sagen: »Es ist vorbei.« Keine fremden Haustüren mehr, keine halsstarrigen Nonnen, kein Untertauchen vor der Polizei. Einfach zu Hause sein mit Gordon, Christos und Katine, ihr warmes, vertrautes Bett, ihr Arbeitszimmer und die Gemälde, die Schlucht und die frische Meeresbrise, und das Leben war wieder so wie vor dem Beginn des Albtraums.

Was Lorena anging ... *Mein Gott.* Beim Gedanken, was dort vor sich gehen mochte, biss sie sich auf die Lippe. Lorena machte sich solche Sorgen um sie, als sei sie die Einzige auf der Welt, der sie sich nahe fühlte oder für die sie etwas empfand – was wahrscheinlich der Wahrheit entsprach –, und doch stand sie, Elena, im Begriff, das Mädchen zu verraten und nach England zurückzuschicken.

Alles, was Lowndes in seiner letzten Sitzung gesagt hatte, kam ihr erschreckend wahr vor. Sämtliche Anzeichen dafür waren da. Ihre enge, bis Rumänien zurückreichende Bindung zu Lorena. Lorenas Distanz nicht nur gegenüber ihrem Stiefvater, sondern auch gegenüber Nicola Ryall. Elena als erste Person, die Lorena um Hilfe gebeten hatte. Lorenas bereitwilliges Einverständnis mit der Entführung und ihre gelegentliche Aufgeregtheit auf der Reise, fast so, als handelte es sich um eine Art Urlaub. Schließlich Lorenas Frage, ob sie nicht auf Dauer bei ihr wohnen könnte.

Auch wenn das Mosaik nicht ganz so gut zusammenpasste und Lowndes sich irgendwie vertat – jetzt würde sie nirgendwohin mehr damit kommen. Sie hatten sich alle Mühe gegeben, in Sachen Ryall etwas aufzudecken, und trotzdem war keine Lösung in Sicht. Weitere Sitzungen würden nur auf die gleiche Mauer stoßen. Außerdem, sie konnte ohnehin nicht zu Lowndes zurückkehren. Jetzt, da er das Gefühl hatte, den richtigen Knochen im Maul zu haben, würde er doch nur damit fortfahren, sich in Lorenas Bindung an Eileen zu verbeißen. Lorena würde entweder unter dem Druck zusammenbrechen, oder ihre Entführung würde doch noch ans Licht kommen. Nein, bereits auf dem Weg zum Waisenhaus hatte Elena beschlossen, Lorena ins nächste Flugzeug zurück nach England zu setzen.

»Geht es dir jetzt wieder besser, Elena? Ich habe mir solche Sorgen um dich gemacht.«

Ein sanfte, engelhafte Berührung durch einen Finger auf ihrer Schulter. Elena schauderte beim Gedanken daran, was sie mit ihr vorgehabt hatte. Lorena würde es bestimmt als Verrat ansehen, zumindest aber so verstehen, dass sie wieder einmal fallen gelassen, aufgegeben wurde. Aber es blieb keine andere Wahl. *Keine Wahl*!

»Ja, mir geht es wieder gut.« Sie nickte und schloss noch für einen Moment die Augen. Wenigstens das konnte nun zumindest helfen, den Schock zu mindern: Sie konnte Lorena sagen, dass sie gemeinsam zurück nach England fliegen würden. Hier hatten sie alle beide nichts mehr verloren.

Elena spürte, dass die neben ihr stehende Bernadine etwas sagen wollte. Bernadine schaute sich besorgt nach der Tür zu Schwester Thérèses Büro um, ließ dann einen Zettel aus den Falten ihrer Ordenstracht gleiten und drückte ihn Elena in die Hand.

Elena schaute das Stück Papier geradezu entrüstet an. »Was ist das?« Vielleicht eine Einladung zum Klosterfest, als Entschuldigung dafür, ihr das Leben so schwer gemacht zu haben. Sie entfaltete ihn: zwei Namen, Claude und Odette Donatien, und eine Adresse in Montreal.

Bernadine beugte sich vor und flüsterte verschwörerisch: »Dort ist er hingekommen. Aber von mir haben Sie das nicht, okay?« Erneut ein nervöser Blick zurück zu Schwester Thérèses Büro.

»Okay.« Kaum hörbar gemurmelt. Elena starrte den Zettel noch einen Moment ausdruckslos an. Sie hätte in Hochstimmung sein sollen, aufspringen und Bernadine umarmen, bis sie blau anlief. Doch es war deutlich, dass Bernadine von ihr erwartete, zurückhaltend zu reagieren, und ein Teil von ihr war auch immer noch wie betäubt: Gerade als sie den letzten Strohhalm losgelassen hatte, hatte sie ihn plötzlich wieder in der Hand.

»Ich hätte es auch diesem Mann sagen sollen, als er damals, vor vielen Jahren hierher kam. Er saß genau an der Stelle, an der Sie jetzt sitzen, den Kopf in den Händen, als ihm aufging, dass er den Jungen nicht würde sehen können.«

»Was für ein Mann denn?« Elena stand noch immer unter Schock, schwindelig davon, dass der Plan sich ständig änderte.

Als sich Schwester Bernadine neben sie setzte und es ihr erklärte, es aus dem Hut zauberte wie eine böse Zauberin, war Elena in keiner Weise darauf vorbereitet. Sie hatte das Gefühl, als werde die ganze Welt in ihren Grundmauern erschüttert. Sie merkte, dass sie wieder dicht vor einer Ohnmacht stand, schüttelte den Kopf, war nicht bereit, die Wahrheit zu akzeptieren. Doch dann hatte sie nur noch eines im Kopf, nämlich zur nächsten Telefonzelle zu laufen und mit den beiden einzigen Menschen zu sprechen, die ihr möglicherweise alles erklären und ihre Welt wieder in Ordnung bringen konnten: Onkel Christos und ihre Mutter.

26

Roman hatte darauf gedrängt, unbedingt informiert zu werden, falls das Band etwas Neues brachte. Daher überprüfte Carlo Funicelli es zweimal am Tag – gegen Mittag und am frühen Abend –, wobei er es manchmal zusätzlich noch gegen Mitternacht oder in den ersten Morgenstunden checkte, wenn er sich so spät noch in der Stadt aufhielt.

Für die Überprüfungen am frühen Abend blieb er normalerweise am längsten, vierzig Minuten, manchmal eine Stunde, und besorgte sich auf dem Weg dorthin ein Sandwich und einen Espresso, falls er später nicht noch vorhatte, ein Restaurant zu besuchen. Die Bänder liefen allesamt über Geräuschaktivierung, und dasjenige, das über die Wanze in Donatiens' Penthousewohnung gespeist wurde, spielte in acht bis zehn Minuten durch. Bislang waren die einzigen Geräusche die zunehmend verzweifelten Nachrichten gewesen, die Simone hinterlassen hatte, dazu hier und da ein privater oder geschäftsmäßiger Anruf, alles offensichtlich harmlos.

Bedingt durch die zusätzlichen Wanzen bei Donatiens Eltern in Beaconsfield lief das Band nun jedoch länger. Viel länger sogar, denn das Haus war ein Hort regen Treibens, da Odette den größten Teil des Tages daheim war, sich mit ihrem Mann unterhielt, die beiden abends zusammen aßen oder fernsahen, dazu kamen diverse Anrufe von Freunden, Nachbarn sowie Geschäftspartnern von Claude Donatien oder seinen Mitgolfern.

Funicelli wurde es rasch langweilig. Er fing an, auf interessantere Stellen hin vorzuspulen, und verpasste dabei um ein Haar das einzige Gespräch, das aus dem Rahmen fiel. Er spulte schnell zum Anfang des Anrufs zurück.

»Mein Name ist Waldren. Elena Waldren. Tut mir Leid, wenn ich Sie störe, aber ich komme gerade aus St. Marguerite, und dort habe ich Ihre Nummer bekommen. Es geht um Ihren Stiefsohn, George. Ich … Ich muss mich unbedingt mit Ihnen treffen.«

»Wieso … Was ist denn passiert?«

»Nichts … Gar nichts. Aber es ist doch ein wenig heikel und persönlich. Ich möchte lieber mit Ihnen persönlich darüber sprechen als am Telefon.«

»Ich verstehe.« Beklemmende Pause, atmosphärische Störungen am Telefon.

»Und ich komme auch von ziemlich weit her für diese Sache. Aus England, um genau zu sein.«

Funicelli spürte die Erregung der Anruferin. Sie schien besorgt, äußerst besorgt, dass Odette Donatien es ablehnen könnte, sich mit ihr zu verabreden. Ganz gleich, um was es ging, es war wichtig. Nachdem er sein Krabbensalatbrötchen zehn Sekunden lang vor dem Mund hatte verharren lassen, biss er nun endlich hinein. Vielleicht hatte Donatien sich ja dorthin verkrochen, nach England.

»Aha. Nun, wir sehen ihn manchmal längere Zeit gar nicht, daher weiß ich nicht, ob wir Ihnen großartig helfen können. Und Sie sind ganz sicher, dass alles in Ordnung ist – er steckt nicht in Schwierigkeiten oder so etwas?«

»Nein, nein … Wirklich. Nichts dergleichen. Es geht bloß darum, etwas nachzuholen – für jemanden, der ihn eine lange, lange Zeit nicht gesehen hat.«

Funicelli mampfte vor sich hin. Odette Donatien klang nach wie vor unschlüssig. Allerdings war es schwer zu sagen, worauf sie ihre Priorität setzte, ob auf ihre durch die Geheimniskrämerei hervorgerufene Besorgnis oder auf ihre nicht unmittelbar befriedigte Neugier. Offenkundig wollte sie mehr wissen, als die Anruferin zum gegenwärtigen Zeitpunkt mitzuteilen bereit war.

»Mein Mann kommt häufig zum Mittagessen vorbei, also sorge ich dafür, dass er morgen hier ist, wenn Sie kommen.«

Funicelli stoppte das Band und rief Roman an.

»Hört sich viel versprechend an. Könnte die Wende sein, auf die wir gewartet haben«, stimmte Roman zu. Er dachte eine Weile nach. »Hör zu, du bleibst da und hörst dir das Band morgen live an. Und sorge dafür, dass jemand in Sichtweite des Hauses parkt, wenn sie auftaucht.«

»Es gab zwischen deiner Mutter und mir keine Verschwörung, keine Absprache, dir etwas vorzuenthalten. Glaub mir, Elena, so war es einfach nicht.«

»Dann sag mir, Onkel Christos, wie war es dann?« Elena konnte förmlich hören, wie er am anderen Ende der Leitung in London schluckte und nach Atem rang.

»Nun, ich wusste nur, dass dein Vater sich kurz vor seinem Tod bemüht hat, den kleinen Christos – George, wie er danach hieß – aufzuspüren. Deine Mutter hatte mich jedoch auf Geheimhaltung eingeschworen, und ich wusste ja ohnehin nicht, wo dein Vater hingereist war. Es gab nichts von Belang, das ich dir hätte sagen können. Warum, meinst du denn, habe ich dich wohl so gedrängt, deine Mutter zu besuchen? Sie sagt, sie musste ihrerseits vor deinem Vater Geheimhaltung schwören, aber ich hatte das Gefühl, wenn du ihr erzählt hättest, dass du dich nun endlich entschlossen hast, den Jungen aufzuspüren, und gegenwärtig verzweifelt auf der Suche bist, dann hätte sie dir erzählt, was sie weiß.«

»Ja.« Nun war es Elena, die heftig schluckte. Beim Lärm eines an der nahe gelegenen Autobahn vorbeifahrenden Sattelschleppers hätte sie fast einen Teil nicht mitbekommen. Sie befand sich immer noch an der gleichen Raststätte, in der sie Telefonbücher durchforstet hatte, um die aktuelle Adresse und

Telefonnummer der Donatiens herauszubekommen. Dann hatte sie sich eine »Global Card« gekauft, um in England anzurufen. Der Tankshop mit dem Telefon lag auf halber Strecke zwischen dem Hauptgebäude der Raststätte und der Straße, und hier nahm der Verkehrslärm zuweilen überhand. »Ich ... Ich dachte, du hättest bloß die alte Leier angestimmt und wolltest den Familienzwist übertünchen, um uns alle wieder an einen Tisch zu bringen.«

»Ich habe es schon vor langer Zeit aufgegeben, die alte Leier anzustimmen, Elena. Ist dir denn gar nicht aufgefallen, dass ich das Thema im vergangenen Jahr nicht angesprochen habe? Vielleicht habe ich im Hinterkopf die Möglichkeit gesehen, dass ein paar alte Wunden geheilt werden könnten. Aber mein erster Gedanke war doch der, dass deine Mutter dir vielleicht helfen könnte. Hast du denn jetzt schon mit ihr gesprochen?«

»Nein, noch nicht. Ich wollte erst mit dir reden.« In ihren Beinen war das Zittern am schlimmsten. Lag es am immer stärker werdenden Gefühlswirrwarr der letzten Tage, an der aktuellen Wendung im St. Marguerite oder daran, dass sie nun fast zwanzig Minuten vor dem Telefon stand? Sie bemerkte, dass die Kassiererin gelegentlich durch das Fenster zu ihr herüberschaute. »Warum hatte er denn so plötzlich beschlossen, ihn nach all den Jahren finden zu wollen?«

»Weil er wusste, dass er sterben würde, Elena. Vergiss nicht, dass er schon gute drei Jahre vorher erfahren hatte, dass er an Krebs litt. Die Ärzte hatten ihm sogar nur anderthalb, zwei Jahre gegeben. Wie gesagt, deine Mutter hat mich nicht genauer eingeweiht, aber ich glaube, er hat es als letzte Chance zur Wiedergutmachung betrachtet.«

Plötzlich bekam sie einen Kloß im Hals, hatte Mühe zu schlucken. Letztendlich aber hatte er es nicht geschafft. *»Als ihm aufging, dass er den Jungen nicht würde sehen können, setzte er sich genau da hin, wo Sie jetzt sitzen, den Kopf in den Händen.«* Die Welle des Mitgefühls, die sie erfasste, fühlte sich so merkwürdig an, dass sie ein Schauder überkam. So hatte sie in Bezug auf ihren Vater nicht empfunden, seit ... nun, fast seit dem Alter, in dem der kleine George gewesen war, als er St. Marguerite verließ.

»Da ist noch etwas, Elena. Etwas, von dem ich tatsächlich mehr weiß und finde, ich sollte es dir jetzt erzählen. Erinnerst du dich an das Geld, das ich dir hin und wieder geschickt habe?«

»Ja.« Sie hatte sich rundheraus geweigert, das Geld anzurühren, das ihr im Fonds noch geblieben war, oder Geld von ihrem Vater anzunehmen. Als sie dann Probleme bekommen hatte – öfter, als ihr während ihrer Hippiezeit lieb gewesen war –, hatte Onkel Christos Geld geschickt. Ein Vermögen war es nicht, aber in Anbetracht des Zeitpunkts und der dringenden Umstände hatte es ihr praktisch jedes Mal das Leben gerettet. Darüber hinaus hatte er ihr großzügige Beträge zum Geburtstag, zu Weihnachten, zum Namenstag, zum buddhistischen Neujahrsfest oder sonstigen Vorwänden zukommen lassen. Sie war davon überzeugt, dass sie ohne die Hilfe von Onkel Christos jene Jahre nicht hätte überleben können.

»Das meiste Geld stammte von deinem Vater. Ich habe dir ein bisschen was zum Geburtstag geschickt, dreißig, vierzig Pfund oder so – er aber bestand darauf, dir dazu noch zweihundertsechzig, -siebzig draufzulegen. Oder auch viel mehr, wenn du Probleme hattest. Und jedes Mal hat er mich zur Verschwiegenheit angehalten, denn er wusste, dass du es nicht annehmen würdest, wenn ich verraten hätte, dass es von ihm war.«

Elena kam es vor, als sei ihr Leben ein Stapel Teller in einem griechischen Restaurant. Gerade als sie den Tisch wieder gedeckt hatte – »Ja. Gut. So war also mein Leben« –, kam ein verrückter Kellner daher und warf die Teller in die Luft, sodass sie klirrend zu Boden fielen. Sie hatte Mühe, die Stimme wiederzugewinnen, die brüchig und bebend klang. »Aber warum … Warum hat er denn später nichts davon gesagt? Mir erzählt, was er getan hat?«

»Du kennst doch deinen Vater. Stolz bis zum Schluss. Stolz und stur.«

»Ich weiß. Ich weiß.« Sie lehnte sich gegen die Wand der

Telefonzelle, schloss die Augen und stieß einen heftigen Seufzer aus. Plötzlich hatte sie nicht nur mit ihren erschöpften, zitternden Beinen ein Problem, sondern fühlte sich durch und durch müde, ohne einen Funken Energie, ohne klaren Gedanken.

»Ich glaube, er hätte es als Eingeständnis seiner Schuld betrachtet. Und du weißt ja, dass dein Vater darin nie besonders gut war – zuzugeben, dass er sich getäuscht hat. Daran haben sich wahrscheinlich neunundneunzig Prozent aller Streitereien entzündet, die ich mit ihm ausgetragen habe.« Onkel Christos riskierte ein leises Kichern.

»Ist das alles? Oder gibt es noch etwas, das ich wissen sollte? Vielleicht war er am Ende ja gar kein Top-Geschäftsmann, sondern hat heimlich die Hare-Krishna-Sekte in Hampstead geleitet? Oder – große Überraschung – er ist gar nicht tot, sondern lebt mit Elvis und Lord Lucan in einer Kommune im Himalaya?« Um Dampf abzulassen, legte sie es auf Humor an, doch ließ der beißende Ton in ihrer Stimme keinen Zweifel daran, dass sie wütend war. Wütend und durcheinander.

»Es tut mir Leid, Elena. Ich weiß, wie dir zu Mute sein muss. Und nein, das war es wirklich, so viel ich weiß. Was den Grund betrifft, warum dein Vater diese letzte Reise unternommen hat, um Georges zu besuchen, und was dann passiert ist – da kennt nur deine Mutter die Einzelheiten. Wann rufst du sie an?«

»Also … sofort, denke ich.« Angesichts dessen, wie dringend sie erfahren musste, was geschehen war, erschien es ihr als eine dumme Frage – doch sie spürte die Besorgnis in Onkel Christos' Stimme. Er befürchtete, es werde so gehen wie mit seiner Hoffnung der letzten Jahre, dass sie endlich ihre Mutter besuchen würde: es hinauszögern und am Ende doch nicht tun. »Ich rufe sie an, sobald ich den Hörer aufgelegt habe.«

»Das ist gut. Ich … Ich lege dann jetzt auf. Und nochmals: Es tut mir Leid, Elena … Es war einfach so, wie dein Vater es wollte.« Ein leiser, resignierter Seufzer, übertönt vom Lärm eines vorbeifahrenden Lastwagens. »Viel Glück mit deiner Mutter.«

Sie bedankte und verabschiedete sich. Als sie mit dem Wählton konfrontiert wurde und sah, dass Lorena sich aus dem nur wenige Meter entfernt geparkten Auto erwartungsvoll zu ihr umdrehte, war sie sich ihrer plötzlich nicht mehr so sicher. Sie hatte nicht das Gefühl, jetzt noch weitere schockierende Enthüllungen verkraften zu können. Sie hatten ihr allesamt einen harten Schlag versetzt, und mittlerweile kam sie sich vor wie ein benommener Boxer; unter dem pausenlosen Hagel von Schlägen lehnte sie schlaff an der Wand der Telefonzelle, die Beine schmerzten ihr vom Zittern, und als sie nun den leblosen Hörer umklammerte, bebten ihr auch noch die Hände. Noch ein Schlag, und sie war erledigt.

Unschlüssig verharrte sie einen Moment, unsicher, ob sie auf der Stelle anrufen oder bis später warten sollte, um in der Zwischenzeit, hoffentlich, neue Kräfte und Mut für den Anruf zu sammeln. Dass Lorena gespannt zu ihr herüberschaute, erinnerte sie auch daran, dass sie noch entscheiden musste, was sie in dieser Beziehung unternehmen sollte.

Der Aufschub half wenig. Elena hatte beschlossen, mit dem Anruf zu warten, bis sie wieder im Hotel waren. Doch mit jeder Meile, die sie auf dem Highway 30 zurück nach Montreal fuhren, wuchs ihr Verlangen, endgültig alles zu erfahren. Als sie Kopfschmerzen bekam und kaum mehr einen klaren Gedanken fassen konnte, bog sie beim nächstmöglichen Halt ab, einer Raststätte 17 Meilen vor Montreal.

Sie war gut besucht und, vom Parkplatz her zu urteilen, bei Lastwagenfahrern beliebt. Sie bestellte sich am Tresen ein Mineralwasser und wies die Kellnerin auf den Tisch hin, wo Lorena auf eine Cola und einen Heidelbeermuffin wartete. Auf dem Weg zum Telefon vor den Toiletten im hinteren Bereich spülte sie rasch hintereinander zwei Aspirin sowie eine weitere Baldrianpille hinunter. Nach dem Gespräch mit Onkel Christos hatte sie Entschlossenheit und Energie gewonnen, doch ihre Nerven lagen nach wie vor blank. Wie sollte man das Gespräch mit seiner Mutter beginnen, wenn man sie ein halbes Leben lang nicht mehr gesprochen hatte?

Der Klingelton wirkte verzögert. Als sich endlich eine verhaltene Stimme mit »Hallo?« meldete, legte sich Elena die Hand ans Ohr, um das Geklapper der Teller, das Stimmengewirr und das Zischen des Schnellimbiss-Grills auszublenden.

»Mom, bist du es? Hier ist Elena ... *Elena*!« Als Erstes erkundigte sie sich, wie es ihrer Mutter gehe. Dann leitete sie hastig dazu über, sie fände gar keine Entschuldigung dafür, sich so lange nicht gemeldet zu haben. »Es tut mir Leid, Mom, sehr ...«

Doch ihre Mutter schnitt ihr das Wort ab. »Bist du jetzt da – in Montreal?«

»Ja ... Ja, das bin ich.«

»Onkel Christos sagte schon, du würdest vielleicht anrufen. Und es ist okay, Elena – du brauchst dich nicht zu entschuldigen. Du hattest einen guten Grund dafür, dich abseits zu halten und mich nicht zu besuchen. Das verstehe ich.«

Mein Gott. Elena schloss die Augen. Am liebsten wäre sie im Boden versunken. Das bereitwillige Eingeständnis machte es nur noch schlimmer, vertiefte ihr Schuldgefühl. Dann schweifte ihre Mutter eine Weile ab, fragte, wie es Gordon und den beiden Kleinen gehe, Christos und Katine. Schließlich kam sie auf den Grund von Elenas Anruf zurück, nämlich die Reise ihres Vaters nach Montreal im Jahr vor seinem Tod.

»Onkel Christos hat Recht. Letzten Anstoß gab die Tatsache, dass ihm bewusst war, bald sterben zu müssen. Aber so einfach ist es nicht – der Grund für seinen Entschluss lag eine Weile zurück. Viele Jahre, um genau zu sein ... Er ging zurück auf die Zeit, als klar wurde, dass du keine Kinder mehr bekommen konntest, und als sich Andreos umgebracht hat.«

Elena war, als zögen die Jahre an ihr vorbei. Plötzlich stellte sie sich vor, wieder Teenager zu sein und Andreos in dessen Zimmer zu sagen, wie wütend sie auf ihren Vater war und dass ihr nur noch zum Weglaufen zu Mute war. Darauf erwiderte er: »Geh nicht fort«, war jedoch zu schüchtern, um zuzugeben, dass sie ihm als emotionales Polster fehlen würde. »Aber ... Aber wieso habe ich es die ganzen Jahre nie erfahren oder wenigstens geahnt?«

»Dein Vater war sehr verschwiegen, sehr auf der Hut. Er hat sich von Anfang an schuldig gefühlt – ich habe es ihm angesehen, andere wahrscheinlich nicht –, aber erst Jahre später ist es an die Oberfläche gekommen. Eine seiner Sekretärinnen hatte eine Fehlgeburt und konnte dann keine Kinder mehr zur Welt bringen. Sie hat sich an seiner Schulter ausgeweint und erklärt, das sei das Schlimmste, was sie je durchgemacht hätte, und so etwas wünsche sie keiner Frau. Ein paar Tage später hing er am Telefon und fragte die Stephanous über den kleinen George aus. Nick Stephanou hatte den Jungen zwar bereits zwei Jahre vorher ins Waisenhaus gegeben, besaß aber nicht den Mumm, das deinem Vater gegenüber auch zuzugeben. Vielleicht hatte er Angst, dein Vater würde das Geld zurückverlangen, das er ihm gezahlt hatte. Daher kam er nicht auf den Unfall zu sprechen, kam überhaupt nicht auf Probleme zu sprechen. Er sagte nur, George sei groß geworden, gut in der Schule und Maria und er seien überglücklich und sehr stolz. Dein Vater rief etwa einmal im Jahr dort an und bekam jedes Mal die gleiche Geschichte aufgetischt. ›Ja, alles bestens, geht jetzt auf die Highschool.‹ Erst acht Jahre später, als er Nick einmal nicht erreichen konnte und stattdessen seinen Bruder Sotiris anrief, erfuhr er endlich die Wahrheit. George muss damals fünfzehn gewesen sein. Aber was hätte dein Vater denn tun sollen? Er rief im Waisenhaus an, wo man ihm erklärte, George sei mit acht Jahren in eine andere Familie gekommen, und sie gäben aus Prinzip keine Einzelheiten weiter. Also konnte er nur die Schultern zucken und hoffen, dass der Junge irgendwo eine gute Familie gefunden und nicht gelitten hatte.«

Irgendwo eine gute Familie. Elena spürte, wie ihr ein Schauder den Rücken herunterlief. Die ganzen Jahre hatte sie geglaubt, völlig anders zu sein als ihr Vater, ganz andere Ansichten zu haben, vor allem, was ihren Sohn betraf, dass er den Jungen nur weggegeben hatte, um sie zu bestrafen, und seitdem keinen Gedanken mehr darauf verschwendet hatte. Dabei hatte er die ganze Zeit fast genauso wie sie empfunden.

»Wie auch sonst ließ sich dein Vater nichts anmerken, steckte die Sache nach außen hin gut weg. Aber darunter erkannte ich seinen Schmerz und sein Schuldgefühl. Und dich hat er auch vermisst, bereute das, was er getan hatte. Über Onkel Christos hat er dir immer Geld zukommen lassen, aber darum gebeten, dass du das nicht erfährst, weil er wohl glaubte, du würdest es sonst nicht annehmen.«

»Ich weiß. Onkel Christos hat es mir schon erzählt.« Als sie aufschaute, sah sie, dass die Kellnerin wieder zum Tresen zurückkehrte. Lorena nippte bereits an ihrer Cola.

»Und so projizierte er praktisch seinen ganzen Ehrgeiz und seine Hoffnungen auf deinen Bruder Andreos. ›Andreos wird einmal mein großer Nachfolger im Geschäft.‹, ›Andreos wird dies tun, Andreos wird jenes tun.‹ In den Augen deines Vaters gab es keine Grenzen dafür, was Andreos würde erreichen können. Mit dem Selbstmord von Andreos, vor allem als es so aussah, als liege der Hauptgrund in dessen Angst, die Erwartungen eures Vaters nicht erfüllen zu können, war dann auch hier alle Hoffnung erloschen, und wieder gab dein Vater sich die Schuld daran. Er hat sich wochenlang schwer betrunken, und eines Nachts hörte ich, wie er im Schlaf leise weinte – wahrscheinlich nur eines von vielen Malen –, und tränenüberströmt wandte er sich mir zu und fragte, was denn an ihm nicht richtig sei. ›Was habe ich denn an mir, das andere in den Abgrund treibt? Bin ich denn so ein Monster?‹«

Elena stiegen Tränen in die Augen. Das Café vor ihr verschwamm plötzlich und wurde unscharf. Diese weiche, gefühlsbetonte Seite an ihrem Vater hatte sie nie entdeckt. Sie stand vollkommen im Missklang mit dem Bild, das sie sich seit langem von ihm gemacht hatte. Und sie, Elena, hatte auch noch zu seinem Leiden beigetragen. Bei der Beerdigung ihres Bruder hatte sie ihren Vater zum letzten Mal gesehen, hatte wie versteinert an der Seite ihrer Mutter verharrt, als der Sarg herabgelassen wurde und der Priester die Gebete sprach. Als ihr Vater dann gegen Ende des Gottesdienstes endlich den Mut gefunden zu haben schien, sie anzusprechen, hatte sie sich abrupt umgedreht und war davongestürmt. »Es tut mir Leid. Ich … Ich hatte keine Ahnung.« Ihre Stimme klang entfernt, verloren inmitten des hektischen Treibens im Restaurant. Als zwei Männer in blauem Overall aus der Toilette hinter ihr kamen, musste sie ein wenig beiseite treten.

»Wie hättest du denn auch? Er hat diese Seite doch nie jemandem gezeigt. Als ich ihm nahe legte, dies sei ja vielleicht Teil seines Problems und er solle doch versuchen, seine Gefühle offener zu zeigen, sagte er nur, ich mache mich lächerlich. Wenn er sein Herz nach außen trüge, sei er sofort raus aus dem Geschäft, seine Konkurrenten würden ihn zum Frühstück verspeisen. Außerdem sei er einfach nicht so. Also schaltete er schnell wieder auf Abwehr, auf das dicke Fell, das er als Schutz vor der Außenwelt betrachtete. Ich weiß noch, wie er einmal zu mir sagte, es sei etwas für ›alte griechische Witwen, zu jammern und mit den Zähnen zu knirschen‹. Ich glaube, in Anbetracht der Vorurteile, auf die er gestoßen war, verrannte er sich in die seltsame Vorstellung, er würde englischer und weniger zypriotisch, wenn er seine Gefühle nicht zeigte. Immer Haltung bewahren und dieser ganze Blödsinn.«

Elena wischte sich mit dem Handrücken über die Augen und warf einen Blick auf Lorena. Wie hatte sie sich nur so irren können? *So irren.* Die Einstellung zu ihrem Vater hatte praktisch alles in ihrem Leben gelenkt – die Auflehnung, die Hippiezeit, ihr Fernbleiben von zu Hause, und nun stellte sie das Fundament ihres Verdachts gegenüber Ryall dar. Wieder ein dominanter Mann. Wahrscheinlich hatte Lowndes Recht, und es ging dort überhaupt nichts Übles vor, sondern alles lag an Lorenas übergroßer Anhänglichkeit ihr gegenüber. Bingo. Sie hatte sich in allem getäuscht. *In allem.*

»Als er dann Krebs bekam, brach alles über ihm zusammen. Er fing an, über sein Leben nachzusinnen, über die Dinge, die hinter ihm lagen, die Fehler, die er gemacht hatte. Er gelangte allmählich zu der Überzeugung, dass es vergebens gewesen war, einen so großen Teil seines Lebens dem Geld und dem Aufbau eines Imperiums zu widmen. Was war das schon wert, wenn man keine Familie, keine Menschen um sich hatte, denen man in Liebe verbunden war? Mit Andreos hatte er seinen einzigen Sohn verloren, mit dir, indem er dich vertrieben hatte, auch noch die Tochter. Dazu kam, dass du keine Kinder mehr bekommen konntest und Andreos gestorben war, bevor er eine Familie hätte gründen können. Die Blutlinie ließ sich nicht mehr fortsetzen, und den einzigen Enkel, der ihm noch blieb, hatte er weggegeben. An diesem Punkt beschloss er dann, den Versuch zu machen, George aufzuspüren.«

Die Tränen liefen Elena nun die Wangen hinab, und das Zittern in ihren Beinen meldete sich wieder und drohte sie jeden Moment zusammenbrechen zu lassen. Als sich ihr ein Lastwagenfahrer im roten Karohemd auf dem Weg zur Toilette näherte, wandte sie sich halb ab und stützte sich mit einer Hand an die Wand. Doch der Mann hatte ihre Verzweiflung bereits bemerkt und murmelte etwas auf Französisch. Da sie ihn ausdruckslos anschaute, schaltete er rasch auf Englisch um.

»Geht es Ihnen nicht gut, Lady? Alles in Ordnung?«

»Doch, es … Es ist schon okay. Es ist bloß jemand, den ich lange nicht gesprochen habe.«

»Elena?«, platzte da die Stimme ihrer Mutter dazwischen. »Ist jemand bei dir?«

Mit aufmunterndem Lächeln nickte der Lastwagenfahrer ihr zu und trat an ihr vorbei. Elena versicherte ihrer Mutter, alles sei in Ordnung, sie befände sich in einem Restaurant und es sei nur jemand am Telefon vorbeigegangen. In Wirklichkeit hätte sie schreien wollen: Nein, nein, nichts ist in Ordnung. Aufhören. *Aufhören!* Ich kann es nicht länger ertragen, kann nicht zulassen, dass meinem Leben der Boden entzogen wird und mir noch mehr Illusionen zerstört werden, auf denen ich in den vergangenen dreißig Jahren fast alle Grundsätze aufgebaut habe.« Doch sie war auch neugierig, wollte unbedingt noch das kleinste Detail erfahren, so schmerzlich es auch sein mochte.

»Das Problem war nur, dass dein Vater bei diesem seinem letzten Anliegen keinen Erfolg hatte. Er hoffte, wenn er vielleicht einen persönlichen Besuch abstattete … Aber letzten Endes ließen die Nonnen sich nicht erweichen und verrieten ihm nicht, wohin George gegangen war. Dieser letzte Schlag traf ihn hart, Elena. Er starb als tieftrauriger, einsamer Mensch.«

Er saß genau an der Stelle, an der Sie jetzt sitzen … Nun konnte Elena sich nicht länger beherrschen. Ein quälendes Schluchzen versetzte ihren ganzen Körper in Zuckungen, und jetzt drehte sie sich vollends zur Wand hin, damit die Leute im Lokal ihre Tränen und ihren Kummer nicht mitbekamen. Nicht einmal bei seiner Beerdigung war sie erschienen, und sei es auch nur, um ihre Mutter in der Stunde der Trauer zu unterstützen. Selbst die Mühe, ihr über Telefon ihr Beileid auszusprechen, hatte sie sich nie gemacht. In den Jahren danach war sie nie zu Besuch dort gewesen, und wenn überhaupt, hatten sie nur kurz am Telefon miteinander gesprochen. Ihre Mutter hatte den Mann, den sie geliebt hatte, im Wissen begraben, dass er mit einem vor Reue schweren Herzen gestorben war, und nur wegen ihrer eigenen Streitereien mit dem Vater hatte sie ihre Mutter die ganzen Jahre mit diesem schrecklichen Schmerz und dieser Last allein gelassen. Kein Wunder, dass Onkel Christos sie immer wieder gedrängt hatte, die Mutter zu besuchen. Wie sollte sie ihr bloß jemals vergeben?

Sie ballte ihre Hand an der Wand zur Faust, presste die Augen fest zusammen, um dem Strom der Tränen Einhalt zu gebieten, und gewann schließlich wieder genug Fassung zurück, um sprechen zu können. »Aber wieso … Wieso hat er denn vorher nie etwas davon gesagt? Oder du … Warum hast du mich denn nicht angerufen und es mir erzählt?«

»Was gab es denn da zu erzählen? Dass er versuchte, deinen Sohn zu finden, den er zwanzig Jahre vorher weggeben hatte, damit aber am Ende scheiterte? Außerdem musste ich ihm Verschwiegenheit geloben, bevor er starb. Er meinte, wenn es nichts Positives zu berichten gebe, mache es wenig Sinn, es dir zu sagen. Das würde dir nur unnütz Hoffnungen machen, die sich dann doch nicht erfüllten. Außerdem hättest du die Sache bestimmt schon lange aus deinem Gedächtnis verbannt, weil es zu schmerzlich wäre, darüber nachzudenken.«

»Ja … Das stimmt wohl zum Teil, denke ich.« Sie rieb sich

mit dem Handrücken die Nase, zog die verbliebenen Tränen hoch. Ihr war unbehaglich beim Eingeständnis, dass es haargenau so war, dass ihr Vater sie so gut gekannt hatte. Genau wie ihr Vater hatte auch sie die Wahrheit und ihre wahren Gefühle vor allen anderen abgeschirmt und sogar noch eins draufgelegt, indem sie sie selbst ihrem eigenen Mann vorenthalten hatte. *Mein Gott*, wie sehr war sie die Tochter ihres Vaters.

»Er meinte nur, wenn du einmal beschließen solltest, dich auf die Suche nach ihm zu machen und diese Lücke in deinem Leben schließen zu wollen – dann sollte ich es dir erzählen.«

»Ich verstehe.« Und doch war ihre Stimme unsicher, und sie befürchtete, jeden Moment erneut in Tränen auszubrechen. Sie verspürte nur noch eine große Leere in sich, als sei sie jeder Gefühlsregung beraubt: Liebe, Hass, Familienbeziehung, Hoffnungen, Ehrgeiz. *Da, nun versuch mal, das alles auf die Reihe zu bekommen.* Als läge es nun an ihr, wieder Ordnung in ihr ramponiertes Innenleben zu bringen. Da stand sie nun, eine Hand gegen die Wand eines Esslokals voller Fremder gelehnt, den Kopf von ihnen abgewandt, damit sie nicht sahen, wie zerstört sie war, dass ihr die Tränen über das Gesicht rannen und dass sie am ganzen Leib zitterte. Und das alles, während ihre Mutter am anderen Ende einer knisternden Leitung dreitausend Meilen entfernt ihr im Verlauf von weniger als fünfzehn Minuten eröffnet hatte, dass nichts in ihrem Leben so gewesen war, wie es den Anschein gehabt hatte.

Doch einen Silberstreifen entdeckte sie am Horizont, eine Chance, wieder gutzumachen, dass sie unwissentlich das Andenken ihres Vaters verraten und ihre Mutter mit ihrer Trauer jahrelang allein gelassen hatte. »Ein Gutes gibt es, Mom .... Zum Teil rufe ich auch deshalb an. Ich glaube, ich habe ihn gefunden. Eine der Nonnen hat mir am Ende doch den Namen der Familie gegeben, die George aufgenommen hat. Ich besuche sie morgen.« Sie verschwieg, dass die letztlich für Schwester Bernadines Gewissensbisse verantwortliche verrückte Fügung des Schicksals darin bestanden hatte, an gleicher Stelle und in gleicher Körperhaltung zu sitzen wie sechs Jahre zuvor ihr Vater.

Hätte er damals seinen Besuch nicht gemacht, wäre sie wohl nie in den Besitz der Adresse gekommen. Es war, als strecke sich eine unsichtbare Hand nach ihr aus: ›Ich hatte es noch zu Lebzeiten wieder gutmachen wollen … Aber vielleicht hast du ja jetzt den Erfolg, der mir versagt blieb.‹ »Sobald ich George erreicht habe, versuche ich ihn dazu zu bewegen, irgendwann einmal nach England zu kommen. Dann können wir eine große Familienzusammenkunft feiern.«

»Das wäre schön, Elena. Aber du weißt ja, dass du mir zuliebe keine Versprechungen machen musst. Ich wäre schon glücklich, wenn du dich nach deiner Rückkehr mal bei mir sehen ließest. Du musst ihn dir zuliebe finden, Elena, um die Lücke in deinem Herzen und in deiner Seele zu schließen, die dein Vater nie schließen konnte.«

27

»Du kommst ja vielleicht auf Ideen.« Alphonse strahlte, streckte die Hand über die Bar aus und kniff Lorena spielerisch in die Wange. Nach Bestätigung heischend, warf er einen Blick auf Elena, die auf dem Barhocker neben Lorena Platz genommen hatte.

»Kann man wohl sagen.« Wehmütig lächelnd nickte Elena und trank noch einen Schluck Champagner. »Das merkt man vor allem im Urlaub. Da kriegt man doppelt so viele Fragen gestellt und braucht natürlich auch doppelt so viel Energie, um mitzukommen.« Sie schaute Lorena dabei kaum an, denn im Wissen darum, was bevorstand – sie nämlich höchstwahrscheinlich am Morgen, spätestens aber kurz nach ihrem Besuch bei den Donatiens nach England zu verfrachten –, fiel es ihr schwer, dem Blick des Mädchens zu begegnen.

Sie hatten sich am Stadtrand von Montreal noch schnell eine Pizza besorgt und waren dann zurück ins Hotel gefahren. Alphonse fragte gut gelaunt, wie ihr Tag gewesen sei. Elena, die nichts von der Berg-und-Talfahrt berichten wollte, die sie erlebt hatten, erwiderte nur, sie hätten ihre verloren geglaubten Verwandten endlich aufgespürt und würden sie morgen besuchen. »Also steht wohl ein kleiner Umtrunk an.« Sie bestellte eine Flasche Moët und schenkte Lorena ein wenig davon in ihren Orangensaft. Das Mädchen war sich anfangs nicht sicher, ob es ihr schmeckte; nach einigen Schlucken erwärmte sie sich aber dafür, und beim zweiten Glas wurde sie gesprächiger.

Alphonse stammte ursprünglich aus Nordjugoslawien, »dem Teil, der jetzt Slowenien ist«, und lebte seit vierzehn Jahren in Montreal. Aber statt mit ihm Anekdoten über das einzige Thema auszutauschen, das sie gemeinsam hatten, nämlich das harte Leben im Ostblock, wollte Lorena lieber alles über Kanada erfahren. Wie hoch liegt der Schnee im Winter? Wie kalt wird es? Gehen Sie auf die Jagd? Gibt es viele Bären? »Bei uns in den Bergen in Rumänien haben wir auch welche.«

Als Lorena dann rasch dazu überging, wie man sich verhielt, wenn man im Wald von einem Bären überrascht wurde und kein Gewehr dabei hatte, und Alphonse wegen dessen Fülle vorschlug, er könne doch vielleicht »mit ihm ringen«, streckte der Mann die Hand aus und kniff sie spielerisch in die Wange. Obwohl er eher klein war und sein Bierbauch einem Fass glich, war Alphonse doch extrem stark und hatte Unterarme wie Baumstämme.

»Ich kann mich noch an einen Tanzbären in Bukarest erinnern«, erzählte Lorena nachdenklich. »Der sah so traurig aus. Sein Besitzer ließ ihn tanzen und Tambourin spielen, als sei er glücklich – aber er hat immer so traurige Augen gehabt.«

So traurig. Eigentlich hätte sie sich freuen sollen, dass Lorena aus ihrem Schneckenhäuschen herauskam und lebendiger, lebhafter wurde. Von den Sitzungen mit Lowndes abgesehen, in denen die Erinnerung an ihre Probleme wieder schwer auf ihr lasteten, war es Lorena von Tag zu Tag besser gegangen, seit sie England verlassen hatten. Doch Elenas vorrangige Sorge angesichts dessen, dass das Mädchen so offen und angeregt redete, war die Befürchtung, Lorena könne etwas Falsches sagen und sie beide verraten. Elena selbst vergaß zuweilen, wer sie wann zu sein hatten: Elena Waldren mit Tochter Lorena für Lowndes, mit Tochter Katine für den Zoll und die Polizei und nun auch für Alphonse, denn sie hatte beim Einchecken ihren Pass vorzeigen müssen.

Vielleicht bestätigte Lorenas Lebhaftigkeit und ihr Stimmungswandel Lowndes' Befund, dass es sich bei allem nur um einen Kniff handelte, um Elenas Aufmerksamkeit zu erlangen. In den letzten Tagen hatte Lorena nichts als Aufmerksamkeit bekommen, kein Wunder also, dass sie glücklich war. Aber wenn sie sich nun doch täuschte? Wenn sich das Lächeln in Lorenas Gesicht nur deshalb wieder zeigte, weil sie den Klauen Ryalls entronnen war? Und morgen würde sie sie wieder nach England schicken, zu …

»Alles in Ordnung?«

»Ja, danke … Bloß ein bisschen müde, das ist alles.« Sie packte ihr Champagnerglas fester, um das Zittern ihrer Hand zu überdecken. Nach dem Auf und Ab des Tages war sie noch immer alles andere als entspannt, und dieser neuerliche nagende Zweifel in Bezug auf Lorena war auch nicht gerade hilfreich.

Alphonse wiederholte den Teil des Gesprächs, den Elena ausgeblendet hatte. »Was Lorena sagt, stimmt – Sie haben wirklich den gleichen Vornamen wie die Frau von Ceaucescu.«

»Ich weiß.« Elena zeigte ein angestrengtes Lächeln. Die Hauptschuld für das Waisenkinderproblem des Landes wies man dem rumänischen Ex-Diktator zu, weil er Paare dazu ermutigt hatte, große Familien zu haben. Elena streckte die Hand aus und zog Lorena kurz an sich. Nach wie vor jedoch vermied sie Blickkontakt. »Eine Elena, die Probleme verursacht, eine andere, die sie lösen hilft. Hoffentlich hat sie mir mittlerweile vergeben.« Ihr Fahrer Nick scherzte gern damit, wenn sie an einen schwierigen Grenzer oder Polizisten gerieten. *»Sag ihnen einfach deinen Namen, dann bekreuzigen sie sich und winken uns durch.«* Allerdings war sie wachsam genug, dies jetzt nicht zu erwähnen, denn momentan war sie ja Elena, die Mutter, nicht die Sozialarbeiterin.

Letztendlich beschloss sie, ihre Entscheidung bezüglich

Lorenas bis zu ihrem Telefongespräch mit Gordon um ein Uhr früh – der Hauptgrund, dass sie nun an der Bar saß und die Zeit totschlug – zu verschieben. Bis dahin, 20.00 Uhr nach englischer Zeit, wollte Gordon von seinem Besuch bei Mikaya in Durham zurückgekehrt sein.

Nachdem sie Lorena kurz nach halb zwölf ins Bett gebracht hatte und die Rue Ste. Catherine entlanggeschlendert war, bis sie eine Cocktailbar gefunden hatte, um die restliche Zeit zu verbringen, rief sie schließlich um wenige Minuten nach eins an. Die ersten zehn Minuten schilderte sie die Höhen und Tiefen des Tages und ihren Stolz, endlich eine Adresse in der Hand zu haben. Auf die vertrackten Einzelheiten ging sie nicht ein, führte weder aus, dass ihr Vater das Waisenhaus besucht, noch dass sie ihre Mutter angerufen hatte. Dazu würde es nach ihrer Rückkehr wieder einer offenen Aussprache bedürfen – ihr geheimes Leben Teil zwei. Stattdessen erzählte sie Gordon nur, eine der Nonnen habe einen plötzlichen Sinneswandel gehabt und ihr die Adresse ausgehändigt. Anschließend kamen sie darauf zu sprechen, wie es mit Mikaya Ryall gelaufen war. Keine großen Enthüllungen, abgesehen davon, dass Gordon sich fast sicher war, dass Mikaya etwas verbarg.

»Etwas, das es ihr sehr schnell sehr unbehaglich werden ließ. Sie ist praktisch aus dem Café rausgerannt.«

Das fand auch Elena verdächtig. Was die Sitzungen anging, seien sie aber jetzt praktisch in einer Sackgasse angelangt. »Wir kommen nicht voran, und es reicht einfach nicht aus, als dass ich Lorena weiter festhalten könnte. Ich kann ja wohl schlecht zu Lowndes zurückmarschieren und ihm sagen, er solle tiefer bohren, weil Lorenas Schwester bei der Erwähnung möglicher sexueller Belästigung durch ihren Stiefvater Panikattacken bekommt.«

»Ich weiß. Ich weiß, dass du etwas Greifbareres brauchst, und darum bin ich noch einen Schritt weitergegangen.« Gordon war es nach seiner Begegnung unbehaglich gewesen, sodass er auf dem Rückweg einen alten Kontaktmann angerufen hatte, einen Ermittler, der für Banken und Versicherungsgesellschaften arbeitete. »Ich dachte mir, wenn Ryall dich mit Schmutz bewirft, dann können wir doch vielleicht mal den Spieß umdrehen. Ich habe ihm alles erzählt, was ich weiß, und ihn gebeten, vor allem in der Zeit von Mikaya Ryalls Schwangerschaft zu recherchieren.«

»Wann meldet er sich wieder bei dir?«

»Ich habe ihm gesagt, dass es dringend ist, und er arbeitet schon einen halben Tag dran. Er meinte, er wolle bis morgen Mittag so viel wie möglich zusammentragen.«

Das war 17 Uhr in Montreal, vier Stunden nach dem Treffen mit den Donatiens. Elena gefiel die Vorstellung, den Spieß umzudrehen und Ryall nun selbst auf den Pelz zu rücken. Doch sie hatte das Gefühl, sich an einen Strohhalm zu klammern. Die Verzögerung machte sie einerseits nervös, weil sie weiterhin ständig der Polizei aus dem Weg gehen musste. Andererseits war sie erleichtert darüber, die Verkündung der schlechten Nachricht gegenüber Lorena verschieben zu können.

»Okay, warten wir bis dahin ab und entscheiden dann, was wir machen.« Als sie die Worte ausgesprochen hatte, war es, als fiele eine Last von ihr ab: Es war nun nicht mehr unvermeidliche, ausgemachte Sache, dass Lorena zu den Ryalls zurückkehrte. Noch gab es Hoffnung, so dürftig sie auch sein mochte.

Oder wollte sie vor allem um ihrer selbst willen nicht über das Problem nachsinnen, um sich den Kopf für den großen, vor ihr liegenden Tag freizuhalten, an dem sie die Donatiens und hoffentlich später ihren Sohn treffen würde? Wieder einmal schob sie Lorena aus Eigeninteresse in den Hintergrund. 29 Jahre? Bei dem Gedanken bekam sie plötzlich einen trockenen Mund. Was sollte sie sagen? Wie konnte sie die Sache erklären? Die Aussicht war bei weitem erschreckender als Lorena vielleicht letztlich doch im Stich lassen zu müssen.

In dieser Nacht schlief Elena nicht gut. Dabei hatte sie auf das Gegenteil gehofft, da sie nun endlich am Ende ihrer Suche angelangt war und sich von der nervösen Anspannung und dem Schlafmangel der vergangenen Tage extrem erschöpft fühlte.

Doch der vor ihr liegende Tag ließ ihr aufgeregte Gedanken darüber durch den Kopf schießen, wie sie alles angehen sollte und die Sache wohl laufen würde. Dann gab es ein schier endloses Durcheinander an Sirenen nicht weit vom Hotel, und am Ende dauerte es über zwei Stunden, bis sie endlich eingenickt war.

Und plötzlich waren die Sirenen hinter ihr her. Sie waren allgegenwärtig, und Polizisten kamen mit schweren Schritten die Treppe hoch – sie konnte nicht fliehen. Dann war sie in Handschellen draußen auf dem Gehsteig. Allerdings war sie nicht an einen Polizisten gekettet, sondern an Ryall. Er grinste Elena hämisch an. »Jetzt habe ich sie wieder, und sie wird nie mehr freikommen. Jetzt tanz und klatsch in die Hände und tu dein Bestes, um glücklich auszusehen – die Leute schauen zu.«

Und sie dachte: Ja, ich sollte mich freuen, denn morgen sehe ich meinen Sohn. Aber sie sah nur ihren Vater, wie sie ihn am Grabe von Andreos hatte stehen lassen, und auch alle anderen hatten sich von ihm abgekehrt und ihn allein gelassen. Doch als sie näher kam, war es gar nicht Andreos' Name, den ihr Vater vor sich hin murmelte, während er ins Grab hinabschaute. »George … *Ich habe versucht, dich zu finden, ich habe es wirklich versucht.*«

Atemlos rief sie nach ihrem Vater, um ihm zu sagen, dass sie Georges gefunden hatte, und wies auf seine Gestalt am Ende der Schlucht. »Schau, da ist er! *Da!* Ich habe ihn gefunden, ich habe ihn gefunden.« Aber er war immer noch der kleine Junge, den sie sich im Waisenhaus vorstellte, kein Erwachsener, und in diesem Moment wandte sich George ab, und sie hatte Angst, er werde fortgehen, bevor ihr Vater aufschaute und ihn sah. Doch sie hatte auch Ketten an ihren Füßen und war nicht im Stande, näher heranzukommen, um die Aufmerksamkeit ihres Vaters zu erlangen … Und als sich George dann schließlich abwandte, verblasste auch das Licht am Ende der Schlucht und beließ sie im Dunkel.

Es herrschte vollkommene Finsternis, ein schwarzes Tuch lag über allem. Sie konnte weder Vater noch George mehr sehen, konnte den Weg nur finden, indem sie sich dort, wo sie sich an Bäume erinnerte, an Äste klammerte und nach Stämmen tastete. Dann erklangen plötzlich Schritte hinter ihr im Stockdunkeln, Atemzüge, die sich in der Stille mit den ihren maßen und näher kamen, näher … rasch auf sie zukamen und mit jedem Schritt lauter wurden … Und sie war nicht sicher, ob es Ryall war, die Polizei oder …

Schwer und abgerissen atmend wachte sie auf. Sie ging an die Minibar, machte eine Flasche Mineralwasser auf und ließ einige Schlucke durch ihre trockene Kehle laufen. *Oh Gott, oh Gott, oh Gott.* Sie stieß einen tiefen Seufzer aus, um die Anspannung in ihrer Brust zu lindern. Hoffentlich würde sie nach dem morgigen Tag die Zuflucht der Schlucht nicht länger benötigen, um die quälenden Erinnerungen an das, was sie getan hatte, zu begraben.

Als das feiste Bulldoggengesicht Frank Massenats plötzlich am vorderen Seitenfenster auftauchte und hineinlugte, schreckte der Mann auf dem Rücksitz von Roubilliards Four-Wheeler zurück.

»Was meinst du?« Roubilliard drehte sich vom Fahrersitz halb um und taxierte gemeinsam mit Massenat den Mitfahrer auf dem Rücksitz.

Massenat rümpfte mit skeptischem Ausdruck die Nase. »Sollen wir ihm die Brille abnehmen?«

Roubilliards neben dem Mann sitzender Handlanger tat ihm den Gefallen. Mit einem Mal wirkte der Mann nervöser als zuvor während seiner fünfzigminütigen Wartezeit. Seine Augen weiteten sich, und sein Atem wurde schneller, denn wie er sich aus seiner Schulzeit erinnerte, ging dies üblicherweise einem Faustschlag auf die Nase voraus.

Massenat blickte ihn noch einen Augenblick argwöhnisch an. »Nee, der ist es nicht. Knapp daneben ist auch vorbei.«

»Sicher?«

»Sicher.« Massenat richtete sich auf, wandte sich ab und nahm sein Mobiltelefon heraus.

Roubilliard holte eine Zwanzigdollarnote heraus und hielt sie dem Mann vor die Nase. »Es gibt jemanden, der unserem Freund Geld schuldet – du könntest sein Zwillingsbruder sein. Jetzt mach dich vom Acker und vergiss die ganze Sache. Okay?«

Ungläubig, dass man ihn gehen lassen wollte, schaute der Mann erst den Geldschein, dann Roubilliard an. Sicher hatte der doch noch eine Überraschung in letzter Minute auf Lager. Hastig nickend sagte er dann: »Okay«, nahm das Geld, war im Nu aus dem Auto und fiel praktisch in einen Laufschritt, als er an Massenat vorbeikam, der gerade über Mobiltelefon mit Roman sprach.

Roman nickte am anderen Ende. »Ja, ich dachte mir schon, es wäre zu schön, um wahr zu sein, ihn in weniger als sechsunddreißig Stunden aufzutreiben – und dann auch noch gleich vor unserer beschissenen Haustür in Lavalle. Ja, ja. Bis später dann.«

Mit den Knöcheln knackend starrte Roman noch eine Weile auf das leblose Telefon. Das war bereits der dritte Fehlalarm – aber immerhin konnte er daraus schließen, dass Roubilliard aktiv war, und in wenigen Stunden kamen ja auch von Funicelli Neuigkeiten darüber, warum diese Frau, die den ganzen Weg von England her gekommen war, Donatiens Eltern in Beaconsfield besuchen wollte.

Die Meldung kam um 11 Uhr 32. Eine Nachrichtensprecherin vor der blassgrauen Landkarte von Kanada, auf der Quebec gelb hervorgehoben war, berichtete vom Durchbruch der RCMP in ihrer Ermittlung gegen die Montrealer Familie Lacaille. Das Stichwort gebend schaute sie zur Seite, und der Beitrag begann mit der erst eine halbe Stunde zuvor von der RCMP abgehaltenen Pressekonferenz. Neil Mundy saß in der Mitte, flankiert von Michel Chenouda und Inspector Pelletier. Wiederholt flammten Blitzlichter auf.

Das Fernsehgerät befand sich am Ende des Tresens in einem Feinkostgeschäft, die Lautstärke war heruntergedreht. Einer der drei Sandwichverkäufer, der dem Fernseher am nächsten war, schaute kurz auf, und auch zwei seiner Kunden wirkten interessiert, doch sonst schenkte kaum jemand dem Fernsehbericht Beachtung, auch nicht Elena und Lorena, die sich am anderen Ende ein großes Baguette teilten.

Elena war spät aufgewacht und hatte daher beschlossen, dass sie einen schnellen Brunch nehmen sollten; da sie um eins mit den Donatiens verabredet waren, hätten sie sich durch ein richtiges Mittagessen möglicherweise verspätet. Nach dem Besuch im Feinkostgeschäft hatten sie noch Zeit für einen kurzen Schaufensterbummel am Place Ville-Marie, bevor sie losfuhren. Alphonse hatte ihr zwar erklärt, man brauche lediglich fünfunddreißig, vierzig Minuten nach Beaconsfield, doch sie wollte etwas Spielraum einplanen, um auf Nummer Sicher zu gehen.

Während der Fahrt redeten sie kaum, denn Elena war viel zu besorgt darüber, was vor ihr lag, als dass sie Lorena mehr als knappe Antworten hätte geben können. Sie kamen eine Viertelstunde zu früh an und fuhren daher noch eine Weile langsam durch die Gegend. Zwei Blocks weiter war ein kleiner See, auf dessen einer Seite ein Park in einen Kiefernwald überging, während sich in der anderen Richtung Geschäfte über drei Straßenzüge erstreckten. Auf dem Weg waren sie in den Vororten von Montreal durch eine Reihe hässlicher Industriegebiete gekommen – Getreidesilos, baufällige Lagerhäuser und Schrottplätze. Diese Gegend hier jedoch war schön. Ein guter Ort, um ein Kind aufzuziehen. George hätte … Sie schüttelte den Kopf. Sie tat es schon wieder. Vielleicht galt diese Adresse erst sei kurzem, die Donatiens konnten doch mehrmals umgezogen sein, seit sie George aus dem Waisenhaus geholt hatten.

Hundert Meter vom Haus entfernt parkend, verbrachte sie die letzten Minuten damit, ihr Haar und Make-up zu überprüfen. Dann fuhr sie das letzte Stück bis zum Haus. Den Mann in der grauen Oldsmobile-Limousine sah sie nicht. Er hatte dreißig Meter hinter ihr geparkt, folgte ihr und Lorena, die nun den Weg zur Eingangstür gingen, aufmerksam mit seinem Blick.

Als sie der Tür näher kamen, bemühte sie sich um einen gleichmäßigen Atem, versuchte sich zu entspannen. Seit der vergangenen Nacht hatten sich ihre Nerven weitgehend beruhigt. Doch als sie die Türglocke läutete und während der bangen Momente, bis sich die Türe öffnete, war die ganze angestaute Spannung plötzlich wieder in ihr. Dann plötzlich war sie wie ferngesteuert, und ihre Sinne wurden überflutet: Lächeln, Händeschütteln, Claude. Odette. Ja ... und das ist meine Tochter, Katine. Kommen Sie rein, kommen Sie rein. Odette war gedrungen, und auch Claude, der sie um einiges überragte, war recht beleibt, machte wegen seiner Größe aber eine gute Figur. Er hatte zottiges, eisgraues Haar und ein bereitwilliges Lächeln. Elena mochte die beiden auf Anhieb. Odette bot ihr frischen Kaffee an, und Elena fragte, ob ihre Tochter wohl in der Küche warten oder im Garten spielen könne.

»Das, weswegen ich gekommen bin, könnte ein bisschen heikel werden.« Sie hatte Lorena gesagt, ihr Sohn sei im Waisenhaus zur Schule gegangen und die Donatiens seien so etwas wie Pateneltern für ihn gewesen. Wenn Lorena nun an ihrer Unterhaltung teilnahm, würde sie die Wahrheit erfahren. »Wissen Sie, ich wollte sie nicht im Auto lassen.«

Claude Donatien nickte verständnisvoll. Sein Ausdruck wurde jedoch plötzlich düsterer. Nun übernahm Odette das Kommando, führte Lorena den Flur entlang und fragte das Mädchen, was es trinken wolle. Als sie allein miteinander waren, schaute Claude Elena an und rang sich ein Lächeln ab; seine Offenheit war jedoch verflogen, er war augenscheinlich nervös und besorgt und blieb auch in dieser Stimmung, als Odette mit Kaffee zurückkehrte und Elena den Grund ihres Besuchs vortrug.

Während sie ihre Geschichte erzählte, tauschten Claude und Odette gelegentlich Blicke aus und wirkten dabei zunehmend beunruhigt und unbehaglich. Sie stellten einige wenige Fragen, senkten danach rasch wieder den Blick, nickten nur leise und ernst. Zunächst glaubte Elena, dies sei lediglich eine Reaktion auf die Bitterkeit und Dramatik ihrer Erzählung. Nach einer Weile jedoch bekam sie den Eindruck, dass die beiden etwas anderes bedrückte, eine unausgesprochene dunkle Sorge, die sie in ihnen ausgelöst hatte. Noch bevor sie geendet hatte, schüttelte Claude Donatien den Kopf und presste die Lippen fest zusammen.

»Es tut mir Leid... Ich dachte, Sie wüssten es. Haben Sie denn keine Nachrichten gehört?« Wieder ein zu Boden gesenkter Blick: Er brachte es nicht länger fertig, ihr in die Augen zu schauen.

»Welche Nachrichten?«

»Du brauchst dich nicht so darüber zu wundern, Claude. Es war doch erst vor ein paar Stunden«, sprang Odette zu ihrer Verteidigung ein. »Es kann ihr ohne weiteres entgangen sein.«

»Ich weiß.« Claude nickte und schaute kurz zu Elena auf. »Ich hatte vorher bloß geglaubt, Ihr Besuch hätte etwas mit dem zu tun, was passiert ist, dass Sie irgendwie eine Botschaft zu überbringen hätten oder sogar in Verbindung mit der RCMP stünden.« Er fuhr sich mit der Hand durch das Haar und stieß einen Seufzer aus. »Uns hat die zeitliche Übereinstimmung aus dem Konzept gebracht... dass beides zur gleichen Zeit passiert, verstehen Sie.« Erneut schüttelte er den Kopf. »Und... Und das nach allem, was Sie durchgemacht haben.«

»Wieso – was ist denn passiert?« Elena schaute scharf zwischen den beiden hin und her. Ihre Blicke sprachen Bände, und Elenas Mut sank, noch bevor Claude Donatien sich endlich so gesammelt hatte, dass er es ihr erklären konnte.

28

»Tut uns Leid, Georges. Roman lässt dir ausrichten, dass er dich nie leiden konnte. Für ihn warst du immer ein kriecherisches Stück Scheiße. Er meinte, es sei eine große Genugtuung für ihn zu wissen, dass dies das Letzte ist, worüber du nachdenkst. Für uns, Georges, ist das aber nichts Persönliches. Tut uns Leid.«

Georges war es, als versinke alles im Dunkel. Zunächst war ihm nicht bewusst, wie lange er ohnmächtig dagelegen hatte.

Das Erste, was er mitbekam, waren rasche Schritte. Als es dann zweimal knallte, fuhr er in dem Glauben zusammen, dies seien die Schüsse, die er erwartet hatte. Dann ging ihm auf, dass es das Geräusch der zugeschlagenen Türen des Econoline war. Wahrscheinlich hatte er weniger als eine Minute verpasst. Mit quietschenden Reifen raste der Wagen los. Dann war das Geräusch eines weiteren Motors zu hören, Scheinwerfer tänzelten einen kurzen Augenblick über seinen Körper. Offenbar hatte das sich nähernde Fahrzeug seine beiden Entführer gestört.

Erneut schlugen Wagentüren heftig zu. Dann war zu hören, wie ein zweites Auto abbremste. Wieder Licht, dieses Mal der nackte Strahl einer Taschenlampe, der planlos über den Boden geschwenkt wurde, bevor er sich auf seinen Körper richtete. Und Stimmen: hektisch, durcheinander, sodass es ihm schwer fiel auszumachen, was zuerst gesagt wurde. Als sie sich näherten, erkannte er jedoch die Stimme von Chenouda.

»Ist er am Leben? Haben wir es rechtzeitig geschafft?«

Georges bekam frischen Kaffee und Donuts und durfte sich vor der ersten Besprechung mit Chenouda, die vierzig Minuten dauerte, fast zwei Stunden ausruhen. Bei dieser Zusammenkunft erfuhr Georges, dass Chenouda von einem den Lacailles nahe stehenden Kontaktmann – Näheres sagte Chenouda nicht – erfahren hatte, dass er in der Nacht zuvor von einem der Mädchen aus dem Sherbrooke-Klub, nämlich von Viana, in eine Falle gelockt worden war. Sie vermuteten, dass die Sache von Roman eingefädelt worden sei, und beschatteten ihn daraufhin. Zwei seiner Leute hatten die Entführung beobachtet und Chenouda sofort per Funk benachrichtigt. Einmal hatten sie den Lieferwagen aus den Augen verloren und große Mühe gehabt, ihn wieder einzuholen, sodass Chenouda fast zur gleichen Zeit ankam wie sie.

»Und nicht zu früh, wie es aussieht. Eine halbe Minute später, und wir würden jetzt hier nicht miteinander sitzen und reden. Ihre Leiche würde mit einem Anhänger versehen ins Leichenschauhaus verfrachtet werden.«

Bei diesem ersten Gespräch stellte Chenouda weder Forderungen noch Fragen. Stattdessen ging er die Ereignisse der vergangenen vierundzwanzig Stunden fast nüchtern durch, bis auf die Schlussbemerkung, Georges habe ziemliches Glück, noch am Leben zu sein, und müsse sich dafür bei der RCMP bedanken. Dann ließ man ihn allein, und er konnte die Nacht durchschlafen. Chac, einer der Leute aus dem Wagen, der den Entführern gefolgt war, hielt bei ihm Wache. Das war das Erste, das Georges merkwürdig vorkam: Sie befanden sich in einem gesichtslosen 3-Sterne-Hotel in der Nähe des Flughafens Davenport, nicht am Dorchester Boulevard oder in einer anderen Polizeiwache. Bevor er ging, untersagte Chenouda strikt jedwedes Telefonat, und als Chac und Georges sich zur Ruhe begaben, wies Chac ihn noch einmal an: »Wenn der Zimmerservice anruft oder sonst das Telefon klingelt – lassen Sie mich drangehen. Sie sind in Isolierhaft, Sie existieren im Moment überhaupt nicht.«

Die Zusammenkunft mit Chenouda am nächsten Tag war intensiver und dauerte über zwei Stunden. Chenouda machte von Anfang an klar, dass er von Georges eine Aussage gegen die Lacailles erwartete. Georges lehnte ab und klammerte sich an seine Position während ihrer letzten Auseinandersetzung, nämlich dass er Jean-Paul nicht verraten werde, ganz gleich, was Roman getrieben haben mochte. Wie aus der Pistole geschossen gab Chenouda zurück, wer denn Georges' Meinung nach wohl die kleine Nummer der vergangenen Nacht abgezogen hätte?

»Wenn Sie glauben, Roman hätte auf eigene Faust gehandelt, dann denken Sie noch einmal darüber nach. Die Mühe, ihnen die Falle mit dem Mädchen zu stellen, hat er sich doch nur gemacht, damit Jean-Paul für den nächsten Schritt grünes Licht gibt. Wenn er Sie auf sich allein gestellt hätte erledigen wollen, hätte er das schon vor Wochen getan.«

Georges wusste, dass dies Sinn ergab, wollte aber nach wie vor nicht akzeptieren, dass Jean-Paul, dem er so viel Bewunderung entgegenbrachte und vertraute und den er fast als Vater ansah, seine Ermordung angeordnet haben sollte.

Michel ging auf und ab, redete ihm gut zu und gestikulierte mit den Armen, während er jede nur denkbare logische Erklärung aus seinem Arsenal hervorholte. Irgendwann jedoch riss ihm der Geduldsfaden. »Prima. Also gut, dann riskieren Sie es doch und gehen wieder raus. Wollen wir doch mal sehen, wie lange Roman Sie am Leben lässt. Dann brauche ich meine Zeit nicht mehr damit zu vergeuden, bei Ihnen gegen eine Wand zu reden, und wir kriegen sogar noch unseren Spaß im Einsatzraum, indem wir Wetten darüber abschließen, wie lange Sie es machen. Drei Tage, eine Woche vielleicht?«

Nach fast einer Stunde schließlich trafen sie eine grobe Vereinbarung. Georges willigte ein, gegen Roman auszusagen, was den Abend mit Leduc anging – mehr jedoch nicht. Er würde nichts über interne finanzielle Unternehmungen der Familie Lacaille erzählen, die übrigens doch nur untermauern würden, was er schon immer gesagt habe, nämlich dass Jean-Paul sich in den vergangenen Jahren vom Verbrechen abgewandt hätte. Und er könne nur aussagen, dass Jean-Paul das Treffen mit Leduc abgesegnet hatte, nicht aber, dass er arrangiert oder vorher schon gewusst habe, dass Leduc ermordet werden sollte; Georges selbst hatte ja nichts davon gewusst, der Angriff auf Leduc sei vollkommen überraschend erfolgt und habe zunächst wie schief gelaufene Notwehr ausgesehen. Georges berichtete von der Verwechslung zwischen Notizbuch und Revolver und dann, wie Roman seinen eigenen Zweitrevolver herausgeholt hatte, bevor Savard beim Wagen angelangt war.

»Aber weiter gehe ich nicht. Wenn Sie wollen, dass so ein scharfer Hund von Staatsanwalt die Lücken schließt und eine Verbindung zu Jean-Paul nachweist, dann ist das Ihre Sache. Ich jedenfalls werde nicht direkt gegen ihn aussagen, weil es gar nichts gibt, was ich sagen könnte. Das ist alles. Schlucken Sie es, oder lassen Sie es.«

Michel ging noch zwanzig Minuten in die Einzelheiten, um die Sache dann zu akzeptieren. Nach dem Mord an Savard und dem Mordversuch an Donatien konnte man nun ein Muster aufzeigen. Donatien bestätigte, dass er auch über die Falle aussagen werde, die man ihm mithilfe des Mädchens gestellt hatte, und daraufhin rasten Michels Gedanken eine Weile hin und her: Hoffentlich konnte er Azy dazu bringen auszupacken, dass das Mädchen Romans Liebling gewesen war; vielleicht kam ja sogar von dem Mädchen selbst etwas. Als er dann sein Glück erzwingen und wissen wollte, ob Donatien glaube, dass auch die Sache mit Leduc von Roman inszeniert gewesen sei – »wahrscheinlich wusste er verdammt gut, dass Leduc keinen Revolver hatte, wollte es aber Ihnen und vielleicht auch Jean-Paul gegenüber als Notwehr erscheinen lassen, *falls* der nicht ohnehin eingeweiht war« –, tauchte Georges' Widerwillen wieder auf.

»Bei dem, was seither passiert ist, mag das wohl Sinn ergeben. Aber ich kann wirklich über nichts aussagen, was über die Ereignisse jenes Abends hinausgeht. Noch einmal: Da muss sich schon Ihr Staatsanwalt seine Sporen verdienen, indem er eine Querverbindung herstellt.«

Michel gab auf, solange er noch im Vorteil war. Dann kehrte er in sein Büro zurück, um sich Notizen über ihre Vereinbarung zu machen, und entwarf das Gerüst für Donatiens spätere Aussage. Gleich danach rief er die S-18 an und schilderte seine missliche Lage: ein heißer Informant in den Fängen, aber Bedenken wegen einer undichten Stelle am Dorchester Boulevard.

Jedes Bezirksbüro der RCMP besaß eine eigene Abteilung zur Durchführung von Zeugenschutzprogrammen sowie zur Untersuchung polizeiinterner Korruption. Doch für den Fall, dass diese Korruption zu einer undichten Stelle führte und die Person im Programm in Gefahr brachte, war die S-18 in Ottawa eingerichtet worden.

Am nächsten Morgen kam der Fall vor eine von Superintendent Neil Mundy geleitete Prüfungskommission, und von da an ging alles ganz schnell. Noch in der gleichen Nacht wurde Donatien von zwei Beamten der S-18 aus Montreal an einen sicheren Ort gebracht, wo er bis zur Verhandlung bleiben würde. Danach würde er ganz in das Zeugenschutzprogramm integriert werden und eine neue Identität bekommen. Chenouda selbst wusste nicht einmal, wo dieser sichere Ort war; nur die Begleiter von Donatien und einige »handverlesene« Mitglieder von S-18 wussten Genaueres. Um 11 Uhr am folgenden Morgen, als Donatien sich bereits seit über zwölf Stunden in seinem sicheren Versteck aufhielt, berief Mundy eine Pressekonferenz ein, um den Durchbruch bei den Ermittlungen gegen die Familie Lacaille bekannt zu geben. Um jedwede Spekulationen in Bezug auf Unstimmigkeiten zwischen den jeweiligen Abteilungen zu ersticken, nahm auch Inspektor Pelletier daran teil. Die Sache wurde als gemeinschaftliche Aktion des Polizeiapparats in Montreal sowie der S-18 gepriesen.

Der ganze Vorgang von Donatiens Entführung bis zur Abschlusserklärung hatte zweieinhalb Tage gedauert. In dieser Phase war der Aufenthaltsort von Donatien ein vollkommenes Geheimnis gewesen und nun, da er sich bis zum Prozess an einem sicheren Ort befand, lagen noch einmal sechs oder sieben Monate dieser Art vor ihm. Dann würde er endgültig verschwinden und nie wieder als Georges Donatien auftauchen.

29

»*Zeugen*schutzprogramm … nie *mehr wiedersehen.*«

Wie betäubt fuhr Elena von Beaconsfield zurück. Claude Donatiens Worte hallten in ihrem Kopf wider wie ein verrücktes Mantra; obwohl er den zweiten Teil nicht direkt ausgesprochen hatte, konnte sie zwischen den Zeilen lesen, wann er ihr auswich und versuchte, den Schlag zu dämpfen: »Nicht einmal wir wissen, ob wir ihn überhaupt jemals wiedersehen werden. Wir werden nachher im Präsidium anrufen und es herausfinden. Vielleicht gibt es ja eine Gesetzeslücke, und wir können ihn doch sehen, und Sie dann hoffentlich auch irgendwann.«

Gesetzeslücke. Hoffentlich. Irgendwann. Claude Donatien wollte einfach nicht geradeheraus sagen: »Hören Sie, ich glaube nicht, dass Sie ihn überhaupt treffen können«, vor allem nicht unmittelbar nach ihrer herzzerreißenden Geschichte der vielen Aufs und Abs, die Elena schließlich an ihre Haustür geführt hatte. Es wäre grausam gewesen, den Riegel der Falltür sofort wegzuziehen; stattdessen würde er sie mit dem Expresslift nach unten schicken. Sie würde fast genauso schnell ankommen, aber die Bewegung kaum spüren und auf dem Weg nach unten von Musik berieselt werden. Eine bittere Pille mit Zuckerüberzug.

Nach der erschütternden Nachricht hatte sie noch über eine Stunde bei den Donatiens verbracht und hätte dabei gern mehr über ihren Sohn erfahren. Wie war er? Hatte er lange hier gelebt? Wo hatte er vorher gelebt? Seine Schulzeit ... später dann das College, Freundinnen, seine Arbeit. Jedes kleine Detail, jede Nuance – was er in den letzten neunundzwanzig Jahren zum Frühstück gegessen hatte –, wenn die Donatiens nur lange genug beim Thema geblieben wären.

Odette hatte Fotoalben als Orientierungshilfen für die Vergangenheit und die Ereignisse herausgeholt, seit sie Georges aus St. Marguerite geholt hatten. Georges. Odette erklärte, dass sie die kleine Namensänderung vorgenommen hätten, weil sie eine französisch-kanadische Familie seien. Seine Schule war frankofon, und es sollte nicht zu offensichtlich werden, dass er adoptiert war.

Beim Durchblättern der Alben hatte Elena einige der Fotos sanft berührt: sein neunter Geburtstag, ein Schulfoto mit zwölf, Frisbee spielend mit einem Setter im Park, Odette, die beim Picknick an einem Holztisch im Wald einen Arm um ihn gelegt hatte, Georges auf einem Urlaubsfoto vor einem Jachthafen in Florida, sein einundzwanzigster Geburtstag mit College-Freunden, die ihn mit Champagner bespritzten. Sie fühlte sich wie betäubt, durch die schockierende Nachricht jedes Gefühls beraubt, und doch kamen ihr in diesem Augenblick die Tränen – obwohl sie sie verlegen abwischte. Sie weinte nicht nur wegen all der verlorenen Jahre, die jetzt durch etwas Sichtbares, nämlich ein Gesicht, noch schmerzlicher wurden, sondern auch wegen der plötzlichen Erkenntnis, dass sie ihm vielleicht *nie* näher kommen würde als in diesem Augenblick.

Irgendwann wurde es einfach zu viel für sie. Claude, Odette und auch Lorena, die inzwischen aus dem Garten wieder hereingekommen war, schauten sie besorgt an. Sie stand auf, ging zum Fenster und konnte mit letzter Kraft ein Schluchzen unterdrücken, doch noch immer waren ihre Augen feucht, und sie hatte Mühe, die Tränen zurückzuhalten. Die Landschaft hinter dem Haus fiel sanft ab, und man sah einen Ausschnitt des Sees etwa zweihundert Meter entfernt zwischen den Bäumen. Claude Donatien hatte sie einen Moment allein gelassen, bevor er neben sie trat.

»Als Georges klein war, haben wir oft in dem Park am See mit ihm gespielt, und es war immer unser Traum, in der Nähe zu wohnen. Wir hatten das Glück, eines der letzten Grundstücke mit Seeblick zu bekommen.« Claude war Bauunternehmer, und zwischen den Zeilen konnte man hören, dass die Zeiten im Laufe der Jahre nicht immer rosig gewesen waren – obwohl Claude bemüht war zu betonen, dass sie stets in einer guten Gegend gewohnt hatten, Georges eine ausgezeichnete Schulbildung erhalten habe und immer gut versorgt und geliebt worden sei. Und in den letzten sechs, sieben Jahren seien die Geschäfte gut gelaufen – zum Teil dank einer kleinen Finanzspritze von Georges und seines finanziellen Know-hows, schloss Claude. »So konnten wir endlich unser Traumhaus bauen.«

Dann folgte das unvermeidliche, schwierige Thema, warum Georges als erfolgreicher Banker für eine Familie mit Mafia-Verbindungen zu arbeiten begann. Sie fragte nicht direkt danach, aber Claude betonte ausdrücklich, dass Georges nicht die geringsten kriminellen Neigungen besaß. »Er hatte eine gute Position, sehr gute Aufstiegschancen bei der Banque du Quebec, bevor er zu den Lacailles ging. Deshalb ist das jetzt so ein schwerer Schlag; ich verstehe es einfach nicht.« Er zeigte anklagend auf den Fernseher, der bei ihrer Ankunft ausgeschaltet worden war. »Er hat immer gesagt, er würde nur aus dem Grund für sie arbeiten, weil sie ihre kriminellen Machenschaften aufgegeben hätten. Er betrachtete es als eine Herausforderung. In solchen Dingen war er sehr strikt – er hatte Prinzipien.

Das einzige Problem, das er je erwähnte, war, dass die Lacaille-Brüder nicht immer einer Meinung seien. Er meinte aber, er arbeite nur für Jean-Paul, der, so versicherte er, vollkommen sauber und ebenfalls ein Mann mit starken Prinzipien sei. Wahrscheinlich wird sich herausstellen, dass alles ein Irrtum ist.« Wieder versuchte er, die Tatsache herunterzuspielen, dass sie ihren Sohn, von dem sie ihr ganzes Leben lang getrennt gewesen war, vielleicht nie zu sehen bekommen würde.

Sie schüttelte den Kopf, hatte Tränen in den Augen. *Nie mehr wiedersehen …*

Der Expresslift glitt immer tiefer in einen Abgrund dunkler Verzweiflung, seit sie die Donatiens verlassen hatte. Schon bei ihrer Runde von Tür zu Tür und in St. Marguerite hatte sie gefährlich nah am Rande des Nichts gestanden. Jetzt aber war diese Verzweiflung, die alles überwältigende Leere, die ihr die Kehle zuschnürte, nahezu unerträglich. Und durch die Kämpfe der letzten Tage, die vielen Pillen und den Whisky, den chronischen Schlafmangel und ihre ständig bis zum Zerreißen gespannten Nerven fühlte sie sich vollkommen ausgepumpt, hatte keine Reserven mehr, um wieder nach oben zu klettern.

Es war ohnehin alles vorbei … Sie würde ihn nie mehr wiedersehen. Was konnte sie tun? Claude Donatien hatte gesagt, er werde sie später anrufen, nach seinem Telefonat mit der Polizei – aber was brachte es, sich selbst etwas vorzumachen, indem sie sich an eine Hoffnung klammerte? Soweit sie wusste, ging es beim Zeugenschutzprogramm vor allem darum, die Zeugen von ihrer Familie und ihren Freunden fern zu halten, weil die Verbrecher sie dort zuerst aufspüren würden.

Ihn nie mehr wiedersehen …

Sie umklammerte das Lenkrad fester und biss die Zähne zusammen, aber sie stürzte noch immer, und die Dunkelheit des Abgrunds umfing sie. Der Verkehr nahm zu, als sie sich dem Zentrum von Montreal näherten, und sie hatte große Mühe, sich zu konzentrieren. Die Tränen schossen ihr schneller in die Augen, als sie sie fortblinzeln oder wegwischen konnte … Und plötzlich tauchte verschwommen ein Wagen aus dem Nichts auf und steuerte auf sie zu – oder war sie von der Spur abgekommen, als sie sich die Tränen aus dem Gesicht gewischt hatte? Die Hupe des entgegenkommenden Wagens heulte auf, und sie bremste und riss das Lenkrad herum ... Dann plötzlich Reifenquietschen, zweimal schrilles Hupen von der anderen Seite, und ihr wurde klar, dass sie etwas gestreift hatte.

»Elena ... pass auf!« Lorena hatte ihren Walkman ausgeschaltet und schaute ihr besorgt über die Schulter. »Da ist ein ...«

O Gott. Elena zitterte unkontrollierbar, noch immer im freien Fall; sie sah nur ein verwirrendes Kaleidoskop aus Autos, Straßen und Häusern und dachte für eine Sekunde, sie werde mitten im hektischsten Stadtverkehr zusammenbrechen. Sie verlangsamte das Tempo und wartete, dass der Wagen rechts neben ihr überholte – der Fahrer warf ihr einen ziemlich bösen Blick zu –, bevor sie die Spur wechselte, in die erste Querstraße einbog und anhielt.

In diesem Augenblick überließ sie sich dem Abgrund, sank tiefer in seine Dunkelheit hinab wie in eine weiche Daunendecke. Dieser knapp verhinderte Zusammenstoß hatte sie ernüchtert; sie weinte nicht mehr, sondern zitterte nur noch und hatte einen harten, schmerzhaften Knoten im Magen – die einzige Empfindung in der alles umfassenden Leere, die sie empfand.

Letzte Nacht, als sie versucht hatte, nach ihren Träumen wieder einzuschlafen, hatte sie ihrem Vater versprochen, wieder gutzumachen, dass sie sein Andenken in all den Jahren verraten hatte. In diesem Augenblick hatte sie sich ihm so nah gefühlt wie nie zuvor. Was für eine Ironie, dass sie jetzt endlich, nach all der Zeit, einen gemeinsamen Nenner gefunden hatten. Doch sie hatte vermutlich schon alles verdorben. Jämmerlich, wirklich jämmerlich; fast so jämmerlich wie der Trümmerhaufen ihres gesamten bisherigen Lebens.

»Alles okay, Elena?«

Und jetzt Lorenas sorgenvolle Stimme, die sie daran erinnerte, dass sie in ein paar Stunden auch das Mädchen enttäuschen musste. Ein weiteres Scheitern.

»Alles in Ordnung ... Nur einen Moment noch. Es geht schon.« Einen Moment? Vermutlich brauchte sie eine wesentlich längere Therapie als die arme, noch so junge Lorena, um Ordnung in ihrem Kopf zu schaffen. Aber erst, wenn sie eine Woche geschlafen und diese unendliche Müdigkeit überwunden hatte, die ihr die letzte Energie raubte – das war das erste Versprechen, das sie sich selbst gegenüber ablegte.

Sie hielt ihren Kopf gesenkt, die Augen noch einen Moment geschlossen, hörte ihren regelmäßigen Atem inmitten des Verkehrslärms wie den Rhythmus eines Metronoms, das ihr vielleicht sagen würde, wann sie wieder losfahren konnte.

Nur allmählich gelang es ihr, ihre düstere Stimmung abzuschütteln und endlich den Kopf zu heben. Doch die Dringlichkeit, mit der Lorena »Ele ...« flüsterte, und das plötzliche Auftauchen einer Gestalt neben ihrem Auto schärften ihren Blick: braune Uniform, eine Hand am Holster, die andere ausgestreckt.

Der Beamte der RCMP klopfte ans Fenster und bedeutete ihr, es herunterzukurbeln. Plötzlich hatte sie keine Angst mehr, sondern fühlte sich erleichtert, dass es endlich vorbei war. Endlich würde sie schlafen können, und sie musste auch Lorena keine schlechten Nachrichten mehr beibringen: Sie waren beide Opfer.

»Du konntest einfach nicht abwarten, stimmt's?«

»Nein, Jean-Paul, du hast das alles falsch verstanden. Was sie in den Nachrichten über Donatien gebracht haben, hat nichts mit mir zu tun.«

»Ach, ja. Wirklich?« Jean-Paul schaute ihn mit steinernem Blick an.

Roman zuckte unter der Intensität dieses Blicks zusammen. Jean-Pauls Kiefer war angespannt, und Roman sah, wie ein kleiner Muskel an seinem Hals arbeitete. Noch bevor er die Tür zu seinem Büro schließen konnte, hatte Jean-Paul angefangen zu schreien, und für einen Augenblick dachte Roman, sein Bruder könne sich vergessen und handgreiflich werden; schließlich hätte er selbst im umgekehrten Fall so reagiert. Roman konnte sich nicht erinnern, Jean-Paul je so wütend gesehen zu haben, und er musste zugeben, dass es schlecht für ihn stand, ganz egal, wie er es auch zu erklären versuchte. Er überlegte noch, ob er weiterhin protestieren oder einfach schweigen und abwarten sollte, bis Jean-Paul Dampf abgelassen hatte, als dieser fortfuhr.

»Ich meine, vor weniger als achtundvierzig Stunden saßen wir in diesem Raum, und du hast geschworen, dass du nichts mit seinem Verschwinden zu tun hast. Und jetzt *das*!«

»Du musst mir glauben, Jean-Paul – ich war's nicht.« Roman schüttelte heftig den Kopf. »Ich weiß *nichts* davon.«

Jean-Paul fuhr unbeeindruckt fort: »Ich habe Simone die ganze Zeit versichert, dass du nichts unternommen hast … nichts ohne meine Zustimmung unternehmen *würdest*. Mach dir keine Sorgen, *mach dir keine Sorgen …*« Jean-Paul schloss für eine Sekunde die Augen. »Ich habe sie die ganze Zeit belogen.«

Roman beugte sich vor und schlug mit der Handfläche auf den Schreibtisch. »Du hast mir nicht zugehört, Jean-Paul. Ich war es nicht – ich weiß *nicht das Geringste* davon.«

Jean-Paul blinzelte nur leicht und schlug dann mit seiner Hand doppelt so heftig auf den Tisch. »Du hast Recht, ich habe nicht zugehört! Denn das habe ich vorher immer getan – jedes Wort habe ich dir geglaubt und bin auf jede beschissene Show, die du abgezogen hast, reingefallen. Aber dieses Mal verlange ich eine Erklärung, Roman, und vielleicht sagst du mir als Erstes, wer es war, wenn nicht du? *Wer*?«

Das Misstrauen in Jean-Pauls Stimme war nicht zu überhören, und Roman hatte ihn selten fluchen gehört. Deshalb zögerte er mit seiner ersten und nahe liegenderen Erklärung; die zweite mögliche Erklärung – das, was seiner Meinung nach wirklich passiert war – würde noch unglaubwürdiger klingen. »Ich … ich glaube, es waren die Cacchiones.«

»Die Cacchiones … die Cacchiones«, äffte Jean-Paul ihn nach. »Sie waren schuld an Pascals Tod und sind natürlich auch für alle anderen Familienprobleme verantwortlich: Leduc, Savard … und jetzt Georges. Glaubst du nicht, dass sie es inzwischen aufgegeben haben? Sie wissen, dass wir nicht mehr im Geschäft sind und keine Bedrohung mehr für sie darstellen.«

Roman ergriff diese Chance, um seine Verteidigung aufzubauen. »Ja, du hast Recht, vermutlich wissen sie das. Aber hierbei geht es nicht um uns oder darum, alte Vendettas fortzusetzen – es geht um Medeiros. Die Cacchiones handeln mit Sicherheit noch immer mit Drogen, Medeiros aber glaubt, er hätte ihre Lieferungen blockiert und sie für immer ausgebootet.« Roman wählte seine Worte mit Bedacht. Er lag beunruhigend nahe bei der Wahrheit und wollte nicht versehentlich zugeben, dass er mehr wusste, als er sollte. »Die andere Möglichkeit, dass die Lieferungen noch immer rausgehen, wären wir – deshalb stürzt Cacchione sich auf alles, auch auf diese Untersuchung der RCMP, um es so darzustellen, als seien wir noch immer im Geschäft. Damit lenkt er Medeiros von der Fährte ab.«

Jean-Paul dachte darüber nach, wirkte aber alles andere als überzeugt. »Da könnte etwas dran sein – aber wie sollten sie auf Georges kommen? Wie sollten sie wissen, dass er unsere Schwachstelle ist?«

Roman fühlte sich in die Enge getrieben. »Sie hätten es von Savard gehört haben können, oder vielleicht war es auch mein Fehler: Ich habe mich manchmal bei Frank und vielleicht bei zwei oder drei anderen beschwert, dass ich Georges nicht traue. Solche Sachen machen blitzschnell die Runde.« Das war alles, was ihm einfiel – ein geringeres Vergehen zuzugeben. Vielleicht würde es Jean-Pauls Wut in eine andere Richtung lenken.

»Ich weiß nicht. Ich weiß nicht.« Jean-Paul schwankte einen Augenblick, bevor ihn wieder Zweifel überkamen. »Es passt ja auch zeitlich alles zusammen: Wie konnten die Cacchiones von dem Problem mit dem Mädchen wissen – dass Georges ausgerechnet in diesem Moment automatisch denken würde, jeder Schlag gegen ihn müsste auf unser Konto gehen, weil er fürchtete, ausgeschlossen zu werden?«

Romans Kragen spannte plötzlich, und ihm war furchtbar heiß. Es wurde mit jedem Schritt schwieriger, einen Weg durch Jean-Pauls Labyrinth der Zweifel zu finden. »Vielleicht hat das

Mädchen was mit der Sache zu tun. Als ich gestern Abend im Club anrief, sagte Azy, sie sei nicht erschienen.« Eigentlich hatte er das für sich behalten wollen, bis er mehr herausgefunden hatte; sie wusste zu viel und konnte zum Problem werden. Aber jetzt war ihm jedes Mittel recht, um Jean-Pauls Mauer des Zweifels zu durchbrechen.

Jean-Paul schwankte wieder. Beim letzten Mal hatte Roman genauso überzeugend gewirkt, und nur achtundvierzig Stunden später war er sich wie ein Trottel vorgekommen, Simones Worte im Ohr – »Woher willst du wissen, dass Roman ihm nicht schon etwas angetan hat?« Diesmal würde er jedes einzelne Wort aus ihm herauspressen, und so glaubwürdig Roman auch erscheinen mochte, Jean-Paul würde es Simone ganz nüchtern, mit gesundem Zweifel berichten. Eine sichere Position. Er beobachtete Roman genau. »Sehr viele Annahmen, Roman – aber du bist der Einzige, der von Georges' Problem mit dem Mädchen wusste.«

»Ja und? Warum sollte ich mir die Mühe machen, dir davon zu erzählen, nur um ihn danach selbst aus dem Verkehr zu ziehen?«

»Weil du besorgt warst, dass ich nicht so damit umgehen würde, wie du gehofft hattest. Dass ich ihn zum Beispiel lieber nach Kuba schicken würde, statt ihn umbringen zu lassen.«

Roman lehnte sich über den Schreibtisch. Seine Geduld war fast am Ende: Er hatte jedes gute Argument vorgebracht, das ihm einfiel, und noch immer schien Jean-Paul misstrauisch. »Ich wusste nicht, dass du etwas Derartiges vorhattest, bis wir das letzte Mal in diesem beschissenen Zimmer hier standen und uns angeschrien haben – *nachdem* Georges schon verschwunden war.«

Das stimmt, dachte Jean-Paul. Es war die einzige nachprüfbare Tatsache, die Roman bisher vorgebracht hatte.

Roman machte eine wegwerfende Handbewegung. »Außerdem, wenn ich den Scheißkerl hätte aus dem Verkehr ziehen wollen, hätte ich dafür gesorgt, dass der Job anständig erledigt wird. Ich hätte ihn nicht der RCMP überlassen, damit er gegen uns aussagen kann. Der Einzige, dem dieses Szenario nutzt, ist Cacchione.«

Jean-Paul nickte und senkte den Blick: Wahrheit Nummer zwei, aber er wollte verflucht sein, wenn er wieder als der Dumme dastehen würde. Und er war des Streitens müde; sie drehten sich nur noch im Kreis. Er konnte nur widerwillig Zugeständnisse machen. »Selbst wenn es Cacchione war – ohne deine kleinen politischen Machtkämpfe mit Georges wäre es nicht dazu gekommen, dass Cacchione von der Situation profitieren kann. Und Georges hätte gar nicht erst daran gedacht, dass wir ihm übel wollen könnten, und wäre nicht bei der Polizei gelandet, um auszusagen. Also, wie man es auch dreht und wendet, Roman, es fällt auf dich zurück – und deine Verantwortung, ihn zu finden, ist jetzt größer denn je. Irgendwelche Neuigkeiten von dieser Front?«

Roman war mit diesem Ende des Gesprächs nicht zufrieden, aber seine Nerven waren angespannt von der Diskussion mit Jean-Paul, und vielleicht war es das Beste, auf das er hoffen konnte. Er brachte seinen Bruder auf den neuesten Stand: Bis jetzt noch nichts von der Straße, und inzwischen war es auch ziemlich offensichtlich, warum nicht. Kein Anruf von Georges bei seinen Eltern – stattdessen hatte irgendeine Engländerin völlig unerwartet angerufen und wollte die beiden dringend sprechen; sie hatte sehr geheimnisvoll und besorgt geklungen. Vielleicht war etwas dran, vielleicht auch nicht. Funicelli hörte gerade das Gespräch zwischen ihnen ab – in etwa einer Stunde würde er mehr wissen.

Zum ersten Mal seit sie den Raum betreten hatten, zogen sie am gleichen Strang. Doch ihre im Laufe der Jahre ausgesprochenen und unausgesprochenen Differenzen, an denen sich wohl nie mehr etwas ändern würde, hingen noch immer schwer in der Luft. Nie war die Kluft zwischen ihnen größer gewesen.

Natürlich wusste Roman, dass es nicht Cacchione gewesen sein konnte. Das wusste er deshalb, weil er in den letzten drei Jahren eng mit Cacchione zusammengearbeitet hatte.

Als Jean-Paul zum ersten Mal verkündet hatte, sie würden sich aus allen kriminellen Geschäften zurückziehen, hatte Roman geglaubt, er mache Witze. Als er dann erkannte, dass sein Bruder es ernst meinte, hatte er protestiert, damit würden sie Cacchione den ganzen Kuchen überlassen: »Und wie sollen wir ihm dann heimzahlen, was er Pascal angetan hat?«

Ruhig, fast wie einem naiven Kind, hatte ihm Jean-Paul da erklärt, dass es nicht mehr darum ging, etwas heimzuzahlen oder gleichzuziehen, denn damit würde alles beim Alten bleiben und Pascals Tod wäre vollkommen umsonst gewesen; wenn das der Preis sei, könne Cacchione »den ganzen Kuchen« haben. Jean-Paul hatte ihrem Vater ein feierliches Versprechen gegeben und war entschlossen, es auch zu halten. Jedes Mal wieder dieser herablassende Ton, wenn Roman das Thema vorsichtig angesprochen hatte, als gründe sich Jean-Pauls neue Mission auf moralische Prinzipien, die der dumme kleine Bruder nicht begreifen konnte. Und wenn das nicht reichte, brachte Jean-Paul Pascal oder ihren Vater ins Spiel, um die Diskussion zu beenden.

Keine Rücksicht darauf, nicht der geringste Gedanke daran, dass Roman mit dieser neuen Richtung vielleicht nicht glücklich war. Welchen Platz sollte er, der Muskelmann und Vollstrecker, derjenige, der sich um all die Sachen kümmerte, an denen sich niemand sonst die Hände schmutzig machen wollte, in dem Ganzen einnehmen? Chef des Sicherheitsdiensts? Klang wichtig, bedeutete in Wirklichkeit aber nur, dass er die Einnahmen ihrer Klubs und Restaurants überprüfte und eingreifen musste, wenn irgendwer mal betrunken war oder sich danebenbenahm. Und inzwischen saß der Goldjunge Georges auf dem Thron und verteilte das gesamte Geld der Lacailles wie Monopoli-Konfetti auf Aktien oder Hotelprojekte in Mexiko und Kuba. Plötzlich schauten alle auf ihn, der ihr Vermögen sichern sollte.

Und seine Warnung hatte sich bewahrheitet: Cacchione hatte den ganzen Kuchen bekommen, hatte die Lücke gefüllt, die sie hinterließen – bis zu dem Zusammenstoß mit Medeiros. Da hatte Roman seine Chance gewittert. Cacchiones Geschäft ging ebenso schnell den Bach hinunter, wie es in den vergangenen achtzehn Monaten expandiert war. Er hatte es ein paar Mal mit anderen Lieferanten versucht – was mit zwei Zwischenhändlern auf dem Grund des St.-Lorenz-Stroms geendet und Medeiros' Botschaft unterstrichen hatte: Cacchione war tabu und durfte unter keinen Umständen beliefert werden. Und da Jean-Paul ausgestiegen war, tat sich wieder eine Lücke auf.

Roman nahm mit Medeiros Kontakt auf. Er erzählte ihm, er und Jean-Paul hätten das Geschäft unter sich aufgeteilt: Jean-Paul wickele weiterhin ausschließlich legale Geschäfte ab, während Roman im Stillen einige andere Geschäfte wieder aufnähme. Die Betonung läge dabei auf »im Stillen« – offiziell hätten sie nichts mehr mit dem Drogenhandel zu tun. Daher würde Jean-Paul nie mit Medeiros Kontakt aufnehmen oder mit ihm über diesen Teil des Geschäfts sprechen; alles liefe über Roman. Aus diesem Grund verlangte er auch absolute Diskretion: kein Wort zu irgendjemandem, dass Medeiros sie belieferte.

Medeiros war einverstanden. Allerdings war Roman klar, dass er für den anderen Teil der Gleichung auf Gianni Cacchiones Mitarbeit angewiesen war. Cacchione würde sich nicht einfach zurücklehnen und ihm ohne weiteres sein altes Gebiet und seine alten Kontakte überlassen; sie mussten zusammenarbeiten.

Das Drogengeschäft in Quebec und Ostkanada unterlag einer strengen Hierarchie: Die Kolumbianer und Mexikaner lieferten das Rohmaterial, und der Import und die Geschäftsvereinbarungen wurden von der örtlichen sizilianischen, neapolitanischen oder korsischen Mafia getroffen, die dann Rockergangs für die Verteilung einsetzten. Die Kolumbianer wollten nicht direkt mit den Rockern zusammenarbeiten, weil sie sie für aufsässig, unzuverlässig und zuweilen indiskret hielten. Deswegen hatte sich Medeiros mit Romans Vorschlag einverstanden erklärt, insbesondere, was die Diskretion betraf.

Roman schaute auf seine Armbanduhr, als er die Avenue Jean Talon überquerte. Er fuhr schneller als gewöhnlich und klopfte mit einem Finger rhythmisch auf das Lenkrad; er war noch immer angespannt wie eine Feder von dem Gespräch mit Jean-

Paul. Zwanzig Minuten noch bis zu seinem vereinbarten Anruf bei Funicelli. Vorher wollte er jedoch noch einen anderen Anruf erledigen: Er konnte nicht eine Sekunde länger warten, aus zuverlässiger Quelle etwas über den Stand der Dinge am Dorchester Boulevard zu erfahren.

Diskretion war auch die Grundlage seiner Partnerschaft mit Gianni Cacchione, und der Drahtseilakt ihres Doppelspiels schien Cacchione ebenso zu gefallen wie ihm selbst. Medeiros dachte, es seien die Lacailles, und Jean-Paul dachte, es seien die Cacchiones, doch in Wirklichkeit arbeiteten sie zusammen und teilten sich die Gewinne zu gleichen Teilen. Dafür benutzten sie Unabhängige wie Leduc, der zuvor für die Lacailles gearbeitet hatte, oder einige von Cacchiones alten Leuten, die auch als Freie arbeiteten, seit Medeiros sie gefeuert hatte. Abgesehen davon, dass sie allen einbläuten, wie wichtig Diskretion sei – »Du willst doch nicht enden wie diese beiden Dealer letztens, die es sich mit Medeiros verdorben haben, oder?« –, handelte es sich bei ihnen eher um kleine Soldaten, die unmöglich mit Medeiros oder Jean-Paul Verbindung haben konnten. Ihr Geheimnis war also sicher.

Bis zu dem Problem mit Leduc und Jean-Pauls Argwohn. Er hatte Stunden damit verbracht, Leduc Anweisungen zu geben und ihn dazu zu bringen, minutiös alle Details in ein kleines schwarzes Notizbuch einzutragen. Sie stellten sicher, dass nichts Verräterisches darin stand und Jean-Paul in die Irre geführt würde. »Aber rücke das Buch nicht allzu schnell raus – das würde verdächtig aussehen. Warte, bis ich eingreife und dir zusetze, bevor du es dann aus dem Strumpf ziehst.«

Roman hatte von Anfang an geplant, Leduc zu erschießen, sobald dieser danach griff. Sie hätten Jean-Paul vielleicht unter einem Vorwand ein paar Wochen hinhalten können, aber er würde nicht locker lassen, und schließlich wäre Leduc umgefallen. Roman hätte fast laut gelacht, als Leduc das dritte Mal den Ablauf mit dem Notizbuch durchgehen wollte – als sei es eine Generalprobe für seinen großen Auftritt. Größer, als ihm klar war.

Dann Tremblay, dann Savard ... Und jetzt Donatien. Vielleicht sollte es eine Definition in Mafiahandbüchern geben. Feluccis Theorem: Die Größe des Schlamassels minus die Anzahl der darin verwickelten Leute ist gleich dem Geld und Gewinn zum Quadrat und bestimmt, wie viele schließlich dran glauben müssen.

Doch das verschlagene Grinsen verschwand schnell aus seinem Gesicht. Seit fünfzehn Monaten steckte er all seine Energie in die Sache – ganz sowie es früher gewesen war, bevor Jean-Paul ein Gewissen entwickelte. Und er beherrschte sein Doppelspiel gut. Am meisten genoss er es, dass alle dachten, er sei der dumme, hohlköpfige Muskelmann, ein Neandertaler, Symbol der alten Zeiten, die sie hinter sich gelassen hatten; und dabei ließ er sie alle wie Marionetten tanzen.

Doch jetzt war noch ein weiterer Spieler in der Stadt, der dieses Doppelspiel genauso gut beherrschte wie er und der – aus der Geschichte mit Donatien zu schließen – ebenso bereit war, sich nicht an die Regeln zu halten. Denn wenn nicht er oder Cacchione hinter dem Mordanschlag auf Donatien steckten, dann blieb nur noch eine Möglichkeit.

Sergeant Crowley beschloss, Gordon Waldren ein letztes Mal auf den Zahn zu fühlen. Er fuhr ohne Vorankündigung zu dem Haus, denn er hatte bereits von seinen Männern, die es beobachteten, erfahren, dass Waldren zu Hause war. Er wollte ihm in die Augen schauen und sehen, wie er reagierte.

Crowley fragte Gordon Waldren geradeheraus, ob er bereits Kontakt mit seiner Frau aufgenommen habe oder wisse, wo sie sich aufhielt. Waldren verneinte beide Fragen, und Crowley verzog das Gesicht, als habe er in einen sauren Apfel gebissen. Er hatte es abgelehnt, Platz zu nehmen, hatte gesagt, er werde nicht lange bleiben, und war dann auf und ab gegangen, während er die Schraube fester anzog.

»Sie erinnern sich: Als wir uns das letzte Mal gesehen haben, sagte ich, wir müssten eine Fahndung nach Ihrer Frau und Lorena ausschreiben. Nun, das ist inzwischen geschehen.« Crowley verriet ihm allerdings nicht, dass er dies bereits unmittelbar nach seinem letzten Besuch veranlasst hatte. Doch zumindest der nächste Teil entsprach der Wahrheit: »Es handelt sich nur um eine Fahndung nach einer vermissten, nicht nach einer kriminellen Person. Wir hatten vor, den Druck zu erhöhen, sobald es eine konkrete Spur gäbe.« Crowley wollte nicht auf das Fiasko in Frankreich eingehen, da er Waldren nicht die Befriedigung gönnte, zu erfahren, dass die falsche Fährte funktioniert hatte. »Aber wenn Sie nicht kooperieren, sind wir jetzt an dem Punkt angelangt, an dem wir das Ganze als Kriminalfall behandeln müssen.«

Gordon zuckte mit den Schultern. »Ich weiß nicht, ob ich den Unterschied verstehe. Ich dachte, eine Fahndung sei eine Fahndung und Sie hätten inzwischen eben eine ausgeschrieben.« Gordon hoffte, sich seine Besorgnis nicht anmerken zu lassen. Er musste sich bald auf den Weg machen, und sein Notizblock und das Fax des Privatdetektivs, den er auf Ryall angesetzt hatte, lagen noch immer neben dem Telefon. Er achtete darauf, nicht in diese Richtung zu schauen, um Crowleys Aufmerksamkeit nicht darauf zu lenken.

»Der Unterschied ist der, dass die Fahndung plötzlich oberste Priorität hat. Inzwischen wird sie dank Interpol in fast allen Polizeicomputern geführt. Allerdings bekommen sie eine Menge Anfragen nach »vermissten Personen« – genug allein in ihren Breiten. Anfragen von außen erhalten also nicht oft Priorität. All das wird sich ändern bis ...« – Crowley schaute theatralisch auf seine Uhr – »... fünf Uhr morgen Nachmittag, in zwanzig Stunden von jetzt an, falls Ihre Frau Lorena bis dahin nicht zurückgebracht oder nachprüfbare Maßnahmen für ihre Rückkehr getroffen hat. Sie haben also mehr als genug Zeit, mit ihr Kontakt aufzunehmen und sie zu überzeugen. Danach wird ernsthaft nach ihr gesucht. Dann erscheint sie in allen Computern weltweit ganz oben auf der Liste.«

»Ich verstehe.« Gordon schaute nachdenklich zum Fenster. Wenn er das, was Crowley sagte, ernst nahm, musste er sich wirklich Sorgen machen. Aber irgendwie fragte er sich, ob das alles nicht ein Trick war, damit Crowley eine weitere Frist setzen konnte. Gordon hatte jetzt jedoch keine Zeit, mit ihm Katz und Maus zu spielen und ihn aus der Reserve zu locken. Crowley hatte ihn überrumpelt: Er musste in einer Minute los, um den nächsten vereinbarten Anruf von Elena nicht zu verpassen. Er musste das Ganze schnell zu Ende bringen.

»Nun, wenn und falls sie mich anruft – ich werde es ihr auf jeden Fall mitteilen.« Gordon lächelte verkniffen, als wollte er sagen: »Damit ist unser Gespräch beendet.« Aber Crowley nahm jetzt auf einem Sessel Platz, und Gordons Herz sank: Der Mann machte es sich gemütlich!

Crowleys Gesicht verdüsterte sich, und seine Stirn legte sich in Falten. »Ich glaube nicht, dass Ihnen der Ernst der Lage bewusst ist, Mr Waldren. Vor allem beleidigen Sie meine Intelligenz, indem Sie behaupten, Ihre Frau habe sich bis jetzt noch nicht bei Ihnen gemeldet – und sei es auch nur, um sich zu erkundigen, wie es den Kindern geht. Das bedeutet, dass sie in Zukunft als Kriminelle gesucht werden wird. Dass dies bis heute nicht geschehen ist, haben Sie mir zu verdanken – hauptsächlich wegen des Tonbands, das Sie mir vorgespielt haben, und Ihrer Beteuerung, dass Ihre Frau keine Kidnapperin ist. Ich habe Sie beim Wort genommen, Mr Waldren.« Crowley schaute ihn aufmerksam an. Waldren versuchte, das Ganze schnell abzutun und lässig zu wirken, aber Crowley sah, dass er unter der Oberfläche aufgeregt und verwirrt war. Crowley hatte nicht erwähnt, dass die Vermisstenmeldung hauptsächlich zu ihrem eigenen und nicht zu Waldrens Nutzen ausgeschrieben worden war. Das Band war nur einer der Gründe gewesen, Mrs Waldren nicht als »Kidnapperin« suchen zu lassen, wegen möglicher späterer Probleme mit dem Kinderschutzbund. Hauptgrund war ein Fall der Metropolitan Police von vor fünfzehn Monaten, als ein geschiedener Vater seinen acht Jahre alten Sohn entführt und nach Italien gebracht hatte. Sie hatten ihn als Kidnapper gesucht und damit Großalarm bei den italienischen Carabinieri ausgelöst. In der anschließenden Belagerung durch italienische Sturmtruppen war der Vater angeschossen und schwer verletzt worden. Die Höhe des finanziellen Schadens wurde nur noch durch das schwer angeschlagene Ansehen der Polizei übertroffen. Turton riet zur Vorsicht, zumindest für die erste ausgeschriebene Fahndung. »Da ich mich so für Sie eingesetzt habe, glaube ich nicht, dass es ein angemessener Dank ist, meine Intelligenz zu beleidigen, oder?«

Gordon nickte betroffen und schaute zu Boden. »Nein, nein ... Sie haben Recht. Es tut mir Leid.« Er hatte keine Zweifel mehr, dass Crowley die Wahrheit sagte – oder ausgesprochen gut bluffte. Doch er musste ihn schnell loswerden; er hätte schon vor einer Minute losfahren sollen und würde mindestens noch zwei Minuten warten müssen, nachdem Crowley gegangen war. Es hatte aber keinen Zweck, das Ganze auf die leichte Schulter zu nehmen oder gleichgültig zu tun; damit würde er Crowley erst recht auf die Palme bringen und misstrauisch machen. Er musste ihm nachgeben. »Ja, meine Frau hat angerufen – aber ich kann Ihnen nicht sagen, wo sie ist. Sie muss selbst entscheiden, was sie jetzt tut. Ich verspreche Ihnen jedoch, dass ich ihr mitteilen werde, was Sie gesagt haben, und ich will versuchen, sie davon zu überzeugen, dass sie Lorena zurückbringen muss.«

Crowley wandte seine Augen nicht von Waldren ab und versuchte einzuschätzen, ob er es ernst meinte. Nach einer Sekunde sagte er: »Ich glaube, das wäre sehr klug, Mr Waldren, denn einige Länder verstehen keinen Spaß, wenn es um Kidnapping geht. Und sobald die neue Fahndung rausgeht, folgt eine Anklage wegen Kidnapping fast automatisch. Im Augenblick haben wir noch immer die Chance, einen Schritt zurückzutreten.«

»Ja, ja ... Ich verstehe. Wirklich, sobald ich mit ihr spreche, werde ich es ihr sagen.« Zwei Minuten über die Zeit. In seinem Kopf schrie es: *»Geh! Geh doch endlich, um Himmels willen! Geh, verdammt noch mal!«*

»Es würde sich auch sehr günstig auswirken, wenn Ihre Frau sich stellt, bevor wir sie finden. Denn sobald das geschehen ist, wird es sehr viel schwerer sein, von einer Anklage abzusehen.« Sie hatten großen Erfolg bei der Überprüfung der Linienflüge von allen großen Flughäfen in Frankreich und Belgien gehabt, aber Charterflüge erwiesen sich als weitaus schwieriger; auf Grund der großen Anzahl war noch immer über die Hälfte der Flüge nicht überprüft.

»Ich verstehe.« Gordon schlug für eine Sekunde die Augen nieder: hoffentlich die letzte Bekundung von Reue. *Geh! Geh! Geh!*

»Gut.« Crowley nickte nachdenklich. Er hatte den Druck so stark erhöht, wie er konnte. Ursprünglich hatte er geglaubt, Waldren versuche, das Ganze durch Gleichgültigkeit abzutun – aber jetzt, als dieser Waldren aufstand, bemerkte er, dass seine Hände zitterten. Er hatte ins Schwarze getroffen: Waldren war so in Panik geraten, dass er es nicht länger ertragen konnte, über das Thema zu sprechen.

Gordon war erleichtert, als Crowley sich endlich vom Sessel erhob, wurde aber sofort wieder nervös, als der Polizist zum Telefon blickte.

»Also um fünf Uhr, und keine Minute später. Sie rufen mich bis dahin an und sagen mir, wie Ihre Frau sich entschieden hat.«

»Ja, ja, mache ich. Keine Sorge.« Gordon stellte sich schnell vor das Telefon und versperrte Crowley die Sicht auf die Papiere, bevor er ihn hinausbegleitete.

Crowley blieb kurz vor der Haustür stehen. »Oh, und noch etwas. Sie tun Ihrer Frau keinen Gefallen, wenn Sie Ryalls ältere Tochter in der Universität belästigen. Er hat uns angerufen und sich beschwert.« Kurzes gezwungenes Lächeln. Er wollte nicht verraten, dass sie Waldren gefolgt waren.

»Ja, Sie haben Recht ... es tut mir Leid.« Er öffnete die Tür. Schon drei Minuten über die Zeit, und er musste noch zwei Minuten warten. Er würde es nicht schaffen! Seine Nerven waren zum Zerreißen gespannt, und für einen Augenblick fürchtete er, Crowley würde noch etwas einfallen. Der aber schien es sich anders zu überlegen, lächelte noch einmal kurz, nickte und sagte: »Also, fünf Uhr morgen Nachmittag«, bevor er endlich ging.

Gordon atmete schwer und schnell, als er die Tür schloss; er musste sich anstrengen, um Crowleys sich entfernende Schritte, das Zuschlagen der Wagentür und schließlich das Starten des Motors hören zu können. Er hatte noch zwei Minuten warten wollen, zählte aber schließlich nur bis fünfzig, bevor er das Fax und die Notizen beim Telefon nahm und aus dem Haus stürzte.

Er trat das Gaspedal durch. Sechs Meilen bis zur Telefonzelle. Hoffentlich konnte er wenigstens eine Minute wieder aufholen. Crowley war wahrscheinlich in die andere Richtung, nach Poole gefahren; das Letzte, was er wollte, war, dass er an ihm vorbeiraste.

Der Wagen kam mit quietschenden Reifen zum Stehen, und er sprang hinaus. Die Telefonzelle befand sich auf der anderen Straßenseite, aber er hörte das Klingeln schon beim Aussteigen. Er musste einen Wagen vorbeilassen und rannte dann über die Straße. Als ihn noch ein Meter von der Telefonzelle trennte, hörte das Klingeln auf.

»Was soll das heißen, Sie wissen nicht, was vor sich geht? Es ist verdammt noch mal Ihr Job, zu wissen, was vor sich geht.«

»Ich sage Ihnen doch, die S-18 hat den Fall übernommen; hier herrscht absolute Informationssperre über Donatien. Keiner sagt ein Wort – Mundy und sein Team in Ottawa haben die Leitung.«

Roman packte den Hörer fester, als er Campions schmeichlerischen Ton hörte. Er hatte zehn Minuten zuvor den Dorchester Boulevard angerufen und sich als Gerichtsbeamter ausgegeben, der eine Akte suchte – ihre übliche Tarnung. Campion hatte daraufhin sein Büro verlassen und war zu einer Telefonzelle zwei Blocks weiter gegangen, um Romans Anruf entgegenzunehmen. »Irgendjemand muss was wissen. Ich weiß, dass Chenouda hinter dem Ganzen steckt. Und er kann unmöglich alles allein machen.«

»Nein, er ist nicht allein. Aber es ist eine hermetisch abgeriegelte Gruppe. Nur zwei aus seinem Team, Chac Patoine und Maury Legault, wissen etwas – weil sie Donatien anscheinend überwacht haben, als er einkassiert wurde. Aber dann hat sich

Chenouda direkt an die S-18 gewandt. Den anderen in seinem Team hat er nichts gesagt, und ich weiß nicht einmal, ob Patoine und Legault noch in der Informationsschleife sind, seit sich die S-18 um den Fall kümmert.«

»Toll. Ganz toll.« Roman kochte. Gerade als er Campion am dringendsten brauchte, war er nutzlos. »Wenn ich sage, Chenouda steckt hinter Donatiens Verschwinden … bedeutet das mehr, als Ihnen vielleicht bewusst ist.« Er eröffnete Campion, dass seiner Meinung nach Chenouda hinter Donatiens Entführung steckte, um das letzte Druckmittel in die Hand zu bekommen und Donatien zu einer Aussage zu bringen. »Ich war es sicher nicht, und ich weiß genau, dass Cacchione es auch nicht war – also sagen Sie es mir. Für mich bleibt nur eine Möglichkeit übrig.«

Für eine Sekunde hörte er nur das Geräusch von Campions Atem am anderen Ende der Leitung. »Machen Sie Witze?«

»Nein. Ich meine es todernst.«

»Sind Sie sicher? Klar, er wollte Donatien unbedingt dazu bringen auszusagen … aber ein solcher Aufwand?«

»Ob ich sicher bin? Wenn ich oder Cacchione es nicht waren, wer, glauben Sie, kann es dann gewesen sein? Die Pfadfinder vielleicht?«

»Ich weiß, ich weiß. Ich zweifle nicht an dem, was Sie sagen. Es scheint nur so … extrem. Mit einer solchen Nummer setzt Chenouda seine gesamte Karriere aufs Spiel – wahrscheinlich wandert er dafür sogar ins Kittchen.«

»Also traut sich der Indianer was – er war es, kein Zweifel. Aber was ich sagen will: Chenouda konnte das unmöglich alleine durchziehen. Er hatte Helfer, und es muss irgendwo Hinweise und Leute geben, die etwas wissen. Wenn Sie ein bisschen herumfragen, finden Sie sie bestimmt.«

Campion seufzte. »Sie verstehen das nicht! Das Ganze ist jetzt Sache der S-18 – ich habe weder das Recht noch einen Grund, in diesem Fall irgendjemanden irgendetwas zu fragen. Und die S-18 hat den Fall nur übernommen, weil Chenouda den Verdacht geäußert hat, es gäbe eine undichte Stelle am Dorchester Boulevard. An der Front wird es also ganz schön heiß. Unter diesen Umständen halte ich mich lieber schön bedeckt. Wenn ich anfange Fragen zu stellen, wer glauben Sie, steht dann als Erster im Rampenlicht?«

Sie schwiegen für eine Sekunde. Roman wurde klar, wie clever Chenouda gewesen war. Wahrscheinlich vermutete er eine undichte Stelle und brauchte die Hilfe der S-18 auf jeden Fall, um Donatien in das Zeugenschutzprogramm zu bringen. Indem er alles in die Hände der S-18 – weit weg von seiner eigenen Abteilung – gab, verschaffte er sich eine zusätzliche Tarnung bei der Vorbereitung von Donatiens Entführung. Doch Roman konnte das Ganze nicht auf sich beruhen lassen, denn inzwischen stand zu viel auf dem Spiel.

»Dann müssen Sie Chenouda eben mit seinen eigenen Waffen schlagen. Er hat es geschafft, Donatien zu entführen, ohne dass jemand etwas davon gemerkt hat – also müssen Sie auch so vorgehen, dass niemand etwas merkt.«

»Tut mir Leid. Es ist einfach zu gefährlich.«

Roman schäumte vor Wut. Er hatte Campion, einen Beamten der Staatsanwaltschaft unter Tom Maitland, kontaktiert, als er von dessen Spielleidenschaft und aufwändigem Lebensstil erfahren hatte. Er hätte lieber jemanden in Chenoudas Abteilung gehabt, weil es immer Verzögerungen gab, bis die Informationen Maitlands Büro erreichten, aber eine bessere Möglichkeit hatte sich nicht geboten.

»Wissen Sie, was Piloten immer sagen? Sie sagen, dass heutzutage die Computer und Autopiloten alles machen. Wirklich konzentrieren müssen sie sich nur beim Start und bei der Landung; den Rest der Zeit kontrollieren sie die Instrumente oder lesen ein Buch. Und neunzig Prozent ihrer Ausbildung und ihre monatliche Lohntüte erhalten sie nur für ihre Reaktionen in einem Notfall – wenn, Gott bewahre, etwas schief geht. Das Flugzeug befindet sich im Landeanflug, Campion – wir brauchen Sie jetzt! Wofür habe ich Ihnen sonst in den letzten zwei Jahren das ganze Geld bezahlt?«

»Es ist nicht so, dass ich nicht helfen wollte.« Campion war plötzlich zögerlicher, und seine Stimme zitterte. »Ich weiß einfach nicht, was ich jetzt noch *tun* kann, da die S-18 im Spiel ist.«

»Finden Sie es heraus und erzählen Sie mir etwas Erfreulicheres, wenn wir das nächste Mal miteinander sprechen. Und wenn Sie sich Sorgen machen, Sie könnten zu viel Aufmerksamkeit wegen der S-18 erregen, dann vergessen Sie eines nicht: Wenn Donatien aussagt und uns reinreißt – was, glauben Sie, werde ich erzählen, wenn sie nach meinem Kontaktmann fragen und ich die Chance habe, meine Strafe damit um fünf bis sieben Jahre zu verkürzen?« Roman genoss das verblüffte Schweigen am anderen Ende noch ein paar Sekunden, bevor er auflegte.

30

»Was willst du tun?«, fragte Gordon.

»Ich weiß es nicht. Ich weiß es einfach nicht.«

Weil Gordon beim ersten Mal nicht abgenommen hatte, versuchte Elena es nach etwa einer Minute noch einmal. Vielleicht war er ja in einen Stau geraten oder hatte Probleme mit dem Wagen gehabt. Beim dritten Versuch ging Gordon endlich an den Apparat. Zuerst hatten sie ihre Sorgen und Erlebnisse ausgetauscht – sein Ärger mit Crowley war fast beschämend trivial, verglichen mit den Schwierigkeiten, denen sie sich gegenübersah. Jetzt war es Zeit, Entscheidungen zu treffen.

Elena war erleichtert, als sie hörte, dass Crowley ihren Flug noch nicht hatte verfolgen können, und wusste nun auch, warum sie nicht vom ersten Streifenwagen angehalten worden war. Der Polizist, der auf sie zugekommen war, hatte das Schlingern ihres Wagens gesehen und sich lediglich erkundigt, ob alles in Ordnung sei und sie weiterfahren könne oder ob sie Hilfe brauche. Aber das alles würde sich in nur zwölf Stunden ändern: Der nächste Polizist würde sich ihr mit Handschellen und gezogener Pistole nähern.

Sie telefonierte von einem Apparat im Eaton Centre aus,

während Lorena ein paar Schritte entfernt an einem Tisch in einer offenen Restauranthalle saß. Das Klappern und Klirren, das die Leute beim Essen veranstalteten, hallte durch den großen Raum, sodass sie sich ein Ohr zuhalten musste, um Gordon deutlich hören zu können.

Den Mann an einem Tisch weiter hinten, der jede ihrer Bewegungen beobachtete, während er an seinem Cappuccino nippte, bemerkte sie nicht.

»Wenn du selbst schon nicht zurückkommst, schickst du dann wenigstens Lorena zurück?«, fragte Gordon besorgt. »Wie ich dich kenne, möchtest du es weiter versuchen – aber das wäre vermutlich die einzig vernünftige Lösung.«

»Ich weiß.« *Vernünftig?* Nichts von all dem, was sie bisher getan hatte, war vernünftig gewesen. Im Grunde war ihr ganzes Leben unsinnig gewesen, auch wenn ihr dies erst in den letzten Tagen aufgegangen war. Wie sollte sie jetzt plötzlich klar sehen können?

Sackgassen, wohin sie sich auch wandte; all ihre Möglichkeiten verliefen im Sande, und jetzt fühlte sie sich wie gelähmt vor Angst und war sich auf fast fatalistische Art sicher, dass sie auf jeden Fall die falsche Möglichkeit wählen würde. Crowleys Frist, kaum Chancen, ihren Sohn zu treffen und, wie sie jetzt von Gordon erfuhr, nichts Hilfreiches in dem Untersuchungsbericht über Ryall: nichts Verdächtiges an den Adoptionen oder an Mikayas Schwangerschaft; die einzige Verbindung zu Kindern waren anscheinend die Zaubertricks gewesen, die er auf Geburtstagspartys vorgeführt hatte, um sein Studium zu finanzieren.

Doch die erschütternde Nachricht der Donatiens über Georges hing wie eine düstere Wolke über ihrem Gespräch. Zuerst hatte Gordon nur sagen können: »Oh, Elena!«, worauf ein schwerer, niedergeschlagener Seufzer folgte. Dann, nach einer Sekunde: »Ich weiß einfach nicht, was ich sagen soll.« Das war wohl alles, was sie in diesen Tagen bekam: stummes Mitgefühl. Die Donatiens waren so verlegen gewesen, dass sie ihr kaum in die Augen schauen konnten, und jetzt wand sich Gordon und suchte nach Worten. Nur Lorena schien tapfer genug, um offen darüber zu sprechen und sie zu fragen, was denn los sei; und ihr gegenüber konnte sie nur ausweichen oder unverhohlen lügen. Letzten Endes gab es also niemanden, der die Last wirklich mit ihr teilte.

Und sie fühlte sich unglaublich müde: Die endlose Suche und Jagd der letzten Tage, nur um die katastrophalen Neuigkeiten der Donatiens zu erfahren, dann der Schock, als plötzlich der Polizist an ihren Wagen gekommen war. Sie fühlte sich vollkommen erschöpft, hatte keine Reserven mehr, um weiter zu kämpfen.

Sie lehnte sich an die Wand neben dem Telefon und atmete langsam aus. »Ich glaube, du hast Recht. Ich sollte Lorena zurückschicken. Wir haben nichts gegen Ryall in der Hand, und die Sitzungen führen auch zu nichts, also hat es keinen Zweck, sie länger hier zu behalten.«

Gordon erwiderte, leider habe er den letzten Teil nicht verstanden. Elena drehte sich zur Wand, um die Geräusche abzuschirmen, und wiederholte ihren letzten Satz noch einmal. Gordon wollte wissen, wann, und sie sagte: »Vermutlich direkt morgen früh. Es ist wohl zu spät, um heute Abend noch etwas zu arrangieren.« Dann kam ihr plötzlich ein anderer Gedanke: »Das Problem ist nur, sobald ich sie zurückschicke, weiß Crowley, wo ich bin, und wird die kanadische Polizei informieren.« Sie hatte sofort ein schlechtes Gewissen, weil sie es ausgesprochen hatte: Sie würde Lorena nur bei sich behalten können, um ihre eigenen Ziele weiter zu verfolgen, die sie wieder einmal obenan stellte.

»Nun, wenn du sie nicht vor morgen früh zurückschickst, hast du wahrscheinlich mehr als vierundzwanzig Stunden gewonnen, bedenkt man die Flugzeit und die Zeit, die Crowley braucht, um sich mit den Kanadiern in Verbindung zu setzen.«

»Ich brauche vermutlich viel länger, um diesen Schlamassel mit Georges zu klären: mehrere Tage oder sogar Wochen, das heißt, wenn ich ihn überhaupt sehen kann.« Elena schaute sich um und sah, wie Lorena an ihr vorbei zurück zu ihrem Tisch ging. Vermutlich hatte sie sich am Büfett etwas geholt oder war auf der Toilette gewesen.

»Wann weißt du es?«, fragte Gordon.

»Ich werde Claude Donatien in einer guten Stunde anrufen. Er meinte, bis dahin habe er mit der Polizei telefoniert und eine erste Reaktion bekommen – nicht nur, ob es möglich ist, dass ich Georges sehe, sondern auch, ob und wann sie ihn sehen können.«

»Ich weiß, es klingt banal, aber – viel Glück.«

»Danke.«

»Dir wird ja das Risiko bewusst sein, das du eingehst – denn an *irgendeiner* Stelle im Polizeicomputer bist du bestimmt erfasst.«

»Das ist mir klar.« Sie hatte an kaum etwas anderes gedacht, seit sie bei den Donatiens gewesen war und dann von Crowleys neuer Frist erfahren hatte. Ursprünglich hatte sie geglaubt, ihr Name würde mit Sicherheit im Computer der RCMP auftauchen, sobald sie wegen Georges Verbindung mit der Polizei aufnahm. Jetzt war es wie russisches Roulette: Ihr Name konnte auftauchen oder eben nicht. Aber wenn sie nicht vor Ablauf von Crowleys Frist Kontakt aufnahm, wäre selbst diese Chance vertan.

»Es besteht auch die Möglichkeit, dass Crowley nur geblufft hat, um den Druck zu erhöhen; vielleicht hat er alle Register gezogen.«

»Ich verstehe.« Damit kam ein Faktor ins Spiel, den sie nicht bedacht hatte: Die Sache konnte bereits verloren sein. In diesem Augenblick überkamen sie wieder Zweifel. Sie musste verrückt sein, zu glauben, dass sie damit durchkäme; beim bloßen Anblick eines vorbeifahrenden Streifenwagens begann sie doch schon am ganzen Körper zu zittern. Sie würde es nie fertig bringen, sich wegen Georges an die Polizei zu wenden. Am besten warf sie einfach das Handtuch und flog mit Lorena nach England zurück. »Nun, vielleicht sagt Claude Donatien auch einfach, dass nichts zu machen ist, also muss ich erst gar nicht ...« Als Elena sich umsah, brach sie mitten im Satz ab. Lorena war nicht an ihrem Tisch. Elenas Augen schossen wie eine Flipperkugel hin und her. Sie war nicht am Büfett, nicht bei den Toiletten und nicht vor einem der Läden. Dann suchte sie rasch die anderen Tische und die vorbeigehenden Menschen ab. Keine Spur von ihr. »*Mein Gott!*«

»Was ist denn los?«

»Lorena. Ich habe sie am Tisch zurückgelassen ... und jetzt ist sie verschwunden. Ich kann sie nicht sehen!« Ihr Atem raste. »Tut mir Leid, Gordon – ich muss jetzt auflegen. Ich muss sie suchen.«

Sie hängte auf, während Gordon noch sagte: »Ich verstehe, wir ...«, und bahnte sich einen Weg durch die Tische, in der Hoffnung, Lorena werde vielleicht von einer der Pflanzen oder Säulen verdeckt. Nichts. Dann erinnerte sie sich, dass Lorena an ihr vorbeigegangen war. Wahrscheinlich hatte sie gehört, wie sie mit Gordon darüber gesprochen hatte, sie zurück nach England zu Ryall zu schicken!

O Gott, das war es also. Elena geriet in Panik und fing an zu laufen, während sie die Menschenmenge absuchte, dann in die Toiletten und Geschäfte rannte und schließlich unvermittelt stehen blieb: Lorena war sicher nicht so weit fortgelaufen, und würde sie nicht mehr sehen können, falls sie plötzlich auftauchte und zu ihrem Tisch zurückkehrte. Noch immer nichts. *Nichts*. Elena ging zu ihrem Ausgangspunkt am Telefon zurück. Sie keuchte vor Aufregung und Anstrengung, und ihre Brust schmerzte, als hätte man einen Nagel direkt in die Mitte geschlagen. Nach ihrem Besuch bei den Donatiens hatte sie sich gefragt, was wohl sonst noch schief gehen könnte, ein verrücktes Sicherheitsventil, das sie von den wahnsinnigen, unglaublichen Problemen mit Georges ablenken sollte. Jetzt hatte sie die Antwort.

Sie blieb in derselben Position stehen, und ihr Atem beruhigte sich, aber mit jeder Minute, die verging, sank ihr Magen immer tiefer, bis sie schließlich von Übelkeit erfasst wurde. Ihr Körper war kaum mehr als eine leere Hülle, als ihr dämmerte, dass Lorena vermutlich nicht mehr zurückkommen würde. Sie hatte sie verloren.

Graublaues, gefrorenes Wasser, mit weißen Flecken hier und da – dort, wo der Schnee der vergangenen Nacht liegen geblieben war. Ein Kreis aus Kiefern folgte dem gegenüberliegenden Uferrand und erstreckte sich in die Ferne, so weit das Auge reichte.

Im Augenblick verlieh das Eis dem See etwas Feindseliges und Karges, doch Georges stellte sich vor, dass in etwa einem Monat der Schnee schmelzen und es fast idyllisch sein würde. Azurblaues Wasser und endlose, kräftige grüne Kiefern, direkt aus einer Ferienbroschüre für die kanadische Wildnis. Es fiel Georges schwer sich vorzustellen, dass dies für die kommenden sechs bis sieben Monate, oder vielleicht sogar länger, sein Gefängnis sein sollte.

Aus dem Eis auf dem See und der Tatsache, dass es über Nacht geschneit hatte, schloss er, dass sie irgendwo weiter nördlich sein mussten: in Nordquebec oder Ontario, vielleicht sogar Manitoba. In und um Montreal waren Eis und Schnee schon fast ganz verschwunden, während es weiter nördlich länger kalt blieb.

Abgesehen von dem zweistündigen Flug in einer kleinen Maschine und der zwanzigminütigen Autofahrt war dies der einzige Hinweis darauf, wo sie sich befanden. Kaum waren sie in der Luft gewesen, hatte er einen Helm mit verdunkeltem Visier aufsetzen müssen und ihn bis zur Ankunft nicht mehr abnehmen dürfen. Chac, Chenoudas Kollege, der ihm in den ersten beiden Wochen Gesellschaft leisten sollte, hatte auch einen solchen Helm getragen, ebenso wie es vermutlich Chenouda tun würde, wenn er in ein paar Wochen zu seiner ersten Besprechung kam. Die S-18 ging kein Risiko ein. Es ging nicht um Vertrauen, hatte Chenouda betont, als sie den Ablauf zum ersten Mal durchgegangen waren. Doch die drei Beamten würden im Rahmen der Ermittlungen auch mit anderen RCMP-Kollegen Kontakt haben und gäben vielleicht unbeabsichtigt Hinweise auf ihren Aufenthaltsort. Jeder Kontakt nach außen würde für Georges nur über das Telefon laufen, über eine sichere Leitung, wie Chenouda hervorhob.

Die anderen in dem Flugzeug – der Pilot und zwei Detective Constables – waren von der S-18 und trugen keine Helme: Sie kannten das sichere Haus bereits gut und würden im Wechsel mit drei anderen Beamten der S-18 jeweils einen Monat bei ihm bleiben. Chenouda erklärte, dass es sich bei den Männern um eine geheime Elite handelte, die von allen anderen Kontakten mit der RCMP abgeschnitten waren und auch mit ihren Familien nicht über ihre Tätigkeit sprechen durften. »Die Geheimnisse des Landes müssen von irgendwem bewahrt werden, und ihr Ruf ist tadellos. Sie haben bisher noch nie jemanden verloren.«

Georges wusste, dass Chenouda es gut meinte, aber es würde eine Weile dauern, bis seine Beklommenheit nachließ; die Gefahr, in der er sich befand, war jedoch nur ein Teil davon. So weit entfernt zu sein, abgeschnitten von allen menschlichen Kontakten, war ihm vollkommen fremd; er war ein Stadtmensch, der das hektische Treiben der City von Montreal und mit Terminen voll gestopfte Arbeitstage gewöhnt war. Er musste sich erst an diesen Ort am See und die viele Zeit, die es totzuschlagen galt, gewöhnen; und es mochte daran liegen, dass er so viel Zeit hatte, um darüber nachzudenken, aber er vermisste Simone jetzt schon schmerzlich.

Sein Telefonat mit Chenouda am Vortag hatte daran nichts geändert. Als Chenouda die sichere Leitung erwähnt hatte, über die sie telefonierten, hatte er gefragt, ob es möglich sei, mit Simone zu sprechen. »Ein letzter Anruf, eine Art Aufwiedersehen, wenn Sie so wollen. Ich konnte mich nicht von ihr verabschieden, verstehen Sie. Und ich möchte ihr auch sagen, dass es mir Leid tut, möchte ihr versichern, dass ich nicht gegen ihren Vater aussagen werde – dass es bei dem Ganzen nur um Roman geht.«

Chenouda hielt überhaupt nichts von dieser Idee. Simone und seine Eltern wären die Ersten, von denen sie erwarten würden, dass er sie anrief. »Wir können jeden möglichen Chiffrierungs- und Verschlüsselungcode verwenden – ein geschickter Bursche am anderen Ende kann ihn immer knacken.« Und unter keinen

Umständen wollte er, dass Georges darüber sprach, was er aussagen würde und was nicht. »Dadurch erhält der Anwalt der Lacailles Munition, die er gegen uns verwenden kann.«

Seine drei Bewacher von der S-18 – Clive, Steve und Russell, er kannte nur ihre Vornamen – hatten alles dafür getan, dass er sich wohl fühlte, und das Haus war geräumig und bequem. Es war ein beeindruckender, moderner Bau aus Holz und Glas mit fünf Schlafzimmern, Familien- und Spielzimmer mit Billardtisch, sogar ein kleines Fitness-Studio und einen Whirlpool gab es. Die Veranda im ersten Stock erstreckte sich über die gesamte Länge des Hauses und ging zum See hinaus, und als Georges sich zum ersten Mal bei Tageslicht umsah, war unschwer zu erkennen, warum dieses Haus ausgesucht worden war: Es war zu beiden Seiten vom See umgeben und lag praktisch auf einer Halbinsel, die nur über eine Brücke zu erreichen war. Das Arbeitszimmer war anscheinend mit Überwachungsinstrumenten voll gestopft; die Männer wechselten sich mit der Beobachtung der Monitore ab, die aus allen Richtungen Ansichten des Sees und der Verbindungsbrücke zeigten. Außerdem waren auf der Brücke, entlang des Ufers und rund um das Haus Bewegungsmelder angebracht.

Es war eine Festung, und auch wenn Georges wusste, dass er sich um seine Sicherheit kaum Sorgen zu machen brauchte, empfand er deutlich das Gefühl der Isolation. Er war von der Außenwelt abgeschnitten; ein vergoldetes und komfortables Gefängnis, aber eben doch ein Gefängnis.

Ein leiser Schauer überkam ihn, als er sich daran erinnerte, wie ihm zu Mute gewesen war, als er sich dem Haus zum ersten Mal genähert hatte. Der verdunkelte Helm und das letzte Stück des holprigen Wegs vor der Brücke – plötzlich war er wieder in dem Wagen und trug die Kapuze. Er wusste nicht, was ihn mehr aufwühlte, wenn er sich jetzt daran erinnerte: dass er in diesen Augenblicken dem Tod ins Auge gesehen und alle Hoffnung aufgegeben hatte oder dass dies sein letzter Moment in Freiheit gewesen war. Das Ereignis, das sein ganzes Leben verändert hatte.

Lorenas Puls pochte heftig in ihrem Kopf, als sie entschlossen die Rue Ste. Catherine hinunterging, fort von dem Einkaufszentrum.

»*… du hast Recht. Ich sollte Lorena zurückschicken. Wir haben nichts gegen Ryall in der Hand, und die Sitzungen führen auch zu nichts, also hat es keinen Zweck, sie länger hier zu behalten.*«

Sie hatte Elena vertraut. Sie war der einzige Mensch, an den sie sich noch wenden konnte, und jetzt war sie auch von ihr im Stich gelassen und verraten worden.

Offenbar suchten alle die Schuld bei ihr, wenn sie ihre Geschichte erzählte: Elena, die junge Frau vom Jugendamt, Nadine, und jetzt auch noch der Psychiater. Alle stellten die gleichen Fragen, sahen sie mit dem gleichen argwöhnischen Blick an und glaubten ihr nur zur Hälfte. Sie wollten, dass sie sich daran erinnerte, wie ihr Stiefvater sie berührt hatte, wenn sie wach war; dabei hatte sie ihnen doch schon zigmal gesagt, dass sie sich nicht erinnern konnte. Sie konnte einfach nicht.

All diese Gesichter, die sie zweifelnd anschauten. Vielleicht hatten die anderen ja Recht. Möglicherweise hatte sie alles nur geträumt, und in Wirklichkeit war gar nichts geschehen. Vielleicht stimmte etwas mit ihr nicht – deshalb auch der Psychiater –, und sie hatten Angst, ihr die Wahrheit zu sagen.

»Verzeihung!«

Lorena spürte den Stoß an ihrem Arm und in ihrer Seite, als der Mann sie anrempelte oder eher als sie ihn anrempelte; als sie sich umdrehte, schaute er sie besorgt an.

»Alles in Ordnung?«

Sie nickte nur stumm, wandte sich hastig ab und rannte dann mit Tränen in den Augen weiter geradeaus. Andere Leute drehten sich um und starrten ihr nach; sie konnte ihre Blicke auf ihrem Rücken spüren, während sie jetzt auch von entgegenkommenden Leuten neugierig angegafft wurde. Wieder Menschen, die sie besorgt und zweifelnd anschauten! Besorgt, ob mit ihr auch alles stimmte, aber zu ängstlich, um den Mund aufzumachen.

Wohin ging sie? So weit fort von Elena wie möglich, aber wohin? All diese Fremden, die sie anstarrten; sie kannte niemanden. Der Verkehr und die Stimmen um sie herum drehten sich in ihrem Kopf, plötzlich glaubte sie zu schweben. Ihr entschlossener Schritt wurde langsamer.

In der Nacht nach der zweiten Sitzung bei dem Psychiater hatte sie wieder von Patrika geträumt. Das Wasser der Kanäle war gestiegen, und als es ihr bis ans Gesicht reichte, ihr in Mund und Nase drang und sie den Schachtdeckel noch immer nicht aufstoßen konnte, hatte ihr Stiefvater sie geschüttelt und ihr gesagt, alles sei gut. Wie durch ein Wunder war das Wasser wieder zurückgegangen, aber seine Hand hatte weiterhin ihren Körper gestreichelt. Dann hatte sie plötzlich erkannt, dass es nicht Wasser war, was sie auf den Wangen spürte, sondern seine Küsse ... Und als sie seinen heißen Atem und seine feuchten Lippen auf den ihren spürte, wachte sie voller Abscheu und Entsetzen auf.

Vielleicht hatte die Erwähnung von Patrika und ihrem Stiefvater in der Sitzung zu diesem Traum geführt; möglicherweise hatte sie auch einfach nur im Schlaf geschwitzt – jedenfalls hatte sie Elena nicht geweckt, um ihr davon zu erzählen. Sie hatte Angst, Elena könne sagen: »Vielleicht passiert das alles ja nur in deinen Träumen, in deiner Fantasie.«

Dachten das denn nicht sowieso alle? Hatte Elena nicht deswegen beschlossen, sie morgen nach England zurückzuschicken?

Sie ging immer langsamer und blieb fast stehen. Wohin sollte sie gehen?

Es hatte lange gedauert, bis sie den Mut gefunden und Elena gestern gefragt hatte, ob sie bei ihr bleiben und Katine Gesellschaft leisten könne, wenn sie nicht mehr zu den Ryalls zurückmusste. Elena hatte zwar »Ja, natürlich« gesagt, aber Lorena hatte einen Widerstand in ihr gespürt. Und jetzt wusste sie auch, warum: Elena glaubte ihr nicht!

Sie blieb stehen und schloss fest die Augen, blendete das verschwommene Durcheinander der vorbeigehenden Menschen aus – fast alle starrten sie jetzt an –, die Geräuschkulisse der Autos, der Stimmen und Schritte um sie herum. In ihrer Dunkelheit hörte sie die Geräusche noch immer und spürte, wie sie unsicher schwankte. Was jetzt … wohin?

Jetzt, da ihr Elena nicht mehr glaubte, hatte sie niemanden mehr, an den sie sich wenden konnte.

Roman saß vierzig Meter von Elena Waldrens Hotel entfernt in der Rue Berri mit Funicelli in seinem Wagen. Er hatte Funicelli angewiesen, die Frau nicht eine Sekunde aus den Augen zu lassen, also musste er zu ihm fahren, um sich anzuhören, was bis dahin auf dem Band war.

Als die Kassette lief, konnte Roman sich ein Grinsen nicht verkneifen. Funicelli hatte ihm das Wesentliche aus dem Gespräch der Frau mit den Donatiens zwar bereits mitgeteilt, und er hatte es seinerseits auch sofort an Jean-Paul weitergegeben. Aber als er es jetzt mit eigenen Ohren hörte, bekam die Sache plötzlich eine ganz andere Tragweite. Nach der Geburt getrennt, der Sohn, den sie seit neunundzwanzig Jahren nicht gesehen hatte. Purer Goldstaub. Wenn irgendwer die Chance bekam, Donatien zu sehen, dann sie.

Während Roman das Band abhörte, wurde es rasch dunkel. Funicelli kniff leicht die Augen zusammen; er fragte sich, ob die Straßenlampe genug Licht bieten würde, um sie zu sehen, wenn sie aus dem Hotel kam, oder ob er näher heranfahren musste.

»Ganz seltsam, das mit dem Mädchen«, sagte Funicelli abwesend. »Ich habe alles beobachtet von dort, wo ich saß … habe genau gesehen, wo sie hinging. Aber ich konnte natürlich nichts sagen. Ich frage mich, was da los war?«

»Ja, seltsam.« Roman war so sehr auf das Band konzentriert, dass er kaum zuhörte.

Als die Donatiens über die Familiengeschichte sprachen und darüber, wie lange sie schon in dem jetzigen Haus wohnten, drückte Roman auf schnellen Vorlauf. Als dann Claude Donatiens Stimme am Telefon zu hören war, ließ Funicelli Roman stoppen. »Jetzt ruft er die RCs an, um die Lage zu peilen.«

Roman spulte zurück. Nach einem kurzen Vorgeplänkel mit einem anderen Beamten der RCMP erkannte Roman sofort Chenoudas Stimme. Chenouda sagte, er sei froh über den Anruf, denn er habe selbst vorgehabt, sie anzurufen und über den Stand der Dinge zu informieren.

»Wir haben Ihren Sohn angewiesen, unter keinen Umständen Kontakt mit Ihnen aufzunehmen, denn Sie wären die Ersten, bei denen die Lacailles suchen würden. Wenn Ihnen also irgendjemand Fragen stellen sollte, wenn Ihnen irgendetwas verdächtig vorkommt, müssen Sie es uns sofort mitteilen. Ist schon etwas Derartiges passiert?«

Roman sah gespannt Funicelli an, der jedoch gleichgültig dreinschaute, weil er das Band bereits kannte.

»Nein, nicht dass ich wüsste«, antwortete Claude Donatien.

Vermutlich hatte seine Frau ihm gegenüber den Telefontechniker, der da gewesen war, gar nicht erwähnt; wenn doch, kam es ihm jedenfalls nicht verdächtig vor.

»Das ist gut. Es ist vermutlich noch zu früh für eine Reaktion ihrerseits; sie überlegen sicher noch, was sie tun sollen.«

Roman grinste und nickte Funicelli zu. »Tut immer so, als sei er die große Leuchte ... ist aber leider nicht helle genug.«

»Lassen Sie es mich auf jeden Fall umgehend wissen, wenn etwas Ungewöhnliches geschieht.«

»Ja, natürlich.« Dann kam Claude Donatien zu dem eigentlichen Grund seines Anrufs: ob und wann sie ihren Sohn sehen konnten. Er klang zögerlich; Chenoudas Eröffnung, Georges habe Anweisung, sie nicht anzurufen, hatte ihn entmutigt.

Trotzdem hörte Chenouda aufmerksam zu und nahm ihm nicht völlig die Hoffnung. Er erklärte, das Programm sehe vor, dass ihr Sohn keinerlei Kontakt mit Verwandten und Freunden haben dürfe. »Das bedeutet aber nicht, dass nicht zu einem späteren Zeitpunkt ein Treffen arrangiert werden könnte – wenn wir die nötigen Sicherheitsvorkehrungen getroffen haben.«

Es war schwer zu sagen, ob Chenouda meinte, was er sagte, oder ob er den Donatiens nur schonend beibringen wollte, dass sie ihren Sohn vielleicht *nie mehr* sehen würden.

Als Claude Donatien von der Frau sprach, die sie besucht hatte, beugte Roman sich vor. Chenouda schien anfangs aus dem Konzept gebracht und musste zunächst ein paar Fragen stellen, um seine Gedanken zu ordnen. Dann wurde er argwöhnisch und sprach die zeitliche Koinzidenz an.

»Das ist genau das, was ich vorhin meinte – ungewöhnliche Vorkommnisse, verdächtige Leute, die plötzlich vor Ihrer Tür stehen und Ihnen Fragen stellen.«

»Nein … nein. Das glaube ich nicht. Sie wirkte sehr überzeugend, und sie zeigte uns Papiere aus England. Eine Geburtsurkunde und etwas von einer Nachforschungsstelle. Sie sucht ihn auch schon seit ungefähr einem Monat … lange bevor das hier alles passierte.«

Chenouda schwieg einen Augenblick. »Ich schlage vor, Sie überlassen mir die Entscheidung, ob sie überzeugend ist oder nicht – *nachdem* ich sie überprüft und gesehen habe, was für Papiere sie hat.« Ein schwaches, resigniertes Seufzen, als Chenouda nach ihrem Namen und ihrer Adresse fragte. »Ich werde mit ihr sprechen.«

Roman schaute zu dem Hotel hinüber. Vielleicht sprach sie gerade in diesem Augenblick mit Chenouda – wenn man doch nur auch dort drinnen eine Wanze installieren könnte. Die Unsicherheit, nicht genau informiert zu sein, machte ihn wahnsinnig.

Er wies Funicelli an, ihn sofort anzurufen, wenn es etwas Neues gab oder sie das Hotel verließ, nahm die Bänder mit und machte sich auf den Weg zu Jean-Paul.

Der blickte nachdenklich auf, als das letzte Band zu Ende war. »Was denkst du?«

Roman zuckte die Schultern. »Ich glaube, wenn sie bei der Polizei so dick aufträgt wie bei Claude Donatien, haben wir eine Chance. Im Augenblick ist sie unsere beste und einzige Möglichkeit.«

Jean-Paul nickte. »Mag sein. Dieser Chenouda klingt mir aber mehr als zurückhaltend; er war sehr unverbindlich.«

»Ja, das stimmt. Es ist alles in der Schwebe – könnte so oder so ausgehen.« Roman war jedoch zuversichtlicher, als er sich anmerken ließ. Jean-Paul konnte eines nämlich nicht wissen: Dass Chenouda, indem er Donatiens Entführung arrangiert hatte, ihnen damit nun eine hohe Trumpfkarte in die Hand gab. Donatien von seiner Familie, seinen Freunden und seiner Vergangenheit abzuschneiden war schon schlimm genug – aber auch noch dafür verantwortlich zu sein, dass er seine leibliche Mutter nie zu sehen bekam, war eine zusätzliche, noch erdrückendere Last – hoffentlich der Tropfen, der das Fass zum Überlaufen brachte.

Roman war blind vor Wut gewesen, als ihm aufging, was Chenouda unternommen hatte. Es war nicht nur die unglaubliche Dreistigkeit oder dass außer ihm selbst noch jemand anders mit gezinkten Karten spielte, sondern die Tatsache, dass der Verdacht als Erstes auf ihn gefallen war – was Chenouda bestimmt nur allzu gut gewusst hatte. Er hatte bei Jean-Paul wie ein Idiot und Lügner dagestanden. Trotz seiner Proteste beim letzten Mal und seinem Versuch, es jetzt wieder gutzumachen – Roman war sicher, dass Jean-Paul nach wie vor Zweifel hegte. Chenouda hatte sich darüber wahrscheinlich köstlich amüsiert: Er hatte Donatien dazu bekommen auszusagen, und gleichzeitig ihn und Jean-Paul gegeneinander aufgehetzt. Doch nun bot sich hoffentlich die Gelegenheit zu einer süßen Rache.

Roman verkniff sich mühsam ein Grinsen, als er Jean-Paul anschaute. »Wir müssen einfach abwarten, für welchen Weg er sich entscheidet.«

»Wenn es eine Möglichkeit gäbe, dich nicht zurückschicken zu müssen, würde ich es auch nicht tun, Lorena. Aber ich kann nicht anders, verstehst du das?«

»Ja, ich ... ich glaube schon.« Lorena schlug die Augen nieder und biss sich auf die Lippe.

Das erste Zeichen des Akzeptierens, vielleicht sogar ein Anflug von Schuldgefühl wegen des Ärgers, den sie verursacht hatte. Es waren schwere Stunden gewesen, um an diesen Punkt zu kommen, dachte Elena.

Lorena war zum Einkaufszentrum zurückgekehrt, wo sie zitternd und verwirrt in einem Geschäftseingang stehen geblieben war, verzweifelt überlegend, was sie tun sollte. Sie konnte Elena sehen, duckte sich aber in den Laden, wenn diese sich umdrehte. Dann, als es schien, als wolle Elena aufgeben und fortgehen, rannte sie zu ihr hinüber, klammerte sich weinend an sie und sagte, es tue ihr furchtbar Leid. Unter Tränen erklärte sie, was passiert war, und bettelte und flehte Elena an, sie am nächsten Tag nicht nach England zurückzuschicken.

Lorenas Verzweiflung ließ Elenas Ärger vollkommen verpuffen. Sie wischte ihr nur die Tränen ab, bestellte für sie beide Kakao, setzte sich neben Lorena und versuchte mit ruhiger Stimme, ihre missliche Lage zu erklären.

Aber Lorena war untröstlich. »Mr Ryall wird so böse auf mich sein … noch viel mehr als vorher. Ich *kann* jetzt nicht zurück.«

Elena versuchte, sie zu überzeugen und ihr gut zuzureden, aber Lorena flehte sie an und geriet regelrecht in Panik bei dem Gedanken, Ryall wieder gegenübertreten zu müssen. Zum Schluss blieb Elena nur noch die Möglichkeit, dramatisch zu werden.

»Du verstehst nicht, Lorena. Wenn ich dich morgen nicht nach England zurückschicke, muss ich dafür ins Gefängnis.«

»Aber das Band. Ich dachte, es würde dir helfen … keine Schwierigkeiten zu bekommen.«

»Ja, es hat uns die letzten paar Tage auch geholfen. Aber übermorgen wird es uns nicht mehr helfen. Und man könnte mich für lange Zeit ins Gefängnis schicken, Lorena. Das willst du doch nicht, oder?«

»Nein … nein, das will ich nicht.«

Beim Anblick der dunklen Schatten in Lorenas Augen, als das Mädchen betreten den Blick abwandte – hin und her gerissen zwischen ihrer eigenen, sehr realen Angst und den Schwierigkeiten, die sie Elena bereitete – fühlte sich Elena sofort schuldig, dass sie eine solche Taktik benutzte. Aber sie hatte keine andere Möglichkeit gesehen.

Sie musste aufbrechen, um Claude Donatien anzurufen. Claude sagte, Michel Chenouda, der Beamte, mit dem er gesprochen habe, sei unverbindlich gewesen, habe aber zumindest gesagt, er werde mit ihr Kontakt aufnehmen; er hatte die Tür also nicht sofort zugeschlagen.

Elenas Herz pochte, als Claude sagte, er habe ihre Geschichte weitergegeben. Sie hatte gehofft, einfach nur eine Nummer zu bekommen und selbst entscheiden zu können, ob sie Verbindung aufnehmen wollte oder nicht. Jetzt hatte sie keinen Einfluss mehr darauf; vermutlich war es auch besser so, denn sie hätte letztendlich wohl doch nicht den Mut aufgebracht. Aber sie war nervös, weil die Polizei jetzt ihren Namen kannte und wusste, wo sie wohnte; wahrscheinlich suchten sie sie schon. Sie würde zum Hotel zurückkehren und es von Streifenwagen mit blinkendem Blaulicht umstellt finden.

Auf dem Rückweg zum Hotel schwiegen sie beide: Elena, weil sie befürchtete, verhaftet zu werden, und Lorena, weil sie Angst hatte, zu Ryall zurückzumüssen.

Es waren keine Streifenwagen vor dem Hotel, aber in Erwartung des Anrufs von Chenouda war Elena zu nervös, um mit Lorena über ihre Sorgen reden zu können. Sie hatte ihr nur gesagt, sie brauche keine Angst zu haben, sie würden schon eine Lösung finden.

Als der Anruf dann kam, war er, nach der gespannten Erwartung und Panik, in die sie sich hineingesteigert hatte, eine Enttäuschung. Chenouda wollte sich nur vergewissern, ob das, was Claude Donatien ihm gesagt hatte, stimmte, und schlug dann vor, sie sollten sich um halb zwölf am nächsten Tag treffen, um sich ausführlich zu unterhalten. Er gab ihr eine Adresse am Dorchester Boulevard und bat sie, ihren Pass und alle ihren Sohn betreffenden Unterlagen mitzubringen.

Kaum hatte sie den Hörer aufgelegt, überfiel sie panische Angst bei der Vorstellung, ins Polizeipräsidium gehen zu müssen, direkt in die Höhle des Löwen!

Sie fanden ein Restaurant in St. Denis, das auf Hummer spezialisiert war, und Elena überredete Lorena, einen zu probieren.

»Wenn dieses Treffen morgen zu nichts führt, fliege ich mit dir zusammen zurück.« Elena tat noch immer alles, um sie zu beruhigen. Lorena hatte besorgt dreingeschaut, als sie ihr erklärt hatte, falls sie selbst hier bliebe, könne sie sie nur zur nächsten britischen Botschaft bringen und die Mitarbeiter über die Angelegenheit aufklären, die dann die Rückreise für Lorena arrangieren würden. Alles, um die Frist einzuhalten. »Ich glaube nicht, dass viel dabei herauskommt, also werde ich wahrscheinlich im Flugzeug neben dir sitzen.«

Aber die Schatten in Lorenas Augen verblassten kaum. Elena wurde wieder ein wenig dramatisch, um sie zu überzeugen. Sie beschloss, ihr mehr über ihren Sohn zu erzählen und zu erklären, warum der morgige Tag so wichtig für sie war.

»Als ich dir sagte, ich hätte ihn lange nicht gesehen, war ich nicht ganz ehrlich. In Wirklichkeit habe ich ihn seit seiner Geburt gar nicht mehr gesehen. Ich war noch sehr jung, als ich schwanger wurde … und mein Vater gab ihn fort zu einer anderen Familie. Ich hatte keine Chance.«

»Ach je«, sagte Lorena und schien für einen Augenblick unsicher, was sie sagen sollte. »Hast du ihn sehr vermisst?«

»Ja … sehr.« *Und jetzt weiß ich nicht einmal, ob ich ihn überhaupt je wieder sehen werde.* Sie blinzelte kurz, hatte aber keine Tränen mehr, die sie weinen konnte. Die Ereignisse der letzten achtundvierzig Stunden, die Baldriantabletten und ihre zunehmende Müdigkeit hatten ihre Sinne abgestumpft. Manchmal empfand sie gar nichts mehr, fühlte sich nur wie eine leere Hülle. Oder war es eine Schutzwand, um zu verhindern, dass ein neuerlicher Schock sie völlig aus der Bahn warf? Inzwischen war sie auf das Schlimmste gefasst.

»War dein Vater brutal?«

»Nein … er war nur sehr streng. Unglaublich streng.«

»Also war er nicht so, dass du Angst vor ihm haben musstest – so wie ich vor Mr Ryall?«

»Nein, ich glaube nicht.« Elena lächelte schwach, als sie dieses Zugeständnis machte. Sie hatte es als eine Trumpfkarte ausgespielt, aber Lorena hatte die Karte geschickt zurück in den

Stapel gelegt – an die Stelle, wo sie auch hingehörte. Natürlich hatte sie Angst vor ihrem Vater gehabt, aber inzwischen war alles ins richtige Licht gerückt: Wenn sich Lorenas Behauptungen als wahr erwiesen, war sie mit einer *wirklichen* Angst konfrontiert.

Plötzlich war Lorena wieder das ängstliche kleine Mädchen, das vom Rücksitz von Nicola Ryalls Range Rover eine Hand zu ihr ausstreckte und um Hilfe bat. Und welches Argument Elena auch vorbringen mochte, sie wusste, dass sie die Angst aus Lorenas Augen nie vertreiben konnte. Gefängnisstrafe oder nicht, am Ende konnte sie sich einfach nicht vorstellen, Lorena zu Ryall zurückzuschicken.

Wieder eine durchwachte Nacht.

Elena hatte gehofft, endlich einmal durchschlafen zu können. Sie war so erschöpft und so sehr darauf bedacht, morgen, an ihrem großen Tag, den richtigen Eindruck zu machen. Wenn sie ihre roten Augen loswerden und ihre Nerven beruhigen konnte, würde vielleicht nicht auffallen, wie sie sich fühlte: aufgezehrt, verzweifelt und völlig ratlos. *Diese halb durchgedrehte Frau kann ihn unmöglich treffen.*

Aber die Sorge, wie der Tag verlaufen würde, ließ ihre Gedanken nicht ruhen. Dazu kam noch die Angst um Lorena. Wenigstens die hatte sie gehofft loszuwerden. Am Ende hatte sie Lorena nur sagen können, sie brauche keine Angst zu haben, denn sie, Elena, glaube nicht, dass sie sie zurückschicken müsse. »Wir werden uns morgen eine Lösung überlegen.« Damit hatte sie sich wenigstens ein Hintertürchen offen gelassen, für den Fall, dass ihr keine andere Wahl blieb. Manchmal wünschte sie, man hätte sie verhaftet, damit sie diese Entscheidung nicht zu treffen brauchte. Es war frustrierend. Sie hatte alles versucht, hatte Lorena fast überzeugt und beinahe dazu gebracht, die Rückkehr zu akzeptieren – bis sie plötzlich im letzten Augenblick unsicher geworden war.

Wer war die echte Lorena? Hatte sie durch die Erwähnung von Elenas Vater in ihrer kindlichen Direktheit einfach durch

Zufall die richtige Saite zum Klingen gebracht oder hatte sie es geplant – war das die Verschlagenheit des Straßenkindes? Hatte Lowndes Recht, wenn er sagte, Lorena habe eine ungewöhnlich starke Bindung zu ihr entwickelt und das Ganze sei nur der Versuch, Aufmerksamkeit zu bekommen, ihre alte Verbundenheit wieder herzustellen? Wenn dies stimmte, musste Lorena praktisch von Anfang an alles geplant haben.

Bis auf eines: Die Angst, die Elena in dem Restaurant in Lorenas Augen gesehen hatte, war kaum vorzutäuschen. Sie selbst war voller Sorge und Panik, was der nächste Tag bringen würde, aber was sie in diesem Augenblick in Lorenas Augen gesehen hatte, ging darüber weit hinaus. Ob Ryall wirklich etwas mit ihr angestellt hatte oder nicht, für Lorena war die Furcht mit Sicherheit real. Warum nur konnte sie sich nach all den Sitzungen an nichts erinnern?

Elena kam zu keinem Ergebnis. Ihre Gedanken drehten sich im Kreis, und sie ließ es geschehen, weil es sie einschläferte. Nach einer halben Stunde döste sie schließlich ein; ihr letzter Gedanke galt dem, was sie morgen bei dem Treffen anziehen sollte. Etwas Adrettes und Seriöses, aber auch nicht zu kühl und formell: Es sollte weich und mütterlich wirken. Sie hatte sich die Wettervorhersage angeschaut, bevor sie ins Bett gegangen war, um darüber nachzudenken.

In der Nacht Temperaturen von 4 bis 5 Grad, 10 bis 11 Grad am Morgen und am Nachmittag bis zu 14 Grad.

Aus irgendeinem Grund kehrten diese Zahlen während der Nacht immer wieder und vermischten sich mit einem Segment aus einer der Sitzungen bei Lowndes: »*Aber ich weiß noch, dass er gezählt hat … sieben … acht.*«

Plötzlich war Elena wieder hellwach, ihr Atem ging schnell. *Die Zaubertricks!* Sie setzte sich auf und schaute auf den Wecker neben ihrem Bett: 3.26 Uhr. Kaum zwei Stunden geschlafen.

Sie wollte Lorena wecken, laut herausschreien, dass sie glaubte, den Schlüssel gefunden zu haben; sie würden beide aufgeregt im Zimmer herumspringen und das ganze Hotel aufwecken. Aber erst musste sie es genau wissen. Also zog sie sich etwas an, nahm ihre Tasche und ging zur nächsten Telefonzelle. Sie benutzte ihre internationale Telefonkarte und rief zu Hause an.

Gordon, zuerst freudig überrascht, ja fast erleichtert, ihre Stimme zu hören – vielleicht hatte er mit einem weiteren Anruf von Crowley gerechnet –, schalt sie, weil sie außerplanmäßig anrief.

»Das konnte nicht warten«, sagte Elena, noch immer ein wenig außer Atem, weil sie so schnell gelaufen war. »Außerdem habe ich eine internationale Telefonkarte benutzt. Die Verbindung läuft über irgendeine Schaltstelle in Virginia. Ich könnte von überall in der Welt anrufen.« Sie sagte Gordon, was sie wissen musste – alles über Ryalls Zaubertricks für Kinder – und warum. »Woher weiß dein Detektiv überhaupt davon?«

»Aus alten Zeitungsausschnitten, glaube ich.« Nein, er hatte sie ihm nicht geschickt, aber Gordon konnte ihn darum bitten. »Er arbeitet von zu Hause aus. Ruf mich in einer Viertelstunde wieder an. Ich will sehen, was er hat.«

Sechs Minuten später hatte Gordon das Fax erhalten: insgesamt drei Zeitungsausschnitte. Er überflog sie rasch, und ihm gefror das Blut, als er beim zweiten Artikel auf den entscheidenden Hinweis stieß. Elena hatte richtig gelegen mit ihrer Ahnung! Er klopfte mit den Fingern auf den Tisch neben dem Telefon und las den Artikel aufmerksam durch, während er auf Elenas Rückruf wartete.

Elena war so nervös gewesen, dass sie nichts anderes tun konnte, als vor der Telefonzelle auf und ab zu gehen, um die Zeit totzuschlagen; wieder war sie leicht kurzatmig. Als sie hörte, was Gordon sagte, brachte sie nur ein *»O Gott«* hervor. Sie hatte gehofft, dass ihre Vermutung sich als richtig erwiese, aber ein anderer Teil von ihr hatte verzweifelt gehofft, sie möge sich irren. Sie seufzte schwer und fühlte, wie die letzten Zweifel von ihr abfielen. »Den Rest werden wir wohl auf der Couch des Psychiaters herausfinden müssen.«

Als sie sich voneinander verabschiedeten, wünschte ihr Gordon noch einmal viel Glück für den kommenden Tag. »Danke.« Hoffnungslos unangemessen für einen der wichtigsten Tage ihres Lebens: den Tag der Entscheidung an zwei Fronten. Aber sie war zu benommen und schockiert, um etwas anderes zu sagen.

Sie stand noch einen Augenblick vor Lorenas Bett, bevor sie sich wieder hinlegte: Lorena schien sich nicht gerührt und nicht einmal bemerkt zu haben, dass sie fort gewesen war. Dann wurde ihr klar, dass sie ihr nichts erzählen durfte, denn sonst könnte man später behaupten, Lorena habe nur wiederholt, was ihr gesagt worden war. Sie konnte es nur Lowndes mitteilen, und dann blieb ihnen nichts anderes übrig, als abzuwarten, ob die Ereignisse den Lauf nähmen, den sie vermutete. Als sie die schlafende Lorena anschaute, fühlte sie jedoch vor allem, dass es ihr Leid, unendlich Leid tat, jemals an dem Mädchen gezweifelt zu haben.

31

In einem Servicetunnel, etwa fünfzehn Meter vom Hotel Montclaire entfernt, in dem die Engländerin wohnte, fand Funicelli einen Verteilerkasten, in dem sich auch die Telefonkabel von drei oder vier anderen Häusern des ersten Abschnitts der Rue Berri befinden mussten.

Er sah die Kabel und Schalter durch, fand die für das Montclaire und begann mit seiner Arbeit. Vier, höchstens fünf Minuten, schätzte er. Aber vier bis fünf Minuten auf einer geschäftigen Straße waren eine Ewigkeit. Er hatte sich schon in den wenigen Minuten auf dem Telegrafenmast vor dem Haus der Donatiens nicht wohl gefühlt. Und das war in Beaconsfield gewesen, einem friedlichen Vorort; jetzt befand er sich in einer der belebtesten Gegenden von Montreal. Das geschäftige Treiben und die vielen Dinge, auf die er achten musste, machten diesen Auftrag wesentlich nervenaufreibender.

Er hatte beschlossen, früh anzufangen: Jetzt war es 8.08 Uhr.

Die Techniker der Telefongesellschaft fingen meist um acht Uhr an zu arbeiten, aber bis sie ihre Aufträge bekommen und die Depots verlassen hatten, war es meist nach halb neun. Er brauchte sich also eigentlich keine Sorgen zu machen, dass ein Techniker von Bell Canada vorbeikommen und ihn fragen würde, was er da trieb.

Aber der Rest der Stadt erwachte schnell zum Leben: Der Fluss des Verkehrs und der Menschen wurde dichter, und gelegentlich warf ihm ein Passant einen Blick zu. Ein Inder aus der Autowerkstatt an der Ecke, vermutlich der Besitzer, beobachtete ihn eine ganze Weile aufmerksam, bevor er wieder in sein Geschäft ging.

In den ersten zwei Minuten schwitzte Funicelli, und seine Hände zitterten an den Drähten. Aber Roman hatte darauf bestanden, dass sie die Hotelleitung anzapften.

»Wir müssen wissen, wie die Frau mit Chenouda weiterkommt. Wenn irgendwas passiert, wird es wahrscheinlich innerhalb der nächsten Tage entschieden.«

Das war die andere Sache, um die sich Funicelli Sorgen machen musste – er konnte es nicht riskieren, die Wanze allzu lange dort zu lassen. Wenn eine Störung an einer der Leitungen gemeldet wurde, würden die Techniker den Verteilerkasten öffnen und seine Wanze entdecken.

Am Ende achtete er kaum darauf, wer vorbeikommen und ihn sehen könnte, so sehr war er darauf konzentriert, die letzten Drähte zu verbinden.

Als er die Tür des Kastens zuwarf und ihn abschloss, schaute er auf seine Armbanduhr. Vier Minuten zweiundzwanzig Sekunden. Nicht schlecht. Er atmete erleichtert aus und ging zu seinem weißen Lieferwagen, der um die Ecke geparkt war, aber seine Hände schwitzten nach wie vor, als er die Hintertür öffnete und sein Werkzeug hineinwarf.

Als er auf den Fahrersitz sprang, nickte er Frank Massenat zu, der zehn Meter weiter auf der anderen Straßenseite geparkt stand. Funicelli hatte das Hotel bis 22 Uhr überwacht, bevor Massenat ihn für die Nacht ablöste.

Jetzt musste er den Wagen zurückbringen, sich umziehen, frühstücken, kurz sicherstellen, dass sein Cousin in seiner Abwesenheit nicht das Geschäft hatte abbrennen lassen, dann wieder zurück und bis 22 Uhr Massenats Stelle einnehmen.

»Nichts Besonderes passiert«, sagte Massenat bei der Ablösung. »Nur, dass sie um halb drei plötzlich rauskommt und aus der Zelle da hinten jemanden anruft. Dann rennt sie auf und ab, als hätte sie Ameisen im Hintern, und ruft nochmals an. Danach hatte ich wieder die aufregende Aufgabe, Leuten beim Schlafen zuzusehen.« Massenat zuckte die Schultern. »Und heute Morgen bis jetzt noch kein Lebenszeichen.«

Das sollte sich etwa eine Stunde später ändern, als Funicelli sah, wie die Frau zusammen mit dem Mädchen das Hotel verließ. Sie führte noch ein Telefongespräch aus derselben Zelle und winkte dann ein Taxi heran. Funicelli folgte ihnen in zwei oder drei Wagenlängen Abstand durch den morgendlichen Verkehr. Auf halber Höhe der Rue René Lévesque begann es leicht zu nieseln, und er stellte die Scheibenwischer auf Intervallschaltung. Er hatte Roman bereits vor zwei Stunden angerufen, um ihm mitzuteilen, dass die Wanze installiert war, aber als er sah, wie das Taxi vor dem Polizeipräsidium am Dorchester Boulevard hielt, nahm er sein Handy und rief erneut an. Roman würde dies sofort erfahren wollen.

Die erste halbe Stunde der Vernehmung war harmlos und diente der Feststellung von Fakten. Abgesehen von ein paar Fragen zu Details, die zuerst übersehen worden waren, ging Elena – während Sergeant Michel Chenouda aufmerksam zuhörte – alles in zeitlicher und hoffentlich logischer Folge durch: ihr Vater, Dr. Maniatis mit der Geburtsurkunde, die Stephanous, das Waisenhaus in Baie du Febvre und schließlich die Donatiens.

Michel Chenouda saß ihr an dem ovalen Tisch direkt gegenüber, zwischen ihnen die Papiere ausgebreitet, die sie mitgebracht hatte. Am Ende des Tisches lief ein Tonband mit, während ein weiterer Beamter im Raum kurze Notizen machte. Chenouda schwieg die meiste Zeit; er nickte nur ab und zu nachdenklich, während sie die Hintergründe schilderte, schien ihre Geschichte aber schließlich zu akzeptieren. Trotzdem glaubte sie zu spüren, dass er unterschwellig skeptisch war und Zweifel hegte. Dann schlugen sich diese Zweifel in den Fragen nieder, die jetzt nachdrücklicher wurden.

Chenouda schüttelte den Kopf. »Eines verstehe ich nicht: Warum versuchen Sie erst jetzt, Verbindung aufzunehmen?«

»Nun, ich habe es lange Zeit verdrängt. Dann habe ich selbst ein Mädchen und einen Jungen adoptiert und angefangen, mit bedürftigen Kindern in osteuropäischen Waisenhäusern, hauptsächlich in Rumänien zu arbeiten. Ich glaube, zum Teil wollte ich damit die Schuld verdrängen, dass ich mein eigenes Kind fortgegeben hatte.« Elena schaute in Richtung Korridor. Drei Türen weiter wartete Lorena, alias Katine, in einem Büro der RCMP. »Es war eigentlich ein Problem mit einem der rumänischen Kinder, das mich dazu brachte, über meinen Sohn nachzudenken. Ich hatte mir immer gesagt, es gehe ihm gut und er habe irgendwo ein gutes Zuhause gefunden. Doch plötzlich erkannte ich, dass das nicht immer stimmen musste.«

»Was für eine Art Problem?«, fragte Chenouda und sah sie aufmerksam an.

Elena spürte, wie sich sein Blick auf ihrer Wange geradezu einbrannte, und ihr Herz raste. Sie hatten es wahrscheinlich schon die ganze Zeit gewusst, und die scheinbaren Routinefragen hatten alle auf diesen Gnadenstoß abgezielt. Sie versuchte, die Nerven zu bewahren, die sie in die Lage versetzt hatten, überhaupt hierher zu kommen. Schon vor der breiten Glastür des Gebäudes hatte sie einen Moment gewartet und tief Luft geholt. Sie hatte geglaubt, sie sei bereit, aber alles, was sie dann auf dem Weg über die Gänge hören konnte, war das Klopfen ihres Herzens; sie nahm noch nicht einmal ihre eigenen Schritte oder die Geräusche um sich herum wahr. Auch jetzt übertönte dieses Pochen wieder alles andere: Der Beamte am Ende des Tisches kritzelte weiter in sein Notizbuch, aber sie konnte es nicht hören. Sie schluckte. Vielleicht war Chenouda einfach nur gründlich und wusste eigentlich von nichts.

»Es stellte sich heraus, dass ihr Vater sie missbrauchte.«

»Ich verstehe.« Michel blickte für eine Sekunde verlegen zu Boden und verzog den Mund. »Und was passierte schließlich mit dem Mädchen?«

Als Chenouda langsam aufschaute, trafen sich ihre Blicke, und wieder schwand ihre Zuversicht. Sie hatten sie selbst vermutlich schon vor Stunden im Computer gefunden und waren jetzt damit beschäftigt, Lorena in dem Büro den Gang hinunter mit einem Computerbild zu vergleichen. Ihre linke Hand auf dem Tisch begann zu zittern; sie zog sie zurück und legte sie zur Faust geballt in den Schoß. Der Beamte am Ende des Tisches schaute einen Augenblick interessiert von seinen Notizen auf – hoffentlich war es ihm nicht aufgefallen.

»Sie … sie ist bis zum Prozessbeginn in einem Pflegeheim untergebracht. Und gleichzeitig wird ein psychiatrisches Gutachten erstellt.« Fast dasselbe Szenario, das sie erwartet hatte, als das Ganze mit Lorena vor ein paar Monaten losgegangen war. Sie hatte frühmorgens Lowndes angerufen und versucht, gleich einen Termin zu bekommen, aber er hatte erst um 14 Uhr etwas frei gehabt. Außerdem hatte sie Gordon angerufen, um herauszufinden, ob er Crowley hinhalten konnte; andernfalls würde die Suchmeldung jetzt herausgegeben sein. Vielleicht hatten Chenoudas Leute bisher noch nichts im Computer gefunden, aber jede Sekunde konnte irgendjemand hereinkommen. Oder Lorena würde sich verplappern und vergessen, dass sie Katine hieß. *Zu viele Möglichkeiten.* Sie spürte, wie sie von diesen Gedanken in alle Richtungen gleichzeitig gezerrt wurde. Sie musste verrückt gewesen sein, hierher zu kommen, *verrückt.*

»Ich verstehe.« Chenouda schaute sie weiter fest an, und für einen Augenblick erwartete sie fast, er werde plötzlich aufstehen und sagen: *»Aber das entspricht nicht der Wahrheit, Mrs Waldren.«* Dann würde er seinem Assistenten bedeuten, ihr Handschellen anzulegen. Stattdessen sagte er: »Es muss sehr hart für Sie gewesen sein.«

»Ja … Ja, das war es.« Sie atmete erleichtert aus. So schnell der Druck angestiegen war, so schnell ließ er auch wieder nach.

Michel betrachtete die Papiere auf dem Tisch. Es wäre so viel leichter, wenn es sich bei allem nur um einen Trick, eine durchschaubare Finte von Roman handeln würde. Aber das Ganze wirkte echt, viel zu kompliziert und detailliert für einen Schwindel: die Verbindung nach England, der Gerichtsbefehl und die Geburtsurkunde … das Waisenhaus. Roman war hinterhältig, aber selbst er hätte nicht einen solchen Aufwand treiben können.

Michel hatte Elena Waldren bereits eine Stunde zuvor im Computer auf Vorstrafen überprüft: nichts. Jetzt konnte er sie zu einigen neuen Namen und Einzelheiten befragen, aber sein Gefühl sagte ihm, dass diese Engländerin ihn nicht belog. Sie war Georges Donatiens leibliche Mutter.

Anfänglich hatte ihn vor allem die zeitliche Übereinstimmung misstrauisch gemacht, aber auch dazu waren ihre Erklärungen zufrieden stellend gewesen. Ihre aufrichtige, bewegte Stimme stand manchmal kurz davor, zu brechen – wenn sie nicht die Wahrheit sagte, dann hatte Roman eine der besten Schauspielerinnen gefunden, denen Michel jemals begegnet war. Die andere Möglichkeit bestand darin, dass Roman irgendwann entdeckt hatte, dass sie Georges' leibliche Mutter war, und sie jetzt, als er sie dringend brauchte, aus der Versenkung hervorgeholt hatte.

Aber ihre ersten Anfragen bei der Nachforschungsstelle lagen Wochen zurück, als Roman Georges noch fest im Blick hatte und hoffte, ihn bald beseitigen zu können. Und aus ihrem Pass ging hervor, dass sie erst vor drei Tagen nach Kanada eingereist war, achtzehn Stunden vor Georges' Entführung. Selbst ihr Besuch im Waisenhaus lag einen Tag vor seinem letzten Gespräch mit Roman, als dieser unmöglich wissen konnte, dass er Elena Waldren als Trumpfkarte brauchen konnte.

Dennoch spürte Michel noch immer eine Angst und Nervosität bei ihr, die er nicht einordnen konnte. Er sah sie eine Sekunde lang nachdenklich an und rang sich ein Lächeln ab.

»Es tut mir Leid, aber wir können nicht vorsichtig genug sein.« Vielleicht war sie eher verstört als nervös. Ganz offensichtlich hatte sie einiges durchgemacht, und jetzt wurde sie auch noch von ihm in die Zange genommen und musste befürchten, nachdem sie so weit gekommen war, an der letzten Hürde zu scheitern. Und alles lag jetzt in seiner Hand. Das war schon genug, jemanden nervös zu machen, und durch diese Erkenntnis lastete jetzt alles noch schwerer auf seinen Schultern. Wie sollte er bloß vorgehen, es ihr erklären? »Diese Leute, die Ihren Sohn bedrohen, sind sehr gefährlich und vermutlich inzwischen auch zu allem bereit. Sie schrecken vor nichts zurück und benutzen andere, um an ihn heranzukommen.« Michel streckte eine Hand aus. »Jemanden wie Sie beispielsweise.«

»Oh, ich ... ich verstehe.« Allerdings dauerte es eine Sekunde, bevor der Groschen gefallen war. Sie hatten die ganze Zeit aneinander vorbeigeredet! Als das Verhör schärfer wurde, war sie überzeugt gewesen, dass er etwas im Computer gefunden hatte, während er die ganze Zeit annahm, sie sei von der Mafia eingeschmuggelt worden! Sie konnte ein Lächeln kaum unterdrücken – zum Teil aus Erleichterung, zum Teil wegen der Absurdität des Ganzen. Doch was sie in diesen Raum gebracht hatte und die Tatsache, dass der Ausgang des Ganzen auf des Messers Schneide stand, lag bleischwer in der Luft und erstickte alles andere.

Jetzt kam der schwierige Teil, dachte Michel. Er sah, wie erwartungsvoll sie ihn anschaute, voller Hoffnung, ihren Sohn treffen zu können. *Den Sohn, den er so gut vor allen versteckt hatte und den sie vermutlich niemals wiedersehen würde.* Er spürte den Druck wie einen stumpfen Schmerz in seinem Nacken.

Michel erinnerte sich daran, was seine Mutter immer gesagt hatte: Wenn man lügt, kommt es immer irgendwie raus. *»Ich weiß nicht, warum, aber es kommt immer raus.«* Vor dem Treffen war er davon überzeugt gewesen, dass dies eine List von Roman sein musste. Die ganze Sache trug seine Handschrift und wäre ein perfektes Druckmittel gewesen: *»Du willst ihn für immer verstecken? Hier, bitte, ich habe dich ausgestochen. Die Mutter, die er nie gesehen hat. Jetzt sieh mal zu, wie du das hin-*

kriegst.« Er war so sehr davon überzeugt, dass es nur ein Trick sein konnte, dass er nicht damit gerechnet hatte, sich jetzt der Wahrheit stellen zu müssen. Dieser Frau, die bereits durch die Hölle gegangen war, zu sagen, dass die Chancen auf ein Wiedersehen mit ihrem Sohn sehr gering waren.

»Wie ich Claude Donatien bereits sagte, der es bestimmt auch Ihnen mitgeteilt hat: Das Problem, Mrs Waldren, besteht darin, dass dieses Programm sehr streng ist. Es kann nur Erfolg haben, wenn Ihr Sohn niemanden – und ich meine wirklich niemanden – aus seiner Vergangenheit sieht. Das heißt aber nicht, dass diese Vorschrift unter besonderen Umständen nicht umgangen werden könnte, allerdings nur dann, wenn wir die richtigen Sicherheitsvorkehrungen treffen. Als Erstes müssen wir Ihren Sohn informieren – denn es ist gewiss nicht im Sinne des Programms, dass wir ihm wichtige Fakten vorenthalten. Sollte er Sie jedoch, aus welchem Grund auch immer, nicht sehen wollen, können wir nichts mehr tun. Wenn er Sie sehen will, müssen wir mit der Abteilung in Ottawa Rücksprache halten, die das Programm leitet. Dann müssen wir ...« Michel sprach nicht weiter. Sie hatte schon genug durchgemacht, und er wollte nicht die Hoffnung auf ein Wiedersehen mit ihrem Sohn unter einem Berg verfahrenstechnischer Einzelheiten begraben. Es war das Mindeste, was er tun konnte. »Lassen Sie es mich so ausdrücken. Wir müssen die Dringlichkeit Ihrer Bitte gegen das Risiko abwägen, wenn wir ihr stattgeben.«

»Wie stehen meine Chancen?«

Michel schaute zur Seite. Sie verlor keine Zeit, kam direkt zur Sache. Jetzt hatte er den schwarzen Peter, und das Flehen in ihren Augen verunsicherte ihn – er konnte sich ihm nicht entziehen. Sein erster Instinkt war es, zu bluffen und ihrer Hoffnung Auftrieb zu geben, und sei es nur, um diesen flehenden Blick nicht länger auf sich zu spüren. Aber er hatte in dieser Sache schon genug Schattenspiele gespielt; er wollte sie nicht so kurz vor dem Ziel noch zum Narren halten.

»Sagen wir fifty-fifty.« Seine Stimme war ruhig und sachlich. »Ihre Beweggründe sind einleuchtend, sie könnten nicht einleuchtender sein – aber das Risiko, dem Ihr Sohn vermutlich ausgesetzt wird, ist ebenfalls sehr groß. Ich kann es nicht entscheiden; S-18 in Ottawa hat das letzte Wort.« Noch eine Wahrheit: Mundy würde entscheiden. Michel gab den schwarzen Peter nicht einfach nur weiter, um dem Mitleid erregenden Flehen in ihren Augen zu entkommen. Im Augenblick war Mundy die einzige Hoffnung, die ihr blieb.

Doch sie blickte ihn unverwandt an, streckte die Hand über den Tisch und griff sanft nach der seinen. »Aber Sie werden Ihr Bestes tun, um mir zu helfen, nicht wahr? Sie werden versuchen, sie zu überzeugen?«

Michel wünschte, sie hätte ihn nicht berührt, denn so war auch die letzte Distanz überbrückt, die ihn vor ihrem Dilemma schützen konnte. Er spürte, dass ihre Hand wie ein gefangener Vogel bebte, spürte die Hoffnungen und Sehnsüchte eines ganzen Lebens, die jetzt mit einer einzigen Berührung auf ihn übergingen.

»Ja … ja, ich werde es versuchen.« Seine Stimme zitterte ein wenig, obwohl er auch diesmal die Wahrheit sagte.

Aber er konnte nicht aussprechen, dass er sich für ihren Fall ebenso sehr in seinem eigenen wie in ihrem Interesse stark machen würde. Denn nach der langen, quälenden Gewissensprüfung, bevor er Georges' fingierte Entführung in die Wege geleitet hatte, konnte er in dieser Angelegenheit eigentlich keinerlei Zweifel oder Schuldgefühle mehr ertragen. Wenn sie ihren Sohn sehen sollte, würde nichts Schlimmes passieren. Die Dinge würden anschließend wieder so sein, wie sie waren, bevor sie Kontakt mit ihm aufgenommen hatte.

»Ich glaube, wir können sie aufspüren.«

Crowley wurde mit dieser Behauptung konfrontiert, sobald er an diesem Morgen ins Revier kam. Detective Constable Proctor, einer der mehr technisch ambitionierten Detectives aus seinem Team, übernahm wie immer die Führung, wenn die Dinge in den Cyberspace abdrifteten und die anderen in der Einsatzzentrale einen glasigen Blick bekamen.

»Wirklich?« Crowley zog seine Jacke aus, hängte sie über die Lehne seines Stuhls und bereitete sich auf einen Schwall von technologischem Fachchinesisch vor. Er hätte vielleicht mehr Begeisterung gezeigt, wenn Proctor nicht die eherne Faustregel gebrochen und ihn noch vor seinem ersten Kaffee angesprochen hätte.

Doch Proctor ließ sich nicht beirren. Crowley blinzelte zweimal mit schweren Augenlidern, gähnte aus vollem Hals und stürzte irgendwann, mit Proctors Stimme im Rücken, zur Kaffeemaschine. Es ging um den Anruf, den Elena Waldren mit einer Telefonkarte getätigt hatte. Ja, Telefonzentrale, aber die Karten waren normalerweise alle nummeriert. »Wenn wir ihnen die angerufene Nummer und den Zeitpunkt nennen, sollten sie uns sagen können, mit welcher Karte der Anruf erfolgte.« Proctor machte eine Pause und sagte dann triumphierend: »Und auch, wo die Karte gekauft wurde!«

Crowley goss sich Kaffee ein und nahm einen ersten Schluck. Der letzte Teil hatte ihn jedoch bereits hellwach gemacht. Seine Augen weiteten sich. »Bist du sicher?«

»Absolut.«

Crowley gab Proctor grünes Licht, die Sache ins Rollen zu bringen. Ein Flut von Geheimhaltungs- und Haftungsformularen wurde zwischen dem Polizeipräsidium und der Telefongesellschaft hin und her gefaxt, was bis zum Nachmittag dauerte. Gordon Waldren rief wegen der Frist seiner Frau an und fragte, ob Crowley sie verlängern könne. Seine Frau habe eine Sitzung bei einem Psychiater geplant und gehe fest davon aus, Beweise beibringen zu können, dass Ryall Lorena missbraucht hatte. »Aber genau sagen kann ich das nach meinem nächsten Kontakt mit ihr um halb neun heute Abend.«

»Ich weiß nicht.« Crowley fuhr sich durch die Haare und schaute hinüber zu Proctor. Zu jeder anderen Zeit hätte er vielleicht Ja gesagt, aber wenn sie eine vielversprechende Spur finden sollten, würde Turton sich wahrscheinlich weigern, noch länger zu warten. »Ich werde die da oben anrufen und Ihnen in ein oder zwei Stunden Bescheid geben.«

Nach nur vierzig Minuten hatte Proctor die Information, dass die verwendete Telefonkarte aus einer Charge stammte, die durch den Verteiler für Ostkanada gelaufen war.

»Ostkanada?«, fragte Crowley ungläubig. »Genauer können sie es nicht eingrenzen?«

»Nein, genauer geht es nicht. Sie liefern sie an den Verteiler, und von da an können sie nicht mehr genau verfolgen, in welche Städte die Karten gehen.«

Na großartig, dachte Crowley: Sie hatten die Suche auf ein Gebiet eingegrenzt, das fünfmal größer war als die Hälfte von Westeuropa, wo sie Elena Waldren ursprünglich vermutet hatten. Aber zumindest beschränkte es sich auf eine Bevölkerung von 14 Millionen und nicht von 200 Millionen, und die Anzahl der großen und kleinen Städte war weitaus geringer. Er rief Inspector Turton an und erklärte ihm den Stand der Dinge.

»Könnte auch nur eine Verzögerungstaktik von Gordon Waldren sein«, meinte Turton und zog die Luft ein, um seiner Überlegung Gewicht zu verleihen. »Er weiß, dass sie einen Fehler mit der Telefonkarte gemacht hat, er weiß, dass wir ihr auf der Spur sein könnten. Sie versucht, Zeit zu schinden. Aber andererseits: Wenn sie die Wahrheit sagt, will ich keine peinliche Verhaftung oder ein Ende im Kugelhagel. Also verständigen Sie die RCMP, aber machen Sie vorläufig nicht so viel Wirbel. Reden Sie gegen neun mit Waldren, direkt nachdem er mit seiner Frau gesprochen hat. Und wenn es den Anschein hat, als wolle er uns hinters Licht führen, wenden Sie sich sofort wieder an die RCMP mit dem dringenden Verdacht einer Entführung.«

»Jerry! Jerry! … Jerry!«

Als Georges ins Wohnzimmer kam, nachdem er sich in der Küche einen Kaffee geholt hatte, waren Clive und Steve aufgestanden und sahen Jerry Springer zu, wie er zusammen mit seinem Publikum zwei zottelige Blondinen anfeuerte, die versuchten, sich gegenseitig die Haare auszureißen. Chac saß auf dem Sofa und grinste. Russell war unten im Arbeitszimmer und kontrollierte die Monitore.

»Erzählt mir nicht, ihr findet diesen Scheiß gut«, sagte Georges und hob eine Augenbraue, während er seinen Kaffee trank.

»Doch, wir finden den Scheiß gut«, sagte Clive verteidigend. »Es ist eine der Shows, über die bei uns die höchsten Wetten laufen. Man weiß nie, wie oft dieser Piepton losgeht.«

Während die Show weiterlief, tauschten Clive und Steve Geld aus – Steve hielt offensichtlich auch Russells Einsatz. Clive erklärte, um etwas gegen die Langeweile zu tun, wenn sie zum Zeugenschutz abgestellt waren, hätten sie zuerst angefangen, auf Sportereignisse zu wetten: Eishockey, Football, Boxen, alles. Dann hatten sie das Ganze auf normale Fernsehsendungen ausgeweitet; *Jerry Springer* war eine ihrer ersten Sendungen gewesen.

»Inzwischen schließen wir seit über einem Jahr Wetten darauf ab, wie viele Pieptöne und Handgreiflichkeiten es pro Show gibt – wer am nächsten dran ist, gewinnt. Bis jetzt steht der Rekord bei vierundachtzig Pieptönen und zweiundzwanzig Kämpfen.«

Sie wetteten darauf, wie oft bei *Frasier* der Hund erschien oder der Bruder an der Tür klingelte, wie viele Songs bei *Ally McBeal* gespielt wurden und wie oft die Nadel des Plattenspielers ihn mit einem Kratzen plötzlich abwürgte, ob Kenny umgebracht oder der Chef in *South Park* singen würde. Dadurch erhielt ein Seifenopern-Tag plötzlich ganz neuen Schwung.

Georges schüttelte den Kopf und lächelte mitleidig; als *Friends* anfing, ging er hinaus auf die Terrasse. Die aktuelle Wette war offenbar die, wie oft Joey »Hey« sagen und ob Phoebe zu ihrer Gitarre greifen würde. Die Sonne war am Mittag stark genug, dass man in einem dicken Sweatshirt draußen sitzen konnte, aber es war noch immer kühl; Georges' Atem kräuselte sich in der Luft.

Chac kam zu ihm hinaus. »Alles in Ordnung?«

»Ich frage mich gerade, ob das alles ist, was ich für den Rest meines Lebens tun werde: zusehen, wie das Eis schmilzt, und Wetten auf die Anzahl der Obszönitäten in *Jerry Springer* abschließen.« Georges starrte wieder auf den zugefrorenen See hinaus.

»Ich weiß.« Chac zuckte die Schultern. »Aber mach dir keine Sorgen – das sind nur die ersten Monate bis zur Verhandlung. Dann ziehst du woandershin und bekommst eine neue Identität – spielst Golf in den Carolinas oder gehst angeln in den Florida Keys, mit einer Frau an deiner Seite, die aussieht wie Jennifer Lopez. Oder vielleicht kaufen sie dir wegen der Zweisprachigkeit ein neues Leben in Südfrankreich. Es wird wieder bergauf gehen.«

»Klingt gut.« Georges nickte traurig. Er vertraute Chac mehr als jedem anderen, vielleicht deshalb, weil er seit der Entführung bei ihm gewesen war. Vielleicht lag es auch nur an seiner Größe: breite Schultern und weiche Kanten, um Probleme abzufangen. »Aber weißt du, Chac, sie fehlt mir. Sie fehlt mir wahnsinnig.«

»Hast du mit Michel darüber gesprochen?«

»Ja. Aber da gibt es keine Chance. Sie werden sie zu genau beobachten, und was immer ich sage, wird in der Verhandlung vermutlich gegen uns verwendet.«

Chac setzte sich neben ihn und schaute ebenfalls hinaus auf den zugefrorenen See. Georges hatte ihm seinen Schmerz über den Verlust Simones wahrscheinlich besser erklärt, als er es Michel am Telefon hatte erklären können. Und was er sagte, ergab einen Sinn: eine Art Abschluss dieses Teils seines Lebens, bevor er ein neues Kapitel aufschlagen konnte. Aber Chac konnte von Michels Standpunkt aus auch das Risiko sehen.

»Ich will versuchen, mit ihm darüber zu sprechen, wenn er das nächste Mal anruft«, sagte Chac. »Vielleicht gibt es ja doch noch eine Möglichkeit.«

Crowleys Anruf erreichte die RCMP-Zentrale in Ottawa um genau 11.08 Uhr Ortszeit.

»Nein, ich fürchte, wir können es nicht genauer eingrenzen.« Und, nein, sie war nicht bewaffnet oder gefährlich. »Eigentlich kennen sie sich recht gut, also ist das Mädchen nicht unmittelbar in Gefahr. Aber wir müssen dringend Kontakt mit ihnen aufnehmen und dafür sorgen, dass die Kleine wieder zu ihren Eltern gebracht wird.«

Innerhalb einer Stunde war die Fahndung gespeichert und ins Netz gestellt, sodass alle Polizeistationen in Ostkanada, darunter auch die am Dorchester Boulevard, die Nachricht erhielten. Michel Chenouda hatte Elena Waldren jedoch bereits über eine Stunde zuvor überprüfen lassen.

Dann, um 12.52 Uhr Ortszeit, erhielt Ottawa einen weiteren Anruf von Crowley.

»Wir haben es eingegrenzt! Sie sind nach Toronto geflogen.«

»Sind Sie wirklich sicher? Bevor ich diese Änderung eingebe ...«

»Ja, ja ... absolut. Wir haben gerade die Bestätigung der Fluggesellschaft erhalten.«

»Okay.« Er drückte ein paar Tasten, und schon war die Fahndung exklusiv für die Polizei in Toronto und Ontario abgeändert. Die Nachricht hatte weniger als zwei Stunden im Netz von Quebec gestanden, bevor sie wie ein leuchtender Punkt auf dem Radarschirm verschwand.

Als er den Hörer auflegte, platzte Crowley fast vor überschüssiger Energie und Adrenalin. Sie hatten endlich den Flug ausfindig gemacht, ein Charterflug von Brüssel nach Toronto und Edmonton; sie hatte bis nach Edmonton gebucht und war dann im letzten Moment umgestiegen.

Zwei Tage lang nichts, und dann kam plötzlich alles zusammen; in der Einsatzzentrale herrschte wieder Hektik. So lief es häufig.

Das Revier wirkte wie eine Leichenhalle.

Noch vor wenigen Sekunden hatte lautes, geschäftiges Treiben geherrscht, aber jedes Mal, wenn Michel Chenouda hereinkam, verstummte alles. Dies war die Rache dafür, dass sie seinetwegen von der S-18 verdächtigt wurden. Michel hätte am liebsten Einzelne von ihnen direkt angesprochen und ihnen gesagt: »Ich glaube nicht, dass du es bist, oder du. Komm schon, wir arbeiten schon jahrelang zusammen. Ich zeige nicht mit dem Finger auf dich; bei anderen bin ich mir allerdings nicht so sicher.« Und dann würden diese anderen ihn ausdruckslos anstarren. Chac und Maury Legault wurden genauso behandelt wie er, denn sie waren die Einzigen, die er ins Vertrauen gezogen hatte. Jemandem musste er ja vertrauen, und sie waren seine ältesten Partner. Aber niemand hatte eine Vorstellung davon, *wie sehr* er ihnen vertraute, dass sie sein Geheimnis von Donatiens Entführung teilten.

Maury hatte während der Vernehmung von Elena Waldren Notizen gemacht, und wie zu erwarten waren in der Einsatzzentrale alle verstummt, als sie danach wieder den Raum betraten. Chac hatte gemeint, mit der ständigen Bewachung von Donatien hätte er den miesesten Job erwischt. Doch im Gegensatz zu Michel und Maury hatte er keine Kinder, keine gescheiterte Ehe, die er nach dem Ende des Falls wieder zu kitten versuchen musste. Eigentlich war Chac mit seiner Aufgabe besser dran, dachte Michel – *seine* Isolation war zumindest echt und greifbar. Diese ungewollte Isolation aber, umgeben von Menschen, die man so gut kannte, von denen man sich aber nun entfremdet und geschnitten fühlte, ließ sich in gewisser Weise wesentlich schwerer ertragen.

Er fühlte sich schuldig, weil er Chac und Maury in sein kleines Komplott hineingezogen und sie ebenfalls diesem eisigen Wind ausgesetzt hatte, der zwischen den Abteilungen herrschte. Er brauchte ihre Hilfe, aber er brauchte sie auch als eine Art Testgruppe, um sich selbst davon zu überzeugen, dass er das Richtige tat: »Wenn wir uns nicht um Donatien kümmern, lässt Roman ihn garantiert verschwinden. Wir nehmen nur das vorweg, was Roman in ein paar Tagen mit ihm machen würde. Und gleichzeitig haben wir unseren Zeugen.« Chac und Maury hatten zuerst starke Zweifel geäußert und sich beunruhigt gezeigt, weil sie glaubten, ihre Karriere aufs Spiel zu setzen. Michel beeilte sich jedoch, das entscheidende Argument vorzubringen: »Was wäre die Alternative? Wir wissen, dass er sterben soll – und trotzdem sitzen wir einfach da und lassen es geschehen?«

Er wollte ihren ehrlich gemeinten Rat und Einsatz – doch am Ende hatte er sie schamlos in die Enge getrieben und ihnen kaum eine andere Wahl gelassen: Wie konnten sie ihre kostbare Karriere über das Leben eines Menschen stellen? Die Kehrseite der Medaille, kaum dass die Schlacht begonnen hatte, ließ ihr Handeln plötzlich edel erscheinen. Sie hatten ihren Hals riskiert, um den von Donatien zu retten. Michel klammerte sich daran und wiederholte diese Rechtfertigung jedes Mal, wenn ihn die Schuldgefühle wieder überkamen.

Im Grunde wollte er sich nicht eingestehen, dass seine Besessenheit von den Lacailles dazu geführt haben könnte, dass er einen Schritt zu weit gegangen war. Er hatte die ganze Zeit gewusst, dass er Chac und Maury unter Druck setzen müsste, weil er es ohne sie nicht schaffen würde. Er wollte mehr als nur ein Kopfnicken zur Bestätigung, dass er das Richtige tat. Chac hatte ihm sogar geholfen, zwei Entführer auszusuchen und alles in die Wege zu leiten. Dann hatte er Chac und Maury zu Donatiens Bewachung abgestellt und den Entführern gerade genügend Spielraum gelassen, sich aus dem Staub zu machen – bis zum letzten Moment. Jedes Detail war minutiös geplant und zeitlich abgestimmt worden.

Und jetzt saß Maury neben ihm in einem kleinen Büro am Dorchester Boulevard, während Chac und Georges sich am anderen Ende der Leitung in dem sicheren Haus befanden. Russell hatte das Chiffriergerät angeschlossen und kurz auf einen Monitor geschaut, um sich davon zu überzeugen, dass das Signal sich bewegte und die Leitung sauber war, bevor er sie damit allein ließ. Ihr kleiner konspirativer Kreis war wieder einmal vollständig.

Chac sprach nur kurz und sagte, er wolle noch einmal mit Michel reden, wenn er fertig sei. Dann gab er Georges den Hörer.

Michel schluckte. Das würde nicht einfach werden.

Georges war zuerst skeptisch gewesen. Es konnte einfach nicht stimmen. Seine leibliche Mutter, Maria Stephanou, war bei einem Autounfall ums Leben gekommen, als er drei Jahre alt war.

Und sein Vater hatte nicht das Rückgrat gehabt, ihn allein großzuziehen.

»*Deshalb* bin ich in einem Waisenhaus gelandet. Und deshalb habe ich mir seitdem nie die Mühe gemacht, ihn zu sehen oder versucht, Kontakt mit ihm aufzunehmen.«

»Es tut mir Leid, Georges. Ich habe ihre Papiere gesehen und ihre Geschichte gehört. Und ich glaube, sie sagt die Wahrheit.« Michel berichtete alles so, wie es ihm präsentiert worden war: frühe Schwangerschaft, dominanter Vater, die gerichtliche Verfügung, die Geburtsbescheinigung desselben Arztes, der auch die Stephanous vermittelt hatte. Er wollte nichts zurückhalten und sprach daher ganz offen, fast sachlich, um über die emotionale Tragweite des Themas hinwegzutäuschen.

Alles wäre so viel einfacher gewesen, wenn Donatien gesagt hätte: »Ich will sie nicht sehen.« Damit hätte er alle Schuldgefühle und die schwierigen Entscheidungen, die noch anstanden, fortgespült. Und es wäre einfach gewesen, ein wenig nachzuhelfen, um diese Antwort zu bekommen. Aber Michel hatte schon genug Schuld auf sich geladen, indem er die Ereignisse beeinflusst und für seine Zwecke manipuliert hatte. Es war ohnehin zweifelhaft, ob Donatien seine leibliche Mutter jemals sehen würde; er wollte nicht auch noch dafür verantwortlich sein, ihr den endgültigen Schlag versetzt zu haben, nur um zusätzliche Komplikationen zu vermeiden. Damit würde er einen Schritt zu weit gehen. Jetzt musste er mit offenen Karten spielen.

Georges war noch immer misstrauisch und sprach vieles an, worüber Michel sich in den letzten zwei Stunden das Hirn zermartert hatte. War das Ganze nicht einfach ein Trick von Roman? Nein, daran hatte Michel auch als Erstes gedacht, aber es konnte unmöglich eine Verbindung geben, denn ihre Suche hatte zehn Tage vor Georges' Entführung begonnen. Warum hatte sie dann bis jetzt gewartet, mit ihm Kontakt aufzunehmen? Daraufhin erzählte Michel ihm den Rest der Geschichte: wie sie sich von ihrem Vater gelöst und versucht hatte, das Ganze aus ihrem Gedächtnis zu löschen, ihre Arbeit mit Waisenkindern, um ihre Schuld wieder gutzumachen.

»... und sie hat sich immer wieder gesagt, dass Sie bestimmt irgendwo eine gute Familie gefunden hätten. Bis sie plötzlich erleben musste, dass eines der Kinder es mit seiner Familie nicht so gut getroffen hatte.«

Georges sträubte sich lange; es dauerte fast eine halbe Stunde, bis seine Wut und seine Ablehnung langsam nachließen und er ruhiger wurde. Zu ruhig, nach dem Ausbruch am Anfang, bedrückt und verlegen. Michel konnte spüren, wie noch immer Hunderte von Fragen in ihm arbeiteten. Aber mehr konnte man von Georges im Augenblick wohl nicht erwarten, bis er die Neuigkeiten verdaut hatte.

Am Schluss fragte ihn Georges plötzlich aufgebracht: »Was würden Sie denn an meiner Stelle tun?«

»Nun, ich weiß nicht. Ich glaube, ich ...«

Georges schnitt ihm das Wort ab. »Oh, das hatte ich vergessen. Sie können sich unmöglich vorstellen, in welcher Lage ich bin oder wie ich mich fühle. Abgeschnitten von allen, die ich kenne und liebe, und jetzt noch das.« Er lachte leise und zynisch. »Sind Sie wirklich sicher, dass das nicht eines von Romans abartigen Spielchen ist?«

»Ja, ich bin ganz sicher. Wie gesagt, wir haben es gründlich überprüft.« Und um sich zu verteidigen, fügte er eine Sekunde später hinzu, Georges habe nicht das Exklusivrecht auf Einsamkeit. »Weil ich mir fast ein Bein ausgerissen habe, die S-18 einzuschalten, haben sich eine Menge Leute hier von mir abgewandt. Ich könnte ebenso gut ...« Dann unterbrach er sich. Seine Situation war nichts im Vergleich zu der von Georges. Die genaueste Vorstellung davon, wie Georges sich fühlen musste, hatte er durch seine eigene familiäre Situation bekommen, bevor er seiner Frau von Toronto nach Montreal gefolgt war, weil er es nicht ertragen konnte, von den Kindern getrennt zu sein. Nachdem sie gegangen waren, hatte es sich angefühlt wie ein Stich ins Herz, der Monat für Monat tiefer ging; die zehn Monate, bis er endlich versetzt wurde und nachkommen konnte, waren die schlimmsten seines Lebens gewesen. Da man ihm jetzt im Revier die kalte Schulter zeigte, konnte er sich mehr seiner Familie widmen und hatte sogar ein paar Tage Urlaub mit Benjamin und Angelle arrangiert; immerhin hatte ihn der Fall zuvor so in Anspruch genommen, dass sie oft zu kurz gekommen waren. Die Ablehnung der Arbeitskollegen war eine Sache – unangenehm und nervenaufreibend –, aber die Trennung von der Familie war etwas wesentlich Tiefgreifenderes. Er holte tief Luft. »Sie können diese Entscheidung vielleicht nicht sofort treffen. Aber sie ist den ganzen Weg von England hierher gekommen und kann nicht ewig im Ungewissen gelassen werden – also habe ich ihr versprochen, dass ich ihr innerhalb von vierundzwanzig Stunden eine Entscheidung zukommen lasse. Wenn Sie jetzt noch nicht bereit sind, ist das okay. Wir werden ihr einfach sagen, ob und wann Sie bereit sein werden – in drei Monaten, in sechs, wann auch immer; dann können wir jederzeit wieder mit ihr in Kontakt treten.«

Georges seufzte unbeeindruckt. »Was soll das? Selbst wenn ich mich entscheide, sie zu sehen, ist es vermutlich genau das Gleiche wie mit Simone: Es gibt keine Chance mehr.«

»Ich weiß es nicht, ich bin hier nur der Überbringer der Botschaft. Ich habe weitergegeben, was sie gesagt hat – und wenn Sie sich entschließen, sie zu treffen, werde ich das an die S-18 weiterleiten. Letztendlich müssen die entscheiden. Aber einen Vorteil hat sie gegenüber Simone: Sie steht nicht zuvorderst im Visier von Roman und Jean-Paul. Sie ist neu in der Szene – sie wissen gar nichts von ihr.«

Michel war zufrieden damit, wie er die Sache erledigt hatte: keine Tricks, keine Beeinflussung. Wenn Georges sich entschließen sollte, sie nicht zu treffen, konnte man ihm unmöglich einen Vorwurf machen. Aber als er hörte, was Chac zu sagen hatte, der den Hörer übernahm – und einen Augenblick schwieg, bis Georges das Zimmer verlassen hatte –, fragte sich Michel, ob er nicht doch besser versucht hätte, ihn zu beeinflussen, ihn dorthin zu bringen, wo er ihn haben wollte. Nichts hatte sich geändert: Jedes Mal, wenn er fürchtete, die Lacailles könnten ihm entwischen, schlug er alles andere in den Wind.

32

»Du bist ganz entspannt … und schläfst immer tiefer und tiefer …«

Elena saß in dem kleinen Nebenraum und hörte zu; sie hielt den Atem an, als Lowndes Lorena durch die letzte Phase leitete. Dies war die Feuerprobe, die zeigen würde, ob Lorena von Ryall hypnotisiert worden war; schließlich war nicht jeder dafür empfänglich.

»Aber du hörst noch immer meine Stimme. Du kannst meinen Anweisungen folgen und tun, was ich dir sage. Tiefer … tiefer …« Ein paar Sekunden Stille, in denen nur das Geräusch von Lorenas Atem zu hören war. »Du schläfst jetzt ganz tief. Aber kannst du meine Stimme noch hören, Lorena?«

Keine Antwort von Lorena. Elena stellte sich aber vor, sie habe genickt, weil Lowndes sofort sagte: »Gut. Gut.«

Nach einer längeren Pause hörte sie: »Wir wollen jetzt zu einem der Abende zurückkehren, als Mr Ryall an dein Bett gekommen ist – egal, welcher Abend. Hat er irgendwann das getan, was ich jetzt tue, dich in einen tiefen Schlaf versetzt?«

»Ich … ich weiß nicht. Ich kann mich nicht erinnern.«

»Du kannst dich nicht erinnern?«, fragte Lowndes ungläubig. »Aber du erinnerst dich doch sicher genau an etwas Ähnliches, Lorena. Oder hat dir Mr Ryall gesagt, du sollst dich nicht erinnern?«

»Ich weiß nicht …, ich kann es nicht sagen.« Lorena war aufgewühlt, atmete schnell und unregelmäßig.

»Du kannst es nicht sagen? Ich glaube eher, du willst es nicht sagen.« Dieses Mal war es eine Behauptung; Lowndes beschloss, bei der Befragung eine andere Richtung einzuschlagen. »Das letzte Mal, als wir uns unterhalten haben, hast du erwähnt, Mr Ryall habe Zahlen genannt – sieben … acht. War das, als er dich in den Schlaf gezählt oder als er dich wieder wachgezählt hat?«

Wieder Stille, aber Lorenas Antwort zeigte sich daran, dass

sie jetzt noch schwerer atmete. Sie fühlte sich gefangen – ein Teil von ihr wollte Ja sagen, ein anderer Teil wurde noch immer von Ryall beherrscht.

Sieben ... acht. Lorenas Erinnerung an das Zählen hatte Elena den ersten Hinweis gegeben. Dann hatte Gordons Privatdetektiv erwähnt, dass Ryall Kindern Zaubertricks vorführte. Aus einem der Zeitungsausschnitte, die er an Gordon gefaxt hatte, ging hervor, dass er dabei auch die Eltern hypnotisierte und sie alle möglichen dummen Sachen anstellen ließ. Zweifellos ein großer Spaß für die Kinder, aber nicht so lustig, wenn es gegen sie verwendet wurde, dachte Elena verbittert.

»Es ist alles in Ordnung, Lorena, wir sind deine Freunde«, beruhigte Lowndes sie und versuchte, sie aus der Sackgasse zu holen, ihr die Unsicherheit zu nehmen. »Du darfst es uns ruhig erzählen. Mr Ryall hat nur gesagt, dass du es keinem sagen sollst, nachdem er dich wieder wachgezählt hat, nicht wahr?«

Keine Antwort. Ein heftiges Schlucken, dann kehrte wieder das schnelle Atmen Lorenas zurück.

»Wir sind bei dir – er hat dich noch nicht wieder wachgezählt. Es ist in Ordnung ...«

Ein weiteres Schlucken und dann: »Ganz bestimmt?«

Lowndes ergriff die Gelegenheit. »Ja, ganz bestimmt. Wir sind deine Freunde ... Mr Ryall würde *wollen,* dass du es uns erzählst. Wir sind genauso bei dir wie er, und wir warten auf sein Zählen ...«

Erneut Stille, erneut Lorenas ungleichmäßiger Atem, erneut ihre Unsicherheit. Elena hatte die Hände erwartungsvoll ineinander verschränkt. Lowndes hatte erwähnt, dass Ryall wahrscheinlich eine Art Schutzformel eingebaut hatte; das würde die nächste Phase des Durchbruchs sein.

»Er *will,* dass du es uns erzählst, Lorena«, wiederholte Lowndes. Nach einer kurzen Pause: »Also lass uns dort hingehen, als dein Stiefvater dich schon in einen tiefen Schlaf versetzt hatte, so wie jetzt.« Lowndes hatte offensichtlich beschlossen, die Initiative zu ergreifen und sie aus der Sackgasse herauszuführen. Vielleicht spürte er aber auch, dass Lorena unsicher war, weil sie nicht wusste, wo sie mit ihrer Geschichte anfangen sollte. Er musste sie dabei führen. »Was geschah dann?«

Wieder Schweigen von Lorena. Elena zählte die Schläge, indem sie mit einem Finger auf den Tisch klopfte. Eins. Zwei. Drei. Fast im Takt mit Lorenas Atemzügen.

»Er hat dir schon über die Stirn gestrichen ..., hat dir gesagt, dass alles in Ordnung ist. Ist es das, was er dann tut – dir über die Stirn streichen?«

Fünf. Sechs. Schließlich zögerlich: »Ja, er ... streichelt mich, aber jetzt streichelt er sanft meine Wange und sagt, alles ist in Ordnung, in Ordnung ... wir sind jetzt ganz allein. Niemand ist da, der uns stören könnte.«

Lowndes atmete erleichtert aus. Er hatte Elena gesagt, er befürchte, die Schutzformel könne recht komplex sein, ein ungewöhnliches Wort, das wiederholt werden musste. Dann konnte es Stunden dauern, es herauszufinden. Aber auch diese Methode hatte Nachteile, denn die hypnotisierte Person konnte im Alltag zufällig auf das Wort oder das, was sie dafür hielt, stoßen und plötzlich anfangen zu reden. Lowndes hoffte, dass Ryall einfach eine Formel wie »zu keinem ein Wort, sobald du wach bist« eingebaut hatte.

Wieder Schweigen. »Das ist *deine* Geschichte, Lorena – also musst du uns führen und uns sagen, was als Nächstes passiert.«

Elena spürte Lowndes' Abneigung, weiter in sie zu dringen. Er hatte von Anfang an starke Vorbehalte dagegen gehabt, Lorena zu hypnotisieren; Hypnose sei überholt, und er wende sie kaum noch an, aber sie werde auch als äußerst suggestiv angesehen. Man könne sehr leicht behaupten, bei ihrer Erinnerung liege das so genannte False-Memory-Syndrom vor, besonders, wenn herauskäme, dass er sie auf irgendeine Art beeinflusst hatte.

Nach einer Sekunde dann: »Er ... er streichelt mich weiter. Meinen Hals, meine Schultern ... dann tiefer ...« Lorena schluckte.

»Wo hat er dich dann berührt?« Mehr wagte Lowndes nicht zu fragen.

Eine weitere lange Pause. »An … an meiner Brust.« Dann, als sei ihr peinlich, was sie gerade gesagt hatte, fuhr sie schnell fort: »Und die ganze Zeit sagt er, es ist in Ordnung. Es ist unser kleines Geheimnis. Niemand wird jemals etwas davon erfahren.«

Elena schloss die Augen und fühlte, wie sie zurück in die Dunkelheit der tiefen, engen Schlucht gezogen wurde. Ryall hatte sie vermutlich vom ersten Tag an belästigt, schon, als sie Elena zum ersten Mal besucht hatte, an dem Tag, als sie zusammen in die Schlucht hinabgestiegen waren. Und währenddessen hatte Ryall sie jede Nacht in seine eigene Dunkelheit hineingezogen. Direkt aus der Hölle der Abwasserkanäle und der Waisenhäuser in Ryalls persönliches magisches Höllenloch.

Elena überlief ein Schauer. Sie konnte es kaum ertragen, als Lowndes Lorena durch den Rest der Geschichte trieb: Ryalls Hand, die tiefer und tiefer hinabglitt, bis sie zwischen ihren Beinen war. Ryall, der triumphierte und ihr sagte, es sei in Ordnung, es zu genießen und erregt zu sein. Es sei ihr gemeinsames Geheimnis, das dürfe sie nicht vergessen. Sie dürfe es keinem erzählen.

Es war ein schwerer Weg für Lorena. Sie hielt mehrmals inne, atmete mühsam, und ihre Stimme überschlug sich fast. Für Lowndes war es ebenso schwierig. Er seufzte mehrmals; es war offensichtlich, dass er alles andere lieber getan hätte, als sie diese Erinnerungen noch einmal durchleben zu lassen. Seine Verlegenheit, seine Frustration – weil er nicht in der Lage war, sie direkt aufzufordern – waren zeitweise deutlich spürbar. Elena fühlte, dass er eine Hand ausstrecken und Lorena durch die schwierigen Stellen führen, ihr helfen wollte, die Worte und Beschreibungen auszusprechen, von denen sie geglaubt hatte, sie niemals aussprechen zu müssen.

Die ganze Zeit über hatte Elena Zweifel gehegt, manchmal mehr, manchmal weniger, aber fast immer waren Vorbehalte geblieben. Auch Lowndes hatte noch vor achtundvierzig Stunden an Lorena gezweifelt, und wieder war sie ins Wanken geraten. Jetzt spürte sie nur Wut, Frustration und das Verlangen, Lorena einfach fest in den Arm zu nehmen und ihr noch einmal zu sagen, dass es ihr unendlich Leid tat, ihr jemals misstraut zu haben. Und sie wollte ihr sagen, dass jetzt wirklich alles in Ordnung und sie endlich in Sicherheit war. Elena stellte sich plötzlich vor, wie sie vor Ryalls Tür stand, noch bevor die Polizei kam, um ihm persönlich mitzuteilen, dass Lorena *nie mehr* zurückkommen würde. Dann würde sie zu einem Schlag ausholen, mitten hinein in sein überraschtes Gesicht ... Elena wurde aus ihren Gedanken gerissen, als Lowndes' Befragung eine neue Wendung nahm.

»Meinst du nicht *Eileen,* die Sozialarbeiterin? Sie ist diejenige, an die du dich um Hilfe gewandt hast.«

»Nein, Elena – das ist ihr Name. Sie habe ich angerufen. Sie sprach mit jemand anderem, einer örtlichen Sozialarbeiterin, bevor sie mich fortbrachte.«

O nein! Elenas Herz setzte fast aus. Sie hätte damit rechnen müssen; bei der Hypnose war es darum gegangen, vergrabene Geheimnisse freizulegen, die Wahrheit ans Licht zu bringen. Aber das traf natürlich auf Geheimnisse an *allen* Fronten zu. Sie wäre fast hineingerannt und hätte geschrien: *»Halt. Halt! Wir haben doch schon, was wir wollten.«* Aber es war zu spät; Lowndes hatte den Faden bereits aufgegriffen.

»Dich fortgebracht?« Er versuchte, beiläufig zu klingen und seine Verwunderung zu verbergen.

»Ja. Sie hat mich aus England und von Mr Ryall fortgebracht. Sie ist mit mir hier.«

»Wie? Hier, nebenan im Zimmer? Wartet sie da auf dich?«

»Ja«, antwortete Lorena in fragendem Ton, überrascht, dass er es nicht wusste.

Elenas Herz klopfte heftig, und ihr Mund war trocken, als Lowndes die Sitzung beendete. Sie wartete noch immer im Nebenzimmer, als sei sie ein Schulkind, das etwas ausgefressen hatte und sich jetzt im Wandschrank versteckte, in der Hoffnung, der Lehrer werde sie nicht finden.

Dann stand Lowndes in der Tür. »Ich glaube, wir müssen uns unterhalten.«

»Ja, das glaube ich auch.«

Zwei Stunden nachdem er das Telefongespräch mit Georges und Chac beendet hatte beschloss Michel, Mundy anzurufen.

In der Zwischenzeit war er zwischen seinem Büro und dem Wachraum hin und her gegangen und hatte in Gedanken alle Möglichkeiten durchgespielt. Einen Vorteil hatte es, außen vor zu sein: Niemand störte einen bei seinen Gedanken.

Konnte Chac mit seiner Interpretation der Situation richtig liegen? Sofort nach dem Telefonat war Michel alle Möglichkeiten durchgegangen und hatte plötzlich das Bedürfnis gehabt, einzugreifen, die Dinge so zu beeinflussen, wie er sie haben wollte. Nach einer knappen halben Stunde kam ihm eine mögliche Trumpfkarte in den Sinn; wenn Donatien allerdings sagte, er wolle seine Mutter nicht sehen, würde er nicht die Gelegenheit haben, die Karte auszuspielen. Dann hätte er nicht einmal einen Grund, Mundy anzurufen, und sie mussten alle in der Achterbahn sitzen bleiben und abwarten, ob sie aus den Schienen geriet.

Bei allem, was sie riskiert hatten, war dies für Michel ein inakzeptables letztes Kapitel. Er konnte unmöglich irgendetwas dem Zufall überlassen – also hatte er noch vor Georges' Anruf beschlossen, sofort mit Mundy zu sprechen.

Mundy hörte geduldig zu, als Michel ihn über die letzten Entwicklungen ins Bild setzte. Nachdem Michel geendet hatte, seufzte er tief. »Überzeugender Fall. Könnte nicht überzeugender sein. Aber Sie kennen die Regeln bei dieser Art von Programm. Absolut *kein* Kontakt nach draußen.«

»Ich dachte, angesichts der emotionalen Anspannung und der Tatsache, dass dieser Fall so ungewöhnlich ist, könnte man vielleicht eine Ausnahme machen. Wir könnten ein Auge zudrücken.«

»Nichts könnte schmerzhafter sein, als nicht bei der Beerdigung eines geliebten Menschen dabei zu sein – aber wir lassen sie nie gehen. Da war zum Beispiel der Fall Pepe Aquilana vor ein paar Jahren. Seine Mutter starb, während er in dem Programm war. Und glauben Sie mir, er liebte seine Mutter, er vergötterte sie – und sie war sein ganzes Leben in seiner Nähe gewesen. Trotzdem konnten wir ihn nicht gehen lassen.«

»Ich weiß.« Michel hatte diese Antwort halb erwartet und seine Strategie vorbereitet. »Das liegt aber doch vor allem daran, dass Friedhöfe der erste Ort sind, an dem sie suchen. Sie gehen davon aus, dass die Person an der Beerdigung eines geliebten Menschen teilnimmt, und warten dort. Deshalb wollt ihr sie nicht dorthin gehen lassen. Dieser Fall liegt aber anders – sie ist gerade erst auf der Bildfläche erschienen, niemand hatte auch nur eine Ahnung von ihr; bis gestern nicht einmal Georges oder die Donatiens und erst recht nicht die Lacailles. Sie könnte ihn sehen, ohne dass sie das Geringste davon erfahren.«

»Ich weiß nicht. Ich weiß nicht«, sagte Mundy mehr zu sich selbst. Dann nach einer Sekunde: »Kein Zweifel, dass Georges Donatien sie sehen will?«

Michel spürte, dass Mundy ins Schwanken geriet; er musste nur noch ein klein wenig nachhelfen. »Aus unserem Gespräch heute zu schließen, denke ich schon, dass er sie sehen will. Er wird mir später Bescheid geben.«

»Warum warten wir dann nicht einfach darauf? Er könnte doch auch Nein sagen und sie vielleicht gar nicht sehen wollen.«

»Ich … ich wollte mich zuerst vergewissern, wie die S-18 dazu steht.« Michel wirkte absichtlich zögerlich. »Ich wollte ihm keine Hoffnung machen, nur um ihn dann zu enttäuschen. Die Hoffnung, seine Verlobte zu sehen, musste er ja bereits aufgeben. Und … also, dort haben wir noch ein Problem.«

»Und das wäre?«

Jetzt hatte er Mundy da, wo er ihn haben wollte – in der Ringecke und bereit zum K. o. »Ich fürchte, Donatien steht das Programm nicht durch. Es läuft erst drei Tage, und schon jetzt vermisst er seine Verlobte wie verrückt. Es macht ihm sehr zu schaffen, dass er nicht mehr mit ihr sprechen konnte.«

»Entzugserscheinungen – das passiert oft. In ein oder zwei Wochen wird er darüber hinweg sein.«

»Das glaube ich nicht. Dass er mit ihr sprechen will, hängt

auch mit einer Art Schuldkomplex zusammen – wegen dem, was er getan hat. Er will ihr unbedingt erklären, dass er ihren Vater nicht betrogen hat, sondern dass es nur um Roman geht und ums eigene Überleben. Er sagt, ihr Vater sei gut zu ihm gewesen, und er möchte nicht, dass es so aussieht, als habe er sie und ihren Vater im Stich gelassen oder betrogen. Und außerdem will er ihr sagen, dass er sie immer noch liebt. Vielleicht sieht er darin eine letzte edle Geste: ›Ich liebe dich noch immer, aber sieh, was ich dafür aufgebe.‹ Ich glaube, wenn er nicht Gelegenheit bekommt, ihr das zu sagen, leidet er unter noch stärkeren Schuldgefühlen. Dann haben wir das Problem, von dem ich sprach – er wird nicht durchhalten.« Michels Stimme klang düster, als er diese letzten Worte aussprach. Die Darstellung der Situation stammte zum Teil aus dem Telefonat mit Chac, aber zum Teil hatte er sie auch noch dramatisiert und ausgeschmückt – hoffentlich tat sie ihre Wirkung. Nur vierundzwanzig Stunden hatte er sich zurückgehalten, jetzt beeinflusste er den Lauf der Dinge wieder. Schlagartig hatte ihn wieder die Angst befallen, die Lacailles ungeschoren davonkommen lassen zu müssen.

»Was empfehlen Sie also?«

»Ich glaube, es gibt eine Möglichkeit, dieses Auftauchen seiner leiblichen Mutter zu unserem Vorteil zu nutzen. Wir könnten zwei Fliegen mit einer Klappe schlagen.« Michel erklärte, was er sich vorstellte, und Mundy schwieg die meiste Zeit, stimmte lediglich einigen Details zu. Zum Schluss sagte er erneut: »Ich weiß nicht«, aber Michel spürte, dass Mundy sich mit der Idee anfreundete und seine anfänglichen Vorbehalte langsam vergaß. Zu achtzig Prozent hatte er ihn so weit.

»Melden Sie sich, sobald Sie von Donatien wissen, ob er seine Mutter sehen will oder nicht.« Mundy stieß einen Seufzer aus, der sich anhörte wie ein Reifen, aus dem die Luft entwich. »Dann werde ich Ihnen meine Entscheidung mitteilen.«

Bis auf die wenigen Male, die Lowndes zu Boden blickte und den Kopf schüttelte, ließ er Elena nicht aus den Augen, während sie die ganze traurige Geschichte der letzten Wochen erzählte.

»Sie meinen, die Polizei sucht Sie – jetzt, in diesem Augenblick?«

»Ja. Seit wir England verlassen haben.«

»Du meine Güte.« Lowndes raufte sich die Haare. »Was für ein Schlamassel.«

»Es tut mir Leid.« Als ihr klar wurde, dass sie die ganze Last der Probleme plötzlich Lowndes aufgebürdet hatte, verspürte sie das Bedürfnis, sich zu entschuldigen. »Aber ich habe einfach keine andere Lösung gesehen. Wenn ich nicht behauptet hätte, ich sei Lorenas Mutter, hätten Sie sie vermutlich nicht als Klientin angenommen. Ihre Mutter war die Einzige, der Sie Glauben geschenkt hätten.«

»Stimmt.« Lowndes schaute sie ruhig an. »Wenigstens das stimmt.«

Elena schaute für eine Sekunde verlegen zur Seite und deutete dann auf die Behandlungscouch. »Wie sich herausstellte, habe ich das Richtige getan. Es war gerechtfertigt.«

»Tja, gerechtfertigt.« Lowndes lachte nervös in sich hinein. Schon bald jedoch war er wieder bei der Sache und versuchte, seine Gedanken zu ordnen. Dann hielt er plötzlich inne und schaute sie wieder an. »Hören Sie, was ich da gerade gehört habe, haben Sie mir nie erzählt. Ist das klar? Sonst würde es nämlich so aussehen, als sei ich Ihr Komplize gewesen.«

Elena hob fragend die Brauen. »Ich verstehe nicht, warum das jetzt noch eine Rolle spielen soll. Ich muss die Polizei ohnehin verständigen, ihr Lorena übergeben und ihnen alles über Ryall erzählen. Da meine Gründe, sie hierher zu bringen, berechtigt waren, glaube ich nicht, dass sie der Sache nachgehen werden. Und Ryall ist bestimmt nicht in der Position, Anzeige zu erstatten.«

»Stimmt. Aber … aber das ist jetzt nicht das Hauptproblem – nun geht es um die Schwierigkeit, die ich ursprünglich befürchtet habe: das False-Memory-Syndrom.«

»Was für eine Schwierigkeit?« Als Lowndes zögerte und sein

Blick plötzlich dem ihren auswich, erkannte Elena die ersten Warnsignale – es musste sich um ein wirklich ernstes Problem handeln. Lowndes fuhr sich noch einmal durch die Haare und stützte dann die Ellbogen auf seine Knie, um es ihr zu erklären.

Er hatte das False-Memory-Syndrom zu Beginn seiner Sitzungen mit Lorena erwähnt, besonders vor der letzten, bei der er sie hypnotisiert hatte.

»Ich betone es deshalb noch einmal, weil Hypnose als sehr anfällig für Suggestionen gilt. Deshalb habe ich gezögert, sie anzuwenden, besonders in einem Fall von möglichem Kindesmissbrauch. Aber wie Sie schon sagten: Es war wahrscheinlich der einzige Weg, Lorena alles zu entlocken. Und was das betrifft, hatten Sie Recht. Wir hatten Erfolg damit, und wir haben jedes Recht, uns über diesen Erfolg zu freuen.«

Lowndes machte eine Pause und atmete tief ein. »Aber leider könnte es sich nur allzu leicht als ein Pyrrhussieg erweisen.« Lowndes erzählte ihr von einem Fall, den ein Kollege von ihm vor ein paar Jahren erlebt hatte. Ein ähnlicher Verdacht auf Kindesmissbrauch, bei dem die Hauptbeweise auf der Couch eines Psychiaters erbracht worden waren. Der Vater schrie »False-Memory-Syndrom«, sagte, der Psychiater habe dem Kind alles nur suggeriert, und wurde freigesprochen. »In den letzten fünf Jahren gab es hier mindestens ein halbes Dutzend ähnlicher Fälle, und bei allen wurde nur eine konventionelle Therapie angewandt. Bei der Hypnose wird eine mögliche Suggestion ohnehin als ein starker Faktor betrachtet – einer der Gründe, warum sie inzwischen überholt ist –, und die Wahrscheinlichkeit, dass man in solchen Fällen das False-Memory-Syndrom unterstellt, erhöht sich dadurch noch. Es hängt davon ab, wie gewieft der Stiefvater, dieser Mr Ryall, ist.«

»Er ist ein ziemlich einflussreicher Geschäftsmann«, sagte Elena abwesend. Vermutlich wirkte sie, als habe sie aufgegeben, sie fühlte sich tatsächlich aber nur wie benommen. Sie versuchte noch immer zu verstehen, was Lowndes sagte, konnte aber keinen klaren Gedanken fassen. Dann erinnerte sie sich an die Adoptionsunterlagen: »Oh, und er war vorher Rechtsanwalt.«

»Ach.« Dieser Ausruf war wie ein Schuss aus einer Pistole, der im Raum widerhallte: *keine Chance, keine Chance, keine Chance.*

Es herrschte Stille. Als die Aussicht, gegen Ryall nichts ausrichten zu können, sich wie ein grauer Schleier über das legte, was wenige Augenblicke zuvor noch ein Hoffnungsstrahl gewesen war, wurde Elena plötzlich klar, dass Ryall diese letzte Möglichkeit vermutlich von Anfang an einkalkuliert hatte. Die Chancen, dass sein Geheimnis entdeckt werden konnte, waren zwar äußerst gering, aber dies war seine letzte Sicherung: Selbst wenn seine Taten entdeckt würden, konnte er immer noch davon ausgehen, dass das False-Memory-Syndrom seine Rettung darstellte. All ihre Bemühungen und die dramatischen Ereignisse der letzten Wochen waren letztendlich umsonst gewesen. Er hatte alles bedacht. Dominierende Männer. Ihre Lebensgeschichte.

»Nein, nein!« Sie schüttelte den Kopf. Das konnte nicht das Ende sein; sie musste es verhindern. »Lorena kann auf keinen Fall zu ihm zurück. Die Polizei darf das nicht zulassen.«

»Nein. Aber Sie wissen vermutlich genauso gut wie ich, wie solche Dinge laufen. Lorena wird eine Zeit lang zu Pflegeeltern kommen, bis das ganze Hin und Her geklärt ist. Und ich würde mich nicht darauf verlassen, dass wir Ryall drankriegen. Sie wird wahrscheinlich zu ihm zurückgehen müssen – und am besten sollten Sie versuchen, das Verfahren zu komplizieren, um dies so lange wie möglich hinauszuzögern.«

»Hinauszögern?«, fragte Elena. Erst vor ein paar Minuten hatte sie Lorena in ihrer Vorstellung für immer von Ryall befreit, und jetzt blieb ihr nur die Möglichkeit, Zeit zu schinden. »Was glauben Sie, wie lange wir damit durchkommen?«

»Einem guten Anwalt sollte es gelingen, das Ganze auf ein, eineinhalb Jahre in die Länge zu ziehen. Vergessen Sie aber nicht, dass Ryall mit allen Mitteln versuchen wird, dies zu verhindern. Und ich glaube, Sie haben sich keinen guten Dienst damit erwiesen, dass Sie Lorena hierher gebracht haben. Es war eine Entführung, und man wird vermutlich argumentieren, dass die Beweise nicht berücksichtigt werden können, weil sie unter Zwang, unter kriminellen Umständen erbracht wurden. Wenn Ryalls Anwalt die richtigen Register zieht, könnte er die Vorwürfe in einer Vorverhandlung innerhalb weniger Monate abschmettern.«

»Ich verstehe.« Elena blinzelte. Sie sah ein, dass die Entführung ein Problem darstellte, hatte jedoch nicht geglaubt, dass sie auch die eigentlichen Beweise zunichte machen könnte. Die Chancen, Ryall zur Strecke zu bringen, sanken mit jeder Minute. Sie hatte von Anfang an kaum eine Chance gehabt, und als die halb durchgedrehte Frau, die sie jetzt war, konnte sie sowieso einpacken: Ihre Nerven spielten verrückt; dazu kam die Belastung des Versteckspiels mit der Polizei sowie der wenige Schlaf, den sie seit Tagen bekam. Sie fühlte sich erbärmlich und befürchtete, irgendwie alles falsch gemacht zu haben. Sie hatte sich geirrt, was ihren Vater betraf, und obwohl sie Ryall richtig eingeschätzt hatte, hatte sie alles andere nicht kapiert. Es hatte alles nichts genutzt – sie hatte nichts ändern können. Michel Chenouda würde sie vermutlich am Abend anrufen und ihr an dieser Front ebenfalls eine Absage erteilen. Wohin sie sich auch wandte, nichts als Sackgassen.

Vielleicht sollten sie dankbar sein, sechs Monate, vielleicht sogar ein Jahr oder mehr Aufschub zu bekommen. Aber der Gedanke, dass Lorena nach dieser Zeit zu Ryall zurückmusste – im Wissen, dass er sie missbrauchte –, erschien Elena irgendwie noch grausamer und unannehmbarer. Sie sprach diesen Gedanken aus: »Ich kann sie unmöglich in diesem Wissen zurückgehen lassen. Ich würde es wieder tun, sie wieder entführen.«

Lowndes zuckte verlegen die Schultern und schaute hinüber zum Empfangszimmer, in dem Lorena auf sie wartete. »Die Sache ist die – sie weiß es nicht. Es geschah alles unter Hypnose. Und wenn die Bänder unter Ausschluss der Öffentlichkeit ausgewertet werden, wird sie es auch nie erfahren. Es sei denn, Sie gewinnen das Verfahren.«

Elena dachte eine Sekunde über die Möglichkeit nach, bevor sie sie verwarf. Sie schüttelte den Kopf und massierte sich dann mit der linken Hand leicht ihre Schläfe. Ein weiteres Geheimnis, noch mehr Schattenspiele; sie hatte in ihrem Leben schon mehr als genug davon gespielt.

Als er sie so verzweifelt sah, ihr Gesicht von Sorgen gezeichnet, hatte Lowndes das Bedürfnis, sie zu trösten. Sie dachte, sie hätte die letzte Hürde gemeistert, und jetzt stellte er ein weiteres halbes Dutzend Hindernisse vor ihr auf. »Vielleicht habe ich ein zu düsteres Bild gemalt, aber ich wollte nicht, dass Sie sich falsche Hoffnungen machen. Und ich sehe es ja auch nur aus kanadischer Perspektive; in England können die Dinge vollkommen anders liegen. Wenn Sie mit der Polizei sprechen, werden Sie deren Meinung erfahren. Vielleicht sieht man dort ja eine bessere Möglichkeit.«

Neugier. Das war es, was am Ende siegte.

Alles andere trat dahinter zurück. Einerseits die Tatsache, dass sie ihn allein gelassen und in all den Jahren keinen Versuch unternommen hatte, mit ihm Kontakt aufzunehmen. Andererseits die beträchtlichen Mühen, die sie auf sich genommen hatte, jetzt mit ihm in Verbindung zu treten: zuerst Suchagenturen, dann die Reise von England hierher und schließlich das Waisenhaus. Sie hatte es zugelassen, dass er fortgegeben wurde, was er unverzeihlich fand; aber sie war noch sehr jung gewesen und ihr Vater sehr dominant. Wäre sie ein paar Jahre älter gewesen und hätte die Entscheidung selbst treffen können, hätte sie ihn allem Anschein nach nicht gehen lassen.

Chenouda meinte, sie habe die Sache verdrängt, weil sie zu schmerzlich gewesen sei. Was sollte das heißen? Dass sie oft an ihn gedacht, diese Gedanken aber verdrängt hatte? Oder dass sie von Anfang an verdrängt und nur selten an ihn gedacht hatte? Wie viele Gedanken, wie viel Verdrängung? Ihre Arbeit bei der Kinderhilfsorganisation ließ jedoch vermuten, dass sie sich immer noch schuldig fühlte. Gedanken, Verdrängung, Schuld? Mit jeder Minute, die verging, während Georges grübelnd auf der Veranda auf und ab ging, fielen ihm weitere Fragen ein. Er hatte von Chenouda nur wenig erfahren, und vermutlich hatte dieser ihm sogar das meiste, was er wusste, auch erzählt. Die einzige Möglichkeit, den Rest zu erfahren, bestand darin, sie selbst zu treffen.

Dann waren da noch die vielen Lücken in seinem eigenen Leben zu füllen. Er wusste bereits, dass Nicholas Stephanou nicht sein richtiger Vater war. Es war ihm immer schwer gefallen zu akzeptieren, dass dieser rückgratlose Mann, der nur davon verzehrt war, sein eigenes Leid in Whisky zu ertränken, und sich so egoistisch und rücksichtslos verhalten hatte, ihn in ein Waisenhaus zu geben, vom gleichen Fleisch und Blut sein sollte wie er.

Seine Mutter? Aber gleichzeitig verehrte er die Frau, von der er geglaubt hatte, sie sei seine Mutter gewesen – so schön, so jung gestorben. Wie er war auch sie ein Opfer. In den düsteren Tagen im Waisenhaus berührte er ihre Fotos sehnsüchtig und träumte von ihr. Er dachte daran, wie schön es wäre, von ihr in den Arm genommen und festgehalten zu werden, ihre weichen Lippen auf seinen Wangen zu spüren. Jetzt musste er auch diese schönen Erinnerungen opfern, und das fiel ihm nicht leicht. Er war hin und her gerissen.

Doch das, was Nicholas Stephanou getan hatte, und das Waisenhaus hatten den bei weitem größten Schatten auf sein Leben geworfen. Seine Erinnerungen an Maria Stephanou waren nur bruchstückhaft und mit den Jahren schnell verblichen; eigentlich war sie für ihn mehr die Frau auf den Fotos und in seiner Fantasie gewesen als die reale Person, an die er sich aus der kurzen Zeit vor dem Unfall erinnerte.

Diese Schatten hatten ihn in seiner zweiten Familie jahrelang verfolgt – oder war es jetzt nicht sogar die dritte? Die Donatiens, Claude und Odette, liebten ihn, vergötterten ihn, doch Claude Donatiens geschäftliche Höhen und Tiefen im Laufe der Jahre hatten ihnen oft magere Zeiten beschert. Er besaß ein kleines Bauunternehmen, und immer wenn der Immobilienmarkt absackte, musste auch bei ihnen zu Hause der Gürtel enger geschnallt werden.

Sie konnten keine eigenen Kinder bekommen und hatten eine weitere Adoption geplant, eine kleine Schwester für ihn, aber am Ende durchkreuzte die angespannte finanzielle Situation auch diesen Plan. Trotz des ständigen Auf und Ab gelang es Claude Donatien jedoch immer, tapfer zu lächeln. Er ließ sich nie von seinen Problemen unterkriegen; seine Zuneigung für Georges blieb davon unbeeinflusst, und er ertränkte seine Sorgen nicht im Alkohol, wie es Nicholas Stephanou getan hatte. Odette, die sich nie beklagte und immer zu ihm stand, war ihm die ganze Zeit eine große Stütze gewesen.

Allerdings dauerte es viele Jahre, bis er diese Eigenschaften in positivem Licht sehen konnte. Als die Probleme zunahmen, war seine einzige Angst, er könnte wieder fortgegeben werden; der finanzielle Druck würde Claude zermürben oder Odette alles zu viel werden, wenn die nächste Krise kam.

Nicholas Stephanou und das Waisenhaus hatten zu einer tief sitzenden Verunsicherung geführt, die fast sein ganzes Leben überschattete. Sogar als Teenager, als es keine so große Bedrohung mehr für ihn war, verlassen zu werden, grollte er noch immer und schaute verächtlich auf die Probleme seiner Stiefeltern. Das hatte ihn vermutlich in die Welt der Banken und Finanzen getrieben. Er würde nicht die gleichen Fehler machen.

Das änderte sich nicht, bis seine ersten Yuppie-Jahre als Banker vorüber waren und er die Nase voll hatte von oberflächlichen Leuten, die für Geld alles aufgaben – auch geliebte Menschen und die Familie. Wahrscheinlich betrachteten sie ihn als einen der ihren und erkannten nicht, dass Familie für ihn sehr wichtig war und die einzige Motivation darstellte, Geld zu verdienen. Erst jetzt begann er allmählich, seine Stiefeltern schätzen zu lernen: Trotz ihrer finanziellen Probleme hatten sie ihn nie im Stich gelassen und die Familie über alles gestellt. Nun hatte er die andere Seite der Medaille kennen gelernt, hatte gesehen, wie Geld Familien zerriss – Streit um Grundstücke und Testamente, Scheidungen, bei denen es nur um Dinge und nicht um das Wohlergehen der Kinder ging, Kinder, die abgeschoben wurden, wenn ein Partner eine bessere Partie fand.

Im Vergleich dazu erschienen ihm Claude und Odette plötzlich wie Helden, die gemeinsam finanzielle Krisen überwunden, weitergemacht und die Familie zusammengehalten hatten. Die meisten anderen Männer hätten längst aufgegeben, doch Claude ließ sich nicht unterkriegen; vermutlich wäre er ein guter Krisenmanager in einem kleinen Unternehmen gewesen. Und mit ein wenig finanzieller Hilfe und Führung von Georges waren die Geschäfte in den vergangenen fünf Jahren gut gelaufen. Vielleicht hatte Claude von Anfang an nur diesen kleinen Anstoß gebraucht.

Manchmal hatte er den Verdacht, dass er sich von den Lacailles deshalb so angezogen fühlte, weil seine eigene Familie damals so große finanzielle Probleme gehabt hatte: Jean-Paul besaß in seinen Augen eine Stärke und Selbstsicherheit, die sowohl Nicholas Stephanou als auch Claude Donatien fehlte.

Und alles, weil er einmal verlassen worden war – *zweimal*, wie sich jetzt herausstellte. Vielleicht saß seine Unsicherheit deshalb so tief, weil ein Teil von ihm immer gewusst hatte, dass es zweimal passiert war.

Elena Waldren. Er sprach langsam ihren Namen und beobachtete nachdenklich, wie sein Atem davonwehte und sich in der kühlen Luft auflöste. Sie würde viele Lücken in seinem Leben schließen können, Schatten beseitigen, die niemals ganz erhellt worden waren. Doch er hatte so lange gebraucht, um sich mit dem, was er für sein jetziges Leben hielt, abzufinden, dass er sich nicht sicher war, ob er es wirklich ein weiteres Mal umkrempeln wollte. Er war neugierig, wahnsinnig neugierig. Aber war er auch für die Büchse der Pandora bereit, die sich möglicherweise öffnete?

Als Chac einige Zeit später von innen an die Glastür klopfte, ging er immer noch er auf und ab und dachte über die Vor- und Nachteile nach.

Chac schob die Verandatür auf und winkte ihn herein. »Michel ist am Apparat.«

33

Als das Band zu Ende war, beugte sich John Lowndes vor und schaltete das Gerät ab.

Am anderen Ende der Leitung schwieg Detective Sergeant Crowley einen Augenblick, und als er dann sprach, war die Unsicherheit in seiner Stimme nicht zu überhören. Das Band hatte ihn beunruhigt. »War das die ganze Sitzung?«

»Ja, das war alles.«

Elena hatte Lowndes gebeten, eine Konferenzschaltung zu arrangieren und das Band abzuspielen, damit er es bestätigen und mögliche psychiatrische Fragen beantworten konnte. Crowley fragte nur nach dem Zeitpunkt und der Anzahl der Sitzungen und ob Dr. Lowndes bestätigen könne, dass das gerade abgespielte Band eine exakte Aufnahme seiner letzten Sitzung mit Lorena Ryall sei. Dann ließ er sich wieder mit Elena verbinden.

Die hatte bereits Lowndes' Besorgnis wegen des False-Memory-Syndroms angedeutet und kam jetzt noch einmal darauf zurück. »Ich weiß nicht, wie Sie es sehen, Sergeant Crowley, aber mir ist nicht wohl dabei. Ich bekomme eine Gänsehaut, wenn ich daran denke, dass Lorena vielleicht doch wieder zu Ryall zurückmuss. Haben Sie nicht wenigstens ein paar gute Neuigkeiten für mich?«

»Ich glaube nicht. Dr. Lowndes hat insofern Recht, als die Verhältnisse bei uns ähnlich sind wie in Kanada – es gibt eine Reihe von Präzedenzfällen, an die ich mich erinnern kann. Das heißt zwar keineswegs, dass es ein unmöglicher oder aussichtsloser Fall wäre – aber die Wahrscheinlichkeit einer erfolgreichen strafrechtlichen Verfolgung liegt bei höchstens dreißig Prozent. Wir brauchen noch etwas anderes, zum Beispiel eine Aussage von Mikaya Ryall. Eine zusätzliche Zeugenaussage, die nicht unter Hypnose entstanden ist – das würde unsere Chancen verbessern.«

»Mein Mann hat sie besucht«, seufzte Elena. »Sie blieb völlig verschlossen, wollte nicht darüber sprechen. Sie könnte auch eine Lorena sein – und sich im Wachzustand an nichts erinnern.«

»Stimmt.« Crowley füllte gleichzeitig ein paar seiner eigenen Lücken. Er war neugierig, was bei Gordon Waldrens Treffen mit Mikaya passiert war. »Wenn wir ihr einen offiziellen Besuch abstatten und sie ein wenig unter Druck setzen, redet sie vielleicht. Es ist einen Versuch wert.«

»Ja, das könnte sein.« Es war verrückt: In den letzten Tagen war sie wie ein aufgescheuchtes Kaninchen vor der Polizei davongelaufen, und jetzt hatte sie sie plötzlich auf ihrer Seite und diskutierte darüber, wie sie am besten zusammenarbeiten und Ryall zur Strecke bringen konnten.

Crowley fühlte sich schuldig, weil er ihr Hoffnungen machte, aber sie hatte um eine gute Neuigkeit gebeten, und das war vermutlich das Beste, was er ihr anbieten konnte. Wegen der Entführung lagen ihre Chancen vermutlich noch deutlich unter dreißig Prozent, und daher war es fraglich, ob man dem Ganzen überhaupt nachgehen würde. Aber er hatte nicht das Herz, ihr das zu sagen und alles gleich am Anfang so hoffnungslos erscheinen zu lassen.

Außerdem wollte er selbst nicht wahrhaben, dass die Chancen so schlecht standen. Sie hatte ihm gerade erst das Band vorgespielt und ihm die Neuigkeit mitgeteilt, aber schon merkte er, wie sein Blut kochte. Es war schon schlimm genug, dass Ryall das Mädchen missbrauchte, aber dazu kam auch noch die arrogante und herablassende Art, mit der er sie gedrängt hatte, Lorena ausfindig zu machen. Crowley erinnerte sich an sein Gespräch mit Ryall und dachte daran, wie gern er ihn zur Strecke bringen würde. Aber wie? Angesichts dessen, was Elena Waldren ihm erzählt hatte, sah es zweifellos so aus, als würde Ryall davonkommen.

Gänsehaut. Er hätte es nicht besser sagen können, aber seine Position verbot es ihm, so deutlich zu werden. Die Vorschriften. Manchmal war es frustrierend. In seinem Hinterkopf nahm langsam eine Idee Gestalt an, die er jedoch auf keinen Fall über eine offene Polizeileitung erörtern wollte.

»Hören Sie – Sie haben mir das alles gerade erst erzählt. Und es gibt vieles, was ich intern überprüfen möchte, bevor ich Ihnen etwas Genaueres sagen kann. Gibt es eine Nummer, unter der ich Sie in etwa einer Stunde zurückrufen kann?«

Elena war rechtzeitig wieder im Hotel, um Crowleys Anruf entgegenzunehmen. Inzwischen hatte er einen Schlachtplan ausgearbeitet, dessen Kühnheit Elena fast den Atem verschlug.

»Glauben Sie wirklich, es könnte funktionieren?«

»Ich hoffe es. Welche andere Möglichkeit bleibt uns denn?« Crowley rief von einer Telefonzelle aus an und hatte den Mann bereits instruiert, dessen Namen er Elena jetzt mitteilte. »Wir können Kontakt mit ihm aufnehmen und es durchziehen; wir haben schon vorher mit ihm zusammengearbeitet. Aber es dürfte etwa zehn Tage dauern, bis der Papierkram erledigt ist, und es besteht immer noch die Möglichkeit, dass es nicht genehmigt wird, weil die Polizei keine Fallen stellen darf und so weiter. Sie sollten direkt Verbindung mit ihm aufnehmen, damit er bis morgen alles in die Wege leiten kann. Schließlich wollen Sie doch nicht, dass Lorena Ryall länger als nötig ausgeliefert ist.«

Die Erwähnung von Lorenas Lage erinnerte Elena wieder an das, was sie für das größte Problem hielt. »Wenn wir das tun, muss Lorena eingeweiht werden. Sie muss erfahren, dass Ryall sie missbraucht hat. Und ich bin nicht sicher, ob sie bereit ist, zu ihm zurückzugehen, wenn sie es weiß – auch wenn es nur für ein paar Tage wäre.«

»Ich kann Ihnen nicht sagen, ob sie stark genug sein wird, das alles durchzustehen. Aber darauf läuft es hinaus: Ein paar Tage lang Verzweiflung, aber wenn es funktioniert, ist sie ihn für immer los. Oder Sie lassen es auf eine Gerichtsverhandlung ankommen, bei der zu siebzig Prozent die Wahrscheinlichkeit besteht, dass sie in einigen Monaten für immer zu ihm zurückmuss.« Crowley dachte plötzlich, er sollte ihr alle seine Bedenken mitteilen, damit sie die ganze Tragweite der Angelegenheit absehen konnte. »Da die Aussichten so schlecht sind, besteht sogar die Möglichkeit, dass das Ganze gar nicht vor Gericht kommt. Sie könnte schon in ein paar Wochen wieder bei ihm sein.«

Einen Augenblick herrschte an beiden Enden der Leitung Stille. Schon wieder ein Rückschlag. Elena hatte das Gefühl, dass Crowley sie überzeugen wollte zuzustimmen, war sich jedoch nicht sicher, ob Lorena dem Ganzen gewachsen war. In den Straßen und Waisenhäusern von Bukarest hatte sie das Schlimmste durchgestanden, aber dieses riskante Spiel mit einem gerissenen alten Fuchs wie Ryall zu spielen war etwas ganz anderes. Sie wechselte das Thema, um Zeit zum Nachdenken zu gewinnen.

Crowley sagte ihr, sie solle sich keine Sorgen machen; Ryall würde ihr keine Schwierigkeiten mit einer Anklage wegen Entführung bereiten. Sein Plan war es, Ryall an das Band zu erinnern, das sie Gordon vor ihrer Flucht gegeben hatte, und dann darauf hinzuweisen, dass eine der psychologischen Sitzungen in Kanada den Verdacht bestätigen könnte, dass er Lorena missbraucht habe – obwohl man schließlich zu dem Schluss gekommen sei, es handle sich nicht um eindeutige Beweise. »Wenn er vorhaben sollte, Sie anzuzeigen, könnten Sie all das zu Ihrer Verteidigung vorbringen. Das sollte genügen, ihn zu warnen.«

Als es um die Organisation der Reise ging, sagte Elena, sie wisse noch nicht, ob sie gemeinsam mit Lorena zurückfliegen könne. »Es gibt etwas sehr Wichtiges, weswegen ich vielleicht hier bleiben muss.« Sie machte eine kurze Pause, bevor sie hinzufügte: »Ich hoffe, meinen Sohn zu treffen, den ich seit über zwanzig Jahren nicht gesehen habe. Er wurde nach der Geburt von mir getrennt.« Ursprünglich hatte sie Crowley nichts davon sagen wollen, aber es musste ihm seltsam vorkommen, dass sie Lorena allein zurückfliegen ließ, besonders in Anbetracht dessen, was das Mädchen erwartete.

Für den Fall, dass sie selbst in Kanada blieb, würde sie Lorena in die nächstgelegene britische Botschaft bringen; dann könnte Crowley in Absprache mit dem Konsulat die Reisevorbereitungen treffen. »Entweder lässt das Konsulat jemanden mitreisen, oder wir werden jemanden zur Verfügung stellen.

Ehrlich, ich würde selbst mit ihr fliegen und die ganze Zeit ihre Hand halten, wenn sie dann tapfer genug wäre, das Ganze auf sich zu nehmen und uns zu helfen, Ryall zur Strecke zu bringen.«

Elena meinte herauszuhören, dass zwischen Crowley und Ryall eine Antipathie bestand – doch vielleicht lag es auch nur an dem Tonband, das sie ihm vorgespielt hatte. Nachdem sie alles andere geklärt und besprochen hatten, kamen sie auf das eigentliche Problem zurück: Konnte ein zehnjähriges Mädchen ihnen eine Hilfe sein, wo das System versagt hatte?

Ryall hatte Lorena vermutlich seit Jahren missbraucht, sie in einen hypnotischen Tiefschlaf versetzt, damit er mit ihr machen konnte, was er wollte. Seine Hände, die über ihren reglosen Körper fuhren; ihr gleichmäßiger Atem, der plötzlich unruhig und zögerlich wurde, während nur ein Teil ihres Unterbewusstseins registrierte, was er tat. Das Gleiche hatte er vermutlich Jahre zuvor auch mit Mikaya gemacht. Bei diesem Gedanken schüttelte sich Elena vor Ekel. Und jetzt sollten sie Lorena endlich klar machen, was ihr Unterbewusstes so lange verborgen hatte, und sie noch eine letzte Nacht zu Ryall schicken, um ihn mit den nötigen Beweisen endlich zur Strecke zu bringen?

Elena rieb sich die Stirn und schaute zur Tür ihres Hotelzimmers. Lorena war unten und unterhielt sich wahrscheinlich noch immer mit Alphonse an der Bar. Letztendlich konnte nur Lorena entscheiden, ob sie dazu bereit war. Sie mussten die Entscheidung einer Zehnjährigen überlassen, denn alle anderen konnten nichts ausrichten – weder das System noch Crowley und auch nicht sie selbst. Ausgebrannt von Tabletten, Stress und Schlafmangel war sie die Letzte, die ausgeglichen genug gewesen wäre, um diese Entscheidung zu treffen. »Ich werde mit Lorena sprechen und herausfinden, was sie davon hält.«

Minuten später saß Elena noch genauso da, die Hände nervös an den Mund gepresst, und fragte sich, wie um Himmels willen sie es anstellen sollte, Lorena dies alles beizubringen, als das Telefon klingelte. Es war Sergeant Michel Chenouda.

»Mrs Waldren. Ich habe eine gute Nachricht.«

»Ich habe alles für heute Nacht geplant. Wir sollten jetzt schnell handeln. Ich habe gesagt, es spreche für Sie, dass Sie gerade erst angekommen sind und niemand von Ihnen weiß. Je mehr Zeit vergeht, desto mehr verliert dieser Vorteil an Wert. Ich dachte, so gegen zehn Uhr heute Abend. Ist das in Ordnung?«

»Ja, ja … Ich denke schon.«

»Sie müssen allein kommen … Können Sie bis dahin jemanden finden, der sich um Ihre Tochter kümmert? Sie werden nicht vor morgen früh zurück sein.«

»Ja, äh … Ich habe eine Freundin, bei der sie bleiben kann.«

»Gut. Die Anreise dauert ein paar Stunden. Ein zweistündiger Flug in einer kleinen Maschine und dann vorher wie nachher die Autofahrten. Sobald das Fahrzeug die Stadt verlässt, müssen Sie eine Augenbinde tragen. Wir sind zu absoluter Geheimhaltung verpflichtet – niemand darf erfahren, wo er ist.«

Funicelli hörte zu, wie sie die letzten Details der Aktion durchgingen, und rief dann Roman an. Vierzehn Minuten später saß Roman bei ihm im Wagen, und er spielte das Band erneut ab. Sie standen fünf Blocks vom Montclaire in der Rue Berri entfernt. Es hatte keinen Zweck, den Beobachtungsposten direkt beim Hotel zu lassen, denn die Polizei könnte die nähere Umgebung überprüfen, bevor sie sie abholten. Sie würden später zurückkommen und die Verfolgung aufnehmen.

Roman warf einen Blick auf seine Uhr, als das Band zu Ende war. »Noch etwas über vier Stunden. Wir müssen uns beeilen.«

Funicelli nickte nachdenklich. Er drückte auf Stopp und spulte das Band zurück. »Du solltest dir das Gespräch anhören, das sie kurz davor geführt hat.«

»In Ordnung.« Roman dachte noch immer an den engen Zeitplan und den Flug. Besonders an den Flug – es würde nicht leicht sein, die Maschine zu verfolgen. Es dauerte einen Augenblick, bis er sich auf das konzentrieren konnte, was auf dem Tonband geschah. Er grinste fast so verschlagen wie zuvor, als er gehört hatte, wie Chenouda ihr grünes Licht gab. »Klingt, als wäre sie auch eine kleine Spielerin.« Es ging um irgendeinen Betrug im Zusammenhang mit der britischen Polizei und dem kleinen Mädchen, von dem sie Chenouda erzählt hatte, es sei ihre Tochter. Er konnte jedoch nicht länger darüber nachdenken, sondern war schnell wieder bei seinen eigenen Problemen. Vielleicht konnte ihnen Roubilliard mit dem Flug weiterhelfen. In über der Hälfte von Roubilliards Liefergebiet in den nördlichen Ausläufern von Quebec setzte er Leichtflugzeuge als Transportmittel ein.

Roman rief ihn an. Roubilliard kannte mindestens ein halbes Dutzend Leute mit kleinen Flugzeugen. »Der Beste ist wahrscheinlich ein Typ, der eine Farm in der Nähe von Chibougamau hat – vor allem, weil er gerade für ein paar Tage hier in Montreal ist. Ist gestern mit dem Flugzeug gekommen.«

»Kannst du ihm vertrauen? Könnte um eine Menge Stoff gehen.«

»Ja. Er hat schon ein paar größere Lieferungen zusammen mit Sämereien und Düngemitteln für mich transportiert.«

»Okay. Ich rufe dich wieder an.« Roman telefonierte die nächste Stunde fast ununterbrochen: mit Jean-Paul, Frank Massenat und noch zweimal mit Roubilliard, der sich inzwischen mit Mel Desmarais, ihrem Piloten für diese Nacht, besprochen hatte.

Nur vierundneunzig Minuten nach Chenoudas Anruf im Hotel hatten sie alle Details geklärt. Zweieinhalb Stunden blieben noch, bis die Frau im Hotel abgeholt wurde. Roman traf sich vierzig Minuten später mit Massenat. Sie holten sich Kebab und Falafel aus einem Schnellimbiss auf der Rue St. Laurent und aßen sie in in Romans BMW, während sie warteten. Funicelli war verschwunden, um einen Wagen für sie zu mieten, mit dem sie die Verfolgung aufnehmen wollten – kein bekanntes Kennzeichen –, und würde um 21.15 Uhr wieder dazustoßen.

Als Massenat eintraf, rief Roman gerade Gianni Cacchione an, seinen letzten Namen auf der Liste. Er wusste, dass er diesen Anruf eines Tages erledigen musste, aber die Ereignisse hatten das Ganze beschleunigt. Sobald sie Georges gefunden hatten, war der Geist aus der Flasche befreit. Er fühlte sich seltsam leer und missmutig, nachdem er den Hörer aufgelegt hatte. Er hatte es so oft von allen Seiten betrachtet und abgewogen, dass er glaubte, die Schuld schon vor langer Zeit abgearbeitet zu haben. Jean-Paul hatte kaum Rücksicht auf ihn genommen, während er seine tollkühnen Pläne verfolgte; das hier hatte er sich selbst zuzuschreiben. Vielleicht lag es einfach daran, dass es mit dem Abtreten von Jean-Paul keine Herausforderung mehr gäbe, nichts mehr, um das er kämpfen musste; er würde das Geplänkel und die Konfrontation vermissen, konnte nicht mehr im Hintergrund die Fäden ziehen, ein Part, den er so gut beherrschte. Von jetzt an würde er im Scheinwerferlicht stehen.

»Glaubst du, dass alles klappt?«, fragte Massenat.

»Ja. Darum geht es nicht.« Dicke Regentropfen prasselten gegen die Windschutzscheibe, und Roman hörte auf, ständig mit dem Finger auf das Lenkrad zu klopfen, während er hinauf in den nächtlichen Himmel schaute. »Es ist einfach nicht die beste Nacht zum Fliegen. Also halt dich zurück mit dem Falafel und der scharfen Sauce; ich habe keinen Anzug zum Wechseln mitgebracht.«

»Art. Hier ist Jean-Paul. Du musst mir einen Gefallen tun.«

Art Giacomelli in Chicago hörte aufmerksam zu, als Jean-Paul ihm sein Problem erklärte. »Steht es so schlimm zwischen euch beiden?«

»Nun – ich weiß einfach nicht, ob ich ihm in dieser Sache trauen kann. Es hat immer Spannungen zwischen ihm und Georges gegeben, und ich fürchte, dass er in der Hitze des Gefechts etwas Unüberlegtes tun könnte. Es ist mir sehr wichtig, dass wir nichts falsch machen.« Jean-Paul konnte hören, wie der Mann am anderen Ende langsam an einer Zigarre zog und den Rauch ausatmete.

Ein leichtes Schmatzen, als Giacomelli darüber nachdachte. »Ich kann dir helfen, Jean-Paul, kein Problem. Aber es ist sehr kurzfristig – dreieinhalb Stunden. Ich kann dir keinen von meinen eigenen Leuten schicken. Am schnellsten könnte es ein Typ schaffen, der in der Gegend von Toronto arbeitet – Dave Santagata – ›Santa Dave‹, wie er genannt wird.«

»Ist er gut? Wird er mit so etwas fertig?«

»Ja, er ist einer der Besten. Ich habe ihn schon oft eingesetzt. Jung, eifrig, aber kein Hitzkopf. Immer cool und professionell; es heißt nicht umsonst ›Santa liefert immer‹. Mach dir keine Sorgen, er wird Roman schon in Schach halten.«

Sie besprachen, was zu tun war. ›Santa Dave‹ würde den nächsten Flug von Toronto nehmen und eine halbe Stunde bevor es losging ankommen. Er sollte Jean-Paul direkt vom Flughafen aus anrufen. In der Zwischenzeit würde Jean-Paul Roman mitteilen, dass noch ein Mann mehr dabei wäre.

Jean-Paul schaute zu Simone, als er aufgelegt hatte. »Ist das in Ordnung? Fühlst du dich damit besser?«

Simone fuhr sich durch die Haare. »Ich weiß nicht. Ich weiß nicht.« Sie dachte wieder daran, wie Georges an jenem Abend im Restaurant wegen Roman in Panik geraten war, und an die Entführung; jetzt wurde ausgerechnet Roman geschickt, um Georges aus den Fängen der RCMP zu befreien. Vielleicht würde jemand anders es besser machen. Sie schüttelte den Kopf. »Können wir nicht jemand anderen als Roman nehmen?«

»Wen denn?« Jean-Paul streckte die Hände aus. »Ich selbst kann es nicht machen. Selbst als die Familie noch mehr mit Verbrechen zu tun hatte, habe ich mich immer aus Sicherheitsfragen rausgehalten. Und Massenat wäre ohne Romans Anweisungen nutzlos. Es wäre so, als würde man einen Schäferhund ohne sein Herrchen losschicken.«

Simone antwortete nicht. Sie senkte ihren Blick und schüttelte wieder leicht den Kopf. Jean-Paul konnte sehen, dass sie verzweifelt und besorgt war, aber er wusste nicht, was er sonst hätte tun sollen. Sie sah zwar besser aus als in den ersten panischen Stunden nach Georges' Verschwinden, aber nicht wesentlich besser. Ihre Haare waren ordentlicher, aber noch immer strähnig, die Wimperntusche an ihrem linken Auge war verschmiert, und ihr Gesicht zeigte deutlich ihre Anspannung.

Er wünschte, er könnte sie einfach in den Arm nehmen, wie er es getan hatte, als sie noch ein kleines Mädchen war, ihr übers Haar streichen und sagen: »Alles ist gut.« Und sie würde ihn mit großen Augen ansehen, ihm vertrauen und sich beruhigen. Aber jetzt war sie älter, viel Zeit war vergangen, und er hatte es kaum bemerkt – oder war er zu sehr damit beschäftigt gewesen, sich um das Geschäft zu kümmern? Es kam ihm so vor, als sei sie gestern noch ein kleines Mädchen gewesen. Er hätte sie noch immer in den Arm nehmen können, aber die Probleme mit Roman und Georges schienen eine Mauer zwischen ihnen errichtet zu haben, die sich nur schwer überwinden ließ.

Plötzlich packte ihn wieder die Angst, er könne sie wegen dieser Sache verlieren. Im Grunde hatte er genauso viel zu verlieren wie sie, wenn alles schief ging.

Vor dem Gespräch mit Art Giacomelli hatte er ihr klipp und klar gesagt, wie er die Sache sah. Sie wünschten sich beide verzweifelt, dass Georges zurückkam, damit sie mit ihm reden konnten: Jean-Paul war sicher, dass Georges nur wegen der Entführung in das Zeugenschutzprogramm gegangen war. Jean-Paul wollte klarstellen, dass er nichts damit zu tun hatte, und dann seinen ursprünglichen Plan weiter verfolgen, Georges für eine Zeit lang nach Kuba zu schicken. Simone wiederum wollte Georges zweifellos ihre Gefühle mitteilen und herausfinden, ob ihre Beziehung Zukunft hatte – was sie offenbar selbst noch nicht wusste. In einem Punkt hatte er Georges verteidigt: Simone war enttäuscht, weil er nicht anrief, und sah darin einen deutlichen Hinweis auf Georges' Gefühle, worauf Jean-Paul ihr erklärte, das habe wohl eher mit den strengen Vorschriften des Programms zu tun. *»Sie erlauben ihm nicht, dich anzurufen – egal, wie wichtig es ihm sein mag.«*

Jean-Paul schüttelte mitfühlend den Kopf. »Ich glaube nicht, dass Roman es wagen würde, in dieser Sache den Verräter zu spielen. Er könnte mir nicht mehr in die Augen sehen, wenn er es täte. Er schwört, dass er nichts mit der Entführung zu tun hat, sondern dass Gianni Cacchione dahinter steckt. Und selbst wenn es doch Roman war, dann hat er es heimlich getan, damit niemand davon erfährt und er es Gianni Caccione anhängen kann. Jetzt spielt er mit offenen Karten und kann niemand anderem die Schuld geben – das Risiko würde er nicht eingehen.

Und da ihm Giacomellis Leute über die Schulter sehen, hätte er auch gar nicht die Gelegenheit dazu.«

Simone schaute ihn an. »Ich hoffe es. Ich hoffe sehr, dass du Recht hast.«

Als sie ihm einen Augenblick lang in die Augen schaute, war es leicht zu glauben, sie sei wieder ein Kind, das ihm blind vertraute. So sehr hatten sich die Dinge gar nicht verändert, dachte Jean-Paul; mit jedem Jahr, das verging, wurde einfach alles nur komplexer, die Erklärungen länger, um ihr Vertrauen zu gewinnen.

Als der Streifenwagen durch die Stadt fuhr, schaute Elena hinab auf die Lichtbalken, die die Straßenlaternen auf ihren Schoß zeichneten, und erinnerte sich an Onkel Christos im Taxi am Tag vor ihrem Abflug. Licht und Schatten waren im Wechsel über sein Gesicht gehuscht, während er ihr nur die halbe Wahrheit über ihren Vater erzählte. Auch sie hatte allen nur die halbe Wahrheit erzählt. Im einen Augenblick sieht man es, im nächsten nicht mehr.

Schattenspiele. Genau wie Ryall mit Lorena. *Schließ die Augen …, vertrau mir.* Elena schloss die Augen und biss sich auf die Unterlippe. Sie wünschte, sie wäre so tapfer wie Lorena. Vor über zwei Stunden hatte sie das Mädchen in die britische Botschaft gebracht, und der Abschied war sehr tränenreich gewesen.

Als Elena ihr erzählt hatte, was bei der letzten Sitzung mit Lowndes ans Licht gekommen war, war Lorena zunächst schockiert gewesen; dann hatte Elena ihr Crowleys Plan erklärt. Sie war mit Lowndes und Crowley übereingekommen, es Lorena zu ersparen, sich das Band anzuhören; sie sagte ihr nur, einiges in der Sitzung habe darauf hingedeutet, dass sie Recht gehabt hatte, was Ryall betraf. Blitzschnell waren die Rollen dann ganz andere, als Elena erwartet hatte, und Lorena sagte *ihr*, sie solle sich keine Sorgen machen, sie würde es schon schaffen. Wieder einer dieser Momente, in denen Lorena viel älter wirkte und von einer tiefen inneren Entschlossenheit zehrte, die ihr geholfen hatte, die düsteren Tage der Waisenhäuser und Abwasserkanäle durchzustehen. Sie hatte da unten tausend Ratten überlebt; Ryall war einfach nur eine Ratte mehr.

Als sie aus der Botschaft zurückkehrte, genehmigte sich Elena an der Bar bei Alphonse einen Scotch, um ihre Nerven zu beruhigen, und nach einer Weile hatte sie das Gefühl, alles wieder unter Kontrolle zu haben. Nach und nach jedoch wurde sie von den Bildern der vergangenen Tage und Wochen heimgesucht: Gordon, dem sie sich offenbart hatte, ihr Ohnmachtsanfall im Waisenhaus, Onkel Christos und ihre Mutter am Telefon, die ihr die Wahrheit über ihren Vater erzählten, die Donatiens, die ihr sagten, sie glaubten nicht, dass sie ihren Sohn treffen könne... »Es war in den Nachrichten... Haben Sie es nicht gesehen?« Und alles sollte hier und jetzt ein Ende haben, in wenigen Stunden.

Eine halbe Stunde nachdem der Streifenwagen sie abgeholt hatte verlor sie wieder die Kontrolle. Ihr blieben zwei Stunden Zeit, um ein ganzes Leben zu erklären. Wieder versuchte sie verzweifelt darüber nachzudenken, was sie ihm sagen sollte. Womit sollte sie anfangen? Sollte sie ihm zuerst sagen, wie Leid es ihr tat, oder direkt alles erklären und sich dann entschuldigen? Sollte sie ihn gleich umarmen oder warten, bis der richtige Moment dafür gekommen war? Oder würde sie, wenn sie sich genauso fühlte wie jetzt, ihn einfach nur anstarren, am ganzen Leib zitternd – zu benommen, um Worte für den Albtraum zu finden, den sie durchlebt hatte –, dann in Tränen ausbrechen und ihre Katharsis an seiner Schulter ausweinen, bevor sie überhaupt ein Wort herausbrachte?

Elena hielt ihre Augen für einen Moment geschlossen und lauschte ihrem Atem, während sie immer tiefer in ihre eigene Dunkelheit versank. Sie versuchte, sich zusammenzureißen und die Nerven zu bewahren. Bald würden sie den Stadtrand erreichen, und sie müsste das geschwärzte Visier aufsetzen; dann blieben ihr noch ein paar Stunden mehr Zeit für eigene Gedanken. *Ich wünschte, ich könnte genauso tapfer sein.* Sie hatte gehofft, sich vielleicht ein paar Bilder aus der Schlucht ins

Gedächtnis rufen zu können, die sie leiten und ihr sagen konnten, was sie tun sollte. Aber da war nichts mehr. Nur Dunkelheit. Sie war ganz allein.

»Mist! Mist! *Mist!*«, zischte Roman in sein Handy, hatte aber bereits auf »Gespräch beenden« gedrückt, nachdem er mit Jean-Paul telefoniert hatte. Er umklammerte das Telefon noch einmal fest, bevor er es wieder in die Tasche steckte.

»Wir bekommen Gesellschaft«, sagte er gereizt zu Massenat.

»Ja, das dachte ich mir schon. Entweder ist es Marias Mutter oder jemand anders, auf den du nicht scharf bist.«

»Hör zu, Frank – überlass mir das Witzereißen, okay?« Roman wandte den Blick langsam von Massenat ab und starrte ausdruckslos durch die Windschutzscheibe nach vorn. Seine Schläfen schmerzten vor Anspannung, und mit dem Handrücken wischte er sich einen Schweißtropfen von der Stirn. »Irgendein Klugscheißer aus Toronto, den uns Jean-Paul schickt. Santa-irgendwas, einer von Giacomellis Goldjungen.«

»Oh, verstehe.«

Das nun folgende Schweigen sprach Bände. Sie hatten ein Problem. Roman verfluchte Jean-Paul: Entweder hatte er Verdacht geschöpft, oder er wollte doppelt sicher gehen, dass alles glatt lief. All die Jahre war er immer weiter in den Hintergrund gedrängt worden, aber das hier war die schlimmste Demütigung: Wenn es um etwas Wichtiges ging, wurde einer von Giacomellis Wachhunden geschickt, um ihn im Auge zu behalten.

Roman hatte protestiert, allerdings nicht sehr heftig, denn das hätte Jean-Paul nur noch argwöhnischer gemacht. Stattdessen behauptete er, der letzte Platz im Flugzeug sei bereits von einem der besten Männer Roubilliards besetzt. Jean-Paul hatte gekontert, sie könnten keinen besseren finden als diesen Typen, und außerdem würden sie sich ohnehin zu sehr auf Roubilliard verlassen: der Pilot und noch ein paar mehr von seinen Männern am anderen Ende, wenn sie das Ziel des Flugzeugs ausfindig machten. So oder so, es war schon alles beschlossene Sache. *»Art hat sich bereits einverstanden erklärt, ihn zu schicken – und ich will ihn nicht vor den Kopf stoßen. Er wäre verärgert.«*

Vor den Kopf stoßen. Verärgert. Roman spürte den zusätzlichen Druck wie ein eisernes Joch auf seinen Schultern. Giacomelli gehörte nicht zu den Personen, die man verärgerte. Jean-Paul hielt sich vermutlich für clever und dachte, er hätte das perfekte Dilemma, um ihn in Schach zu halten: *Denke gar nicht erst daran, aus der Reihe zu tanzen, denn dann würdest du nicht nur mir ein blaues Auge verpassen, sondern auch Art Giacomelli.* Jean-Paul hatte ja gar keine Ahnung, wie groß dieses Dilemma war. Schon Jean-Pauls Tod wäre eine schlechte Nachricht für Giacomelli, obwohl er Cacchione dafür verantwortlich machen würde. Aber wenn auch einer von Giacomellis eigenen Leuten dran glauben musste, war das noch etwas anderes; Giacomelli würde eine Verbindung zwischen den beiden herstellen und Roman verantwortlich machen.

Roman verbarg seine Befürchtungen, als er vierzig Minuten später »Santa Dave« begrüßte. Doch mit jeder Minute, in der er seine Möglichkeiten abwägte, wurden seine Nerven angespannter – ein weiteres Problem, über das er sich Sorgen machen musste, zu einem Zeitpunkt, an dem er es überhaupt nicht gebrauchen konnte, und keine einfache Lösung in Sicht. Wenn er noch irgendwelche Zweifel oder Schuldgefühle gehabt hatte wegen dem, was er tat, in diesem Moment lösten sie sich auf: Sobald Jean-Paul verschwunden war, würde er nicht mehr nach seiner Pfeife tanzen müssen.

Fünfunddreißig Minuten später waren sie unterwegs und folgten einem nicht gekennzeichneten grauen Buick Century der RCMP, in dem Elena Waldren mit zwei Beamten in Zivil saß, die Roman nicht kannte. Kein Michel Chenouda weit und breit.

Als der Wagen an der Ausfahrt nach Pont Victoria abbog, dachte Funicelli, dass sie wahrscheinlich zum Flughafen St. Hubert fuhren. Die Fahrt dorthin dauerte knapp dreißig Minuten. Funicelli war froh, dass sie keinen der großen Flughäfen ansteuerten: besserer und schnellerer Zugang zur Umzäunung und weniger Flugverkehr. Er beobachtete das Gelände fast zwanzig Minuten lang geduldig durch ein Nachtsichtgerät, bis er die drei

Personen auftauchen und auf ein Flugzeug zusteuern sah: eine Piper Saratoga.

»Okay, ich hab sie. Die Nummer ist SXR35467.«

Roman gab die Nummer sofort an Guy Campion weiter, der seit einer halben Stunde an einer Telefonzelle zwei Blocks vom Dorchester Boulevard entfernt wartete. Er notierte sich die Nummer und den Flugzeugtyp, und ging dann in sein Büro zurück, um weitere Nachforschungen anzustellen. Er musste per Computer eine Zugangsnummer eingeben, um die Information vom Zentralrechner der Luftverkehrsbehörde zu bekommen, doch er war mit dem Hauptserver am Dorchester Boulevard verbunden. Campion war sicher, dass man den Vorgang nicht zurückverfolgen konnte.

Er gab den Flugzeugtyp, die Nummer sowie Ort und Zeit des Abflugs ein und fragte dann nach dem Ziel. Zwei Minuten später erschien es auf dem Bildschirm: Cochrane, Nord-Ontario. Campion verließ das Gebäude, um Roman zurückzurufen, sagte nur diese paar Worte und hängte auf. Roman hatte die Information in nur zwölf Minuten bekommen.

Roman rief Roubilliard an und gab ihm den Zielort durch. Nachdem er einen Augenblick die Karte studiert hatte, sagte Roubilliard, am ehesten kämen die Lightning Bars in Timmins in Frage, die etwa fünfzig Minuten mit dem Motorrad brauchen würden. »Ich habe schon öfter Geschäfte mit ihnen gemacht, am besten rufe ich mal an und frage, ob sie zur Verfügung stehen. Die andere Möglichkeit ist ein Team in La Sarre, aber das liegt gut zwei Stunden entfernt.«

»Mmmh. Das würde knapp werden«, murmelte Roman. »Lass mich wissen, was die Leute in Timmins sagen.«

Wenige Minuten bevor sie sich mit Mel Desmarais auf dem Flugplatz von Point aux Trembles trafen rief Roubilliard zurück und teilte ihm mit, er habe grünes Licht von den Lightning Bars bekommen. »Ihr Oberboss, ein Typ namens Jake Kirkham, sagt, er fährt selbst zusammen mit zwei Männern hin. Klang begeistert; ich glaube nicht, dass die da oben in Timmins besonders viel Abwechslung haben. Sie warten auf die Landung des Flugzeugs und nehmen dann die Verfolgung auf. Es dauert also vielleicht ein paar Stunden, bis ich wieder anrufe und dir sagen kann, wo sie hinfahren.«

»Ja, in Ordnung.« Roman schaute auf seine Uhr. Ihr eigener Flug würde wahrscheinlich fünfzig Minuten bis eine Stunde später starten, sodass sie das endgültige Ziel auf halbem Weg erfahren würden. Dann blieben noch etwa vierzig Minuten, um die Beschaffenheit des Geländes zu überprüfen, sich vorzubereiten und anzugreifen. »Bis später.«

Durch die schnelle Folge der Anrufe war Romans Adrenalinspiegel inzwischen steil angestiegen. Endlich hatte er wieder alles unter Kontrolle. Mit der linken Hand trommelte er nervös auf seinen Oberschenkel. Als sie in den Flughafen von Point aux Trembles einbogen, fiel das Licht der Scheinwerfer auf eine Figur, die ihnen zuwinkte. Trenchcoat mit Pelzkragen, wilde, gewellte rote Haare, Bart und ein großes silbernes Kruzifix, das an einem Ohr baumelte.

»Das hat uns gerade noch gefehlt – der verdammte Rote Baron«, sagte Roman und lachte leise, um die Anspannung zu lindern. Das Flugzeug hinter Desmarais sah kaum so aus, als sei es groß genug, um sie alle fünf aufzunehmen, und der immer noch starke Wind riss an Ästen und Desmarais' Haaren.

Nur eines fehlte noch, um die Kontrolle perfekt zu machen, dachte Roman, als er Santa Dave vor sich in das kleine Flugzeug steigen sah. Sie hatten sich um zu viel anderes kümmern müssen und nicht mehr als ein paar Worte wechseln können – jetzt aber wollte er Santa Dave aus der Reserve locken und etwas von ihm hören. Er versuchte abzuwägen, ob es ihm gelingen würde, Santa Dave zu beseitigen, ohne sich gleichzeitig dank Giacomelli selbst einen Sarg zu zimmern. Roman blieb nicht mehr viel Zeit, um eine Entscheidung zu treffen.

Barry Crowley schickte Sally, um Lorena aus Montreal abzuholen. Sie hatte die besten Französischkenntnisse in der Abteilung, und außerdem war er der Ansicht, diese Aufgabe sollte besser eine Frau übernehmen.

Abgesehen von nebensächlichen Fragen – was Lorena essen und trinken wollte – oder Bemerkungen über den Film an Bord wusste Sally jedoch nicht, was sie mit dem Mädchen reden sollte.

Bei jeder anderen entführten oder vermissten Person hätte sie fragen können, ob diese sich freute, wieder nach Hause zu kommen. Crowley war zwar nicht ins Detail gegangen, hatte aber genügend Andeutungen gemacht, um ihr zu verstehen zu geben, dass es bei Lorena zu Hause ein Problem gab. Crowley hatte einen Plan, um damit fertig zu werden, der auch vorsah, einige Beamte zur Schwester der Kleinen an der Universität Durham zu schicken. Sie musste das Thema vermeiden.

Also blieben Sally nur ein paar harmlose Fragen darüber, was sie in Montreal gesehen hatte und ob sie den großen braunen Bär in der Mountie-Uniform mochte, den Sally ihr am Flughafen gekauft hatte, während sie auf den Abflug warteten.

»Ja, er ist sehr schön. Und sehr groß – wahrscheinlich der größte Teddybär, den ich je hatte.« Lorena senkte kurz wehmütig den Blick. »Ich habe schon ein paar Jahre keinen mehr gehabt.«

»Ich verstehe.« Sally nickte und lächelte. Das war also Crowleys Vorstellung vom Geschmack eines zehnjährigen Mädchens: Seine eigene Tochter war erst sieben, und er dachte vermutlich, die Plüschtier-Phase würde bis ins Teenageralter andauern. Jedenfalls hatte er darauf bestanden, dass sie einen Teddy besorgte, und zwar einen großen. »*Etwas, was sie eher von der kanadischen Polizei als von Mrs Waldren bekommen haben könnte und was einen Ehrenplatz in ihrem Zimmer einnehmen wird.*« Ein Bär in einer Mountie-Uniform war ideal. Crowley fürchtete, Ryall würde Lorena verbieten, ihn zu behalten, wenn er dachte, er sei von Elena Waldren.

Obwohl Sally die Frage vermieden hatte, ob Lorena sich freue, wieder nach Hause zu kommen, erkannte sie plötzlich, dass die Erwähnung des Bärs eine Erinnerung an das war, was dem Mädchen bevorstand. Lorena hielt sich gut und machte ein tapferes Gesicht. Aber als sie zum Bildschirm hochschaute, auf dem der Bordfilm lief, konnte Sally deutlich die Schatten unter der tapferen Fassade sehen. Das Mädchen war wie versteinert.

Da Sally nicht wusste, was sie noch sagen sollte, nahm sie nach einer Weile einfach Lorenas Hand und drückte sie sanft. »Hab keine Angst. Bestimmt geht alles gut.«

34

»Und sie ist schon weg?«, fragte Claude Donatien.

»Ja, seit ungefähr einer Dreiviertelstunde.« Michel schaute durch sein Bürofenster auf die Uhr im Wachraum. Siebzig Prozent der Mitarbeiter waren schon gegangen, aber von denen, die noch im Revier saßen, hörte er schwaches Stimmengewirr. Er hatte in den vergangenen Stunden so viele Anrufe erledigt, dass etwas von seiner Aktivität übergeschwappt war. »Sie bleibt über Nacht und kommt morgen zurück.«

»Und Sie sind sicher, dass sie dann eine Nachricht für uns dabei haben wird?«

»Ja, da bin ich sicher. So lautete die Abmachung. Nachrichten für Sie beide und auch für seine Verlobte.« Michel hatte sich mehr Sorgen wegen Georges' zunehmender Sehnsucht nach Simone gemacht, dachte jetzt aber auch an dessen Eltern. In nur wenigen Monaten dürfte Georges sie ebenso vermissen. Es sah aus wie die ideale Lösung: Georges trifft seine lange verschwundene Mutter und lässt den Menschen, die er liebt, eine Nachricht zukommen. Zwei Fliegen mit einer Klappe geschlagen, und wer könnte diese Nachrichten überzeugender übermitteln? Michel sprach etwas leiser: »Es war einfach zu gefährlich für Sie oder Simone, Georges zu sehen. Das war der beste Kompromiss, den wir finden konnten. Ich hoffe, Sie haben Verständnis für unsere Situation.«

»Ja, ich ... ich verstehe das. Ich hoffe nur, sie hält sich an die Vereinbarung und bringt uns eine Nachricht.«

»Bestimmt.« Als er die Anspannung in Claude Donatiens' Stimme hörte, fragte sich Michel, wie viel Donatien wirklich verstand und ob Eltern dies überhaupt verstehen konnten. Nur eine Nachricht, und danach nichts als Unsicherheit. Kein Kontakt. Es war ein ziemlich magerer Ersatz: eine einzige Nachricht für all die langen Jahre, in denen sie ihn nicht sehen würden. Wieder spürte Michel ein Stechen in der Brust, als er daran dachte, was er getan hatte. Aber es hatte keine andere Möglichkeit gegeben. Wäre Georges gestorben, wäre dieser Verlust endgültig und noch schmerzlicher gewesen. »Ich habe bereits mit Georges darüber gesprochen, und es ist ihm sehr wichtig. Außerdem wird ihn einer meiner Männer daran erinnern. Ich bin sicher, dass er es nicht vergisst.«

Gegen Ende des Gesprächs war ein schwaches Knacken in der Leitung zu hören, und Claude entschuldigte sich: »Ich habe den letzten Teil leider nicht ganz verstanden. Vor ein paar Tagen war ein Telefontechniker wegen einer Störung hier, aber jetzt scheint es nur noch schlimmer zu sein als vorher.«

»Ich habe gesagt, dass auch einer von meinen Männern dort ist, sodass ich sicher bin, dass er ganz bestimmt …« Michel brach mitten im Satz ab, denn es durchfuhr ihn wie ein Blitz. »Was haben Sie da gesagt? Ein Telefontechniker?« Seine Stimme überschlug sich fast.

»Ja … Er war vor ein paar Tagen hier. Vor drei Tagen, glaube ich.« Claude war wegen Michels scharfem Ton irritiert.

»Ich dachte, ich hätte Sie gebeten, mich wissen zu lassen, wenn etwas Ungewöhnliches passiert. Wenn *irgendjemand* plötzlich vor Ihrer Haustür steht.« Michel sprach laut, schrie jetzt fast. In der Wache drehten sich ein paar Köpfe um.

»Ja, aber … Aber das passierte doch, *bevor* Sie es uns gesagt haben. Bevor überhaupt etwas über Georges' Entführung und seine zu erwartende Aussage bekannt war.«

»Wie lange vorher?«

»Nun, ein Tag vorher … vielleicht zwei Tage.«

Der Blitzstrahl durchfuhr ihn noch stärker, traf ihn in die Magengrube. Ihm wurde übel, und seine Hände zitterten so heftig, dass er einen Moment fürchtete, er könne den Hörer fallen lassen. Es hätte ihm auffallen müssen! Er hatte die Ankündigung von Georges' Aussage als den entscheidenden Punkt angesehen, aber da war Georges bereits zwei Tage vermisst gewesen. Wenn er hätte Kontakt aufnehmen wollen, wäre ein Anruf bei seinen Stiefeltern das Naheliegendste gewesen. Michel schloss langsam die Augen. Es war immer noch möglich, dass er sich irrte.

Auf Claudes Frage: »*Was ist los?*«, antwortete er: »Ich weiß es noch nicht, ich muss ein paar Leute anrufen.« Er verabschiedete sich hastig, suchte die Nummer von Bell Canada heraus, rief sofort dort an und gab ihnen die Adresse in Beaconsfield und das ungefähre Datum, damit sie überprüfen konnten, ob einer ihrer Techniker dort gewesen war. Sie sagten, es würde etwa fünf Minuten dauern, sie würden ihn sofort zurückrufen.

Wie ein Wirbelwind stürzte Michel aus seinem Büro. Er entdeckte Maury in einer Ecke und rief ihm zu: »Schnapp dir einen Mann aus Dauphins Abteilung, der Ahnung von Elektronik hat, und fahr mit ihm zu dieser Adresse in Beaconsfield.« Michel schrieb hastig die Adresse der Donatiens auf. »Wenn er noch einen erübrigen kann, sollen sie gleichzeitig hierhin fahren.« Michel schrieb die Adresse des Hotels Montclaire auf und riss die Seite aus seinem Notizbuch. »Wir suchen nach Telefonwanzen. Beeil dich. *Pronto!* Also getrennte Wagen, wenn Dauphine einen erübrigen kann.«

Maury griff nach seiner Jacke, die über der Stuhllehne hing, während Michel schon wieder davonstürmte. Eines seiner Bürotelefone klingelte. Beim dritten Klingeln nahm Michel den Hörer ab. Es war Bell Canada. Nein, sie hatten letzte Woche niemand zu der Adresse oder überhaupt in diese Straße geschickt.

»Die letzten Wartungsarbeiten in dieser Straße waren vor achtzehn Tagen, in Nummer 1426.«

Michels Magen sank so schnell wie ein Expresslift. Einen Augenblick lang wurde ihm schwindlig, und seine Knie waren weich wie Butter. Seine Stimme klang weit entfernt, als er »Danke« sagte und auflegte. Maury war gerade einmal halb den Gang hinabgegangen, aber er wusste schon fast alles. Und das genügte ihm, um die S-18 zu alarmieren und Elena Waldren aufzuhalten oder das Haus zu verständigen, in dem sich Georges befand. Bis Maury hinaus nach Beaconsfield gefahren war, um das mit der Telefonwanze zu bestätigen, konnte es schon zu spät sein.

Doch als er die Angestellte im Kontrollraum der S-18 erreichte, teilte sie ihm mit, sie habe diesbezüglich keinerlei Informationen in ihrem Computer; die Einzigen, die diese Informationen besaßen oder einen Kontakt genehmigen konnten, seien Superintendent Mundy und Inspector Graydon.

»Dann verbinden Sie mich mit einem der beiden.«

»Sie sind im Augenblick nicht zu erreichen. Inspector Graydon hat eine Woche Urlaub, aber wenn es dringend ist, könnte ich Superintendent Mundy später am Abend eine Nachricht zukommen lassen.«

Michel fragte sie, was sie mit »später« meinte. Dann erkundigte er sich nach ihrem Namen. Er stieß einen müden Seufzer aus. »Hören Sie, Constable Fuller, oder Melanie – wenn Ihnen das lieber ist. In zwei Stunden ist es zu spät. So einfach ist das. Der Zeuge, für dessen Schutz Mundy und Ihre Abteilung so viele Hebel in Bewegung gesetzt haben, wird dann tot sein! Es sei denn, Sie können Mundy auf der Stelle verständigen oder finden eine andere Möglichkeit, das Haus oder das Team, das auf dem Weg ist, zu erreichen und zu warnen.«

Der Druck, den Michel auf sie ausübte, verunsicherte sie. »Es … es tut mir Leid. Ich werde mein Bestes tun. Die Operation hat Sicherheitsstufe eins, und ich habe keine anderen Informationen auf dem Bildschirm.«

»Ich weiß. Ich weiß.« Michel nahm sich ein wenig zurück und fuhr sich durch die Haare. Er hatte genau die strengen Sicherheitsvorkehrungen bekommen, die er hatte haben wollen, und es gab nichts, was er ihr hätte in die Hand geben können, damit sie ihm weiterhalf. Zwei S-18-Männer, die offenbar im nächsten Monat die Bewachung übernehmen sollten, waren mit dem Flugzeug aus Ottawa gekommen, um Elena Waldren aus ihrem Hotel abzuholen und sie den ganzen Weg über zu begleiten. Keine Ahnung, von wo aus sie abflogen, keine Namen – in den wenigen Gesprächen, die er mit dem Haus geführt hatte, waren ebenfalls keine Namen gefallen. Das gehörte zu den Grundsätzen der gesamten Operation.

Constable Fuller atmete tief ein. »Ich kann lediglich versuchen, Mundy zu erwischen. Er sagte zwar, er sei nicht zu erreichen – aber ich weiß nicht, ob das nur bedeutet, dass er nicht angerufen werden will oder ob es wirklich nicht möglich ist. Wenn er mich anschreit, schiebe ich alles auf Sie.«

»Danke. Aber machen Sie schnell, ja? Jede Sekunde zählt.«

»Ich glaube, das habe ich verstanden. Ich rufe Sie in zehn Minuten zurück, wenn ich ihn nicht über sein Telefon oder über seinen Pieper erreichen kann – wenn es geht, noch früher.«

»Also nur vier Jobs?«

»Ja.« Santagata zuckte die Schultern. »Und jetzt diesen.«

Romans Gedanken rasten. Vier Aufträge? Kein Zeichen von besonderer Bindung. Aber falls es wichtige Aufträge gewesen waren, konnte es sich bei Santa Dave durchaus um einen von Giacomellis Spitzenleuten handeln.

»Alle so wie dieser?«

»Einer so wie dieser jetzt – Sicherung. Die anderen drei Mord.«

Sie schwiegen wieder. Roman schaute nach vorn und sah, wie Dunstwolken am Fenster des Flugzeugs vorbeizogen, während sie sich durch den Nachthimmel kämpften. Er hatte ganz beiläufig gefragt, als interessiere er sich nicht besonders dafür; wollte nicht zu hartnäckig sein und zu viele Fragen stellen. Santagata könnte sonst wittern, dass er auf etwas Bestimmtes herauswollte. Typen wie er hatten meist natürliche Antennen für Warnsignale; sie brauchen sie, um am Leben zu bleiben. Roman spürte kurz Santa Daves Blick auf sich, bevor dieser wieder geradeaus schaute.

Roman versuchte die Spannung in seinem Körper zu lindern. Massenat hockte eingequetscht zwischen ihm und Santagata auf dem Rücksitz; Funicelli saß mit Desmarais vorne. Einen Augenblick befürchtete Roman, Santagata könne den Verdacht haben, das ständige Wippen mit einem Bein, auf dem seine Hand lag, habe nicht nur etwas mit dem unruhigen Flug und dem, was vor ihnen lag, zu tun.

Er hatte seine Fragen in Abständen gestellt – nicht nur, um sie nicht so offensichtlich erscheinen zu lassen, sondern auch, weil der Flug in der ersten halben Stunde sehr holprig gewesen war. Wenn es besonders schlimm war und das Flugzeug schlingerte, hüpfte und ratterte, sagte keiner ein Wort. Niemand hatte das Bedürfnis, sich zu unterhalten. Außer Desmarais, der begeistert meinte: »Wie der Ritt auf einem Wildpferd in Calgary.« Der Anblick von vier harten Jungs, die sich an ihren Sitzen festklammerten, schien ihn zu amüsieren. Roman hatte Lust, sich eine Extrakugel für ihn aufzuheben.

Dann beruhigte sich das Wetter ein wenig; die Maschine schlingerte zwar noch ab und zu, aber nicht mehr so wild.

»Es waren meist Jobs innerhalb von Kanada«, fügte Santagata nach einer Weile hinzu. »Art hatte immer Angst, wenn ich direkt nach einem Mord zurückflog oder die Grenze überquerte, besonders, als ich bekannter wurde. Ich glaube, sonst hätte er mich öfter eingesetzt.«

»Verstehe.« Roman nickte ernst. Er spürte, wie das Kribbeln in seinem Körper aufstieg, bis es seine Fingerspitzen erreichte. Santagata hatte es gesagt, um zu erklären, warum Giacomelli ihn nicht öfter einsetzte, aber gleichzeitig damit sein eigenes Todesurteil unterschrieben. Roman wusste von jedem Mord in Kanada, der auf Giacomellis Konto ging, und keiner davon war wirklich wichtig gewesen! Santa Dave war also entbehrlich. Giacomelli würde sich nicht besonders anstrengen, die Sache zu verfolgen, vor allem deshalb nicht, weil er, Roman, sich später mit Cacchione zusammentun würde. Giacomelli würde eine solche Konfrontation nicht wegen eines einsamen Killers riskieren.

Nachdem er die Entscheidung getroffen hatte, blieb nur eine einzige Frage – wann? Er hatte ursprünglich geplant, ihn später umzubringen. Dann konnte er behaupten, Santagata sei ins Kreuzfeuer der Polizei geraten. Aber dort gäbe es noch zu viele andere Dinge zu bedenken. Roman kaute auf seiner Unterlippe und spürte wieder Santagatas Augen, die kurz auf ihn gerichtet waren, dann aber zur Seite blickten und seinen Blick nur für eine Sekunde trafen: dunkle, fast schwarze Augen, die durch das schwache Licht im Flugzeug noch undurchdringlicher waren.

Hatte Santagata etwas gewittert? Ein unsichtbares elektrisches Signal, das sie beide miteinander verband: *Er hat vor, dich umzubringen. Also sorge dafür, dass du ihn zuerst erwischst.* Oder war es von Anfang an ein doppelter Bluff gewesen, und Santagata hatte schon die ganze Zeit geplant, ihn umzubringen? Vielleicht hatte Jean-Paul ihm nie wirklich abgenommen, dass er Georges nicht entführt und versucht hatte, ihn zu töten, und vielleicht war das hier seine Rache. Schließlich war Santagata für Mord zuständig und nicht dafür, die Anstandsdame zu spielen.

Plötzlich hatte er ein Gefühl, als sitze er auf einem Pulverfass. Der holprige Flug, immer wieder Santagatas Blick, die Aussicht auf das, was vor ihm lag, und alle Eventualitäten, die er noch berücksichtigen musste – seine Nerven waren so angespannt, dass sein Körper fast im Takt mit dem blechernen Rattern des Flugzeugs durch die Nacht zitterte. Und das alles, weil er es nicht einen Tag länger ertragen konnte, im Schatten seines Bruders zu stehen. Wenn er es nicht …

»Mein Gott!« Sein Magen rutschte nach oben, als das Flugzeug plötzlich absackte. Es folgte ein heftiges Vibrieren, als die Maschine den Boden des Luftlochs erreichte, dann nach vorn kippte und hin und her schaukelte, um anschließend genauso plötzlich wieder aufzusteigen.

»Jetzt geht das schon wieder los«, kommentierte Desmarais und kämpfte mit dem Steuerknüppel.

Aus dem rechten Fenster schauend, sahen sie in etwa sechs Kilometer Entfernung ein Wetterleuchten. Das kleine Flugzeug hüpfte und schlingerte, aber vor dem nächsten Absacken witterte Roman einen Vorteil: Santagata achtete nun nicht mehr auf ihn, sondern hatte den Blick starr nach vorn gerichtet.

Dieses Mal sackte das Flugzeug noch länger ab und schaukelte so heftig, dass die Kabinenlichter flackerten und ausfielen. In diesem Augenblick beschloss Roman, seine Chance zu nutzen, denn eine bessere würde er später vielleicht nicht mehr bekommen. Er beugte sich in der Dunkelheit nach vorn, und als die Lichter wieder angingen, hatte er die 22er bereits aus seinem Wadenhalfter gezogen und auf Santagatas Gesicht gerichtet.

Santagata brauchte eine Sekunde, um seine Augen auf die Pistole zu richten. Das Wetterleuchten in der Ferne spielte auf einer Seite seines Gesichts. »Was zum Teufel soll das?«

Massenat lehnte sich zwischen den beiden zurück und hielt die Hände zu den Schultern, als wolle er sagen: »Damit habe ich nichts zu tun.«

Roman grinste. »Du kennst doch diese Bond-Filme, in denen 007 eine Pistole auf den Bösen gerichtet hat, aber nicht wagt abzudrücken, weil sonst einer von ihnen aus dem Flieger gesaugt wird?« Roman hielt die 22er fester umklammert. »Das ist der einzige Vorteil dieser niedrig fliegenden Scheißhaufen. Darum brauchen wir uns keine Sorgen zu machen.«

Als Santagata nach vorn tauchte und nach der Pistole griff, schoss Roman. Er hätte ihn auch sauber getroffen, aber genau in diesem Moment sackte die Maschine erneut heftig ab, und die Lichter erloschen wieder.

Dann war Santagatas Hand auf seinem Arm und schob ihn weg. Roman versuchte, die Pistole wieder auf Santagatas Gesicht zu richten. Der Mann war stark und kämpfte erbittert, und Roman musste seinen linken Arm nach oben bringen, um seine Bewegungsfreiheit zu behalten. Er wagte es nicht, auf gut Glück einen weiteren Schuss abzufeuern.

Als die Lichter in der Kabine wieder angingen, sah er, dass in Santagatas Haaren Blut klebte und ihm die Stirn hinablief. Er hatte ihn mit seinem ersten Schuss am Schädel gestreift.

Santagata griff mit der anderen Hand nach seiner Pistole; Roman bemerkte es nicht, wohl aber Massenat. Er drückte Santagatas Arm weg und stieß ihm mit Wucht einen Ellbogen in den Magen. Santagata kippte nach vorn und rang nach Luft.

In diesem Augenblick wich alle Kraft aus seinem Körper, und Roman befreite seinen Arm aus dem erlahmenden Griff.

Roman packte Santagata bei den Haaren und zog seinen Kopf zurück. »Sag auf Wiedersehen, Mr Chips.« Santagatas Blick hatte sich kaum wieder auf ihn gerichtet, als er ihm auch schon die Pistole in die linke Augenhöhle steckte und abdrückte.

Santagatas Kopf flog zurück, und Roman hielt ein paar Haare in der Hand, die er dann angewidert an seinem Sitz abwischte.

Desmarais drehte sich halb um. Sein Gesicht war so rot wie sein Haar. »Wenn ihr hier schon solche Stunts abzieht, könntet ihr mir wenigstens vorher Bescheid sagen.«

Roman lächelte belustigt, während sein Atem sich nur langsam beruhigte. »Stell dir einfach vor, es wäre immer noch Cowboyfest in Calgary – nur dass die Cowboys jetzt in die Luft ballern.« Roman war froh, dass es etwas gab, was Desmarais aus der Ruhe brachte; jetzt war es an ihm, sich an der Angst in seinem Gesicht zu weiden.

Während der nächsten Turbulenzen saßen sie schweigend auf ihren Sitzen; Santagatas Leiche wurde sporadisch von Lichtblitzen beleuchtet. Dann ging Desmarais siebenhundert Meter tiefer, sodass Roman und Massenat es riskieren konnten, die Seitentür zu öffnen und die Leiche hinauszuwerfen.

»Ich habe noch nie gern für Übergepäck bezahlen müssen«, bemerkte Roman, als der Tote in der Dunkelheit verschwand.

Massenat lachte kurz auf, aber schon bald schwiegen beide wieder. Einen Sturm hatten sie überstanden, ein stärkerer stand ihnen erst noch bevor. Und jetzt waren sie einer weniger.

Einige Minuten später erhielt Roman den Anruf von Jake Kirkham. Die drei Rocker hatten gesehen, wie das Flugzeug gelandet war, der Wagen hatte gerade den Flughafen verlassen. »Zwei Männer und eine Frau sitzen drin. Ich rufe wieder an, wenn sie das Haus erreicht haben. Sag uns Bescheid, was wir mit ihnen machen sollen.«

Als Melanie Fuller von der S-18 nach nur sieben Minuten zurückrief, dachte Michel, sie habe gute Nachrichten. Aber Mundy hatte bisher nicht auf seinen Pieper reagiert.

»Es gibt etwas anderes, was ich Ihnen sofort mitteilen wollte. Einer der Jungs hier mit Unbedenklichkeitsbescheinigung hat Zugang zu ein paar mehr Informationen. Er meint, es handele sich um eine Operation in Sektor 14 – ein dreiköpfiges Bewachungsteam, das jeden Monat wechselt. Ich weiß, das ist nicht viel, aber vielleicht hilft es Ihnen weiter.«

»Sektor 14? Wo ist das?«

»Nord-Ontario. Ein rechteckiger Streifen zwischen Hearst, James Bay und Iroquois Falls, hundert Kilometer von der Grenze zu Quebec entfernt.«

»Okay.« Michel wäre am liebsten sofort eine Landkarte suchen gerannt, aber es war nebensächlich: Er hatte bereits beschlossen, dorthin zu fahren, wenn er Mundy nicht schnell ausfindig machen konnte.

»Ich melde mich wieder, sobald ich etwas über Mundy weiß. Wenn er nicht innerhalb der nächsten Minuten anruft, durchkämmen wir die Lokale, die er gewöhnlich aufsucht.«

Michel sagte, er sei wahrscheinlich bald unterwegs. »Zumindest will ich versuchen, rechtzeitig Sektor 14 zu erreichen.« Er gab ihr seine Handynummer und legte auf.

Die nächsten sieben Minuten verbrachte er damit, wie ein Löwe im Käfig zwischen seinem Büro und dem Wachraum hin und her zu laufen; nur eine knappe Minute später stürmte er zum Telefon, um den Flug zu organisieren.

Ein Sea-King-Hubschrauber war wahrscheinlich am schnellsten: Vom Luftwaffenstützpunkt der RCMP auf Montreal Island aus konnte innerhalb von Minuten einer geschickt werden. »Wir brauchen nur einen nahe gelegenen Landeplatz auf einem Dach.«

Michel beauftragte Christine Hébert damit, den Landeplatz ausfindig zu machen und sich wieder mit dem Luftwaffenstützpunkt in Verbindung zu setzen. Zwei Minuten später teilte sie ihm mit, er könne von den West Laurent Towers abfliegen, nur drei Blocks entfernt. »Der Hubschrauber ist bereits gestartet. Der Pilot sagt, er landet dort in etwa sechs Minuten.«

Michel suchte schnell alles Nötige zusammen; danach blieb ihm nur noch eine Minute. In halsberecherischem Tempo rannte er über die Flure des Gebäudes und dann zusammen mit einem vierköpfigen Sonderkommando die drei Blocks hinunter. Als er den Männern die nötigen Informationen gab, während sie mit dem Aufzug zum Dach hinauffuhren, war er völlig außer Atem, und sein Herz klopfte wie wild. Noch immer keine Nachricht von Mundy.

Er schaute auf seine Uhr. Sie würden erst gut eincinhalb Stunden nach Elena Waldrens Ankunft dort sein. Er schüttelte den Kopf. Das bedeutete, dass sie wahrscheinlich zu spät kämen: Mundy ausfindig zu machen, der in dem Haus in Nord-Ontario anrufen konnte, war noch immer das Sicherste.

Art Giacomelli sah sich die Zahlen auf dem Computerbildschirm an. Sie hatten sich in den letzten fünfzig Minuten nicht verändert. Irgendetwas stimmte nicht, und zwar ganz und gar nicht.

Er rief Jean-Paul an und sagte, er mache sich Sorgen wegen Santa Dave. Er führte nicht aus, warum, sondern bat Jean-Paul nur, er solle Roman anrufen, um herauszufinden, wo sie sich in diesem Augenblick befanden, und dann verlangen, mit Santagata zu sprechen.

»Vielleicht ist es nichts. Aber ich bin erst sicher, wenn ich weiß, was Roman dir gesagt hat. Ruf mich sofort wieder an.«

Jean-Paul rief Roman an, der nach dem zweiten Klingeln am Apparat war. Jean-Paul fragte ihn, wie es laufe.

»Gut. Alles nach Plan. Wir sind vor zehn Minuten gelandet.« Roman klang etwas außer Atem, aufgeregt.

»Und Ihr habt herausgefunden, wo das Haus liegt?«

»Ja, es ist noch etwa eine halbe Stunde entfernt.«

»Wo seid ihr gelandet? Wo seid ihr jetzt?«

»In irgendeinem langweiligen Kaff – Cochrane, Nord-Ontario.«

Das sagte Jean-Paul nichts. »Das ist wohl einer der Vorteile von Kanadas Wildnis. *Wenn* man jemanden verstecken will.« Eine kurze Pause entstand, bevor Jean-Paul verlangte, mit Santagata zu sprechen. »Ich muss noch eine Kleinigkeit mit ihm klären.«

»Er, äh ... Er kann jetzt nicht ans Telefon kommen. Er pinkelt gerade da hinten im Gebüsch. Langer Flug und zu viel Kaffee.« Roman lachte zögerlich.

Abgesehen von diesem Zögern hörte Jean-Paul deutlich das Geräusch des Motors; sie waren unterwegs und standen keinesfalls irgendwo am Straßenrand. Roman log.

»Ich muss wirklich dringend mit ihm sprechen, Roman«, drängte Jean-Paul.

»Sobald er gepinkelt hat, ruft er dich zurück.« Roman machte sich nicht die Mühe, seinen Ärger zu verbergen. »Das heißt, falls er überhaupt dazu kommt, bevor es losgeht.«

Die Leitung war plötzlich unterbrochen.

Jean-Paul rief umgehend Giacomelli an und berichtete ihm, was er erfahren hatte.

»Schlechte Nachrichten«, sagte Giacomelli nach einem tiefen Seufzer. Dann erklärte er den Grund für seine Sorgen. Vor vier Jahren hatte Santagata den Auftrag bekommen, jemanden umzubringen, den er kannte. Das Problem bestand darin, dass der Typ ständig unterwegs war. Santagata kannte ihn jedoch gut genug, um ihm ein Geschenk kaufen zu können, ohne ihn dadurch argwöhnisch zu machen. »Also besorgte er ihm eine von diesen Satellitenuhren, mit denen man von einem Land ins andere reisen kann und die einem immer die richtige Zeit anzeigen, weil sie mit einem Satelliten verbunden sind. Außerdem sagt sie dir auch genau, wo du dich aufhältst, und zwar auf zehn Meter genau! Und wenn du die Seriennummer der Uhr kennst – und die kannte Santa Dave –, gibt es eine Website, auf der du genau sehen kannst, wo sich der Besitzer gerade aufhält. Er wusste also, wo der Typ war, legte ihn um und nahm die Uhr wieder an sich.« Giacomelli zog fest an seiner Zigarre. »Heute Nacht wollte er mich alle zwei Stunden anrufen, um mich auf dem Laufenden zu halten, und jetzt ist er schon zwanzig Minuten überfällig. Außerdem hat er die Uhr getragen und mir die Seriennummer gegeben. Und in den letzten fünfzig Minuten kommen die Signale unverändert aus einem Ort namens Holtryre, knapp zweihundert Kilometer von dem Punkt, an dem Roman sich jetzt angeblich aufhält. Also hat Santa Dave entweder seine Uhr aus dem Flugzeug geworfen, weil die Batterie alle war, oder er ist mit ihr zusammen ausgestiegen.«

»Sagen Sie uns Bescheid, wenn Sie sich an irgendetwas erinnern?«

Die beiden Polizeibeamten waren zwar vor über einer Stunde gegangen, aber noch immer schwirrten die Worte in Mikaya Ryalls Kopf herum. *Erinnern*? Das war das Problem: Sie hatte sich nie deutlich genug an etwas erinnern können, um sagen zu können: Ja, mein Stiefvater hat mich missbraucht. Er kam in der und der Nacht in mein Zimmer, berührte mich hier, hier und hier. Es waren nur Schatten, traumähnliche Fetzen.

Aber diese Schatten hatten sie seitdem fast jeden Tag verfolgt. Alles schien so wirklich, doch wenn sie versuchte, sich zu erinnern, war es, als sei alles nur in ihrem Traum passiert: Es gab nichts, was sie jemandem erzählen konnte. Man würde sie für verrückt erklären. Aber die Schatten sprangen aus dem Nichts hervor und wurden jedes Mal wieder lebendig und wirklich, wenn ein Junge sie berührte oder versuchte, sie zu küssen. Sie zitterte und schreckte in panischer Angst zurück. Man hatte sie frigide, kalt und verrückt genannt, manchmal auch lesbisch. Ein paar der Jungs hatte sie wirklich gemocht und unter Tränen versucht, sich ihnen zu erklären. Aber wie konnte sie das, wenn die Bilder doch nur in ihren Träumen existierten?

Die Tränen strömten ihr über die Wangen, während sie das Bettlaken mit der Schere zerschnitt und darauf achtete, dass die Streifen schön gleichmäßig ausfielen.

Und jetzt auch noch die kleine Lorena. Mikaya warf sich vor, sie hätte vielleicht schon früher mutiger sein und sagen müssen, dass er sie missbrauchte, um danach erst zu versuchen, die Lücken zu schließen. Aber jedes Mal, wenn sie alles in ihrem Kopf durchging, tauchten zu viele Fragen auf, die sie nicht beantworten konnte. In welchen Nächten? Wo hat er dich berührt? Was hat er gesagt? Warum hast du nicht versucht, ihn aufzuhalten? Sie schüttelte den Kopf. Selbst jetzt, als sie die Antwort darauf gefunden hatten, warum sie und Lorena nicht hatten reagieren und sich wehren können, war es ihnen noch immer nicht möglich, etwas Konkretes zu tun. Sie versuchten noch immer vergeblich, sie und Lorena dazu zu bringen, sich an etwas wirklich Vorgefallenes zu erinnern. »*Es tut mir Leid. Ich kann Ihnen einfach nicht helfen. Ich wünschte, ich könnte es.*« Jetzt würde ihn nichts mehr aufhalten.

Sie wischte sich die Tränen mit dem Handrücken ab und begann mit dem zweiten Streifen.

Selbst wenn sie sich an etwas erinnern könnte, es war zu spät. *Zu spät.* Sie wäre niemals wieder dieselbe. Sie wollte Kinder, liebte Kinder. Aber was sollte sie tun? Mit zusammengebissenen Zähnen daliegen und am ganzen Leib zittern, bis der Junge fertig war? Und wenn sie mehr Kinder wollte, eine richtige Ehe – Nacht für Nacht das Gleiche? Es war unvorstellbar, die Hölle auf Erden.

Und jetzt ließ sie auch Lorena im Stich, weil sie nichts sagte. Lorena litt genauso, wie sie selbst gelitten hatte. Vermutlich war es für Lorena auch schon zu spät – sie würde den gleichen Weg gehen wie sie. Alles, was dem Mädchen blieb, war die Hoffnung, dass ihre Träume eines Tages verblassen würden. Vielleicht würde sie mehr Glück haben; Mikayas Träume jedenfalls waren nicht verblasst, und sie war sich jetzt ganz sicher, dass sie es auch nie tun würden.

Ihre Augen schwammen in Tränen; sie schaute prüfend hinauf zum Griff des obersten Fensters und fragte sich, ob er ihr Gewicht halten würde. Sie musste schnell handeln. Ihre Zimmergenossinnen waren zur Bar der Studentenvereinigung gegangen, um sie eine Zeit lang mit den Polizeibeamten allein zu lassen. Sie würden bald zurück sein.

Patrick Mundy hatte regelmäßig acht bis neun Stunden in der Woche für sich, die ihm heilig waren und in denen er keinerlei Kontakte aus seiner Abteilung duldete, egal, wie dringend es sein mochte: sein regelmäßiges Kartenspiel, seine Golfrunde und der Besuch beim Spiel der Senators. Die letzten beiden Monate hatte er ein paar weitere freie Stunden pro Woche hinzugefügt – seit er sich mit Suzie Harrigan traf.

Sie war zwölf Jahre jünger als er und hatte wirklich Klasse. Langes rotbraunes Haar und große braune Augen mit geschwungenen Wimpern, die Grönland zum Schmelzen bringen konnten. Besser als Audrey Hepburn. Mundy war verliebt. Weil sie schon sein dritter Versuch war, wollte er sich jedoch genügend Zeit lassen, um sicher zu gehen, dass sie auch die Richtige war. Schließlich wollte er die Jahre nach seiner Pensionierung nicht in Anwaltsbüros verbringen und noch mehr Unterhalt zahlen müssen.

Wenn er mit ihr zusammen war, schaltete er Handy und Pieper aus; sie hatte seine ungeteilte Aufmerksamkeit. Nicht, dass es heute Abend einen großen Unterschied gemacht hätte – schließlich gingen sie ins Clair de Lune. Dieses Restaurant war bei erfolgreichen Geschäftsleuten und Ministern der Regierung beliebt, und Handys waren strengstens verboten: Andernfalls wäre das Lokal eine Kakophonie aus unaufhörlichem Piepen und Klingeln gewesen. Die wenigen Geräte, die eingeschaltet blieben, piepten und klingelten, ohne dass jemand Notiz davon nahm, nämlich hinter der verschlossenen Tür der Garderobe.

Als sie das Restaurant verließen, war die Luft kühl. Mundy hüllte Suzie in ihren Mantel ein. In seiner Jackentasche blinkte der Pieper, aber er hatte noch nicht danach geschaut und hatte auch nicht die Absicht, es zu tun. Mundy war sehr streng, was die Zeit betraf, die er mit Suzie allein verbrachte. Es gab nichts Schlimmeres, als bei jeder zweiten Verabredung zu einem Notfall gerufen zu werden – das würde ihr einen Vorgeschmack auf das Kommende geben und alle Hoffnungen auf eine zukünftige Beziehung zunichte machen.

»Wo möchtest du heute Abend hingehen?«, fragte er sie. »In

den Glue Pot oder ins Laurier?« Nach dem Essen gingen sie gewöhnlich in eine dieser beiden Bars: ein kurzer Schlummertrunk in der Piano-Lounge des Hotels Laurier oder ein längerer Aufenthalt im Glue Pot, um Live-Blues zu hören.

Sie überlegte nur eine Sekunde. »Mmh, in den Glue Pot.« Dann küsste sie ihn auf die Wange.

Melanie Fuller saß noch immer in der Zentrale der S-18; also war ihrem Kollegen Brian Cole die Aufgabe zugefallen, das Gros der Anrufe zu erledigen, um Mundy ausfindig zu machen. Fünfundzwanzig Minuten nach seinem Dienstantritt rief er im Clair de Lune an; es war das vierzehnte Lokal auf seiner Liste.

»Ja, er war vorhin hier. Aber es tut mir Leid, Sie haben ihn verpasst.« Ein leicht französischer Akzent, der gespielt klang.

»Wann ist er gegangen?«, fragte Cole.

»Vor etwa zwanzig Minuten.«

»Wissen Sie, wo er hingegangen sein könnte?«

»Es tut mir Leid, aber wir haben nicht die Angewohnheit, unseren Gästen hinterherzujagen und sie zu fragen, wo sie hingehen.« Spöttischer Ton, der Akzent noch übertriebener. Dann wurde der Hörer abrupt aufgelegt.

Cole drehte sich um und teilte Melanie die Nachricht mit.

Sie seufzte schwer und fuhr sich mit einer Hand durch die Haare. »Versuch es weiter. Versuch es weiter.« Sie schaute auf ihre Uhr. »Er könnte fünfzehn bis zwanzig Minuten bis nach Hause brauchen, also lohnt es sich, es nachher dort zu versuchen. Wenn nicht, arbeite dich durch die Bars und Klubs.«

»Falls Roman etwas im Schilde führt, geschieht es vermutlich heute Nacht. Er weiß, dass er es mit dir zu tun bekommt, sobald alles vorbei ist. Willst du, dass ich dir jemanden hinschicke?«

»Nein, schon gut. Ich glaube sowieso nicht, dass dafür noch Zeit bleibt.«

»Stimmt. Aber nimm meinen Rat an, Jean-Paul: Entweder sorgst du schnell dafür, dass jemand dein Haus bewacht, oder du verschwindest.«

Jean-Paul sagte »Okay«, um Giacomelli zu beruhigen. Doch

als er auflegte, fiel ihm gar niemand ein, den er so schnell anrufen konnte – um solche Dinge kümmerte Roman sich immer, und das Letzte, was er wollte, war, verängstigt aus dem eigenen Haus zu rennen. Es wäre ihm zu sehr wie eine Niederlage vorgekommen, so als würde er Roman gegenüber die weiße Fahne hissen. Wenn es darauf ankam, gestand er sich ein, blieb letztendlich doch wieder alles beim Alten, und all seine neuen Ziele lösten sich im Nichts auf.

Doch dann wurde er nervös. War das die Umwälzpumpe des Swimmingpools? Tauben, die vom Dach wegflogen? Oder etwas anderes? Hörte er da Raphaëls Schritte im oberen Stock, oder kamen sie aus einem anderen Teil des Hauses? Plötzlich fühlte er sich in diesem großen Haus isoliert und schutzlos.

Er ging in sein Arbeitszimmer und nahm die SIG-Sauer Neunmillimeter aus der obersten Schublade seines Schreibtischs. Ihm fiel auf, wie schwer er atmete, aber er hörte weiterhin auf die Geräusche im Haus. Schwache Musik drang aus Raphaëls Zimmer nach unten. Als er durch das Fenster des Esszimmers schaute, sah er Licht in der Wohnung seiner Mutter Lillian am Ende des Hofes.

Er schloss die Augen und hielt die Pistole fest umklammert. Seine Hände zitterten, und sein Puls raste. Eine schöne Art, das Verbrechen hinter sich zu lassen. Vermutlich schlich ein Mietkiller ums Haus, und er konnte nur hoffen, dass er nach all den Jahren noch in der Lage war, eine Pistole abzufeuern. Und er war nicht allein im Haus. Ein schönes Ende all seiner edlen Hoffnungen und Ziele: Raphaël kam herein und sah seinen Vater oder dessen Gegner in einer Blutlache liegen, während die Pistole noch qualmte. Vielleicht hatte sein Vater von Anfang an Recht gehabt: »*Sosehr du auch versuchst, der Vergangenheit zu entfliehen, sie holt dich doch immer wieder ein.*«

Vielleicht sollte es ja so enden – vielleicht war das die Strafe dafür, dass er so naiv, so dumm gewesen war. Roman hatte vermutlich die ganze Zeit gegen ihn gespielt, und jetzt hatte er das Spiel gewonnen. Da Roman schon auf dem Weg war, konnte er nichts tun, um Georges zu retten. Vermutlich hatte er Georges immer trauen können, und Georges hatte seinerseits zu ihm aufgesehen und ihm vertraut. Und er hatte ihm dafür gedankt, indem er sich von ihm abgewendet hatte. Ebenso gut hätte er Georges eigenhändig an Roman ausliefern können. Zweifellos würde er auch Simone verlieren, denn sie würde ihm niemals verzeihen. Und wenn er jetzt versuchte, sich so gut wie möglich zur Wehr zu setzen, würde er damit alles verraten, wonach er gestrebt hatte. Er hatte so oder so verloren – Spiel, Satz und Sieg.

Dann schüttelte er diese Vorstellung ab. Der Gedanke an Raphaël und seine Mutter, die im Haus sein würden, wenn irgendetwas passierte, überschattete alles andere. Er rannte die Treppe hinauf und stieß Raphaëls Tür auf. Laute Technomusik und im Hintergrund ein schwaches Piep-Piep.

»Raphaël! Wir müssen sofort das Haus verlassen!«

»Was? Ich spiele nur noch das Spiel zu Ende und …«

»Sofort, Raphaël! *Auf der Stelle!*«

Raphaël sah einen ihm fremden, panischen Ausdruck im Gesicht seines Vaters, noch bevor er die Pistole bemerkte. Er schaltete sofort den Computer und die Musik aus, nahm seine Jacke und folgte seinem Vater den Flur entlang. Als sie an der Treppe ankamen, fingen sie an zu laufen.

»Wir holen nur noch deine Großmutter und verschwinden.«

»Was ist denn los?«

»Das ist eine lange Geschichte.« Jean-Paul sagte dies fast synchron zu seinem gehetzten Atem. »Wir trinken irgendwo einen Cappuccino, dann erkläre ich dir alles.«

Lillian war langsamer und weigerte sich zuerst, ohne eine Erklärung mitzukommen. Jean-Paul musste sie erst anschreien, ihr Leben sei in Gefahr, damit sie ihm glaubte und sich beeilte. Er fuchtelte mit seiner Pistole, als wollte er sagen: *Warum, zum Teufel, glaubst du, dass ich die mitnehme?* »Wir müssen sofort verschwinden!«

Auf dem Weg nach draußen holte er die Schlüssel des Cadillac – geräumiger und sicherer als sein neuer Jaguar –, und Sekunden später rasten sie die Auffahrt hinunter. Eine kurze Pause, bis sich das elektronische Tor öffnete, dann bog Jean-Paul auf den Boulevard Gouin Richtung Stadtzentrum ein.

Cacchiones Leute, Lorenzo und Nunzio Petrilli – »Lorry« und »High Noon« – waren nicht unbedingt Cacchiones erste Wahl, aber die Einzigen gewesen, die er so schnell hatte auftreiben können. Außerdem hatten sie bei ein paar anderen Jobs ihre Fähigkeiten unter Beweis gestellt, und sie waren zu zweit. Falls der eine Mist baute, konnte der andere es hoffentlich wieder ausbügeln.

Die Petrillis waren erst vor acht Minuten vor der Villa am Boulevard Gouin eingetroffen und erkundeten noch den Zaun um das Grundstück und das dahinter liegende Haus, um ihr Eindringen zu planen, als das Tor sich öffnete und Jean-Pauls Cadillac herausgeschossen kam.

Sie waren überrascht, und es dauerte eine Sekunde, bis sie sich in Bewegung setzten. Lorenzo drehte mehrmals nervös den Zündschlüssel, wendete und versuchte dann, Jean-Pauls Vorsprung aufzuholen.

Nach etwa zweihundert Metern bog Jean-Paul links in die Avenue Christophe Colomb ein. Als er sein Handy herausnahm, achtete er nicht auf die Lichter des Wagens, der fünfzig Meter hinter ihm fuhr. Plötzlich hatte er angefangen zu überlegen, wie er Georges helfen konnte. Es war eine Schnapsidee, aber es war alles, was ihm einfiel.

Er wählte die Nummer, und eine weibliche Stimme antwortete: »Royal Canadian Mounted Police, Dorchester Boulevard.«

»Sergeant Michel Chenouda bitte.«

35

Lorena hielt einen Augenblick den Atem an und lauschte.

Die schwachen, gedämpften Stimmen von unten waren verstummt. Ihre Stiefeltern hatten aufgehört zu reden. Jetzt hörte sie Schritte auf der Treppe. Mr oder Mrs Ryall? Nach einer Sekunde erkannte sie den leichteren Schritt: Mrs Ryall.

Sie legte sich wieder hin und atmete langsam aus. Vermutlich würde Mr Ryall nicht gleich in der ersten Nacht in ihr Zimmer kommen, sondern ein paar Tage warten. Aber das Warten würde fast so schlimm sein wie die Angst, dass er jeden Augenblick hereinkommen konnte.

Sie war hundemüde. Zwar hatte sie im Flugzeug geschlafen, aber nur ein paar Stunden; jetzt war es drei oder vier Uhr morgens. Sie wusste es nicht genau. Doch sie hatte zu viel Angst einzuschlafen, falls Mr Ryall doch ins Zimmer kommen sollte.

Wahrscheinlich würde sie sich ein wenig entspannen können, wenn sie seine Schritte auf der Treppe hörte und er auf sein Schlafzimmer zuging. Andererseits kam er oft eine oder zwei Stunden später unerwartet zu ihr. Es war fast, als kenne er instinktiv die beste Zeit, wenn sie schon im Halbschlaf war und sich kaum wehren konnte.

Aber was sollte sie tun? Sie konnte sich nicht die ganze Nacht wach halten. Sie erinnerte sich an die Abwasserkanäle, nachdem Patrika gestorben war und sie mehrere Nächte wachgelegen hatten, um zu hören, ob das Wasser wieder stieg. Nach ein paar Nächten waren sie aber so erschöpft gewesen, dass sie alles verschlafen hätten.

Was hatte Dr. Lowndes noch gesagt? *Wenn er anfängt zu zählen, dann denk an andere Zahlen, an irgendetwas anderes. Tu so, als würdest du mitmachen und einschlafen, aber bleib wach, kämpfe dagegen an.* Wenn sie keinen Schlaf bekäme, wäre sie einfach nicht wach genug, um sich wehren zu können.

Wieder hielt sie eine Sekunde den Atem an und lauschte. Schritte unten auf der Treppe, dieses Mal schwerer: Mr Ryall!

Sie schluckte und schaute hinüber zu dem großen Mountie-Bären. Sie hatte ihn dort hingesetzt, wo sie es ihr gesagt hatten, damit er direkt auf sie und das Bett schauen konnte. Vielleicht wäre es besser gewesen, wenn sie ihr gar nichts gesagt hätten. Sie hatten versucht, sie zu beruhigen: *Hab keine Angst; sobald er dich anfasst, sind wir da. Darum geht es uns, dass er ein für alle Mal damit aufhört, dich anzufassen.*

Sie hatte geantwortet, sie werde es schon schaffen, aber jetzt, als der Augenblick gekommen war, rasten ihre Nerven und ihr brach am ganzen Körper der Schweiß aus. Mr Ryall würde ihre Furcht und ihren zitternden Körper bemerken.

Die oberen Dielen der Treppe knackten – die Schritte kamen näher.

Sie schloss die Augen und stellte sich schlafend. Die Dunkelheit war eine Wohltat; sie wollte so gern ihrer Müdigkeit nachgeben. Vielleicht sollte sie einfach schlafen, bis alles vorbei war. Wenn er hereinkam und anfangen würde zu zählen, würde sie sich einfach ergeben – alles im Dunkeln lassen, wie in all den anderen Nächten. Da, wo es hingehörte! Sie wusste, wenn sie wach war, würde sie es nicht eine Sekunde lang ertragen, dass seine Hände über ihren Körper fuhren.

Sie hielt den Atem an, als die Schritte das Ende der Treppe erreichten, und atmete wieder aus, als sie hörte, wie er in Richtung seines Schlafzimmers ging. Aber nach ein paar Schritten drehte er um und kam auf ihr Zimmer zu.

Derek Bell verfolgte etwa einen Kilometer von Ryalls Haus entfernt die blaugrauen Bilder auf seinem Monitor.

Er stellte die Frequenz ein; wegen des Richtmikrofons hatte er Mühe, das Hintergrundrauschen auszublenden. Endlich wurde der Empfang klarer: Lorenas Atem, das leise Rascheln ihrer Bettdecke.

Ein eiliger Einsatz, aber so etwas gefiel ihm. Es war eine größere Herausforderung – er hatte nur vierzig Minuten Zeit, um alles einzubauen und den Bär wieder zuzunähen. Die Kamera steckte im Band der Kappe, das Mikrofon im Gürtel.

Einen Augenblick schaute Lorena direkt in die Kamera, und er versuchte ihr stumm zu verstehen zu geben: *Sieh nicht her. Tu so, als sei ich gar nicht da.*

Nach einer Sekunde wanderten ihre Augen zur Tür; dann schloss sie sie endlich. Das schwache Geräusch von Schritten auf dem Gang. Sie entfernten sich einen Augenblick, bevor sie wieder näher kamen und lauter wurden. Bell sah, wie Lorena die Augen kurz aufriss und dann wieder schloss.

Die Schritte waren jetzt im Zimmer, kamen näher, immer näher ... Bell konnte Ryall deutlich sehen – zuerst seinen Rücken und dann sein Profil. Gespannt stellte Bell das Objektiv schärfer.

Ryall beugte sich vor, berührte Lorenas Haar und streichelte es langsam. Bell glaubte, schon viel gesehen zu haben, aber jetzt raste sein Puls.

»Du armes Mädchen«, flüsterte Ryall. »Was du schon alles durchgemacht hast.«

Bell drehte den Ton ein wenig lauter.

»So eine Quälerei.« Die Hand streichelte Lorenas Gesicht, und ein Finger strich sanft über ihre Braue, während Ryall sich auf die Bettkante setzte.

Lorenas Augen blieben geschlossen, aber Bell wusste, dass sie nur so tat, als schliefe sie. Erst als Ryalls Hand nach unten wanderte und zärtlich ihre Wange und ihren Hals streichelte, öffnete sie die Augen langsam, denn sie spürte wohl, dass sie nicht einfach einschlafen konnte.

Braves Mädchen, braves Mädchen, dachte Bell. Mach weiter so, und wir kriegen das Schwein. Bell saß nach vorn gelehnt da und beobachtete jede einzelne Bewegung, während die Schweißtropfen auf seiner Stirn im Schein der Monitore glänzten.

Aber als Lorena die Augen aufschlug, hielt Ryalls Hand plötzlich inne und schwebte nun dicht über ihrer Wange. Hatte er bemerkt, dass etwas nicht stimmte, etwas in ihren Augen gesehen, das ihn alarmierte? Oder dachte er darüber nach, ob er sie in Tiefschlaf versetzen sollte, damit seine Hand ihre Reise fortsetzen konnte, oder ob er lieber in einer anderen Nacht wiederkommen sollte?

Die schweren Rotorblätter des Hubschraubers durchschnitten den Nachthimmel.

Michel spürte, wie dieser Rhythmus ihn anspornte und seinen Adrenalinspiegel steigen ließ. Die Energie der Bewegung und der fünf Männer, die ihm einsatzbereit mit Gewehren und automatischen Pistolen gegenübersaßen, war das Einzige, was ihn zuversichtlich stimmte.

Er wurde das Gefühl nicht los, dass sie zu spät kommen würden und alles umsonst gewesen war. Wie die Kavallerie, die erst eintraf, nachdem der letzte Indianerpfeil Custer getroffen hatte. Roman und seine Leute hatten mindestens eine Stunde Vorsprung. Roman würde zwar noch einige Zeit brauchen, um sich mit der Lage vertraut zu machen und zu überlegen, wie er vorgehen sollte, aber eine Stunde war einfach zu viel.

Michel schloss langsam die Augen; das dumpfe Geräusch der Rotoren war fast synchron mit seinem Puls. Es gab keinen Zweifel mehr daran, dass Roman unterwegs war. Er hatte vor wenigen Minuten über Funk mit Maury gesprochen: Telefonwanzen sowohl bei den Donatiens als auch im Schalterkasten vor dem Hotel Montclaire. Roman kannte jedes kleinste Detail!

»Noch fünfzehn Kilometer bis zur Grenze nach Ontario«, verkündete der Pilot.

»Okay.« Michel nickte. Er hatte ausdrücklich um diese Benachrichtigung gebeten, denn sie würden Sektor 14 nur zwanzig Minuten nach Überfliegen der Grenze erreichen. Wenn er bis dahin noch immer nichts von Mundy gehört hatte, mussten sie über dem Gebiet kreisen. Noch mehr Vorsprung für Roman.

Michel bat, noch einmal mit Melanie Fuller verbunden zu werden – in den vergangenen achtzig Minuten, seit sie in der Luft waren, hatte er bereits zweimal mit ihr gesprochen.

Nein, sie hatte noch immer nichts von Mundy gehört. »Wir haben ihn um wenige Minuten in einem Restaurant verpasst, aber er ist nicht nach Hause gegangen – also suchen wir jetzt in den Bars und Klubs. Aber das ist schwieriger, weil es dort keine Reservierungen gibt. Vielleicht entdecken wir ihn oder seinen Wagen irgendwo. Wir haben ein Team losgeschickt, das alle Kneipen durchkämmt, und auch alle Streifenwagen sind alarmiert.«

»Wir überqueren jede Minute die Grenze, also wird es langsam eng.« Michel musste lauter sprechen, um das Rotorgeräusch zu übertönen.

»Ich weiß, ich weiß. Machen Sie sich keine Sorgen. Sobald wir Mundy ausfindig gemacht haben, melde ich mich wieder bei Ihnen.«

In der einsetzenden Stille senkte sich ein Gefühl der Niedergeschlagenheit wie ein dunkler Mantel auf Michel.

»Noch zehn Kilometer bis zur Grenze«, meldete der Pilot. »Wir überqueren sie jeden Augenblick.«

Aber der Mantel war schwer und ließ sich dieses Mal nicht so leicht abschütteln. Sechs Männer auf einer wahnsinnigen Mission – *ins Nichts*. Vermutlich hatte er die ganze Zeit gewusst, dass sie zu spät kommen würden, aber er brauchte diese Aktivität, um sich später sagen zu können, er habe alles getan, was er konnte. Denn im Gegensatz zu den Männern, die jetzt bei ihm waren, wusste er, dass ihn selbst die Hauptschuld traf. Er hatte dafür gesorgt, dass Donatien in das Zeugenschutzprogramm aufgenommen wurde und dass seine leibliche Mutter ihn treffen und eine Nachricht für Simone überbringen konnte, damit er dort blieb. *Wenn man lügt …*

In jeder Phase hatte er manipuliert – und bekam jetzt die Quittung dafür. Sie würden am Haus eintreffen und nur noch die Leichen identifizieren können, aus nächster Nähe das Ergebnis seiner …

Michel zuckte zusammen, als wieder eine Meldung über Funk kam. Er hatte auf Neuigkeiten von Mundy gehofft – aber es war Phil Reeves vom Dorchester Boulevard.

»Gerade kam ein sehr merkwürdiger Anruf, Michel.«

»Warum? Was ist los?«

»Jean-Paul Lacaille hat angerufen. Er ist auf der anderen Leitung – will mit dir sprechen.«

Michel war sprachlos. Nach einer Sekunde fragte Reeves: »Soll ich ihm sagen, dass du im Augenblick nicht mit ihm reden kannst?«

Michel fasste sich wieder. »Nein, nein, ist schon in Ordnung. Ich spreche mit ihm.«

Dunkelheit. Undurchdringliche, alles umhüllende Dunkelheit.

Elena versuchte, diese Dunkelheit als die Schlucht zu sehen, in der sie Einsamkeit und eine Zuflucht vor all dem Wahnsinn draußen gesucht hatte – und sie hatte in diesen letzten Tagen mehr als je zuvor davon gesehen. Eine Weile funktionierte es: Sie konnte sich in ihre eigene Gedankenwelt zurückziehen und überlegen, was sie Georges sagen würde. Der holprige Flug trug allerdings nicht gerade dazu bei, ihre angespannten Nerven zu beruhigen. Während der Fahrt schienen sich die langen Minuten zu Stunden auszudehnen – und ihre Furcht kehrte zurück. Das hier war anders! Es war eine erzwungene Dunkelheit, eine unfreiwillige Einsamkeit. In der Schlucht konnte sie jederzeit wieder zum Licht zurückkehren.

In diesem Augenblick begriff sie erst wirklich, warum Lorena in Panik aus der Schlucht gerannt war – sie hatte ihr halbes Leben in der erzwungenen Dunkelheit der Abwasserkanäle und Waisenhäuser verbracht. Und jetzt Ryall. Elena kniff fest die Augen hinter dem geschwärzten Visier zusammen und betete still, dass mit Crowley alles gut gehen möge. Sie schämte sich plötzlich ihrer eigenen Paranoia. Das Einzige, was sie riskierte, waren Zurückweisung und Ablehnung, wenn sie das Falsche sagte. Vermutlich hatte sie auch nichts anderes verdient, weil sie Georges ein Leben lang aus ihren Gedanken verdrängt hatte. All das verblasste im Vergleich zu dem, was Lorena bevorstand.

Sie sollte sich freuen, statt an den Nägeln zu kauen – endlich bekam sie, was sie wollte. War das nicht der Grund für diesen ganzen Albtraum gewesen? Vielleicht lag ihre Nervosität zu gleichen Teilen an dieser Flugreise jetzt wie an dem, was vor ihr lag. Eine lebenslange Odyssee ging endlich zu Ende. Sie würde ein paar Stunden mit Georges bekommen und versuchen, sich zu erklären. Das war alles. Und sie tat es nicht nur für sich selbst, denn sie hatte das deutliche Gefühl, dass ihr Vater bei ihr war. Es war ihm nicht gelungen, Georges zu finden. Jetzt lag es an ihr, für sie beide etwas wieder gutzumachen.

Erzwungene Dunkelheit. Als sie die letzte Etappe ihrer Reise antraten und mit dem Auto weiterfuhren, musste sie plötzlich wieder an das denken, was Chenouda ihr bei ihrem letzten Gespräch erzählt hatte: Wie Georges mit verbundenen Augen hinten in einem Lieferwagen lag und getötet worden wäre, wenn er nicht eingegriffen hätte.

Seine Reise war vermutlich ähnlich gewesen wie ihre, dachte Elena und überließ sich für einen Augenblick der Dunkelheit und dem Dröhnen der Reifen auf der Straße. Sie erschauerte bei der Vorstellung, dass er die gleiche erzwungene Einsamkeit und die Angst, jeden Augenblick sterben zu müssen, erlebt hatte.

Als ihr aufging, dass sie durch diese Erfahrung eine Gemeinsamkeit zwischen ihnen herzustellen versuchte – eine Erinnerung an den Abgrund, der sich vor ihr auftat und von dem sie nicht wusste, wie sie ihn überwinden sollte –, schob sie diese Gedanken beiseite.

Brian Cole bahnte sich einen Weg zwischen den Tischen des überfüllten Jazzklubs hindurch.

Auf der kleinen Bühne spielte ein Trio gerade eine passable Instrumentalversion von Jobims »Girl from Ipanema«. Einen Augenblick glaubte er, Mundy in einer Ecke zu sehen, aber als er näher kam, erkannte er, dass er sich geirrt hatte.

Für sie kamen nur neun Klubs in Frage, die Mundy in seinem Alter besuchen könnte, doch würde es lange dauern, bis alle überprüft waren. Sie hatten die Liste unter sich aufgeteilt; das war jetzt der dritte Laden auf Coles Liste. Die Bars und Cocktailbars stellten ein größeres Problem dar. Zwanzig hatten sie auf ihrer Liste stehen, hätten aber auch noch gut ein Dutzend hinzufügen können. Sie zu durchsuchen war Aufgabe der anderen beiden Männer des Teams. Der einzige Vorteil bestand darin, dass sie schnell hineingehen, einen Blick auf die Gäste werfen und wieder hinausgehen konnten.

Als Cole gerade die Treppe des nächsten Klubs auf seiner Liste hinunter ging, klingelte sein Handy. Sein Kollege Tim hatte Mundy im Glue Pot gefunden.

»Er steht neben mir. Ich gebe ihn dir.« Tim musste fast schreien, um den Krach in dem Klub zu übertönen.

»Was gibt es?«, antwortete Mundy barsch und eindeutig verärgert über die Störung. Cole warf einen schnellen Blick auf seine Uhr, als er ihm das Problem schilderte. Ihre Suche hatte fast eineinhalb Stunden gedauert, und er fragte sich, ob es nicht schon zu spät war.

»Mach schon. Mach schon!« Roman rieb die Hände aneinander und stampfte mit den Füßen auf, um die Kälte abzuwehren.

Er trug eine gefütterte Bomberjacke – die Nächte in Montreal waren immer noch sehr kalt –, aber hier draußen musste es noch mindestens zehn Grad kälter sein. Durch das untätige Warten ging einem die Kälte bis auf die Knochen.

Funicelli beobachtete das Haus durch das Nachtsichtgerät und sah, dass zwei Lichter brannten. Eines oben an der Seite, das auch vorn durch die Veranda schien – vermutlich das große Wohnzimmer. Das andere unten, im hinteren Teil des Hauses. Sie hatten diesen Teil des Gebäudes nicht auskundschaften können, denn obwohl der umliegende See zugefroren war, hätte man sie zu leicht entdecken können. Auf der Oberfläche des Sees konnten sie jedoch keine Reflexion eines Lichtscheins erkennen.

Inzwischen warteten sie seit fünfundzwanzig Minuten darauf, dass die beiden Männer, die die Engländerin begleitet hatten, wieder verschwanden – eine Stunde und zwanzig Minuten, seit Jake Kirkham ihnen dorthin gefolgt war. Vielleicht irrte Roman sich. Er nahm an, sie würden zu einem Hotel fahren oder zusammen mit der Frau wieder zurückkehren, wenn es nur ein kurzes Treffen war – aber vielleicht blieben sie ja auch über Nacht. Das Haus sah groß aus, aber war es auch groß genug, um allen Platz zu bieten? Solche Häuser waren meist ziemlich knapp angelegt und gerade groß genug für die Bewacher und die zu schützende Person. Und jetzt kam noch eine Frau hinzu.

Funicelli hatte gesagt, es sei egal, denn durch das Gas, das er einsetzen wollte, würden ohnehin alle ausgeschaltet.

Roman machte sich jedoch Sorgen wegen der entscheidenden Minuten, die zwischen dem Durchtrennen der Telefon- und Stromleitung und dem Einsatz des Gases lagen. Da sie im Haus nur zu dritt oder zu viert waren, würde sich einer um den Generator kümmern, aber sie würden es nicht wagen, Georges mit weniger als zwei Mann zu bewachen, oder es riskieren, einen allein zum Nachsehen hinauszuschicken. Aber mit den zwei zusätzlichen Männern konnten sie nun alles, was verdächtig war, überprüfen.

Roman hatte beschlossen abzuwarten, nun aber gewannen die Kälte und seine Ungeduld die Oberhand.

»Vielleicht hast du Recht«, murmelte Roman vor sich hin. »Vielleicht sollten wir die Arschlöcher alle auf einmal ausschalten.«

Massenat stand bei Roman, während Desmarais und Jake Kirkham ein paar Meter hinter ihnen warteten – als hätten sie nur am Rande mit dem zu tun, was die beiden entschieden.

Roman hatte bereits bei der Begrüßung klar gemacht, wer den Ton angab. Als Kirkham die Blutspritzer auf seiner Schulter und seinem Arm entdeckt und gefragt hatte, was passiert sei, antwortete er: »Ich habe mich beim Rasieren geschnitten.« Und als Kirkhams Blick dann zu den größeren Blutspritzern auf Massenats Kragen und Brust wanderte, hatte Roman mit einem verschlagenen Lächeln hinzugefügt: »Er hat denselben Rasierapparat benutzt.« Die Botschaft war eindeutig: Sei nicht so neugierig. Wir sind hier, um einen Job zu machen, nicht, um dämliche Fragen zu beantworten.

Kirkham hatte seine beiden Schläger einen Kilometer weiter vorn am Anfang des Feldwegs postiert, der zum Seeufer führte. Funicelli hatte ihnen erklärt, wo und wie sie die Strom- und Telefonleitungen des Hauses durchtrennen sollten; ein Vorteil dieser Wildnis bestand darin, dass es nur Oberleitungen gab. Die beiden sahen allerdings aus wie zwei Kiffer aus *Easy Rider* und Roman fragte sich ernsthaft, ob sie ihren Job erledigen könnten, ohne sich selbst dabei zu grillen.

»Warte mal!«, rief Funicelli da und stellte das Gerät scharf.

Er konnte schemenhafte Figuren erkennen; sie wurden deutlicher, als sich die Wagentür öffnete und das Licht anging. »Sieht so aus, als würden sie endlich Leine ziehen.«

»Gut.« Roman stampfte wieder mit den Füßen auf, aber dieses Mal eher abwartend. Noch vier bis fünf Minuten, bis sie verschwunden waren, dann konnten sie die Leitungen durchtrennen und das Haus stürmen.

»Ich weiß, dass Ihnen dieser Anruf seltsam vorkommen muss – aber ich wusste nicht, was ich sonst tun sollte.«

Michel hörte zu, als Jean-Paul erklärte, dass er ursprünglich vorgehabt habe, Georges verschwinden zu lassen, vielleicht nach Kuba zu bringen, plötzlich aber herausgefunden habe, dass Roman ganz andere Pläne hatte. »Deshalb rufe ich Sie an.«

»Ich weiß. Ich bin gerade auf dem Weg dorthin«, sagte Michel. Einen Augenblick schwiegen beide. Bevor Jean-Paul den Eindruck bekommen konnte, sein Anruf sei vielleicht umsonst gewesen, fügte Michel hinzu: »Aber ich weiß nicht, wo genau das Haus ist – nur die ungefähre Gegend. Hat Roman Ihnen gegenüber irgendetwas erwähnt?«

Einen Augenblick war Jean-Paul verwundert, dass Chenouda nicht wusste, wo sich das Haus befand. »Eh ... Er sagte etwas von einem Ort namens Cochrane in Nord-Ontario, nannte aber nicht die genaue Adresse.«

»Cochrane, Cochrane«, wiederholte Michel zu Stephan, dem Teammitglied mit der Landkarte.

Einen Augenblick fuhr Stephan suchend mit dem Finger über die Karte und zeigte dann Michel den gesuchten Punkt.

»Okay, wir haben es gefunden. Wir haben es!« Sein tiefsitzender Argwohn gegenüber den Lacailles war groß, und er dachte einen Augenblick, Jean-Paul könnte ihm eine falsche Adresse gegeben haben. Aber Cochrane lag eindeutig im Sektor 14. Eine weitere beklemmende Pause und dann: »Danke. Ich weiß, dass es Ihnen nicht leicht gefallen sein dürfte, mich anzurufen. Dafür schulde ich Ihnen einen Drink.«

»Ja«, stimmte Jean-Paul zu und fügte trocken hinzu: »Und die

Androhung einer Gefängnisstrafe zurückzunehmen wäre auch keine schlechte Idee.«

Das Gespräch wurde beendet, und Michel warf dem Piloten einen Blick zu. »Wie lange brauchen wir bis Cochrane?«

Der Pilot schaute auf die Karte und überlegte. »Fünfzehn, sechzehn Minuten.«

Michel bemühte sich, seine Skepsis abzuschütteln, sie könnten zu spät kommen. Nach wie vor mussten sie erst noch Mundy auftreiben, um die exakte Position zu erfahren. Endlich, eine Viertelstunde später, kam sein Anruf.

Atemlos schildert ihm Michel sein Dilemma, worauf Mundy versprach, sofort in dem Haus anzurufen, um die Kollegen zu warnen, und sich dann wieder zu melden. Aber als Mundy wieder anrief, hatte er niederschmetternde Neuigkeiten: Die Leitung war tot, er kam nicht durch.

Michels Magen sank wie ein Stein, und wieder schwand seine Hoffnung.

»Was ist mit Handys?«, fragte er aufgeregt.

»Wir benutzen sie nicht – aus Sicherheitsgründen. Sie können zu leicht zurückverfolgt und überwacht werden. Die gesicherte Leitung ist die einzige, die hinein- und hinausführt, und die ist tot.«

Michel schloss die Augen. Diesmal war die Vorstellung davon, wie sie die Leichen untersuchten, noch lebensechter und ließ sich noch schwerer abschütteln. Am schlimmsten jedoch würde es sein, mit dem zu leben, wofür er die Verantwortung trug.

Als er die Treppe hinaufgegangen war, hatte Cameron Ryall überlegt, was er tun sollte.

Drei Tage lang hatte er alle zwei Stunden bei der Polizei angerufen, um sich nach Lorena zu erkundigen, ohne eine positive Antwort zu bekommen. Dann rief man ihn plötzlich am Nachmittag an und teilte ihm mit, sie sei unterwegs nach Hause. Aus Kanada!

Ryall schüttelte den Kopf. Die Suche der Polizei hatte sich

überwiegend auf Europa beschränkt; kein Wunder also, dass sie Lorena nicht gefunden hatten. Und jetzt konnten sie sich nicht entscheiden, ob sie Anklage erheben sollten oder nicht.

»Letztendlich hat sie Lorena ja freiwillig gehen lassen. Außerdem haben wir noch das Problem mit dem Tonband und ihrer Erklärung, warum sie Lorena mitgenommen hat, ihre Befürchtung, was mit dem Kind passieren könnte. Mrs Waldren hat Lorena zu einigen psychologischen Sitzungen in Kanada mitgenommen, aber letztendlich ist nichts Eindeutiges dabei herausgekommen – und deswegen schickt sie sie jetzt zurück. Wenn wir Anklage erheben, würde dies alles zweifellos zu ihrer Verteidigung vorgebracht werden.«

Der Anruf war von Crowley gekommen. Offenbar war das Ganze Turton zu peinlich gewesen, um sich selbst darum zu kümmern. Es blieb Crowley überlassen, vorsichtig Worte wie *belästigen* oder *sich vergehen* zu vermeiden.

Nichts Eindeutiges. Ryall fragte sich, was wohl bei diesen Sitzungen in Kanada passiert war. Er hatte geglaubt, es werde automatisch Anklage gegen Elena Waldren erhoben. Vielleicht war bei dem Psychologen doch mehr herausgekommen, als sie sagten; zumindest genug, dass sie ein Vorgehen gegen die Frau überdachten.

Langsam ging er die Treppen hinauf. Eine Frage ließ ihn nicht mehr los: Was war wirklich bei diesen Sitzungen geschehen – wie viel wussten sie tatsächlich? Vermutlich würde er das nie erfahren. War es nicht auch egal? Wenn es so schwerwiegend oder verdächtig gewesen wäre, wäre er derjenige gewesen, den die Polizei beschuldigt oder zumindest mit ein paar sehr gezielten Fragen konfrontiert hätte.

Als er das Ende der Treppe erreichte, war sein Schritt ein wenig leichter. Zuerst war er unschlüssig gewesen, hatte dann aber beschlossen, nicht in Lorenas Zimmer zu gehen. Lass sie einen Tag ausruhen und sich wieder eingewöhnen. Aber nach ein paar Schritten hielt er plötzlich inne, überlegte es sich anders und lauschte. Leise Geräusche von Nicola aus ihrem gemeinsamen Schlafzimmer. In der nervösen Erwartung von Lorenas Rückkehr hatte sie noch stärker zu Gin und Tabletten gegriffen. In ein paar Minuten würde sie völlig weggetreten sein. Außerdem hatte sie sich nie eingemischt – es nie gewagt in den elf Jahren, seit er *ihr* Geheimnis entdeckt hatte. Er erinnerte sich, wie sie ihn einmal zufällig mit Mikaya erwischt hatte; nach einer Sekunde hatte sie sich einfach wieder umgedreht, ohne ein Wort zu sagen, und war gegangen. Der wachsende Druck, die Last seines und ihres eigenen Geheimnisses tragen zu müssen, zeigte sich hauptsächlich in ihrem immer größeren Alkohol- und Tablettenkonsum, ohne den sie nicht mehr zurechtkam. Es war erbärmlich, aber Ryall kümmerte sich schon lange nicht mehr darum. Das Wichtigste war, dass sie ihn nicht störte.

Und Lorenas erste Nacht zu Hause nach einer solchen Tortur – jeder Vater würde sie doch trösten und mit ihr reden. Er drehte sich um und ging auf Lorenas Zimmer zu; sein Mund war plötzlich ganz trocken vor Erwartung. Er hatte sie so vermisst – ihre weiche Haut an seinen Fingerspitzen, ihren zarten, gleichmäßigen Atem auf seiner Wange, wenn er sich über sie beugte und mit einem Finger leicht über ihre geschlossenen Lider strich, kurz bevor er zurückzählte und sie wieder weckte. In diesem Moment gehörte sie ganz ihm; er hatte die Kontrolle über jeden ihrer Atemzüge.

Eine Sekunde lang stand er ganz still und blickte nur auf Lorena herab. Dann berührte er mit zitternder Hand ihr Haar. In diesem Augenblick wurde ihm plötzlich klar, wie er herausfinden konnte, was bei den Sitzungen in Kanada geschehen war.

Bells Nerven waren angespannt wie Klaviersaiten, während er die Bilder auf dem Monitor verfolgte.

Als Ryall anfing zu sprechen und Lorena in einen hypnotischen Schlaf zählte, boxte er mit der Faust in die Luft. »Ja, *ja*! Jetzt haben wir dich, du Schwein! Gleich am ersten Abend – du kannst einfach nicht abwarten!«

»Sieben … acht … Du fühlst dich ganz schläfrig, alle Glieder deines Körpers sind vollkommen entspannt. Du lässt dich immer tiefer und tiefer fallen …«

Bell saß auf der Vorderkante seines Stuhls, als Ryall bei zehn angelangt war, leicht über Lorenas Wange strich und seine Hand dann zweimal nur wenige Zentimeter vor ihren Augen auf und ab bewegte.

Dann Stille. Grabesstille.

Bell vermochte nicht zu sagen, ob Lorena wirklich schlief. Vielleicht hatte sie Lowndes Rat befolgt und im Geiste andere Zahlen gezählt?

Bell verfolgte die Bewegung von Ryalls Hand. Sie berührte Lorena wieder an der Schulter und fuhr ein paar Zentimeter ihren Arm hinab, bevor sie innehielt.

Ein paar Belanglosigkeiten über die Fahrt nach Kanada und die schwere Zeit, die sie durchgemacht hatte, denen er nicht viel Beachtung schenkte – er war zu sehr damit beschäftigt, Ryalls Hand zu beobachten. Dann konzentrierte er sich plötzlich auf den Verlauf ihres Gesprächs.

»*Und in Kanada warst du bei einem Arzt. Einem Psychiater. Worüber hast du mit ihm gesprochen?*«

Bell spannte sich am ganzen Körper an. Ryall versuchte herauszubekommen, was bei den Sitzungen passiert war! Wenn Lorena wirklich hypnotisiert war, konnte sie jeden Augenblick alles ausplaudern. Die Aktion wäre vorüber, bevor sie überhaupt begonnen hatte!

»*Über meine Zeit in den Waisenhäusern … die Abwasserkanäle und Patrika. Und über meine Familie.*«

»*Ich verstehe. Über deine Familie. Was wollte er denn über sie erfahren?*«

Oh Gott! Bell schluckte heftig. Mit einem Finger klopfte er nervös auf den Tisch neben dem Monitor. Er konnte die Spannung, was Lorena als Nächstes sagen würde, kaum ertragen. Sein Blick wanderte wieder zu Ryalls Hand. Sie war ein wenig tiefer den Arm des Mädchens hinuntergewandert; der Daumen war abgespreizt und berührte den Rand ihrer Brust. Reichte das schon? Vermutlich nicht. Konnte als unschuldig ausgelegt werden.

»Na los!«, zischte Bell. »Weiter runter mit der Hand, und …«

Dann unterbrach er sich plötzlich, kaum glaubend, dass er Ryall antrieb. Außerdem wurde ihm schlagartig klar, dass Lorena sich in großer Gefahr befand, wenn Ryall ihr Spiel entdeckte und herausfand, dass sie versuchten, ihn in die Falle zu locken. Er schaute nervös zum Telefon und dachte daran, Crowley anzurufen und dem Ganzen ein Ende zu machen. Aber sie würden nicht rechtzeitig dort sein. Falls das Spiel aufflog, würde Ryall innerhalb der nächsten Minuten alles erfahren.

»Verschiedene Sachen. Er … er schien besorgt, ob ich glücklich bei ihnen bin.«

»Glücklich bei ihnen … glücklich bei ihnen? Was genau hat er über sie wissen wollen?«

Jetzt kam es darauf an. Bell drehte sich der Magen. Ihre einzige Hoffnung bestand darin, dass Lorena nicht wirklich hypnotisiert war, sondern bluffte und ihn anlog. Ryalls Hand bewegte sich wieder, fuhr verführerisch über ihren Arm und legte sich dann auf ihren Bauch. Das reichte noch immer nicht.

»Er … Er fragte mich, ob irgendetwas Schlimmes mit mir passiert sei. Irgendetwas, was ich nicht mochte.«

»Was denn Schlimmes? Was hat er …« Als das Telefon klingelte, brach Ryall mitten im Satz ab und schaute zur Tür.

Wer rief denn um diese Zeit noch an? Andererseits war es schließlich die erste Nacht, in der seine Stieftochter wieder zu Hause war. Vielleicht ein Verwandter oder jemand, der alles Gute wünschen wollte. Bells Puls raste jetzt doppelt schnell. War Lorena wach und wehrte Ryall ab, oder gab sie alles über die Sitzung preis? Wegen der Gefahr des False-Memory-Syndroms hatte Lowndes es vermutlich vermieden, sie direkt zu Ryalls Belästigungen zu befragen. Aber nach ein paar Fragen würde Ryall die Wahrheit herausfinden. Das Telefon hörte auf zu klingeln. Entweder hatte der Anrufer aufgegeben, oder Nicola Ryall war an den Apparat gegangen.

Als Ryall wieder auf Lorena blickte und seine Frage beendete, beugte sich Bell näher zu dem Monitor vor und verfolgte ganz aus der Nähe jede Bewegung: das leichte Flackern hinter Lorenas geschlossenen Augen, die Art und Weise, wie sie sich beim Sprechen mit der Zunge die Lippen befeuchtete. Seine Hände waren dabei zu Fäusten geballt; schließlich öffnete er sie langsam und berührte den Bildschirm. »Komm schon, mein kleiner Engel, sei wach. Sei hellwach.« Aber er wusste einfach nicht, ob sie wach war oder unter Hypnose stand.

Kurz nachdem er das Gespräch mit Chenouda beendet hatte, bemerkte Jean-Paul den Wagen im Rückspiegel. Zwei Autos hinter ihm, immer im gleichen Abstand von fünfzig Metern. Er war sicher, dass es sich um denselben Wagen handelte, der ihnen aus der Gouin in die Avenue Papineau gefolgt war. Seitdem war er noch zweimal abgebogen, aber als sie etwa einen Kilometer die Rue St. Denis entlangfuhren, war der Wagen noch immer hinter ihnen.

Nur um ganz sicher zu gehen, schwenkte Jean-Paul jetzt rechts in die Rue Jarry ein, um dann wieder links in Richtung St.-Lorenz-Strom zum Stadtzentrum abzubiegen. Der Wagen folgte ihnen jedes Mal im gleichen Abstand – außer nach der letzten Kurve, als der Abstand zwischen ihnen auf über hundert Meter anwuchs, weil er einen Wagen vorbeilassen musste. Es bestand kein Zweifel: Sie wurden verfolgt!

»Warum fahren wir hier durch die Gegend?«, fragte Raphaël vom Rücksitz aus. »Ich dachte, wir gehen ins Le Piemontais?«

»Ja, tun wir auch. Tun wir.« Jean-Paul wandte seine Augen vom Rückspiegel ab. Er hatte ihnen einen Schrecken eingejagt, als er mit ihnen aus dem Haus geflohen war, und wollte sie jetzt nicht noch in helle Panik versetzen. Wo sie hinfahren würden, hatte er Lillian gesagt, als sie ihn bei ihrem Aufbruch ungeduldig danach gefragt hatte.

Dann blickten seine Augen wie automatisch wieder in den Rückspiegel, als er bemerkte, wie der Wagen ausscherte und die beiden zwischen ihnen fahrenden Autos überholte, um die Lücke zu schließen.

Als Lorenzo Petrilli nach dem Überholvorgang wieder einscherte, fragte Nunzio: »Glaubst du, er hat uns bemerkt?«

»Ich weiß nicht, ich ...« Als er dann Jean-Pauls erneuten

Blick in den Rückspiegel bemerkte, fügte er hinzu: »Ja, ja – es sieht so aus. Ich glaube, er ist irgendwie gewarnt worden. So, wie er das Haus verlassen hat, als ginge ihm der Arsch auf Grundeis ... Und er hat uns zu schnell entdeckt.«

Nunzio schaute seinen Bruder einen Moment an, nicht sicher, ob der nicht einfach nur eine Ausrede suchte, weil er Jean-Pauls Wagen zu auffällig folgte. Doch was er sagte, ergab einen Sinn. Er zuckte mit den Schultern. »Kann schon sein. Wir müssen sowieso eher früher als später handeln. Je näher wir der Stadt kommen, desto schwieriger wird es.«

Lorenzo nickte. Noch konnten sie ihn erledigen, schnell auf einen der Highways abbiegen und mühelos entkommen. In der Stadt gab es zu viele Kreuzungen und zu viele Streifenwagen, um sich schnell aus dem Staub zu machen. Lorenzo drückte das Gaspedal durch und schloss zu Jean-Pauls Wagen auf.

Jean-Pauls Hände am Lenkrad wurden feucht, als er merkte, wie der Wagen immer näher herankam. Sie würden doch wohl nichts unternehmen, solange er seinen Sohn und seine Mutter bei sich hatte? Sie würden warten, bis er allein war. Als er sah, wie der Wagen näher kam, schwand diese Hoffnung.

Da er immer wieder in den Rückspiegel sah, bemerkte Raphaël seine Verwirrung. »Was ist denn los?«

Dein Onkel hat jemanden geschickt, um mich umbringen zu lassen. Lillian wäre noch erschütterter, wenn sie entdeckte, dass sich ihre beiden geliebten Söhne wie Kain und Abel bekämpften. Er sagte: »Was ich befürchtet hatte.« Dann flüsterte er Lillian neben sich auf dem Beifahrersitz zu: »Cacchione!« Der Name sagte ihr etwas, nicht aber dem Jungen. Darum war es die ganze Zeit gegangen: Ihr Leben zu ändern, damit sein Sohn nicht wie er selbst im Schatten leben musste. Aber jetzt steckte sein Sohn mittendrin, und am Ende hatten die Schatten ihn eingeholt.

Jean-Paul biss die Zähne zusammen und verfluchte Roman: Er war so ungeduldig gewesen, dass er alles andere in den Wind geschlagen hatte; er hatte das eherne Gesetz gebrochen: *Ziehe niemals jemand anderen aus der Familie mit hinein.*

Als der Wagen bis auf zwanzig Meter herankam, nahm Jean-Paul die Pistole aus seiner Jacke und legte sie sich in den Schoß, Raphaëls ängstlichen Blick dabei auf sich spürend. Sein Vater, der große Beschützer. In Wahrheit hatte er seit Jahren keine Pistole mehr abgefeuert, und Roman musste das gewusst haben: Er würde ein leichtes Ziel abgeben.

Der Wagen kam näher – zwölf Meter, zehn Meter – und in diesem Augenblick leuchteten seine Scheinwerfer voll auf und erhellten das Wageninnere. Plötzlich sah er sich und Roman zusammen als Kinder, wie sie an einem sonnigen Tag im Garten spielten, als ihr Vater sie rief. Glücklichere Zeiten. Aber das Bild verblasste schnell wieder und wich der nackten Realität des Wagens dicht hinter ihnen; fast glaubte er, Roman vor sich zu sehen, wie er den Fahrer vom Rücksitz aus antrieb.

Jean-Paul drückte das Gaspedal durch und versuchte, den Abstand zu vergrößern. Straßenlaternen und Neonlichter flackerten schneller an ihnen vorbei. Er hatte Mühe, sich auf die Straße zu konzentrieren. Plötzlich kam vor ihm ein Wagen aus einer Seitenstraße und er drückte auf die Hupe und wich ihm aus. Er konnte den Abstand ein wenig vergrößern, aber nur für kurze Zeit; als er in den Rückspiegel schaute, sah er, dass sie die Lücke schnell wieder schlossen: fünfzehn Meter, dann wieder zwölf. Er schaute auf den Tacho: einhundert Stundenkilometer, und die Nadel stieg weiter.

Jean-Paul zitterte und hielt mit feuchten Händen das Lenkrad umklammert. Was würde er tun, wenn sie neben ihn fuhren? Wenn er das Fenster herunterkurbelte, um auf sie zu schießen, wäre er noch verletzlicher. Dabei war er sich noch nicht einmal sicher, ob er auch in der Lage war, einen guten Schuss abzufeuern und den Wagen bei dieser Geschwindigkeit mit einer Hand zu lenken.

Die Ampel vor ihm sprang auf Gelb, aber er drückte das Gaspedal durch und raste bei Rot durch. Der andere blieb hinter ihm; einige Autos hupten, als sie über die Kreuzung schossen.

»Pass auf!«, schrie Lillian, als am Straßenrand plötzlich ein Fahrrad mit schwachem Rücklicht auftauchte.

Bis jetzt war sie erstaunlich beherrscht gewesen; normalerweise beschwerte sie sich immer, wenn er bei einer Einkaufsfahrt in der Stadt auch nur zehn Stundenkilometer zu schnell fuhr. Jean-Paul schwenkte nach links, um dem Fahrrad auszuweichen, und spürte das leichte Schlingern des Wagens.

Bei dieser Geschwindigkeit riskierte er ohnehin, sie alle umzubringen. Der Cadillac war schwer, nicht leicht zu kontrollieren, wenn er das Steuer in letzter Sekunde herumreißen musste. Jetzt wünschte er, er hätte doch den Jaguar genommen; es wäre zwar eng gewesen, und sie hätten weniger Schutz gehabt, aber er hätte sich schneller durch den Verkehr fädeln, beschleunigen und die Verfolger vermutlich abhängen können. *Schwer.* Plötzlich hatte er eine Idee.

Als der Wagen diesmal die Lücke hinter ihnen wieder schloss, unternahm Jean-Paul nichts; er versuchte nicht, zu beschleunigen und den Abstand zu vergrößern. Gleichzeitig behielt er die Scheinwerfer der entgegenkommenden Autos im Auge.

»Okay, ich glaube, jetzt haben wir sie«, verkündete Lorenzo, nachdem er den Abstand auf fünf Meter verkürzt hatte. Er klopfte mit einem Finger auf das Lenkrad, als er einen Wagen vorbeilassen musste, scherte dann aus und beschleunigte. Die nächsten entgegenkommenden Scheinwerfer waren noch ein gutes Stück entfernt und schienen nicht besonders schnell zu sein.

Nunzio öffnete das Seitenfenster, und ein Luftstrom drang in das Auto. Er legte die Pistole an: Die Fenster des Cadillac waren nur leicht getönt, und er konnte Jean-Paul deutlich erkennen. Schon glaubte er, er könne ihn mit einem gezielten Schuss erwischen, als der Cadillac plötzlich ein paar Meter nach vorne zog.

Nunzio schaute hinüber, als Lorenzo rasch wieder auf gleiche Höhe fuhr, wobei seine Augen zwischen dem Cadillac und dem Gegenverkehr hin und her flackerten. Plötzlich hatte er seine Beute wieder direkt in der Schusslinie. Nunzio zielte auf Jean-Pauls Kopf und drückte ab.

Ein kräftiger Schlag, und der Cadillac schien durch den Aufprall kurz zu schlingern. Aber als Nunzio auf die Einschussstelle in der Scheibe schaute, sah er, dass die Kugel nicht durchgedrungen war. Panzerglas! Jean-Pauls Profil verzog sich zu einem Lächeln. Nunzio legte erneut an.

»Na los! Mach schon!«, schrie Lorenzo, als er hinüberschaute und plötzlich registrierte, was passiert war.

»Noch ein paar Schüsse an die gleiche Stelle, und das war's!«

»Aber schnell!« Lorenzo schaute wieder auf die entgegenkommenden Scheinwerfer; kleine Schweißtropfen glänzten auf seiner Stirn, als er sah, dass sie zu einem großen Lastwagen gehörten. Aber er würde noch rechtzeitig wieder einscheren können.

Nunzio zielte wieder genau auf Jean-Pauls Kopf, aber als der Cadillac plötzlich in letzter Sekunde auf sie zuschwenkte, war er verblüfft: Die normale Reaktion wäre gewesen, auszuweichen oder zu beschleunigen. Er drückte trotzdem zweimal ab und sah einen weiteren sternförmigen Riss in der Scheibe neben dem ersten, kurz bevor Jean-Pauls Gesicht schemenhaft wegrückte und der Cadillac gegen sie knallte.

Sie wurden ein paar Meter zur Seite abgedrängt, und Lorenzo kämpfte mit dem Lenkrad, um sie wieder auf die Spur zu bringen. Seine Augen öffneten sich weit. Der Laster näherte sich schnell, seine Hupe ertönte – aber sie konnten es noch immer rechtzeitig schaffen. Er beschleunigte, um vor Jean-Paul einzuscheren, aber sofort krachte der Cadillac wieder gegen sie. Nunzio feuerte eine weiteren Schuss ab, den Lorenzo dieses Mal abpasste und kurz vor dem Aufprall der Kugel mit dem Lenkrad gegensteuerte.

Es war ein ungleicher Kampf – der Cadillac war fast zweimal so schwer wie ihr Wagen, und diesmal war der Stoß wesentlich härter. Sie steuerten auf den Laster zu, und Lorenzo versuchte, das Steuer herumzureißen.

Zu heftig! »*Verdammt …*« Das Heck schlug aus, und der Wagen geriet außer Kontrolle.

Das Quietschen von Reifen und Druckluftbremsen erfüllte

die Luft. Der Lastwagenfahrer hatte angenommen, sie würden einscheren oder ein wenig zur Seite fahren, damit er sie passieren konnte – deshalb hatte er zu spät gebremst. Der Wagen schlingerte im letzten Moment, und der Truck traf ihn in voller Breite, drückte die Fahrertür ein und schob ihn zwanzig Meter vor sich her, bevor er sich überschlug und auf dem Dach landete.

Der Lkw kam fünf Meter vor dem Wrack zum Stehen. Der Fahrer sprang heraus, war sich aber nicht sicher, ob er sich dem Wagen nähern oder sich lieber in Sicherheit bringen sollte. Er sah, dass die Person am Steuer sofort tot gewesen sein musste, konnte aber nicht erkennen, ob sich auf dem Beifahrersitz jemand bewegte. Da nahm ihm die durchtrennte Benzinleitung die Entscheidung ab. Die Flammen schlugen schnell höher, und der Mann hatte erst acht Schritte seines Sprints zurückgelegt, als der Wagen explodierte.

Jean-Paul hatte nach fünfzig Metern angehalten, und sie waren ausgestiegen. Er stützte sich mit einer Hand am Dach des Cadillac ab und sah, wie der Wagen seiner Verfolger in Flammen aufging. Sein Vater hatte ihm den Cadillac gekauft, als ihre Fehde mit den Cacchiones auf dem Höhepunkt gewesen war: Pascal hatte der Wagen nicht gerettet, aber sein Vater würde zufrieden lächeln, wenn er sehen könnte, wie gut er sich jetzt bewährt hatte. Ein Relikt aus der Vergangenheit, das es ihnen ermöglichte, in die Zukunft zu fliehen – irgendwie passend.

Während der Explosion konnte er eine Sekunde lang die Faszination in Raphaëls Augen sehen – die typische Reaktion der Video-Generation –, bevor dem Jungen klar wurde, wie nah sie selbst dem Tod gewesen waren. Raphaëls Gesicht verzog sich, und er ließ sich von seinem Vater in den Arm nehmen. Lillian drückte Jean-Pauls Hand auf Raphaëls Schulter, aber der Kreis war noch nicht vollständig, rief sich Jean-Paul ins Gedächtnis. Wenn Roman Georges fand, würde Simone nie mehr nach seiner Hand greifen.

36

So viele Gefühle.

Von Fotos, die sie bei den Donatiens gesehen hatte, wusste Elena bereits, wie er aussah. Also konzentrierte sie sich auf andere Dinge: wie er sich bewegte, wie seine Stimme klang, wie er sie anschaute und anlächelte – auch wenn es nicht viel zu lächeln gab.

Sie hatte so oft darüber nachgedacht, was sie ihm sagen wollte, dass sie schließlich kaum ein Wort herausbrachte. Sie stand nur da und fragte: »Wie geht es dir?« Als ihr aufging, dass sie das bereits bei ihrer Begrüßung gesagt hatte, fügte sie schnell hinzu: »Es ist so gut, dich endlich zu sehen.« Sie war unsicher, ob sie ihn umarmen sollte oder doch besser nicht.

Jetzt stand sie wie angewurzelt da und blinzelte wie eine Verrückte – nach den vielen Stunden der Dunkelheit musste sie sich erst wieder an das Licht gewöhnen. Als sie schließlich einen Schritt vorgetreten war und zögerlich lächelte – vermutlich als Reaktion darauf, wie seltsam und nervös sie wirken musste –, umarmten sie sich. Aber die Umarmung war ein wenig steif, fast formell und weit entfernt von der emotionalen Katharsis, die sie sich vorgestellt hatte. Bei dieser ersten Berührung spürte sie die Barriere von drei Jahrzehnten ohne Kontakt. Es würde unmöglich sein, sie in den ersten Minuten oder überhaupt in den paar Stunden, die ihnen blieben, niederzureißen.

Aber als sie sich hingesetzt hatten und jemand namens Russell ihr Kaffee anbot, machten sie allmählich Fortschritte. Zögernd versuchte sie eine Erklärung, aber als sie an einem Punkt unsicher wurde und nicht wusste, was sie als Nächstes sagen sollte, kamen die Fragen: Mein Vater – wie war er? Und was war dein Vater für ein Mensch? Wie alt warst du, als das passierte? Wo hast du damals gelebt? Warst du lange in dem Waisenhaus? Also hast du es durch den Bruder meines Stiefvaters herausgefunden: Ich habe ihn seit meiner Kindheit nicht mehr gesehen – wie ist er jetzt?

Zuerst war sie dankbar für die Fragen, weil sie nicht mehr darüber nachdenken musste, was sie sagen oder erklären sollte. Aber an einem gewissen Punkt bekam ihre Unterhaltung etwas Mechanisches, fast wie ein Vorstellungsgespräch. Georges versuchte festzustellen, ob sie wirklich gut genug war, seine Mutter zu sein, und ob er ihr überhaupt je würde verzeihen können. Unterschwellig konnte sie deutlich seine Erbitterung spüren. Als sie dann gerade die Kaffeetasse an die Lippen hob und genau die Frage kam, die sie befürchtet hatte, wurde sie erneut unsicher, und ihre Hand zitterte.

»Dass du mich weggeben musstest, kann ich verstehen, du warst zu jung. Aber warum hast du in den Jahren danach nicht versucht, mich zu finden?« Er schüttelte den Kopf, blickte verbittert zu Boden und schaute sie dann herausfordernd an: »All die Jahre. *Warum*?«

Da versuchte sie, auch den Rest hinter sich zu bringen; dass sie es aus ihrem Gedächtnis gelöscht hatte, ihre Arbeit mit den Waisenkindern, um ihre Schuld wieder gutzumachen, und wie sie sich immer wieder gesagt hatte, dass er irgendwo eine nette Familie gefunden hatte – bis sie Ryall und Lorena begegnet war. Als sie zu diesem Punkt kam, musste sie wieder daran denken, was Lorena jetzt wohl durchmachte, und an die schreckliche Odyssee, die sie hierher geführt hatte: Lowndes, die Stephanous, das Waisenhaus, ihre Tränen am Telefon, als sie von der Mutter die Wahrheit über ihren Vater erfuhr – *all die Jahre,* die sie nicht nur mit ihrem Sohn versäumt, sondern auch einen Groll gehegt hatte, der schon lange nicht mehr berechtigt war. Tränen schossen ihr in die Augen. Sie hatte so lange so viel falsch gemacht. Das konnte sie unmöglich wieder gutmachen, schon gar nicht in den wenigen Stunden, die ihnen blieben.

Als sie zu zittern begann und sich mit dem Handrücken die Tränen abwischte, rückte er näher heran und umarmte sie wieder.

»Es tut mir Leid. Es tut mir Leid, dass ich dich so dränge.« Er streichelte ihr sanft über den Rücken. »Es ist nur … ich möchte es einfach gern erfahren.«

»Nein, nein ... schon gut.« Sie schniefte und bekam sich dann wieder unter Kontrolle. »Du hast jedes Recht, es zu erfahren.« Und sie spürte, dass seine Umarmung nun plötzlich anders war, offener, wärmer als zu Anfang. Vielleicht bestand ja doch noch Hoffnung, dass sie die Barrieren niederreißen konnte.

Als sie sich aus ihrer Umarmung lösten und Georges ihr Gesicht betrachtete und die Jahre des Schmerzes und der Schuld in ihren Augen sah, war dies der erste Augenblick, in dem er wirklich sagen konnte, dass sie ihm sympathisch war. Er hatte die ersten vierzig Minuten zu sehr an seinem eigenen, lang gehegten Groll festgehalten, als dass irgendetwas anderes hätte zum Vorschein kommen können. Allerdings war es mehr Bewunderung als eine emotionale Bindung oder Liebe – vielleicht würde das ja später noch kommen. In diesem Augenblick achtete und bewunderte er, was sie auf sich genommen hatte, um ihn sehen zu können. Sie hätte sich ebenso gut gänzlich von ihm abwenden und sich all den Kummer der Suche ersparen können.

Er lächelte reuevoll. »Dass dein Vater ein erstklassiger Banker war, erklärt zumindest eines.« Er hatte immer Schwierigkeiten gehabt, sich mit Nicholas Stephanous willensschwachem Defätismus in Verbindung zu bringen, und sich gefragt, wie es sein konnte, dass er vom selben Blut war.

»Oh, ich verstehe.« Elena brauchte eine Weile, um zu begreifen, erinnerte sich dann aber, dass die Donatiens ihr gesagt hatten, ihr Sohn sei im Bankgeschäft tätig.

Als Letztes lösten sich ihre Hände voneinander, und für einen Augenblick entstand eine betretene Pause. Elena schaute auf die gläsernen Schiebetüren und die Veranda. Dahinter herrschte tiefe Dunkelheit, nur ein schwacher Mond beleuchtete einen Teil des Sees und den Ring aus Bäumen dahinter. Beim Eintreten waren ihre Augen unwillkürlich dorthin gezogen worden, denn nach den vielen Stunden in der Dunkelheit schmerzte die grelle Beleuchtung des Raumes.

»Nun, jetzt weißt du ein wenig über mich. So, wie es ist.« Sie biss sich kurz auf die Lippe und wandte sich dann wieder

Georges zu. »Ich habe einiges von deinen Stiefeltern über dich erfahren, von den Donatiens. Sie sind sehr stolz auf dich. Aber es gab vieles, was wir ...« Plötzlich hielt sie inne, denn in diesem Augenblick gingen alle Lichter aus: alles verschlingende Dunkelheit, nur der ferne Schein des Mondes als einzig sichtbares Licht.

Es war fast so, als habe sie wieder das Visier vor den Augen, nur dass sie jetzt neben ihrem eigenen unregelmäßigen Atem noch den ihres Sohnes hören konnte.

Aus dem Inneren des Hauses drangen schwache Geräusche von Schritten und Bewegung zu ihnen, und nach einigen Sekunden ging ein schwaches Notlicht an. Dann war Russell oben auf der Treppe zu hören:

»Sieht aus wie ein Stromausfall. Die Lichter in einer Hütte westlich von hier scheinen ebenfalls ausgegangen zu sein. Steve kümmert sich um den Generator – er müsste in ein paar Minuten laufen.«

Hinter ihnen hatte Chac den Kopf aus der Küche gesteckt. »Okay. Halt uns auf dem Laufenden.« Dann nickte er ihnen kurz zu und zog sich zurück.

Sie entspannte sich wieder. Aber als sie weiterredete, konnte sie sehen, dass Georges noch immer äußerst nervös war. Seine Augen flackerten unruhig hin und her, und er lauschte auf jedes kleine Geräusch von unten und hörte ihr kaum zu.

»Was hast du gesagt?«, fragte er dann und konzentrierte sich wieder auf sie.

»Ich habe nur gesagt, wie schwierig es jetzt für dich mit deiner Verlobten Simone sein muss. Offensichtlich empfindest du sehr viel für sie. Sergeant Chenouda erwähnte eine Nachricht, die ...«

Plötzlich waren alarmierendere Geräusche zu hören: schwere, schleppende Schritte und gedämpfte Stimmen, dann ein Knall, von dem sie nicht wussten, ob er mit dem Anlassen des Generators zu tun hatte. Dann ertönte Russells Rufen.

»Gas ... Gas! Schnell raus hier ...!« Seine stampfenden, stolpernden Schritte verhallten auf halbem Weg nach oben.

Georges sprang auf, und seine Augen verengten sich. »Du hast sie hergebracht, stimmt's? Du hast sie hierher gebracht!«

Chac stürmte mit gezogener Pistole aus der Küche. »Los, schnell. Wir müssen weg!«

»*Was?*« Sie war für eine Sekunde verwirrt. Dann pochte ihr Herz plötzlich wie wild, als ihr klar wurde, was Georges meinte. Die Bedrohung, der sie ausgesetzt waren. »Nein … *nein*!«, flehte sie und streckte die Hände nach ihm aus. Aber als sie aufstand, spürte sie, wie ihre Knie weich wurden und ihr ein süßliche Geruch in Nase und Kehle stieg; ihr Kopf wurde ganz leicht. Georges war bereits außer Reichweite und stürzte zur Verandatür.

Sie fragte sich einen Augenblick, ob es wie an dem Tag im Kloster von Baie du Febvre war, als sie einfach vor Aufregung in Ohnmacht gefallen war; oder vielleicht lag sie ja auch immer noch im Kloster auf dem Boden und wartete darauf, wieder zu sich zu kommen, um festzustellen, dass alles, was sich in der Zwischenzeit ereignet hatte, nur ein grausamer Albtraum war?

Doch als sie sah, wie Chac unmittelbar neben ihr zusammenbrach und nach Luft rang, und wie Georges auf die Knie sank, als er die Verandatür öffnete, wusste sie, dass es nicht so war. Das Gas breitete sich schnell im ganzen Haus aus. Sie sah, wie er die Tür halb öffnete und sich hochzog, um hinauszukommen – aber in diesem Augenblick spürte sie, wie sie mit einer Wange auf den Teppich aufschlug und alles dunkel wurde. Sie sah nicht mehr, ob er es geschafft hatte.

Nicola Ryalls Hand zitterte, als sie den Hörer auflegte – ein Zittern, das noch stärker wurde, als sie die Nachttischschublade öffnete und die Pistole herausholte.

»Entschuldigen Sie, dass ich um diese Zeit noch anrufe. Es geht um Ihre Tochter Mikaya …«

Es war eine alte Pistole, eine Luger aus der Zeit vor dem Zweiten Weltkrieg. Sie versuchte sich zu erinnern, wie der Deckel funktionierte, der am Ende des Laufs angebracht worden war, um die Waffe wie eine Kopie aussehen zu lassen und so

Probleme mit der Zulassung zu vermeiden. Wurde er aufgedreht oder doch herausgezogen wie ein Stöpsel?

»Es geht ihr gut, ihr Zustand ist stabil. Aber wären ihre Mitbewohnerinnen eine Minute später zurückgekommen, wäre es zu spät gewesen.«

Sie hantierte einen Augenblick daran herum und zog den Deckel schließlich ab. Sie schaute nach, ob die Waffe geladen war, und ließ sie beinahe fallen, weil ihre Hand so stark zitterte: Sie war geladen. Das hatte er ihr auch immer versichert, für den Fall, dass Einbrecher eindringen sollten. Und sie erinnerte sich, dass er sie auf den Feldern hinter dem Haus im letzten Sommer zur Probe abgefeuert hatte.

»Aber wir sind sicher, dass es ein ernsthafter Selbstmordversuch war – nicht nur ein Hilferuf. Ihre Tochter konnte nicht ahnen, dass ihre Freundinnen schon so bald zurück sein würden.«

Der Anruf kam von einem von Mikayas Tutoren, der sie ins Krankenhaus begleitet hatte. Mikaya hatte starke Beruhigungsmittel bekommen und schlief jetzt, aber vielleicht bestand die Möglichkeit, in vier bis fünf Stunden mit ihr zu sprechen.

Selbstmord. Nicola dachte an all die Jahre, in denen sie etwas hätte unternehmen können; zumindest hätte sie versuchen können, sich ihm gegenüber zu behaupten. Aber immer wieder hatte sie diesen Gedanken von sich geschoben – und stattdessen noch eine Pille mit noch einem Glas Gin hinuntergestürzt.

Mein Gott. Eines Nachts hatte sie ihn sogar mit Mikaya gesehen, aber immer noch versucht sich vorzumachen, dass nicht wirklich etwas passierte – dass sie wegen der tiefen Schatten geglaubt hatte, mehr zu sehen, als es wirklich zu sehen gab.

Langsam richtete sie die Waffe gegen den Kopf.

Die ganze Zeit über die verdeckte Drohung, dass er ihr kleines Geheimnis verraten würde. »Von jetzt an leben wir beide unser eigenes Leben und kümmern uns um unsere eigenen Angelegenheiten. Keine Fragen.« Kurz nachdem er herausgefunden hatte, dass sie keine Kinder bekommen konnte, hatte er aufgehört, mit ihr zu schlafen. Und doch musste es ein Schock für ihn gewesen sein, als er unerwartet einen Tag früher von einer Geschäftsreise nach Hause kam und sie mit einer anderen Frau im Bett fand. Ein seltsames, verschlagenes Lächeln war auf seinem Gesicht erschienen, das sie erst später ganz verstand, als sie Mikaya adoptierten. Ein Skandal um ihre Homosexualität wäre wie eine Bombe in ihre kleine Kirchengemeinde und den Kreis der Wohlfahrtsorganisationen eingeschlagen, und er wusste, dass er nun die Macht über sie besaß, die er wollte.

Sie schaute kurz auf den Pistolenlauf, als dieser auf Augenhöhe war, und hielt ihn sich dann an die Schläfe.

Trotzdem hätte sie etwas sagen, irgendetwas tun sollen. Ihr kostbarer Ruf in der Kirchengemeinde als Preis für das, was jetzt mit Mikaya geschehen war? Sie schloss die Augen und schüttelte den Kopf. Mikaya musste schrecklich gelitten haben in all den Jahren. Ein schwacher, jämmerlicher Handel. Und die arme Lorena machte jetzt zweifellos das Gleiche durch. Jeden Tag fraß sich der Schmerz tiefer: Sie brauchte immer mehr Pillen und Gin, um ihn zu betäuben, hatte ihre Grenzen erreicht, konnte den Schmerz und die Schuld nicht eine Sekunde länger ertragen.

Als sie die Pistole an ihre rechte Schläfe drückte, zitterte ihre Hand so stark, dass sie befürchtete, selbst auf diese kurze Distanz nicht zu treffen.

Sie hatte einmal von der Frau eines berühmten Politikers gehört, die nach langjähriger Ehe lesbische Neigungen entwickelt hatte. Um des guten Rufs willen blieben sie verheiratet, und der Ehemann suchte sein Vergnügen außerhalb der eigenen vier Wände – nur dass dies herauskam und Schlagzeilen machte. Eine Zeit lang hatte Nicola sich dadurch besser gefühlt, nicht so abnormal – aber das war jetzt ein schwacher Trost. Der Politiker hatte sich mit Frauen über zwanzig vergnügt, nicht mit kleinen Mädchen!

Langsam rann ihr eine Träne die Wange hinunter, und sie kniff die Augen fester zusammen, während sie mit rasendem Puls den Finger um den Abzug legte. Es gab keinen anderen Ausweg. *Keinen Ausweg! Zu viel Schmerz.* Sie verstärkte den

Druck ihres Fingers und dachte daran, wie elend Mikaya sich in diesem Augenblick gefühlt haben musste … Aber in letzter Sekunde entspannte sie den Finger plötzlich wieder und atmete die angehaltene Luft aus. Langsam öffnete sie die Augen. Sie war immer ein Feigling gewesen, und dies war der Ausweg eines Feiglings.

Wenn sie den Abzug betätigte, hätte sie noch immer nichts getan: Sie würde sich nur für eine jämmerliche Geste entscheiden, sich aber nicht wehren! Er würde verächtlich auf ihren toten Körper herabsehen, letzter Beweis dafür, dass sie nie den Mut gehabt hatte, sich gegen ihn zu wehren. Schlimmer noch: Lorena würde allein mit ihm bleiben, und dann gab es nichts mehr, was ihn aufhielt.

Sie senkte die Pistole. Wo war er jetzt? Es war Lorenas erste Nacht, die sie wieder zu Hause verbrachte, aber er hatte sich trotzdem nicht beherrschen können und war in ihr Zimmer geschlichen.

Als sie mit wackligen Beinen aufstand, war ihr Kopf so leicht, dass sie einen Augenblick dachte, sie falle vornüber. Nach einer kurzen Pause, die sie brauchte, um das Schwindelgefühl zu überwinden und ihren letzten Mut zusammenzunehmen, machte sie sich auf den Weg in Lorenas Zimmer.

Roman keuchte, als er um das Haus herum zur Vorderseite rannte, und er hörte seinen rasselnden Atem unter der Gasmaske. Außerdem musste er sich erst an das Nachtsichtgerät gewöhnen, an den seltsamen graugrünen Schleier, der nach jeder Bewegung entstand. Da das Gerät sich beim Laufen auf und ab bewegte, hatte alles um ihn herum verschwommene Ränder.

Zuerst war es gut gelaufen. Sie hatten die Rückseite des Hauses erreicht, bevor der Generator ansprang. Funicelli hatte ein Loch in die Scheibe der Hintertür geschnitten, sie geöffnet und drei Gaspatronen in den Flur geworfen.

Das Gas sollte die Wachen der S-18 in den unteren Räumen betäuben und gleichzeitig nach oben strömen. Aber nur wenige Sekunden nach dem Abwurf der Patronen kam ein Mann aus einem der Zimmer – vielleicht hatte er gehört, wie die Patronen über den Boden gerollt waren –, rannte sofort zur Treppe und schrie.

Auf der anderen Seite des Gangs öffnete sich eine Tür, und zwei Bewacher kamen heraus, die das Haus durch den Hintereingang verlassen wollten, aber nicht weit kamen. Einer brach auf halbem Weg zusammen, während es dem anderen gelang, mit einer Hand die Tür zu erreichen, bis es Roman zu ungemütlich wurde. Er trat aus dem Schatten hervor und schoss der Wache aus einem Meter Entfernung ins Gesicht.

Der Mann brach auf der Stelle zusammen; Roman lauschte angestrengt auf jede Bewegung im oberen Stock: Schritte im vorderen Teil des Hauses, das Geräusch einer aufgeschobenen Tür. Als er das schwache Knacken von Holzdielen auf der vorderen Veranda hörte, rannte er los. Die anderen folgten fünf oder sechs Meter hinter ihm.

Als er die Vorderseite des Hauses erreicht hatte und durch sein auf und ab hüpfendes Nachtsichtgerät halbwegs etwas erkennen konnte, war die Gestalt bereits mindestens sieben Meter von der Verandatreppe entfernt und lief auf die Büsche und Bäume zu: Donatien! Jeden Moment würde er zwischen den Bäumen verschwinden.

Roman blieb stehen, zielte und schoss – und sah, wie sich Georges kurz duckte und dann im Gebüsch verschwand. Roman war sich nicht sicher, ob er ihn getroffen hatte oder ob der Mann sich bückte, um durch das Unterholz zu kriechen.

Roman rannte weiter. Sein Atem ging schwer, fast ohrenbetäubend unter der Gasmaske, und als er feststellte, dass dies fast jedes andere Geräusch erstickte, riss er sie herunter und warf sie weg. So weit vom Haus entfernt, drohte vom Gas keine Gefahr mehr, und auf Georges' Bewegungen zu lauschen, war jetzt die beste Leitlinie, denn das Laubwerk war zu dicht, um viel sehen zu können.

Als Roman bei den Bäumen ankam, fand sich keine Leiche am Boden. Entweder hatte er Georges verfehlt oder nur gestreift. Während er sich durch das Gebüsch kämpfte, ging ihm plötzlich auf, dass dies auch unwichtig war: Georges würde nicht weit kommen! Denn der Wald erstreckte sich nicht viel weiter als vierzig Meter, bevor er am Ufer des Sees endete. Dann kamen mindestens hundert Meter zugefrorener See vor dem nächsten Landstück.

Sobald Georges den See überquerte, hatte Roman ihn direkt in der Schusslinie. Er konnte unmöglich entkommen.

Georges hatte Mühe, einen klaren Kopf zu bekommen.

An der Verandatür wäre er fast ohnmächtig geworden, hatte dann aber tief die kalte, klare Nachtluft eingeatmet und konnte sich schließlich aufrichten und ins Freie retten. Er wurde allmählich schneller, fühlte sich aber noch immer benommen, und seine Schritte waren unsicher. Er stolperte und wäre fast die letzten Stufen der Verandatreppe hinuntergefallen. Am Rand des kleinen Wäldchens stolperte er fast wieder, als er jemanden hinter sich hörte und nur ein paar Zentimeter neben ihm eine Kugel durch die Blätter pfiff. Seine Knie waren vor Angst weich wie Pudding.

Eine albtraumhafte Jagd: Er musste unbedingt Boden gut machen, aber je mehr seine Lungen durch das schnelle Laufen arbeiteten, desto mehr wurde er von dem Gas benommen und stand kurz vor der Ohnmacht.

Verzweifelt bahnte er sich einen Weg durch das Gebüsch. Wieder zischte eine Kugel dicht an ihm vorbei. Ihm wurde klar, dass sein Verfolger entweder blind in Richtung seiner Bewegungen schoss oder ihn gesehen haben musste.

Georges stolperte weiter voran, die Lichtung vor Augen. Doch als er ans Ufer des zugefrorenen Sees gelangte, blieb er stehen. Er würde sich zu lange auf offenem Gelände bewegen, wenn er ihn überquerte. Dann bemerkte er etwa dreißig Meter weiter rechts einen kleinen Landesteg, an dem ein Motorboot und ein Schneemobil vertäut waren. Hinter sich hörte er das Geräusch schnell herannahender Schritte, und Äste knackten. Er stürzte auf den Landesteg zu.

Er keuchte und musste angestrengt lauschen, um die Position

seines Verfolgers auszumachen. Seine Brust schmerzte, und seine Beine drohten auf den letzten Metern zu versagen; er fiel praktisch auf das Schneemobil und hantierte verzweifelt daran herum: Startknopf direkt vor ihm an der Lenkstange, Anlasser auf der rechten Seite.

Er hörte, wie sein Verfolger durch die letzten Büsche stürmte. Georges drückte den Knopf und zog an der Schnur, aber der Motor sprang nicht an.

Sein Verfolger erschien zwischen den Büschen, und da er die Gasmaske abgenommen hatte, konnte Georges sehen, wer es war. Roman! Fast wie in Zeitlupe sah Georges durch seinen aufsteigenden Atem zu Roman hinüber, der sich orientierte und ihn schließlich entdeckte.

Georges zog erneut an der Schnur, und diesmal hatte er Erfolg. Aber Roman hob bereits seine Pistole und zielte.

Georges ließ den Motor aufheulen, sprang aufs Schneemobil und raste davon. Die erste Kugel pfiff an ihm vorbei, als er gerade fünf Meter zurückgelegt hatte, aber die zweite traf ihn. Er spürte sie wie den Tritt eines Maulesels an seiner linken Schulter, und er verriss das Lenkrad kurz, bevor er wieder einschwenkte. Die dritte kam kurz darauf und traf das Metall am Heck des Schneemobils; die vierte pfiff wieder vorbei – und jetzt betete er, er möge schon zu weit entfernt sein für einen gezielten Schuss.

Er hielt sich für mindestens weitere siebzig Meter in derselben, vornübergebeugten Position, die Zähne zusammengebissen wegen des Schmerzes in der Schulter, bevor er sich leicht aufrichtete und einen Blick zurück auf Roman riskierte.

Es dauerte einen Augenblick, bis er die Figur im schwachen Mondlicht erkannte. Roman hielt die Pistole gesenkt, und sein schwer gehender Atem erfüllte die Luft, während er ratlos in seine Richtung starrte. Georges konnte sich ein Grinsen nicht verkneifen, lachte dann lauthals und brach schließlich, als er über das Eis raste und die Spannung nachließ, in Freudenschreie aus.

Nur noch knapp einen Kilometer bis zu den Bäumen auf der anderen Seite, und dann …

Georges maß dem leichten Ruck, den er spürte, zuerst keine Bedeutung bei, das Krachen und die Schräglage des Schneemobils jedoch, nachdem er über einen schneebedeckten Ast oder etwas Ähnliches gefahren war, bereiteten ihm Sorgen.

Dann drehte sich plötzlich alles, und Georges stürzte auf das Eis, während das Schneemobil auf seinem rechten Bein landete. Völlig außer Atem lag er eine Sekunde lang da und versuchte sich zu orientieren. Als er spürte, dass sein eingeklemmtes Bein nass wurde, und sah, wie das Schneemobil kippte und langsam von ihm herunterglitt, erkannte er plötzlich panisch, was passiert war: Das Eis war aufgebrochen, und er versank im Wasser!

Er versuchte auf die Eisdecke zu klettern, während das Schneemobil tiefer ins Wasser sank – aber mit seinem Gewicht hatte es den abgebrochenen Eisblock so weit gekippt, dass Georges unaufhaltsam mit ihm hinabrutschte. Das Wasser traf ihn wie ein eisiges Beil in den Unterleib. Er klammerte sich verzweifelt fest, aber es war, als versuche er, an nassem Glas Halt zu finden.

Das eisige Wasser stieg schnell und nahm Georges den Atem. Im letzten Augenblick schlug er mit den Armen, um oben zu bleiben – aber der Sog des Schneemobils drohte, ihn mit sich zu ziehen, und er spürte, wie ihm das Wasser in den Mund drang und über seinem Kopf zusammenschlug, bevor es ihm gelang, durch wilde Armbewegungen wieder an die Oberfläche zu kommen.

Er prustete und spuckte, griff verzweifelt nach einer festen Eiskante. Seine Hände fanden einen Block, der sich allerdings bewegte. Wieder sank er ein wenig tiefer und schaffte es nur mit Mühe, mit dem Mund über Wasser zu bleiben, während er sich panisch umsah. Er spürte, wie sein Körper taub wurde und alles Gefühl aus seinen Nerven wich. Wenn er nicht schnell aus dem Wasser käme, würde er es nicht schaffen!

Er klammerte sich an einem anderen losen Eisbrocken fest, bevor er endlich den Rand der geschlossenen Eisdecke erreichte. Aber als er versuchte, sich hochzuziehen, sank sein Mut. Er konnte sehen, dass Roman nur fünfzig Meter entfernt war und schnell näher kam! Offenbar hatte er in dem Augenblick, als das Schneemobil zu schleudern begann, zum Sprint angesetzt.

Wenn er sich nicht beeilte, würde er ein leichtes Ziel für Roman abgeben. Der Schmerz in seiner Schulter war unerträglich, sodass er sich überwiegend mit der rechten Seite abstützen und vorwärtsschieben musste; er war völlig außer Atem, als er seinen Oberkörper endlich wie ein gestrandeter Seehund auf das Eis hievte. Aber sobald er sich aufrichtete und mit dem linken Fuß auftrat, spürte er, wie er einknickte; der Schmerz schoss durch seinen Körper, und er erinnerte sich, dass das Bein unter dem Schneemobil eingeklemmt gewesen war.

In diesem Augenblick sah Georges seine letzte Hoffnung schwinden. Während er mühsam davonhumpelte und Romans schnell herannahende Schritte hinter sich hörte, wünschte er, er hätte sich gar nicht erst die Mühe gemacht. Er hätte sich einfach in das eisige Wasser sinken lassen sollen – so hätte er Roman zumindest um das Vergnügen gebracht, ihn zu erschießen.

37

Ein leichtes Flackern der Augenlider. Nur für eine Sekunde.

Ryall beugte sich weiter vor. »Bist du wach, Lorena?«

Nach einer Sekunde die zögerliche Antwort: »Nein.« Die Lider wurden wieder ruhig, bewegten sich nicht.

Aber Ryall war nicht vollkommen zufrieden. Ihre Antworten waren ausweichend geworden, lieferten ihm keine wirklichen Informationen, und als er sich seufzend wieder aufrichtete, glaubte er zu sehen, dass sie für einen kurzen Augenblick die Augen aufschlug. Und offenbar musste sie nachdenken, bevor sie ihm antwortete.

Sie hatte, als sie die Augen öffnete allerdings nicht ihn angesehen, sondern zu etwas am anderen Ende des Zimmers geschaut. Er drehte sich um und folgte ihrem Blick: der Mountie-Bär aus Kanada.

Er betrachtete das Stofftier, das auf der Kommode saß, und ging dann darauf zu, aber da es von Schatten verdeckt war, konnte er keine genaueren Einzelheiten erkennen.

Bell zuckte zusammen, als er sah, wie Ryall ihn durch die Kamera anschaute und näher kam. »Verdammter Mist!«

Sein Blick wanderte erneut zum Telefon, er überlegte, ob er anrufen und alles abbrechen sollte. Stattdessen starrte er wie gebannt wieder auf den Monitor und wagte kaum, sich zu bewegen, weil er vielleicht etwas verpassen konnte. Ryall kam auf wenige Zentimeter heran und drehte sich dann plötzlich um.

Ryall war sich sicher, dass Lorena die Augen schnell geschlossen hatte, als er sich ihr wieder zuwandte – so als sei sie neugierig, wo er hinging und was er sah.

»Was wird hier gespielt, Lorena?«, fragte er. Keine Antwort. Ihr Körper und ihre Lider zeigten keinerlei Regung. »Ich weiß, dass du wach bist, also können wir jetzt mit dem Spiel aufhören, Lorena …«

Bell stürzte zum Telefon und tippte frenetisch die Nummer ein. Es klingelte einmal, zweimal. »Verdammt! … *Geh endlich ran*!« Er hämmerte mit der Faust auf den Tisch.

»Du musst mir jetzt sagen, was los ist.« Ryall beugte sich über Lorenas reglosen Körper. Er strich ihr mit einem Finger sanft über den Hals und kam so nah, dass er ihren Atem auf seinem Gesicht spüren konnte. Einen Augenblick lang hätte man ohne weiteres glauben können, sie stehe wirklich unter seiner Kontrolle – wie in all den anderen Nächten. Dann flüsterte er ganz leise: »Sag es mir … *sag* es mir. Was wird hier gespielt?«

Lorenas geschlossene Augen zuckten, ein Augenblick der Unsicherheit, der ihren Körper zittern ließ und den auch Ryall bemerkte. Dann sah er mit Zufriedenheit, dass sie endlich die Augen öffnete.

»Es war nicht meine Idee …«

Der Hörer am anderen Ende der Leitung wurde nach dem dritten Klingeln abgenommen, und Bell ließ sich sofort mit dem zuständigen Sergeant verbinden. Aufgeregt schilderte er das Problem, während sein Blick noch immer auf dem Bildschirm haftete: Lorena hatte sich aufgesetzt, die Augen geöffnet, und schüttelte den Kopf, während sie direkt auf das Kameraobjektiv zeigte.

Der Sergeant meinte, Crowley sei schon seit über zwei Stunden nicht mehr im Dienst. »Aber wir rufen ihn zu Hause an und machen uns sofort auf den Weg.«

Ryall schaute jetzt ebenfalls in Richtung der Kamera, dieses Mal mit unverhohlener Feindseligkeit. Dann war seine Stimme deutlich zu hören, als er Lorena an der Schulter packte und sie schüttelte. »Was hast du getan … Was hast du getan?«

»Aber beeilt euch, um Gottes willen! Es bleibt nicht mehr viel Zeit.«

»Ein Streifenwagen ist in sechs bis sieben Minuten dort.«

Kaum hatte er aufgelegt, eilte Bell wieder an den Bildschirm; seine Hand zitterte unkontrollierbar, als er sie zu dem, was er vor sich sah, ausstreckte. »Halt durch, kleiner Engel. Halt durch! Wir sind gleich da.«

Er wurde fast wahnsinnig. Es war unerträglich, jede einzelne Bewegung zu sehen, aber nichts unternehmen zu können – als würde er einen alten Horrorfilm anschauen, der plötzlich rückwärts lief. Er wünschte, er hätte jemanden anrufen können, der die Rollen stoppte.

Als er sah, wie Ryall Lorena auf das Bett zurückschubste und mit zornigem Gesicht auf die Kamera zuging, erkannte er, dass es wahrscheinlich zu spät sein würde. Er wusste, was als Nächstes kam: Ryall würde den Bären in Stücke reißen und die Kamera zerstören, und dann würden die Lichter ausgehen: Er würde nicht sehen, was passierte, wenn Ryall seine Wut wieder gegen Lorena richtete.

Aber als Ryall nur noch zwei Schritte von dem Bären entfernt war, blieb er plötzlich stehen und drehte sich zur Seite.

»*Was? … Was zum Teufel soll das?*«

»*Was hast du getan … Was hast du getan?*«

Das war das Erste, was Nicola Ryall hörte, als sie nach der Türklinke griff. Als sie die Tür aufstieß, entfernte er sich schnell vom Bett und schien sich für etwas anderes im hinteren Teil des Zimmers zu interessieren. Als er die Pistole in ihrer Hand bemerkte, blieb er stehen, und fragte sie, was sie vorhätte. Ein herablassender, verächtlicher Blick.

Sie hob die Waffe ein wenig höher und zielte auf ihn. »Bleib, wo du bist!« In Filmen hörte sich das gut an, aber als sie es mit zitternder Stimme aussprach, klang es schwach und jämmerlich.

Ryall bedachte das Ganze mit der Verachtung, die es verdiente. »Was? Du willst mich erschießen? *Du*?« Er hatte eine Augenbraue hochgezogen, und sein Mund war zu einem Grinsen verzerrt. »Das Ding funktioniert sowieso nicht.«

Sie zögerte nur eine Sekunde, denn sie war sicher, dass er bluffte. »Oh doch. Ich habe sie vor ein paar Monaten ausprobiert«, log sie. Als sie den Ausdruck auf seinem Gesicht sah, wusste sie, dass sie wirklich funktionierte. Sie beschloss, noch eins draufzulegen. »Ich bin inzwischen ziemlich gut damit.«

Jetzt sah er ernsthaft besorgt aus und hob seine Hände ein wenig. Sie genoss diesen Moment; das Gefühl, Macht über ihn zu haben, ließ sie leicht schwindlig werden. Sie hätte es schon früher versuchen sollen. Es war ihr kaum je gelungen, ihr eigenes Leben unter Kontrolle zu bringen, ganz zu schweigen von dem eines anderen.

Ryall schaute sie wie versteinert an und bewegte sich einen Schritt zurück zu Lorena, bevor Nicola mit der Pistole herumfuchtelte. »Ich habe gesagt, du sollst bleiben, wo du bist.« Und nach einem kurzen Schweigen: »Gerade kam ein Anruf. Es ging um Mikaya. Sie hat versucht, sich das Leben zu nehmen.«

»*Was?*« Seine Augenbrauen zogen sich zusammen. »Konnte man sie retten?«

»Ja.« Sie stieß einen heftigen Seufzer aus und sagte dann verächtlich: »Als ob dich das interessieren würde – du bist doch der Grund dafür.« Sie schüttelte den Kopf, und ihre Hand schloss sich fester um die Pistole. »Mit Mikaya habe ich es dir all die Jahre durchgehen lassen, aber mit Lorena werde ich es nicht länger dulden.«

Er richtete seinen Blick wieder auf die Pistole. »Dazu hast du nicht den Mut.«

»Darauf würde ich mich nicht verlassen.« Sie trat einen Schritt näher.

Ryall hörte noch immer das Zittern in ihrer Stimme. Er war sicher, dass sie aufgeben würde, wenn es hart auf hart ging, aber nicht sicher genug, um darauf zu bauen. Er musste sie unbedingt irgendwie ablenken. Seine Augen suchten das Zimmer ab, während sich auf seiner Stirn Schweißtropfen bildeten. *Der Bär!*

Er lächelte gezwungen. »Wenn du mich erschießt, haben sie alles auf Film. Sie werden wissen, dass es keine Notwehr war.« Er zeigte auf den Bären. »Sie haben da drin eine Kamera versteckt.«

»*Was?*« Nicola schaute ungläubig auf das Plüschtier. *Eine Kamera im Bären?* Sie war doch diejenige, die Pillen und Alkohol intus hatte. »Kannst du dir nicht etwas Besseres ausdenken?« Kaum hatte sie das ausgesprochen, wurde ihr klar, dass es fast zu lächerlich war, um ein Bluff zu sein.

»Nein, nein – wirklich. Was glaubst du, hatte ich vor, als du hereingekommen bist? Ich wollte den Bären aufreißen und die Kamera kaputt machen.«

Er war beharrlich, klang überzeugend, und Nicola schaute fragend zu Lorena, die nur wie betäubt nickte und dieses Drama mit großen, ängstlichen Augen verfolgte. Plötzlich hatte Nicola einen anderen Grund zum Nachdenken: Cameron Ryall mochte ein Monster sein, aber es war doch etwas anderes, wenn Lorena mit ansehen musste, wie ihr Stiefvater vor ihren Augen erschossen wurde.

»Also mache ich jetzt einfach weiter und zerstöre die Kamera«, sage er. »Aber da du ja so eine gute Schützin bist – warum zerschießt du sie nicht?«

Nicola schaute zwischen ihm und dem Bären hin und her. Ryall grinste herausfordernd, als sei dies eine Art Test zwischen ihnen beiden. Wenn sie nachgab, würde er wieder die Oberhand gewinnen.

»Mach schon«, spottete er. »Du bist doch hier die Meisterschützin.«

Sie zielte auf den Bären, aber als die Pistole immer deutlicher, fast unkontrolliert zitterte, war das Spiel vorbei. Er durchschaute sie, erkannte das jämmerliche, zitternde Wrack, das aus ihr geworden war. Fünfzehn Sekunden Kontrolle in fünfzehn Jahren waren am Ende alles, was er ihr gestattet hatte.

Sein Spott wurde beißender. »Du traust dich noch nicht einmal, auf einen Teddybären zu schießen – und auf mich erst recht nicht.«

Sie biss die Zähne zusammen und versuchte, das Zittern zu unterdrücken, weil sie entschlossen war, ihm das Gegenteil zu beweisen.

Als Ryall sah, wie sie sich auf ihr Ziel konzentrierte und den Abzug betätigen wollte, stürzte er auf Lorena zu.

Die Pistole wurde herumgerissen; die Kugel flog über ihn hinweg und durchschlug das Fenster hinter ihm. Das Bett bot ihm Schutz, als er sich auf den Boden fallen ließ und dann Lorena von hinten packte und sie an sich zog.

Als er wieder aufstand, hatte er das Mädchen wie einen lebenden Schutzschild vor sich geschoben. Sein Blick kämpfte einen Augenblick mit dem Blick Nicolas, als wolle er ihr klar machen, wer jetzt die Kontrolle hatte.

»Geh von der Tür weg, oder ich breche ihr das Genick.« Er zog seinen Unterarm fester um Lorenas Hals, um es zu demonstrieren.

Am anderen Ende der Kamera lagen Bells Nerven blank; sein Herz schlug heftig, während er verfolgte, was sich da abspielte. Als Nicola Ryall mit der Pistole auf die Kamera gezielt hatte, hatte er geschrien: »*Nein, nein*! Es ist ein Trick! Wenn du auf irgendwas schießen willst, dann schieß auf *ihn*!« Jetzt flüsterte er: »Sei vorsichtig … sei vorsichtig. Halt ihn hin – unternimm nichts. Die Kavallerie ist jeden Augenblick da.«

Bell sah, dass Nicola eine Sekunde zögerte und dann ein paar Schritte zur Seite trat, während Ryall mit Lorena auf die Tür zuging. Nicola folgte ihnen, und sie verschwanden aus dem

Blickfeld der Kamera, sodass Bell nur noch die Geräusche hören konnte.

Nicola war fast mechanisch zur Seite getreten. Hatte sie Angst gehabt, er könne Lorena etwas antun, oder folgte sie einfach nur seinem Befehl, wie sie es in all den Jahren getan hatte? Erst als er auf die Treppe zuging, kam ihr der Gedanke.

»Wo willst du mit ihr hin?«

»Ich weiß es noch nicht. Das entscheide ich, wenn wir im Auto sind.« Ryalls Augen blickten nervös zu den Stufen hin. Durch die Kamera würden sie von der Hypnose erfahren, aber hatte er Lorena denn irgendwo berührt, wo er nicht durfte? Er war so sehr daran gewöhnt, sie überall zu berühren, wo er wollte, wenn sie unter Hypnose stand, dass er sich einfach nicht erinnern konnte. »Sie werden bald hier sein.«

»*Wer?*« Sie zwinkerte, als habe sie Mühe, klar zu sehen.

Er deutete mit dem Kopf auf Lorenas Zimmer. »Der Bär. Sie haben alles aufgezeichnet.« Er sagte es fast gelangweilt; die vielen Jahren klangen an, in denen er immer jedes kleinste Detail hatte erklären müssen, um durch ihren Alkohol- und Tablettenrausch zu dringen.

Für Nicola wurde in diesem Augenblick plötzlich alles klar. Sie brauchte ihn nur ein paar Minuten aufzuhalten. Entschlossen hob sie die Pistole. »Du gehst nicht.«

Wieder der verächtliche Ton: »Du hattest ja nicht einmal den Mut, auf den Teddy anzulegen ... und wir wissen doch beide, dass du nicht gut genug bist, um auf mich zu schießen, ohne Lorena zu treffen.« Er starrte auf die Pistole in ihrer Hand, die dadurch wieder stärker zu zittern anfing.

Sein Selbstvertrauen machte sie wütend: Ein paar Worte von ihm, und ihre Entschlossenheit verpuffte. Genau das war der Grund, warum er so lange alles mit Mikaya und jetzt mit Lorena hatte machen können. Sie hatte die beiden im Stich gelassen; und selbst mit einer Pistole in der Hand konnte sie jetzt nichts unternehmen, um ihn aufzuhalten.

Sie hob den anderen Arm und versuchte, die Pistole mit beiden Händen festzuhalten. Aber nach wie vor zitterte sie heftig.

»Du bist jämmerlich!«, kommentierte Ryall ihre Bemühungen. »Geh und übe noch ein wenig an dem Bären; wenn du in ein paar Jahren so weit bist, lass es mich wissen.«

Sie versuchte, ihm noch einen Augenblick länger Stand zu halten, gab aber schließlich auf und ließ die Pistole sinken. Er hatte Recht: Sie war jämmerlich. Das hoffnungslose Wrack einer Frau, die am Ende war. Sie musste verrückt gewesen sein, auch nur zu denken, dass sie die Kraft hatte, zu …

Als er sich dann aber mit einem letzten, verächtlichen »Jämmerlich!« zur Treppe wandte und sie den flehenden Ausdruck in Lorenas Augen sah, stieg plötzlich neue Entschlossenheit in ihr auf, eine glühende Wut, die ihre Augen aufblitzen ließ. Wut und Abscheu über die Hülle einer Frau, die aus ihr geworden war, die er aus ihr gemacht hatte. Sie hatte nichts unternommen, um Mikaya zu helfen, aber sie konnte ihn jetzt nicht einfach mit Lorena gehen lassen! Wenn sie jetzt nichts tat, würde sie nie etwas tun – es war die Chance! Und in diesem Augenblick ergab sich eine Gelegenheit: Er drehte sich ein wenig zur Seite, um die erste Treppenstufe zu betreten, und achtete nicht auf sie, weil er glaubte, sie habe aufgegeben.

Sie hob die Pistole und drückte in demselben Moment ab, bevor er sie wieder ansehen und ihr erneut das Selbstvertrauen rauben konnte.

In letzter Sekunde drehte er sich halb zu ihr um – vielleicht hatte er aus dem Augenwinkel ihre Bewegung gesehen –, und als sie den sich ausbreitenden roten Fleck auf seinem Hemd und dann auf Lorenas Nachthemd sah, sah es so aus, als habe sie Lorena ebenfalls getroffen.

Entsetzt sah sie, wie alle beide die Treppe hinunterstürzten. Mit einem dumpfen Geräusch kamen sie unten auf, und Nicola schloss für eine Sekunde die Augen, wagte kaum hinzusehen, bevor sie schließlich die Stufen hinabeilte.

Sie kniete sich dicht neben die ineinander verschlungenen Körper: Lorena war blutüberströmt und halb unter seiner Brust eingeklemmt. Keiner der beiden rührte sich.

Vorsichtig streckte sie eine Hand aus, zog sie dann aber wieder zurück. Plötzlich hatte der Mut sie verlassen. So blieb sie einfach in dieser Position hocken, biss sich in die Knöchel der Hand, in der sie die Pistole hielt, und schaukelte hin und her, während sie auf die reglosen Körper schaute.

Bell hatte angestrengt auf jedes kleinste Geräusch nach dem Schuss gelauscht und gebetet, er möge Lorenas Stimme hören. Eine ganze Minute lang nichts als Stille, und dann, als er den Ton schärfer stellte und sein Ohr nur noch wenige Zentimeter von dem Lautsprecher entfernt war, hörte er endlich etwas – Nicola Ryall, die leise weinend murmelte: »Was habe ich getan … Was habe ich getan?«

Der Suchscheinwerfer des Hubschraubers schwenkte über die Landschaft, die unter ihnen lag.

»Wie weit noch?«, fragte Michel. Sie wussten von Mundy, dass das Haus irgendwo zwischen Cochrane und einem Ort namens Fraserdale lag.

»Drei, vier Kilometer.«

Bäume, Seen. Bäume, Seen. Sie wussten, dass das Haus am Ufer eines Sees lag, aber für Michel sahen sie alle gleich aus. Hunderte von Kilometern einer gleichförmigen Landschaft, die sich über Nordquebec und Ontario erstreckte.

»Ich glaube, das da unten ist es«, sagte der Pilot nach einer Weile und deutete mit dem Kopf zur Seite. Er drehte den Hubschrauber und begann, das Grundstück einzukreisen.

Als sie tiefer gingen, traf der Suchscheinwerfer das Haus. Auf den ersten Blick war kein Lebenszeichen zu erkennen, nicht einmal Licht brannte. Wieder tauchte vor Michel das Bild auf, wie er die Leichen untersuchte.

Dann entdeckte er eine Figur vor dem Haus und eine weitere, die am Ufer entlanglief. »Da! Da ist etwas!«, sagte er und zeigte nach unten.

Der Mann vor dem Haus schaute ängstlich zu ihnen hinauf, als er von dem Scheinwerfer erfasst wurde, aber die Aufmerksamkeit des Mannes am Ufer schien sich auf etwas weiter draußen auf dem See zu richten.

»Wo will er hin?«, überlegte Michel laut.

»Keine Ahnung. Wir werden es gleich sehen.« Der Pilot schwenkte zurück und richtete den Scheinwerfer auf den See.

Zuerst sahen sie gar nichts, und er musste den Scheinwerfer kippen, um weiter hinauszuleuchten. Doch schließlich erfasste er die beiden Figuren, die sich in der Mitte des zugefrorenen Sees gegenüberstanden.

»Und was jetzt?«, fragte Georges, nach Luft ringend.

»Ich glaube, du weißt es.« Roman lächelte, während er die Pistole hob. »Oh, noch eins, bevor du draufgehst: Ich hatte nichts mit der Entführung und dem Mordanschlag auf dich zu tun. Das heißt zwar nicht, dass ich etwas Ähnliches nicht auch vorhatte – aber ich glaube, unser Freund Chenouda wusste Bescheid und beschloss, dich in das Programm aufzunehmen.«

Georges schüttelte den Kopf. Seine erste Reaktion war Unglauben – aber warum sollte Roman sich die Mühe machen, in diesem Augenblick zu lügen? So viele verdeckte Spiele, von denen er nichts gewusst hatte; eine Frage jedoch ließ ihn jetzt nicht mehr los.

»Ich kann nicht glauben, dass Jean-Paul dafür verantwortlich ist – dass er dir befohlen hat, mich umzubringen. Das widerspricht allem, woran er glaubt.«

»Stimmt. Er wollte dich nach Kuba schicken, der Idiot.«

Georges kniff die Augen zusammen. »Er verspeist dich zum Frühstück, wenn du zurückkommst.«

»Das glaube ich nicht. Er wird gerade aus dem Verkehr gezogen. Für ihn gibt es kein Frühstück mehr.«

»Was, ich … ich verstehe nicht …« Als er den selbstgefälligen Ausdruck in Romans Gesicht erkannte, wusste er jedoch, dass es kein Bluff war. Ihm wurde übel, aber sein erster Gedanke galt Simone. Jean-Paul war angeblich schon tot, und jetzt sollte auch er sterben. Das würde sie niemals verkraften. Er schloss für eine Sekunde die Augen und schauderte. Vielleicht hatten sie sich von Anfang an geirrt und nur ihre Zeit verschwendet. Am Ende würde sich immer jemand wie Roman durchsetzen.

Wenn er schon sterben sollte, konnte er ihm zumindest einen letzten Schlag verpassen. »Jean-Paul hatte also die ganze Zeit Recht: Du hast nichts im Kopf. Die Kugel ist für dich die Antwort auf alles.« Roman schaute ihn durchdringend an, den Unterkiefer vorgeschoben. Aber Georges hielt seinem Blick stand. »Also los, worauf wartest du noch? Erschieß mich. Beweise uns, was für ein hirnloser Idiot du bist.«

Allmählich verbreiterte sich Romans Grinsen; er dachte an Venegas. »Da irrst du dich, Herr Student. Ich werde dich nicht erschießen.« Roman genoss den überraschten Ausdruck auf Georges' Gesicht noch einen Augenblick, bevor er die Pistole auf dessen Füße richtete. »Manchmal bin ich ein wenig subtiler, als du denkst. Oder Jean-Paul, was das betrifft.«

Er schoss, und das Eis krachte einen Meter neben Georges, zerbrach jedoch nicht. Als das Echo des Schusses verstummte, hörten sie plötzlich das Geräusch des Hubschraubers.

Roman schaute über die Schulter und war einen kurzen Augenblick abgelenkt. Der Helikopter kreiste über dem Haus – ein weiterer Schuss, und der Eisblock würde abbrechen. Er feuerte erneut, aber Georges hatte es vorausgeahnt und war zur Seite gesprungen, als der Eisblock sich löste und davontrieb.

Roman zielte erneut auf das Eis, dann bewegten sich seine Augen plötzlich unsicher hin und her. Das Geräusch des Hubschraubers hatte sich verändert; er kam auf sie zu und flog schnell immer tiefer.

Roman richtete die Pistole auf Georges. Ein kurzes entschuldigendes Lächeln. »Manchmal muss man das Subtile in den Wind schlagen.«

Im Hubschrauber hatte Michel einen Scharfschützen namens Gilles an der offenen Seitentür postiert, als sie auf die beiden Gestalten zuflogen. Aus dieser Entfernung sah Michel, dass die weiter hinten stehende Figur Georges war, aber da die andere ein Nachtsichtgerät trug, konnte er sie nicht identifizieren. Sie konnten jedoch die Pistole erkennen und waren inzwischen nah genug herangekommen, um auch das Geräusch eines Schusses zu hören.

»*O Gott*! Kommen wir zu spät?«, schrie Michel. »Versuch zu schießen!«

»Aus irgendeinem Grund schießt er auf das Eis.« Gilles versuchte das Gewehr trotz des schwankenden Hubschraubers ruhig zu halten und die Gestalt in die Mitte seines Fadenkreuzes zu bekommen. »Wir sind noch zu weit weg.«

Als Gilles sah, wie die Gestalt die Pistole hob, wurde ihm klar, dass er nun schnell handeln musste. Durch die Vibration bewegte sich sein Ziel heftig im Fadenkreuz seines Gewehrs: Unter diesen Umständen war ein Treffer purer Zufall. Aber wenn er es nicht versuchte, war sowieso alles zu spät!

Gilles drückte ab und sah, wie die Gestalt aus seinem Blickfeld sprang; er war sich jedoch nicht sicher, ob sie gestürzt war oder ob es am Ruck des Gewehrs lag.

»Du hast ihn getroffen!«, verkündete Michel aufgeregt, als er den Mann fallen sah, kurz bevor Gilles ihn in seinem Nachtsichtgerät wieder im Blick hatte.

Als Gilles das Fadenkreuz erneut auf die Gestalt richtete, konnte er sehen, dass er sie nur gestreift hatte: Die Hand mit der Pistole hob sich wieder. Jetzt aber waren sie näher dran, der Schuss war sauberer, und Gilles jagte dem Schützen auf dem Eis kurz hintereinander zwei Kugeln in den Rücken.

»*Ja!*«, schrie Michel, und stieß die geballte Faust in die Luft. Aber die Erleichterung war nur von kurzer Dauer.

Die Kugeln aus dem Gewehr vom Kaliber .308 waren glatt durch den Körper gedrungen und hatten das Eis unter dem Mann zerschlagen. Ein großer Eisblock löste sich, und der Körper glitt ins Wasser, als er kippte. Am anderen Ende des Blocks stand Georges. Er schwankte eine Sekunde lang unsicher, bevor er auf die Seite fiel, und Michel sah mit Entsetzen, dass auch er ins Wasser glitt.

»Bring uns runter. *Schnell*!«, schrie er.

»Wir können auf dem Eis nicht landen. Es trägt uns nicht«, schrie der Pilot zurück. Er zeigte mit dem Daumen nach unten. »Jemand muss über die Winde hinunter.«

Michel überlegte nur kurz, bevor er nach vorn kam. »Okay.«

Gilles wich von der offenen Seitentür zurück, während ein Kollege Michel festhakte und begann, ihn hinunterzulassen.

Das Seil der Winde schwankte und drehte sich heftig im Wind der Rotoren, und Michels Sicht auf Georges unter ihm kam und ging. Nach einem Drittel des Weges sah er, wie Georges im dunklen Wasser um sich schlug und versuchte, sich auf der festen Eisschicht Halt zu verschaffen. Als Michel fast unten war und sich nach einer halben Drehung kurz über dem Eis wieder aufrichtete, war Georges verschwunden. Panik ergriff ihn. Nein. *Nein*! Er hatte nicht den ganzen Weg zurückgelegt, um alles so enden zu sehen.

Verzweifelt winkte er dem Piloten zu, er solle ihn weiter herunterlassen. Zwischen dem Ende des Seils und dem Eis lagen noch immer gut fünf Meter. Aber je mehr Seil nachgelassen wurde, desto heftiger schwang es hin und her. Michel musste aufpassen, wo er landete; er durfte nicht auf dem gebrochenen Eis auftreffen und ebenfalls ins Wasser rutschen.

Auf den letzten Zentimetern, bevor er schließlich mit einem Ruck landete, war er sich sicher, dass er einen Kopf und einen Arm aus dem Wasser hatte auftauchen sehen.

Rasch löste er den Haken und rannte atemlos auf die Stelle zu. Doch als er den Rand des Eises erreichte, war Georges wieder verschwunden. Er wartete auf eine Bewegung, auf Luftblasen, auf irgendetwas. Aber da war nichts außer schwarzem Wasser.

»Nein. *Nein*!«, schrie er und fiel auf die Knie. Wenn Georges starb, würde er sich niemals vergeben können, was er angerichtet hatte. Er wischte rasch den Schnee weg, um durch die Eisdecke sehen zu können. Alles schwarz, zu dunkel, um etwas zu erkennen! Er winkte zum Hubschrauber hinauf, damit er den Suchscheinwerfer näher heranbrachte.

Die Kollegen würde ihm auf die Schulter klopfen, ihn trösten, er habe sein Bestes getan. Dabei hatte er die ganze Zeit die düstere Wahrheit gekannt, hatte gewusst, dass ohne seine Besessenheit dies alles nicht geschehen wäre. Er hätte Georges ebenso gut eigenhändig unter Wasser drücken können!

Verzweifelt kratzte er mit roten, fast gefühllosen Händen den Schnee weg. »Es darf nicht so enden …« Plötzlich glaubte er, etwas zu sehen – Füße! Er kratzte weiter und wich, als er endlich etwas erkennen konnte, schockiert ein wenig zurück: Georges Gesicht tauchte nur wenige Zentimeter unter dem Eis im gespenstischen Licht des Suchscheinwerfers auf.

Michel atmete erleichtert aus. Allerdings fragte er sich, ob es nicht schon zu spät sei, denn Georges war vermutlich schon fast zwei Minuten unter Wasser. Er schlug auf das Eis ein, aber es gab nicht nach. Er versuchte es wieder – vergebens.

»O mein Gott, nein … *Nein*!« Tränen verschleierten seinen Blick, als ihm klar wurde, dass er Georges nicht erreichen konnte. Er war so dicht bei ihm, und trotzdem konnte er ihn nicht retten! Aus wenigen Zentimetern Entfernung mit ansehen zu müssen, wie Georges ertrank: Vielleicht war das seine Strafe!

Dann bemerkte er etwas anderes: Georges Körper bewegte sich in einer leichten Strömung unter dem Eis. Wieder versuchte er vergeblich, die Eisdecke zu zerschlagen, worauf er noch mehr Schnee wegwischen musste, um den Mann wieder sehen zu können.

Drei weitere, schnell aufeinander folgende Schläge, für die Michel seine gesamte Kraft aufbot, er schrie und fluchte. Als das Eis beim letzten Schlag noch immer nicht nachgab, spürte Michel, wie seine Kräfte schwanden; er stand kurz davor, sich auf den Rücken fallen zu lassen und aufzugeben, einen letzten frustrierten Schrei auszustoßen und … Doch dann erinnerte er sich plötzlich an die Kugel des Scharfschützen.

Michel nahm seine Pistole heraus und zielte. Natürlich musste er aufpassen, dass er den unter dem Eis treibenden Mann nicht traf. Ein paar Zentimeter daneben, und er würde ihn erwischen. Aber es blieb keine Zeit mehr, den Schnee wegzukratzen!

Er schoss einmal, zweimal knapp neben die Stelle, an der er Georges vermutete. Ein Riss entstand, und er feuerte ein drittes Mal, um den Block zu lösen.

Dann griff er in das eisige Wasser. Nichts, *nichts*! Er geriet in

Panik. Sollte er noch einen Schuss abfeuern oder noch mehr Schnee wegkratzen, um zu sehen, wo Georges war? Mit seiner anderen Hand fing er an, den Schnee zu entfernen – sah einen undeutlichen Schatten von etwas, und eine Sekunde später Georges' Körper. Er kämpfte weiter und zog Kopf und Schultern des Bewusstlosen aus dem Wasser. Ein schnelles Luftholen, dann zog er wieder mit aller Kraft, bis er ihn fast vollständig auf das Eis gehievt hatte.

Sein Atem kräuselte sich in der eiskalten Luft, als er sich vorbeugte, um Georges wiederzubeleben. Im gleichen Moment bemerkte er, dass der Eisblock, auf dem sie sich befanden, unter ihrem Gewicht wegzubrechen drohte. Wieder musste er den Körper packen und dieses Mal fast zwei Meter weit ziehen, bevor er völlig erschöpft daneben zusammensank. Nur ein paar Zentimeter weiter brach der Eisblock ab.

Er war fast zu sehr außer Atem, um dem Bewusstlosen eine Mund-zu-Mund-Beatmung zu geben, und musste um jeden Atemzug kämpfen; jedes Mal wenn er sich aufrichtete und gegen Georges' Magen drückte, wiederholte er im Geiste: »Bitte stirb mir jetzt nicht … Bitte stirb nicht!«

Als Georges endlich zu husten begann und Wasser spuckte, rollte Michel sich auf den Rücken und stieß einen Schrei der Erleichterung in den Nachthimmel mit dem schwankenden Strahl des Suchscheinwerfers aus.

EPILOG

8. Juli, Montreal, Kanada.

Vom Kopfende des Tisches aus ließ Jean-Paul langsam seinen Blick über den großen Empfangsraum schweifen. Er war der Einzige der fast zweihundert Hochzeitsgäste, der stand.

»Es tut gut, die ganze Familie zusammen zu sehen. Alte Freunde, von denen ich einige lange nicht mehr gesehen habe.« Sein Blick fiel auf Art Giacomelli, der seine Zigarre paffte und zustimmend nickte. »Und neu gefundene Freunde.« Jean-Paul nickte Michel Chenouda am anderen Ende des Tisches zu und schaute dann hinüber zu Elena Waldren, die nur ein paar Schritte entfernt an der gegenüberliegenden Seite saß.

Der Empfang fand im Hotel de Ville statt, einem weitläufigen, um 1860 im Kolonialstil erbauten Fünf-Sterne-Hotel, das auf den Place Jaques Cartier hinausging. Das Sechs-Gänge-Menü war beendet, die Glückwunschtelegramme verlesen, und die einzigen Hintergrundgeräusche während Jean-Pauls Rede waren das Geraschel beim Auspacken der Trüffel und Petit-Fours, das Auffüllen von Brandy- und Likörgläsern und das Ausstoßen von Zigarrenrauch.

Jean-Paul sprach von seiner Freude bei Simones Geburt, schlug seine Augen einen Moment nieder bei der Erinnerung an ihre Mutter Clair und an Stephanie, die bei ihr eine Mutterstelle eingenommen hatte. Als er Anekdoten aus Simones Kindheit erzählte und sich dann Georges zuwandte, hellte sich sein Gesicht wieder auf.

»Ich habe ihm in den letzten Jahren meine gesamten geschäftlichen Angelegenheiten anvertraut, und jetzt vertraue ich ihm meine Tochter an. Ich bin mir nicht sicher, um was ich mir mehr Sorgen machen sollte.«

Gelächter von den Gästen. Jean-Paul hob die Hand und sprach in ernsterem Ton weiter. »Damit will ich Georges' Leistung keineswegs schmälern. Was wir in den letzten Jahren versucht haben, ist nicht leicht gewesen – manche haben sogar gesagt, es sei unmöglich. In dieser Zeit des Übergangs hat es auch Veränderungen innerhalb der Familie gegeben, von denen manche sehr schmerzlich waren. Der Verlust meines Bruders …« Jean-Paul legte eine bedeutungsvolle Pause ein, »… Pascal. Meines Vaters. Und es hat noch andere schwere Prüfungen gegeben …«

Als er zu Georges und Simone schaute, füllten Simones Augen sich mit Tränen. Damit konnte er gemeint haben, dass Georges beinahe gestorben wäre, oder seine Angst angedeutet haben, sie zu verlieren, von der er ihr kurz danach erzählt hatte. Die Art, wie er seinen Bruder Pascal erwähnt hatte, ließ ihr auch den Doppelsinn nicht entgehen. Er hatte geschworen, Romans Namen nie mehr auszusprechen.

»Nein, meine Freunde. Dieser Übergang war zuweilen nicht leicht.« Jean-Paul kniff die Lippen zusammen und senkte kurz die Lider, bevor er wieder aufblickte und Giacomelli und Chenouda ansah. »Doch jetzt haben wir es hoffentlich geschafft.«

Michel nickte ernst. *Nicht leicht.* Mit dieser Untertreibung wollte er zweifellos auf die dramatischen Ereignisse der letzten Zeit anspielen, ohne diesen Tag zu sehr zu überschatten.

Michel dachte daran, dass sich nach Romans Tod die gesamte Strategie der RCMP geändert hatte. Frank Massenat hatte als Kronzeuge über alles ausgepackt, was er über Romans Deal mit Gianni Cacchione wusste. Auf diese Weise war auch die undichte Stelle in ihrer Abteilung aufgeflogen: Guy Campion, der jetzt mit drei bis fünf Jahren wegen Korruption rechnen musste. Michel war erleichtert, dass es keiner aus seiner Abteilung gewesen war.

Massenat würde mit einer geringeren Strafe davonkommen, auch wenn das, was er ausgesagt hatte, vermutlich nicht genügen würde, um Cacchione mit Erfolg vor Gericht zu bringen. Aber offensichtlich hatte Art Giacomelli sich ausführlich mit

Carlos Medeiros unterhalten. Jetzt, da Medeiros wusste, dass Cacchione ihn in den letzten drei Jahren hintergangen hatte, wurden Wetten darauf abgeschlossen, dass dieser das Jahresende nicht mehr erleben würde.

Nach all den Jahren, in denen er die Lacailles gejagt hatte, empfand Michel seltsamerweise so etwas wie Befriedigung, als er die Ermittlungen gegen Jean-Paul Lacaille schließlich einstellte. Bei einem letzten Treffen hatten Pelletier und Maitland etwas von ein paar kleineren Verstößen gesagt, wegen derer sie Jean-Paul vielleicht doch noch drankriegen könnten. Michel erinnerte sie jedoch daran, dass sie ihren Hauptzeugen verloren hätten, wenn Jean-Paul ihn nicht in letzter Minute angerufen hätte. Als er dann auch noch Salz in Maitlands Wunde rieb, indem er ihn auf den Schaden hinwies, den sein Liebling Campion angerichtet hatte, war die Angelegenheit schnell vom Tisch.

Jean-Paul bedankte sich prompt, als er dies erfuhr, doch Michel wollte nichts davon hören. »Sie haben nichts Böses getan. Sie haben die ganze Zeit die Wahrheit gesagt – nur haben wir eben einige Zeit gebraucht, um das zu erkennen, weil Roman dazwischengefunkt hat.« Michel war es fast peinlich, wie weit ihn seine Besessenheit getrieben hatte. Wenn Jean-Paul das alles gewusst hätte.

Als Michel Georges im Krankenhaus besuchte, hatte ihn dieser an einem Punkt fragend angeschaut. »Wissen Sie, Roman hat vor seinem Tod etwas sehr Merkwürdiges gesagt. Er meinte, er habe gar nichts mit meiner Entführung und geplanten Ermordung zu tun gehabt; er deutete vielmehr an, dass Sie dahinter gesteckt hätten.«

»Seltsam«, meinte Michel schulterzuckend. »Roman war am Ende wahrscheinlich nicht mehr ganz auf der Höhe.«

»Er sagte, Sie hätten wohl gewusst, dass er vorhatte, mich umzubringen, und wollten mich an einen sicheren Ort bringen, um mein Leben zu retten.«

Michel lächelte knapp. »Ich habe Ihr Leben schon einmal gerettet – wir wollen es nicht übertreiben.«

Georges hatte ihn noch einen Augenblick länger angesehen und herausfordernd gelächelt, als sei er nicht ganz überzeugt. Weiter würde es vermutlich nie gehen: ein doppeldeutiges Geheimnis, das nur sie beide teilten.

Im Klub an der Rue Sherbrooke ging alles wieder seinen gewohnten Gang. Azy hatte Michel angerufen, um ihm mitzuteilen, dass Viana eine Woche nach Romans Tod aus Haiti zurückgekehrt sei. Und als er von Azy hörte, was sie erzählt hatte, bestätigte sich sein Verdacht, dass Roman Georges hatte umbringen wollen: keine Zweifel und keine Schuldgefühle mehr, ob es richtig gewesen war, Georges in Sicherheit zu bringen.

Sandra, die neben Michel stand, drückte ihm die Hand, als Jean-Paul zum Ende seiner Rede kam.

Hoffentlich habe der Tag allen so viel Freude gemacht wie ihm. Er kündigte das Feuerwerk an, das in vierzig Minuten draußen stattfinden würde, und wünschte allen viel Vergnügen für den Rest des Abends. »Falls Sie nach den ersten Böllern Leute sehen, die sich nervös in die Jackentasche greifen, dann haben die nichts mit mir zu tun.« Als ein gedämpftes Lachen ertönte, schloss er kurz wie zur Buße die Augen. »Nie mehr. Von jetzt an wollen wir nur noch in die Zukunft blicken. Eine Zukunft, die Simone und Georges gehört …«

Michel erwiderte Sandras Händedruck. Sie hatten angefangen, wieder miteinander auszugehen, wenn er kam, um die Kinder abzuholen. Nichts allzu Ernstes, nur ab und zu eine Verabredung zum Essen und Anlässe wie der heutige – aber die Kinder hegten große Hoffnungen. Es war fast, als habe seine Besessenheit alles andere in seinem Leben ausgeschlossen und keinen Platz für Sandra und die Kinder gelassen. Und jetzt, da er sich endlich davon befreit hatte, spürte sie es irgendwie: Vielleicht war ja wieder Platz für sie beide.

Ein Schritt nach dem anderen, und auch wenn seine Zukunft weniger rosig und sicher aussehen mochte als die von Simone und Georges – für die sich an diesem Tag fast zweihundert Menschen erhoben, um ihnen gemeinsam mit Jean-Paul zuzuprosten –, bestand vielleicht auch für ihn ein wenig Hoffnung.

Das Feuerwerk erhellte den Himmel über dem St.-Lorenz-Strom.

Elena sah, wie die Rakete in Lichttropfen herabsank und daneben zwei weitere beeindruckende Feuergarben aufblitzten. Helle Funken der Zuversicht in der Dunkelheit.

Die Gäste standen dicht gedrängt in zwei Reihen auf dem Balkon, der Rest war hinunter vor das Hotel gegangen. Elena hatte es geschafft, einen Platz vorn an der Balustrade neben Georges und Simone zu ergattern.

Das Feuerwerk wurde von einem an der Mole vertäuten Boot abgeschossen. An Elenas erstem Abend nach ihrer Rückkehr vor zwei Tagen hatte sie nur fünfzig Meter weiter auf der Terrasse des La Marée mit Georges und Simone gesessen. Sie waren mit einer Kutsche dorthin gefahren, und auf dem Weg hatte Georges ihr die Basilica de Nôtre Dame gezeigt, wo die Hochzeit stattfinden würde, das Hotel und dann, als er Jean-Pauls geplantes Feuerwerk erwähnte, den Fluss. »Offenbar hat er die Idee vom Nationalfeiertag abgeguckt.«

Als sie mit großen Augen in den hell erleuchteten Nachthimmel schauten, sagte Georges: »Sieht so aus, als würde Jean-Paul sein Versprechen halten und versuchen, ihn zu übertreffen.« Dann lächelte er warm und griff nach Elenas Hand. »Ich bin so froh, dass du kommen konntest.«

»Ja.« Sie spürte, wie ihre Augen feucht wurden, und schlug sie kurz nieder. Sie wollte erwidern, er könne nicht halb so froh sein, wie sie es selbst war, aber das hätte banal geklungen. »Es tut mir nur Leid, dass ich so lange gebraucht habe, um herzukommen.«

Georges verzog ein wenig das Gesicht und drückte ihre Hand ein letztes Mal, als wolle er damit sagen: »Egal. Hauptsache, du bist jetzt hier.«

Die Donatiens standen ein paar Meter entfernt von ihnen, nicht nah genug, als dass Odette hätte hören können, was sie sagten. Dabei hätte es ihr vermutlich nichts ausgemacht. Elena hatte sich nämlich schon vorher lange mit ihnen unterhalten, und aus dem kurzen, zustimmenden Lächeln zu urteilen, das sie ihr jetzt zuwarfen, als sie zu ihnen hinübersah, schienen sie sich über die neu gefundene Zuneigung zwischen ihr und Georges zu freuen. Es hatte eine Weile gedauert, und wenn auch der erste Schritt von ihr gekommen war, so hatte sich Georges danach doch genauso darum bemüht.

Nach der furchtbaren Nacht ihrer ersten Begegnung war sie noch fünf Tage länger in Montreal geblieben, weil Georges im Krankenhaus gelegen hatte. Seitdem hatten sie oft stundenlang telefoniert und sich viele Briefe geschrieben.

Er hatte sie alles gefragt, wozu er bei ihrem ersten Treffen nicht gekommen war: über ihren Vater, ihre Mutter, Gordon, die Kinder – zu denen auch Lorena gehörte, das andere neue Familienmitglied.

Als Crowleys Männer eintrafen, hatten Lorenas Verletzungen schlimmer ausgesehen, als sie waren. All das Blut stammte von Ryall, und Lorena hatte bei dem Sturz zwar das Bewusstsein verloren, aber nur eine leichte Gehirnerschütterung sowie einen gebrochenen Arm davongetragen.

Nicola Ryall würde wegen Totschlags angeklagt werden, aber auf Grund mildernder Umstände vermutlich nur drei Jahre bekommen. Wegen der Anklage und der Tatsache, dass sie lesbisch war, konnte sie nicht darauf hoffen, Lorena behalten zu dürfen. Elena und Gordon hatten die Pflegschaft bekommen, und die Adoption sollte in sechs Monaten bewilligt werden.

Elena hatte Nicola Ryall zweimal zusammen mit Lorena im Gefängnis besucht, um ihr zu sagen, sie könne das Mädchen so oft besuchen, wie sie wolle. Nicola hatte dabei offen zugegeben, dass sie sogar ohne die Hindernisse nicht darum gebeten hätte, Lorena zu behalten; sie war ja nicht einmal in der Lage, mit sich selbst zurechtzukommen, geschweige denn, sich um jemand anderen zu kümmern. Es würde eine Zeit dauern, bis die Wunden verheilt waren.

Georges schien sich sehr für Lorenas Entwicklung zu interessieren. Vielleicht lag das daran, weil sie wie er so viel durchgemacht hatte oder weil sie wie er ein neues Familienmitglied war.

Seit ihrer Rückkehr nach England hatte Elena ihre Mutter

fast jedes zweite Wochenende besucht, um die verlorene Zeit nachzuholen, und bei den ersten Treffen waren viele Tränen geflossen. Als sie die ganze Geschichte über die traurigen letzten Jahre ihres Vaters erfahren hatte – wie sehr er alles bereute –, nahm sie ihre Mutter in den Arm und tröstete sie.

»Nun, ich habe ihn schließlich gefunden. Zum Glück – für uns beide.« Dann hatten sie von dem Metaxa getrunken, den Onkel Christos mitgebracht hatte, und ausgelassen gelacht, als sie über angenehmere Familienerinnerungen und -anekdoten sprachen. Das Leben ging weiter.

Georges und Simone verbrachten ihre Flitterwochen in Frankreich, und Elenas Versprechen an ihre Mutter, dass sie Georges eines Tages zu ihr nach Hause bringen würde, sollte eingelöst werden, wenn die zwei Elena auf dem Rückweg besuchten. Vielleicht würde sich dann der Kreis, der vor dreißig Jahren unterbrochen worden war, wieder schließen – auch wenn Elena nichts tun konnte, um all die verlorenen Jahre zurückzubringen. Dies hinterließ nach wie vor eine Leere in ihr, die vermutlich für immer bleiben würde.

Eine warme Sommerbrise strich über Elenas Haut – ganz anders als die Kälte, die geherrscht hatte, als sie das letzte Mal hier gewesen war. Und all das, was sie durchgemacht hatte, schien jetzt unendlich weit entfernt.

Als das Feuerwerk zu Ende ging und ihre Augen in den dunkel gewordenen Himmel blickten, überlief sie ein kurzer Schauer, als sie sich an die Nacht erinnerte, in der sie mit geschwärztem Visier vor den Augen zu dem Haus am See gebracht worden war und Georges zum ersten Mal gesehen hatte. Rasch verdrängte sie den Gedanken wieder und versuchte, sich stattdessen die warme und beruhigende Dunkelheit der Schlucht vorzustellen.

Bei ihrem letzten Besuch dort vor nur einer Woche hatte Lorena gefragt, ob sie mitkommen könne. Elena hatte zuerst befürchtet, Lorena könne nervös werden und wie schon einmal panisch aus der erdrückenden Düsternis fliehen. Aber nach einem anfänglichen Zittern, das Elena gespürt hatte, als sie Lorena bei der Hand nahm, war alles in Ordnung gewesen. Vielleicht waren die Geister, von denen Lorena immer gefürchtet hatte, sie würden sie bei Einbruch der Dunkelheit heimsuchen, endlich verschwunden.

Auch wenn die Schlucht auf Elena noch immer warm und beruhigend wirkte – ein Ort, an dem sie Zuflucht von der Hektik und dem Druck der Welt draußen finden konnte –, so hatte sie ihren eigentlichen Zauber doch verloren. Und erst jetzt erkannte Elena auch, warum: Es gab keine Geheimnisse mehr, die sie mit der Dunkelheit teilte.

DANK

Ich möchte mich bei all denen bedanken, die mir in meiner Recherche geholfen haben.
Besonderer Dank gilt der NORCAP für die Bereitstellung von Informationen über Adoptionsvermittlungen, und der RCMP in Montreal, die mir einen wertvollen Einblick gaben in die Arbeitsvorgänge ihres Geheimdienstes.
Mein herzlicher Dank geht an die Mitarbeiter der PFD und bei Michael Joseph/Penguin für ihre unermüdliche Unterstützung und Geduld.